My Dear F***ing Prince

Ayant grandi dans les marais du sud de la Louisiane, **Casey McQuiston** y a cultivé une passion pour les petits pains et les histoires pleines de cœur. Après un diplôme en journalisme à l'université de Louisiane, Casey a d'abord travaillé pour divers magazines. Sa spécialité, ce sont les personnages à la repartie facile qui, sous des dehors irrévérencieux, dissimulent des trésors de sensibilité. Casey vit à présent à New York, avec son caniche et assistant personnel, Pepper.

Casey McQuiston

My Dear F***ing Prince

Traduit de l'anglais (États-Unis)
par Céline Morzelle et Sarah Dali

LUMEN

Pour tous les rêveurs éveillés,
tous ceux qui ne rentrent pas dans le moule

Chapitre 1

Sur le toit de la Maison-Blanche, caché dans un recoin de la Promenade, il y a un petit pan de lambris qui se détache, juste à côté du Solarium. À condition de tapoter le bois juste au bon endroit, on peut le soulever suffisamment pour découvrir en dessous un message, gravé à la pointe d'une clé ou peut-être même d'un coupe-papier subtilisé dans l'aile Ouest – la partie du bâtiment où se décide le destin du pays.

L'histoire secrète des familles présidentielles – cette fabrique à ragots coupée du monde et tenue, sous peine de mort, à la confidentialité absolue – ne nous dit pas avec certitude qui en est l'auteur. Mais les sources s'accordent au moins sur un point : seul le fils ou la fille d'un président en exercice aurait eu l'audace de profaner ainsi la Maison-Blanche. Pour certains, c'est l'œuvre de Jack, le deuxième fils de Gerald Ford, un passionné de Jimi Hendrix dont la chambre en duplex donnait directement sur le toit de l'édifice – idéal pour les pauses clopes nocturnes. D'autres y voient plutôt la main de la jeune Luci, la fille cadette de Lyndon B. Johnson, avec ses cheveux toujours noués d'un épais ruban. Mais peu importe… L'inscription demeure, mantra secret adressé à tous ceux qui s'avéreront assez débrouillards pour la trouver.

Alex l'avait découverte moins d'une semaine après son installation à la Maison-Blanche. Il s'était toujours refusé à révéler comment. Voici ce que dit le graffiti :

RÈGLE N° 1 : SURTOUT, NE JAMAIS SE FAIRE PRENDRE.

Les chambres Est et Ouest, situées au centre du premier étage de la célèbre demeure, sont généralement réservées à la famille présidentielle. Au XIXe siècle, elles ne formaient qu'une seule et même vaste suite d'apparat, d'abord réservée au marquis de La Fayette lors de ses visites à Washington sous la présidence Monroe. Mais, par la suite, l'ensemble a été divisé en deux appartements distincts. Alex a hérité de la pièce la plus à l'est, en face du salon des Traités, et June de la plus à l'ouest, à côté de l'ascenseur.

Dans la maison où tous deux ont grandi, au Texas, leurs chambres étaient disposées exactement de la même façon, de part et d'autre d'un couloir. À l'époque, pour connaître la passion du moment de June, il suffisait d'observer ses murs. À douze ans, elle les avait tapissés d'aquarelles et, à quinze, de calendriers lunaires et de tableaux des cristaux de guérison classés par type. À peine un an plus tard, changement complet de décor : on pouvait, cette fois, y découvrir un cocktail composé d'articles du magazine littéraire *The Atlantic*, d'un fanion de l'université du Texas à Austin, de portraits de la féministe Gloria Steinem ou de l'écrivaine Zora Neale Hurston et, pour faire bonne mesure, de plusieurs textes de l'activiste Dolores Huerta.

Sa chambre à lui, en revanche, avait peu changé au cours des années. Elle s'encombrait simplement un peu plus chaque jour de trophées de lacrosse et de piles vertigineuses de devoirs méticuleusement rédigés (il détenait probablement le record national de cours avancés de niveau universitaire suivis par un lycéen). Tout ce fatras continue d'ailleurs de prendre la poussière dans la demeure que la famille conserve là-bas, à Austin. Depuis le jour où il l'a tournée dans la serrure avant de partir pour Washington, Alex porte, sur une chaîne passée autour de son cou, toujours dissimulée aux regards, la clé de la maison de son enfance.

À présent, la piaule de sa sœur, de l'autre côté du couloir, est toute de blanc immaculé, de rose poudré et de vert menthe. Inspirée, comme personne ne l'ignore plus, de magazines de décoration des années soixante qu'elle a trouvés un jour dans l'un des petits salons de la Maison-Blanche, la suite s'est même retrouvée en photo dans les pages de *Vogue* – excusez du peu. Sa chambre à lui a autrefois été celle de Caroline Kennedy enfant et, plus tard, le bureau de Nancy Reagan (ce qui a motivé, de la part de June, tout un tas de cérémonies de purification vaudoues avec force fumigations à la sauge). Si Alex n'a pas touché aux planches botaniques disposées en un carré parfait au-dessus du sofa, il a tout de même repeint en bleu profond les murs roses de Sasha Obama.

Il est d'usage, du moins ces dernières décennies, que, passé dix-huit ans, les enfants des présidents quittent la Résidence – le bâtiment placé au centre de la Maison-Blanche. Mais, le mois où sa mère a prêté serment, Alex a intégré l'université de Georgetown, à Washington même. Il a donc semblé plus logique à sa famille de simplifier ce casse-tête logistique en s'épargnant la multiplication de dépenses et de mesures de sécurité qu'aurait représentée la location d'un studio étudiant. Et, dès l'automne de la même année, June, fraîchement diplômée de l'université du Texas, est venue retrouver son frère cadet sous les ors de la république. Même si elle ne l'a jamais dit, Alex sait bien qu'elle les a rejoints, d'abord et avant tout, pour le tenir à l'œil. Personne ne sait mieux qu'elle à quel point se retrouver au cœur de l'action, si près du centre névralgique où se jouent les destinées du pays, est pour lui un fruit défendu – on pourrait presque parler d'aphrodisiaque. Elle s'est d'ailleurs vue obligée plus d'une fois de faire usage de la force pour le traîner *manu militari* hors de l'aile Ouest comme un toxico en manque.

Dans son refuge, bien à l'abri derrière sa porte close, Alex peut placer un vinyle de Hall & Oates sur le tourne-disque installé dans un coin de la pièce et s'installer confortablement sur son siège sans craindre qu'on l'entende fredonner *Rich Girl* comme, si souvent, son père avant lui. Il peut chausser les lunettes de vue dont il jure pourtant ses grands dieux qu'il n'a aucun besoin. Il peut minutieusement échafauder autant de programmes de révisions qu'il le souhaite – tous hérissés d'une forêt de Post-it choisis en fonction d'un code couleur bien précis. On ne devient certes pas le plus jeune élu au Congrès de toute l'histoire moderne sans suer sang et eau, mais pourquoi étaler aux yeux du monde ses efforts désespérés pour y parvenir ? Après tout, ils ne regardent que lui. Et puis sa réputation de sex-symbol en prendrait un coup…

— Hello !

Penché sur son ordinateur portable, Alex lève les yeux juste à temps pour voir June passer précautionneusement la porte et se glisser dans sa chambre, une assiette à la main

– et pas moins de deux iPhone, assortis d'une épaisse pile de magazines, sous le bras. Lorsqu'elle referme le battant derrière elle d'un bon coup de talon, son frère écarte la paperasse qui encombre le lit pour lui faire de la place.

— Alors, tu nous as choppé quoi, en cuisine ?

— Aujourd'hui, mon petit père, c'est farandole de donuts ! répond-elle en s'installant sur le matelas.

Elle porte une jupe crayon rehaussée de ballerines roses à bout pointu. Alex voit déjà d'ici les pages mode de la semaine prochaine : une photo de la tenue du jour de la jeune fille en tête d'un article – sponsorisé, bien sûr – sur le charme intemporel de la ballerine, véritable must du moment pour toute cadre dynamique qui se respecte.

À quoi June a-t-elle bien pu passer sa journée ? Elle a mentionné un article pour le *Washington Post*, non ? Ou une séance photo pour son blog ? Ou les deux ? Il peine à suivre le rythme effréné des occupations de la jeune éditorialiste.

Qui vient de larguer sur le couvre-lit son stock de revues où, sans perdre un instant, elle plonge déjà le nez.

— Toujours engagée dans la sauvegarde de la grande et belle industrie américaine du ragot abject et sans scrupules ? ironise Alex.

— Bah, il faut bien que mon diplôme de journalisme serve à quelque chose !

Il attrape un donut avant de lancer :

— Alors, il y a du croustillant, cette semaine ? Vas-y, fais-moi saliver…

— Laisse-moi regarder… Hmm… Ah ! *In Touch* m'a casée avec un mannequin français, figure-toi.

— Alors, info ou intox ?

— Si seulement c'était vrai… (Elle tourne quelques pages.) Oh, et tu te serais fait blanchir l'anus, paraît-il…

— Ah, mais ça, par contre, c'est la vérité ! réplique Alex, la bouche pleine de chocolat saupoudré de vermicelles.

— J'en étais sûre… répond June sans lever les yeux.

Elle ne tarde pas à achever sa lecture. Une fois l'hebdomadaire épluché dans sa quasi-totalité, elle le fourre sous la pile pour passer à la suite. Mais elle ne feuillette *People* que d'un œil distrait – le magazine ne publie rien que les attachés de presse de la Maison-Blanche ne l'aient autorisé à révéler. Bref, il est chiant à mourir…

— Pas grand-chose sur nous cette semaine… Si, mon nom sert d'indice à la rubrique mots croisés, tiens !

Pour June, guetter leurs apparitions dans les tabloïds est devenu une sorte de passe-temps récréatif – un petit jeu qui, tour à tour, a le don d'amuser et d'énerver leur mère. Alex, quant à lui, a juste assez de narcissisme pour laisser sa sœur lui en lire quelques morceaux choisis. Quand elles ne sont pas directement soufflées aux médias par le service communication de la Maison-Blanche, les rumeurs qui les concernent relèvent en général de la pure invention mais, parfois, elles leur valent de sacrés fous rires. S'il avait le choix, Alex préférerait savourer l'une des centaines de fan-fictions flatteuses qui circulent sur lui sur Internet : elles mettent en scène une version surboostée de lui-même, au charme dévastateur et à l'endurance surhumaine. Mais June refuse catégoriquement de les lui lire à voix haute – et ce n'est pas faute d'avoir essayé de la soudoyer.

— Et *Us Weekly* ? demande-t-il.

— Hmm… (Sa sœur extirpe un magazine de la pile.) Oh, regarde, on est en couverture, cette semaine !

Elle lui colle sous le nez le rectangle de papier glacé, où figure effectivement une photo d'eux incrustée en médaillon : June, les cheveux épinglés sur le sommet du crâne, et Alex, l'air un brin éméché mais pourtant toujours aussi séduisant, la mâchoire parfaitement dessinée sous ses boucles brunes. « FOLLE SOIRÉE NEW-YORKAISE POUR LES ENFANTS DE LA PRÉSIDENTE », annonce en grosses lettres jaunes le titre placé sous le cliché.

— Alors ça, pour une folle soirée… s'extasie le jeune homme en se renversant contre le cuir de son impressionnante tête de lit. (Il remonte ses lunettes sur son nez avant de préciser sa pensée.) Deux discours d'ouverture pour le prix d'un ! Verrines aux crevettes à gogo suivies d'une heure et demie bien tassée d'allocutions sur les émissions de carbone. Franchement, y a pas plus sexy sur terre…

— Hmm… Sauf que tu avais semble-t-il rendez-vous avec une « mystérieuse brune », répond June avant d'enchaîner sur la lecture de l'article à haute voix. « Si, dès la fin de la réception, la fille de la présidente s'est engouffrée dans une limousine, direction une soirée pleine de stars toutes plus prestigieuses les unes que les autres, son bourreau des cœurs de frère d'à peine vingt et un ans a été photographié à l'entrée de l'hôtel W où il semblerait qu'une mystérieuse brune l'attendait dans la suite présidentielle. Selon diverses sources convergentes, les ébats des deux tourtereaux ont résonné dans une bonne partie de l'établissement jusqu'à environ 4 heures du matin – heure à laquelle le jeune don Juan a quitté les lieux. Et, à en croire la rumeur, l'inconnue qu'il a rejointe n'était autre que… Nora Holleran, vingt-deux ans, petite-fille du vice-président Mike Holleran, troisième et dernier membre du désormais célèbre Trio de la Maison-Blanche. Se pourrait-il que les deux ex voient se raviver la flamme ? »

— Yes ! exulte Alex tandis que sa sœur se renfrogne. Ça fait moins d'un mois : tu me dois cinquante dollars, mon chou !

— Attends, pas si vite... Est-ce que c'était vraiment elle ?

L'intéressé se revoit aussitôt, une semaine auparavant, débarquer dans la suite de Nora, une bouteille de champagne sous le bras. Leur brève idylle, trois ans plus tôt, en pleine campagne électorale, lui semble remonter à un bon million d'années. Pour eux, il s'était surtout agi de céder une bonne fois pour toutes à une attraction irrépressible, histoire de passer le plus vite possible à autre chose. Âgés, à l'époque, de dix-sept et dix-huit ans, ils semblaient l'un comme l'autre persuadés, en bons premiers de la classe, que personne ne pouvait leur arriver à la cheville... Bref, leur relation était purement et simplement vouée à l'échec dès l'origine. Depuis, Alex a bien été obligé de reconnaître – comment faire autrement ? – que le génie de son amie dépasse largement le sien. Il continue d'ailleurs régulièrement de s'étonner que la jeune fille ait daigné un jour s'abaisser à sortir avec lui.

Ce n'est pas sa faute à lui si les médias les prennent pour la réincarnation des Kennedy et si les journalistes, cramponnés à leurs lubies, s'entêtent à les imaginer ensemble. Alors, si Nora et Alex se paient de temps en temps une cuite dans une chambre d'hôtel devant un bon vieil épisode de *À la Maison-Blanche* (et en profitent pour passer une partie de la soirée à gémir le plus fort possible, histoire que les fouille-merdes de la presse à scandale aient quelque chose à se mettre sous la dent), peut-on vraiment le leur reprocher ? Les deux complices se contentent, avec humour, de rendre ludique et plus supportable une situation pour le moins désagréable à vivre. Et si, au passage, Alex peut en profiter pour truander June, il ne va certainement pas se priver !

— Est-ce que c'était vraiment Nora, tu veux dire ? temporise-t-il à présent d'un air nonchalant en réponse à la question de sa sœur. Eh bien, ce n'est pas impossible…

La jeune fille lui assène un bon coup de magazine sur l'épaule, comme à un cafard particulièrement méprisable.

— C'est de la triche, pauvre naze !

— Un pari est un pari, rétorque l'intéressé. On était d'accord : si les journaux mettaient moins d'un mois à sortir une nouvelle rumeur sur Nora et moi, tu me devais cinquante dollars. Cash ou PayPal, comme tu préfères.

— Plutôt crever ! rouspète June. Et Nora, demain, je vais la buter ! Au fait… tu t'habilles comment ?

— Pour ?

— Le mariage.

— Quel mariage ?

— Euh… le mariage princier ? En Angleterre… Celui qui est littéralement à la une de tous les magazines que je viens de te montrer…

Elle lui tend à nouveau l'exemplaire d'*Us Weekly* dont, cette fois, Alex remarque le titre principal : « LE PRINCE PHILIP SUR LE POINT DE DIRE OUI ! » Ces mots s'étalent en énormes caractères sur la couverture, sous la photo de l'héritier de la couronne britannique – un quidam des plus quelconques, accompagné d'une fiancée aux cheveux blond filasse, tout aussi fade que lui. Sur leurs deux visages, le même sourire insipide.

Écœuré, le jeune homme jette sa pâtisserie dans son assiette en signe de protestation :

— Pitié… Ne me dis pas que c'est ce week-end !

— Mais si, Alex ! soupire June. Le vol est demain matin. On a deux apparitions de prévues avant même la cérémonie. Ça m'étonne que Zahra ne t'ait pas tanné à mort avec le planning, ça ne lui ressemble pas.

— Et merde… maugrée-t-il. J'avais noté ça quelque part, j'en suis sûr. J'avais juste la tête ailleurs, je me suis laissé distraire…

— À force de conspirer avec ma meilleure amie pour me soutirer cinquante pauvres dollars, peut-être ?

— Très drôle. Non, par mes recherches, patate ! réplique Alex en désignant d'un geste théâtral une pile de notes. Tu te rappelles que je dois rendre une dissert de « Pensée politique dans la Rome antique » ? J'ai bossé dessus toute la semaine. Et, au passage, je croyais qu'on était d'accord : Nora, c'est notre meilleure amie à tous les deux.

— Non mais avoue que tu l'as inventé, ce cours ! Sincèrement, c'est quoi, cet intitulé ? ironise sa sœur. Tu ne penses pas que si tu as zappé le plus gros événement mondain de l'année, ce ne serait pas plutôt parce que ça te broute de revoir ton ennemi juré ?

— « Ennemi juré », rien que ça ? Non, June… Je suis le fils de la présidente des États-Unis, je te rappelle. Le prince Henry, lui, c'est un vieux vestige décadent de l'Empire britannique, et encore, je suis sympa. « Ennemi juré », ça implique qu'il y ait de la compétition. (Alex mord à nouveau dans son donut, dont il mâche pensivement une bouchée avant de reprendre.) Et si encore il pouvait rivaliser avec moi juste dans un seul domaine, mais non : ce gros snobinard, c'est l'héritier de siècles de consanguinité. Il est tellement imbu de lui-même, le pauvre – je te parie qu'il se branle sur son propre portrait.

— Et bim…

— Ce n'est que mon humble opinion, bien sûr.

— Ah bon ? Eh bien, tu n'es pas obligé de l'aimer : on te demande juste d'essayer de faire bonne figure au mariage de son frère et surtout d'éviter de créer un incident diplomatique.

— Ah, mais je suis un professionnel, mon poussin : admire un peu ça…

Il enchaîne sur un sourire affreusement forcé qui, pour son plus grand plaisir, arrache à June une grimace de dégoût.

— Écœurant, lâche la jeune fille. Enfin bref… rassure-moi, tu as une tenue pour demain, au moins ?

— Mais oui, tu me prends pour un barbare, ou quoi ? Je l'ai sélectionnée le mois dernier. Je l'ai même soumise dans la foulée à Zahra pour validation.

June se penche brusquement vers son frère pour lui arracher l'ordinateur et, sourde à toutes protestations, commence à faire courir ses doigts sur le clavier tout en marmonnant :

— Moi, je me tâte encore pour ma robe. Rouge bordeaux ou dentelle, qu'est-ce que tu en penses ?

— Dentelle, sans hésiter : c'est l'Angleterre, je te rappelle. Bon, qu'est-ce que tu cherches, là ? Tu veux que je me plante dans cette matière, ou quoi ? enchaîne-t-il en tendant vers son écran une main que sa sœur écarte d'un coup sec. Tu n'aurais pas des photos chiantes à poster sur Insta, plutôt ? Tu es lourde, là !

— Mais tais-toi, je me cherche un film à regarder ce soir… Attends, sérieux ? Tu as encore *Garden State* sur ta liste ? Comment ça se passe, ces petites études de cinéma en 2005 ?

— Ce que tu peux être conne, des fois… C'est vraiment à mourir de rire. Bon, ça va, tu as fini ?

— Oh mais je ne fais que commencer !

De l'autre côté de la fenêtre, la brise qui s'est levée balaie des centaines de mètres de gazon et secoue les feuilles des tilleuls plantés dans les jardins de la vieille demeure. Sur l'étagère dans un coin de la pièce, le tourne-disque n'émet plus qu'un grésillement sourd : le 45 tours est terminé. Le jeune homme roule hors de son lit, retourne le vinyle, puis replace le diamant sur le sillon. Sur la face B ? *London, Luck & Love.*

En toute honnêteté, même si trois ans sont déjà passés depuis l'entrée de sa mère à la Maison-Blanche, Alex doit bien l'avouer : on ne se lasse jamais vraiment de voler en jet privé.

Il ne profite pas si souvent des fastes de ce mode de transport mais, à chaque fois que l'occasion se présente, il a du mal à ne pas laisser tout cet apparat lui monter à la tête. Lorsqu'on est né au fin fond du Texas, d'une fille de mère célibataire et d'un fils d'immigrés mexicains – bref de grands-parents qui, des deux côtés, savaient ce que la misère veut dire – un tel confort ne cesse jamais d'être ce qu'il est : un luxe.

Quand, il y a quinze ans, la mère d'Alex s'était présentée à la Chambre des représentants pour la première fois, les journaux d'Austin l'avaient affublée d'un surnom : l'Acharnée de Lometa. Après avoir fui ce minuscule bled niché près de la base militaire de Fort Hood, elle avait payé ses études de droit en bossant la nuit comme serveuse et, à trente ans à peine, elle plaidait déjà ses premiers procès pour discrimination devant la Cour suprême de l'État. À vrai dire, avec sa petite famille métissée, cette démocrate en talons hauts, à la chevelure blond vénitien et à la répartie incisive qui n'essayait même pas de masquer son accent était franchement la dernière chose qu'on s'attende à voir émerger sur la scène politique texane en pleine guerre en Irak.

Résultat, aux yeux d'Alex, c'est toujours aussi surréaliste de planer quelque part au-dessus de l'Atlantique en grignotant des pistaches, confortablement allongé sur un luxueux fauteuil en cuir.

En face de lui, Nora est penchée sur ses sacro-saints mots croisés du *New York Times*, le front dissimulé par une cascade de boucles châtain. À côté d'elle, Cassius – Cash pour les intimes, un agent des services secrets à la stature de colosse –, son propre exemplaire du quotidien serré dans son énorme main, se livre contre elle à une course effrénée à qui complétera la grille en premier. Sur le portable d'Alex, un petit curseur clignote obstinément au beau milieu de sa fameuse dissertation sur la pensée politique à l'époque romaine et semble interroger le jeune homme du regard. Mais, à bord d'un vol transatlantique, comment se concentrer sur quelque chose d'aussi terre à terre que ses cours ? C'est tout simplement mission impossible.

Assise de l'autre côté du couloir, Amy est du voyage, elle aussi. Cette ex-membre des Navy SEALs – les forces spéciales de la marine –, désormais rattachée aux services secrets, n'est autre que la garde du corps préférée de la mère d'Alex. La rumeur, à Washington, veut qu'elle ait déjà eu à tuer plusieurs fois dans l'exercice de ses fonctions. Ouverte à côté d'elle sur le canapé se trouve une mallette en titane à l'épreuve des balles. À l'intérieur, tout un assortiment de fournitures de loisirs créatifs. Le plus sereinement du monde, Amy festonne une serviette de table de motifs floraux, à l'aide d'une longue aiguille à broder qui ressemble beaucoup à celle que le jeune homme l'a déjà vue un jour planter dans la rotule d'un potentiel agresseur.

June complète le petit groupe, appuyée sur un coude à la gauche d'Alex, le nez fourré dans le numéro de *People* que, pour une raison obscure, elle a décidé d'emporter dans l'avion. Ses choix de lecture en vol sont souvent assez mystérieux. La dernière fois, c'était un guide de conversation cantonaise si usé qu'il tombait en lambeaux et, celle d'avant, le texte de la pièce *Mort d'un commis voyageur*.

— Qu'est-ce qui te passionne à ce point, là-dedans ? s'étonne le jeune homme.

En guise de réponse, elle tourne vers son frère la double page en question, pour lui permettre de déchiffrer le titre de l'article : « NOCES ROYALES : ON VOUS DIT TOUT ! » Alex pousse un grognement écœuré. Encore plus déprimant qu'Arthur Miller – il faut le faire !

— Quoi ? proteste June. C'est mon premier mariage princier, j'ai envie de me tenir au courant.

— Tu te rappelles le bal du lycée ? rétorque-t-il. Ben c'est à peu près pareil, sauf que c'est l'enfer et que tu n'as pas le droit d'arrêter de sourire.

— Ils auraient dépensé 75 000 dollars rien que pour le gâteau, tu te rends compte ?

— Oh là là, c'est déprimant d'entendre des trucs pareils...

— Ah, et il paraît que le prince Henry n'aura pas de cavalière ! Apparemment, ça fait toute une histoire. (Pour poursuivre, June prend un accent britannique prononcé.) À en croire la rumeur, il fréquentait pourtant encore le mois dernier une riche héritière belge. Maintenant, les observateurs ne savent plus quoi penser !

Alex pousse un petit grognement plein de dérision. Il ne comprendra jamais comment les affaires de cœur (pourtant d'un ennui mortel) des rejetons de la couronne britannique peuvent à ce point enthousiasmer les foules. Ça le dépasse complètement... Que les gens insistent pour savoir dans quelle bouche Alex fourre sa propre langue, c'est pénible, certes, mais bon, à la limite, pourquoi pas... Après tout, lui, au moins, a un minimum de personnalité – il n'est pas chiant à mourir, suivez son regard !

Il suggère donc une petite explication :

— La population féminine dans son ensemble a peut-être fini par remarquer que Henry a le sex-appeal d'un bol de céréales ramollies ! Sérieusement, June, ce mec a moins de charisme qu'une brosse à dents usagée !

En face de lui, Nora repose sur ses genoux les mots croisés qu'elle vient de terminer avec une bonne avance. Sans pouvoir retenir un juron, Cassius jette un coup d'œil à la grille de la jeune fille.

— Hmm… marmonne-t-elle. Après une déclaration pareille, j'espère au moins que tu vas l'inviter à danser…

Interloqué, Alex s'imagine tourbillonner autour d'une salle de bal dans les bras d'un Henry qui lui susurrerait à l'oreille une interminable litanie de banalités sur le sujet de son choix – cricket ou chasse à courre. *Pitié, au secours, autant m'achever tout de suite !*

— Il peut toujours courir.

— Oh, c'est mignon, il est tout rouge ! le taquine Nora.

— Écoute-moi bien, réplique Alex. Les mariages royaux, c'est de la merde, les princes qui s'y passent la bague au doigt, même combat, et l'impérialisme qui leur permet de continuer d'exister, pire encore. C'est bien simple : c'est bassesse et compromission à tous les étages.

— Tu t'es cru à une conférence TED, ou quoi ? le taquine June. Je ne sais pas si tu es au courant, mais les États-Unis aussi ont été fondés sur un empire génocidaire.

— Peut-être mais, nous, au moins, on a la décence de ne pas perpétuer un système inepte comme la monarchie ! riposte-t-il en appuyant sa démonstration d'un lancer de pistache sur le visage de son interlocutrice.

À leur entrée en fonction, les nouveaux employés de la Maison-Blanche reçoivent tous un petit mémo d'informations cruciales sur les deux enfants de la présidente. Le personnel est par exemple briefé sur l'allergie de l'une aux arachides et la passion de l'autre pour le café – qu'il est capable de commander en grande quantité même en plein milieu de la nuit. Leurs goûts, leurs petites manies, les lettres de l'ex de June du temps de la fac (qui a rompu avec elle quand il est parti vivre en Californie), qu'il faut toujours remettre à la jeune fille séance tenante, etc. On leur parle toujours, pour finir, de la rancune tenace que nourrit Alex envers le plus jeune des princes d'Angleterre.

Enfin… rancune est un bien grand mot. On ne peut même pas parler de rivalité… Non, c'est une espèce de contrariété entêtante qui a le don de déstabiliser le jeune Texan. Henry l'énerve. À chaque rencontre, il en a les paumes baignées de sueur.

Comme, aux États-Unis, le Trio de la Maison-Blanche est ce qui, de près ou de loin, se rapproche le plus d'une famille royale, les tabloïds – et le monde entier avec eux – ont décidé d'emblée de voir en Alex l'homologue américain de Henry. Une comparaison injuste depuis le début aux yeux du premier concerné : là où le fils de la présidente séduit par son assurance, son génie, ses traits d'esprit décalés, son talent pour l'humour et la dérision, ses interviews pleines de profondeur et sa photo en couverture de *GQ* à tout juste dix-huit ans, le Britannique, lui, se contente de sourires placides, de gestes de galanterie sans relief et d'apparitions impersonnelles à des événements et des galas de charité qu'il ne choisit pas. Bref, les contours en apparence parfaits d'un authentique prince charmant, mais sans aucune épaisseur, aucune substance tangible. De l'avis d'Alex, le rôle de Henry est bien plus facile à incarner que le sien…

Bon, d'accord, peut-être que, techniquement, ils sont bien rivaux. Mais peu importe.

— O.K., madame « je sors du MIT » ! lance-t-il à Nora. Alors, quelles sont les prévisions de notre spécialiste des chiffres pour ce mariage ?

L'intéressée lui décoche un large sourire.

— Hmm… commence-t-elle en faisant mine de ruminer le problème. Évaluation des risques liés à l'événement : incapable de se remettre en question, le fils de notre présidente courra à sa propre perte et foncera droit dans le mur, en causant au passage plus de cinq cents victimes civiles. Quatre-vingt-dix pour cent de chances que le prince Henry soit beaucoup trop canon pour son propre bien et soixante-dix-huit pour cent de chances qu'Alex se prenne une interdiction à vie de remettre les pieds sur le sol britannique.

— Pas dégueu, comme probabilités, commente June. Je m'attendais à pire.

Alex éclate de rire et le jet poursuit sa route à travers ciel.

Le trajet dans Londres vaut le détour : partout en ville, et particulièrement autour du palais de Buckingham, les rues sont bondées de badauds drapés dans leur drapeau national et qui agitent des fanions miniatures au-dessus de leur tête. Les babioles commémoratives aux couleurs du mariage ont envahi les vitrines – les visages de Philip et de sa future femme sont placardés sur tout et n'importe quoi, depuis des paquets de barres chocolatées jusqu'à une collection entière de sous-vêtements. Alex a du mal à en croire ses yeux : comment les Britanniques peuvent-ils donc, par dizaines de milliers, se prendre d'une telle passion pour un événement dénué de la moindre parcelle d'intérêt objectif ? Jamais il n'y aurait eu autant de monde devant la Maison-Blanche pour le mariage de June ou le sien – Dieu merci, d'ailleurs !

La célébration elle-même lui semble durer une éternité, même si elle n'est pas désagréable. Ce n'est pas qu'Alex ne croie pas en l'amour ou qu'il méprise l'institution du mariage, non. C'est juste que Martha est une fille de la noblesse tout ce qu'il y a de plus respectable, et Philip, un prince d'Angleterre. Leur union est à peu près aussi exaltante qu'une transaction commerciale. Ni fièvre ni passion – ça manque sévèrement d'émotion. Alex a une conception de l'amour bien plus shakespearienne que ça.

Après la cérémonie, il a l'impression de devoir attendre une éternité avant de se retrouver enfin installé entre June et Nora à l'une des tables dressées dans la grande salle de bal de Buckingham pour la réception du mariage. Sa patience mise à rude épreuve, irrité au point d'en oublier la prudence, il accepte volontiers la flûte de champagne que Nora lui tend.

— C'est quoi, un vicomte, au juste ? L'un de vous deux a une idée ? demande June après avoir englouti la moitié d'un sandwich apéritif au concombre. On m'en a déjà présenté au moins cinq : à chaque fois, je souris poliment, comme si je savais ce que ça veut dire au juste. Alex, tu as bien suivi des cours de relations gouvernementalo-internationalo-machin-chouetto comparatives, non ? Alors… c'est quoi, exactement ?

— Il me semble que c'est ce truc, là… Tu sais, quand un vampire rassemble une armée d'ectoplasmes obsédés du sexe pour établir sa domination sur le monde entier…

— Dans le mille, confirme Nora.

Elle s'est lancée dans la confection d'un pliage complexe à l'aide de sa serviette. Ses ongles d'un noir de jais luisent à la lumière des chandeliers.

— Ah, si j'étais vicomtesse… soupire June. Déjà, mes chers petits esclaves sexuels pourraient traiter mes e-mails à ma place.

— Mais on est bien sûrs qu'ils seraient qualifiés en matière de correspondance professionnelle ? s'interroge Alex.

Sous les doigts de Nora, le tissu commence à prendre la forme d'un oiseau.

— Moi, je pense qu'elle a du potentiel, cette approche, il y a de l'idée, répond-elle. Imagine un peu les messages à la fois lubriques et désespérés qu'ils te concocteraient. (Elle prend une voix rauque et sensuelle, le souffle court.) « Oh, je vous en prie, je vous en supplie, prenez-moi… enfin, passez me prendre vers midi, on ira déjeuner et discuter… tissus d'ameublement, espèce de grand pervers ! »

— Et le pire, c'est que ça pourrait se révéler étrangement efficace, marmonne Alex.

— Non mais il y a vraiment un truc qui ne tourne pas rond, chez vous ! soupire June avec affection.

À peine son frère a-t-il ouvert la bouche pour répondre que l'un des chambellans royaux se matérialise à leur table. Coiffé d'un postiche franchement ridicule, telle une espèce de fantôme inquiétant et austère, l'homme a au moins une tête à s'appeler Reginald ou Bartholomew. Il s'incline sans faire tomber sa perruque dans leurs assiettes – un vrai miracle, au point qu'Alex et June échangent un regard incrédule dans le dos du domestique.

— Mademoiselle Claremont-Diaz… entonne le nouveau venu. Son Altesse Royale le prince Henry demande si vous lui feriez l'honneur de lui accorder cette danse.

La bouche entrouverte, figée quelque part entre le « o » et le « a », la jeune fille semble soudain tétanisée. Un sourire de béatitude incrédule s'épanouit sur le visage de Nora, qui se hâte de fournir une réponse à la place de son amie.

— Oh, mais elle accepte avec joie. Il était temps ! Elle commençait à croire qu'il ne le lui demanderait jamais...

June, qui s'apprêtait à répondre, s'interrompt aussitôt. Ses lèvres esquissent un rictus aimable tandis qu'elle poignarde Nora du regard.

— Bien sûr, avec plaisir.

— Splendide ! répond Reginald-Bartholomew, qui s'efface en présentant d'un geste le jeune homme qui s'avance derrière lui : le prince Henry, en chair et en os.

Comme toujours, il est d'une beauté classique et d'une élégance intemporelle dans son costume trois pièces taillé sur mesure, avec ses cheveux blond cendré savamment décoiffés, ses pommettes hautes, son regard chaleureux et sa bouche vulnérable. Le maintien naturellement impeccable – comme si, chez lui, c'était inné –, il donne l'impression d'être apparu un jour comme par magie, calme et élégant, déjà parfaitement maître de lui-même, dans l'une des roseraies du palais.

Son regard fait le tour du petit groupe et plonge dans celui d'Alex, qui se sent aussitôt envahi par un sentiment étrange, entre tension palpable et exaspération. Il n'a pas échangé un seul mot avec Henry depuis plus d'un an. Le visage de l'insolent est toujours aussi parfaitement harmonieux et symétrique – c'en est exaspérant.

Comme si le jeune Américain n'était qu'un invité parmi d'autres et pas le garçon qu'il a coiffé au poteau en décrochant avant lui deux pleines pages dans *Vogue* quand ils étaient ados, le prince ne prend la peine de lui adresser qu'un petit signe de la tête de pure forme. Alex en reste interdit – soudain frémissant de rage, il se retrouve contraint d'assister à la scène en simple spectateur. Il regarde donc Henry incliner vers sa future cavalière sa mâchoire ridiculement ciselée.

— Bonsoir, June. J'imagine que tu sais danser la valse ?

En parfait gentleman, le prince présente sa paume à la jeune fille, qui pique aussitôt un fard. Nora, hors champ, en profite pour mimer la pâmoison.

— Je… je n'aurai qu'à te suivre, bredouille sa cavalière.

Elle lui prend la main avec méfiance, comme si elle craignait une blague. (Ce qui, de l'avis d'Alex, serait donner trop de crédit à Henry : il est dénué du moindre humour, le pauvre !) Ensemble, ils fendent la foule de convives déjà en train de tourner et virevolter.

— On en est là, sérieusement ? peste le jeune Texan, atterré, les yeux rivés sur l'oiseau de tissu né sous les doigts de Nora. Sa stratégie, pour me fermer ma gueule, c'est de faire les yeux doux à ma sœur ? Il n'a rien trouvé de mieux ?

— Oh, mon pauvre chou… répond-elle en lui tapotant le dos de la main. C'est adorable, cette manie que tu as de penser que tu es le centre du monde, que tout tourne toujours autour de toi.

— Ah… parce que ce n'est pas le cas ? riposte-t-il, moqueur. Vous ne savez pas ce que vous perdez.

— Ah, voilà ! Là, je te reconnais !

Alex balaie des yeux la masse compacte des danseurs et finit par repérer June qui tourbillonne tout autour de la piste dans les bras de Henry. Si elle affiche un sourire poli, le prince, lui, se borne à fixer le vide par-dessus l'épaule de sa partenaire. Ce spectacle a le don d'énerver encore plus Alex, amèrement tenté de mettre une claque au malotru. June est ce qui se fait de mieux sur cette terre !

Henry pourrait au moins lui témoigner un minimum d'intérêt…

— Blague à part, tu crois qu'il a vraiment un faible pour elle ? s'inquiète-t-il à haute voix.

Nora hausse les épaules.

— Qui sait ? La couronne britannique, c'est une drôle d'engeance. Peut-être qu'il l'a invitée par simple courtoisie, ou peut-être qu'il… Ah bah, justement, regardez qui voilà ! Je crois que tu as ta réponse.

L'un des photographes officiels du palais fond sur le couple pour les immortaliser en pleine valse. Le cliché sera cédé à *Hello* avant la fin du week-end, Alex en est certain. Alors ce serait ça, le fin mot de l'histoire ? Henry a tellement soif d'attention qu'il veut se servir de June, lancer la rumeur d'une liaison entre lui et la fille de la présidente des États-Unis ? Il ne peut pas laisser Philip lui voler la vedette ne serait-ce qu'une semaine dans les médias ? Nora enfonce le clou :

— Il faut reconnaître que c'est plutôt bien joué. Il sait y faire, le bougre…

Alex n'y tient plus : il hèle le premier serveur qu'il voit. C'est décidé, il va passer le reste de la réception à se coller une cuite.

Il ne l'a jamais dit à personne – et n'en dira jamais rien – mais, la première fois qu'il a vu Henry, il n'avait que douze ans. Étrange, d'ailleurs, qu'il ne se fasse jamais cette réflexion que quand il est bourré… Il avait forcément déjà dû l'apercevoir au journal télévisé, bien sûr. Mais c'est ce jour-là qu'il a vraiment remarqué le prince pour la première fois.

June, qui venait de fêter ses quinze ans, avait utilisé une partie de ses étrennes pour s'offrir un magazine pour ados dont la une fluo vous arrachait la rétine – à l'époque, déjà, elle ne cachait pas son penchant pour la presse à scandale. Au centre du numéro se trouvait une série de posters miniatures détachables, à coller dans son casier ou sur les murs de sa chambre. À condition de soulever les agrafes du bout des ongles avec tout un luxe de précautions, on pouvait récupérer les images sans trop les déchirer.

Et, sur l'une d'entre elles, pile au milieu, il y avait un garçon. Un garçon à l'épaisse chevelure fauve et aux grands yeux bleus, un sourire éclatant aux lèvres et une batte de cricket sur l'épaule. Le portrait ne ressemblait pas à une photo posée : l'adolescent rayonnait d'une assurance et d'une gaieté difficiles à simuler à son âge. Dans le coin inférieur de la page, en lettres roses et bleues, figurait son nom : « LE PRINCE HENRY ».

Aujourd'hui encore, Alex se demande pourquoi cette image le captivait autant. Il avait pris l'habitude de se glisser dans la chambre de June pour ouvrir le magazine à la bonne page afin d'effleurer du bout des doigts les cheveux du prince, comme s'il pouvait en sentir la texture à force d'imagination. Plus ses parents grimpaient les échelons en politique, et plus Alex était contraint de se faire à cette idée plutôt inquiétante : lui aussi risquait bien de devenir un jour un personnage public. Imaginez un peu ça : que le monde entier sache qui vous êtes… Alors, il lui arrivait de penser à cette photo de Henry et de s'essayer à l'exercice : s'efforcer tant bien que mal de dégager le même aplomb, la même spontanéité.

(Il avait été tenté, bien sûr, de desserrer les agrafes pour emporter le poster dans sa chambre, mais ne s'y était jamais risqué : ses ongles trop courts, la peur d'être découvert…

Dans son esprit, ces attaches étaient faites pour les doigts agiles d'une fille.)

Mais, quand l'heure était ensuite venue pour lui de rencontrer Henry pour la première fois – le jour où il s'était pris en pleine face les quelques mots glacials du jeune prince –, Alex n'avait pas tardé à se rendre compte de son erreur : le gamin rayonnant et bien dans sa peau de la photo n'était qu'un leurre. Le véritable Henry était un animal à sang froid – beau, certes, mais distant, dédaigneux et d'un ennui mortel. Celui que les tabloïds n'arrêtaient pas de comparer à Alex, et auquel Alex lui-même, par ricochet, ne cessait de se mesurer, n'était en fait qu'un snobinard de la pire espèce qui se croyait supérieur à lui comme à tout le monde.

Comment ai-je bien pu vouloir un jour lui ressembler ? se demande le jeune Texan qui, tout à tour, rumine toute cette histoire et s'efforce – en vain – de la chasser de son esprit. Après avoir descendu plusieurs verres de suite, il décide d'aller se perdre dans la foule des danseurs pour papillonner d'une jolie héritière européenne à l'autre.

Il vient justement d'abandonner l'une d'entre elles d'une pirouette lorsqu'il remarque une silhouette solitaire campée entre la monumentale pièce montée et la non moins gigantesque fontaine à champagne. Coupe à la main, Henry – toujours lui – regarde les jeunes mariés virevolter au centre de la salle avec, sur le visage, cette expression d'intérêt poli qui a le don de porter sur les nerfs d'Alex. Comme si Son Altesse avait de toute façon mieux à faire ailleurs. Le jeune homme, qui voit clair dans le jeu du prince, cède à la tentation : il ne résiste pas à l'envie de le confondre.

Il se fraie donc un chemin parmi les invités, emprunte un verre de vin à un serveur qui passait par là, plateau à la main, et en engloutit la moitié en deux gorgées avant de s'approcher de son homologue britannique.

— C'est un peu petit bras, non ? Vous auriez dû en mettre au moins deux... lui lance-t-il sans préambule. Un mariage avec une seule fontaine à champagne, c'est presque gênant, franchement.

De plus près, il remarque que, sous son costume, Henry porte un somptueux veston doré rehaussé d'à peu près, oh, un petit million de boutons au bas mot ! *Ah, mes yeux...* gémit-il intérieurement.

— Alex ! articule le prince de cette voix distinguée qui fait grincer les dents du jeune Texan. Je me demandais justement si j'aurais... la joie et le plaisir.

— Eh bien c'est ton jour de chance ! répond l'intéressé, tout souriant.

— C'est le cas de le dire... Un jour à marquer d'une pierre blanche.

Et Henry lui sert à son tour un sourire d'une blancheur éclatante, calibré, au bas mot, pour orner des billets de banque. Pourtant, Alex n'en doute pas : le prince, lui non plus, ne peut pas l'encadrer. Et comment pourrait-il en être autrement ? Après tout, l'un comme l'autre sont des ennemis naturels. Le plus énervant, dans tout ça ? L'aristocrate s'entête à faire comme si de rien n'était – comme s'il était absolument au-dessus de tout ça. Certes, la diplomatie exige souvent de pactiser avec des interlocuteurs qu'on méprise, Alex le sait mieux que personne... Mais si seulement Henry pouvait – une seule fois, rien qu'une seule – agir en être humain plutôt que comme un de ces automates à remontage manuel qui peuplent les vitrines de la boutique du palais…

Il est trop parfait, trop irréprochable. Le jeune Texan meurt d'envie de le provoquer – de titiller la bête, histoire de voir ce qu'elle a dans le ventre.

— Je me disais : ça doit être épuisant, à la longue, de prétendre que tu es au-dessus de tout ça… Non ?

Son interlocuteur le dévisage, interdit :

— Pardon ?

— Bah… Tu n'hésites pas à t'exposer, à faire ce qu'il faut pour appâter les photographes… Tout ça pour jouer ensuite les intouchables, les gaillards au cœur pur qui détestent se retrouver au centre de l'attention. Mais c'est clairement du flanc… sinon pourquoi, parmi toutes les invitées, avoir choisi de danser avec ma sœur ? Tu te comportes comme si tu étais la huitième merveille du monde, comme si tu étais au-dessus de tout ce barnum… Alors je me demandais : t'en as jamais marre de jouer les blanches colombes à longueur de journée ?

Henry laisse passer un long silence.

— C'est… un peu plus compliqué que ça pour moi, tente-t-il d'expliquer.

— Pff… c'est bien ce que je disais… bafouille l'Américain.

Le prince braque sur lui un regard circonspect.

— Ah, je vois… Tu as un petit coup dans le nez.

Mais Alex n'a pas l'intention de se laisser démonter. Bien conscient de la familiarité excessive de ce geste, il pose le coude sur l'épaule du Britannique – ce qui n'est pas une mince affaire, vu les dix bons centimètres que Henry lui met dans la vue.

— Tout ce que je dis, c'est que tu devrais essayer de t'amuser un peu de temps en temps… Ou au moins de faire semblant.

Visiblement partagé entre embarras et hilarité, le prince se racle la gorge :

— Bon, je crois que l'alcool, c'est fini pour toi, ce soir.

Alex refuse de s'appesantir sur cette idée qui le dérange – oui, c'est sans doute le vin qui lui a donné le courage d'aborder Henry de front – et préfère adopter l'expression faussement innocente, si angélique, dont il a le secret.

— Tu penses ? Dis-moi, je ne t'ai pas vexé, au moins ? Ça doit être un peu déroutant, j'imagine, quelqu'un qui ne rampe pas devant toi comme tous ces adorateurs zélés, obsédés par le moindre de tes mouvements.

— Tu sais quoi ? Je pense qu'en réalité c'est exactement ça : je t'obsède.

Bouche bée, Alex regarde le coin des lèvres du prince s'étirer en un petit sourire supérieur, où se lit une pointe de cruauté.

— Ce n'est qu'une hypothèse, bien sûr… Mais tu n'as jamais remarqué que c'est toujours toi qui m'abordes, et jamais l'inverse ? poursuit Henry d'un ton scrupuleusement poli. Et qu'à chaque fois, je me montre toujours d'une parfaite courtoisie ? Et pourtant, te revoilà encore collé à mes basques. C'est toi qui viens me chercher. (Il avale une gorgée de champagne.) Simple remarque, bien sûr.

— Mais je ne suis pas… balbutie l'intéressé. C'est toi qui…

— Bonne soirée, Alex, rétorque sèchement le petit-fils de la reine, qui tourne déjà les talons pour mettre fin à la conversation.

Mais, à la simple idée que son rival puisse avoir le dernier mot, le jeune Texan voit rouge, d'un seul coup. Sans réfléchir, il attrape le fuyard par l'épaule.

Le prince se retourne brusquement et, cette fois, passe à deux doigts de repousser son adversaire. L'espace d'un instant, Alex, impressionné, voit briller un éclair menaçant dans son regard – une manifestation soudaine et inattendue, qui ressemblerait presque à une preuve de caractère.

Mais, la seconde d'après, l'Américain trébuche sur son propre pied et tombe à la renverse sur la table la plus proche, celle qui – ainsi qu'il s'en rend compte avec horreur au tout dernier moment – supporte les huit étages de l'énorme gâteau de mariage. D'un geste désespéré, il agrippe le bras du prince pour tenter de briser sa chute, mais ne parvient qu'à les déséquilibrer tous les deux.

Il est donc aux premières loges pour assister à la catastrophe qui semble se dérouler au ralenti sous ses yeux : Henry et lui vont s'abattre ensemble sur le socle de la pièce montée, qui penche… vacille… tremble sur sa base et finit par basculer sans qu'ils puissent rien faire pour l'arrêter. Le gâteau va s'écraser sur le sol dans une avalanche de crème d'un blanc de neige – un cauchemar pâtissier à pas moins de 75 000 dollars.

Et là, sous les yeux de l'assemblée qui retient son souffle, les deux jeunes gens, emportés par leur élan, finissent de s'étaler dans le silence le plus absolu au beau milieu du carnage qui est venu maculer le précieux tapis. La manche de Henry toujours serrée dans son poing, Alex fixe, hébété, la coupure qui commence à saigner sur l'une des pommettes du prince – dont le verre s'est brisé dans leur chute, les arrosant au passage de son contenu.

Dans les premiers instants, une seule et unique pensée traverse l'esprit tétanisé d'Alex tandis qu'il contemple le plafond, couvert de champagne et englué dans une marée de glaçage couleur pastel : *Pas de doute, question anecdotes de mariage croustillantes, c'est certainement pas la valse de Henry et June qui restera dans les mémoires...* Et aussitôt après : *Oh putain, ma mère va m'étrangler de ses propres mains, c'est sûr...*

Avec un temps de retard, il entend le prince grommeler à côté de lui, sonné :

— Bordel, mais c'est pas vrai...

Alex a à peine le temps de se dire que c'est bien la première fois qu'il entend la moindre grossièreté franchir les lèvres de Henry que, déjà, le tout premier flash se déclenche.

Chapitre 2

Dans un fracas retentissant, Zahra laisse tomber une pile de magazines sur la table d'une salle de réunion de l'aile Ouest. Un silence de mort s'installe.

— Et encore… finit par déclarer la jeune femme, sarcastique. C'est juste ce que j'ai trouvé sur mon trajet en venant ce matin. Inutile de te rappeler, j'imagine, que j'habite à moins de cinq cents mètres ?

Alex se penche sur les journaux étalés devant lui :

OUPS ! Un faux pas à 75 000 dollars…

BATTLE ROYALE AU MARIAGE PRINCIER : le prince Henry et le fils de la présidente en viennent aux mains

CAKEGATE À BUCKINGHAM : Alex Claremont-Diaz déclenche la troisième guerre mondiale

Chacun de ces gros titres s'accompagne d'une photo des deux adversaires étalés de tout leur long dans une mare de crème fouettée, Henry tout débraillé dans son costume trois pièces ridicule couvert de fleurs en sucre écrabouillées, son poignet prisonnier de la main d'Alex et sa joue barrée d'une fine entaille rouge.

Le jeune homme tente de détendre l'atmosphère :

— Tu es sûre qu'on ne devrait pas plutôt avoir cette conversation en salle de crise ou dans le bunker ?

C'est raté. La présidente, assise de l'autre côté de la table, n'a pas l'air de trouver cette remarque beaucoup plus amusante que sa conseillère. Par-dessus ses lunettes, elle décoche à son fils un regard mauvais qui suffit à le réduire au silence.

Et, à vrai dire, ce n'est pas de Zahra, la cheffe de cabinet adjointe de la Maison-Blanche, qu'il a peur. Le bras droit d'Ellen Claremont a beau paraître intraitable, Alex est à peu près certain qu'elle dissimule, loin aux tréfonds de son être, une petite part de douceur. Non, il s'inquiète davantage de la réaction de sa mère. Si, quand ils étaient plus jeunes, elle a toujours encouragé ses enfants à exprimer leurs émotions, à la minute où elle est devenue présidente, les relations internationales ont pris le pas sur les sentiments. Et, entre les deux femmes, Alex n'est pas certain de savoir à quelle sauce il préfère être mangé.

— « Selon plusieurs sources convergentes, les deux jeunes gens auraient été vus en pleine altercation au beau milieu de la réception quelques instants seulement avant d'aller… valser dans la meringue, lit Ellen à voix haute, avec un suprême dédain, sur l'exemplaire du *Sun* qu'elle s'est procuré de son côté.

Alex ne veut même pas savoir comment elle a réussi à mettre la main sur l'édition papier, datée du jour même, du célèbre quotidien britannique. Les voies d'une mère sont impénétrables, surtout quand elle est présidente des États-Unis.

— « Or, si l'on en croit les spécialistes de la famille royale, poursuit-elle, l'animosité entre le prince et le fils de la présidente ne date pas d'hier. Selon l'un des proches du Britannique, leur mésentente remonterait à leur première rencontre aux Jeux olympiques de Rio et n'aurait fait que s'amplifier depuis, au point qu'ils ne supportent plus de se trouver dans la même pièce. Ce n'était semble-t-il plus qu'une question de temps avant que le jeune Alex ne se décide à opter pour une approche à l'américaine – une violente altercation. »

— J'ai juste trébuché sur une table, je ne crois pas qu'on puisse vraiment parler de violen…

— Alexander… le coupe sa mère avec un calme tout sauf rassurant. Silence.

Il s'exécute aussitôt.

— « On ne peut s'empêcher de se demander, reprend-elle, si la rancœur accumulée entre ces deux fils du gotha contribue à ce que beaucoup d'observateurs ont appelé la "nette froideur" qui caractérise, ces dernières années, les relations entre le gouvernement Claremont et la couronne britannique. »

Elle écarte le magazine d'un geste brusque avant de croiser les bras.

— Vas-y, je t'en prie : encore une petite blague… dit-elle. Je meurs d'envie que tu m'expliques ce qu'il y a de si drôle là-dedans.

Alex ouvre et referme la bouche plusieurs fois de suite sans parvenir à produire un son.

— Ce n'est pas moi qui ai commencé ! finit-il par lâcher. Je l'ai à peine touché, c'est lui qui m'a poussé. Si je me suis accroché à lui, c'est pour ne pas perdre l'équilibre et…

— Mon chéri, je ne sais pas comment te le dire : qui a commencé quoi, la presse s'en taponne, figure-toi, l'interrompt Ellen. Que ce ne soit pas ta faute, la mère en moi est contente de l'entendre, mais la présidente, elle, n'a qu'une envie : ordonner à la CIA de simuler ta mort pour exploiter à fond la carte de la mère endeuillée et se faire réélire. *Capice* ?

Alex serre les dents. Il a l'habitude de s'attirer les foudres de l'équipe de sa mère. Adolescent, il adorait prendre en traître ses collègues au Congrès dans les soirées de collecte de fonds organisées par le parti en leur signalant toutes les incohérences de leur historique de vote à la Chambre. Et il a déjà fait la une des tabloïds pour des méfaits bien plus embarrassants qu'une simple chute. Mais, il faut bien le dire, jamais avec des conséquences potentiellement aussi cataclysmiques à l'échelle internationale…

— Là, tout de suite, je n'ai pas le temps de m'occuper de cette histoire, conclut sa mère. Alors voilà ce que tu vas faire…

Elle tire de son porte-documents un dossier qui renferme une liasse de pièces officielles hérissées d'une forêt de petites étiquettes de couleurs différentes. Les mots « MODALITÉS DE L'ACCORD » se détachent sur la première page.

— Euh… marmonne Alex.

— Tu vas te réconcilier avec Henry. Tu pars samedi pour l'Angleterre, où tu passeras tout le reste du week-end.

Il n'en croit pas ses oreilles.

— Hmm… Il n'est pas trop tard pour partir sur l'option où on simule ma mort, plutôt ? Si ?

Elle ne prend même pas la peine de relever.

— Zahra va se faire un plaisir de t'expliquer le reste. J'ai exactement quarante-trois réunions dans la matinée. (Elle se lève et se dirige vers la porte, mais s'arrête malgré tout le temps d'embrasser le bout de ses doigts et de coller ce baiser sur le crâne de son fils.) Tu es un demeuré, mais je t'aime.

Puis elle disparaît, suivie par l'écho du cliquetis de ses talons hauts sur le sol du couloir. Zahra s'installe sur la chaise que la présidente a laissée vacante et l'expression de son visage ne laisse aucune place au doute : elle préférerait encore organiser l'assassinat d'Alex – et pour de vrai, cette fois. Il y a plus haut placé et plus influent qu'elle, techniquement, à la Maison-Blanche, mais elle travaille aux côtés d'Ellen depuis qu'elle est sortie de l'université de Howard (la « Harvard noire », comme on la surnomme) – quand Alex n'avait pas encore six ans. Lorsqu'il s'agit de faire rentrer dans le rang les membres de la famille présidentielle, elle est la seule et unique personne de confiance.

— Très bien, voilà ce qui se passe. Pour élaborer ce plan, j'ai passé la nuit entière en visioconférence avec le tas de charlots qui sert d'équipe au prince : son service de com, ses attachés de presse et même son putain d'écuyer, rien que ça. Ils ont tous un sacré balai dans le cul, au passage. Donc tu vas me faire le plaisir de suivre mes consignes à la lettre. Pas le moindre mot de travers, c'est clair ? Tu n'as pas intérêt à tout faire foirer, est-ce que je me fais bien comprendre ?

Alex a beau, par-devers lui, continuer de trouver l'idée consternante de stupidité, il s'empresse de hocher la tête.

Pas convaincue pour un sou par ces simagrées – loin de là –, Zahra poursuit tout de même vaillamment.

— Premièrement, la Maison-Blanche et la couronne britannique vont publier une déclaration conjointe, qui présentera l'incident survenu au mariage comme un complet accident, un simple malentendu…

— C'est la vérité.

— Et qui rappellera que vous êtes, le prince Henry et toi, très proches depuis des années maintenant, même si vous avez rarement le temps de vous voir.

— Euh… C'est une blague ?

— Écoute… (Zahra porte à ses lèvres son énorme thermos de café en acier inoxydable, dont elle avale une gorgée avant de reprendre.) Le but, pour lui comme pour toi, c'est de vous en sortir indemnes, sans trop ternir votre image, et le seul moyen d'y parvenir, c'est de faire passer votre petit combat de coqs pour un simple dérapage sans gravité, une explication musclée comme dans toute bonne bromance qui se respecte. D'accord ? Donc tu peux le vomir en privé autant que tu veux, bourrer ton journal intime de haïkus incendiaires sur lui mais, à la seconde où tu vois un objectif braqué sur vous, tu as intérêt à faire comme si le soleil se levait dans son trou de balle, O.K. ? Et débrouille-toi pour qu'on y croie, ou je te jure que tu vas le regretter !

— On voit bien que tu n'as jamais rencontré Henry ! proteste Alex. Je suis censé faire comment, au juste ? Il a le charisme d'un chou-fleur !

— Tu n'as pas encore compris que je me contrefous de ce que tu ressens, mon petit gars ? rétorque vertement Zahra. C'est la seule façon d'éviter que tes conneries détournent tout le pays du vrai sujet – la campagne de ta mère pour sa réélection. Tu veux vraiment qu'elle passe tous les débats télévisés de l'année prochaine à expliquer au monde pourquoi son crétin de fils s'amuse à saboter les relations de l'Amérique avec un de ses plus anciens alliés européens ?

La réponse est non, bien entendu. Au fond de lui, Alex sait bien qu'il est plus fin stratège que son comportement au mariage ne peut le laisser supposer. S'il n'avait pas le Britannique à ce point dans le nez, il l'aurait sans doute suggéré lui-même, ce plan.

— Bref… reprend Zahra. À partir de maintenant, Henry est ton nouveau meilleur ami. Ce week-end, vous allez faire plusieurs apparitions publiques ensemble, notamment au profit d'œuvres de bienfaisance, et en profiter pour raconter à la presse que vous ne pouvez pas vous passer l'un de l'autre. Et toi, tu vas sourire, acquiescer sagement et faire profil bas. Si on te demande ce que tu penses de Henry, je veux t'entendre t'extasier comme si tu parlais de ta première copine. Tu n'hésites pas, tu sors les violons, compris ?

Elle glisse alors devant Alex un document couvert de listes à puces et de tableaux de données, organisé avec une telle méticulosité qu'il aurait lui-même pu en être l'auteur, et intitulé : « S. A. R. LE PRINCE HENRY – FICHE DE RENSEIGNEMENTS ».

— À mémoriser, précise Zahra. Histoire que si un journaliste essaie de te pousser à la faute, tu saches quoi répondre.

Dans la catégorie « HOBBIES ET PASSIONS », les yeux du jeune homme s'arrêtent sur « polo » et « compétitions de voile ». *Putain, je vais me tirer une balle…*

— Lui aussi, il a reçu la même fiche sur moi ? demande-t-il, au désespoir.

— Oui. Et la rédiger, Alex, a compté parmi les moments les plus déprimants de ma carrière, je tiens à te le dire.

Elle fait ensuite glisser jusque devant lui un deuxième document, qui énumère cette fois ses obligations du week-end :

> – Un minimum de deux (2) publications sur les réseaux sociaux par jour au sujet du Royaume-Uni et/ou de son séjour dans le pays.
>
> – Une (1) interview en direct dans l'émission *This Morning* de la chaîne ITV, d'une durée de cinq (5) minutes, conforme à la trame narrative fixée au préalable.
>
> – Deux (2) apparitions conjointes en présence de photographes : une (1) rencontre privée et un (1) événement public organisé au profit d'un œuvre de bienfaisance.

— Pourquoi c'est à moi d'y aller ? C'est lui qui m'a poussé dans cette putain de pièce montée, après tout : ça ne devrait pas plutôt être à lui de faire le voyage pour faire un sketch dans *Saturday Night Live* ou je ne sais trop quoi ?

— Parce que c'est le mariage de son frère que tu as gâché et parce que c'est eux, et pas nous, qui en sont pour leur poche (à hauteur de 75 000 dollars tout de même, je te le rappelle). De toute façon, on a prévu de l'inviter à un dîner d'État dans quelques mois. Et, je te rassure, il est au moins aussi ravi que toi de tout ce cirque.

Alex se pince l'arête du nez : le stress est déjà en train de lui filer la migraine.

— Mais j'ai cours ! insiste-t-il.

— Tu seras de retour ici dimanche soir, heure de Washington. Et lundi, sur les bancs de la fac, sans avoir rien raté, tu verras.

— Je n'ai vraiment aucune chance d'y échapper, c'est ça ?

— Tu as tout compris.

Il pince les lèvres. Une liste, il faut qu'il fasse une liste, et vite.

Quand il était petit, Alex avait pris l'habitude de couvrir page après page de ses inimitables pattes de mouche une montagne de feuilles volantes qu'il dissimulait sous le denim usagé d'une banquette placée dans une embrasure, sous l'appui de la grande fenêtre à encorbellement de leur maison d'Austin : traités bavards sur le rôle du gouvernement en Amérique (de son écriture tout entortillée, avec les « g » tracés à l'envers), textes traduits de l'anglais vers l'espagnol ou tableaux regroupant les points forts et les faiblesses de ses camarades de primaire – bref tout et n'importe quoi, à commencer par des listes, un très grand nombre de listes, histoire de clarifier sa pensée… Les inventaires et les énumérations, ça l'aide beaucoup.

Alors, voyons… Les avantages de cette manœuvre de gestion de crise désespérée, dans l'ordre :

1) Donner un coup de pouce à la cote de popularité de sa mère.

2) Un gros historique question incidents diplomatiques, c'est sûr que ça ne va pas jouer en sa faveur dans la carrière qu'il s'est choisie.

3) Un voyage gratos en Europe, ça ne se refuse pas.

— O.K., je suis partant, conclut-il en attrapant le dossier. Mais ça va être une de ces corvées…

— Ah ça, j'espère bien que oui !

Officiellement, le Trio de la Maison-Blanche – le surnom officiel qui désigne Alex, June et Nora – est né sous la plume des rédacteurs de *People*, peu avant l'investiture d'Ellen. En réalité, ce sobriquet, soigneusement mis au point par l'équipe de com de la présidente, a d'abord été longuement testé auprès de panels représentatifs de la population, puis fourni clé en main au magazine. La politique dans toute sa splendeur – où tout est calibré jusque dans les moindres hashtags…

Avant les Claremont, les Kennedy ou les Clinton mettaient un point d'honneur à protéger scrupuleusement leur progéniture de la presse – un arrangement qui a permis aux premiers concernés de traverser tranquillement les phases ingrates de l'enfance et de l'adolescence, de grandir et de faire les expériences habituelles à cet âge sans se sentir traqués et épiés en permanence. Sasha et Malia Obama, en revanche, ont vu leurs moindres faits et gestes observés à la loupe bien avant leur entrée au collège. Les membres du Trio de la Maison-Blanche, eux, ont préféré anticiper, s'emparer des rênes de leur image publique et maîtriser le discours des médias dès le départ, avant de se retrouver dépossédés de leur propre histoire.

Leur stratégie s'est avérée aussi audacieuse qu'innovante : mettre en avant trois millennials au charme, à l'intelligence et au charisme ultra-vendeurs – enfin, techniquement,

Alex et Nora sont plutôt de la génération Z, à quelques années près, mais la presse trouve ça moins accrocheur. Or, ce qui prend, c'est ce qui est attractif et marque les esprits – c'est la décontraction et l'aisance inimitables d'un Barack Obama, par exemple. Le plan, c'était de faire de chacun des Claremont une célébrité à part entière, aussi « cool », à leur manière, aux yeux des électeurs que l'illustre président en son temps. Comme le répète souvent la mère d'Alex : « Ce n'est pas parfait mais, au moins, ça fonctionne. »

Le Trio de la Maison-Blanche… C'est donc sous cette appellation d'emprunt que le grand public les connaît mais, réfugiés dans le salon de musique située au deuxième étage de la Résidence, ils sont simplement Alex, June et Nora, trois amis collés à la hanche depuis leurs premières primaires démocrates – qu'ils ont passées ensemble à s'enfiler assez d'expressos pour mettre un terme définitif à leur croissance d'adolescents. Alex est leur moteur, June, leur équilibre et Nora, leur boussole.

Chacun s'est installé à sa place habituelle. Perchée sur ses talons devant la collection de vinyles, l'aînée fourrage dans les étagères à la recherche d'un album de Patsy Cline ; assise en tailleur au centre de la pièce, la cadette débouche une bouteille de vin rouge ; enfin, étendu en travers du canapé, la tête pendue dans le vide et les pieds posés sur le dossier, le benjamin réfléchit à la meilleure stratégie à adopter.

Il tourne et retourne la fiche de renseignements de Son Altesse Sérénissime, qu'il contemple d'un regard torve. Pas facile de la déchiffrer dans cette position – le sang lui monte à la tête.

June et Nora ne lui prêtent aucune attention. Toujours reliées par une complicité presque tangible, elles se sont pour l'instant réfugiées dans leur petite bulle personnelle, qu'il n'a jamais tout à fait réussi à percer. Colossale, absolue, indéchiffrable pour la plupart des gens (y compris Alex, parfois), leur amitié est un mystère. Il a beau les connaître par cœur – jusqu'au bout des ongles, jusque dans leurs pires défauts –, il reste incapable de dupliquer l'étrange connivence que les deux filles partagent (il est même assez sûr qu'il n'est pas censé essayer).

— Mais tes piges au *Washington Post*, elles te plaisaient bien, pourtant ? s'étonne justement Nora.

Un léger « pop » retentit quand le bouchon jaillit du goulot : elle boit une première gorgée directement à la bouteille.

— C'est vrai, reconnaît June. C'est juste que c'est un peu court : une tribune par mois seulement en moyenne et la moitié de mes sujets se font descendre en flèche parce que trop proches du programme de maman. Et si jamais une de mes propositions passe, si elle a le moindre lien avec la politique, l'équipe de com présidentielle insiste pour la relire avant soumission. Je me retrouve obligée d'envoyer au journal des pauvres bluettes sans intérêt alors qu'à l'autre bout de la ligne, il y a des journalistes qui pondent sans doute les enquêtes de fond les plus importantes de leur carrière.

— Bref… tu détestes.

June soupire en sortant de sa pochette l'album qu'elle cherchait.

— C'est juste que je ne sais quoi faire d'autre.

— Ils ne veulent pas te confier une rubrique ?

— Tu rigoles ? Ils n'ont même pas voulu me laisser mettre le pied dans le bâtiment. (Une fois le disque posé sur la platine, elle place le diamant sur le sillon.) À ton avis, ils me conseilleraient de faire quoi, Reilly et Rebecca ?

Toujours assise, sa bouteille à la main, Nora éclate de rire, la tête renversée en arrière.

— Mes parents ? Ils te diraient de suivre leur exemple : laisser tomber le journalisme, t'enthousiasmer pour les huiles essentielles, t'offrir un chalet dans les montagnes du Vermont et collectionner pas moins de six cents doudounes sans manches toutes parfumées au patchouli.

— Tu as oublié le plus important : acheter des actions Apple dans les années quatre-vingt-dix et amasser une petite fortune au passage !

— Oh, tu penses… Un détail !

June s'approche de Nora, place la main sur sa cascade de boucles brunes, puis lui dépose un baiser sur le sommet du crâne.

— Je trouverai bien un moyen d'arranger ça, ne t'inquiète pas.

Elle accepte la bouteille que lui tend son amie et boit une longue rasade. Dans son coin, Alex pousse un profond soupir.

— Quand je pense qu'il faut que je me fade ce ramassis d'inepties alors que je sors tout juste de mes partiels…

Sa sœur s'essuie la bouche du revers de la main – un geste qu'elle ne se permettrait jamais en dehors de leur cercle restreint – avant de répliquer :

— C'est ta faute, aussi… Tu passes ton temps à chercher des noises à tout ce qui bouge, y compris la monarchie britannique. Franchement, tu n'as que ce que tu mérites. Henry s'est montré plutôt sympa quand on a dansé ensemble au mariage, tu sais. Je me demande bien pourquoi tu ne peux pas le sacquer.

— Moi, je trouve la situation géniale, intervient Nora. Deux ennemis jurés forcés de faire la paix pour apaiser les tensions entre leurs deux pays ? On dirait du Shakespeare !

— Ouais, ben dans ce cas, j'espère qu'on ne me poignarde pas à la fin ! rétorque le jeune homme. À en croire sa fiche, Henry est le mec le plus rasoir de la terre, il n'a aucune épaisseur. Son plat préféré, c'est la tourte à l'agneau... Plus chiant que ça, tu meurs. Il a trompé tout le monde, le mec : c'est pas un être humain, en fait, c'est juste une silhouette en carton.

Le document récapitule beaucoup d'éléments qu'Alex connaissait déjà – il faut dire que l'actualité est régulièrement dominée par les enfants de la famille royale britannique et qu'au cours des années, poussé par son aversion pour Henry, il a lu la notice Wikipédia du prince plusieurs fois en long, en large et en travers. L'histoire de ses parents, de son frère et de sa sœur – Philip, l'aîné, et Béatrice, la cadette –, ses études de littérature anglaise à Oxford, son goût pour le piano, tout ça, Alex maîtrise. Quant au reste, il n'y a quasiment rien – des détails tellement insignifiants qu'ils ont peu de chances d'être évoqués en interview, mais plutôt mourir que se pointer à Londres moins bien préparé que son adversaire.

— J'ai une idée ! lance soudain Nora. Pour ton quiz, là, on n'a qu'à faire un jeu.

— Yes ! s'enthousiasme June. À chaque fois qu'Alex a la bonne réponse, on boit !

— Mieux : à chaque fois que la réponse nous donne envie de gerber, on boit… suggère l'intéressé.

— O.K., une gorgée par bonne réponse, deux pour chaque info vraiment nulle à chier sur Henry, tranche leur amie.

June a déjà sorti du placard deux coupes qu'elle présente à Nora. Alex se laisse glisser du canapé pour s'asseoir au sol à côté de l'arbitre autoproclamée du match, qui remplit les verres, garde la bouteille pour elle-même et lui prend la feuille des mains.

— Bon… Une question facile, pour commencer : qui sont ses parents ? Allez, c'est parti !

Le jeune homme lève sa boisson, l'image des géniteurs de Henry parfaitement claire dans son esprit : d'un côté, les yeux bleus au regard pénétrant de Catherine, de l'autre, Arthur et sa mâchoire carrée de star des planches et du grand écran.

— Mère : Catherine, fille aînée de la reine Mary, première princesse de l'histoire du pays à décrocher un doctorat, débite-t-il. En… littérature anglaise. Père : Arthur Fox, acteur britannique de théâtre et de cinéma, adulé par la critique et surtout connu pour avoir incarné James Bond dans les années quatre-vingt. Décédé en 2015. À la bonne vôtre.

Les filles s'exécutent. Quand Nora lui passe la fiche de renseignements, June la parcourt avec attention, histoire de trouver un peu plus ardu.

— Voyons voir… Ah, voilà : le nom de son chien !

— David, un beagle, riposte Alex du tac au tac. C'est difficile à oublier : sérieusement, qui baptise son clebs « David » ? On dirait un chien avocat fiscaliste. Allez, on boit !

— Le nom, l'âge et le boulot de son meilleur ami, enchaîne Nora. Enfin, de son meilleur ami après toi, bien sûr…

D'un geste nonchalant, le garçon lui présente son majeur.

— Percy Okonjo, surnommé Pez ou Pezza. Héritier du groupe nigérian Okonjo, leader du marché africain en matière de génie biomédical. Vingt-deux ans, habite à Londres, a rencontré Henry au collège, à Eton. Dirige la fondation Okonjo, une ONG humanitaire. Ta bouteille est juste là, ma cocotte.

— Hmm… Son livre préféré ?

— Ah… Euh. Merde ! Hmm… Attends, c'était quoi, déjà…

— Désolée, monsieur Claremont-Diaz, cette réponse est incorrecte, décrète June. Merci pour votre participation, mais vous êtes le maillon faible.

— Aah… C'est quoi, la réponse ?

Elle consulte la fiche :

— D'après ce truc… *Les Grandes Espérances*.

Nora et Alex poussent de concert un gémissement incrédule.

— Vous voyez, maintenant, ce que j'essayais de vous dire ? lance le jeune homme. Le gars lit Dickens… et pour le plaisir !

— Je te concède le point… Deux gorgées, tout le monde ! reconnaît l'arbitre avant de donner l'exemple avec enthousiasme.

— Moi, je trouve ça intéressant comme choix de bouquin… objecte June. Un peu pédant, c'est vrai – mais la morale du roman, en gros, c'est que l'amour importe plus que le rang social et que faire ce qui est juste vaut mieux que de courir après la gloire et l'argent. Peut-être que ça lui parle…

Pour exprimer tout son scepticisme, Alex glisse la langue entre ses lèvres et postillonne bruyamment en direction de sa sœur, qui s'indigne :

— Tu pousses, là ! Vous êtes sacrément durs avec lui… Il a l'air plutôt sympa, pourtant.

— Tu dis ça parce qu'en bonne geek intello de service, tu essaies de défendre les représentants de ton espèce. C'est l'instinct qui veut ça…

— Quand je pense que j'essaie de t'aider par pure bonté d'âme alors que j'ai un article à rendre !

Alex se contente de faire la sourde oreille :

— Et sur ma fiche de renseignements, vous pensez que Zahra a mis quoi ?

— Hmm… (Nora fronce le nez d'un air moqueur – il ne va pas apprécier sa réponse.) Discipline olympique de prédilection : la gymnastique rythmique…

— J'assume totalement.

— Marque de jeans préférée : Gap.

— Je n'y peux rien, leurs pantalons me font des fesses d'enfer. Les autres ne tombent pas aussi bien. Et je te ferais remarquer que mon style préféré, ce ne sont pas les jeans, mais les chinos. C'est la tradition, chez les Diaz.

— Allergies prononcées aux acariens, à la lessive Ajax et à l'idée de se la fermer plus de trente secondes de suite. Inspiré par les discours interminables des membres du Congrès à des fins d'obstruction parlementaire, il a prononcé son premier plaidoyer à l'âge de neuf ans, sous les yeux ébahis des visiteurs du parc aquatique de

San Antonio, pour pousser vigoureusement le soigneur de l'un des orques à la retraite anticipée pour, je cite, « pratiques inhumaines en matière d'élevage des cétacés ».

— Et je maintiens aujourd'hui encore que j'avais raison.

La tête renversée en arrière, June s'abandonne à un fou rire retentissant. Pas peu fière de sa tirade, Nora esquisse un sourire en écartant les bras de l'air de dire : « Qu'est-ce que vous voulez que j'y fasse ? Il est incorrigible ! » et Alex contemple la scène en gloussant. Il sait qu'après le week-end cauchemardesque qui s'annonce, il pourra au moins retourner se perdre dans leur flot continu de taquineries pleines d'affection.

Alex s'était imaginé le secrétaire particulier de Henry comme un petit bonhomme corpulent tout droit sorti d'un conte de fées : haut-de-forme, queue-de-pie – et, pour compléter le tableau, une belle moustache de morse –, toujours à courir à droite et à gauche pour glisser un marchepied devant la portière du carrosse princier.

Pourtant, l'homme qui attend le fils de la présidente et sa garde rapprochée sur le tarmac du petit aérodrome privé de la famille royale pourrait difficilement être plus éloigné d'un tel portrait : c'est un grand gaillard d'origine indienne, la trentaine, élégant en diable dans son costume à la coupe impeccable, qui arbore une barbe taillée avec soin et patiente une tasse de thé à la main. Au revers de sa veste scintille un petit Union Jack. Bon, pour les préjugés, Alex repassera, au temps pour lui…

Le Britannique tend la main à Amy, en tête de la délégation.

— Bonsoir, agent Chen. J'espère que votre voyage s'est déroulé sans encombre.

— Pour notre troisième vol transatlantique en l'espace de huit jours, plutôt pas mal, merci.

Le Britannique esquisse un demi-sourire plein de commisération.

— Ce Land Rover est à la disposition de votre équipe pour toute la durée du séjour.

Comme Alex approche à son tour, Amy incline la tête et lâche la paume de leur hôte, qui se tourne vers le nouveau venu.

— Monsieur Claremont-Diaz, bienvenue en Angleterre pour la deuxième fois en une semaine. Je suis Shaan Srivastava, l'écuyer de Son Altesse.

Ils échangent une poignée de main. Pour un peu, le jeune Texan pourrait se croire dans un des *James Bond* du père de Henry. Derrière Alex, deux aides sont en train de décharger les bagages du petit groupe, qu'ils transportent vers une Aston Martin à la carrosserie rutilante.

— Bonjour ! répond-il. Vous non plus, vous ne pensiez pas que c'était comme ça qu'allait se passer votre week-end, je parie ?

— Ce développement en apparence inattendu ne me surprend malheureusement pas autant que je ne l'aurais voulu, réplique l'écuyer sans s'émouvoir, avec un sourire impénétrable.

Et l'homme de tourner les talons pour se diriger vers la voiture en tirant de la poche de sa veste une petite tablette tactile. Alex le regarde un instant s'éloigner sans mot dire, estomaqué, mais ne tarde pas à se reprendre. Peu importe la décontraction absolue de Shaan et ses longues enjambées à la démarche parfaitement maîtrisée : hors de question de se laisser impressionner par un quidam majeur et vacciné dont le seul boulot consiste à gérer l'emploi du temps du prince. Au bout d'un instant, le jeune Américain secoue la tête comme s'il sortait d'un mauvais rêve et s'élance au pas de course pour rattraper leur hôte. Quand Alex se glisse sur la banquette arrière, l'écuyer a déjà pris place à l'avant.

— Récapitulons : vous passerez la nuit au palais de Kensington, dans une des suites réservées aux invités. Demain, votre participation à l'émission *This Morning* est prévue à 9 heures, après une séance photo devant les studios d'ITV. Toute l'après-midi, visite d'un service d'oncologie pédiatrique, puis retour au pays de l'Oncle Sam.

— Bien noté, répond Alex.

Ça aurait pu être pire, se retient-il fort poliment d'ajouter.

— Dans l'immédiat, reprend Shaan, vous m'accompagnez chercher Henry aux écuries royales où il se trouve en ce moment. L'un de nos photographes vous y attend, prêt à immortaliser le chaleureux accueil que vous réservera le prince. Je vous suggère donc d'adopter l'air enthousiaste qui convient.

Alex aurait dû s'y attendre : la famille royale possède – ben voyons – un authentique haras, et leur précieux rejeton a besoin d'un chauffeur pour l'y emmener et l'en ramener. L'espace d'un instant, à l'écoute du programme chargé du lendemain, le jeune Américain s'était laissé aller à imaginer que le week-end pourrait, peut-être, déjouer ses attentes. Mais le voilà rassuré !

— Si vous voulez bien ouvrir la pochette placée sur le siège devant vous, ajoute Shaan, vous y trouverez un document à signer, déjà approuvé par vos avocats.

Il tend à son passager, par-dessus son épaule, un splendide stylo plume noir. Les mots « ACCORD DE CONFIDENTIALITÉ » s'étalent en haut du premier feuillet. Après avoir jeté un rapide coup d'œil au texte jusqu'à la fin, Alex pousse un petit sifflement. Quinze pages au bas mot…

— Et… vous faites ça souvent ?

— C'est le protocole habituel, oui. La réputation de la famille royale est trop précieuse, elle doit être protégée à tout prix.

> Le terme « Information confidentielle » utilisé ci-après désigne :
>
> 1. toute information que S. A. R. le prince Henry ou tout autre membre de la famille royale serait amené à présenter à l'Invité(e) comme une « Information confidentielle » ;
>
> 2. toute information à caractère financier ou patrimonial relative au capital économique et foncier personnel de S. A. R. le prince Henry ;
>
> 3. tout détail architectural des résidences royales visitées (palais de Buckingham, palais de Kensington, etc.) ainsi que tout effet personnel qu'elles pourraient contenir ;
>
> 4. toute information concernant la vie personnelle ou privée de S. A. R. le prince Henry qui n'apparaîtrait ni dans les discours, ni dans les communiqués royaux officiels, ni dans les biographies approuvées par la couronne, y compris toute relation personnelle ou privée que l'Invité(e) pourrait entretenir avec S. A. R. le prince Henry ;

> 5. toute information sauvegardée sur les appareils électroniques personnels de S. A. R. le prince Henry…

Voilà qui semble un peu… excessif. On dirait le genre de paperasse qu'un milliardaire fou adepte de chasse à l'homme pourrait présenter à ses futures victimes. *Allons donc, qu'est-ce que la personnalité publique la plus sage et équilibrée du monde – à ce degré-là, on n'est plus très loin de la mort cérébrale – pourrait bien avoir à cacher ?* se demande Alex. Pourvu que Henry ne soit pas secrètement porté sur la chasse à l'homme…

Les accords de confidentialité (même en béton armé comme celui-là) n'ont toutefois rien de nouveau pour le jeune Texan, malheureusement. Il paraphe puis signe donc son exemplaire sans rechigner. De toute manière, ce n'est pas comme s'il comptait dévoiler les détails soporifiques de ce voyage à quiconque – en dehors peut-être de June et Nora.

Au bout d'un quart d'heure à peine, ils se garent devant le bâtiment principal du haras, suivis de près par le 4 × 4 du détachement qui assure la sécurité d'Alex. Bien entendu, les écuries royales, gigantesques, ultra-modernes et parfaitement entretenues, sont à des années-lumière des quelques ranchs plutôt fatigués qu'il a pu visiter dans le nord du Texas. Shaan le conduit jusqu'à la barrière d'un paddock aménagé dans la cour, tandis qu'Amy et son équipe se regroupent à une dizaine de mètres de là.

Alex s'accoude au bois laqué de la barrière blanche qui entoure l'enclos, soudain assailli par l'étrange impression de ne pas être assez habillé pour l'occasion. C'est absurde – en temps normal, son chino et sa chemise à col boutonné lui auraient semblé complètement adaptés à une séance photo informelle – sauf que, pour la première fois depuis longtemps, il ne se sent pas dans son élément. Après tout ce temps passé dans l'avion, est-ce que ses cheveux ressemblent encore à quelque chose ?

Enfin, bon... Henry ne risque pas de paraître beaucoup plus fringant à la sortie de son entraînement de polo, de toute façon. Il sera sans doute en sueur et couvert de poussière.

Comme s'il n'attendait que ce signal de la part d'Alex, l'objet de ces spéculations fait son apparition à l'angle du bâtiment le plus proche, lancé au grand galop sur un cheval à la robe couleur de neige.

Mais nulle sueur, nulle poussière à l'horizon – bien au contraire. Nimbé de l'éclat radieux du soleil déclinant, sa veste noire impeccablement coupée et son pantalon d'équitation rentré dans ses hautes bottes de cuir, il a tout du parfait prince de contes de fées. Quand il dégrafe la lanière de sa bombe puis l'ôte d'une main gantée, ses cheveux s'avèrent ébouriffés juste ce qu'il faut, comme pour donner l'impression qu'ils ont été coiffés ainsi exprès.

— C'est tellement énervant... Tu mériterais que je te vomisse dessus, grince le jeune Texan dès qu'il se trouve à portée d'oreille, irrité de devoir lever la tête vers le cavalier qui le toise du haut de sa monture.

— Bonjour, Alex. Tu m'as l'air... sobre, dis donc.

Une pointe de froideur est perceptible dans la voix de Henry – nouvelle preuve, s'il en fallait, qu'il en a finalement terminé avec les faux-semblants.

— C'est bien parce que c'est vous, Votre Altesse Royale, rétorque l'Américain en exécutant un simulacre tarabiscoté de révérence.

— Ah, mais c'est trop d'honneur…

Le prince passe l'une de ses longues jambes par-dessus la croupe de son étalon pour mettre pied à terre avec grâce avant de retirer son gant droit et de tendre la main à son invité. Surgi de nulle part, un garçon d'écurie tiré à quatre épingles se matérialise alors devant eux pour attraper l'animal par la bride et l'emmener hors de vue. Alex ravale sa mauvaise humeur – il faut dire qu'aucune situation ne lui est jamais restée à ce point en travers de la gorge – et serre la paume qu'on lui offre.

Il a tout juste le temps de noter sous ses doigts la douceur de ceux de Henry (ils sont certainement exfoliés et hydratés quotidiennement par la manucure de la cour, bien sûr) qu'il repère le photographe dépêché sur place, posté de l'autre côté de la barrière. Aussitôt, Alex esquisse son sourire le plus éclatant en sifflant entre ses dents :

— C'est complètement débile, cette histoire. Allez, qu'on en finisse !

— Je suis bien d'accord : si ça pouvait m'épargner ta compagnie, je préférerais encore la torture, rétorque Henry, dont l'expression est le miroir de la sienne.

Les flashs de l'appareil photo se reflètent dans les grands yeux bleu tendre du prince, à qui Alex doit réprimer une envie soudaine de coller une beigne, d'autant que l'impudent termine par :

— Et dans ce domaine, ton pays en connaît un rayon, pas vrai ?

La tête rejetée en arrière, le jeune Texan part d'un grand éclat de rire, qui accomplit le prodige de sonner à la fois complètement faux et parfaitement enjôleur.

— Mais va te faire foutre ! rétorque-t-il à mi-voix.

— Hélas, on manque de temps pour ça.

Lorsque Shaan s'approche pour le saluer d'un léger signe de tête, le prince laisse retomber la main de son ennemi. Alex doit se retenir de lever les yeux au ciel quand l'homme entonne le titre de son employeur :

— Votre Altesse… Le photographe a ce qu'il lui faut, merci. Si vous êtes prêts à partir, la voiture vous attend.

Les lèvres de Henry s'étirent en un nouveau sourire, mais l'expression de son regard demeure indéchiffrable. Il se tourne vers son hôte.

— Après toi.

Au palais de Kensington, où Alex n'avait pourtant jamais mis les pieds auparavant, les appartements destinés aux invités lui paraissent étrangement familiers.

À la demande de Shaan, un domestique conduit le jeune homme jusqu'à sa chambre, où sa valise l'attend sur les draps tissés d'or d'un somptueux lit en bois sculpté. Beaucoup des pièces de la Maison-Blanche sont imprégnées d'une atmosphère similaire, hantées qu'elles sont par des siècles d'histoire qui, en dépit d'un ménage toujours méticuleux, y restent drapés dans les recoins comme autant de toiles d'araignées. Alex a donc l'habitude de dormir à côté de fantômes, mais… non, cette fois, c'est autre chose.

Pour mettre le doigt sur ce qui le chiffonne, il est contraint de remonter plus loin dans sa mémoire, jusqu'à l'époque de la séparation de ses parents. Avocats tous les deux, c'est à peine s'ils pouvaient commander à emporter au restau chinois du coin sans rédiger au préalable un contrat de trois pages, à cette époque-là. Résultat, avant qu'ils parviennent à convenir d'un arrangement à long terme,

Alex avait passé l'été de ses douze ans à faire l'aller-retour entre le Texas et la nouvelle maison de son père, dans la banlieue de Los Angeles.

C'était une chouette villa nichée dans la vallée de San Fernando, dont la façade côté jardin était un immense mur de verre qui donnait sur une piscine turquoise. Alex y faisait pourtant des insomnies à répétition. Il se faufilait au beau milieu de la nuit hors de sa chambre aménagée à la va-vite pour aller ouvrir le congélo et dévorer les Helados de son père – ses glaces vénézuéliennes préférées – à même le pot, pieds nus dans la cuisine, baigné dans les reflets bleus de la piscine.

Inexplicablement, le palais lui évoque la même atmosphère que cet été-là : les yeux grands ouverts dans le noir à minuit passé dans une chambre inconnue, avec l'obligation de prétendre que tout est normal, de faire en sorte, d'une manière ou d'une autre, que ça se passe le mieux possible.

Ses pas le mènent jusqu'à la cuisine rattachée à l'aile du bâtiment où se trouve sa suite. Sous les hauts plafonds, le marbre des comptoirs luit dans l'obscurité. Avant son départ des États-Unis, Alex a été invité à soumettre au palais une liste de ses en-cas préférés, mais se procurer des Helados dans des délais aussi courts relevait sans doute de l'exploit, car il ne trouve dans le congélateur qu'une boîte de cônes glacés de marque anglaise.

— Alors, c'est comment ?

Dans les écouteurs de son téléphone, la voix de Nora lui semble étrangement lointaine. À l'écran, il la regarde triturer l'une des dizaines de plantes qui ornent l'appui de sa fenêtre, les cheveux relevés en une demi-queue de cheval.

— Hyper bizarre, répond Alex en remontant ses lunettes sur l'arête de son nez. On se croirait dans un musée. Mais je n'ai pas le droit de te faire la visite, visiblement.

— Ouh là là, souffle son amie (qui ne se prive pas d'en faire des tonnes). Tous ces secrets, toute cette sophistication !

— Tu parles… C'est surtout glauque, comme ambiance. L'accord de confidentialité qu'ils m'ont fait signer était plus épais qu'une encyclopédie : je m'attends d'une minute à l'autre à tomber dans une trappe pour me retrouver enchaîné dans une chambre de torture.

— Je te parie que Henry a un enfant caché. Ou qu'il est gay. Ou qu'il a un enfant caché qui est gay.

— Non, il a surtout peur que je surprenne son écuyer en train de lui changer ses piles. Enfin bref, c'est pas passionnant… Qu'est-ce que tu racontes de beau, toi ? Là, tout de suite, maintenant, ta vie est tellement plus intéressante que la mienne !

— Voyons voir… Nate Silver, le petit génie de l'analyse statistique, n'arrête pas de m'appeler pour me réclamer une autre chronique… J'ai acheté des nouveaux rideaux… Et j'ai réduit la liste des spécialités de masters qui me bottent vraiment à deux : statistique ou science des données.

D'un bond, Alex s'installe sur un coin de plan de travail étincelant, les pieds pendus dans le vide.

— Dis-moi qu'elles sont toutes les deux disponibles à Washington, l'implore-t-il. Tu ne peux pas m'abandonner et retourner au MIT… Boston, c'est beaucoup trop loin !

— Je n'ai pas encore arrêté mon choix mais, étonnamment, il n'aura rien à voir avec toi… Tu te rappelles qu'on a déjà évoqué cette question ? Tu n'es pas le centre du monde, il nous arrive parfois de parler d'autre chose.

— Ouais, trop bizarre d'ailleurs. Alors comme ça, ton plan, c'est de piquer sa place au statisticien prodige qui fait la pluie et le beau temps en ce moment à Washington ?

— Non, pouffe la jeune fille. Mon plan, c'est de compiler en secret, puis d'analyser, assez de données pour prédire à la virgule près ce qui va se passer dans les vingt-cinq prochaines années. Ensuite, je m'achèterai une maison haut perchée avec une vue imprenable sur notre belle capitale, et là, je jouerai les ermites excentriques : je m'installerai sur ma véranda, armée de jumelles, pour regarder tout le spectacle se dérouler conformément à mes pronostics.

Le jeune homme se met à rire, mais s'interrompt sur-le-champ. Il y a du bruit dans le couloir, le son feutré de pas qui s'approchent. Si les quartiers de la princesse Béatrice et de Henry se trouvent dans une autre partie du palais, leurs officiers de sécurité et ceux d'Alex occupent le même étage que lui, donc peut-être que…

— Attends, ne quitte pas, dit-il à son interlocutrice en couvrant le micro de sa main.

Une lumière s'allume dans le corridor et, quelques instants plus tard, la porte s'ouvre sur nul autre que… le prince Henry. Les traits chiffonnés et les épaules voûtées, encore à moitié endormi dans le T-shirt gris chiné et le pantalon de pyjama à carreaux qui remplacent son habituel costume, il bâille sans retenue. Avec ses écouteurs sans fil aux oreilles, ses cheveux en bataille et ses pieds nus, il a l'air – vite, appelez les secours, convoquez la presse ! – d'un authentique être humain.

Quand son regard se pose enfin sur le garçon juché sur le plan de travail, l'aristocrate se fige sur place. Pétrifié lui aussi, Alex lui rend son regard. La voix étouffée de Nora s'élève du téléphone (« Attends, ne me dis pas que c'est... »), qu'il se dépêche évidemment de raccrocher.

Henry ôte ses écouteurs. Si sa posture s'est redressée presque automatiquement, son visage n'en reste pas moins assoupi et son expression un peu désorientée.

— Salut, croasse-t-il. Désolé, je... je venais juste... pour les Cornetto.

Et, comme si ce qu'il venait de dire faisait le moins du monde sens, il désigne le réfrigérateur d'un vague geste de la main.

— Qu... Pardon ? marmonne Alex.

Le prince se dirige vers l'appareil, tire du congélateur la boîte de cônes glacés et montre à son hôte le nom qui s'étale dessus : « Cornetto ».

— Je suis à court et je savais qu'ils t'en avaient préparé un stock, explique-t-il.

— Et ça t'arrive souvent ? De dévaliser la cuisine de tes invités, je veux dire.

— Seulement quand je n'arrive pas à dormir. Autrement dit, tout le temps. Je ne pensais pas que tu serais encore debout.

Comme Henry continue de le fixer, dans l'expectative, Alex se rend soudain compte que son interlocuteur attend sa permission pour ouvrir le paquet de glaces et s'y servir. Il est tenté de refuser – juste pour le plaisir d'éconduire un héritier de la couronne –, sauf que la remarque du prince l'intrigue. Lui aussi sait ce que c'est d'avoir du mal à trouver le sommeil.

Il se contente donc d'accepter d'un petit signe de tête. Henry prend son Cornetto, et Alex attend qu'il s'en aille, mais le visiteur n'en fait rien : il fixe à nouveau le jeune Américain.

— Tu as préparé ce que tu allais dire demain, devant les caméras ?

Alex le reconnaît bien là. Voilà précisément pourquoi rien chez cette machine dénuée de vie n'avait jamais piqué son intérêt auparavant…

— Bien sûr que oui ! rétorque le jeune Texan, le poil soudain hérissé. Moi aussi, je suis un pro, je te signale.

— Non, je… commence le prince avant de marquer une hésitation. Je voulais juste dire : tu ne penses pas qu'on devrait… euh… s'entraîner un peu ?

— Pourquoi, tu crois que c'est la peine ?

— Bah… Ce serait sans doute une bonne idée, non ?

Comment pourrait-il en être autrement ? songe Alex. *Le pauvre, il répète sans doute d'avance la moindre de ses apparitions publiques, en secret, enfermé ici sous les ors de la royauté…*

Le jeune Texan descend de son perchoir d'un bond et déverrouille son portable.

— Bah non. Admire un peu.

Il cadre soigneusement sa photo – la boîte de Cornetto sur le marbre du plan de travail et la main de Henry juste à côté, la manche de son pyjama et le sceau de sa lourde chevalière aussi visibles l'une que l'autre… Puis, en moins de deux, Alex ouvre Instagram et ajoute un filtre au cliché.

— « Le meilleur des remèdes au décalage horaire ? » ânonne-t-il, d'une voix dénuée de la moindre inflexion, au fur et à mesure qu'il tape sa légende. « Une petite glace à minuit avec @PrinceHenry. » Géolocalisation : « Palais de Kensington », et hop, le tour est joué.

Sitôt la photo postée, il colle son écran sous le nez de son interlocuteur : les likes et les commentaires affluent déjà.

— Il y a des tas de trucs qui méritent de se prendre la tête mais, crois-moi, les émissions de télé et les réseaux sociaux n'en font pas partie, conclut-il.

— Peut-être… répond le prince, les sourcils froncés, d'un air dubitatif.

— Bon, tu as tout ce qu'il te faut ? le presse Alex. Parce que j'étais au téléphone, et…

Henry tressaille, ramené à la réalité, avant de croiser les bras, de nouveau sur la défensive.

— Oui, bien sûr, je ne voulais pas te déranger.

Il s'en retourne vers la porte mais, parvenu sur le seuil, s'y arrête un instant, songeur.

— Je ne savais pas que tu portais des lunettes, finit-il par lancer.

Et, après cette remarque, il laisse Alex seul dans la cuisine, où la condensation commence à perler sur la boîte de Cornetto abandonnée sur le comptoir.

Le trajet jusqu'aux studios d'ITV, dans un gros monospace, se révèle – Dieu merci – chaotique mais bref. Même si la nausée d'Alex est très probablement imputable à son trac, il préfère l'attribuer à l'abominable petit-déjeuner qu'on lui a servi. Il faut vraiment avoir les papilles pourries pour réussir à ingurgiter ces infâmes toasts aux haricots blancs dès le matin ! De son sang mexicain ou texan, il ne saurait dire lequel est le plus révolté par cette barbarie.

Installé à côté de lui sur une longue banquette, Henry est entouré, sur tous les côtés, d'un nuage d'assistants et de stylistes. L'un apporte les dernières touches à la coiffure du prince à l'aide d'un peigne fin, tandis qu'une autre lui présente un bloc-notes où est listé un récapitulatif des sujets susceptibles d'être abordés et qu'un troisième lui redresse le col de la chemise. Assis à l'avant à côté du chauffeur, Shaan extrait une pilule jaune d'un petit flacon avant de la passer à Henry, qui la gobe et l'avale aussitôt, sans même une gorgée d'eau. Alex n'a même pas envie de savoir de quoi il retourne – de toute façon, ce ne sont pas ses oignons.

Le cortège de véhicules se range enfin devant le studio. En s'ouvrant, la porte coulissante de leur voiture dévoile la double rangée de photographes promis. De part et d'autre de l'entrée se presse aussi un troupeau d'admirateurs transis, agglutinés derrière des barrières. Une légère crispation au coin des lèvres et des paupières, Henry lance un regard à son compagnon d'infortune. Shaan se penche vers eux, le doigt sur l'oreillette.

— Le prince sort le premier, vous le suivez juste après, dit-il à Alex.

Le fils de la présidente prend une profonde inspiration, une fois, deux fois, avant d'ouvrir les vannes : aussitôt, un sourire éblouissant illumine son visage – le secret de son irrésistible charme à l'américaine. Il assortit sa déclaration d'un clin d'œil tout en chaussant ses lunettes de soleil :

— Après vous, Votre Altesse Royale ! Vos sujets s'impatientent.

Henry s'éclaircit la gorge avant de déplier son corps longiligne pour s'extirper de la banquette, puis s'avance dans le soleil matinal en saluant les spectateurs avec entrain. Les flashs crépitent, les reporters crient son nom et, dans la foule, une fille aux cheveux bleus a tout juste le temps de lever sa pancarte faite maison – qui supplie, en grosses lettres pailletées, « **LE PRINCE HENRY, DANS MON LIT !** » – qu'un membre de la sécurité a déjà fourré l'objet du délit dans la poubelle la plus proche.

Alex descend de voiture à la suite du petit-fils de la reine, qu'il rejoint avec la plus grande décontraction pour lui passer un bras autour des épaules.

— C'est le moment de faire semblant de m'apprécier ! glisse-t-il joyeusement à l'oreille du prince sans que son sourire ne vacille un seul instant.

Partagé entre un million de réparties possibles, Henry ouvre, l'espace d'un instant, de grands yeux surpris mais finit par poser, lui aussi, la main sur l'épaule de son voisin. Et, la tête inclinée sur le côté, il régale leur auditoire d'un éclat de rire parfaitement étudié.

— Voilà, parfait ! l'encourage l'Américain, sarcastique.

Difficile de faire plus *british* que les deux présentateurs de *This Morning*. D'un côté, il y a Dottie, une femme entre deux âges engoncée dans une robe printanière et, de l'autre, Stu, un homme austère au teint rougeaud qu'Alex voit bien passer ses week-ends à hurler sur la faune qui oserait traverser son jardin. Depuis les coulisses, le jeune Texan les regarde entamer l'émission pendant qu'une maquilleuse s'applique à camoufler un bouton de stress sur son front. À quelques pas sur sa gauche, son compère a droit à un dernier replâtrage de la part de l'un des stylistes royaux. *Ça y est, on y est… Trop tard pour reculer !* pense Alex en savourant cette ultime chance de ne prêter aucune attention au Britannique, bien conscient que l'occasion ne se reproduira plus de la journée entière.

Quand, quelques minutes plus tard, le prince pénètre sur le plateau, Alex lui emboîte le pas avec enthousiasme. Il serre d'abord la main de Dottie, en prenant soin de dégainer son plus beau sourire de politicien, celui qui lui a déjà permis de soutirer à bon nombre d'élues au Congrès – et même à plus d'un de leurs collègues masculins – des informations parfois hautement confidentielles. La présentatrice glousse, toute rougissante, et l'embrasse sur la joue sous les acclamations du public qui n'en finit plus d'applaudir.

Henry est déjà assis, maintien impeccable et dos bien droit, sur le canapé de l'émission. L'Américain lui décoche un large sourire avant de s'installer à ses côtés – il met un point d'honneur à se montrer parfaitement à l'aise en sa compagnie. Une mission qui se révèle tout à coup plus difficile que prévu car la lumière des projecteurs fait ressortir de manière saisissante la fraîcheur et le charme de son homologue britannique face aux caméras – de fines mèches de cheveux balaient le front du jeune homme, qui a enfilé un pull bleu par-dessus sa chemise.

Ce n'est pas du tout énervant… Peu importe, pas de quoi en faire un drame, se répète Alex. *O.K., Henry est beau à en tomber par terre, c'est ultra-irritant, mais c'est un fait objectif – rien de neuf sous le soleil, tout va bien.*

Le jeune Texan ne retrouve ses esprits qu'une seconde avant la catastrophe : il se ressaisit *in extremis*, juste à temps pour entendre la fin de la question que l'animatrice est en train de lui poser.

— Je me demandais donc, Alex, ce que vous pensez de notre bonne vieille Angleterre, termine-t-elle d'un air taquin.

Il se force à sourire.

— Que du bien, Dottie, que du bien ! C'est un pays magnifique. Depuis l'élection de ma mère, j'ai déjà eu la chance de venir au Royaume-Uni à plusieurs reprises, et je ne me lasse pas du sens de l'histoire qu'on sent partout ici… ni de votre incroyable choix de bières. (Le trait d'humour arrache à point nommé un petit rire aux spectateurs et la star américaine laisse ses épaules trembler dans un bref accès d'hilarité.) Et c'est aussi l'occasion de croiser un vieil ami, ce qui n'est jamais pour me déplaire.

Face au poing que lui présente son camarade, le prince hésite. Et, lorsqu'il finit malgré tout par faire s'entrechoquer leurs phalanges, à voir la gravité de son expression, on pourrait presque croire qu'il vient de se rendre coupable de haute trahison.

Un bon paquet de filles et de fils de président préfèrent prendre leurs jambes à leur cou en poussant des cris d'orfraie à la seconde où ils atteignent dix-huit ans. Si Alex, au contraire, a toujours rêvé de se lancer en politique, c'est que le sort de ses contemporains le préoccupe et le passionne – pour de vrai.

Le pouvoir, c'est très bien, concentrer sur sa personne l'attention de tous, c'est loin d'être désagréable, mais ce qui compte vraiment à ses yeux, c'est son prochain. Ce sont les autres… À vrai dire, Alex a un petit problème d'hypersensibilité et un peu de mal à ne pas trop s'investir. Et cette tendance presque pathologique à prendre les choses trop à cœur s'étend à la plupart des sujets – qu'il s'agisse du droit, pour ses concitoyens, de bénéficier d'une couverture santé convenable, d'épouser qui bon leur semble ou de ne pas se prendre une balle en pleine poitrine dans les couloirs de leur école. Dans le cas présent, ce qui le préoccupe, c'est le nombre de livres à disposition des enfants de l'Institut de recherches sur le cancer de l'hôpital Royal Marsden, à Londres.

Accompagnés de leurs troupeaux de gardes du corps respectifs, les deux jeunes gens ont en effet pris d'assaut le service de pédiatrie, où ils multiplient les poignées de main à des infirmières rougissantes. Alex fait tout ce qu'il peut pour desserrer les poings, mais le sourire de robot du prince – penché sur un bout de chou au crâne chauve noyé sous une forêt de tubes pour les besoins d'un énième cliché – lui donne envie de taper sur tout ce qui bouge.

Sauf qu'il est – au sens littéral – légalement tenu d'être là. Alors, à la place, il préfère reporter toute son attention sur les enfants. Même si, au départ, la plupart ne voient pas du tout qui il peut bien être, Henry le présente vaillamment comme le fils de la présidente des États-Unis et, aussitôt, les langues se délient. C'est grand, la Maison-Blanche ? Et est-ce qu'il connaît Ariana Grande ? Alex rit de bon cœur et répond sans rechigner avant de tirer quelques livres des gros cartons que son acolyte et lui ont apportés. Puis il s'installe sur le matelas de tel ou tel petit patient pour lui faire la lecture – le photographe qui lui a été assigné n'est jamais très loin, bien sûr…

Il ne se rend compte qu'il a semé le prince en chemin que quand le garçonnet avec qui il papote s'endort sur son épaule. Dans le silence qui s'installe alors lui parvient depuis l'autre côté du rideau, un peu étouffé, le timbre grave du prince.

Alex a tôt fait de compter les pieds visibles sous l'écran de tissu : pas de photographe. Rien que Henry. Intéressant…

Le jeune Texan s'approche à pas de loup d'une chaise installée contre le mur, là où s'arrête le pan d'étoffe. S'il se place dans le bon angle et incline la tête en arrière, il parvient tout juste à entrevoir la scène.

Le Britannique est en pleine conversation avec une petite fille atteinte d'une leucémie – Claudette de son prénom si l'on en croit le panneau d'affichage fixé au mur. La peau noire de l'enfant a viré au gris pâle et sa tête est enturbannée d'un foulard orange vif, orné de l'emblème de l'Alliance rebelle.

Loin de se tenir maladroitement à distance, comme Alex l'aurait imaginé, Henry s'est accroupi près de la fillette, à qui il tient la main, un petit sourire aux lèvres. Il désigne du doigt l'insigne qui orne sa coiffe.

— Et fan de *Star Wars*, à ce que je vois ? murmure-t-il d'une voix pleine de chaleur qu'Alex ne lui connaissait pas.

— Oui, c'est mon film préféré de tous les temps ! s'extasie Claudette. J'aimerais trop être comme la princesse Leia quand je serai grande. Elle est super forte, ultra-intelligente et, en plus, elle embrasse Han Solo.

Quand elle s'aperçoit de ce qu'elle vient de dire à un membre de la famille royale, elle pique un fard mais refuse de baisser les yeux. Ne voulant rien perdre de la réaction de Henry, Alex se surprend à tordre le cou. Il est absolument certain que *Star Wars* ne figurait pas sur la fiche de renseignements qu'on lui a communiquée. Le prince se penche vers son interlocutrice avec des airs de conspirateur.

— Tu sais quoi ? Je suis bien d'accord avec toi.

Claudette pouffe de rire.

— C'est qui, ton personnage préféré ?

— Hmm… (Henry feint d'étudier sérieusement la question.) J'ai toujours eu un faible pour Luke. Il est courageux, déterminé à faire ce qui est juste, et puis, c'est le plus puissant des Jedi. Pour moi, c'est la preuve que si on reste fidèle à soi-même, on peut faire de grandes choses.

— Allez, à nous deux, miss Claudette !

L'exclamation de l'infirmière qui vient de contourner le rideau prend tout le monde au dépourvu : Henry sursaute et, pris en flagrant délit d'indiscrétion, Alex manque de faire basculer sa chaise. Il s'éclaircit la gorge et se lève en prenant bien soin de ne pas croiser le regard du prince.

— On va libérer tes visiteurs, poursuit la nouvelle venue. C'est l'heure de ton traitement.

— Mais, Beth… gémit la fillette, au bord des larmes. Henry a dit qu'on était amis, à présent ! Il peut rester.

— En voilà des manières ! la reprend la soignante, gentiment réprobatrice. Ce n'est pas une façon de s'adresser à un prince, voyons. Navrée, Votre Altesse.

— Inutile de vous excuser, répond l'objet du débat. Une commandante rebelle aura toujours préséance sur un membre de la famille royale, bien sûr.

Et le jeune homme de mimer un salut militaire assorti d'un clin d'œil – Claudette est visiblement aux anges. Les deux garçons finissent par s'en retourner dans le couloir.

— Je suis impressionné, admet Alex. (Voyant son comparse hausser un sourcil narquois, il se reprend.) Enfin… surpris.

— Que…

— Que tu éprouves des… tu sais bien… des sentiments humains, quoi.

À peine Henry a-t-il esquissé l'ombre d'un sourire que trois événements se succèdent à la vitesse de l'éclair.

Le premier : à l'autre extrémité du corridor, un cri retentit.

Le deuxième : une détonation éclate, semblable à s'y méprendre à un coup de feu.

Le troisième : Cash empoigne les deux jeunes gens par le bras et les pousse dans la pièce la plus proche.

— Planquez-vous et pas un bruit ! gronde-t-il avant de claquer la porte.

Dans l'obscurité soudaine, Alex trébuche sur un balai-brosse puis sur l'une des jambes de son camarade et tous deux vont s'étaler contre une pile d'urinoirs d'hôpital, qui leur retombe dessus dans un grand fracas métallique. Le prince heurte le sol le premier, juste avant que l'Américain ne s'effondre comme une masse sur son dos.

— Mais c'est pas vrai ! marmonne Henry.

Assourdie, sa voix résonne légèrement – avec un peu de chance, sa tête a atterri dans un des urinoirs… Alex lui-même a le nez enfoui dans les cheveux de son compagnon d'infortune et marmonne :

— Il faut vraiment qu'on arrête de faire des cascades, tous les deux…

— Ça va, tu es bien comme ça ? Tu comptes te relever, à un moment ?

— Eh, tu peux parler ! Tu pourrais faire attention où tu mets les pieds !

— Ah parce que maintenant, ça va être de ma faute ? souffle le prince.

— Personne n'a encore jamais essayé de me flinguer pendant une apparition publique, je te signale ! Mais il suffit que je sois avec toi et…

— Tu vas te la fermer, un peu ? Tu vas finir par nous faire tuer !

— Relax, il ne va rien t'arriver du tout. Cash garde la porte et, de toute façon, c'est sans doute une fausse alerte.

— Super, alors laisse-moi respirer ! Tu m'écrases !

— Arrête de me donner des ordres ! Je ne suis pas ton larbin !

— Oh, ça suffit ! marmonne Henry avant de pousser sur ses bras et de rouler sur le côté pour déloger Alex.

Précipité au sol, le jeune Texan se retrouve pris en sandwich entre le Britannique et ce qui, à l'odeur, ressemble à une étagère de détergents ultra-puissants. Il appuie sans ménagement son épaule contre celle du prince.

— Son Altesse aurait-elle l'amabilité de bien vouloir me laisser un peu de place ? Les câlins, ça va deux minutes…

— J'essaie, figure-toi ! Je n'ai aucune marge.

De l'autre côté de la porte, on entend des éclats de voix et des bruits de pas précipités qui ne laissent pas présager une libération imminente.

— Bon… soupire Alex. On n'a plus qu'à prendre notre mal en patience, on dirait.

L'autre souffle comme si c'était un calvaire.

— Génial…

Henry se tortille contre son voisin, les bras croisés sur la poitrine dans une vaine tentative – incroyable, mais vrai ! – d'imiter son habituelle posture hautaine et inaccessible, même étendu sur le sol, les pieds dans un seau à serpillière.

— Et si tu veux tout savoir, marmonne-t-il de but en blanc, c'est ma première tentative d'assassinat à moi aussi, merci bien.

— Félicitations… rétorque Alex. C'est la gloire. Champagne !

— Tu ne crois pas si bien dire… Un vrai rêve de gosse qui se réalise : enfermé dans un placard avec ton coude planté dans mes côtes – c'est juste le paradis ! rétorque le prince d'un ton acerbe.

Il ne semble plus très loin de mettre son poing dans la figure de son compagnon de cellule – au grand ravissement d'Alex, qui ne peut se retenir de lui enfoncer un bon coup son coude dans la cage thoracique.

Le prince pousse un cri étouffé et lui empoigne la chemise. En un éclair, le jeune Texan se retrouve à moitié plaqué au sol par le corps de Henry, qui a placé la cuisse en travers de ses jambes. Malgré la douleur – sa tête a violemment heurté le lino –, Alex sent un sourire étirer ses lèvres.

— Mais dites-moi, c'est que Son Altesse ne se laisse pas facilement marcher sur les pieds, on dirait ?

D'un coup de bassin, il se cabre pour tenter de désarçonner son adversaire, mais en vain : le Britannique, plus grand et plus fort que lui, le tient fermement par le col.

— C'est bon, là ? Tu vas te calmer, oui ? gronde Henry d'une voix étranglée. Tu veux vraiment qu'on se fasse buter ou quoi ?

— Oh, c'est trop mignon, il s'inquiète… Décidément, mon chou, je te découvre, aujourd'hui. Toutes ces facettes cachées, c'est fascinant !

Avec un soupir de complète exaspération, le prince le lâche enfin.

— Je n'en reviens pas : même en danger de mort, tu ne peux pas t'empêcher de faire ton intéressant…

Alex fait la grimace. Le plus étrange, dans tout ça, c'est que le Britannique a mis dans le mille. Plutôt perspicace, l'animal… Encore un trait de caractère insoupçonné, d'ailleurs – un de plus sur la longue liste des surprises du jour : plutôt combatif, Henry n'hésite pas à se servir de ses poings. D'une grande finesse d'analyse, il a trahi à plusieurs reprises un profond intérêt pour ceux qui l'entourent et une vraie capacité d'empathie. Il faut bien l'avouer, ces nouveaux éléments déstabilisent Alex. Lui qui devine exactement ce qu'il faut dire à la plupart des sénateurs démocrates pour leur faire cracher le morceau sur leurs intentions de vote, lui qui sait à la minute près quand Zahra a épuisé sa réserve de Nicorette, lui qui parvient à doser l'intensité du moindre regard de braise jeté à Nora devant les photographes afin de lancer les pires rumeurs… Bref, lui dont le talent est de savoir jauger les autres n'apprécie pas du tout que le premier aristo consanguin venu vienne enrayer son super-pouvoir et mettre le souk dans son précieux système !

Cela dit… Cette petite bagarre, qui lui a échauffé les sangs, n'est pas pour lui déplaire.

Absorbé dans ces considérations, il s'astreint à la patience, étendu de tout son long dans le noir et l'oreille aux aguets, s'efforçant d'interpréter les bruits étouffés qui leur parviennent du couloir. Les secondes s'égrènent, interminables.

— Alors comme ça… *Star Wars*, vraiment ? hasarde-t-il au bout d'un moment.

C'était une tentative de rouvrir la discussion qu'il espérait inoffensive et anodine mais, par la force de l'habitude, la question est sortie un brin plus accusatrice que prévu.

— Oui, Alex, répond Henry, sarcastique. Incroyable, mais vrai, les héritiers de la couronne ne passent pas leur enfance qu'à apprendre à boire le thé le petit doigt en l'air.

— Non évidemment, j'imagine qu'il y avait aussi des cours de maintien et des entraînements de polo…

Pris de court, le prince laisse s'étirer un silence chagrin.

— C'est… bien possible, marmonne-t-il.

— Donc tu aimes autant la pop culture que tout un chacun, mais tu le caches. Soit parce que tu n'as pas le droit de le revendiquer – pas casher aux yeux de la couronne, peut-être ? –, soit pour paraître cultivé. Alors ? Réponse A ou réponse B ?

— Tu essaies de faire ma psychanalyse ? Relis l'accord que tu as signé : tu fais ça à tes risques et périls.

— Ça me défrise que tu acceptes de jouer les pisse-froid en public alors que tu viens juste d'expliquer à cette gamine que c'est en restant fidèle à soi-même qu'on peut faire de grandes choses…

— Je ne vois pas de quoi tu parles et, surtout, ça ne te regarde pas, réplique Henry d'un ton abrupt.

— Sans blague ? Je suis pourtant à peu près certain d'être tenu par contrat de me faire passer pour ton meilleur pote, et le moins qu'on puisse dire, c'est que ton monumental bâton dans le cul ne me facilite pas la tâche. Or, je ne sais pas si tu y as réfléchi, mais notre petit numéro d'acteurs ne se limitera pas à ce week-end. (Alex sent les doigts de son interlocuteur tressaillir contre son avant-bras.) S'il ne nous revoit plus jamais ensemble après aujourd'hui, le grand public comprendra vite l'arnaque. Que ça te plaise ou non, on est dans le même bateau, désormais. Alors, quel que soit ton problème, j'estime avoir le droit d'être mis au jus avant qu'il ne m'éclate à la figure, O.K. ?

Le rai de lumière qui filtre sous la porte tombe pile sur le visage de Henry, qui gratifie le jeune Texan d'un regard noir avant de rétorquer :

— Dans ce cas, à toi l'honneur : tu peux m'expliquer ce qui me vaut une telle haine de ta part ?

— Attends, tu veux vraiment qu'on ait cette conversation ?

— Et pourquoi pas ?

Alex croise les bras, se rend compte qu'il a adopté le tic de son rival et les décroise aussitôt.

— Tu ne te rappelles vraiment pas comment tu m'as traité aux J.O. ?

Lui s'en souvient comme si c'était hier : il se revoit à dix-huit ans, en pleine course de sa mère à la Maison-Blanche, dépêché le temps d'un week-end à Rio pour les Jeux d'été en compagnie de June et de Nora. Deux jours de shootings photo destinés à vendre le fabuleux concept de « coopération internationale nouvelle génération » – et l'occasion aussi, pour leur camp, de gagner en visibilité bien sûr. Le jeune homme avait surtout passé le séjour à ingurgiter des caïpirinhas à la chaîne – autrement dit, à vomir des caïpirinhas à l'arrière d'une ribambelle de stades et de piscines olympiques.

De sa première rencontre avec Henry, il se souvient jusque dans les moindres détails – à commencer par l'Union Jack floqué sur l'anorak du prince.

— Est-ce que c'est la fois où tu as menacé de me pousser dans la Tamise ? soupire le Britannique.

— Non, c'est la fois où tu m'as traité comme une merde à la finale du plongeon – genre le petit con de base ! Ça ne te dit vraiment rien ?

— Non, il va falloir que tu me rafraîchisses la mémoire…

Le jeune Texan jette un regard mauvais à son compagnon.

— Déjà, quand je me suis approché pour me présenter, tu m'as dévisagé fixement, comme si ma vue te donnait envie de vomir. Et, juste après m'avoir serré la main, tu t'es penché vers un membre de ton entourage pour lui demander : « Tu peux me débarrasser de lui ? »

Un ange passe.

— Ah… marmonne Henry avant de se racler la gorge. Je ne pensais pas que tu m'avais entendu.

— J'ai comme l'impression que tu passes complètement à côté du problème : dans les deux cas, c'était dégueulasse de dire ça.

— Hmm… Ce n'est pas faux.

— N'est-ce pas ?

— Mais… c'est tout ? s'étonne le prince. Toute cette haine pour une vacherie aux Jeux olympiques ?

— Disons que ça a été le catalyseur.

Henry laisse passer un nouveau silence.

— Je sens que tu fais un léger raccourci, là, finit-il par le relancer.

— C'est juste que…

Alex hésite un court instant. Seulement voilà… couché sur le dos dans un placard à balais avec, de l'autre côté de la porte, une possible fusillade en cours et un prince d'Angleterre pour seule compagnie, à la fin d'un week-end qui tient du cauchemar éveillé, il n'a plus la force de s'auto-censurer :

— C'est difficile à expliquer… La vie qu'on mène n'a rien de facile, mais… c'est encore plus dur pour moi. Parce que je suis le fils de la première femme présidente des États-Unis. Parce que, si elle est blanche, eh bien pas moi – et je ne suis pas près de convaincre qui que ce soit du contraire. Les médias et le grand public se montreront toujours plus sévères avec moi. Alors que pour toi… tout ça, ça va de soi, c'est ton dû, ton héritage et tout le monde te prend littéralement pour le prince charmant. Ton existence me rappelle en permanence que, quoi que je fasse, je ne serai jamais à la hauteur, même si je trime trois fois plus dur que tout le monde.

Henry reste muet un long moment. Lorsqu'il reprend enfin la parole, c'est sur un ton un peu mortifié :

— Écoute, ça, je ne peux pas y faire grand-chose… Mais je peux au moins reconnaître que, oui, aux J.O., mon comportement était inexcusable – le petit con de base, comme tu dis. En fait, je n'étais pas dans mon état normal. Ce n'est pas une excuse, mais mon père était mort à peine un an plus tôt et, à l'époque, j'étais un petit con à peu près sept jours sur sept. Bref… pour ce que ça vaut, sache que je suis désolé.

Alex ne brise pas immédiatement le silence qui s'installe alors.

Un service d'oncologie, mais bien sûr… Rien d'étonnant à ce que Henry ait choisi de faire sa visite de bienfaisance ici – c'était écrit noir sur blanc sur sa fiche de renseignements : « Père : Arthur Fox, célèbre acteur décédé en 2015 des suites d'un cancer du pancréas. » Les funérailles avaient été diffusées en direct à la télévision. Alex se repasse le film des dernières vingt-quatre heures : les insomnies, les cachets, la petite grimace de nervosité que le prince ne parvient pas à réfréner en public et que le jeune Américain a toujours prise, jusque-là, pour de la hauteur.

Lui-même n'est pas étranger à ce genre de difficulté. Ce n'est pas comme si le divorce de ses parents avait été une partie de rigolade, ou comme si son obsession de la perfection, sa hantise des mauvais résultats scolaires et sa propension à se tuer à la tâche sortaient de nulle part. Il n'ignore pas que la plupart des gens ne passent pas leur vie à se demander s'ils seront un jour à la hauteur et s'ils ne risquent pas au passage de décevoir le monde entier. L'idée que Henry puisse éprouver ce type de sentiments ne lui était jamais venue à l'esprit – pas une seule fois.

Quand son voisin se racle la gorge, Alex est pris d'une espèce de panique qui le pousse à rouvrir la bouche en premier :

— Attends, arrête-toi… Tu veux dire que tu n'es pas la perfection incarnée ? J'ai vraiment du mal à le croire…

Il entend Henry pousser un petit soupir d'exaspération – le confort familier de leur animosité réciproque lui paraît soudain presque rassurant.

Le calme descend de nouveau sur eux ; la poussière retombe sur leur conversation. On n'entend plus rien dans le couloir – et toujours aucune sirène dans la rue –, mais personne n'est encore venu les chercher.

Sans crier gare, Henry rompt tout à coup le silence qui s'éternise.

— *Le Retour du Jedi*.

Une seconde de flottement, puis…

— Pardon ?

— Pour répondre à ta question, oui, j'aime beaucoup *Star Wars*, et mon épisode préféré, c'est *Le Retour du Jedi*, explique le prince.

— Ah… Complètement à côté de la plaque, comme d'habitude.

Avec toute l'éducation dont il est capable, Henry pousse un microscopique soupir, l'expression d'exaspération la plus minimaliste de l'histoire. Son haleine sent la menthe. Alex se retient à grand-peine de lui flanquer un nouveau coup de coude.

— Explique-moi un peu comment je pourrais me tromper sur mes propres goûts ? s'offusque le Britannique. Une conviction personnelle, c'est indiscutable.

— Peut-être, mais ta conviction personnelle est erronée et irrecevable.

— Ah ouais ? Vas-y, montre-moi la lumière, je t'en prie. C'est quoi, ton préféré ?

— Avec plaisir, mon padawan : *L'Empire contre-attaque*.

Henry fait la grimace, sceptique.

— Mouais, sauf que… trop glauque pour moi.

— Mais justement, c'est pour ça que le film est loin au-dessus des autres ! Thématiquement, c'est le plus complexe : on a Han au mieux de sa forme, la scène du baiser entre Leia et lui, l'entrée en scène de Yoda, de Lando – Lando Calrissian, mec ! – et, pour finir, le plus grand rebondissement de l'histoire du cinéma ! En face, dans *Le Retour du Jedi*, on a quoi ? Les Ewoks ? S'il te plaît…

— Cultissimes.

— Nullissimes.

— Un seul mot, Alex : Endor !

— Hoth, tu veux dire ! De toute façon, tout le monde est d'accord : ce n'est pas pour rien qu'on dit parfois du meilleur épisode d'une trilogie que c'est son *Empire contre-attaque* !

— Je t'entends, mais… un bon happy end, ça a aussi ses mérites, tu ne crois pas ?

— Le prince charmant ne l'aurait pas dit mieux.

— J'aime bien la manière dont se termine l'épisode VI, c'est tout. L'ambiance « tout est bien qui finit bien », la conclusion parfaitement ficelée. Et puis, après tout, les thèmes principaux de la trilogie tout entière, c'est l'espoir, l'amour et… enfin on se comprend. Et c'est exactement sur ça que se referme *Le Retour du Jedi*.

Henry est pris d'une quinte de toux : Alex se tourne vers lui quand la porte s'ouvre tout à coup. L'immense silhouette de Cash se découpe dans l'embrasure.

— Fausse alerte ! leur annonce-t-il, hors d'haleine. Un groupe de petits abrutis avaient juste apporté des pétards à un de leurs amis. (Il les contemple, couchés par terre, en train de cligner des yeux dans le flot de lumière qui se déverse soudain du couloir.) Alors, comment ça se passe, cette petite soirée pyjama ?

— Nickel. On a même échangé nos numéros ! ironise Alex avant de tendre la main pour que son garde du corps l'aide à se relever.

De retour au palais de Kensington, le jeune Américain attrape le portable de Henry et, sans lui laisser le temps de protester (ou de lâcher sur l'insolent un de ses gorilles pour vol de biens appartenant à la couronne), crée un nouveau contact dans son carnet d'adresses. À côté d'eux, la voiture attend, prête à ramener Alex à l'aérodrome privé où il a atterri.

— Tiens, mon numéro, dit-il en rendant le téléphone à son propriétaire. Si on doit vraiment poursuivre cette mascarade, on ne va pas passer à chaque fois par nos équipes, ça risque vite de devenir énervant. Tu n'as qu'à m'envoyer un message et on s'arrangera.

Henry le dévisage d'un air étrange, visiblement pris au dépourvu, et Alex se demande comment le malheureux a réussi un jour à se faire des amis.

— D'accord... finit par répondre l'intéressé. Merci.

— Et attention, pas de sextos, bien sûr, précise le jeune Texan.

Le prince s'étrangle à moitié de rire.

Chapitre 3

BONS BAISERS DU PAYS DE L'ONCLE SAM : Henry et Alex étalent leur complicité au grand jour

ALERTE BROMANCE ? Toutes les photos d'Alex Claremont-Diaz et du prince Henry

EN IMAGES : le week-end londonien d'Alex

C'est bien la première fois en une semaine qu'Alex ne se met pas en rogne en parcourant ses notifications Google. L'exclusivité octroyée à *People* sur le sujet par la Maison-Blanche n'y est sans doute pas pour rien, même si elle se réduit en fait à une poignée de déclarations bateau : à quel point l'amitié du prince « compte pour lui » et les vertus de « l'expérience qu'ils partagent » en tant qu'enfant et petit-enfant de leaders mondiaux de premier plan. À son humble avis, la seule chose qui les rapproche vraiment, c'est l'envie qui les démange d'organiser un bûcher funéraire pour cette merveilleuse citation et de l'envoyer se consumer sur le vaste océan qui, Dieu merci, les sépare. Mais il faut voir le bon côté des choses : au moins, la mère d'Alex a renoncé à simuler son assassinat et il a cessé de recevoir un bon millier de tweets au vitriol par heure. C'est déjà ça...

Avalant l'ultime gorgée de son café froid, il emprunte à la hâte la sortie est du réfectoire histoire d'esquiver les yeux ronds comme des soucoupes d'un étudiant de première année tombé en arrêt au milieu de la salle en l'apercevant soudain. Son premier cours de la matinée ? « La présidence à l'épreuve de la presse » – une option qu'un étrange mélange de fascination morbide et de curiosité intellectuelle l'a poussé à choisir. Lui-même est justement encore sonné par le décalage horaire après un week-end à l'étranger précisément destiné à empêcher la presse de saborder la présidence... Bref, l'ironie de la situation ne lui a pas échappé.

Le séminaire du jour portait sur les affaires de mœurs à la Maison-Blanche à travers l'histoire. Il tape donc un petit mot à l'intention de Nora : Probabilité que l'un d'entre nous se retrouve impliqué dans un scandale sexuel avant la fin du second mandat ?

La réponse lui parvient en moins d'une minute : 94 % de chances que ta bite finisse promue au rang de chroniqueuse régulière dans l'émission politique de ton choix. Au fait, t'as vu ça ?!

Quand il clique sur le lien joint au message, il tombe sur un blog truffé d'images et de gifs animés de son passage avec Henry sur le plateau de *This Morning*. Le check improvisé, les échanges de sourires qui peuvent à peu près passer pour authentiques, les regards de connivence. Et, en bas de la page, des centaines de commentaires sur leurs physiques de rêve, leur duo qui fonctionne à la perfection.

L'un de leurs admirateurs va même jusqu'à s'exclamer :
Omg ! mais vous attendez quoi pour vous rouler des pelles ?!

Pris d'un fou rire, Alex manque de tomber dans le bassin d'une fontaine.

Lorsqu'il franchit le portique de sécurité à l'entrée du bâtiment Dirksen, dans la partie du Capitole réservée au Sénat, la vigile de jour lui décoche un regard noir (pour changer). C'est que l'édifice abrite les bureaux des sénateurs. Or, un petit malin s'est amusé à vandaliser la plaque apposée sur la porte d'un élu en particulier – « BITCH MCCONNELL », pouvait-on y lire après son passage. La sentinelle est persuadée que c'est l'œuvre du fils de la présidente mais, ça, bonne chance pour le prouver.

Pour que personne ne s'inquiète de voir Alex disparaître jusqu'à plusieurs heures de suite, Cash l'accompagne parfois dans ses petites missions de reconnaissance dans les entrailles du Sénat. Mais, aujourd'hui, le garde du corps s'est posé sur un banc pour attendre son protégé – il en profite pour rattraper son retard dans ses podcasts. Confronté aux lubies du grand ado dont il a la charge, le colosse s'est toujours montré plus indulgent que n'importe qui.

Alex connaît le plan des lieux par cœur depuis la première élection de son père à la chambre haute. C'est de ce dédale de corridors que lui vient son érudition quasi encyclopédique en matière de législation et de procédures, ici qu'il passe plus d'après-midi qu'il ne le devrait à enjôler les assistants parlementaires dans l'espoir de pêcher quelque bruit de couloirs. Sa mère fait mine de s'en offusquer, mais même elle finit toujours par venir lui soutirer quelques infos, mine de rien.

Comme le sénateur Oscar Diaz, ce jour-là, est chez lui en Californie, où il donne un discours à une manifestation pour le contrôle des armes à feu, une fois dans l'ascenseur, c'est sur le bouton du quatrième étage qu'appuie Alex.

Parmi ses élus fétiches, son chouchou, c'est Rafael Luna, un sénateur sans étiquette du Colorado. À trente-neuf ans seulement, c'est le nouveau visage en vogue de ces dernières années. Si le père d'Alex l'a pris sous son aile quand il n'était encore qu'un avocat prometteur, Luna est vite devenu un petit prodige de la scène politique américaine. En cause, le fait qu'il ait (A) remporté coup sur coup deux élections sénatoriales – une partielle puis une générale – sans pourtant jamais partir favori, et (B) dominé le classement des cinquante personnalités politiques les plus attirantes du moment, établi par *The Hill*, le très sérieux site qui se consacre à la vie du Capitole.

Alex ayant passé l'été 2018 à travailler bénévolement sur la campagne du sénateur à Denver, Luna et lui jouissent d'une relation dysfonctionnelle à nulle autre pareille, fondée sur une passion commune pour les Skittles goût fruits tropicaux (un régal en vente libre dans la plupart des stations-service) et cimentée par d'innombrables nuits blanches passées à rédiger discours et communiqués de presse. Le syndrome du canal carpien qu'il s'est chopé au poignet à l'époque revient parfois le hanter… Une douleur qui ne lui rappelle que de chouettes souvenirs – ah, c'était le bon temps !

Il trouve Luna assis derrière son bureau, le nez chaussé de lunettes de vue à monture en corne qui ne lui enlèvent rien de son imparable séduction – un air de star hollywoodienne tombée par erreur dans la potion magique de la politique. Alex soupçonne depuis longtemps que ses yeux noisette pleins de sensibilité, sa barbe de trois jours savamment maîtrisée et ses pommettes hautes ont regagné au jeune sénateur tous les votes que ses origines latinos et son homosexualité assumée lui avaient coûtés.

En entrant dans la pièce, le garçon reconnaît l'album qui joue en sourdine : Muddy Waters, l'un des classiques qui tournaient en boucle à Denver. Quand Luna lève les yeux et aperçoit Alex sur le seuil, il dépose son stylo sur une pile de paperasse en équilibre précaire et se renverse en arrière dans son fauteuil.

— Qu'est-ce que tu fous là, gamin ? lance-t-il en couvant son visiteur d'un regard de lynx.

L'intéressé plonge la main dans sa poche pour en tirer un sachet de Skittles. L'expression du visage de Luna se radoucit aussitôt – ses lèvres esquissent un sourire.

— En voilà, une bonne idée !

À peine les bonbons ont-ils atterri sur son sous-main qu'il s'en saisit et donne un bon coup de pied dans le siège disposé devant sa table de travail, histoire que son invité puisse s'y asseoir.

Une fois installé, Alex regarde le jeune sénateur ouvrir le paquet de friandises avec ses dents.

— Tu bosses sur quoi, en ce moment ?

— Tu en sais déjà beaucoup trop sur tous les projets qui encombrent ce bureau.

Pas faux. Depuis que les démocrates ont perdu le Sénat aux élections de mi-mandat, l'année dernière, leur tentative de réforme du système de santé fait du sur-place.

— Alors, qu'est-ce qui t'amène ici ? reprend Luna. La vraie raison.

Alex passe une jambe par-dessus l'un des accoudoirs.

— Hmm… Ces sous-entendus me blessent. On peut encore rendre visite à un vieil ami de la famille sans avoir forcément une idée derrière la tête, non ?

— Pff ! Ce qu'il faut pas entendre…

— Argh, mon cœur ! gémit le jeune homme en portant la main à sa poitrine. Tu me fais une peine immense…

— Et toi, tu m'épuises.

— Je t'éblouis, tu veux dire.

— Attention, je vais finir par appeler la sécurité.

— O.K., si tu insistes…

— Non, j'ai une meilleure idée, raconte-moi plutôt ta petite escapade en Angleterre ! lance Luna, son regard perçant fixé sur son cadet. Est-ce que je dois m'attendre à un cadeau commun de ta part et de celle du prince, à Noël, cette année ?

— À vrai dire, maintenant que je suis là, j'aurais bien un truc à te demander… préfère éluder son visiteur.

— Ha ha ! J'en étais sûr ! s'exclame le jeune sénateur, triomphant.

Il pousse un petit rire, renversé en arrière dans son siège, les mains jointes derrière la tête. Alex sent le rouge lui monter aux joues l'espace d'un instant – la poussée d'adrénaline qu'il ressent à chaque joute verbale réussie, une indication qu'il est en train d'arriver à ses fins.

— Tu sais où Connor en est de ses réflexions ? finit-il par demander. Le soutien d'un autre sénateur sans étiquette ne nous ferait vraiment pas de mal. Tu penses qu'il serait prêt à se déclarer en notre faveur ?

Il laisse son pied osciller au bout de sa jambe toujours posée sur l'accoudoir, l'image même de l'innocence, comme s'il se renseignait simplement sur le temps qu'il fait. En dépit de son âge, Stanley Connor, sénateur indépendant du Delaware – un original, certes, mais très apprécié –, bénéficie d'une équipe de com 2.0 bourrée de millenials tous experts des réseaux sociaux. Dans une élection présidentielle que les sondages annoncent déjà très serrée, s'assurer son appui serait un atout non négligeable, et aucun des deux hommes ne l'ignore.

Le politicien savoure tranquillement son Skittles avant de répondre.

— Qu'est-ce que tu veux savoir ? S'il est prêt à vous soutenir, ou si je sais, moi, comment tirer les ficelles pour le convaincre de le faire ?

— Raf, mon pote. Frérot… Tu te doutes bien que je ne te demanderais jamais un truc aussi déplacé, voyons.

Luna se met à pivoter de droite à gauche dans son fauteuil en poussant un petit soupir.

— C'est un électron libre. Sur les questions sociales, il n'est vraiment pas très loin de vous, mais tu sais bien ce qu'il pense des mesures économiques défendues par ta mère. Tu connais sans doute mieux son historique de vote en séance que moi, gamin : il ne rentre dans aucun camp. En matière de fiscalité, par exemple, il pourrait se laisser séduire par une vision radicalement différente de la vôtre.

— Merci mais, tout ça, je le sais déjà. Rien d'autre ?

Les yeux de Luna pétillent de malice.

— Mon petit doigt me dit que Richards promet aux indépendants un programme centriste plein de mesures fortes, mais se garde bien d'aborder les problématiques sociales. Et qu'une bonne partie de ce programme ne cadre pas avec les positions de Connor en matière de santé. Ça pourrait être un point de départ, non ? Hypothétiquement parlant, bien sûr, si j'étais enclin à me mêler de tes combines.

— Et tu ne penses pas qu'on ait intérêt à surveiller d'autres candidats républicains que Richards ?

Le jeune sénateur se rembrunit soudain.

— Tu te fous de moi ? Les chances que ta mère affronte un autre concurrent que le sauveur consacré, le messie de la droite populiste, pur produit de la dynastie Richards pour ne rien gâcher ? Elles sont nulles, y a pas à chier. Oublie.

Alex sourit.

— Raf, tu es mon âme sœur, tu le sais ?

Amusé et pas dupe une seule seconde, l'intéressé lève les yeux au ciel.

— Revenons-en à toi ! Tu crois que je ne t'ai pas vu changer de sujet, tout à l'heure ? Tu sais qu'au bureau, on se demandait combien de temps passerait avant que tu réussisses à provoquer un incident diplomatique ? On avait même placé des paris, et c'est moi qui ai remporté le jackpot, figure-toi…

— Quoi ? s'indigne Alex d'un air faussement vexé. Et moi qui pensais que je pouvais te faire confiance !

— Allez, crache le morceau.

— Mais il n'y a rien à raconter ! Henry est juste… une connaissance. On a merdé, j'ai dû réparer mes conneries, fin de l'histoire.

— D'accord, d'accord, répond Luna, les paumes levées comme s'il capitulait. Cela dit, il est plutôt beau gosse, pas vrai ?

Le jeune homme grimace.

— Oui, enfin… si on aime les princes de contes de fées.

— Ah parce qu'il y a des gens qui n'aiment pas ça ?

— Moi, par exemple.

Le sénateur hausse un sourcil dubitatif.

— Si tu le dis…

— Qu'est-ce que tu insinues, au juste ?

— Rien, je repensais juste à l'été dernier. Je te revois comme si c'était hier, assis à ton bureau, en train de fabriquer une espèce de poupée vaudoue à l'effigie du prince Henry…

— N'importe quoi.

— Attends, non, c'était une cible de fléchettes où tu avais collé son portrait…

Alex ramène sa jambe par-dessus l'accoudoir pour planter les deux pieds au sol et croiser les bras d'un air indigné.

— S'il y a eu, une fois seulement, un magazine avec sa sale trombine sur mon bureau, c'est parce que j'apparaissais dedans et que, par pure coïncidence, il faisait la couverture.

— Couverture que tu as contemplée une heure entière.

— Mensonges… Diffamation !

— On aurait dit que tu essayais d'y foutre le feu par la simple force de la pensée.

— Bon, tu peux en venir au fait ?

— Eh bien, je trouve ça intéressant… « *The times they are a-changin'* », comme dit le poète. Ça change même très vite…

— Arrête un peu. C'est purement… diplomatique.

— Hmm… Tu m'en diras tant.

Tel un chien qui sort de l'eau, Alex secoue la tête un peu comme s'il espérait expulser le sujet hors de la pièce.

— En plus, je suis venu te cuisiner sur nos soutiens potentiels pour la campagne, pas discuter des aléas de notre gestion de crise.

— Tiens donc… réplique Luna, goguenard. Je pensais que tu étais juste venu rendre visite à un vieil ami de la famille ?

— Ce n'est pas ce que j'ai dit ? Pardon, ma langue a fourché.

— Alex, tu n'as pas mieux à faire de ton vendredi après-midi ? Tu as vingt et un ans, tu devrais être en train de prendre un pot avec tes potes ou de te préparer pour sortir…

— Mais ça m'arrive, ment le jeune homme. C'est juste que je fais les deux : la fête et bosser sur la campagne.

— Arrête un peu… J'essaie simplement de te filer quelques conseils, tu me fais penser à moi quand j'étais jeune.

— Trente-neuf ans, ce n'est pas si vieux.

— Mon foie en a quatre-vingt-treize.

— Ah ça, je n'y suis pour rien.

— Quelques-unes de nos soirées à Denver viennent d'appeler le standard pour contester ta version des faits…

Alex pouffe de rire.

— Tu vois ? Je t'ai toi, comme ami !

— Sauf qu'il t'en faut d'autres. De préférence ailleurs qu'au Capitole !

— J'ai ce qu'il faut, merci ! À commencer par June et Nora.

— Génial… rétorque Luna, pince-sans-rire, du tac au tac. Ta sœur et une nana qui a un supercalculateur à la place du cerveau. Il faut que tu apprennes à te détendre, gamin, à prendre du temps pour toi – ou bien tu vas exploser en vol. Il te faut un réseau de soutien plus large.

— Arrête de m'appeler « gamin ».

— Ay, soupire le sénateur. C'est tout ce que tu avais à me demander ? Parce que j'ai quand même du boulot.

— Oui, c'est bon… répond Alex en se levant de sa chaise. Dis-moi, tu sais si Maxine est à Washington en ce moment ?

— Tu veux dire notre chère élue démocrate à la Chambre des représentants pour la Californie, Maxine Waters ? grommelle Luna, la tête penchée sur le côté. Y a pas à dire, tu es complètement suicidaire…

De tous les fils de l'histoire, la famille Richards et son héritage politique comptent parmi les plus complexes qu'Alex ait jamais tenté de démêler.

Sur l'un des Post-it collés à son ordinateur portable, il a noté : « LES KENNEDY + LES BUSH + UNE MAFIA HÉRÉDITAIRE DE MILLIARDAIRES PSYCHOPATHES PASSÉS DU CÔTÉ OBSCUR = LES RICHARDS ? » Ce qui résume, en gros, le peu qu'il a réussi à déterrer sur le sujet pour l'instant – le cœur de sa théorie. Star incontestée du camp opposé et – à priori – seul véritable adversaire d'Ellen Claremont aux prochaines élections présidentielles, Jeffrey Richards est sénateur de l'Utah depuis près de vingt ans et le seul prétendant, à ce jour, à l'investiture républicaine. Son historique de vote au Sénat et la liste des propositions de lois qu'il a parrainées sont donc longs comme le bras mais, de toute façon, l'équipe de la mère d'Alex les a déjà épluchés. Le jeune homme préfère se concentrer sur les secrets plus difficiles à flairer, les pistes plus compliquées à remonter. La famille Richards, qui compte en son sein des générations et des générations de procureurs généraux et de juges à la Cour suprême, n'aurait eu aucun mal à enterrer scandales et malversations.

Quelque part sous les piles de dossiers qui encombrent son bureau, le portable d'Alex se met à vibrer. Un SMS de June : On dîne ensemble ? Ta bouille me manque. Il aime sa sœur – incroyablement, plus que tout au monde – seulement, il est plongé dans ses recherches et vraiment sur une bonne lancée. Il lui répondra en tombant sur la prochaine impasse dans, quoi… une demi-heure ?

Il s'en retourne à la fenêtre ouverte sur son écran – une interview de Richards où il cherche à détecter des éléments de communication non verbale. L'homme a les cheveux gris (mais ce sont les siens, pas une perruque), les dents aussi blanches et luisantes que celles d'un requin et une mâchoire anguleuse (on dirait une caricature de l'oncle Sam). Et des talents de VRP, voire d'acteur – dans la vidéo, où il défend un projet de loi, il est surpris en flagrant délit de gros mensonge. Alex jette ses pensées sur le papier.

Une heure et demie s'est écoulée quand les vibrations de son portable le tirent, cette fois, des profondeurs des déclarations fiscales plus que suspectes de l'oncle de Richards pour l'exercice 1986. Le message vient de sa mère : un émoji pizza posté sur le groupe de discussion familial. Le jeune homme sauvegarde la page qu'il consultait dans ses favoris, quitte sa chambre et s'engage dans l'escalier.

Même s'ils sont rares, leurs dîners en famille conservent une simplicité qui les distingue nettement de tous les autres événements organisés à la Maison-Blanche. Leur mère envoie quelqu'un chercher des pizzas, et ils s'installent dans la salle de billard du deuxième étage avec des assiettes en carton et quelques bonnes bouteilles de bière – des Shiner, une marque texane qu'ils font venir exprès de leur État d'origine. Entendre les gros bras de la sécurité marmonner dans leurs oreillettes des formules codées (« Faucon blanc demande un supplément piment doux, je répète, Faucon blanc demande un supplément piment doux ») a toujours le don de faire marrer Alex.

Quand il pousse la porte, June est déjà en train de siroter une bière, tranquillement installée sur la méridienne. Le message de sa sœur lui revient soudain en mémoire et il est pris de remords.

— Et merde… lâche-t-il. Quel abruti !

— Hmm hmm… Je ne te le fais pas dire.

— Mais bon, techniquement… je dîne avec toi, là, non ?

— Passe-moi juste ma pizza au lieu d'aggraver ton cas, soupire-t-elle.

— À tes ordres, mon poussin.

Depuis qu'en 2017 les services secrets ont failli déclencher la procédure de confinement de la Résidence à cause d'une bête engueulade sur les olives mal interprétée par les gardes du corps présents dans la pièce voisine, chacun a droit à sa propre pizza. Le jeune homme trouve la Margherita de June juste en dessous de sa propre pepperoni supplément champignons. Lorsqu'il s'assied enfin, une voix lui parvient depuis derrière la télévision.

— Salut, Alex !

— Salut, Léo.

Penché sur l'écheveau de fils qui dépassent à l'arrière du poste, son beau-père essaie probablement de bricoler un branchement digne de Tony Stark. Bidouiller les appareils électroniques, c'est sa lubie – les habitudes de richissime inventeur farfelu ont la vie dure. Alex s'apprête à lui demander ce qu'il espère accomplir (enfin, la version simplifiée) quand sa mère débarque dans la salle en trombe. Les yeux de la nouvelle arrivante jettent des éclairs.

— Comment, mais comment avez-vous pu me laisser me présenter à la présidentielle ? s'écrie-t-elle en écrasant rageusement, d'une série de petits gestes saccadés, les touches virtuelles de son écran tactile dans un déploiement de force brute complètement superflue.

Elle balance successivement une jambe puis l'autre pour envoyer valser ses escarpins dans un coin de la pièce, avant de jeter sans ménagement son portable dans la même direction.

— Parce qu'on n'était pas assez bêtes pour oser se mettre en travers de ton chemin, bien sûr, répond Léo qui a pointé sa barbe et ses lunettes par-dessus la télé. Et parce que, sans toi, le monde finirait par s'écrouler, ma sublime orchidée…

La fleur en question a beau lever les yeux au ciel, elle ne peut s'empêcher de sourire. Ils ont toujours fonctionné comme ça, tous les deux, depuis le jour de leur rencontre, lors d'un dîner de bienfaisance, quand Alex avait quatorze ans. À l'époque, elle était la présidente de la Chambre des représentants, et lui, un génie aux multiples brevets qui voulait consacrer une partie de sa fortune à promouvoir la couverture santé, en particulier des femmes. À présent, elle est à la tête du pays, et lui a vendu ses diverses compagnies pour se consacrer à plein temps à ses obligations de Premier homme.

Ellen baisse de cinq centimètres la fermeture Éclair au dos de sa jupe – signe qu'elle a officiellement terminé sa journée de travail – avant d'aller se servir une part de pizza.

— Bon… (Elle passe sa main ouverte devant son visage – exit la présidente, place à la mère de famille – avant de se tourner vers eux.) Coucou, mes amours.

— Coucou, m'man, répondent les intéressés, en chœur et la bouche pleine.

Elle jette un regard appuyé à Léo en soupirant.

— C'est ma faute, pas vrai ? Pas une once de savoir-vivre. On dirait deux petits castors grincheux. C'est bien la preuve qu'entre carrière et progéniture, les femmes doivent choisir.

— Certainement pas. Tu as élevé deux petites merveilles, la rassure son mari.

— Allez, on y va ! Un rayon de soleil, un nuage, qui commence ? enchaîne Ellen.

Depuis des années, elle a mis au point ce petit rituel pour prendre des nouvelles de la journée de ses enfants lorsqu'elle-même croule sous le boulot. Alex a été élevé par une mère à la fois prodigieusement organisée et passionnée par tout ce qui touche à la saine expression des émotions – une combinaison parfois déroutante, qui lui donne un peu l'impression de grandir sous la houlette d'un coach de développement personnel légèrement obnubilé par son job. La première fois qu'il est sorti avec une fille, il a eu droit – tenez-vous bien – à une présentation PowerPoint en bonne et due forme.

— Hmm… commence June avant d'avaler sa bouchée de pizza. Mon rayon de soleil. Ah ! Oui, oui, oui… Je n'en reviens toujours pas : Ronan Farrow a posté un tweet sur mon essai, vous savez, celui qui est paru dans le *New York Magazine*. Je lui ai répondu et on a fait assaut d'esprit sur Twitter ! L'étape un de mon plan machiavélique pour faire de lui mon meilleur ami est lancée, je crois que je tiens le bon bout !

— Le fils de Woody Allen, comme par hasard… raille Alex. Ce ne serait pas plutôt l'étape un de ton plan super machiavélique pour te rapprocher de Woody et l'assassiner en faisant croire à un accident ? À d'autres !

— Mais regarde-le, il est tellement frêle. Il suffirait de le pousser un bon coup pour…

— Combien de fois dois-je vous le répéter ? Merci de ne pas planifier de meurtre en présence d'une présidente en exercice ! les interrompt Ellen. En cas de procès, j'ai besoin de pouvoir nier de manière à peu près convaincante avoir eu la moindre connaissance de vos magouilles, je vous le rappelle !

— Bref, reprend June. Sinon, mon nuage… Hmm… Ah ! Bah que Woody Allen soit toujours en vie ! À ton tour, Alex.

— Rayon de soleil : j'ai interpellé un de mes profs en plein cours – une bonne quinzaine de minutes d'argumentation, vous auriez été fiers de moi. Il a fini par reconnaître qu'une des questions du dernier exam était mal formulée, et accepté d'accorder la note maximum à ma réponse, puisqu'elle était correcte, du coup. (Il avale une grande gorgée de bière.) Nuage : maman, je suis tombé sur le nouveau tableau accroché dans le couloir du premier étage et il faut que je sache pourquoi tu as laissé entrer dans ces murs un portrait de terrier écossais signé George W. Bush.

— C'est un geste d'amitié bipartisane, se justifie Ellen. Et tout le monde est d'accord pour dire que ce sont des chiens très attachants.

— Mais je suis obligé de passer devant pour aller dans ma chambre ! se lamente Alex. Ses petits yeux de fouine me suivent partout.

— Laisse tomber, le toutou ne bougera pas.

— O.K., j'aurai essayé… soupire le jeune homme.

Vient ensuite le tour de Léo – comme d'habitude, son nuage est aussi, d'une certaine manière, un rayon de soleil –, puis celui d'Ellen.

— Alors, notre ambassadeur auprès des Nations Unies, à qui je ne demandais pourtant pas grand-chose, s'est loupé bien comme il faut en sortant une énormité sur Israël – le seul truc qu'il ne faut pas faire quand on a son boulot. Résultat, je dois appeler Netanyahou pour m'excuser personnellement. Mais – rayon de soleil –, il est 2 heures du mat' à Tel-Aviv, alors je peux repousser mon coup de fil à demain et dîner avec vous à la place.

Son fils lui sourit. Même au bout de trois ans, l'entendre raconter ses déboires de présidente impressionne toujours autant Alex, très souvent. De petites piques en plaisanteries qu'ils sont les seuls à comprendre, la conversation dérive ensuite vers des sujets plus futiles. Même rares, ces soirées n'en restent pas moins agréables.

— Au fait, dit Ellen après avoir entamé une nouvelle part par la croûte. Je ne vous ai jamais raconté comment j'arnaquais les joueurs de billard dans le bar de ma mère ?

June se fige, le goulot de sa bouteille à quelques centimètres de ses lèvres. Alex et sa sœur échangent un regard sceptique.

— Tu… Quoi ?

— Si, si, je vous promets. Ma mère tenait un vrai bouge, à l'époque, *La Mésange picoleuse*. Quand j'avais seize ans, elle me laissait passer là-bas après les cours pour faire mes devoirs sur le zinc. Un des videurs s'assurait qu'aucun des piliers de bar ne vienne m'accoster. Au bout de quelques mois de billard, j'ai commencé à vraiment toucher ma bille et à jouer contre les habitués pour de l'argent. Sauf qu'à la première partie, je faisais exprès n'importe quoi : je tenais ma queue de travers, je faisais semblant de ne plus savoir si j'avais les pleines ou les rayées… Je les laissais gagner une fois mais, ensuite, je misais quitte ou double sur la revanche et, paf, je raflais deux fois la mise.

— Non, c'est une blague ? s'étrangle Alex.

Pourtant, il n'a aucune difficulté à se représenter la scène. Sa mère, qui les a toujours laminés au billard, est encore meilleure tacticienne que joueuse.

— C'est la plus pure vérité, confirme Léo. À ton avis, où a-t-elle appris à mener à la baguette une bande de vieux filous décérébrés ? Qualité essentielle pour tout politicien dans ce pays…

Comme une reine glisse à travers la foule de ses admirateurs, la présidente se dirige vers le centre de la pièce, acceptant au passage le baiser que dépose Léo sur l'arête de sa mâchoire. Après avoir abandonné sa pizza entamée sur une serviette en papier, elle sélectionne l'une des queues de billard rangées sur le portant.

— Bref, la morale de cette histoire, c'est qu'on n'est jamais trop jeune pour se découvrir des talents inattendus et les mettre au service d'une grande cause.

— Hmm hmm… l'encourage Alex, curieux du tour que prend la conversation.

Il lève les yeux vers sa mère – tous deux se jaugent du regard. De l'air de quelqu'un qui réfléchit tout haut, elle reprend, pensive :

— À commencer par… prendre un poste dans l'équipe de campagne d'une présidente sortante, peut-être ?

June en lâche sa part de pizza.

— Maman, il n'a même pas terminé la fac !

— Justement, c'est tout l'intérêt ! réplique avec agacement l'intéressé, qui espérait une proposition de ce type depuis des mois. Zéro trou dans mon CV.

— Il ne s'agit pas simplement d'Alex, ajoute leur mère. Cette proposition te concerne aussi, June.

De pincée et teintée d'appréhension, l'expression de June s'est faite crispée et pleine de frayeur. Son frère, qui la surveille du coin de l'œil, lui intime de se taire d'un geste de la main si impatient qu'il envoie un morceau de champignon rebondir sur le nez de la jeune fille. Il supplie Ellen :

— Allez, dis-moi ce que c'est !

— Eh bien, cette fois-ci, le « Trio de la Maison-Blanche »… (Du bout des doigts, elle mime deux guillemets dans les airs, comme si ce n'était pas elle qui avait approuvé en personne le choix de ce surnom.) Bref, vous trois… Je me disais que vous ne devriez pas vous contenter de prêter votre image à la campagne. Vous valez tous beaucoup mieux que ça : vous êtes doués dans vos domaines respectifs, vous êtes brillants, bourrés de talent. Vous pourriez être bien plus que le simple visage de toute l'affaire, vous pourriez vraiment faire partie de l'équipe.

— Maman… commence sa fille.

— À quels postes ? la coupe son fils.

Sans répondre tout de suite, Ellen s'en retourne d'abord à pas lents vers sa pizza.

— Alex, tu es le théoricien de la famille, dit-elle en mordant dans sa part. Une place à la coordination du programme et de la stratégie, ça te dirait ? Avec, à la clé, des heures de recherches, d'écriture et de mise en forme des idées.

— Tout ce que j'aime ! Ouh, vous allez voir, je vais leur faire les yeux doux, moi, aux panels d'électeurs – ça va dépoter ! Je suis partant !

— Attends, Alex…

Ce coup-ci, c'est Ellen qui interrompt sa fille :

— Quant à toi, June, je te verrais bien au service communication. Assurer la liaison quotidienne avec certains médias, analyser les chiffres d'audience, structurer le message, rédiger les discours, les communiqués de presse… Vu ton domaine d'études, ce serait idéal et…

— J'ai déjà un boulot, maman.

— Oui, je sais, ma puce, bien sûr. Mais là, tu pourrais travailler à plein temps, te créer un réseau, grimper les échelons… Bref, acquérir une véritable expérience de terrain en faisant un boulot passionnant. Ça t'irait comme un gant !

June arrache de sa pizza un morceau de croûte.

— Je… Je n'ai jamais dit que je voulais faire ça. Tu ne crois pas que tu t'avances beaucoup, là ? Tu te rends compte que si je m'occupe de la com de ta campagne, mes chances de faire carrière dans la presse ou les médias sont fichues ? La neutralité journalistique, ça te parle, comme concept ? Déjà que, maintenant, c'est à peine si on ose me confier un édito de temps en temps…

La présidente esquisse une moue bien particulière, qui indique qu'elle s'aventure en terrain miné et que la réflexion qui suit a une chance sur deux de lui péter à la figure.

— Mon ange… dit-elle. Tu es une fille brillante et je sais que tu travailles dur mais, au bout d'un moment, il faut savoir regarder les choses en face.

— Regar… Qu'est-ce que tu insinues ?

— Je veux juste être sûre que… Je n'arrive pas à savoir si tu es vraiment heureuse dans ce que tu fais. Il est peut-être temps pour toi de changer d'angle d'attaque, c'est tout.

— Sauf que je ne suis pas comme vous deux. La politique, c'est votre passion, pas la mienne.

— Juuuuuune, allez ! intervient Alex en se renversant en arrière par-dessus le bras de son fauteuil pour regarder sa sœur, la tête à l'envers. Imagine un peu ! On bosserait tous ensemble, toi, moi… (Il se retourne vers sa mère.) Et Nora ? Tu vas bien faire la même proposition à Nora ?

L'intéressée hoche la tête.

— Son grand-père doit lui proposer demain un poste d'analyste. Si elle accepte l'offre de Mike, elle pourra commencer sur-le-champ. Toi, mon petit père, tu devras attendre d'avoir validé ta dernière année.

— Oh là là, le Trio de la Maison-Blanche au cœur de la mêlée… J'ai tellement hâte de voir ça ! (Alex lance un regard à son beau-père, qui a temporairement renoncé à bricoler derrière la télé pour savourer un peu de mozzarella panée.) Toi aussi, on t'a proposé un job, Léo ?

— Non. Comme d'habitude, mes fonctions de Premier homme consisteront à sélectionner avec soin des fleurs et des chemins de table, et à faire étalage de mes charmes.

— Et tu progresses vraiment à pas de géant dans ce domaine, mon amour, rebondit Ellen, sarcastique, en le gratifiant d'un petit bisou sur la joue. Ces sets en toile de jute… quelle merveille !

— Quand je pense que la décoratrice préférait opter pour du velours…

— Mais vraiment, quelle idée !

Le débat ne tarde pas à s'orienter sur les mérites comparés des pommes et des poires en matière de décoration de table. June en profite pour se pencher vers Alex :

— Je ne la sens pas du tout, cette histoire… Tu es vraiment sûr de le vouloir, ce job ?

— Tout se passera bien, ne t'inquiète pas… Et si tu veux vraiment me tenir à l'œil, tu n'as qu'à rejoindre l'équipe !

La jeune fille lui tourne le dos et se rassied devant sa pizza, une expression indéchiffrable sur le visage. Le lendemain, dans le bureau de Zahra, sur un tableau blanc accroché au mur, trois Post-it assortis sont apparus sous un titre au marqueur : « POSTES DANS L'ÉQUIPE DE CAMPAGNE : ALEX – NORA – JUNE ». Le pense-bête placé sous chacun des deux premiers prénoms indique « OUI ». Le troisième, tracé de toute évidence de la main de June en personne, porte un implacable « NON ».

Alex est en plein cours de politique générale, penché sur ses notes, lorsque lui parvient le premier message.

C'est ton portrait tout craché !

Suit la photo d'un écran d'ordinateur figé sur un gros plan du chef des Ewoks, Chirpa, dans *Le Retour du Jedi*

– minuscule boule de poils à la fois despotique, furibarde et mignonne à croquer.

(C'est Henry, au fait.)

Alex lève les yeux au ciel mais n'en ajoute pas moins ce nouveau contact à son répertoire : « SAR Prince Tête de gland », assorti d'un bel émoji tas de caca pour faire bonne mesure.

Il n'a – pour être honnête – aucune intention de répondre mais, en tombant sur la une de *People* une semaine plus tard, il ne peut pas résister. « LE PRINCE HENRY PASSE L'HIVER AU CHAUD » titre le magazine au-dessous d'un cliché de l'intéressé nonchalamment étendu sur une plage australienne dans un short de bain aussi court et moulant que sa couleur – bleu marine – est sage.

Ça en fait, des grains de beauté !!! envoie-t-il avec une photo de la couverture. Trop de mariages entre cousins ?

Sa victime riposte au bout de quarante-huit heures, avec la capture d'écran d'un tweet du *Daily Mail* : « Alex Claremont-Diaz, bientôt papa ? » Commentaire : Mais je ne comprends pas, mon chéri, on avait pourtant pris nos précautions !

La surprise arrache à Alex un rire assez sonore pour lui valoir une expulsion *manu militari* du point hebdomadaire que Zahra impose chaque semaine aux deux enfants de la présidente. Alors comme ça, Henry a de l'humour ? Le jeune Texan ajoute cette nouvelle information à son dossier.

Il s'avère aussi que le Britannique a la particularité de multiplier les messages pour tromper l'ennui dans les moments creux entre deux obligations : trajets en voiture d'une apparition publique à l'autre, comptes rendus réguliers sur la longue liste des propriétés foncières de sa famille… ou même lorsqu'il se retrouve soumis – de mauvaise grâce mais pour la plus grande joie de son homologue américain – à une séance de vaporisation d'autobronzant.

Sans aller jusqu'à dire qu'il apprécie le prince – le terme serait excessif –, Alex doit bien admettre qu'il savoure de plus en plus le rythme enlevé de leurs débats. Il sait bien qu'il parle trop et qu'il ne parvient pas à tempérer ni ses émotions ni leur expression. Mais s'il dissimule en général ce travers sous dix couches de charme, pourquoi se donner le moindre mal, dans ce cas précis ? Il se fiche bien, au fond, de ce que Henry pense de lui. Au lieu de ça, il se montre aussi intenable et azimuté que ça lui chante et, à sa grande surprise, le petit-fils de la reine d'Angleterre contre-attaque à coup de remarques cinglantes et de traits d'esprit saisissants.

Résultat, pour échapper à l'ennui ou au stress – ou à chaque fois qu'il patiente devant la machine à café –, Alex se surprend à consulter son téléphone dans l'attente d'une nouvelle notification. Un jour, c'est un commentaire sarcastique de Henry sur un passage équivoque dans sa dernière interview, le lendemain, une réflexion insolite sur les mérites comparés des bières anglaise et américaine, le surlendemain, une photo de David, le royal roquet, emmitouflé dans une écharpe Serpentard. (Mais bien sûr, mec, même pas en rêve : toi, tu es un Poufsouffle pur jus, réplique Alex – pique suivie d'un démenti immédiat : c'est le chien, pas son maître, qui revendiquait son appartenance à la noble maison, bien sûr.)

Bribe par bribe, il se forme ainsi une idée de la vie du prince, à travers une étrange combinaison de SMS et de consultation de ses réseaux sociaux (méticuleusement gérés par Shaan). L'écuyer n'est d'ailleurs pas loin de fasciner le jeune Américain – et ce, un peu plus à chaque mention que Henry fait de lui. Elles vont de : *Je t'avais dit que Shaan avait une moto ?* jusqu'à : *Shaan est encore au téléphone avec le Portugal.*

Il devient vite évident que la fiche de renseignements transmise à la Maison-Blanche omettait les détails les plus intéressants de la personnalité du prince – à moins, bien sûr, que le contenu n'en ait carrément été inventé de toutes pièces. Le péché mignon de Henry, par exemple, n'est pas la tourte à l'agneau mais la barquette de falafels d'un petit libanais à dix minutes du palais. Et le jeune homme – en pleine année de césure après la fin de ses études – consacre pour l'instant la majorité de son temps à diverses associations caritatives un peu partout dans le monde, dont la moitié ont été fondées par son meilleur ami, Pez.

Au fil des jours, Alex découvre un Henry passionné de mythologie gréco-romaine et capable, pour peu qu'on l'y encourage, de débiter de mémoire la composition de plusieurs dizaines de constellations. Le jeune Texan en apprend beaucoup, beaucoup plus qu'il ne l'aurait souhaité sur les détails fastidieux de la navigation à voile (aux pavés que lui pond le prince sur le sujet, il se contente de répondre, huit heures plus tard, un laconique : *cool*). Et si le Britannique ne jure que rarement, au moins n'a-t-il pas l'air de trop se formaliser des nombreuses obscénités qui envahissent les messages de son correspondant.

Dans leurs conversations, la sœur de Henry, Béatrice (Béa pour les intimes), revient souvent… Rien d'étonnant, d'ailleurs, puisqu'elle habite, elle aussi, au palais de Kensington. Il devient vite évident que tous deux sont très proches – beaucoup plus que de l'aîné, Philip. Les deux garçons échangent donc leurs impressions sur les vicissitudes de la vie de petit frère.

Attends… Ne me dis pas que Béa, elle aussi, te forçait à essayer ses robes quand vous étiez petits ?

Est-ce que June irait te piquer ton reste de curry dans le frigo en pleine nuit comme une gamine des rues affamée tout droit sortie de chez Dickens ? Parce que ma sœur, elle, c'est tout le temps…

Le meilleur ami du prince, Pez, passe encore plus souvent dans le champ de la caméra. C'est un personnage si atypique, si fascinant qu'Alex n'en revient pas qu'il ait pu un jour se lier d'amitié avec un garçon comme Henry – le genre de gus capable, lui, de gloser des heures entières sur la poésie de Byron à moins que vous ne le menaciez de bloquer son numéro. Percy, en revanche, semble toujours en vadrouille de par le monde, lancé dans les aventures les plus folles – du *base-jump* en Malaisie à la dégustation de bananes plantains en compagnie d'un mystérieux individu qui pourrait bien être Jay-Z, quand il ne débarque pas au restau pour déjeuner vêtu d'une veste Gucci en cuir rose fuchsia, bardée de clous. Le reste du temps, on peut en général le trouver à l'autre bout de la planète, occupé à créer de toutes pièces une nouvelle organisation à but non lucratif. Un tel déploiement d'énergie ne peut que forcer le respect.

Le jour où il s'aperçoit que Henry non seulement connaît le nom de code utilié pour June par les services secrets – « Fleur de lupin », l'emblème du Texas –, mais plaisante aussi librement sur la mémoire photographique de Nora (flippante, il est vrai), Alex finit par se rendre à l'évidence : lui aussi – alors qu'en temps normal, il protège pourtant jalousement la vie privée des deux jeunes filles – a beaucoup parlé de ses proches. Plus étrange encore, il faut un échange de tweets, devenu viral, entre June et le prince (tous deux se félicitent du culte commun qu'ils vouent à la version sortie en salles en 2005 d'*Orgueil et Préjugés*) pour qu'il comprenne à quel point il a été loquace.

— Si les e-mails de Zahra te collaient ce sourire béat, ça se saurait ! marmonne Nora par une belle après-midi.

Bien décidée à en avoir le cœur net, elle se penche par-dessus l'épaule d'Alex, qui la rembarre d'un coup de coude.

— À chaque fois que tu regardes ton portable, tu tires la même tête d'andouille, insiste-t-elle. Tu écris à qui ?

— D'abord, je ne vois pas du tout de quoi tu parles. Ensuite, à personne, rétorque l'intéressé.

Sur l'écran, au creux de sa paume, est affiché un message de Henry. En réunion avec Philip. Soporifique à se tirer une balle. Quand je me serai pendu avec ma propre cravate, promets-moi de ne pas laisser les journaux salir ma mémoire.

Mais, loin de battre en retraite, Nora essaie carrément de lui arracher son téléphone.

— Attends… Non, ne me dis pas que tu t'es remis à mater des vidéos de Justin Trudeau en train de parler français ?

— Mais n'importe quoi, d'où tu sors ça ?

— Tu te fous de moi ? Je t'ai choppé au moins deux fois à te repasser ses interviews en boucle depuis que tu l'as rencontré à ce dîner d'État, l'an dernier ! rétorque-t-elle sans se formaliser le moins du monde du majeur que lui présente sans sourciller le jeune homme. Ou alors… Non, je sais, c'est une nouvelle fan-fiction sur toi ? Je parie que j'ai mis dans le mille ! Et toi, tu ne me dis rien, espèce de traître ! Alors, tu t'envoies en l'air avec qui, cette fois ? Au fait, tu l'as lue, la dernière que je t'ai envoyée, celle avec Macron ? Je te jure, c'était du délire !

— Arrête maintenant, ou bien j'appelle Taylor Swift pour lui dire que tu as changé d'avis et que tu seras ravie d'assister à sa prochaine soirée du 4 juillet, finalement !

— Ça, monsieur, c'est déloyal ! Il est beau, le futur politicien ! Réponse proportionnée, mon cul !

Plus tard dans la soirée, une fois seul à son bureau, il répond enfin à Henry :

C'était quoi, cette réunion ? Vous avez décidé lesquels de tes cousins vont devoir se marier entre eux pour vous permettre de reconquérir Castral Roc ?

Ha ha, très drôle. J'aurais préféré, figure-toi… Le sujet du jour : les finances de la couronne. J'entendrai Philip répéter « retour sur investissement » dans tous mes cauchemars jusqu'à ma mort.

Alex lève les yeux au ciel, tout seul dans sa chambre, avant de répliquer : Pauvre chou, tout cet argent sale… Trop dur de devoir gérer le patrimoine d'un empire construit sur le sang et la sueur des autres !

Henry ne met qu'une minute à réagir.

C'était justement le sujet de la réunion : je voudrais renoncer à l'allocation que me verse le palais. Mon père nous a laissé assez d'argent pour vivre et je préférerais couvrir mes dépenses avec ça plutôt qu'avec la rançon de… bah, de siècles de génocides, en gros. Philip m'a ri au nez, figure-toi.

Le jeune Texan parcourt deux fois le paragraphe pour s'assurer qu'il l'a bien lu.

Je suis (vaguement) impressionné.

Il fixe l'écran, et sa propre réponse, plusieurs secondes de plus que nécessaire, soudain inquiet d'avoir écrit une bêtise. Il secoue la tête, pose son téléphone, le verrouille… Change aussitôt d'avis, le reprend et le déverrouille. Là, sous son dernier message, trois points de suspension clignotent sur l'écran. Il repose son téléphone. Détourne le regard. Y revient.

Bah, on ne peut pas vouer un véritable culte à Star Wars sans finir par comprendre qu'un empire, ce n'est jamais une très bonne chose !

Il n'y a pas à dire, Alex aimerait bien que Henry arrête de dégommer un à un tous ses préjugés…

SAR Prince Tête de gland 💩

30 oct. 2019, 13:07

je déteste
cette cravate

SAR Prince Tête de gland 💩

Quelle cravate ?

celle que tu viens
de poster sur Insta

SAR Prince Tête de gland 💩

Où est le problème ?
Elle est juste… grise.

Justement, ose les motifs un peu, pr changer. Et arrête de froncer les sourcils dvt ton écran stp. (Yep, je sais que tu viens de le faire.)

SAR Prince Tête de gland 💩

Les motifs sont considérés comme une prise de position, ici. Les membres de la famille royale ne sont pas censés s'affirmer au travers de leurs choix vestimentaires.

Peut-être mais… Qu'est-ce qu'on ne ferait pas pour gagner des followers, hmm ?

SAR Prince Tête de gland 💩

Tu es une plaie, est-ce que tu le sais, ça ? Le plus gros empêcheur de tourner en rond (pour rester poli) que la terre ait jamais porté.

merci du compliment !

17 nov. 2019, 11:04

SAR Prince Tête de gland 💩

Je viens de recevoir un paquet rempli de 5 kg de badges « Votez Claremont ! » avec ta tête dessus. Tu te crois drôle ?

dsl d'essayer d'égayer ton effroyable garde-robe, chaton

SAR Prince Tête de gland 💩

J'espère que ça t'amuse de détourner les fonds de la campagne de ta mère pour ce genre d'enfantillages… Mon service de sécurité a cru à un colis piégé. Shaan a failli faire venir la brigade cynophile.

Ha ha ha, tkt ça valait le coup ! Encore plus maintenant que je sais ça. En parlant de bombe, passe le bonjour à Shaan de ma part. Il me manque, le salaud <3 <3 <3

SAR Prince Tête de gland 💩

Dans tes rêves.

Chapitre 4

— C'est de notoriété publique, tu sais… Je n'y peux rien, moi, si tu viens seulement de le découvrir ! soupire Ellen sans ralentir le pas d'un iota.

Derrière elle, son fils est obligé de courir pour ne pas se laisser semer dans les couloirs de l'aile Ouest.

— Ce que tu es en train de me dire, reprend-il en criant à moitié, c'est que, tous les ans, la veille de Thanksgiving, ces volailles sans cervelle passent la nuit au Willard, dans une suite de luxe, aux frais du contribuable ?

— Oui, Alex, c'est exactement ça…

— Mais c'est du gaspillage d'argent public !

— Et deux dindes de dix-huit kilos chacune – Citrouille et Cannelle de leurs petits noms – remontent en ce moment même Pennsylvania Avenue en cortège officiel. Il est trop tard pour leur trouver un autre toit pour la soirée.

— Mais fais-les venir à la Résidence, propose-t-il à brûle-pourpoint, sans préméditation aucune.

— Pour les mettre où ? On la case où, ta basse-cour, monsieur le petit génie ? La Maison-Blanche est un monument historique classé, je te signale. Où veux-tu que je gare un couple de volatiles jusqu'à la grâce présidentielle de demain ?

— Installe-les dans ma chambre. Ça ne me dérange pas.

La présidente part d'un grand rire.

— Même pas en rêve.

— Mais en quoi ce serait différent d'un séjour à l'hôtel ? Ça revient absolument au même ! Allez, maman, dis oui !

— Hors de question.

— Sois sympa !

— Jamais de la vie.

— Les dindes dans ma chambre, scande-t-il avec acharnement. Les dindes dans ma chambre, les dindes dans ma chambre…

Ce soir-là, derrière les barreaux de leurs cages, deux oiseaux de proie préhistoriques l'observent d'un œil impitoyable. Alex doit bien avouer qu'il n'en mène pas large.

ELLES NE SONT PAS DUPES, écrit-il à Henry. ELLES SAVENT QUE JE LES AI PRIVÉES D'UNE SUITE CINQ ÉTOILES : DÈS QUE J'AURAI LE DOS TOURNÉ, ELLES VONT ME SAUTER DESSUS PR SE REPAÎTRE DE MA CHAIR !

Prisonnière d'une immense caisse grillagée posée à côté de son sofa, Citrouille lui rend son regard, l'œil vitreux et inexpressif. À la vétérinaire de campagne qui passe toutes les trois ou quatre heures vérifier que ses protégées vont bien, il a déjà demandé à plusieurs reprises si elle détectait chez les deux bêtes un quelconque appétit sanguinaire.

Dans la salle de bains attenante à la chambre, pour la énième fois, Cannelle pousse un « glouglou » menaçant.

Au départ, Alex avait de grands projets pour la soirée – pas mal de pain sur la planche et la ferme intention de s'y consacrer corps et âme. Avant que CNN n'attire son attention sur le coût exorbitant du séjour à Washington des deux volatiles en attente de grâce présidentielle, il était en plein visionnage des moments forts du débat de la veille organisé dans le cadre des primaires républicaines. Il avait aussi prévu de terminer le plan d'une de ses dissertations, puis de potasser le topo sur les leviers d'adhésion par catégories de population qu'il a réussi à convaincre sa mère de lui confier pour qu'il puisse commencer à plancher sur son job de campagne.

Au lieu de ça, il s'est fourré tout seul dans le pétrin et se retrouve tenu de jouer les baby-sitters pour les deux dindes jusqu'à la cérémonie du lendemain, alors même que – dommage ! – il s'est découvert une phobie irrépressible de ces gros gallinacés. Il a bien envisagé d'aller pioncer sur le premier canapé venu, mais… il n'ose imaginer ce qui se passerait si ces démons de l'enfer s'échappaient de leurs cages respectives et s'entretuaient pendant la nuit alors qu'il est censé les surveiller.

« ÉDITION SPÉCIALE : LES DEUX DINDES DU PARDON PRÉSIDENTIEL RETROUVÉES MORTES DANS LA CHAMBRE D'ALEX CLAREMONT-DIAZ. LA CÉRÉMONIE ANNULÉE DANS LA HONTE ET LE DÉSHONNEUR. LE FILS DE LA PRÉSIDENTE, GOUROU SATANIQUE D'UNE SECTE DE TUEURS DE VOLAILLE ? »

Des photos ! Des photos ! – voilà l'idée que Henry semble se faire d'une réponse réconfortante.

Alex se laisse tomber sur le rebord de son lit. Il s'est habitué à échanger avec le jeune Britannique presque tous les jours, désormais. Le décalage horaire ne les gêne pas : de jour comme de nuit, l'un comme l'autre sont de toute façon debout à des heures indues. Si le prince envoie une photo de son entraînement de polo à 7 heures du matin,

Alex répondra sans tarder – mais, de son côté, en pleine nuit à 2 heures –, lunettes sur le nez et café à la main, calé sous la couette en compagnie de ses révisions. Il ne comprend pas pourquoi ses selfies au lit ne lui valent jamais aucune réponse de la part de Henry – lui les trouve pourtant hilarants.

Pour l'heure, il immortalise Citrouille sous son meilleur profil avant d'appuyer sur la touche « Envoyer » (avec, au passage, un gros mouvement de recul quand l'animal se met à agiter les ailes d'un air agressif).

Elle est très mignonne, cette dinde, répond Henry.

C'est une blague ? On voit bien que tu ne les entends pas glouglouter.

Le « glouglou », le cri d'animal le plus terrifiant du monde, c'est bien connu.

— Tu sais quoi, gros malin ? lance le fils de la présidente à la seconde où son destinataire décroche. D'abord, tu vas l'écouter pour de vrai et, ensuite seulement, tu me diras comment tu réagirais si…

— Alex ? (À l'autre extrémité de la ligne qui grésille, la voix de Henry semble rauque, un peu déconcertée.) Tu m'appelles vraiment à 3 heures du matin pour me faire écouter une dinde ?

— Tu as tout compris ! (Un simple regard en coin à Citrouille et il en frissonne de dégoût.) Si tu savais, c'est comme si elles fouillaient ton âme avec leurs petits yeux globuleux ! Cet animal connaît les tréfonds de mon être, Henry. Il sait tout le mal que j'ai commis et il est venu me faire expier mes fautes…

Au bout du fil, le jeune Texan entend le bruissement des draps. Il imagine le prince se tourner dans son lit, vêtu de son haut de pyjama gris chiné, peut-être pour allumer une lampe de chevet.

— Bon, allez… Fais-moi écouter l'abominable « glouglou ».

— O.K., j'y vais, tu es prêt ? l'avertit Alex avant d'activer le haut-parleur du portable et de tendre très sérieusement son téléphone vers la cage.

Silence. Dix longues secondes de néant.

— Ah en effet, commente la minuscule voix de Henry dans le micro. Vraiment… atroce.

— Ça ne… Non mais, là, ce n'est pas représentatif, s'emporte Alex. Elles n'ont pas arrêté de faire des bruits flippants de toute la soirée, je te jure !

— Je te crois sur parole, lui assure le prince d'un ton patient, comme s'il parlait à un enfant.

— Attends, je… je vais essayer de leur faire faire un « glouglou ».

Joignant aussitôt le geste à la parole, le jeune homme saute de son lit pour s'avancer à pas prudents vers la cage de Citrouille, avec la très nette impression de risquer sa vie. Et ce, dans le seul but de prouver qu'il a raison. Pas que ce soit la première fois, loin de là – c'est même un motif assez récurrent dans son existence.

— Bon, dit-il. Comment on fait glouglouter une dinde ?

— Essaie de glouglouter. Elle va peut-être te répondre.

Alex en reste interdit.

— Tu es sérieux, là ?

— Tu sais, des dindons sauvages, on en chasse des tas ici, au printemps. Ils sont de la même famille. Le truc, c'est de penser comme eux, de rentrer dans leur tête.

— Et comment on fait ça, au juste ?

— Bon, écoute bien, explique Henry. Déjà, tu dois te rapprocher de la bête. Physiquement, je veux dire : avance-toi vers elle.

Son portable serré contre lui, Alex se penche avec précaution vers le grillage de métal.

— J'y suis.

— O.K. Maintenant, tu vas la regarder dans les yeux, il faut établir un contact visuel avec elle… C'est bon ?

Le fils de la présidente continue de suivre les instructions murmurées à son oreille. Les orteils plantés dans la moquette, il s'est accroupi pour se placer à la hauteur de l'animal. Lorsque les petites billes noires et meurtrières qui servent de pupilles à la créature rencontrent les siennes, il ne peut réprimer un frisson.

— C'est bon.

— Parfait. Ne la lâche pas du regard, poursuit Henry. Il faut essayer de créer un lien. Il faut gagner son respect… te lier d'amitié avec elle…

— Hmm…

— Acheter une résidence secondaire à Majorque avec elle…

— Putain, tu te fous de ma gueule ! Tu vas me le payer, espèce de salaud ! s'écrie le dindon de la farce, hors de lui.

Ravi de sa blague, le prince éclate de rire. Effarouchée par la réaction indignée de son gardien, qui agite les bras en tous sens, la volaille profère alors un « glouglou » si retentissant qu'Alex en pousse un glapissement assez peu viril.

— Merde, tu as entendu ça ?

— De quoi tu parles ? fait mine de s'étonner Henry. Tous ces cris d'orfraie, ça m'a rendu sourd.

— T'es vraiment un enfoiré. Laisse-moi deviner : tu n'as jamais chassé un seul dindon de ta vie entière !

— Alex… Leur chasse est interdite en Grande-Bretagne.

Le jeune Texan retourne jusqu'à son lit, où il s'écroule, le visage dans un oreiller.

— Voilà, tu as gagné : j'espère que Citrouille va mettre fin à mes souffrances !

— Non, allez, j'avoue, reconnaît son interlocuteur. Je l'ai entendu, ton « glouglou », ça fait… froid dans le dos, vraiment. Bon… Elle est où, June, là ?

— Nora et elle se font une soirée entre filles. Et quand je les ai appelées à la rescousse, elles m'ont renvoyé… (Il lève son portable pour déchiffrer le message d'une voix monocorde.) « Ha ha ha ha ha ha ha, bonne chance mon gars ! émoji dinde, émoji crotte. »

— Ça se défend, confirme Henry (qu'Alex imagine tout à fait hocher la tête d'un air solennel). Bon, c'est quoi le plan ? Tu vas passer une nuit blanche en tête-à-tête avec tes nouvelles copines ?

— Bonne question… J'imagine que oui. Je n'ai pas trop le choix.

— Pourquoi ne pas aller dormir ailleurs, tout simplement ? Ce ne sont sûrement pas les chambres qui manquent à la Maison-Blanche.

— Non, bien sûr, mais… Et si elles s'échappaient ? J'ai vu *Jurassic Park*, je te signale. Tu savais que les oiseaux descendent directement des vélociraptors ? Il y a des preuves scientifiques de ça, Henry : j'ai des petits dinosaures sanguinaires au pied de mon lit. Et tu voudrais que j'aille me coucher comme si de rien n'était, comme si, à la seconde où j'aurai fermé les yeux, ces monstres n'allaient pas défoncer leur enclos et envahir l'île tout entière ? Eh bien, non, tu ne me la feras pas à l'envers !

— Toi, je vais vraiment finir par te faire liquider, grommelle le prince, ronchon. Tu ne verras rien venir. Nos hommes de main savent se glisser partout sans être vus. Ils viendront dans la nuit noire et ta mort passera pour un accident. Humiliant, si possible.

— Asphyxie autoérotique ?

— Crise cardiaque sur la cuvette des toilettes.

— Ben voyons…

— Je t'aurai prévenu.

— Venant de toi, je me serais attendu à un truc plus intime. La soie d'un coussin plaquée sur mon visage, une lente suffocation, tout en douceur. Rien que toi et moi. Sensuel et jouissif.

— Hmm… Ah bah ça… marmonne Henry avec une petite toux gênée.

— Enfin bon… conclut le fils de la présidente en se rasseyant en tailleur sur son édredon. L'une de ces foutues dindes m'aura choppé avant, de toute façon.

— Je ne pense vraiment pas que… Eh, coucou toi ! (Alex distingue un nouveau bruissement de draps soyeux, puis un bruit d'emballage plastique froissé, suivi du son caractéristique de la truffe d'un chien qui fouine en respirant bruyamment.) C'est qui le bon toutou ? Hein, c'est qui ? Allez, David, dis bonjour à tonton Alex.

— Salut, David !

— Il te… Eh ! Bas les pattes, Monsieur Patapouf ! C'est à moi, ça ! (À l'autre bout du fil, le remue-ménage s'intensifie, jusqu'à ce qu'un miaulement outré se fasse entendre.) Barre-toi, espèce d'abruti !

— Monsieur Patapouf ? Va falloir que tu m'expliques…

— C'est l'imbécile de chat de ma sœur. Ce gros balourd pèse déjà une tonne mais il passe son temps à essayer de me chiper mes Pim's. David et lui sont toujours fourrés ensemble.

— Mais… euh… tu fais quoi, là, au juste ?

— Sérieux, c'est toi qui me poses cette question ? J'essayais de dormir, figure-toi.

— D'accord, sauf que tu me parles de pin's, donc euh…

— Non, mes Pim's, avec un « m » ! Des petits gâteaux, soupire Henry. Mais c'est pas vrai… Un Cro-Magnon d'Amerloque complètement toqué et ses deux dindes de compagnie ont vraiment décidé de me pourrir la vie, ce soir, ma parole…

— Des Pim's, hmm ? Et c'est tout ?

Une nouvelle fois, le prince exhale bruyamment un soupir. Dès qu'Alex entre dans la danse, le Britannique passe son temps à souffler – c'est fou qu'il lui reste encore de l'air dans les poumons à ce rythme-là.

— Non, ce n'est pas fini. Mais attention, tu n'as pas intérêt à rigoler…

— Oh, je sens que ça va me plaire, réplique le jeune Texan, qui en salive déjà.

— Je regardais un épisode du *Meilleur Pâtissier*.

— Mais ça, c'est mignon, pas de quoi en faire un drame. Quoi d'autre ?

— Je… euh… hésite Henry avant de débiter la suite à toute allure. Il se peut que je sois en train d'essayer un de ces masques exfoliants…

— Sérieux ? J'en étais sûr !

— Et voilà, je n'aurais jamais dû t'en parler, je le savais.

— J'étais certain que tu suivais une de ces routines de soins du visage qui coûtent les yeux de la tête et qui font fureur en Scandinavie. Tu ne jures que par leur crème anticernes enrichie en poudre de diamant, je parie ?

— Mais absolument pas ! s'insurge Henry, si piqué au vif qu'Alex doit plaquer le revers de sa main sur ses lèvres pour s'empêcher d'éclater de rire. J'ai une apparition publique demain, O.K. ? Tu crois que j'avais prévu que tu me fasses subir un interrogatoire en bonne et due forme ?

— Je ne me permettrais jamais, tu penses ! Cette saloperie de sébum nous empoisonne la vie à tous. Alors comme ça, tu aimes… *Le Meilleur Pâtissier* ?

— Cette émission est tellement apaisante, tu n'imagines même pas. Les couleurs pastel, la musique d'ambiance ultra-reposante… Les participants sont tous adorables. Et puis, on apprend un max de trucs : les types de gâteaux, les ingrédients… Un petit miracle, Alex. Quand le monde entier part en vrille – par exemple, au hasard, quand un couple de volailles en furie te fait passer la pire nuit de ta vie, nom de code la Grande Débâcle des dindons –, tu sais que tu peux toujours lancer un épisode et te perdre dans le monde merveilleux de la ganache et de la crème chantilly.

— Les programmes culinaires américains n'ont rien à voir avec ça ! Chez nous, ça transpire à grosses gouttes, la bande-son fait monter le suspense et le montage te donne l'impression que les concurrents jouent leur vie à chaque instant, explique le jeune Texan. À côté du *Meilleur Pâtissier*, notre *Top Chef*, c'est *Hunger Games*.

— Et après, on s'étonne de nos différences !

Alex s'esclaffe.

— Tu sais que tu es surprenant, en fait, comme mec ? dit-il.

Henry laisse passer un silence avant de demander :

— Dans quel sens ?

— Bah, à ma grande stupéfaction, tu n'es pas complètement chiant à mourir.

— Waouh… le taquine Henry, hilare. Ça, c'est du compliment !

— Il faut croire que tu as des qualités cachées, que tu n'es pas complètement superficiel, finalement.

— Avoue que tu me prenais pour un Ken sans cervelle.

— Pas sans cervelle, non, juste insipide – d'un ennui assez mortel. Après tout, tu as quand même appelé ton chien « David ». Difficile de faire plus soporifique.

— Euh… C'est David, comme dans David Bowie.

— Je… (Alex s'arrête net – les engrenages de son cerveau tournent à plein régime pour réévaluer son jugement en temps réel.) Attends, sérieux ? Mais… mais pourquoi pas « Bowie », dans ce cas ?

— Trop téléphoné, tu ne crois pas ? Où serait le mystère ? Il faut toujours laisser un peu de place à l'imagination…

— Pas faux, reconnaît le jeune Texan.

Puis, incapable de se retenir, il laisse échapper un énorme bâillement. Il s'est levé à 7 heures du matin pour aller courir, avant le début des cours. Si ses deux colocataires à plumes ne l'achèvent pas, la fatigue s'en chargera.

— Alex, écoute-moi, reprend Henry d'un ton ferme.

— Quoi ?

— Ces dindes ne vont pas te la jouer *Jurassic Park*, promis. Tu ne vas pas finir dans le ventre d'un dilophosaure comme le gars de *Seinfeld*. Toi, tu es le scientifique, Jeff Goldblum, d'accord ? Et maintenant, au lit.

Alex ravale un sourire bien plus large que cette référence cinématographique, aussi nostalgique soit-elle, ne le mérite.

— Au lit, toi-même.

— C'est l'idée. Je me couche dès que tu auras raccroché.

Le prince a, dans la voix, le même sourire que lui – un sourire complètement disproportionné, sans rapport avec la situation. Décidément, cette soirée tout entière est vraiment, vraiment très bizarre.

— D'accord, mais… si jamais elles se remettent à glouglouter ?

— Alors va pioncer dans la chambre de ta sœur, triple buse !

— O.K.

— O.K., répond Henry.

— O.K., répète Alex.

Comment conclure une conversation avec le petit-fils de la reine d'Angleterre ? Il n'en a pas la moindre idée : jamais ils ne s'étaient appelés auparavant, il en prend soudain conscience. Il est perplexe, mais le même sourire illumine toujours son visage. Face à lui, Citrouille le dévisage, de l'air de dire qu'elle n'y comprend rien. *Bienvenue au club, ma vieille*, pense-t-il.

— O.K., reprend Henry. Bon… Bonne nuit.

— Merci, toi aussi, répond Alex, à défaut de mieux.

Après avoir raccroché, il fixe encore un moment son téléphone avec une certaine perplexité – comme si l'espèce d'électricité statique qui semble flotter autour de lui émanait en fait de l'appareil.

Il finit tout de même par se secouer. Il attrape son oreiller et une petite pile de vêtements, puis traverse le couloir, direction la chambre de June. Cependant, même une fois installé dans le grand lit de sa sœur, l'impression d'avoir oublié un détail ne le quitte pas.

Il ressort son téléphone.

Je t'ai envoyé une photo des dindes, j'en mérite une de tes compagnons à quatre pattes, non ?

Une minute et demie plus tard, il découvre Henry noyé dans les draps blanc et or d'un lit à baldaquin aussi affreux que monumental, les joues rosies par un vigoureux et très récent rinçage. D'un côté de son oreiller pointe le museau d'un beagle et, de l'autre, un siamois obèse trône roulé en boule, un sachet de gâteaux vide entre les griffes. Malgré de légers cernes sous les yeux, le jeune homme a l'air détendu et amusé : tandis que sa main droite prend le selfie, sa main gauche repose nonchalamment sur la literie au-dessus de sa tête.

Tu vois un peu ce que je dois endurer ? se plaint le prince. Commentaire immédiatement suivi d'un : Allez, bonne nuit pour de bon, cette fois. Dors bien, vraiment.

SAR Prince Tête de gland 💩
8 déc. 2019, 20:53

Yo, ils rediffusent ts les James Bond en ce moment à la télé et je sais pas si tu savais ms… ton père est un putain de BG !!!

SAR Prince Tête de gland 💩

Pitié, ça ne va pas être possible…

Les parents d'Alex n'ont pas attendu de se séparer pour adopter une étrange habitude : chacun l'appelle par le nom de l'autre à chaque fois que l'attitude du jeune homme traduit un trait de caractère évidemment hérité de leurs belles-familles respectives – une petite manie qui perdure aujourd'hui encore. Il suffit qu'il se laisse aller à trop parler à la presse pour que sa mère le convoque dans son bureau pour le gratifier d'un : « Du calme, Diaz ! Et, la prochaine fois, tu me feras le plaisir de te maîtriser un peu ! » De même, s'il se met tout seul dans le pétrin à force d'obstination, son père lui envoie un SMS : « Laisse tomber, Claremont. Il faut lâcher l'affaire, maintenant. »

Assise à sa table de travail, la commandante en chef des forces armées soupire en reposant devant elle un article titré : « LE SÉNATEUR OSCAR DIAZ DE RETOUR À WASHINGTON POUR PASSER LES FÊTES EN FAMILLE AVEC SON EX-FEMME, LA PRÉSIDENTE CLAREMONT ». Comme tous les ans, leur père s'est envolé depuis la Californie pour venir fêter Noël avec eux, et tant mieux, d'ailleurs – sauf que la nouvelle se retrouve en page intérieure dans le *Washington Post*. Et le plus étrange, c'est encore qu'Alex n'en pense plus rien ou presque.

Il regarde sa mère faire la moue en pliant et dépliant tour à tour l'index et le majeur de sa main droite – deux indices incontestables de sa nervosité, des tics qui ressurgissent à chaque fois qu'elle s'apprête à passer du temps en compagnie de son ex.

— Tu sais, lui lance son fils depuis l'un des sofas du Bureau ovale où il s'est affalé avec un livre, tu pourrais demander à quelqu'un de te trouver une cigarette.

— Silence, Diaz.

Elle a fait préparer la chambre Lincoln pour leur père, mais elle n'arrête pas de demander au personnel de maison d'y placer un certain nombre d'ornements, avant de changer aussitôt d'avis. Entre deux crises décoratives, Léo, imperturbable, s'attèle à l'amadouer à grands renforts de compliments. C'est à se demander quel homme sain d'esprit, à part lui, pourrait rester marié avec leur mère. Leur père, en tout cas, n'y est pas parvenu.

En bonne médiatrice (elle tente inlassablement de préserver l'harmonie), June est dans tous ses états. Si les réunions familiales sont bien le seul type de situation ou presque qu'Alex préfère observer à bonne distance, sans s'impliquer – quitte à appuyer de temps à autre là où ça fait mal, quand l'intérêt des débats semble l'exiger –, sa sœur, elle, se fait un devoir de s'assurer qu'aucun des précieux bibelots d'époque de la Maison-Blanche ne finira en miettes comme l'année précédente.

Leur père arrive enfin, barbe et costume impeccablement taillés, entouré d'une nuée d'agents des services secrets. En dépit de ses préparatifs minutieux, c'est à peine si June ne brise pas elle-même l'un des vases de l'entrée en se catapultant dans ses bras. Tous deux disparaissent illico au tournant du couloir avec, pour destination, la boutique de chocolats installée dans les sous-sols de la Résidence. Tandis que s'éloigne peu à peu le son de la voix d'Oscar, qui n'en finit plus de s'extasier sur le dernier article d'opinion de sa fille pour la version web de *The Atlantic*, Alex et sa mère échangent un regard entendu. Leur famille est vraiment prévisible, parfois…

Le lendemain, après avoir jeté à Alex un coup d'œil qui signifie en substance : « Suis-moi et laisse ta mère en dehors de tout ça », son père l'entraîne jusque sur le balcon Truman.

— Joyeux Noël, *mijo* ! lance-t-il en souriant, une fois à l'extérieur. Ah, bordel, ce que je suis content de te voir !

Le jeune homme se met à rire et laisse Oscar le serrer dans ses bras, aussitôt submergé par la même éternelle odeur de sel, de fumée et de cuir mêlés. Quand ils étaient petits, leur mère se plaignait toujours d'avoir l'impression de vivre dans un fumoir.

— Joyeux Noël, 'pa.

Le sénateur rapproche de la balustrade l'un des fauteuils où il s'installe, ses bottes rutilantes calées sur le garde-fou. Oscar Diaz n'apprécie rien tant qu'un beau panorama.

Alex se perd dans la contemplation de l'immense pelouse enneigée qui s'étale à leurs pieds, de l'obélisque du Washington Monument dressée droit vers le ciel au bâtiment Eisenhower à l'ouest, avec ses toits indentés de mansardes à la française – que Truman détestait d'ailleurs. À côté de lui, le sénateur sort un cigare de sa poche et, selon le rituel qu'il applique avec le même soin depuis des années, le coupe puis l'allume. Après en avoir tiré une bouffée, il le passe à son fils.

— Ça ne te fait jamais marrer de penser à quel point ce petit tableau a le pouvoir d'énerver un paquet d'abrutis ?

D'un geste, il englobe la scène : deux Mexicains, les pieds sur la rambarde où tant de chefs d'État ont dégusté leurs croissants du matin.

— Tout le temps, rétorque le jeune homme.

Ravi de sa propre impudence, le sénateur rit de bon cœur. Il est accro à l'adrénaline : escalader des montagnes, plonger dans des cavités souterraines, tester les limites de la patience d'Ellen... Flirter avec la mort, en gros. À l'exact opposé de la manière dont il aborde son travail ou son rôle de parent – avec méthode et précision pour l'un, souplesse et indulgence pour l'autre.

Son fils est ravi de le voir davantage, ces dernières années, que du temps du lycée : Oscar passe en effet la majeure partie de son temps à Washington. Les sessions parlementaires les plus chargées donnent l'occasion aux trois membres de Los Bastardos de se réunir le soir après le boulot : chaque semaine, Alex, son père et Rafael Luna déblatèrent sur tout et sur rien autour d'une petite bière dans le bureau du sénateur californien. Autre bon côté de ce récent rapprochement géographique : leurs parents ont été forcés de passer du stade de la destruction mutuelle garantie à la phase actuelle, plus harmonieuse, où la famille a la chance de fêter Noël une seule fois au lieu de deux.

À mesure que les jours passent, le jeune homme se surprend à se rappeler de temps à autre – rien qu'une seconde – combien vivre tous ensemble sous le même toit lui manque.

Son père a toujours été le cordon bleu de la famille. L'enfance d'Alex fleurait bon le fumet des poivrons, des oignons et de la viande hachée revenus dans la cocotte de *caldillo* – un ragoût sud-américain – pendant que les *masa*, les tortillas de maïs, attendaient sagement leur tour sur la planche à découper. Il revoit encore sa mère pester, pliée en deux de rire, quand, en ouvrant le four pour y enfourner l'un des bagels tomate-mozza dont elle raffole, elle découvrait qu'Oscar, à la mexicaine, l'avait rempli à ras bord de poêles et de casseroles. Ou quand elle attrapait dans le frigo le beurrier pour le trouver rempli de *salsa verde* faite maison. Qu'est-ce qu'ils ont pu rigoler dans cette cuisine toujours pleine de chaleur et de bonne humeur, de bonne bouffe et de bonne musique, où les enfants s'attablaient le soir pour faire leurs devoirs et où défilaient toute l'année des ribambelles de cousins !

Sauf qu'ensuite, cette même pièce avait résonné de cris de colère, puis de longues périodes de silence. Bientôt, les enfants étaient devenus des adolescents, leurs deux parents des élus au Congrès, et Alex à la fois délégué des élèves au conseil d'administration, co-capitaine de son équipe de lacrosse, roi du bal de fin d'année et major de sa promo. Très vite – et c'était précisément le but –, il n'avait tout simplement plus eu le temps de se morfondre sur le naufrage de leur vie de famille.

Malgré tout, son père a déjà passé trois jours à la Résidence sans incident alors, quand Alex l'aperçoit une après-midi dans les cuisines, en train de jeter une poignée de poivrons dans une marmite en plaisantant avec deux des cuistots, il se dit que… Eh bien, que ce ne serait pas plus mal si ses visites pouvaient se répéter plus souvent.

Zahra doit passer Noël en famille à la Nouvelle-Orléans – mais uniquement parce que, d'abord, la présidente a insisté, ensuite, sa sœur vient d'accoucher et, enfin, Amy a tricoté une grenouillère au nouveau-né et menacé de poignarder la jeune femme si elle n'allait pas la lui porter en personne. Le repas de fête des Claremont-Diaz est donc avancé à la veille de Noël afin que la conseillère puisse être des leurs. Car, malgré les innombrables nuits blanches qu'elle a passées à maudire les noms de leurs ancêtres jusqu'à la dixième génération, elle fait partie de la famille : hors de question de fêter ça sans elle.

— Joyeux Noël, Zaza ! lui lance Alex d'un ton enjoué lorsqu'il arrive devant la plus petite des deux salles à manger de la Résidence, située au rez-de-chaussée.

En guise de tenue de fête, la cheffe de cabinet adjointe de la Maison-Blanche porte un col roulé rouge tout ce qu'il y a de plus sobre, et Alex, un pull orné de guirlandes d'un vert éclatant. Un grand sourire aux lèvres, il presse un bouton caché à l'intérieur de sa manche et le haut-parleur fixé à proximité de son aisselle droite se met à jouer *Mon beau sapin*.

— Deux jours sans te voir… j'ai tellement hâte ! soupire Zahra sans parvenir à dissimuler la pointe d'indéniable affection qui perce dans sa voix.

Cette année, comme leurs grands-parents paternels sont en voyage, le dîner se déroule en petit comité. La table est dressée pour six convives seulement, même si les assiettes de porcelaine blanche rehaussée de filigranes dorés étincellent de tous leurs feux. La soirée démarre dans une atmosphère pleine de chaleur, au point qu'Alex en oublierait presque que c'est loin d'être toujours le cas…

Jusqu'à ce que le thème de la conversation dévie vers les élections. C'est Oscar qui ouvre le bal, sans lever les yeux de la pièce de viande qu'il coupe avec précaution :

— Je me disais que, cette fois-ci, je pourrais peut-être participer à la campagne.

À l'autre extrémité de la table, Ellen pose aussitôt sa fourchette :

— Pardon ?

Le sénateur hausse les épaules sans cesser de mâcher sa bouchée de nourriture.

— Tu sais bien… finit-il par répondre. Faire quelques déplacements, aller à la rencontre des électeurs, prononcer un ou deux discours… Être l'un de tes porte-parole.

— C'est une blague ?

C'est au tour d'Oscar de poser ses couverts sur la nappe – un petit bruit sourd qui semble annoncer le pire : « Et meeerde. » Assis en face de sa sœur, Alex la cherche du regard.

— Tu trouves vraiment l'idée si mauvaise ? s'étonne leur père.

— On en a déjà parlé avant ma première campagne, réplique Ellen, dont le ton se fait d'entrée abrupt. Les électeurs n'aiment pas les femmes, mais les mères et les épouses, oui. Ils aiment les familles unies. Leur rappeler que j'ai divorcé en poussant mon ex-mari sur le devant de la scène, c'est bien la dernière des choses à faire.

L'intéressé lâche un petit rire sans joie.

— Et quoi ? Tu prévois de le faire passer, lui, pour leur père, c'est ça ?

— Oscar, intervient Léo, jamais je ne…

— Mais ce n'est pas la question ! l'interrompt la présidente.

— Ça pourrait booster ta cote de popularité, insiste le sénateur. La mienne se porte pas mal, mieux que la tienne quand tu étais à la Chambre, El.

— Et c'est reparti, glisse Alex à son beau-père.

Assis à sa droite, Léo conserve une expression d'une sérénité et d'une neutralité admirables.

— Nos études sont formelles, Oscar ! O.K. ? (La voix d'Ellen, qui a plaqué ses deux paumes sur la table, est montée d'une octave et de quelques décibels.) Les chiffres le montrent : les indécis ont tendance à pencher en ma défaveur quand on leur rappelle mon divorce !

— Mais tout le monde sait que tu es divorcée !

— La cote d'Alex est bonne ! s'écrie la présidente, arrachant une grimace à ses deux enfants. Celle de June aussi !

— C'est la chair de ta chair, pas des chiffres, Ellen !

— Arrête ça tout de suite, crache-t-elle. Tu sais très bien que je n'ai jamais dit une chose pareille.

— Parce que tu ne les utilises jamais comme si c'était le cas, peut-être ?

— Comment oses-tu, mais comment oses-tu me jeter une accusation pareille au visage quand tu n'hésites pas une seconde à les exhiber en public à la moindre de tes réélections ? assène-t-elle en fendant l'air de sa main. S'ils ne portaient que mon nom, tu aurais plus de mal et tu le sais ! Ça simplifierait d'ailleurs pas mal de choses… C'est le nom sous lequel les gens les connaissent, de toute façon !

— Stop ! intervient sa fille d'une voix suraiguë. Personne ne touche à aucun de nos noms !

— June… soupire leur mère.

Encouragé par la réaction de leur enfant, Oscar insiste.

— J'essaie juste d'apporter ma pierre, Ellen !

— Je n'ai pas besoin de ton aide pour remporter une élection, merci bien ! réplique l'intéressée en abattant sa paume sur la table avec tant de force qu'elle en fait trembler la vaisselle. Je n'en ai eu besoin ni pour entrer au Congrès, ni pour être élue présidente… et pas plus aujourd'hui, figure-toi !

— Tu ferais mieux de t'inquiéter un peu de ce qui t'attend ! Tu crois vraiment qu'en face, ils vont t'affronter à la loyale, cette fois ? Huit années d'Obama, et maintenant, toi ? Ils sont fous de rage, Ellen, Richards veut ta peau ! Il faut que tu sois fin prête !

— Mais qu'est-ce que tu crois ! Tu penses vraiment que je n'ai pas déjà toute une équipe sur le coup ? Je suis la présidente des États-Unis, putain de merde ! Je me passerai de tes grands airs et de ta… de ton…

— Condescendance ? Paternalisme ? suggère Zahra.

— De ton paternalisme à deux balles ! termine sa patronne en hurlant, les yeux exorbités, un doigt accusateur pointé sur son ex-mari. Quand je pense que tu essaies de m'expliquer comment fonctionne une course à la présidence !

Furieux, le sénateur jette sa serviette sur la nappe.

— Toujours ta putain de tête de mule…

— Mais je t'emmerde, Oscar !

— Maman ! la reprend June avec indignation.

— Vous allez arrêter, oui ? s'entend tout à coup crier Alex avant même d'avoir pris consciemment la décision de s'interposer. Non mais j'hallucine ! On ne peut pas se retenir de s'écharper juste le temps d'un dîner ? C'est Noël, bordel de merde ! Vous êtes censés diriger le pays, tous autant que vous êtes. Calmez-vous, un peu !

Il repousse sa chaise et quitte la salle au pas de charge – il sait bien qu'il en fait toute une montagne et qu'il passe sans doute pour un enfant gâté, mais il s'en fiche pas mal. Arrivé dans sa chambre, il claque la porte derrière lui avant d'ôter rageusement son pull à la mords-moi-le-nœud, qu'il précipite contre le mur. Le chandail émet une série de fausses notes pathétiques en retombant au sol.

Ce n'est pas qu'Alex ne perde jamais son sang-froid comme il vient juste de le faire… Non, le problème, c'est qu'en général, il n'explose pas devant sa famille. Pour la bonne et simple raison qu'en général, il ne se mêle pas de leurs histoires.

Il sort de sa commode un vieux maillot de lacrosse et l'enfile. Quand il se retrouve nez à nez avec son propre reflet dans le miroir placé à côté de sa penderie, il se revoit soudain à douze ou treize ans, bouleversé par les disputes de ses parents, mais incapable d'y changer quoi que ce soit. Sauf qu'aujourd'hui, il n'a même plus la possibilité d'ajouter une longue liste de cours renforcés à son emploi du temps histoire d'oublier ses problèmes.

Sans réfléchir, il tend la main vers son téléphone. Son cerveau est un peu comme un véhicule qui ne démarre pas à moins d'avoir deux passagers à bord : quand son travail ne lui tient pas compagnie, il a besoin de quelqu'un pour l'aider à réfléchir.

Mais Nora fête Hanoucca dans le Vermont et il ne veut pas la déranger. Quant à Liam, son meilleur ami du temps du lycée, Alex lui a à peine parlé depuis qu'il s'est installé à Washington.

Ce qui ne lui laisse qu'une seule possibilité…

— Allons bon, qu'est-ce que j'ai encore fait, cette fois ? Que me vaut cet honneur ? demande la voix grave de Henry, tout ensommeillée.

En fond sonore, on entend un air de musique – *Douce nuit*, semble-t-il.

— Salut, euh… désolé. Je sais qu'il est tard, qu'on est le 24 décembre, et tout ça. Tu es sûrement en train de dîner en famille, je viens juste de m'en rendre compte. Je ne sais pas pourquoi je n'y ai pas pensé avant. Ça doit être pour ça que je n'ai pas d'amis, je suis un abruti. Désolé, bon bah, je vais… euh…

— C'est bon, c'est bon, l'interrompt Henry. Ça va. Il est deux heures et demie du matin, ici, tout le monde est couché. Enfin, sauf moi et Béa. Béa, tu veux lui faire un coucou ?

— Hello, Alex ! lance aussitôt une voix claire à l'autre bout du fil, entre deux gloussements de rire. Alors il faut que tu saches que Henry porte un pyjama avec un magnifique imprimé sucres d'orge, et…

— Et ce sera tout, merci ! reprend soudain la voix du prince dans le haut-parleur, accompagnée d'une espèce de bruit étouffé, comme si Béa venait de se prendre un oreiller dans la figure. Qu'est-ce qui se passe, alors ? Dis-moi.

— Désolé… Je sais que c'est bizarre, en plus tu es avec ta sœur, et… euh… En fait, ça craint, mais je n'avais personne d'autre à appeler qui soit réveillé à cette heure-ci, ou dispo… Et je sais bien qu'on n'est, euh… pas vraiment amis, et en plus je ne parle jamais de ces trucs-là d'habitude mais, bref, voilà : mon père est venu passer Noël avec nous, et ma mère et lui, quand tu les mets dans la même pièce plus d'une heure, on dirait deux requins qui se disputent un cadavre de bébé phoque. Ce soir, ils ont commencé à se mettre sur la gueule bien comme il faut, et je ne devrais pas en faire tout un plat vu qu'ils sont déjà divorcés de toute façon, mais je ne sais pas ce qui m'a pris, je viens de péter une cannette. J'aurais juste voulu qu'ils fassent une trêve, pour une fois, histoire qu'on puisse fêter Noël comme… comme des gens normaux. Tu vois ?

Cette tirade est suivie d'un long silence, puis Henry murmure :

— Ne quitte pas. (Puis il couvre le téléphone de la main et se lance dans un aparté.) Béa, tu peux nous laisser une minute ? Mais non, n'importe quoi… Oui, tu peux prendre les gâteaux. (Il place de nouveau le portable à son oreille.) O.K., c'est bon, je t'écoute.

Alex pousse un soupir. Tout en se demandant vaguement ce qu'il est en train de faire, il continue sur sa lancée et raconte péniblement le divorce de ses parents : les années de disputes et de mésentente, le jour où, en rentrant d'un week-end en camp scout, il a découvert que son père avait déménagé, les nuits passées dans la lumière bleue de la piscine, un pot de Helados à la main…

Se dévoiler ainsi ne le met pas aussi mal à l'aise qu'il aurait pu le croire. Avec Henry, il n'a jamais pris la peine de se surveiller. Depuis le premier jour, il s'exprime sans aucun filtre : au départ, parce qu'il s'en tamponnait sincèrement de l'opinion du prince – et, à présent, parce qu'entre eux, c'est comme ça, c'est devenu une habitude. Peut-être qu'aborder des sujets aussi intimes devrait lui paraître bien différent de rouspéter sur son emploi du temps trop chargé à longueur de SMS, mais ce n'est pas le cas.

Lorsqu'il termine de raconter l'incident du dîner, il s'aperçoit qu'il parle déjà depuis une heure.

— Écoute… déclare Henry. Moi, j'ai l'impression que tu as fait de ton mieux.

Ça alors… Le jeune Texan en oublie ce qu'il s'apprêtait à ajouter. On lui répète souvent qu'il est brillant, mais beaucoup plus rarement qu'il a fait ce qu'il fallait, qu'il est à la hauteur. Qu'il en vaut la peine.

Avant qu'il ait pu réfléchir à une réponse, on frappe à sa porte. Trois petits coups – June.

— Ah… O.K., écoute, euh… merci, murmure-t-il tandis qu'elle pousse le battant. Je vais devoir te laisser, là.

— Alex…

— Mais en tout cas… merci, termine le jeune homme, qui préférerait éviter d'avoir à avouer à sa sœur l'identité de son interlocuteur. Joyeux Noël. Et bonne nuit.

Il raccroche, puis repose son téléphone sur sa table de chevet, tandis que June s'assied sur son lit. Drapée dans son peignoir rose, les cheveux humides, elle sort tout juste de la douche.

— Ça va ? lui demande-t-elle, soucieuse.

— Oui, tout va bien, la rassure Alex. Désolé, je ne sais pas ce qui m'a pris. Je ne voulais pas partir en vrille comme ça, mais je… j'ai l'impression d'être tout le temps… un peu à côté de la plaque, en ce moment.

— Ce n'est rien, tu sais, murmure-t-elle. (Elle rejette ses mèches mouillées par-dessus son épaule en arrosant son frère au passage.) Si tu m'avais vue, les derniers six mois, à la fac… j'étais complètement chtarbée. J'étais capable de passer mes nerfs sur le premier venu. Alex… Tout le poids du monde ne repose pas sur tes épaules, tu le sais, ça ? Ils ont le droit d'être à la ramasse et de s'étriper – et au fond, ça les regarde…

— Je sais bien, ne t'inquiète pas, ça va, répond-il par réflexe. (Comme June incline la tête sur le côté d'un air sceptique, il lui tape le genou du bout des orteils.) Alors, ça s'est terminé comment après mon départ ? Ils ont fini d'éponger le sang sur le tapis ?

La jeune fille soupire, puis lui rend son petit coup de pied.

— Ne me demande pas comment, mais la conversation a bifurqué sur le bon vieux temps où ils formaient un couple de politiciens de premier plan tous les deux, avant le divorce. Ensuite, maman s'est excusée et on a eu droit au quart d'heure whisky et nostalgie jusqu'à ce que tout le monde monte se coucher. Enfin, bref, tout ça pour dire que tu avais raison, conclut-elle avec une petite moue désabusée.

— Tu ne trouves pas que j'en ai rajouté ?

— Non, t'inquiète. Même si, pour être honnête, je suis plutôt d'accord avec papa. Parfois, maman est… enfin tu sais bien… pas facile à vivre.

— Ouais, mais c'est aussi ce qui lui a permis d'arriver là où elle est.

— Et… ça ne te pose jamais problème ?

Alex hausse les épaules.

— Je ne pense pas que ça en fasse une mauvaise mère.

— Pour toi, peut-être. (Aucun reproche, aucun ressentiment ne point dans sa voix, il s'agit d'une simple observation.) Le profit qu'on tire de son éducation dépend beaucoup de ce qu'on attend d'elle, je trouve. Ou de ce que tu peux faire pour elle.

Alex préfère éluder le commentaire de sa sœur :

— Et puis, en même temps, ce qu'elle dit, ça me parle. Aujourd'hui encore, ça me fout les glandes que papa ait décidé comme ça, un beau matin, de faire ses valises et d'aller s'installer à l'autre bout du pays juste pour pouvoir se présenter aux sénatoriales.

— C'est vrai, mais en quoi c'est différent de ce qu'elle fait ? Tout ça, c'est de la politique, point barre. Simplement, papa n'a pas tort quand il dit que maman attend des choses de nous et exige l'excellence sans toujours nous accorder, en échange, d'autres trucs qu'un parent est en général censé donner à ses enfants.

À peine Alex a-t-il ouvert la bouche pour répondre que le téléphone de June se met à vibrer dans la poche de son peignoir. Elle le sort et jette un coup d'œil à l'écran.

— Ah ! Hmm…

— Quoi ?

— Non, rien… (D'un coup de pouce, elle ouvre le SMS.) Juste un message d'Evan qui me souhaite un joyeux Noël.

— Ton ex, celui qui vit en Californie ? Vous vous écrivez toujours ?

Absorbée par la réponse qu'elle est en train de taper, sa sœur se mordille les lèvres d'un air absent.

— Oui, de temps en temps.

— Cool, marmonne Alex. Je l'aimais bien, ce gars.

— Et moi donc… souffle June avant d'éteindre son portable, qu'elle lâche sur le lit en clignant une ou deux fois des yeux comme si elle sortait d'un rêve. Alors, qu'est-ce que Nora en a pensé ?

— Quoi ?

— Tu étais bien au téléphone quand je suis entrée ? Qui ça pourrait être d'autre ? Il n'y a qu'à elle que tu fais ce genre de confidences.

Inexplicablement, une rougeur insidieuse empourpre la nuque d'Alex.

— Ah… Euh, non. En fait, ça va te paraître bizarre, mais je parlais avec… Henry.

Les sourcils de June remontent quasiment jusqu'à la racine de ses cheveux – instinctivement, son frère balaie la pièce du regard pour repérer un abri potentiel.

— Sérieux ?

— Écoute, je sais bien que ça semble complètement improbable mais, étrangement, on a pas mal de trucs en commun. Le même genre de fêlures, les mêmes névroses… Bref, je ne sais pas pourquoi mais… j'ai senti qu'il comprendrait.

— C'est pas vrai, Alex ! Un pote, tu t'es fait un pote ! s'exclame la jeune fille, qui se jette sur lui pour l'attirer à elle et l'enlacer sans ménagement.

— Des potes, j'en ai, merci beaucoup ! Tu vas me lâcher, oui ?

Voilà qu'elle lui ébouriffe carrément les cheveux, avec un tel enthousiasme qu'elle pourrait être en train de lui faire un shampooing sec.

— Alex s'est fait un pote ! Je suis tellement fière de toi !

— Arrête ou je te tue ! s'écrie-t-il en roulant sur lui-même, bras croisés sur la poitrine, pour lui échapper et glisser à terre, tel un serpent. Aucun rapport avec un pote ! On passe notre temps à se vanner et à se friter et, exceptionnellement, juste pour cette fois, on a parlé d'un truc sérieux…

— C'est bien ce que je dis. Ça, Alex, ça s'appelle un ami.

Il ouvre et referme la bouche à plusieurs reprises, tel un poisson hors de l'eau, sans parvenir à accoucher d'une réponse, puis finit par désigner la porte du doigt.

— Bonne nuit, June. Va te coucher !

— Certainement pas. Je veux tout savoir de ton nouveau meilleur ami – une tête couronnée, en plus ! Tellement conformiste de ta part, quel manque d'originalité ! Qui l'eût cru ? piaille-t-elle en contemplant son frère depuis la hauteur du lit, penchée sur lui par-dessus le rebord du matelas. Oh là là, on dirait une de ces comédies romantiques où la fille engage un *escort boy* pour l'accompagner à un mariage et finit par tomber amoureuse de lui pour de vrai !

— Alors là, vraiment, mais alors vraiment rien à voir, rétorque Alex, consterné.

À peine le personnel a-t-il fini de démonter les divers sapins de Noël de la Résidence que les grandes manœuvres commencent.

Entre l'aménagement de la piste de danse, la finalisation du menu et les filtres Snapchat à valider, Alex passe l'intégralité du 26 décembre terré avec June dans les bureaux du service événementiel à vérifier les formulaires de décharge qu'ils font signer à tous les invités depuis que, l'année précédente, la fille d'une des *Real Housewives* a dévalé de toute sa hauteur l'escalier du portique sud – sans renverser, au passage, une seule goutte de sa margarita. Aujourd'hui encore, Alex en reste très impressionné.

Car, pour la troisième année consécutive, la Résidence ne va pas tarder à accueillir la légendaire, la fabuleuse, la phénoménale soirée du Nouvel An du Trio de la Maison-Blanche.

Techniquement, l'événement s'intitule officiellement le Gala du Nouvel An de l'Amérique de demain – ou, comme l'a baptisé au moins un présentateur de *late show*, le « dîner des correspondants de la Maison-Blanche, édition millenials ». Chaque année, Alex, June et Nora lancent à l'assaut du salon du Levant – l'immense salle de bal du rez-de-chaussée – pas moins de trois cents fêtards : amis, vagues connaissances du monde du show-biz, vieilles flammes, membres du petit milieu susceptibles d'agrandir leur réseau politique et autres vingtenaires à la notoriété émergente. Officiellement prétexte à collecter des fonds, la soirée réunit de telles sommes pour les œuvres de charité et donne une si belle image de la famille présidentielle que même leur mère n'y voit rien à redire.

Assis à l'une des tables de conférence du rez-de-chaussée, une poignée de confettis à la main (la question est délicate : pencheront-ils pour un éventail de couleurs métallisées ou pour un mélange plus sobre de bleu marine et d'or ?), Alex parcourt distraitement la liste définitive des invités tandis que June et Nora s'empiffrent d'échantillons de gâteaux. Soudain, son regard s'arrête sur l'un des noms qui y figurent.

— Euh… attendez. Qui a rajouté Henry là-dessus ?

— Pas moi, rétorque aussitôt Nora, la bouche pleine de fondant au chocolat.

— June ?

L'intéressée passe aussitôt à l'offensive – un aveu implicite de culpabilité.

— Oh, écoute, tu aurais dû l'inviter toi-même ! C'est cool que tu te fasses d'autres potes que nous. Quand tu passes trop de temps tout seul, ça part vite en sucette. Tu te souviens, l'an dernier, quand on a passé une semaine à l'étranger, Nora et moi ? Tu as failli finir avec un tatouage obscène sur la fesse gauche !

— Bah moi, je maintiens qu'on aurait dû le laisser faire, intervient leur amie.

— Mais n'importe quoi, c'était un super beau motif entre les omoplates ! s'emporte Alex avant de se tourner d'un air accusateur vers la petite-fille du vice-président. Je parie que tu étais de mèche, toi !

— Tu me connais, c'est au milieu du désordre que je m'épanouis le plus, répond Nora sans s'émouvoir.

— Eh ben, merci pour votre aide mais des amis, en dehors de vous deux, j'en ai !

— Ah oui ? Qui ça ? insiste June. Sérieusement, qui ?

— Les gens que je fréquente ! se défend son frère. Les mecs de ma classe ! Liam !

— Tu parles… On sait tous que vous ne vous êtes pas parlé depuis au moins un an, avec Liam. On a tous besoin d'un ami sur qui compter, Alex. Et Henry et toi, vous avez des atomes crochus, je le sais.

— N'importe quoi.

Il passe un doigt sous le col de sa chemise et se découvre en nage. Pourquoi faut-il donc qu'ils mettent le chauffage à fond dès qu'il neige trois flocons ?

— Eh bien, ça promet… fait remarquer Nora avec gourmandise.

— Pas du tout ! rétorque Alex d'un ton brusque. Bon, d'accord, il peut venir. Mais s'il ne connaît personne, ne comptez pas sur moi pour le baby-sitter toute la soirée !

— Je lui ai dit qu'il pouvait venir accompagné, précise June.

— Et il amène qui ? demande-t-il aussitôt, par réflexe, sans le vouloir. Simple curiosité.

— Pez.

Elle le regarde d'un drôle d'œil avec, sur le visage, une expression indéchiffrable qu'il met sur le compte de l'étrange comportement, si déconcertant, que sa sœur adopte parfois. Les voies de June sont impénétrables : elle ne cesse d'orchestrer des traquenards qu'il ne voit jamais arriver avant que les différentes ficelles qu'elle s'est amusée à tirer ne finissent par se nouer.

Bon, bah le prince sera de la partie, il faut croire… La nouvelle se confirme le jour J, lorsqu'Alex tombe sur un post Instagram de Pez : une photo de lui et de son meilleur ami dans un jet privé. Le premier s'est teint les cheveux en rose pastel pour l'occasion et, à ses côtés, un Henry souriant pose dans un sweat-shirt gris, en chaussettes, les pieds calés sur le rebord du hublot. Au moins, pour une fois, a-t-il l'air à peu près reposé.

Direction les States pour le #GaladelAmériquededemain2019 ! annonce Pez en deux lignes.

Alex se surprend à sourire et envoie aussitôt un message au jeune Britannique.

ATTENTION, ATTENTION : ce soir, c'est costard en velours bordeaux pour moi. N'essaie même pas de me piquer les spotlights. Ça me ferait mal de te voir te gaufrer dans les grandes largeurs.

La réponse lui parvient quelques secondes plus tard à peine.

Hors de question, jamais je ne ferais ça, voyons !

Ensuite, tout s'accélère. Un coiffeur traîne Alex jusque dans le Salon de beauté, où il assiste à la métamorphose des filles en sublimes créatures de tapis rouge. Les boucles du carré court de Nora sont plaquées sur le côté à l'aide d'une barrette argentée dont la forme fait écho aux lignes géométriques anguleuses qui agrémentent le corsage de sa robe noire. June, quant à elle, a revêtu une robe Zac Posen au décolleté plongeant, d'un magnifique bleu nuit parfaitement assorti au thème marine et or qu'ils ont finalement retenu pour la décoration.

Les invités commencent à arriver vers 8 heures et, bientôt, l'alcool coule à flots. Pour bien démarrer la soirée, Alex se commande un petit whisky de moyenne gamme. Côté musique, ils ont réussi à engager un authentique groupe de pop dont le chanteur devait un petit service à June.

Aussitôt que le guitariste plaque les premiers accords d'une reprise d'*American Girl*, Alex attrape la main de sa sœur pour l'entraîner vers la piste.

Les premiers arrivants se rangent traditionnellement dans la catégorie des « débutants en politique » : un petit troupeau de stagiaires à la Maison-Blanche par-ci, la coordinatrice événementielle de tel ou tel think tank progressiste par-là, la fille d'un sénateur en cours de premier mandat (au bras d'une petite amie punk-rock super stylée, à qui Alex compte bien aller se présenter plus tard)… Débarque ensuite une vague de convives plus « stratégiques » triés sur le volet par l'équipe de com et, pour finir, ceux qui savent ménager leur entrée en ne débarquant pas trop tôt – pop-stars de second ordre ou en voie de starification, acteurs vedettes de séries pour ados, et « fils et filles de ».

Le jeune homme est en train de se demander quand Henry va se décider à faire son apparition lorsque June se matérialise brusquement à ses côtés pour lui hurler dans l'oreille : « Atterrissage dans trois, deux, un… »

Sous ses yeux ébahis surgit alors une explosion de couleurs vives qui s'avère être le bomber de Pez – une telle symphonie de motifs floraux complexes et bigarrés, imprimés sur soie luisante, qu'Alex est tenté de plisser les paupières, ébloui. Ces teintes éclatantes pâlissent vite, malgré tout, quand son regard glisse vers la droite.

C'est la première fois qu'il revoit Henry en chair et en os depuis leur week-end à Londres, depuis leurs centaines de messages, leurs blagues pas drôles que personne d'autre qu'eux ne peut saisir et les appels à pas d'heure qui ont suivi… et c'est presque comme de rencontrer quelqu'un d'autre. À présent qu'il en sait plus sur le prince, qu'il a appris à le comprendre, il sait à quel point il est rare de voir un vrai sourire sur ce visage à la plastique pourtant mondialement célèbre.

Combler dans son esprit le fossé entre le Henry qui est en face de lui et celui d'avant exige du jeune Américain une drôle de gymnastique mentale, comme s'il voyait double. C'est sans doute pour ça que s'est formée dans sa poitrine une boule qui irradie de chaleur quelque part sous son sternum. Ça et le whisky, bien sûr…

Le jeune Britannique porte un costume bleu foncé plutôt sobre, assorti d'une cravate slim d'un jaune moutarde pétant qui tire sur le rouille. Lorsqu'il aperçoit leur hôte, son sourire s'élargit et il tire Pez par la manche.

— Jolie cravate ! lance Alex sitôt que les deux jeunes gens sont assez près pour l'entendre au milieu du raffut.

— J'aurais bien pris quelque chose de plus discret, mais j'avais peur de me faire raccompagner illico à la sortie.

Même la voix du prince lui semble différente – un timbre de velours, moelleux et hors de prix. Il faut l'intervention de June pour le tirer de sa torpeur :

— Alors, Henry, tu ne nous présentes pas ?

— Ah oui, pardon, s'excuse leur invité. C'est vrai que vous ne vous êtes jamais rencontrés. June, Alex, voici Percy Okonjo, mon meilleur ami.

— Appelez-moi Pez, comme les bonbons, précise l'intéressé avec un entrain communicatif.

Il tend la main au frère (la plupart de ses ongles sont vernis de bleu) avant de se tourner vers la sœur. Soudain, ses yeux se mettent à briller et son sourire s'élargit nettement.

— N'hésite surtout pas à m'en coller une si je dépasse les bornes, mais tu es tout simplement la fille la plus exquise que j'aie jamais rencontrée de ma vie. Je me ferai un plaisir de te dénicher le plus délectable des cocktails offerts par la maison – avec ta permission, bien sûr.

— Euh... s'étrangle Alex.

— Mais c'est que tu es un vrai charmeur, dis-moi... répond June, un sourire indulgent aux lèvres.

— Et toi, un envoûtement de tous les instants...

L'œil rond, son frère la regarde disparaître au bras de Pez, dont la veste semble un éclair aveuglant dans la foule. Ils n'ont pas fait dix pas que son cavalier la fait déjà pirouetter. Le sourire de Henry, quant à lui, s'est fait plus réservé, presque penaud. Et, tout à coup, la vérité s'impose à Alex comme une évidence : s'ils s'entendent si bien, c'est que l'un préfère éviter de se retrouver au centre de l'attention, sous le feu des projecteurs, tandis que l'autre absorbe naturellement la lumière.

— Depuis qu'il a aperçu ta sœur au mariage, il n'arrête pas de me supplier de la lui présenter...

— Tu es sérieux, là ?

— Je te jure que c'est vrai. Il faisait peine à voir... Il n'était plus qu'à deux doigts de faire de la publicité aérienne – tu sais, les messages dans le ciel. On vient probablement de lui économiser une jolie somme...

Sous l'œil amusé du Britannique, Alex renverse la tête en arrière et éclate de rire. June et Nora n'avaient pas tort : contre toute attente, il aime vraiment beaucoup ce garçon.

— Bon, allez... lance-t-il. J'en suis déjà à mon deuxième whisky, moi... Si tu veux rattraper ton retard, il va falloir t'y mettre.

Plus d'une conversation s'interrompt sur leur passage, plus d'une bouche reste béante à quelques centimètres d'un petit four. Alex essaie d'imaginer le tableau : le prince et le fils de la présidente, les deux sex-symbols de leurs pays respectifs, épaule contre épaule, en route vers le bar. Se montrer à la hauteur de ces fantasmes complexes et intangibles a quelque chose d'intimidant et d'exaltant tout à la fois. Même si ce n'est guère que l'image qu'ils renvoient au monde – aucun des invités n'a ne serait-ce qu'eu vent du calamiteux épisode de la Grande Débâcle des dindons, par exemple... Seuls Alex et Henry sont au courant, bien sûr.

L'Américain commande leur première tournée, puis ils laissent la foule les engloutir de nouveau. À sa grande surprise, la présence physique du prince à ses côtés lui procure un plaisir étrange. Même le fait de devoir lever la tête pour le regarder ne le dérange plus. Il présente Henry à un petit groupe de stagiaires de la Maison-Blanche, et se bidonne intérieurement quand ils se mettent à bégayer, rouges comme des tomates. Aussitôt, le visage du Britannique se fait aimablement dénué d'expression – un air qu'Alex interprétait jusqu'ici comme du dédain mais qu'il parvient à présent à décrypter correctement : un mélange d'embarras et d'incrédulité soigneusement dissimulés.

On se presse sur la piste de danse, on se mélange et on papote, June fait un petit discours sur l'association d'aide aux migrants à laquelle seront reversés les dons de la soirée, Alex esquive comme il peut les avances répétées de l'actrice du dernier *Spider-Man* en se réfugiant au cœur d'une chenille brouillonne et désordonnée qui passait par là et, au milieu de ce bazar, Henry a vraiment l'air de passer un bon moment – comme quoi, tout arrive. À un moment, June vient les rejoindre et emmène le prince discuter avec elle au bar. Alex, qui les surveille de loin, se demande sur quoi peut bien porter la conversation pour que sa sœur se fende la poire au point de manquer de tomber de son tabouret – et puis la marée d'invités se referme sur lui et il passe à autre chose.

Au bout d'un moment, le groupe de musique prend sa pause, remplacé par un DJ qui enchaîne sur un mix de hip-hop du début des années deux mille, une ribambelle de hits sortis quand Alex était petit et qui ont fait les beaux jours des soirées de son adolescence. C'est à ce moment-là que Henry vient le retrouver, avec le visage d'un marin perdu en mer.

— Tu ne danses pas ? s'étonne le jeune Américain.

Le prince n'a, très clairement, pas l'air de savoir quoi faire de ses mains. Alex trouve ça très chou – pas de doute, il est complètement bourré.

— Si, si… répond l'intéressé. C'est juste que ça n'a jamais vraiment été mon truc. Le palais m'a plutôt fait mettre l'accent sur les danses de salon.

— Bah c'est pas dur, tout est dans le bassin. Il faut juste se laisser aller. (Alex pose les mains sur la taille de Henry, qui se raidit aussitôt.) Ah bah non… ce serait plutôt le contraire.

— Attends…

— Regarde, je te montre, insiste le jeune Texan en commençant à se déhancher.

Le prince avale gravement une gorgée de champagne.

— Crois-moi, c'est ce que je fais…

Le morceau en cours est soudain couvert par l'intro du suivant – la voix grave, inimitable, de Lil Jon qui enchaîne une série de vocalises –, si bien que ces quelques mots sont brutalement interrompus par Alex :

— C'est pas vrai, nooooooon ! Trop bien ! Écoute-moi ça, quelle tuerie !

L'œil inexpressif, Henry le regarde, éberlué, lever les bras au ciel. Autour d'eux, des centaines d'invités se mettent à pousser des cris de joie, et soudain leurs épaules sont toutes agitées des mêmes soubresauts au rythme du mythique *Get Low*, passage obligé de leurs années d'école. Le coefficient nostalgie joue à plein.

— Mais… s'étrangle Alex. Enfin, les premières soirées, au collège… non ? Avec des scènes bien gênantes d'ados en chaleur qui se frottent les uns contre les autres sur cette chanson ? Attends, ne me dis pas que…

Le prince étreint sa coupe de champagne à deux mains, comme si sa vie en dépendait :

— Alors, le plus solennellement du monde, laisse-moi te dire que non.

Le jeune Texan tend le bras vers un petit groupe de convive, pas très loin d'eux, histoire d'en extraire sa meilleure amie – qu'il interrompt en plein flirt éhonté avec l'actrice de *Spider-Man*, justement.

— Nora ! Noranoranora ! Henry n'a jamais vu des collégiens se peloter sur cette chanson !

— Sérieux ?

— Rassurez-moi, personne ne va essayer de me peloter ? marmonne le prince, sarcastique.

Mais Alex l'agrippe soudain par le revers de sa veste, tandis que les basses font littéralement vibrer l'intégralité de la salle.

— Attends, Henry, il faut que tu danses, pas le choix ! hurle-t-il. Si tu veux comprendre les Américains, c'est le seul moyen : pour nous, c'est un vrai rite de passage !

Nora n'en écoute pas d'avantage : elle attrape la main de son meilleur ami, l'entraîne sur la piste, le fait pivoter d'un mouvement du poignet et, les mains sur les hanches du jeune homme, elle commence à se frotter lascivement contre lui. Lui pousse un cri de victoire, elle pique un fou rire et la salle entière saute en rythme tout autour d'eux. Quant à Henry, il les regarde d'un air effaré.

— Non mais les paroles de ce truc, quand même… lance-t-il.

C'est la folie – Nora dans le dos d'Alex dont le front est baigné de sueur, des dizaines de corps pressés contre les leurs… À sa droite, l'un des héros de *Stranger Things* a entraîné un producteur de podcasts dans une choré synchronisée à la Kid'n Play et, sur sa gauche, prenant les instructions de la chanson au pied de la lettre, Pez se penche en avant pour toucher ses doigts de pieds. Henry tire une de ces têtes, c'est à mourir de rire – il a l'air sonné et un peu perdu, le pauvre ! Le jeune Texan attrape un shot au hasard sur un plateau qui passe et boit à la drôle d'impression que lui procurent les yeux du prince posés sur eux. Il fait la moue et remue énergiquement sa chute de reins : au bout d'un moment, même s'il a l'air extrêmement mal à l'aise, Henry commence à hocher la tête en cadence.

— Lâche-toi, *hombre* ! s'écrie Alex. Oui, c'est ça !

Ces encouragements arrachent un petit rire involontaire au Britannique, qui se risque même à tenter un léger mouvement du bassin. June, qui passe en virevoltant à proximité, se penche à l'oreille de son frère.

— Je croyais qu'il ne fallait pas compter sur toi pour le baby-sitter toute la soirée ? s'étonne-t-elle, malicieuse.

— Et toi, je croyais que tu étais « trop occupée en ce moment pour penser aux mecs » ? rétorque-t-il en jetant un regard entendu à Pez, qui danse non loin d'eux.

Pour toute réponse, elle lui décoche un clin d'œil malicieux avant de se fondre à nouveau dans le tumulte.

Ensuite s'enchaînent jusqu'à minuit une série de hits. Les enceintes crachent à plein volume, les spots clignotent à tout va et, à un moment, une pluie de confettis tombe même sur l'assistance… *Attends, c'était prévu au programme, ça ?* s'étonne vaguement le jeune Texan, de plus en plus éméché. Les verres s'enchaînent – Henry finit même par boire directement au goulot d'un magnum de Moët & Chandon. Alex savoure les expressions qui jouent sur le visage du prince, ses doigts qui étreignent avec assurance le col de la bouteille, ses lèvres qui se referment avidement autour… Le Britannique manifeste d'autant plus d'entrain pour danser que les mains d'Alex se rapprochent de lui. Quant à l'Américain, plus les plis de la bouche de Henry se font amers quand le prince le regarde discuter avec Nora, et plus la chaleur lui monte à la tête. Une mystérieuse équation que le jeune Texan est loin d'être assez sobre pour parvenir à résoudre.

À 11 h 59, leur petit groupe forme un cercle à l'approche du compte à rebours, bras enchevêtrés, les yeux troubles. Nora hurle « trois, deux, un ! » à un centimètre de son oreille et glisse un bras autour de son cou tandis qu'il hurle sa joie et l'embrasse à pleine bouche en riant comme un bossu. C'est devenu une espèce de tradition pleine d'affection entre eux – les deux éternels célibataires, gentiment bourrés et ravis d'intriguer leur entourage et de faire quelques jaloux au passage. Les lèvres douces et chaudes de la jeune fille ont un goût de liqueur à la pêche – atroce. Pour faire bonne mesure, elle lui mord la lèvre et lui ébouriffe joyeusement les cheveux.

Lorsque Alex rouvre les paupières, il trouve les yeux de Henry fixés sur lui, une expression indéchiffrable sur le visage.

Il sent son propre sourire s'élargir, mais le prince leur tourne le dos, contemple la bouteille serrée dans son poing, s'enfile une généreuse rasade de champagne et s'évanouit dans la foule.

Après ça, Alex perd totalement le fil des événements et la notion du temps – il est vraiment torché, la musique est assourdissante et des dizaines de mains se posent sur lui, le propulsent à travers la masse grouillante des corps et lui collent verre après verre entre les doigts. Nora passe en caracolant sur le dos musclé du nouvel espoir de la NFL – un demi offensif au physique parfait…

L'ambiance est étourdissante, chaotique et tumultueuse – c'est la folie furieuse ! Alex a toujours adoré ces soirées, la joie débordante qui y règne, le champagne qui pétille sur sa langue et les confettis qui lui collent aux semelles. Ce petit miracle lui rappelle qu'il aura beau stresser et ronger son frein des heures durant dans le secret de sa chambre, il pourra toujours se fondre dans la foule et disparaître – que le monde, chaleureux et accueillant, peut remplir d'une lumière et d'une vie incroyablement contagieuses la vieille demeure où il habite.

Cependant, même ivre d'alcool et de musique, il ne peut pas ne pas remarquer que Henry s'est volatilisé.

Il cherche du côté des toilettes, autour du buffet et dans les recoins les plus calmes de la salle de bal, sans succès. Il essaie bien d'interroger Pez en s'époumonant pour couvrir le vacarme, mais l'intéressé se contente de hausser les épaules avec un sourire de Joconde avant de piquer la casquette d'un fils à papa qui passait par là.

Alex est… inquiet ? Non, ce n'est pas vraiment le mot, plutôt… Troublé ? Curieux ? C'était jouissif de voir les émotions causées par chacun de ses faits et gestes jouer sur le visage de Henry. Il continue inlassablement ses recherches et finit par trébucher, par hasard, juste devant l'une des grandes fenêtres. C'est en se relevant tant bien que mal qu'il jette un coup d'œil distrait sur le jardin et aperçoit enfin le prince.

Là, une haute silhouette élancée aux larges épaules, réfugiée sous un arbre dans la neige, souffle de petits nuages de condensation dans l'air glacé. C'est forcément lui…

Sans prendre le temps de réfléchir, Alex se glisse dehors, sur le portique sud. Aussitôt que la porte se referme derrière lui, la musique s'éteint, étouffée. Dans le soudain silence, il n'y a plus que lui, Henry et le jardin. Il ajuste sa cible comme il peut – fin soûl, il a un champ visuel terriblement rétréci. Bien déterminé à atteindre son but, il descend les marches de la colonnade avant de s'engager sur la pelouse enneigée.

Debout les mains dans les poches, calmement abîmé dans la contemplation du ciel, le petit-fils de la reine d'Angleterre aurait presque l'air sobre s'il ne tanguait pas légèrement vers la gauche. Ces crétins de Britanniques et leur foutue dignité ! Il faut toujours qu'ils s'y accrochent à tout prix, même torchés au champagne ! Alex est démangé par l'envie soudaine de pousser Son Altesse dans un buisson – et c'est alors qu'il se prend un banc de plein fouet.

Lorsque, surpris par le bruit, le prince se tourne, le clair de lune s'accroche sur les pleins et les déliés de son visage. La semi-pénombre adoucit ses traits, donne à son expression quelque chose d'engageant – une espèce de promesse indéfinissable.

Alex termine péniblement sa manœuvre d'approche.

— Qu'est-ce que tu fais là ? lance-t-il en se postant lui aussi sous les frondaisons de l'arbre.

Henry plisse les paupières pour mieux voir. De près, on voit bien que ses yeux louchent légèrement, fixés dans le vide sur un point situé à mi-distance entre lui et son interlocuteur. À la réflexion, pour la dignité, il repassera…

— Je cherche Orion, répond-il.

La tête levée vers le ciel, Alex ravale un petit rire : à part un océan de gros cumulus hivernaux, on n'y voit strictement rien.

— Tu dois vraiment t'ennuyer en compagnie de la plèbe pour t'isoler ici et contempler les nuages.

— C'pas du tout ça, marmonne Henry. Et d'ailleurs, qu'est-ce que tu fais là, toi ? Il ne devrait pas être en train de captiver les foules en délire, le petit fiancé de l'Amérique ?

— Il peut parler, le prince charmant de service… rétorque Alex, goguenard.

— Moi ? Elle est bien bonne, celle-là…

Le regard toujours fixé sur les nuages, le Britannique fait une grimace assez peu princière.

Ses doigts effleurent par inadvertance le dos de la main d'Alex – un petit éclair de chaleur dans la nuit glacée.

Le jeune Texan contemple le profil de Henry : clignant péniblement des paupières pour s'éclaircir la vision, il suit du regard la ligne épurée de son nez, s'attarde sur le petit sillon creusé au centre de sa lèvre inférieure, souligné par le clair de lune. Par ce froid, l'Américain ne porte que sa veste de costume, pourtant il lui semble que sa poitrine est comme réchauffée de l'intérieur, à la fois par l'alcool, mais aussi par une sensation grisante, sur laquelle son cerveau n'arrête pas de buter et d'essayer, en vain, de mettre un nom. Il n'y a pas un son dans le jardin, si ce n'est celui du sang qui bat à ses tempes.

— Tu n'as pas vraiment répondu à ma question, finit-il par lancer.

Henry se passe une main sur le visage en poussant un petit grognement.

— Tu ne sais jamais quand t'arrêter, toi… (Quand il renverse la tête en arrière, son crâne cogne doucement contre le tronc de l'arbre.) C'est juste que, parfois, je me sens un peu… submergé par tout ça.

Alex ne parvient pas à le quitter des yeux. D'habitude, les lignes de la bouche du prince s'ourlent toujours d'une nuance amicale, mais parfois – comme en cet instant –, la commissure de ses lèvres se pince : il est sur la réserve, sur ses gardes.

Le jeune Texan s'aperçoit que, presque sans le vouloir, lui aussi s'est adossé à l'arbre. Quand leurs épaules se frôlent, il voit le coin de la bouche de Henry tressaillir et une ombre éphémère passer sur son visage, plus légère qu'une plume. Ces moments-là – ce genre de gros événements où il laisse les autres se nourrir de sa propre énergie – ne posent jamais grand problème à Alex. Il se sent rarement dépassé. Il n'est donc pas tout à fait sûr de comprendre les émotions qu'éprouve son camarade. Cependant, une part de lui-même – la plus imbibée de tequila, sans doute – se dit que ce serait cool si Henry pouvait en prendre sa part, assumer ce qu'il se sent capable d'assumer, et si lui, Alex, pouvait se charger du reste. Il se met presque à divaguer : peut-être, là où leurs deux épaules se touchent, pourrait-il absorber un peu de la pression qui écrase le Britannique ?

La mâchoire du prince se contracte imperceptiblement et un frémissement, presque un sourire, vient jouer sur ses lèvres.

— Ça t'arrive de te demander, demande-t-il au bout d'un moment, comment ce serait d'être un parfait inconnu, un simple anonyme parmi tant d'autres ?

Alex fronce les sourcils.

— Comment ça ?

— Bah, tu sais bien… Si ta mère n'était pas présidente et que tu étais juste un mec lambda qui mène une existence normale : elle ressemblerait à quoi, ta vie ? Qu'est-ce que tu ferais, au lieu de… tout ça ?

— Ah… (Il réfléchit un instant, puis tend un bras devant lui pour exécuter un petit geste désinvolte du poignet, comme si la réponse était évidente et déclare la suite d'un air angélique, pince-sans-rire.) Bah, je serais devenu mannequin, ça crève les yeux. J'ai déjà fait deux fois la couverture de *Teen Vogue*, quand même. Des gènes pareils, ça ne ment pas, ça transcende tout. (Un petit sourire aux lèvres, Henry lève les yeux au ciel.) Et toi, alors ?

Le prince secoue la tête d'un air de regret.

— Je serais… J'aurais aimé être écrivain.

Alex pousse un petit rire. Venant de Henry, il s'aperçoit soudain que cette réponse n'a rien de surprenant, à vrai dire, mais il trouve tout de même sa candeur désarmante.

— Bah… Qu'est-ce qui t'en empêche ?

— Quand on est troisième dans l'ordre de succession au trône d'Angleterre, ce n'est pas très bien vu de s'épancher en vers ou en prose sur les affres de l'existence, réplique le prince, sarcastique. Et, de toute façon, la tradition familiale veut que j'embrasse la carrière militaire, alors la question ne se pose même pas.

Il se mordille les lèvres, laisse passer un instant de silence, puis rouvre la bouche pour dire :

— J'aurais sans doute aussi une vie amoureuse un peu plus remplie.

Alex ne peut retenir un autre rire.

— Bah oui, parce que c'est bien connu : pour un prince, c'est tellement dur de décrocher des rendez-vous…

Les yeux de Henry reviennent brusquement se poser sur lui.

— Oh, tu serais étonné…

— Attends, tu me fais marcher, là… Des options, tu en as à la pelle, tu n'as que l'embarras du choix !

Le regard du Britannique se fait plus insistant encore, s'attardant une seconde de trop sur Alex et, quand le prince finit par répondre, on dirait que les mots lui en coûtent :

— Les options qui me tentent vraiment… sont tout simplement inenvisageables.

— Hein ? marmonne le jeune Texan, dérouté.

— En fait, il y a bien… des gens… qui m'intéressent, explique Henry en se tournant vers son interlocuteur – passablement éméché, il cherche ses mots et s'exprime avec une insistance pleine de sous-entendus, comme si sa déclaration avait un sens caché. Sauf que je n'ai pas le droit de les approcher. Du moins, pas dans ma position.

Mais qu'est-ce que c'est que ce charabia ? On est tellement déchirés qu'on ne parle plus la même langue, ou quoi ? Un instant, Alex se demande même vaguement si l'autre ne connaîtrait pas l'espagnol par hasard – ça pourrait peut-être aider.

— Je comprends que dalle à ce que tu me racontes, finit-il par bafouiller.

— Que dalle, vraiment ?

— Rien de rien.

— Sérieux ?

— Sérieux de chez sérieux.

Tous ses traits déformés par une terrible grimace de frustration, le prince lève de nouveau les yeux vers le ciel, comme pour implorer l'aide d'un dieu insensible.

— Mais c'est pas vrai… Plus bouché, tu meurs ! s'étrangle-t-il.

Et il attrape le visage d'Alex à deux mains pour l'embrasser… L'esprit pétrifié du jeune Texan enregistre dans le désordre toute une série de détails : la pression de la bouche de Henry sur la sienne, les manches du manteau de laine qui lui effleurent la mâchoire, le monde qui se dissout peu à peu autour de lui dans un océan d'électricité statique… Comme s'il peinait à faire une mise à jour, son cerveau en surchauffe mouline à toute berzingue : il a beau ajouter dans l'équation leurs rivalités à l'adolescence, une pièce montée irrémédiablement bousillée et toute une ribambelle de SMS nocturnes, impossible de mettre le doigt sur le paramètre qui a bien pu l'amener là, si ce n'est que… qu'à sa grande surprise, ce développement inattendu ne le gêne… pas du tout… bien au contraire.

Dans sa tête, pour tenir la panique à distance, il tente de réunir à la va-vite les premiers éléments d'une liste, mais ne parvient pas à dépasser « 1) Henry a les lèvres ultra-douces » avant que son cerveau ne fasse court-circuit.

Il essaie, pour voir, de s'abandonner dans les bras du prince et, en réaction, sent la bouche du jeune homme s'incliner et s'entrouvrir, une langue frôler la sienne – et là, boum, nouveau court-circuit sous son crâne… Rien à voir avec ce qu'il a pu ressentir en embrassant Nora à minuit – ou même qui que ce soit à ce jour, d'ailleurs. Aussi immense, aussi inébranlable que la terre sous ses pieds, ce baiser-là l'enveloppe tout entier et menace de lui couper le souffle. Le prince glisse une main sur sa nuque pour lui attraper les cheveux, et le jeune Texan s'entend pousser un petit gémissement qui brise un silence jusque-là absolu, et…

D'un seul coup, Henry le relâche – assez brusquement pour qu'Alex aille tituber en arrière –, marmonne un juron et quelques mots d'excuse en ouvrant de grands yeux puis, sans attendre, tourne les talons en quatrième vitesse et file à travers la neige, presque au pas de course. Sans laisser à son partenaire le temps de dire ou de faire quoi que ce soit, il disparaît au coin de l'édifice.

— Eh ben… finit par souffler Alex d'une toute petite voix en portant les doigts à ses lèvres. Eh ben merde alors…

Chapitre 5

Bon… Le truc avec ce baiser, c'est qu'Alex ne peut plus s'empêcher d'y penser. Et sans arrêt.

Il a bien essayé, pourtant. Le temps qu'il retourne à l'intérieur, le soir du réveillon, Henry, Pez et leurs gardes du corps étaient partis depuis belle lurette. Mais ni l'hébétude de l'alcool ni la gueule de bois carabinée qu'il s'est payée le lendemain ne sont parvenues à effacer la scène obstinément gravée dans sa tête.

Pour se changer les idées, il essaie d'abord d'assister aux réunions de sa mère, mais semble incapable de se concentrer – au point que Zahra finit par lui interdire l'accès à l'aile Ouest. Il se plonge dans l'analyse de chacun des projets de loi examinés en ce moment par le Congrès et envisage d'aller faire les yeux doux aux sénateurs histoire de grappiller quelques informations supplémentaires, mais c'est peine perdue : impossible pour lui de se motiver. Même la perspective d'allier ses forces à celles de Nora histoire de lancer une nouvelle rumeur croustillante pour les tabloïds en manque de sujets ne parvient plus à soulever chez lui le moindre enthousiasme.

Il attaque son dernier semestre à l'université, va en cours, planifie sa fête de remise de diplôme avec le service événementiel de la Maison-Blanche, se jette à corps perdu dans le travail, les annotations au surligneur fluo et les lectures facultatives…

Mais rien n'y fait. Derrière toutes ces obligations, toute cette agitation, une image persistante continue de s'imprimer sur sa rétine : celle du prince d'Angleterre qui l'embrasse sous un tilleul dans les jardins, ses mèches cendrées caressées par le clair de lune. À cette idée, Alex sent littéralement ses entrailles se dissoudre – quand il n'est pas carrément tenté de se jeter du haut du grand escalier.

Il n'en a parlé à personne, pas même à Nora ou à June. Il ne saurait même pas comment leur annoncer la nouvelle. Étant donné l'accord de confidentialité qu'il a signé, a-t-il même légalement le droit de se confier à elles ? Ne serait-ce pas justement pour cette raison qu'on lui a présenté un document aussi solide ? Henry avait-il ce genre d'idées derrière la tête depuis le début ? Est-ce que ça veut dire que le prince s'intéresse à lui ? Mais, dans ce cas, pourquoi lui avoir délibérément fait la gueule, pourquoi s'être comporté, toutes ces années, comme un insupportable connard à mourir d'ennui ?

L'objet de toutes ces spéculations ne lui fournit aucun indice sur le sujet – silence radio absolu. Il n'a pas répondu à un seul des messages ou des appels d'Alex.

— Bon, ça suffit maintenant ! s'exclame June un mercredi après-midi.

Sa tenue de sport sur le dos, les cheveux relevés en queue de cheval, elle surgit de sa chambre comme un diable de sa boîte et entre d'un pas décidé dans le petit salon placé au fond du couloir qu'ils partagent. Alex se hâte de ranger son téléphone dans sa poche.

— Je ne sais pas ce que tu as, reprend sa sœur, mais ça fait deux heures que j'essaie de boucler un article et que je n'arrive pas à écrire un seul mot parce que je t'entends aller et venir comme un lion en cage. Je vais courir, et toi, tu m'accompagnes ! conclut-elle en lui lançant une casquette de base-ball.

Cash les escorte jusqu'au miroir d'eau qui s'étend au pied du Lincoln Memorial, où June gratifie son frère d'un coup de pied derrière le genou pour l'obliger à se secouer. Alex grommelle et pousse un chapelet de jurons, mais finit par obtempérer. Il se sent comme un chien qu'on sort promener pour qu'il se dépense – surtout quand la jeune fille lui lance : « On dirait un chien qu'on doit sortir pour qu'il se dépense. »

— Ce que tu peux être conne, des fois… répond-il avant d'enfoncer ses écouteurs Bluetooth dans ses oreilles et de mettre à fond le volume d'un morceau de Kid Cudi.

Il court un long moment sans s'arrêter. Le plus débile, dans toute cette histoire, finit-il par se dire, c'est qu'il est hétéro.

De ça, au moins, il est à peu près certain.

Il peut identifier un tas de moments dans sa vie où il se souvient de s'être dit : *Voilà, ça, c'est bien la preuve que je ne suis pas attiré par les mecs*. La première fois qu'il a embrassé une fille, par exemple, au collège. Pendant, il n'a pas pensé une seule seconde à un garçon, il s'est juste fait la réflexion que c'était très agréable et étonné de la douceur des cheveux de sa partenaire. Ou la fois, en seconde, où l'un de ses amis a fait son coming out : il s'est tout de suite dit que jamais il ne ferait un truc pareil. Inconcevable.

Ou cette autre fois, en terminale : un soir, avec Liam, ils étaient tous les deux tellement torchés qu'ils se sont embrassés pendant plus d'une heure sur son petit lit d'ado. Il n'en a pas fait tout un foin – preuve qu'il est bien hétéro, non ? Parce que s'il avait vraiment préféré les garçons, cette expérience aurait dû l'ébranler, le déranger. Mais non… C'était juste le genre de truc que font deux meilleurs amis à l'adolescence quand leurs hormones les travaillent. Comme quand ils se branlaient ensemble en regardant du porno… Comme la fois où, dans le feu de l'action, Liam avait tendu la main vers l'entrejambe d'Alex et que celui-ci l'avait laissé faire.

Il jette un coup d'œil à sa sœur, dont une moue soupçonneuse crispe le coin des lèvres. Et si elle était capable de lire dans ses pensées ? Et si, obscurément, elle savait déjà de quoi il retourne ? June sait toujours tout. Ne serait-ce que pour faire sortir de son champ de vision l'étrange expression de la jeune fille, son frère accélère l'allure.

Ce n'est qu'au beau milieu de leur cinquième tour de bassin qu'il commence à se remémorer ses premiers fantasmes d'adolescent. Certes, il se revoit encore en train de penser à des filles sous la douche, mais il se rappelle aussi s'être imaginé les mains d'un homme sur sa peau – s'être représenté des mâchoires ciselées et de larges épaules. Il se souvient également d'avoir dû, plus d'une fois au cours des années, se forcer à détacher les yeux de ses coéquipiers dans les vestiaires… À l'époque, il était tout simplement persuadé de poser un regard objectif sur eux. Comment aurait-il pu savoir, à ce moment-là, s'il désirait ressembler à ces garçons ou s'il les désirait tout court ? Si ses pulsions incontrôlées d'ado en chaleur voulaient même vraiment dire quelque chose ?

Il vient d'une famille de démocrates convaincus. La question de l'orientation sexuelle n'a jamais été un tabou ni pour son entourage ni pour lui. Il a donc toujours supposé que s'il n'était pas hétéro, il le saurait – point barre –, de la même façon qu'il sait qu'il aime manger sa glace avec de la *cajeta*, la confiture de lait de chèvre, si délicieuse, des Mexicains, ou qu'il a besoin d'organiser son planning jusque dans les moindres détails pour espérer être efficace. Il pensait se connaître assez bien, aujourd'hui, pour ne plus avoir à se poser ce genre de question.

Lorsqu'ils entament leur huitième tour de la pièce d'eau, Alex commence à déceler des failles dans son raisonnement. Déjà, il soupçonne que la plupart des hétéros ne passent sans doute pas autant de temps à essayer de se convaincre qu'ils le sont.

Et puis si, quand il considère la question, il s'arrête au simple fait qu'il est bien attiré par les femmes, sans chercher à fouiller plus loin, c'est pour une autre raison… Aussitôt que sa mère est apparue comme la favorite dans la primaire démocrate pour la course à la Maison-Blanche de 2016, Alex s'est retrouvé propulsé sous le feu des projecteurs. Quant au Trio de la Maison-Blanche, il est presque aussi vite devenu le moyen pour le gouvernement Claremont de toucher la tranche des ados et des moins de trente ans. June, Nora et lui se sont chacun vu attribuer un rôle.

Il y a d'abord la surdouée de la bande, la fille ultra-cool qui balance sur Twitter des blagues limites sur la série de science-fiction que tout le monde regarde en ce moment, celle qu'on rêverait tous d'avoir dans l'équipe quand le bar du coin organise une soirée quiz. Nora n'est pas hétéro – et ça fait un bail qu'elle le sait – mais, à ses yeux, c'est un aspect assumé de son identité, qui fait partie intégrante de ce qu'elle est. Elle n'a jamais eu le moindre état d'âme à rendre l'information publique – elle ne se laisse jamais dévorer par ses émotions, au contraire d'Alex.

Le jeune homme fixe June – loin devant lui à présent, avec sa queue de cheval aux reflets caramel qui oscille au soleil de la mi-journée. Elle, aux yeux des foules, c'est la chroniqueuse intrépide publiée dans le *Washington Post*, la fashionista lanceuse de tendances qu'on rêve de pouvoir inviter à sa dégustation de vins entre potes.

Mais Alex… Alex est différent. Lui, c'est le gendre idéal. Le jeune premier, la fripouille au grand cœur, la belle gueule à qui tout réussit, souvent à mourir de rire. De toute la famille présidentielle, c'est lui qui jouit de la cote de popularité la plus élevée. Tout son attrait, toute sa valeur ajoutée reposent sur sa capacité à plaire au plus grand nombre.

Or, s'il est bien… ce qu'il commence à suspecter qu'il est, la nouvelle risque fort de ne pas plaire à tous les électeurs – loin de là. Ils sont déjà plus d'un à avoir beaucoup de mal à lui pardonner ses origines mexicaines…

La présidente mérite de rester dans les bonnes grâces de leurs concitoyens sans voir une vie entière d'activisme politique sapée par des complications, même parfaitement injustes, liées à l'image de ses enfants. Quant à Alex, il a l'ambition de devenir le plus jeune représentant de l'histoire du Congrès américain. Et il est à peu près sûr qu'au Texas, un quidam qui a embrassé le petit-fils de la reine d'Angleterre sans bouder son plaisir n'a absolument aucune chance de remporter les élections. Seulement voilà…

Il repense à Henry et tout s'évapore.

Il repense à Henry et quelque chose se tord dans sa poitrine, comme un muscle qu'on étire enfin après une trop longue période d'immobilité.

Il repense à Henry, à sa voix grave au téléphone à 3 heures du matin et, tout à coup, il est capable de mettre un nom sur l'étincelle qui s'allume au creux de son ventre. Il se rappelle les paumes de Henry sur ses joues, les pouces de Henry plaqués contre ses tempes, là-bas dans le jardin, et il imagine ces mains se poser autre part sur sa peau, il imagine cette bouche et tout ce qu'elle pourrait lui faire s'il se laissait convaincre… Il revoit la carrure athlétique du prince, ses jambes interminables, sa taille étroite, l'endroit où sa mâchoire rejoint son cou, celui où son cou s'attache à son épaule et le tendon, sous la peau, qui relie toutes ces parties de son corps. Henry qui se retourne pour le défier du regard et ses yeux d'un bleu inouï, presque irréel…

Soudain, Alex se prend le pied dans une des fissures du trottoir et part en vol plané. Non seulement il s'écorche le genou mais, en plus, il en perd ses écouteurs. La voix de June transperce le sifflement tenace qui sonne à ses oreilles. Elle se penche sur lui, les mains sur les genoux, les sourcils froncés et le souffle court.

— Mais qu'est-ce qui te prend, à la fin ? Ça se voit que tu as l'esprit à des millions d'années-lumière d'ici ! Tu vas te décider à m'expliquer ce qui ne va pas, oui ?

Alex accepte la main que lui tend sa sœur, qu'il laisse les aider à se remettre d'aplomb, lui et son genou ensanglanté.

— Mais rien ! Je n'ai rien, tout va bien.

La jeune fille pousse un soupir, qu'elle assortit d'un dernier regard scrutateur, avant de se résoudre à jeter l'éponge. Il reprend derrière elle en boitant le chemin de Résidence. Une fois rentrée, June file illico sous la douche. Quant à lui, pour faire cesser le saignement, il applique sur sa blessure de guerre un magnifique pansement Captain America tiré de sa pharmacie.

Il a besoin de faire le point – d'une liste, donc. Voyons voir… À l'heure qu'il est, voici ce qu'il sait :

1) Il est attiré par Henry.

2) Il aimerait l'embrasser de nouveau.

3) Ça fait sans doute un bon moment qu'il veut l'embrasser, peut-être même depuis le début, en fait.

Presque instantanément, il se retrouve à cocher les cases d'un autre inventaire dans sa tête. Henry. Shaan, Liam, Han Solo. Rafael Luna et ses chemises au col toujours ouvert de quelques boutons.

Il s'approche péniblement de son bureau, dont il tire le dossier que lui a remis sa mère : « LEVIERS D'ADHÉSION PAR CATÉGORIES DE POPULATION : QUI SONT-ILS ET COMMENT LES CONVAINCRE ? » Il l'ouvre à l'onglet « LGBTQ+ », puis passe les premières pages, jusqu'à trouver celle qu'il cherche. Comme souvent, le titre choisi par la présidente ne manque ni de panache ni d'inspiration : « LE B N'EST PAS LÀ QUE POUR FAIRE JOLI : LES BISEXUELS AMÉRICAINS – BRÊVE REMISE À NIVEAU ».

— Je veux commencer tout de suite ! lance Alex en déboulant au pas de charge dans le salon des Traités.

Ellen Claremont fait glisser ses lunettes jusqu'au bout de son nez pour le considérer par-dessus une impressionnante pile de paperasse.

— Commencer quoi ? À t'en prendre plein la tronche pour t'apprendre à débarquer ici sans prévenir quand je travaille ?

— Le job. Ma mission pour la campagne. Je ne veux pas attendre jusqu'à la fin de l'année universitaire pour m'y mettre. J'ai déjà lu la totalité de la documentation que tu m'as passée. Deux fois, même. J'ai du temps libre, je peux commencer dès maintenant.

Sa mère le dévisage d'un air méfiant.

— Et ça t'as pris comme ça, comme une envie de pisser ? Tout à coup, tu ne pouvais plus attendre ?

Sa jambe droite s'agite avec impatience – il la contraint à l'immobilité.

— Non, c'est juste que… je suis prêt. Il me reste moins d'un semestre à la fac, qu'est-ce que je vais apprendre de si décisif que je ne puisse pas déjà m'atteler à ce boulot ? Allez, coach, ne me laissez pas sur la touche !

C'est ainsi qu'il se retrouve, un lundi après les cours, à suivre, hors d'haleine, un des membres de l'équipe de campagne. Plus caféiné encore qu'Alex (un comble !), l'homme lui fait faire le tour du propriétaire – un survol des différents pôles de l'organisation – à une vitesse vertigineuse. Alex se voit remettre un badge avec son nom et sa photo dessus, puis assigner un bureau dans un des box de l'open space, ainsi qu'un collègue avec qui le partager : un certain Hunter, originaire de Boston, qui a tout l'air d'un bon gosse de riche et d'une sacrée tête à claques.

On lui fourre ensuite entre les mains un dossier entier de données : le résultat des dernières enquêtes menées par les cabinets d'études missionnés par la campagne. Il a jusqu'à la fin de la semaine suivante pour proposer les premières ébauches de solutions politiques à chacun des problèmes soulevés dans ces documents et, à la minute où il s'installe à sa table de travail, Hunter le fils à papa commence à lui poser dix milliards de questions sur sa mère. En grand professionnel, Alex se refuse à lui coller son poing dans la figure et se contente de se mettre au travail.

Une chose est sûre : il ne pense pas à Henry. Il prend même grand soin de ne pas penser à Henry.

Il ne pense pas à Henry quand il cumule vingt-trois heures de boulot sur la campagne dès sa première semaine, et pas plus quand il divise le temps qui lui reste entre les cours, ses devoirs, des footings de plus en plus longs, des cafés de plus en plus corsés et bon nombre d'incursions intempestives dans les bureaux de divers sénateurs qui n'en demandaient pas tant. Il ne pense pas à Henry sous la douche ou seul dans son lit, les yeux grands ouverts dans le noir.

Sauf quand il pense à Henry. C'est-à-dire tout le temps.

Pourtant, cette technique fonctionne plutôt bien pour lui, en général… Alex ne comprend pas pourquoi, ce coup-ci, s'abrutir d'obligations n'a aucun effet sur lui.

Quand il arrive au QG campagne, il semble attiré comme un aimant par les immenses tableaux blancs couverts de pourcentages du pôle statistiques et sondages où

Nora passe toutes ses journées, enterrée vivante sous une pile de graphiques et de feuilles de calculs, telle une précieuse relique sacrée. Elle n'a eu aucun mal à se faire des amis : dans la culture des équipes de campagne, la compétence est gage de popularité, or il n'y a pas plus doué qu'elle pour jongler avec les chiffres.

Pas qu'Alex soit jaloux d'elle – non, c'est plus compliqué que ça. Après tout, il jouit d'une belle image dans son propre département : ses collègues n'arrêtent pas de l'intercepter devant la machine Nespresso pour lui demander une deuxième opinion sur les suggestions d'un collaborateur ou l'inviter à aller boire des pots après le boulot (par manque de temps, il décline systématiquement). Hommes ou femmes, au moins quatre d'entre eux en ont déjà profité pour lui faire des avances. Quant à Hunter le fils à papa, il s'entête à faire des pieds et des mains pour convaincre la vedette du service de venir assister à son prochain spectacle d'impro. Mais l'objet de toutes ces attentions se contente de distribuer des sourires avantageux par-dessus sa tasse d'expresso et de multiplier les blagues sarcastiques. L'efficacité de ce qu'il aime appeler « l'Offensive de charme Alex Claremont-Diaz » ne se dément pas.

Mais Nora, elle, noue de véritables amitiés, là où Alex écope de simples connaissances qui croient parfaitement le cerner au prétexte qu'ils ont lu son portrait dans le *New York Magazine*. Ou de gens tout à fait charmants, à la plastique non moins agréable, mais qui ne pensent qu'à une chose : le ramener chez eux après une soirée arrosée. Or, aucune des deux options ne le satisfait vraiment. Rien de tellement neuf sous le soleil, d'ailleurs, à ceci près qu'il s'en fichait assez, jusque-là. Sauf que, désormais, la comparaison avec Henry – Henry qui, lui, le connaît presque sur le bout des doigts – est fatale. Henry qui l'a vu avec ses lunettes sur le nez, à qui il a montré le pire de lui-même, qui supporte ses comportements les plus exaspérants, et qui l'a malgré tout embrassé comme s'il était dévoré de désir pour lui – lui, et pas juste l'idée qu'il se faisait de lui.

Ainsi tourne impitoyablement la ronde infernale des réflexions du jeune Texan, d'où Henry refuse obstinément de sortir. Le prince est là, inéluctablement, chaque jour que Dieu fait, partout dans ses pensées, de ses cours en amphi à son box d'open space, peu importe le nombre de doses d'expresso qu'il ajoute à son café.

En temps normal, Alex aurait déjà appelé Nora à l'aide sans l'ombre d'une hésitation, excepté qu'en ce moment, elle est littéralement submergée de données statistiques. Quand elle est dans ce genre de phase – quand elle se jette corps et âme dans son travail –, impossible d'avoir une conversation sérieuse avec elle : c'est comme de parler à un supercalculateur de dernière génération, mais mordu de tex-mex et qui passe son temps à tourner en ridiculise vos choix vestimentaires.

Sauf que ce n'est pas seulement sa meilleure amie – elle est aussi plus que vaguement bi sur les bords. Et elle est catégorique : elle n'a ni le temps ni l'envie de s'investir dans une relation mais, dans le cas contraire, elle taperait sans discrimination de sexe dans le groupe des stagiaires de la campagne. Et, de toute manière, elle est aussi incollable sur le sujet que sur tous les autres.

Il la trouve assise en tailleur sur le tapis devant sa table basse, où il dépose un sac de burritos et un autre de chips accompagnés de guacamole.

— Salut ! Désolée, mais tu vas sans doute devoir me donner la becquée directement à la cuillère parce que je vais avoir impérativement besoin de mes deux mains pendant les prochaines quarante-huit heures.

Les parents de Nora vivent à côté de Montpelier, la capitale du Vermont, et ses grands-parents, le vice-président et la Deuxième dame, à l'Observatoire naval, à Washington – résidence officielle réservée depuis 1974 au titulaire de la fonction. Mais la jeune fille a préféré s'installer dans un deux-pièces du quartier de Columbia Heights, au nord-ouest de la ville, quand elle a quitté le MIT pour l'université George-Washington. Et elle n'en a plus bougé depuis. En plus de ses livres, elle a rempli la chambre claire et spacieuse de son petit appartement de plantes qu'elle arrose et taille selon un planning ultra-précis, consigné sur tableur. Ce soir-là, elle est installée à même le sol dans son salon, entourée d'un cercle d'écrans miroitants, telle une médium de l'analyse statistique en pleine séance de spiritisme.

À sa gauche, sur l'écran du portable que lui a fourni la campagne s'affiche une page remplie de chiffres et de diagrammes obscurs. À sa droite, son ordinateur personnel fait tourner trois agrégateurs de contenu en même temps. Devant elle, la télévision diffuse le direct de CNN sur les primaires républicaines et, sur la tablette posée sur ses genoux, Nora se repasse un vieil épisode de *Drag Race*, le mythique concours de drag-queens présenté par le très célèbre RuPaul. Sans oublier, dans sa main, l'iPhone dont elle ne se sépare jamais – le souffle reconnaissable entre tous qui accompagne en général l'expédition d'un e-mail se fait d'ailleurs entendre avant que la jeune fille ne daigne enfin lever les yeux vers Alex.

— Double ration d'oignons ? demande-t-elle avec une pointe d'espoir dans la voix.

— Bah oui, ça fait un bout de temps qu'on se connaît, quand même…

— Génial : ça, c'est mon futur mari !

Aussitôt, elle tire l'un des burritos du sac, déchire le papier d'alu dont il est enveloppé et s'en enfourne un gigantesque morceau dans la bouche.

— Par contre, si tu t'obstines à me foutre la honte en t'empiffrant comme un cochon, le mariage, tu peux oublier… lui fait remarquer Alex sans quitter des yeux ce spectacle étrangement fascinant.

Un haricot rouge qui s'est échappé des lèvres de la jeune fille atterrit sur l'un de ses claviers.

— Bah quoi, tu n'es pas originaire du Texas, mon grand ? réplique-t-elle, la bouche pleine. Tu en as vu d'autres, non ? Je t'ai déjà regardé descendre une bouteille de sauce barbecue cul sec, je te signale. Alors fais gaffe à ce que tu dis ou j'épouse June à ta place.

Ah… Alex ne pouvait espérer une meilleure introduction au sujet qui l'amène. *« Eh, Nora, toi qui répètes toujours pour déconner que tu vas finir par faire du rentre-dedans à June… Tu réagirais comment si, moi, je sortais avec un mec ? »* Enfin… pas qu'il ait l'intention de sortir avec Henry. Du tout. Jamais. Mais bon… hypothétiquement parlant, qu'est-ce qu'elle en dirait ?

La jeune fille repart malheureusement dans son monde et passe les vingt minutes suivantes en mode geek absolue – un laïus interminable sur son opinion mise à jour d'un truc imbitable baptisé l'algorithme de vote majoritaire Boyer-Moore… Sans oublier les diverses variables qui y entrent et la façon dont elle pourrait sans doute l'utiliser dans sa mission pour la campagne… enfin, un truc comme ça – bref, on s'en fout. Alex est prêt à le reconnaître : son attention connaît plus de bas que de hauts. Il essaie surtout de rassembler son courage pour se lancer, en attendant que son amie finisse enfin par s'essouffler d'elle-même. Il s'empresse donc de saisir au bond l'une des pauses burrito de la jeune fille.

— Bon… euh… alors… Tu te rappelles quand on sortait ensemble ?

Une fois avalée la bouchée monstrueuse qu'elle était en train de mâcher, Nora ne peut retenir un sourire moqueur.

— Mais oui, Alejandro, comme si c'était hier.

Il pousse un petit rire forcé.

— O.K. Alors, sachant que tu me connais par cœur…

— Et même bibliquement…

— Probabilité que je sois attiré par les mecs ? Vas-y, je t'écoute.

Voilà qui retient enfin l'attention de la jeune statisticienne. Et, visiblement, la question lui en bouche même un coin. Elle se reprend malgré tout en quelques instants à peine et déclare, la tête penchée sur le côté :

— Soixante-dix-huit pour cent de chances que tu refoules une certaine propension à la bisexualité. Cent pour cent de chances pour que ta question n'ait rien de rhétorique.

— Alors, en parlant de ça… (Il toussote.) Il s'est passé un truc étrange, figure-toi. Le soir du réveillon. En fait… eh ben… Henry m'a embrassé.

— Sérieux ? Trop bien…

Sans s'émouvoir, elle opine du bonnet d'un air appréciateur, voire admiratif. Alex ouvre des yeux ronds comme des soucoupes.

— Attends, ça ne t'étonne pas plus que ça ?

Elle hausse les épaules.

— Bah, il est gay et tu es chaud comme la braise. Donc non.

Jusque-là alangui sur le canapé, il se redresse si brusquement qu'il manque de laisser tomber son burrito sur le tapis.

— Attends… Qu'est-ce qui te fait penser qu'il aime les mecs ? Il te l'a dit ?

— Non, j'ai juste… tu sais bien… (D'une série de mouvements sibyllins du bras, elle tente de mimer les chemins alambiqués de son processus de réflexion – une gesticulation tout aussi opaque et impénétrable, d'ailleurs, que le fonctionnement de son cerveau lui-même.) J'observe des motifs récurrents et des données, je les compile et ils me mènent à un ensemble de conclusions logiques et… Henry est gay, c'est tout. Je le sais depuis le début.

— Je… Quoi ?

— Alex, enfin… Mais tu l'as rencontré comme moi, non ? C'est pas censé être genre ton meilleur pote ? Ça crève les yeux qu'il est gay. Aussi gay qu'Oscar Wilde, Andy Warhol et Freddie Mercury en goguette à la gay pride de San Francisco. Ne me dis pas que tu ne t'en étais pas rendu compte ?

— Euh… non ? avoue le fils de la présidente en écartant les bras en signe de reddition.

— Je te croyais plus malin que ça, quand même.

— Mais moi aussi, figure-toi ! Et comment il peut me sauter dessus comme ça sans même me prévenir, d'abord, qu'il est gay ?

— Hmm… peut-être en partant du principe que tu le savais déjà ? tente de suggérer Nora.

— Mais enfin… il change de copine comme de chemise !

— Forcément puisque – accroche-toi bien, ça va secouer – un prince, le plus souvent, ça n'a pas trop le droit d'aimer les hommes ! rétorque la jeune fille sur le ton de l'évidence absolue. Pourquoi crois-tu donc que Henry s'arrange toujours pour se faire photographier au bras de ses conquêtes ?

Alex considère la question un court instant, puis se rappelle tout à coup que s'il est venu voir Nora, c'est pour évoquer ses interrogations existentielles à lui sur son orientation sexuelle, et pas celles du prince.

— O.K. Bon. Pause. On se calme. On peut rembobiner, là ? Revenir au moment où Henry m'a embrassé ?

— Ooh, mais avec joie ! s'exclame Nora (qui entreprend ensuite de lécher un petit bout de guacamole tombé sur l'écran de son téléphone.) Il embrasse bien ? Vous avez mis la langue ? Tu as aimé ?

— Laisse tomber, l'interrompt aussitôt le jeune homme. Je n'ai rien dit.

— Ah, mais depuis quand tu fais ton timide ? s'étonne son amie. L'an dernier, tu m'as obligée à t'écouter raconter dans les moindres détails la fois où tu avais fait un cunni à cette nana qui était en stage avec June… Amber Forrester, je crois ?

— C'est bon, inutile de me le rappeler, répond le coupable, le visage dissimulé dans le creux de son coude.

— Alors accouche !

— J'espère vraiment que tu mourras dans d'atroces souffrances. La réponse est : oui, il embrasse bien, et oui, il a mis la langue.

— Ah ah ! Putain, j'en étais sûre. Son Altesse cache bien son jeu, mais je te parie que c'est un chaud lapin.

— Stop, gémit-il. Ça va, c'est bon, on a compris.

— Oh, allez, Alex ! Ce mec est beau comme un dieu. Je serais toi, je le laisserais me faire tout ce qu'il y a de plus inavouable !

— Attention, je vais finir par m'en aller !

La tête rejetée en arrière, Nora part d'un grand rire sardonique. Sérieusement, Alex devrait vraiment se trouver d'autres potes…

— Mais tu as aimé, au moins ? finit par reprendre la jeune fille.

Silence.

— Qu'est-ce que… commence l'intéressé. Qu'est-ce que ça voudrait dire, selon toi… si c'était le cas ?

— Mais… mon chou… Ça fait une éternité que tu rêves de te le faire, non ?

Le garçon manque de s'étouffer.

— Pardon ?

Sa comparse lui lance un regard navré, à la limite de la consternation.

— Oh, c'est pas vrai. Ça non plus, tu ne le savais pas ? Merde, si j'avais su… Je ne pensais pas que je te l'apprenais.

Est-ce qu'il ne serait pas temps qu'on ait… la fameuse conversation ?

— Hein ? Je… Pourquoi pas ? Attends… Quoi ?

Nora repose son burrito sur la table basse avant de s'assouplir les doigts comme si elle s'apprêtait à pondre un code d'une complexité redoutable. À l'idée d'avoir l'attention tout entière de son amie fixée sur lui, Alex se sent soudain intimidé.

— Je vais t'exposer quelques-unes de mes observations, explique-t-elle. Ensuite, à toi d'extrapoler. D'abord, ça fait des années que tu es obsédé par Henry, en mode Drago Malefoy – non, ne m'interromps pas ! En plus, après le mariage, tu as mis la main sur son numéro de téléphone et, au lieu de t'en servir pour faire semblant d'être son pote, tu flirtes avec lui par messages interposés à longueur de journée. Tu passes ton temps à loucher sur ton portable avec des grands yeux de Chat potté et, quand on te demande avec qui tu discutes, on croirait qu'on t'a surpris sur YouPorn. Tu sais à quelle heure Henry va se coucher, il sait à quelle heure tu te lèves, et si tu passes une journée sans lui parler, j'aime mieux te dire que ton humeur s'en ressent. Le soir du réveillon, tu as passé la soirée entière à snober sans la moindre hésitation la crème de la crème de ceux qui espéraient s'envoyer en l'air avec le meilleur parti d'Amérique – filles comme mecs, tous plus canons les uns que les autres – pour te contenter de faire des yeux de merlan frit à Son Altesse qui prenait racine à côté de la pièce montée. Et pour finir, Henry t'a embrassé – avec la langue – et tu as… apprécié l'exercice, dirons-nous. Alors, objectivement, résultat des courses : ton verdict ?

Alex la fixe d'un œil inexpressif.

— Euh… marmonne-t-il, hésitant. Je ne sais pas trop.

Les sourcils froncés, Nora semble parvenir à une conclusion. De l'air de celle qui jette l'éponge, elle récupère son burrito et reporte toute son attention sur le fil d'actualité affiché sur l'ordinateur placé à sa droite.

— O.K., très bien.

— Non, attends ! insiste le garçon. Je sais qu'objectivement, si tu sors de ta manche tout un tas de graphiques et de projections, ça ressemble à un bon gros *crush* bien gênant. Mais, pff… J'y comprends plus rien, moi ! Il y a encore quelques mois, entre Henry et moi, c'était la guerre totale ! Ensuite, on devient à peu près potes, et ensuite… il m'embrasse ! Alors j'en sais foutre rien, moi… Qui je suis pour lui au juste, j'aimerais bien le savoir !

— Hmm, hmm… répond sa camarade sans écouter un traître mot de ce qu'il lui raconte. Je vois.

— Et, au-delà de ça, s'entête-t-il malgré tout à poursuivre, en matière de… de sexualité, qu'est-ce que ça veut dire pour moi, cette histoire ?

Les yeux de Nora reviennent instantanément se braquer sur lui.

— Attends, c'est pas déjà réglé, ça ? Je pensais qu'on avait établi que tu étais bi. Donc… quoi ? On n'en est pas là ? Désolée, encore une fois, je suis peut-être allée un peu trop vite. Au temps pour moi, on reprend. Salut, moi c'est Nora, tu as envie de faire ton coming out ? Si oui, je suis tout ouïe. Vas-y, shoote !

— Mais j'en sais rien, enfin ! beugle-t-il à moitié, complètement désemparé. Je suis bi, moi ? Est-ce que tu crois que je suis bi ?

— Ce n'est pas à moi de te le dire, Alex ! C'est toute la difficulté !

— Et merde… soupire-t-il en laissant sa tête retomber sur les coussins du canapé. Si seulement… Je crois que j'ai juste besoin de l'entendre. Comment tu as su, toi ?

— Je ne sais pas trop… J'étais au lycée, j'ai touché mon premier *boob*, et voilà. Rien de très profond. Personne ne va monter de spectacle à Broadway sur le sujet, je te rassure.

— Tu m'aides beaucoup, merci.

— À ton service, réplique Nora en mâchonnant une chips d'un air pensif. Bon alors, pour Henry, qu'est-ce que tu vas faire ?

— Aucune idée. Il fait le mort, il m'a complètement ghosté. Il faut croire qu'il a détesté ou que c'était une connerie de mec bourré qu'il n'assume pas, ou qu…

— Alex… le coupe-t-elle. Il a flashé sur toi, au contraire. Il est juste en train de flipper. Tu vas devoir réfléchir à ce que tu ressens pour lui et prendre les choses en main. Tu ne peux pas compter sur lui pour le faire, pas dans la position où il se trouve.

Il ne voit pas trop ce qu'il peut ajouter. Les yeux de la jeune fille ne tardent pas à retourner se fixer sur l'un des écrans, où le présentateur vedette Anderson Cooper fait un dernier tour d'horizon des candidats républicains à la fonction suprême les plus prometteurs.

— Alors, encore possible qu'un autre candidat que Richards obtienne l'investiture du parti, tu penses ? lance Nora.

Alex pousse un soupir.

— Si j'en crois mes sources, aucune chance.

— C'est tellement mignon, la façon dont ses adversaires refusent de lâcher l'affaire…

Il acquiesce sans mot dire et tous deux terminent leurs burritos en silence.

Alex est en retard, une fois encore.

Aujourd'hui, la prof a organisé une séance de révisions en prévision du premier examen du semestre et, s'il est en retard, c'est parce qu'il n'a pas vu le temps passer, tout ça parce qu'il peaufinait le discours de campagne qu'il doit prononcer ce week-end dans le Nebraska – bref, à perpète. La semaine commence à être longue : on n'est encore que jeudi et voilà qu'à peine sorti du boulot il est obligé de filer ventre à terre jusqu'à son amphi. Le test est mardi prochain… Sachant qu'Alex est en train de louper la séance de révisions, il y a assez peu de chances que ça se passe bien !

Le cours qu'il s'apprête à ne pas valider s'intitule « Relations internationales et questions éthiques ». Il faut vraiment qu'il arrête de toujours choisir des séminaires dont le thème trouve un tel écho dans sa vie personnelle… On frôle le masochisme, là.

Il fonce s'installer à sa place – il a tellement la tête ailleurs que l'heure défile dans une brume de prise de notes –, puis repart au pas de course, direction la Résidence. Il est en rogne, à vrai dire. Il en a marre de tout. Une mauvaise humeur omniprésente, sans véritable objet, qui le porte de marche en marche jusqu'aux chambres Est et Ouest, au deuxième étage.

Là, après avoir jeté sa sacoche devant la porte de sa piaule, il ôte ses chaussures en les balançant, une jambe après l'autre, contre le mur du couloir. Elles vont s'éparpiller au hasard sur l'affreuse antiquité qui leur tient lieu de tapis.

— Eh ben… Bien le bonjour à toi aussi, ma puce ! lance la voix de June. Tu as vraiment une sale gueule, cette après-midi.

Alex lève les yeux et, par la porte ouverte de la chambre de sa sœur, il découvre la maîtresse des lieux confortablement installée sur une grande bergère à oreilles rose pastel.

— Merci mais je t'emmerde.

Une pile de magazines repose sur les genoux de la jeune fille : elle est en train de procéder à son inventaire hebdomadaire de la presse à scandale. Il hésite un quart de seconde, mais à peine a-t-il décidé qu'il ne veut pas en entendre parler que June lui balance l'une des revues.

— Le dernier *People*, précise-t-elle. Toi, tu es en page quinze. Et ton meilleur ami pour la vie, en page trente et une…

Il fait négligemment un doigt à sa sœur par-dessus son épaule avant de battre en retraite dans sa chambre, où il s'affale sur le canapé placé près de la porte pour commencer sa lecture. Après tout, maintenant qu'il a le magazine entre les mains, autant en profiter.

En page quinze, donc, l'attend une photo de lui, prise deux semaines plus tôt par l'équipe de com : un chouette petit article bien calibré sur l'exposition que le Smithsonian organise sur la campagne présidentielle, désormais rentrée dans l'histoire, de sa mère en 2016. Sur le cliché, on le voit participer à l'accrochage des pièces. Il pose devant une vieille pancarte du temps de la première élection de sa mère à la Chambre des représentants : « EN 2004, VOTEZ CLAREMONT ! », sur laquelle il est en train de raconter une anecdote. À côté de l'image, un petit paragraphe encense son attachement à l'héritage familial, et patati et patata…

Mais quand Alex ouvre le magazine à la page trente et une, il manque de pousser un chapelet d'insultes.

D'abord à cause du gros titre : « MAIS QUI EST LA MYSTÉRIEUSE JEUNE FEMME BLONDE AU BRAS DU PRINCE HENRY ? »

Mais surtout, à cause du trio de photos : Henry, assis dans un café londonien, en train de prendre un pot, tout sourires, avec une fille aussi jolie qu'anonyme. Henry encore – légèrement flou, cette fois – qui entraîne l'inconnue par la main vers l'arrière de l'établissement. Et enfin, toujours Henry, à moitié dissimulé derrière un buisson, en train d'embrasser sa compagne au coin des lèvres.

— Non mais, putain, je rêve !

Le petit article qui accompagne les images dévoile le nom de la belle – Emily machin-chouette, une actrice. Si, jusque-là, Alex en voulait au monde entier, son irritation vient de trouver un parfait exutoire. Sa colère s'est concentrée tout entière sur l'endroit de la page où la bouche du Britannique effleure une peau qui appartient à quelqu'un d'autre que lui.

Il se prend pour qui, cet enfoiré ? Quel putain de… Quel degré d'arrogance et d'égoïsme faut-il donc avoir pour passer plusieurs mois à gagner l'amitié de quelqu'un, le laisser dévoiler toutes ses faiblesses et ses défauts les plus méprisables, lui rouler des pelles, lui faire remettre en question à peu près *tout* ce qu'il sait de lui-même et, par-dessus le marché, le snober pendant des *semaines entières*, tout ça pour finir par sortir avec quelqu'un d'autre et étaler sa nouvelle conquête *à la une des journaux* ? Le premier connard venu sait que pour que ce genre d'info termine dans *People*, il faut quasi nécessairement que l'intéressé fasse fuiter les images lui-même !

Alex jette le magazine par terre, se relève d'un bond et commence à faire les cent pas dans sa chambre. Ce salaud peut aller se faire foutre ! Jamais il n'aurait dû faire confiance à ce petit con né avec une cuillère d'argent dans la bouche ! Il aurait dû écouter son instinct.

Il s'efforce de se calmer. Inspiration… expiration.

Le truc… Le truc, c'est que – passé sa colère initiale –, Alex n'est même pas certain que Henry soit capable de telles magouilles. S'il ajoute le petit prince souriant de ce magazine pour ados quand ils avaient douze ans, l'adolescent qui l'a rembarré si froidement aux J.O. de Rio, le jeune homme qui s'est peu à peu révélé à lui au fil des derniers mois, et le Henry qui l'a embrassé dans l'ombre des jardins de la Maison-Blanche… la résultante de ce portrait protéiforme n'irait pas exposer ainsi sa vie privée.

Alex possède un cerveau de stratège, d'homme politique. Un cerveau qui carbure à cent à l'heure et envisage des dizaines d'hypothèses à la fois, dans toutes les directions possibles. Et, en cet instant, ses cellules grises entrent en surchauffe pour résoudre cet étrange casse-tête. Se dire : « Mets-toi un peu à sa place… Comment serait ta vie ? Que serais-tu obligé de faire ? », voilà qui n'est pas toujours son point fort. Non, ce qu'il se demande plutôt, c'est : *Comment toutes les pièces de ce puzzle se combinent-elles et pour dessiner quelle image ?*

Il repense à ce que lui a dit Nora : « *Pourquoi crois-tu donc qu'il s'arrange toujours pour se faire photographier au bras de ses conquêtes ?* »

Il se rappelle aussi la circonspection qui est la marque de fabrique de Henry, sa manière de toujours se tenir à distance prudente du monde qui l'entoure, le coin de ses lèvres éternellement crispé en une grimace infinitésimale. *Il était une fois un prince*, se dit encore Alex. *Et il se trouve qu'il est gay. Or ce prince s'est laissé aller à embrasser quelqu'un… Et imaginons qu'à ses yeux, ce baiser ait compté. Alors, sans doute serait-il ensuite urgent pour lui de… brouiller les pistes.*

Et, tout à coup, en un renversement d'humeur complet et instantané, sa colère se teinte d'une bonne dose de tristesse.

Il retourne vers son sac abandonné près de la porte, en tire son téléphone et, du bout du pouce, ouvre sa messagerie. Mais il ne sait pas à laquelle des deux impulsions obéir et peine à trouver les bons mots… ceux qui, d'une manière ou d'une autre, lui permettraient de provoquer une réaction de la part de Henry, n'importe laquelle – bref, de débloquer la situation.

Tandis qu'il se fait ces réflexions, une autre petite musique s'impose à lui graduellement : voir rouge comme ça en découvrant la photo de son meilleur ennemi en train d'embrasser quelqu'un d'autre dans les pages d'un magazine… on ne peut pas dire que ce soit une réaction particulièrement hétéro.

Un petit rire lui échappe malgré lui. Il va s'asseoir au bord de son lit, perdu dans ses pensées. Il contemple d'abord l'idée d'envoyer un SMS à Nora pour passer chez elle et parvenir, enfin, au moment de grâce, à la grande révélation qu'il attendait. Il envisage ensuite d'appeler Rafael Luna pour lui donner rendez-vous autour d'une petite bière et lui demander de raconter ses premiers exploits sexuels, du temps où le sénateur n'était encore qu'un jeune militant gay antifasciste en pantalon et chaussures de rando. Alex hésite même à descendre demander à Amy de lui parler de sa transition, de sa femme et de ce qui lui a fait prendre conscience qu'elle-même était différente des autres.

Mais, en cet instant, il lui semble plus juste, tout à coup, de remonter à l'origine, à la source, de poser la question à quelqu'un qui a déjà vu ce qui se passe dans ses yeux lorsqu'un garçon le touche.

Il est hors de question pour lui, bien sûr, de contacter Henry. Ce qui ne lui laisse guère qu'une seule autre solution.

— Allô ? répond presque aussitôt la voix de son interlocuteur à l'autre bout du fil.

Ils ont beau ne pas s'être parlé depuis plus d'un an, Alex reconnaîtrait l'accent texan et le timbre chaleureux de Liam entre mille. Il s'éclaircit la gorge :

— Euh… Salut ! C'est Alex.

— Sans blague, répond l'autre plus que fraîchement.

— Tu… euh, comment vas-tu ?

Quelques secondes de silence. Un murmure de conversations à l'arrière-plan de la communication, un bruit de couverts qui tintent.

— Tu ne veux pas juste me dire pourquoi tu appelles, Alex ?

— Oh, euh… commence le fils de la présidente, qui s'interrompt aussitôt avant de reprendre maladroitement. Ça va sans doute te paraître bizarre, mais… Est-ce que…

au lycée, euh… il se serait passé un truc entre nous ? Un truc que… euh… j'aurais totalement loupé ?

À l'autre extrémité de la ligne, il entend un fracas de métal sur de la vaisselle, comme une fourchette lâchée sur une assiette.

— Non mais… tu m'appelles vraiment un beau matin, de but en blanc, pour me parler de ça ? Je suis en train de déjeuner avec mon mec.

— Oh… Désolé.

Il ignorait totalement que Liam avait un copain. Suit une série de bruits étouffés, comme si une main couvrait le micro. Quand son interlocuteur reprend la parole, c'est pour s'adresser à quelqu'un d'autre : « C'est Alex. Oui, cet Alex-là… Je n'en sais rien, mon amour. » Puis son correspondant reprend d'une voix plus clairement audible :

— Qu'est-ce que tu veux savoir exactement ?

— Ben, je… Je sais qu'on a fait des choses, tous les deux, mais est-ce que… est-ce que c'était juste comme ça ou est-ce que ça… voulait dire quelque chose ?

— Je ne peux pas trancher cette question à ta place.

Si Liam ressemble encore ne serait-ce qu'un peu au garçon qu'a connu Alex, il est en train de se frotter le menton en faisant crisser sous ses doigts une barbe de quelques jours. Ce souvenir si clair qu'il pourrait dater de la veille est peut-être une réponse en soi, songe soudain le jeune homme.

— Oui, bien sûr. Tu as raison…

— Bon, écoute, je ne sais pas pourquoi tu te mets tout à coup à te poser des questions sur ça maintenant, avec… bah, quatre ans de retard, mais… Même si ça semble difficile de décréter que tu es homo ou bi rien qu'en se basant sur ce qu'on a fait au lycée, je peux quand même te dire que, moi en tout cas, je suis gay. Et que, même si je faisais comme si de rien n'était, ce qu'on faisait était ultra supra gay, en fait. (Liam soupire.) C'est bon ? Tu as tout ce qu'il te fallait ? On vient de m'apporter un bloody mary et il faut absolument que j'aie une bonne conversation avec lui après ce merveilleux coup de fil.

— Euh… oui. Je crois. Merci.

— De rien.

Le jeune homme semble tellement fatigué, et ses paroles chargées d'une frustration qui remonte tellement loin en arrière, qu'Alex repense à tout ce qui s'est passé au lycée, à la manière dont Liam le regardait à l'époque, au silence qui s'est installé entre eux depuis…

— Et, euh… Désolé ? se sent-il obligé d'ajouter.

— Pff… marmonne Liam. Laisse tomber.

Et, sans ajouter un mot, il raccroche.

Chapitre 6

Henry ne peut pas l'éviter *ad vitam æternam.* En cette fin de mois de janvier, il leur reste en effet à satisfaire le dernier volet de l'accord passé après le fiasco au mariage royal : le dîner d'État à la Maison-Blanche, auquel le prince doit assister. Ellen souhaitait rencontrer le nouveau Premier ministre du Royaume-Uni, nommé assez récemment. Henry sera du voyage et, par courtoisie, a même été convié à séjourner à la Résidence.

Installé devant le portique nord, non loin de la rangée de photographes, Alex patiente à côté de June et Nora. À mesure que les invités se présentent les uns après les autres, il rajuste machinalement les revers de sa veste de smoking sans cesser de se balancer sur ses talons. Il sait qu'il ne tient pas en place, mais impossible pour lui de réfréner ce tic qui révèle sa nervosité. Malgré son petit sourire narquois, Nora tient sa langue. Elle ne trahira pas son meilleur ami, qui n'est toujours pas prêt à mettre June dans la confidence. Pour lui, avouer la vérité à sa sœur aurait quelque chose d'irréversible, et il ne veut pas s'y risquer avant d'avoir compris de quoi il retourne, exactement. Et quand on parle du loup…

Entre alors Henry, côté jardin.

Il porte un élégant costume sur mesure noir – c'est la perfection même. Le jeune Texan meurt d'envie de le lui arracher.

Le prince, sur ses gardes, blêmit aussitôt qu'il aperçoit le fils de la présidente dans le hall et ralentit l'allure, hésitant, comme s'il envisageait de leur fausser compagnie. Alex bande ses muscles presque sans le vouloir : il ne serait pas contre un petit plaquage en règle…

Mais le nouvel arrivant se contente de gravir les marches du perron et…

— O.K., séance de photos ! chuchote Zahra par-dessus l'épaule de son jeune protégé.

— Ah… marmonne Henry comme un idiot, pris au dépourvu.

Sa façon si *british* de prononcer cette petite voyelle de rien du tout donne des frissons à l'Américain, qui a presque envie de se mettre des claques : dire que, d'habitude, l'accent anglais ne lui fait ni chaud ni froid ! Mais quand c'est Henry, bien sûr…

— Salut, lance Alex à voix basse. (Sourire forcé, poignée de main, flashs en pagaille.) Content de voir que tu n'es pas mort, finalement.

— Euh… répond l'autre.

Ce qui porte à deux le nombre de sons monosyllabiques qu'il semble capable de prononcer. Malheureusement pour le jeune Texan, le second ne sonne pas moins sexy que le premier à ses oreilles. Il faut dire qu'après plusieurs semaines de silence radio, son niveau d'exigence a été largement revu à la baisse.

— Il faut qu'on parle, annonce-t-il au prince.

Mais Zahra a carrément entrepris de les pousser sans ménagement l'un vers l'autre pour les inciter à manifester un peu plus de joie à se retrouver devant les objectifs. Nouvelle volée de flashs, avant qu'Alex ne soit escorté avec les filles vers la Salle à manger d'apparat tandis que Henry se retrouve contraint de poser aux côtés du Premier ministre.

L'ambiance est assurée par un chanteur issu de la scène britannique, une pointure du rock indé qui ressemble à une betterave – ou peut-être un radis –, mais à qui, pour des raisons qui resteront toujours mystérieuses aux yeux d'Alex, les jeunes de leur âge vouent un véritable culte. Henry a été placé à proximité de son compatriote. Depuis la table où il a été installé, un peu plus loin, le fils de la présidente, quasiment sans quitter des yeux le jeune Britannique, s'attaque, bouillant de rage, à la nourriture placée dans son assiette comme si elle l'avait personnellement insulté. De temps à autre, le prince relève la tête et croise ce regard furieux : ses oreilles s'empourprent aussitôt et il se replonge dans la contemplation de son riz pilaf comme s'il n'y avait pas spectacle plus fascinant au monde.

Comment Henry ose-t-il – en digne fils d'un des plus célèbres interprètes de James Bond – débarquer à la Maison-Blanche dans une tenue que ne renierait pas le mythique agent secret et déguster un verre de vin rouge en compagnie du Premier ministre britannique comme s'il n'avait pas glissé sa langue dans la bouche d'Alex moins d'un mois plus tôt pour le laisser ensuite, sans le moindre remord, absolument sans nouvelles ?

C'en est trop. La soirée est déjà bien avancée, et le jeune Américain perd patience. Il se penche vers Nora, profitant de ce que June est en grande conversation avec l'une des actrices de *Docteur Who*.

— Tu pourrais te débrouiller pour attirer Henry loin de sa table ? chuchote-t-il.

Son amie lui lance un regard en coin.

— Hmm… Chercherais-tu à le séduire ? Si oui, tu peux compter sur moi.

— Mais oui, mais oui, en plein dans le mille… marmonne-t-il en se levant.

Il s'approche du mur du fond de la salle, où sont postés les membres des services de sécurité des deux pays.

— Amy… J'ai besoin de ton aide, murmure-t-il en agrippant le poignet de leur garde du corps.

Programmée pour réagir au moindre stimulus, elle esquisse le début d'un geste de riposte et doit faire un effort visible pour se maîtriser.

— Qu'y a-t-il, où est le danger ? répond-elle sur-le-champ.

— Non, non, ne t'inquiète pas. Ce n'est pas ça. (Il hésite, se racle la gorge.) Il me faudrait quelques minutes seul avec le prince Henry, tu penses que tu pourrais arranger ça ?

Elle incline très légèrement la tête sur le côté, perplexe.

— Je ne suis pas sûre de comprendre…

— J'ai besoin de lui parler en tête-à-tête.

— Si vous voulez discuter, je peux vous accompagner dehors, mais il faut d'abord que j'obtienne le feu vert de ses officiers de sécurité.

Alex passe une main lasse sur son visage, puis jette un coup d'œil par-dessus son épaule. Henry est toujours là où il l'a laissé, pris d'assaut par Nora qui semble bien décidée à papoter avec lui jusqu'à ce que mort s'ensuive.

— Non… Je… Il faut que je le voie seul.

Quasi imperceptible, une expression étrange passe fugitivement sur les traits d'Amy.

— Le mieux que je puisse te proposer, c'est le Salon rouge. Si tu essaies de l'emmener plus loin, c'est non.

Alex tourne de nouveau la tête pour observer les hautes portes qui séparent la Salle à manger d'apparat de la pièce voisine, encore vide pour l'instant. C'est là que les digestifs seront servis à la fin du repas.

— Et j'ai combien de temps ? demande-t-il.

— Cinq mi…

— O.K., c'est jouable.

Sans perdre un instant, il tourne les talons et se dirige à grandes enjambées vers le magnifique étalage de douceurs chocolatées présenté sur le buffet, où le prince s'est laissé attirer, appâté par la promesse de goûter les meilleures profiteroles du pays. L'Américain se plante entre les deux jeunes gens, en lançant : « Salut ! » Un sourire béat s'épanouit sur le visage de Nora, elle boit du petit lait. Henry, lui, en reste bouche bée.

— Désolé de vous interrompre, poursuit Alex. Cas de force majeure. Un souci de… euh… relations internationales. De la… euh… plus haute importance.

Et, sans autre forme de procès, il attrape par le coude le jeune Britannique, qu'il tire sans ménagement vers la porte.

— Non mais, tu permets ? a le toupet de s'offusquer l'autre.

— La ferme ! rétorque le Texan sans ralentir l'allure d'un iota.

Autour des tables, les convives semblent trop occupés à discuter ou savourer le concert pour remarquer que le fils de la présidente des États-Unis entraîne de force l'un des héritiers de la couronne d'Angleterre hors de la salle.

Lorsqu'ils parviennent à l'entrée du Salon rouge, Amy les attend déjà. La main sur la poignée, elle hésite.

— Tu n'as pas l'intention de lui faire du mal, au moins ? demande-t-elle à Alex, à moitié rassurée seulement.

— Oh, probablement pas…

Elle se décide à pousser le battant – juste assez pour les laisser passer – et l'Américain traîne à l'intérieur de la pièce son homologue, qui n'y tient plus :

— Mais qu'est-ce que tu fabriques, enfin ?

— Mais pitié, tu vas te taire, oui ? Ferme-la, putain ! s'exclame le jeune Texan.

S'il n'était pas déjà bien décidé à rabattre le caquet de cet imbécile à force de baisers furieux, il aurait peut-être envisagé de lui coller carrément son poing dans la gueule. Mais une bouffée irrépressible d'adrénaline porte ses pas de l'autre côté de la pièce sur l'épais tapis d'époque et il ne voit plus rien d'autre que ses doigts pris dans la cravate de Henry, que la lueur enfiévrée qui brille au fond des yeux du prince. Parvenu au mur le plus proche, Alex plaque son prisonnier contre la paroi tapissée de rouge avant d'écraser ses lèvres contre les siennes.

Sous le choc, le jeune Britannique ne réagit pas tout de suite – la manière dont sa bouche s'entrouvre mollement tient plus de la surprise que de l'invitation. L'espace d'une seconde, Alex, horrifié, pense avoir tout interprété de travers. Mais, l'instant d'après, il en perd l'usage de la parole : Henry, enfin, lui rend son baiser. C'est une sensation indescriptible… Aussi extraordinaire – plus, encore – que dans son souvenir. Pourquoi, mais pourquoi n'ont-ils pas passé leur temps à faire ça depuis le premier jour, pourquoi ont-ils perdu des années à se tourner autour comme deux bêtes en cage au lieu de céder purement et simplement à la tentation ?

Soudain, Henry s'arrache à cette étreinte. Les yeux fous, la bouche écarlate, il se recule pour dévisager son partenaire.

— Attends. Tu ne crois pas qu'on devrait…

S'il n'avait pas peur d'être entendu par tous les dignitaires rassemblés dans la pièce voisine, le jeune Américain serait tenté de se mettre à hurler.

— Quoi ?

— Eh bien… euh… peut-être… prendre un peu notre temps ? reprend le prince avec une grimace d'embarras telle que l'une de ses paupières se ferme. Commencer par un dîner, d'abord, ou bien un ciné…

Il n'y a pas à dire : Alex va vraiment lui faire la peau, tout compte fait.

— On vient à peine de dîner.

— Oui… Non, je voulais juste dire… je pensais que…

— Arrête de penser.

— Bien sûr. Tout de suite.

Avec frénésie, le jeune Texan renverse d'un large geste du bras le chandelier posé sur la table voisine, puis pousse dessus Henry, qui se retrouve assis dos à… un portrait d'Alexander Hamilton ! Quand Alex s'en aperçoit en levant les yeux, il passe à deux doigts du fou rire… Il se place entre les jambes que le prince ouvre sans se faire prier, et agrippe la nuque de son partenaire pour l'entraîner dans un nouveau baiser enflammé.

Cette fois, rien ne les arrête : chacun empoigne le costume de l'autre, le jeune Américain capture entre ses dents la lèvre inférieure de Henry. Le prince se laisser aller en arrière – sa tête heurte le cadre du portrait, qui cogne à plusieurs reprises contre le mur. Alex lui dévore le cou, suspendu entre colère et extase, entre des années de haine absolue et une autre émotion, indéfinissable, dont il soupçonne maintenant qu'elle était probablement là depuis le début. Une sensation qui lui chauffe les entrailles à blanc, le rend à moitié fou, l'illumine de l'intérieur.

Henry rend baiser pour baiser et caresse pour caresse. Pour garder son équilibre, il a glissé un genou derrière la cuisse de son compagnon et ses coups de dents ne laissent transparaître aucune trace de supposées délicates sensibilités aristocratiques. Alex a beau savoir depuis un moment déjà qu'il l'a mal jugé, c'est encore autre chose de faire l'expérience, tout contre sa chair, de la fièvre silencieuse qui couve sous la peau du prince, de l'être pantelant dissimulé sous le vernis de la perfection apparente – celui qui se débat, s'escrime à n'en plus finir et se consume de désir.

La paume de l'Américain trouve bientôt la cuisse du Britannique, où palpite un pouls fébrile, et savoure la douceur du tissu drapé sur le muscle tendu à craquer… Ses doigts errants s'aventurent plus haut, toujours plus haut, jusqu'à ce que la main de Henry ne s'abatte sur la sienne, toutes griffes dehors.

— C'est fini, les cinq minutes sont écoulées ! les prévient la voix d'Amy par la porte entrebâillée.

Ils se pétrifient. Jusque-là perché sur la pointe des pieds, Alex retombe sur ses talons. L'un comme l'autre distinguent à présent, bien trop près à leur goût, le même brouhaha inquiétant – une troupe de plusieurs dizaines de convives qui approchent déjà. Ça y est, la soirée touche à sa fin.

Sous l'effet de la surprise, Henry donne un dernier petit coup de hanches involontaire, et son comparse pousse un juron étouffé.

— Je vais mourir, souffle le prince, désespéré.

— Et moi, je vais te tuer de mes propres mains.

— Ah ça, c'est sûr…

Le fils de la présidente recule d'un pas chancelant.

— Les invités ne vont pas tarder à entrer.

Il fait de son mieux pour ne pas basculer en avant en se baissant pour ramasser le chandelier, qu'il parvient tant bien que mal à reposer sur la table. Descendu de son perchoir, Henry vacille sur ses jambes, costume débraillé et cheveux en bataille. Son camarade tente de le recoiffer en catastrophe :

— Oh putain, si tu voyais… si tu voyais ta tête…

Le prince, qui se hâte de rentrer sa chemise dans son pantalon, se met à fredonner *God Save the Queen* à voix basse.

— Mais qu'est-ce que tu fous ? s'étonne Alex, effaré.

— Bah il faut bien que… j'essaie de… me calmer, marmonne Henry en désignant son entrejambe d'un geste assez peu élégant, il faut bien le dire.

Alex prend bien soin de ne pas baisser les yeux.

— Bon, O.K… Voilà ce qu'on va faire. D'abord, tu vas rester à deux cents mètres de moi au minimum jusqu'à la fin de la soirée parce que, sinon, je risque de faire la pire connerie de ma vie devant toute une brochette de VIP.

— Très bien…

— Et ensuite…

Le jeune Texan attrape à nouveau Henry par son nœud de cravate et approche les lèvres à un souffle de son oreille.

Il entend le prince déglutir avec peine. Il se fait la remarque qu'il serait prêt à donner quasiment n'importe quoi pour pouvoir étouffer ce bruit imperceptible avec sa bouche et reprend impitoyablement :

— Ensuite, tu vas venir me rejoindre dans la chambre Est au premier étage de la Résidence, à 23 heures tapantes, pour que je puisse te faire tout un tas de vilaines choses. Et si tu t'avises de me ghoster à nouveau ne serait-ce qu'une seule fois, je te ferai interdire de vol sur le territoire américain. Est-ce que c'est bien clair ?

Henry ravale la petite plainte qui tentait de s'échapper de sa gorge malgré lui.

— Comme de l'eau de roche, répond-il d'une voix rauque.

Alex est… eh bien, il est sans doute en train de perdre la tête.

Il est 22 h 48 et le jeune homme fait les cent pas devant son lit.

À la minute où il est retourné dans sa chambre, il a jeté sa veste et sa cravate sur le dossier d'une chaise, défait les deux premiers boutons de sa chemise et commencé à s'arracher les cheveux.

Pas de panique, tout ira bien.

Il fait une énorme connerie. Mais tout ira bien, tout ira bien.

Est-ce qu'il devrait se débarrasser d'une couche de vêtements supplémentaire ? C'est quoi, le *dress code* à adopter quand on reçoit son ex-ennemi juré et faux meilleur ami pour s'envoyer en l'air un soir dans sa chambre ? Surtout quand la chambre en question se trouve dans la

Maison-Blanche, quand l'invité en question est un mec et quand, cerise sur le gâteau, il s'agit ni plus ni moins d'un prince d'Angleterre.

La pièce baigne dans une lumière tamisée qui ôte presque toute couleur au bleu profond des murs – Alex n'a allumé que la petite lampe posée dans le coin près du canapé. Après avoir entassé sur son bureau tous les dossiers de la campagne présidentielle qui encombraient son matelas, il a réarrangé le couvre-lit. Son regard se pose sur l'antique cheminée placée contre le mur, sur les sculptures qui en ornent le manteau, presque aussi vieilles que les États-Unis eux-mêmes. Rien à voir avec le palais de Kensington, certes, mais la pièce ne devrait pas trop souffrir de la comparaison.

N'empêche, pour peu qu'ils rôdent ce soir dans les couloirs de la Maison-Blanche, les fantômes de Benjamin Franklin, de Thomas Jefferson et des autres pères fondateurs doivent sans doute un peu grincer des dents.

Alex fait tout ce qu'il peut pour ne pas trop penser à la suite. Il n'a peut-être aucune expérience pratique du sujet, mais il a fait quelques recherches. Il est même tombé sur des schémas et des diagrammes. Bref, il tient le bon bout, ça va le faire.

À vrai dire – et c'est sans doute sa seule certitude –, il meurt d'envie de sauter le pas.

Paupières closes, il s'appuie du bout des doigts sur la surface froide de son bureau, effleure les feuilles éparses qui traînent dessus çà et là pour se remettre un peu d'aplomb et tenter de rassembler ses forces. Mais, en esprit, il ne cesse de revoir Henry, les lignes impeccables de son costume, la caresse de son souffle quand ils s'embrassaient. L'estomac d'Alex exécute une série de figures acrobatiques pour le moins embarrassantes qu'il est bien décidé à ne jamais avouer à personne, même sous la torture.

Henry, prince d'Angleterre. Henry, le garçon aux yeux clairs, là-bas, dans les jardins de la Maison-Blanche. Le même garçon qui sera bientôt dans son lit.

Dire que je n'ai même pas de sentiments pour lui – pas vraiment, se répète Alex.

On frappe à la porte. Il jette un œil à son téléphone. 22 h 54. Il ouvre.

Et reste debout là immobile à regarder Henry en exhalant lentement sa respiration. Jusqu'ici, le jeune Texan n'a jamais pris le temps de le contempler tout son soûl, à loisir – il ne s'est jamais laissé aller à le faire.

Beau à tomber, la taille haute, moitié tête couronnée et moitié star de cinéma, le prince a les lèvres encore mouchetées de vin rouge. Lui aussi a abandonné veste et cravate et retroussé jusqu'aux coudes les manches de sa chemise. Une certaine tension a beau crisper le coin de ses paupières, l'une des commissures de sa bouche se redresse quand il lance :

— Désolé, je suis un peu en avance.

Le jeune Texan se mordille la lèvre inférieure, un peu gêné.

— Tu n'as pas eu trop de mal à trouver ?

— J'ai croisé une de tes gardes du corps qui m'a bien aidé. Une certaine Amy ?

Le sourire d'Alex s'élargit.

— Allez, viens.

À ces mots, celui de Henry gagne tout son visage – pas le rictus figé qu'il réserve aux photographes, non, le vrai, contagieux et dénué du moindre artifice, qui lui plisse le coin des yeux. Du bout des doigts, il empoigne le coude de son hôte, qui ne se fait pas prier et niche ses pieds nus entre les chaussures vernies du Britannique. Le souffle du prince effleure un instant les lèvres de son partenaire, leurs nez se frôlent et, quand leurs deux bouches se rencontrent enfin, l'un comme l'autre sourient encore.

Le nouvel arrivant referme et verrouille la porte dans son dos avant de glisser sur la nuque d'Alex une main qui en épouse parfaitement les contours. Plus mesuré – plus chargé d'intention, aussi –, ce baiser-là est bien différent de ceux de tout à l'heure. Plein de douceur. Le jeune Texan ne sait ni trop pourquoi, ni comment réagir.

Il finit par se décider à empoigner son compagnon par la taille pour l'attirer à lui et presser leurs corps l'un contre l'autre. S'il rend les baisers qu'on lui donne, il laisse surtout le champ libre à son partenaire – il faut dire que le vrai prince charmant n'aurait pas fait mieux : c'est une succession de baisers tendres et langoureux, comme s'ils assistaient au lever du soleil sur la lande. Alex est à deux doigts de sentir le vent dans ses cheveux. Ridicule.

Quand son visiteur interrompt leur étreinte pour demander : « Tu veux faire ça comment ? », il redescend aussitôt sur terre : exit la lande baignée de lumière. Il attrape le col défait du Britannique, qu'il tire vers lui.

— Assieds-toi sur le canapé.

La respiration de Henry semble s'étrangler dans sa gorge, mais il s'exécute. Le jeune Américain va se camper devant lui, les yeux fixés sur ces lèvres vulnérables. S'il a la sensation d'osciller dangereusement au bord d'un précipice vertigineux, il n'a aucune intention de reculer pour autant. Le prince lève vers lui un visage avide et semble l'interroger du regard.

— Tu m'évites depuis des semaines, lance Alex d'un ton accusateur.

Il place chacun de ses genoux de part et d'autre de ceux de Henry puis se penche en avant, appuyé d'une main au dossier du sofa, en caressant au passage du regard la petite fossette fragile nichée au creux de la gorge du jeune homme. Puis il ajoute d'un ton lourd de reproche :

— Tu es même sorti avec une fille.

— Je suis gay, rétorque le coupable du tac au tac en posant l'une de ses larges paumes sur la hanche d'Alex, qui ne parvient pas à ravaler un petit hoquet de surprise – sans trop savoir si c'est le geste ou l'aveu de son interlocuteur qui le lui a arraché. Ce n'est pas une orientation sexuelle particulièrement bien accueillie chez un membre de la famille royale. Et puis, après ce que je m'étais permis de faire… tu avais peut-être envie de me tuer ? Comment savoir…

— Alors… pourquoi avoir tenté le coup ce soir-là, dans ce cas ?

Le jeune Texan approche sa bouche de ce cou offert et laisse courir ses lèvres juste derrière l'oreille de sa victime, là où la peau est la plus sensible. Il serait prêt à jurer que Henry est en train de retenir sa respiration.

— Parce que je… j'espérais que non, tu ne me tues pas de tes propres mains. J'avais l'intuition que peut-être… toi aussi tu en avais envie, répond le prince, qui expulse un peu d'air entre ses dents serrées quand Alex entreprend de lui mordiller délicatement le côté du cou. Enfin, jusqu'à ce que tu te jettes sur Nora à minuit et là… je me suis retrouvé dévoré de jalousie… complètement bourré… un pauvre idiot fatigué d'attendre que la réponse à ses questions se présente d'elle-même comme par magie.

— Ah oui, jaloux ? Ça veut dire que tu avais envie de moi…

Sans crier gare, Henry l'empoigne alors à deux mains pour le déséquilibrer. Une fois Alex assis sur ses genoux, le prince, dont les yeux jettent des éclairs, lance à voix basse, d'un ton implacable qu'il n'a jamais employé jusque-là :

— Oui, espèce de petit con prétentieux. Et après tout le temps que j'ai attendu, je ne te laisserai pas m'allumer une seconde de plus.

Il s'avère que se retrouver soudain la cible de l'autorité naturelle de Son Altesse Royale excite à mort le jeune Texan. S'il se dit qu'il ne se pardonnera jamais un tel manque d'originalité – quel cliché ! –, il se laisse malgré tout étreindre avec impétuosité et entraîner dans un baiser furieux. Pas de doute, exit la lande baignée de lumière…

Après s'être emparé des hanches de son partenaire pour l'attirer à lui et le placer franchement à califourchon sur ses genoux, Henry l'embrasse à présent sans retenue, jusqu'à y mettre les dents – comme tout à l'heure dans le Salon rouge. Alex n'en revient pas : qui aurait cru que, dès le premier instant, leur alchimie serait si totale, qu'ils seraient à ce point sur la même longueur d'onde ? Ça semble impensable – ça ne fait même aucun sens ! – et pourtant… Ils s'accordent parfaitement tous les deux, même s'ils entrent en fusion à des températures différentes, Alex tout en énergie frénétique, Henry tout en persuasion éperdue.

Il frotte son entrejambe contre celle du prince, déjà dure sous la sienne. Son propre gémissement, et le juron que pousse son partenaire, sont étouffés par leurs bouches plaquées l'une contre l'autre. Leurs baisers se font de plus en plus tumultueux, de plus en plus brouillons et impatients. Alex se perd dans le ballet des lèvres de son compagnon sur les siennes – qui tantôt explorent, tantôt pétrissent, tantôt se pressent –, il se délecte de leur nectar. Les cheveux de Henry, quand il se décide enfin à y glisser les doigts, s'avèrent aussi doux, aussi épais qu'il se l'imaginait à l'époque où il en effleurait la fameuse photo, tout seul dans la chambre de June. Le prince en frissonne et referme les bras autour de la taille de l'Américain, comme pour mieux le serrer contre lui.

Mais Alex n'a, pour sa part, pas la moindre intention de s'échapper et continue d'embrasser férocement cette bouche offerte, jusqu'à ce que le souffle lui manque, jusqu'à en oublier qui il est, jusqu'à ce qu'ils ne soient plus que deux anonymes enlacés dans la pénombre d'une chambre, en train de faire la bêtise la plus extraordinaire, la plus épique, la plus inéluctable de toute leur vie.

Alex parvient à défaire encore un, puis deux des boutons de sa chemise avant que Henry n'en attrape les pans pour la lui passer par-dessus la tête. Le prince ne tarde pas non plus à se débarrasser de la sienne avec une habileté déconcertante – le jeune Texan s'efforce de ne pas s'appesantir sur la promptitude et la dextérité que des années de leçons de piano et de polo ont données à son partenaire.

— Attends… intervient soudain l'intéressé.

Malgré le gémissement de protestation qui accueille ces mots, Henry se dégage et pose les doigts sur les lèvres d'Alex pour le réduire au silence.

— Je veux que… souffle le Britannique.

Mais les mots ont du mal à sortir – comme un peu plus tôt dans la soirée, il réprime à grand-peine une grimace, comme s'il avait honte de lui-même. Malgré tout, il ne tarde pas à se ressaisir : son index caresse la joue de son compagnon puis, le menton levé bien haut, il termine sa phrase d'un air de défi.

— Que tu ailles t'allonger sur le lit.

Alex se fige, silencieux, et plonge son regard dans celui du prince, où se lit la question suivante : *Alors, maintenant qu'on en arrive aux choses sérieuses, est-ce que tu auras le courage d'aller jusqu'au bout ?*

— Après vous, Votre Altesse, rétorque l'Américain avec un dernier coup de reins provocateur avant de se relever.

— Tu es vraiment insupportable… grommelle Henry.

Ce qui ne l'empêche pas de suivre le mouvement, un petit sourire aux lèvres. Alex grimpe sur le matelas, puis recule sur ses coudes vers son oreiller. Le prince balance ses jambes pour ôter ses chaussures l'une après l'autre. Ses yeux balayent toute la pièce et reviennent se poser sur son partenaire. Il ne se presse pas. À la lueur de la lampe, il paraît transformé, tel un dieu de la luxure à la peau nimbée d'or, cheveux ébouriffés et paupières mi-closes. Alex se laisse aller à le contempler en prenant, lui aussi, tout son temps : les muscles longs et agiles qui courent sous sa peau, tendus comme les lanières d'un fouet. Le creux à sa taille, juste sous ses côtes, dont la peau semble d'une douceur absolue – si le jeune Texan ne l'effleure pas dans les cinq secondes, il craint d'ailleurs d'en mourir.

Et soudain, dans un éclair de lucidité absolue, il se demande comment il a pu croire un jour qu'il était hétéro.

— Tu vas arrêter d'essayer de gagner du temps, oui ? lance l'Américain pour briser le charme de l'instant.

— Je vois qu'on aime mener son monde à la baguette… le taquine Henry, qui n'en obtempère pas moins.

Il s'appuie des deux mains sur les oreillers, vient s'allonger sur Alex – qui savoure le poids tangible de son corps chaud – et glisse l'une de ses cuisses entre les jambes du jeune homme. Épaules, hanches, centre de son torse… Le moindre point de contact entre eux semble comme chargé d'électricité.

La main droite du prince, qui remonte peu à peu le long du ventre de son compagnon, ne tarde pas à rencontrer la vieille clé argentée, montée sur chaîne, qui repose sur son sternum.

— Qu'est-ce que c'est que ça ?

Alex pousse un petit soupir d'impatience.

— La clé de la maison de ma mère, au Texas, répond-il en glissant à nouveau ses doigts dans les mèches blondes de son partenaire. J'ai commencé à la porter quand j'ai emménagé ici. Pour me rappeler d'où je viens, j'imagine… un truc comme ça. Bon, qu'est-ce qu'on a dit ? Arrête un peu d'essayer de gagner du temps…

Et il attire à lui le visage de Henry, qui lève des yeux stupéfaits mais se laisse entraîner dans ce nouveau baiser dévorant. Tout le poids du prince repose désormais sur lui et le plaque sans merci sur le matelas. La main gauche d'Alex trouve enfin le creux de la taille de son partenaire, et la sensation est telle qu'il doit ravaler un petit gémissement. Personne ne l'avait jamais embrassé comme ça : c'est comme si les sensations qu'il éprouve pouvaient le submerger tout entier. Le corps de Henry pèse sur le sien, en recouvre la moindre parcelle. Le jeune Texan s'arrache à leur baiser pour prendre d'assaut ce cou qui s'offre à lui, ce petit carré de peau juste sous l'oreille, qu'il embrasse encore et encore, avant de sortir les dents. Il sait qu'il risque de laisser des traces – le premier des interdits en matière de liaisons secrètes pour le rejeton d'un politicien, et qui vaut sans doute aussi pour le gotha des têtes couronnées. Mais il s'en fiche…

Les doigts de Henry trouvent la ceinture d'Alex, le bouton de son pantalon, sa braguette, l'élastique de son caleçon et, d'un seul coup, tout devient flou, une espèce de brume vient envahir sa vision.

En rouvrant les paupières au bout de quelques instants, il découvre le prince en train de porter précautionneusement la main à son aristocratique bouche pour… cracher dans sa paume.

— Putain de merde… souffle l'Américain quand, avec un sourire en coin, son partenaire se remet au travail. Putain ! (Son corps se cabre, comme doué d'une vie propre, et les mots franchissent ses lèvres au hasard, dans un joyeux bordel.) C'est pas possible… Tu es le plus grand salopard que la terre ait jamais porté, est-ce que tu le sais, ça ? Putain… Je pourrais te coller des… Tu…

— Mais tu ne la boucles jamais, ma parole ! Quelle vulgarité… Tu t'écoutes, un peu ?

Et cette fois, quand il rouvre les yeux, il découvre posé sur lui le regard brillant de Henry, qui le contemple avec ravissement, un large sourire aux lèvres. Le Britannique ne le quitte pas des yeux, sans pour autant perdre le rythme, et une chose est sûre, Alex avait tort, tout à l'heure : ce n'est pas lui qui va tuer le prince de ses propres mains, mais l'inverse.

— Attends, souffle-t-il en refermant frénétiquement la main sur une poignée de draps. (Son compagnon se fige aussitôt.) Non, je veux dire… Bien sûr que oui, mille fois oui, seulement… Si tu continues, je vais… (La respiration d'Alex s'étrangle dans sa gorge.) Et ça, c'est hors de question – pas tant que je ne t'aurai pas vu à poil.

Un petit sourire narquois s'étire sur les lèvres du prince, qui penche la tête sur le côté et cède à cette requête :

— Très bien…

Alex pousse Henry à s'allonger à sa place sur le matelas, puis se démène pour se débarrasser de son pantalon. Très vite, il ne lui reste plus que son caleçon, baissé très bas sur ses hanches. Il remonte ensuite le long du corps du jeune Britannique, les yeux rivés sur son visage, où l'enthousiasme le dispute à l'anxiété.

— Salut, souffle-t-il lorsqu'ils se retrouvent face à face.

— Hello.

— Je vais t'enlever ton pantalon, O.K. ?

— Bonne idée, vas-y, je t'en prie.

Alex met son projet à exécution. Ensuite, il sent Henry glisser la main sous sa cuisse pour l'attirer à lui. Leur deux corps s'épousent de nouveau, pile à l'endroit le plus rigide de leur anatomie, et ce contact leur arrache à tous les deux un soupir étranglé. L'Américain se fait obscurément la réflexion qu'après presque cinq ans de préliminaires… au bout d'un moment, la coupe est pleine, forcément !

Il laisse errer ses lèvres sur la poitrine du prince, dont il sent le cœur manquer un battement quand les intentions d'Alex deviennent évidentes. Pour être honnête, lui-même est au bord de la tachycardie. Il se sent complètement dépassé par les événements, mais tant mieux, à vrai dire : c'est dans ces moments-là, quand il expérimente et ne maîtrise plus rien, qu'il se sent le plus à l'aise. Il continue d'embrasser Henry, son plexus solaire, son ventre, la portion de peau qui s'étend juste sous son nombril…

— Je… Euh… À vrai dire, c'est une première pour moi, finit-il par avouer à son partenaire, qui tend la main pour lui caresser les cheveux.

— Alex… Rien ne t'y oblige, je ne…

— Non, j'insiste, assure-t-il en tirant doucement sur l'élastique du boxer du prince. Mais si je m'y prends mal, il faudra me le dire.

L'intéressé ouvre de grands yeux, une expression de béatitude incrédule sur le visage.

— O.K. Bien sûr.

L'image de Henry, pieds nus dans l'une des cuisines du palais de Kensington, s'impose soudain à l'esprit d'Alex : il n'a pas oublié la vulnérabilité que, ce soir-là, le jeune Britannique ensommeillé avait laissé transparaître… et il frissonne tout à coup au spectacle de ce même prince, désormais abandonné sur son lit, dévêtu et frémissant de plaisir. Il a du mal à croire que ce soit possible – surtout après tout ce qui s'est passé entre eux – et pourtant, miracle, les y voilà enfin.

À en juger par les réactions du corps de Henry, à ses doigts tremblants glissés dans les boucles d'Alex pour les empoigner à pleines mains, l'Américain devine que, pour un premier essai, il ne s'en sort pas trop mal. Il s'interrompt un instant pour lever les yeux vers le visage du prince, dont il découvre la lèvre inférieure rouge sang emprisonnée entre ses dents blanches et le regard brûlant fixé sur son partenaire. Le jeune Britannique repose la tête sur les oreillers en marmonnant quelque chose qui ressemble à : « Non mais ces cils, c'est juste pas possible ! » Alex doit bien le reconnaître : ce spectacle le remplit d'un étrange émerveillement. La façon qu'a le jeune homme de se cambrer sur le matelas, sa voix suave à l'accent si distingué qui débite au plafond toute une litanie d'obscénités… Voir le prince s'abandonner, perdre tout contrôle, être qui bon lui semble dans le secret de cette chambre, derrière ces portes closes – contempler, fasciné, l'espace d'un instant, ce petit miracle devient presque une raison de vivre pour le jeune Texan.

Il n'est pas au bout de ses surprises : Henry l'empoigne soudain pour le hisser jusqu'à sa bouche et l'embrasser comme si sa vie en dépendait. Alex a eu des partenaires qui n'aimaient pas se faire rouler une pelle juste après, et d'autres que ça ne gênait pas mais, à en juger par sa fougue, le prince, lui, savoure l'instant. Tenté de se risquer à parler de narcissisme, l'Américain demande à la place, entre deux baisers :

— Pas trop nul ?

Le temps de reprendre son souffle, il a reposé la tête sur l'oreiller, tout près de Henry, qui lui répond, le sourire aux lèvres :

— Incontestablement satisfaisant.

Et, comme s'il espérait embrasser d'un seul coup la totalité du corps de son partenaire, le Britannique l'enveloppe soudain de ses bras pour le serrer avec avidité contre son torse avant de le renverser sur le dos. Plaqué sur le matelas, le jeune Texan savoure l'envergure des paumes de Henry dans son dos, cette mâchoire ciselée, rêche de la barbe d'une longue journée, cette largeur d'épaules qui suffit à envahir son champ de vision. Pour inédites qu'elles soient, ces sensations n'ont rien à envier à tout ce qu'il a éprouvé dans sa vie jusque-là – au contraire.

À nouveau, Henry assaille sa proie de baisers conquérants, plein d'une assurance dont il fait rarement preuve. C'est un mélange de gravité brouillonne et de brutale acuité – exit le prince pénétré de ses devoirs, il n'est plus qu'un garçon de quelque vingt printemps, un garçon comme tous les autres qui prend du bon temps et fait ce qu'il aime faire, ce pour quoi il a un don. Car, doué pour ça, Henry l'est – et pas qu'un peu. Quand le jeune Texan aura découvert quel obscur noble de l'autre bord a servi de professeur à son cher homologue Britannique, il ne faudra surtout pas qu'il oublie d'envoyer une boîte de chocolats à ce bienfaiteur de l'humanité.

Quand ce diable d'Anglais se glisse ensuite entre ses jambes pour lui rendre la pareille avec un entrain et une avidité indéniables, il se retrouve vite incapable d'identifier ni les sons ni les mots qui franchissent ses lèvres – et à vrai dire il s'en fiche. Il croit tout de même discerner un : « Oh mon salaud… », suivi d'un : « Mais c'est pas possible ! » *C'est qu'il sait y faire, l'animal*, songe Alex, à moitié hystérique. *Son Altesse est bourrée de talents cachés, un vrai prodige.* God Save the Queen *!*

Une fois qu'il a terminé, le prince tourne la tête contre la jambe de son partenaire, qu'il a passée par-dessus son épaule, pour lui déposer un baiser langoureux au pli de l'aine – la courtoisie incarnée, comme toujours. Alex a très envie d'attirer Henry à lui en l'empoignant par les cheveux, mais c'est sans compter son corps ramolli et inerte, comme anéanti. Il est H.S. – overdose de félicité. Au septième ciel, plus rien d'autre qu'une paire d'yeux noyée dans un nuage de dopamine.

Le matelas oscille – le Britannique se hisse jusqu'aux oreillers pour venir blottir son visage au creux du cou du jeune Texan. Alex manifeste son approbation d'un vague grognement en lui enserrant mollement la taille des deux bras, mais sans parvenir à faire grand-chose de plus. Il est à peu près certain qu'il disposait, jusqu'ici, d'un sacré paquet de mots de vocabulaire – et dans plusieurs langues, s'il vous plaît –, mais tous jusqu'au dernier semblent soudain lui échapper.

— Hmm… murmure Henry dont le bout du nez effleure celui de son compagnon. Si j'avais su qu'il suffisait de ça pour te faire taire, je m'y serais mis beauuucoup plus tôt…

— Ta gueule, répond l'intéressé malgré l'effort herculéen qu'exige de lui cette simple réponse.

Confusément, tandis que la torpeur qui lui embrume l'esprit se dissipe peu à peu, sur fond de baiser brouillon et languissant, le jeune Américain ne peut s'empêcher de s'émerveiller : dans cette chambre presque aussi ancienne que son propre pays, il vient symboliquement de franchir une espèce de Rubicon – un peu comme Washington dans le célèbre tableau qui le dépeint en train de traverser le Delaware en barque en pleine guerre d'Indépendance. Alex se met à rire tout contre la bouche de son partenaire en s'imaginant la toile pompeuse que pourrait à son tour inspirer la scène de ce soir, cet instant précis : l'un et l'autre enlacés, les deux jeunes icônes de leurs nations respectives, leurs membres nus luisant dans la lumière de l'unique lampe. Qu'en penserait Henry, s'il voyait ça… trouverait-il cette idée aussi drôle que lui ?

Au bout d'un instant, le Britannique roule sur le dos. Alex est tenté, comme si son corps décidait pour lui, de suivre le mouvement pour se lover contre son compagnon, mais préfère finalement rester où il est – laisser un peu d'espace entre eux pour observer à bonne distance. Il ne tarde pas à remarquer la mâchoire crispée du jeune homme.

— Eh… souffle Alex en lui poussant doucement le bras. Tu n'es pas en train de flipper, au moins ?

— Moi… « flipper » ? Jamais, répond le prince en détachant chaque syllabe.

Le jeune Texan se tortille pour se rapprocher de quelques centimètres sous les draps.

— C'était bien. J'ai passé un sacré bon moment. Pas toi ?

— Ça, pas de doute… rétorque l'autre d'une voix qui fait courir un petit frisson sensuel le long de l'échine d'Alex.

— Parfait. Alors on remet ça quand tu veux, dit-il en caressant l'épaule de Henry du dos de ses doigts repliés. Et tu sais que ça ne… change rien entre nous. D'accord ? On est toujours… ce qu'on était avant, juste… les pipes en plus.

Le Britannique se couvre les yeux de la main.

— Bien sûr.

Alex s'étire langoureusement : il est temps de changer de sujet.

— Bon, sinon… J'ai une annonce à faire : je suis bi.

Henry glisse un regard vers la hanche dénudée de son compagnon, qui dépasse du drap, avant de répondre, comme s'il se parlait à lui-même :

— C'est bon à savoir… Moi… On peut difficilement faire plus gay que moi.

Son petit sourire dessine de fines rides au coin de ses yeux, que l'Américain contemple sans mot dire, en prenant bien soin de ne pas céder à la tentation de les embrasser.

C'est qu'Alex n'en revient pas. Une partie de son cerveau revient sans cesse, obstinément, sur cette incroyable – et merveilleuse – étrangeté : le spectacle du prince enfin à nu, offert sans retenue à ses regards.

Henry se penche par-dessus l'oreiller pour déposer un doux baiser sur sa bouche. Le jeune Texan sent des doigts lui effleurer la joue, si délicatement qu'il doit se rappeler à l'ordre une fois de plus : ne pas s'impliquer émotionnellement, surtout pas. Il approche sa bouche de l'oreille de son partenaire pour murmurer :

— Loin de moi l'idée de te mettre à la porte, tu peux rester autant que tu veux, mais il vaudrait probablement mieux pour nous deux que tu retournes à ta chambre avant l'aube. Je vois déjà tes gardes du corps boucler toute la Résidence et venir te tirer de ma chambre *manu militari.*

— Ah… souffle Henry, qui recule et se laisse à nouveau retomber de son côté du matelas, les yeux fixés au plafond comme un pénitent implorant le pardon d'un dieu vengeur. Tu as raison, bien sûr.

— On n'est pas pressés. Si ça te dit, on peut même remettre le couvert, propose Alex.

Le prince toussote, se passe une main dans les cheveux.

— Je crois que je… je ferais mieux d'y aller.

Son comparse le regarde se pencher pour récupérer son boxer abandonné au pied du lit, le renfiler, puis se redresser sur le matelas en faisant jouer ses épaules pour s'étirer.

C'est mieux comme ça, se convainc Alex. Ça évitera à tout le monde de se faire de fausses idées sur la nature de leurs rapports. Ils ne s'endormiront pas serrés l'un contre l'autre, ne se réveilleront pas enlacés et ne prendront pas leur petit-déjeuner ensemble. Aussi gratifiants soient-ils pour les deux parties, de simples rapports sexuels ne font pas une relation.

Et même s'il en voulait une, celle-là serait impossible pour un bon milliard de raisons diverses et variées.

Henry, qu'il a raccompagné jusqu'à la porte, se retourne et s'attarde, hésitant.

— Bon, eh bien… commence-t-il, visiblement fasciné par le bout de ses chaussures.

Alex l'interrompt, les yeux levés au ciel :

— Oh, bordel de merde ! Il y a deux minutes, tu avais ma bite dans la bouche : je crois que tu peux m'embrasser, oui !

Bouche bée, le prince relève les yeux, incrédule, puis, presque aussitôt, rejette la tête en arrière et part d'un grand rire. Et d'un coup, d'un seul, le voilà redevenu lui-même – le richissime geek insomniaque gentiment névrosé qui n'a de cesse d'inonder Alex de photos de son chien. Et là, c'est comme si deux pièces de puzzle s'emboîtaient enfin : Henry se penche vers le jeune Américain, l'embrasse avec fougue, puis disparaît en souriant.

— Attends, tu participes à… à quoi ?

Ni l'un ni l'autre n'aurait jamais imaginé que l'occasion de se recroiser se présenterait si tôt – quinze jours seulement après le dîner d'État. Deux semaines entières à ne penser qu'à une chose, le corps de Henry à nouveau sous le sien, et à parler de tout sauf de ça dans ses messages. June passe son temps à lui jeter des regards noirs, comme si elle était constamment à deux doigts de lui arracher son portable pour le balancer dans le Potomac.

— À un match de bienfaisance, répète Henry à l'autre bout de la ligne. Un match de polo, s'entend, uniquement sur invitation, qui a lieu ce week-end à… (Il marque une pause, sans doute pour se référer au programme qu'a dû lui fournir Shaan.) À Greenwich, dans le Connecticut. C'est dix mille dollars la place, mais je peux te faire rajouter sur la liste.

Alex manque de renverser son café sur tout le perron sud de la Résidence sous le regard plein de reproche d'Amy.

— Putain, la vache… C'est quoi, ces montants de fou ? Vous récoltez de l'argent pour quoi, à ce prix-là ? Des monocles pour bébés ? (Il couvre de la main le micro de son téléphone.) Où est Zahra ? Il faut que j'annule tout ce que j'avais de prévu ce week-end, chuchote-t-il avant d'ôter sa main de l'appareil. Bon, écoute, je ne te promets rien, je suis super occupé en ce moment, mais je vais voir ce que je peux faire.

Ce soir-là, quand la porte d'Alex s'ouvre à la volée, il sursaute si fort que sa tasse de café manque une nouvelle fois de s'écraser sur le plancher. Campée sur le seuil, June s'exclame :

— D'après Zahra, tu annules ta participation à la collecte de fonds de ce week-end pour assister à… un match de polo ? Dans le Connecticut ? Je rêve ou quoi ?

— Écoute, je fais ce qu'il faut pour donner le change : j'ai un subterfuge d'envergure internationale à entretenir aux yeux du grand public.

— Arrête un peu ton char, c'est du tout cuit ! Les gens écrivent des fan-fictions à la pelle sur Henry et toi…

— Je suis au courant, merci : Nora m'en envoie des tonnes.

— Et… tu ne crois pas que vous en avez assez fait, du coup ?

— Le palais a insisté.

Le mensonge franchit sa bouche en un éclair. Sa sœur tourne les talons, l'air dubitatif, en lui jetant un regard qui le tracasserait davantage si les lèvres de Henry n'occupaient pas l'intégralité de ses pensées du moment.

C'est ainsi qu'il se retrouve, quelques jours plus tard, sur les gradins du Polo Club de Greenwich, revêtu de son plus bel uniforme de gendre idéal. Pour être honnête, il se demande dans quel pétrin il est encore allé se fourrer. La spectatrice assise juste devant lui porte un chapeau surmonté d'un pigeon empaillé – le volatile tout entier, du bout des pattes à la pointe du bec. Rien dans les matchs de lacrosse auxquels il a assisté au lycée n'a préparé le jeune homme à un tel étalage.

Henry à dos de cheval, en revanche, ça, il connaît. Henry en tenue de polo, harnaché de pied en cap – bombe vissée sur le crâne, manches du maillot qui s'arrêtent juste au ras du renflement des biceps, culotte d'équitation blanche parfaitement ajustée et rentrée dans ses hautes bottes lustrées, gants de cuir boutonnés et genouillères aux sangles savamment attachées… tout ça lui est déjà familier. Rien de nouveau sous le soleil. En toute objectivité, ce spectacle devrait le laisser complètement froid. Ne pas lui inspirer la plus infime réaction viscérale ou charnelle, et certainement pas lui donner l'envie de déchirer à mains nues le maillot susmentionné.

Seulement, voir le prince diriger sa monture d'un bout à l'autre du terrain à la seule force des cuisses, voir ses fesses rebondir sans ménagement sur la selle et les muscles de ses bras jouer sous sa peau à chacun des coups qu'il assène à la balle… voilà qui commence à faire beaucoup pour Alex.

Le jeune Texan ne tarde pas à se retrouver en nage. En plein mois de février, dans un État du Nord comme le Connecticut, il transpire à grosses gouttes sous son manteau.

Le pire, dans tout ça, c'est que Henry est loin d'être mauvais – c'est même un joueur hors pair. Or, si Alex se fout comme de l'an quarante des règles exactes du polo, la première chose qui l'attire, chez quelqu'un, c'est la compétence. C'est bien simple : rien ne l'excite plus que l'excellence – peu importe le domaine. Et puis, impossible de regarder les bottes du Britannique prendre fermement appui sur les étriers à chaque volte-face de sa monture sans voir aussitôt s'imposer à son esprit l'image des mollets nus dissimulés dessous, des pieds de Henry plantés tout aussi fermement sur le matelas. De ses cuisses écartées exactement du même angle, mais avec Alex logé entre elles, cette fois. De gouttes de sueur qui dégoulinent du front du prince jusque sur la gorge du jeune Texan… Et, d'un coup d'un seul, il se retrouve dans le rouge, sans prévenir, comme par magie.

Il a désespérément envie… après toutes ces semaines passées à se raconter des histoires, il est bien contraint de le reconnaître : il a besoin de… Là, tout de suite. Maintenant.

Quand, après un temps infini – un véritable chemin de croix –, le match s'achève enfin, le jeune homme se sent prêt à se mettre à hurler ou tourner de l'œil s'il ne met pas la main sur Henry dans les trente secondes. Comme si la seule pensée cohérente qui lui restait au monde était celle du corps de Henry et du visage en feu de Henry, comme si toutes les autres molécules de l'univers n'étaient, au mieux, qu'une gêne ou un inconvénient. Lorsque Alex parvient au pied de la tribune, Amy, qui ne le lâche pas d'une semelle, le dévisage d'un air soupçonneux.

— Tu fais une drôle de tête, marmonne-t-elle. Tu as un sacré coup de chaud, là, non ?

— Je vais juste… euh… aller saluer Henry.

Les lèvres de l'agente se figent en une ligne austère.

— Inutile de développer, merci.

— Oui, oui, je sais bien. Tu veux pouvoir prétendre en toute bonne foi que tu ne savais rien.

— Je ne vois absolument pas de quoi tu parles.

— Mais oui, bien sûr, répond-il en se passant nerveusement la main dans les cheveux.

— Profite bien de ton sommet avec la délégation britannique, conclut Amy d'une voix dépourvue du moindre semblant d'inflexion.

Tout en remerciant le ciel – vive les accords de confidentialité des employés de la Maison-Blanche –, le jeune homme file en direction des écuries, saisi d'un frisson à la simple idée que le corps de Henry se rapproche peu à peu du sien. De longues jambes fuselées moulées dans un pantalon blanc maculé de traces d'herbe… comment se fait-il que Son Altesse parvienne à exsuder une telle sensualité en pratiquant un sport aussi ridicule ?

— Oh putain…

Il doit freiner des quatre fers pour éviter de percuter Henry en personne, qui vient de tourner le coin du bâtiment.

— Ah… Euh, salut.

Deux semaines les séparent du moment où le prince débitait une litanie d'obscénités au plafond de la chambre d'Alex, et ils restent plantés là à se regarder dans le blanc des yeux sans trop savoir que faire. Le Britannique est toujours en grande tenue – il n'a pas encore retiré ne serait-ce que ses gants. Impossible de savoir si le petit-fils de la reine est content de le voir ou se retient à grand-peine de lui défoncer le crâne à l'aide de sa canne. (De son club ? Sa batte ? Son maillet ? Pff… Ce sport est une farce.)

C'est Henry qui finit par briser le silence en déclarant :

— Je venais justement te chercher.

— Ah, cool. Eh ben, me voilà.

— Te voilà.

Alex balaie les alentours du regard :

— Attention, plusieurs objectifs à trois heures.

— O.K.

Henry carre aussitôt les épaules. Avec ses cheveux en bataille humides de transpiration et ses joues encore empourprées par l'effort qu'il vient de fournir, il aura l'air d'un véritable apollon sur les photos qui sortiront dans les magazines. Certain qu'elles n'auront aucun mal à se vendre, Alex ne peut réprimer un sourire.

— Dis-moi… finit-il par lancer. Tu ne devais pas… me montrer un truc… au fait ?

Le Britannique le dévisage, jette un coup d'œil autour d'eux – l'endroit fourmille de grandes fortunes et de membres de la jet-set en goguette –, et se retourne vers lui.

— Quoi, maintenant ?

— J'ai mis quatre heures et demie en voiture pour venir jusqu'ici et je dois repartir pour Washington dans une heure, donc je ne vois pas bien à quel autre moment tu pourrais me montrer ça…

Henry hésite l'espace d'un instant – ses yeux se tournent un instant vers les photographes – avant d'adopter un sourire de circonstance, d'éclater de rire et de gratifier Alex d'une petite tape sur l'épaule.

— Évidemment. Suis-je bête ? Si tu veux bien me suivre.

Sur ces belles paroles, il rebrousse chemin pour mener son camarade jusqu'à une double porte à l'arrière des écuries, par laquelle il s'engouffre sans hésiter, le jeune Américain sur les talons. Adjacente aux boxes des chevaux, la petite pièce sans fenêtre où ils viennent de pénétrer fleure bon le cuir, le cirage et le bois enduit de lasure. Les lambris courent du sol au plafond, les parois sont couvertes de lourdes selles, de cravaches, de brides et de harnais.

— Très repaire sado-maso pour multimillionnaire… murmure Alex presque pour lui-même, tandis que son camarade s'approche d'un des murs.

D'un geste vif, le prince décroche l'une des épaisses sangles de cuir alignées le long de la cloison. Le jeune Texan est sur le point de tomber dans les pommes… mais son compagnon se contente de le contourner afin d'aller attacher ensemble les deux poignées de porte en lançant d'un air distrait :

— Quoi ? Non, ici, c'est la sellerie.

Puis Henry tourne vers son visiteur un visage à tomber à la renverse où se lit une certaine douceur. L'Américain laisse tomber son manteau sur le sol et rejoint son camarade en trois enjambées.

— Je m'en fous complètement, lance-t-il avant d'attraper le prince par le col ridicule de son stupide polo pour s'emparer de ses satanées lèvres.

C'est un baiser plus que satisfaisant, brûlant et plein d'assurance. Alex n'arrive pas à choisir où placer ses mains – il voudrait les poser partout à la fois sur le corps de son partenaire. Exaspéré, il pousse un petit grognement avant d'empoigner Henry par les épaules pour l'éloigner de lui, puis le toiser de la tête aux pieds d'un air écœuré.

— Non mais tu as vu la touche que tu te paies ?

— Tu préfères que je…

Joignant le geste à la parole, le prince recule d'un pas, pose le pied sur l'un des bancs de la pièce et fait mine de commencer à dénouer sa genouillère.

— Quoi ? Non, bien sûr que non, garde-les ! s'étrangle Alex, et le Britannique s'interrompt, figé dans une pose plus que suggestive, cuisses écartées, un genou relevé, le tissu de son pantalon tendu à craquer. Bordel, mais qu'est-ce que tu fous ? Oh, je peux pas voir ça… (Henry fronce un sourcil inquiet.) Mais non, je… c'est juste que… Putain, qu'est-ce que tu m'énerves !

Complètement désorientée, la cible de ces attaques repose le pied par terre. Le jeune Texan, lui, n'est pas loin de se tirer une balle.

— Ne… Putain ! Viens ici, c'est tout.

— J'avoue ne plus trop te suivre, là…

Pas de doute : Alex a dû commettre un crime atroce dans une vie antérieure, parce que la souffrance est tout bonnement insupportable.

— Moi non plus, figure-toi ! explose-t-il. Écoute, ne me demande pas pourquoi, mais… en fait… tout ça, là… (Pour ponctuer sa déclaration, il englobe d'un geste la présence physique de son interlocuteur tout entière.) Eh bien ça me fait un sacré putain d'effet. Donc, tu m'excuseras, mais…

Et, sans plus de cérémonie, il tombe à genoux devant Henry et commence à lui ôter sa ceinture, tout en s'attaquant sans ménagement à la braguette de son pantalon.

— Oh la vache… souffle le prince.

— Je ne te le fais pas dire, rétorque le jeune Texan avant de baisser le boxer de son partenaire.

— Oh la vache ! répète l'intéressé d'une voix plus fiévreuse encore.

Alex a beau n'être encore qu'un novice en la matière, il n'a aucun mal à mettre à exécution le fantasme plus que détaillé qui lui défile en boucle dans la tête depuis une bonne heure déjà. Quand il relève la tête, il découvre Henry, joues en feu et lèvres entrouvertes, qui le dévisage fixement, comme hypnotisé. Le spectacle de son splendide abandon – disparue la concentration de l'athlète, envolés le savoir-vivre et les faux-semblants de l'aristocrate – en devient presque insoutenable. Ses yeux assombris aux prunelles brouillées, comme balayées par l'orage, ne quittent pas d'un pouce l'Américain, qui lui rend lui aussi son regard sans ciller. Le moindre nerf de leurs deux corps semble tendu à craquer, arc-bouté vers un seul et même objectif.

Bestiale et expéditive, l'affaire prend nettement moins de temps que la fois précédente. Henry continue de jurer comme un charretier – ce qui s'avère aussi sexy que désarmant. Mais il ponctue cette fois ces obscénités de marques d'appréciation qui, inexplicablement, paraissent encore plus troublantes aux oreilles du jeune Texan. Un simple « Oh oui, ne t'arrête pas… » prend des accents si incroyablement érotiques, énoncé avec l'accent précis et bienséant de la noblesse britannique… L'effet saisissant du frôlement du cuir le plus fin tout contre sa joue, de ce pouce ganté qui lui effleure la commissure des lèvres… Rien au monde n'aurait pu le préparer à ça.

Sitôt qu'Alex a achevé sa besogne, Henry le pousse sur le banc afin de mettre à bon usage ses fameuses genouillères.

Ensuite, le jeune Américain appuie le front contre l'épaule de son partenaire. Courbé en avant sur son siège, il finit par murmurer, complètement vidé :

— Ne crois pas que tu vas t'en tirer comme ça, je t'en veux toujours à mort.

— Bien sûr… Évidemment, répond le prince, les yeux perdus dans le vague.

Aussitôt, Alex invalide complètement sa propre déclaration en attirant à lui le Britannique pour un long baiser langoureux, suivi d'un autre. Tous deux s'embrassent pendant de longues minutes. Combien ? Le jeune Texan se refuse à en tenir le compte ou même à se pencher une seule seconde sur la question.

Quand ils se décident enfin à se glisser hors des écuries, le prince raccompagne Alex jusqu'au portail où l'attend son véhicule. Là, Henry lui effleure d'abord l'épaule, puis appuie la paume d'une main contre la laine de son manteau jusqu'à dessiner les contours de ses muscles, juste en dessous.

— J'imagine que tu n'as pas prévu de faire un saut du côté de Kensington dans les semaines à venir ?

— Cet immonde trou à rat ? répond l'autre avec un clin d'œil en se dirigeant vers sa voiture. Pas si je peux l'éviter, non.

— Mais je ne te permets pas ! sourit le Britannique. C'est un crime de lèse-majesté, ça, mon brave ! Bel exemple d'insubordination, dites-moi… Il y en a qui se sont retrouvés au cachot pour moins que ça, je vous signale.

Sans cesser de marcher, Alex se retourne, les mains levées en signe de reddition.

— Hmm… Arrête, je serais presque tenté…

Paris ?

03/03/20 19:32

De : Alx <agcd@eclare45.com>
À : Henry

Son Altesse Royale le prince Henry de… attendez… où ça, déjà ? (pitié, ne me demande pas de retenir ton titre en entier)

Est-ce que j'aurai le plaisir de te croiser à Paris ce week-end, aux Journées pour la préservation de l'Amazonie ?

Alex, fils de la présidente de Votre Ancienne Colonie

Re : Paris ?

04/03/20 02:14

De : Henry <hdegalles@kensingtonemail.com>
À : Alx

Alex, ô toi, Dernier-né d'un Piteux Ersatz de l'Angleterre,

D'abord, je me dois de te le dire : massacrer délibérément mon titre, c'est un manque de savoir-vivre impardonnable. Pour ce genre d'outrage, tu risques de finir en coussin d'apparat à Kensington – je t'aurai prévenu… Bon, sur ce coup, tu as de la chance, tu t'en sors bien : je pense que tu ne t'accorderais pas des masses à la déco de mon petit salon…
Ensuite, non, je n'ai pas prévu de participer à ce gala à Paris – j'ai déjà d'autres obligations, malheureusement. Tu vas devoir trouver une autre victime à détourner du droit chemin entre deux portes.

Bien à toi,

Son Altesse Royale le prince Henry de Galles

Re : Paris ?

04/03/20 02:27

EN 2020, VOTEZ CLAREMONT !

De : Alx <agcd@eclare45.com>
À : Henry

Son Horripilante Altesse le prince Henry de… On s'en fout un peu, non ?

Avec un bâton dans le cul aussi monumental – le truc est au moins en argent massif, vraiment

digne d'un roi pour le coup –, je n'en reviens pas que tu arrives encore à t'asseoir devant ton ordi pour rédiger un simple e-mail.
Il me semblait pourtant bien que ça ne t'avait pas déplu de te faire « détourner du droit chemin entre deux portes », comme tu dis… Les invités vont être d'un ennui mortel, de toute façon…
Mais toi, qu'est-ce que tu as de prévu, au juste ?

Alex, Farouche Opposant aux Galas en tout genre

Re : Paris ?

04/03/20 02:32

De : Henry <hdegalles@kensingtonemail.com>
À : Alx

Alex, ô toi, le Champion du monde des Irresponsables,

Petit un : un bâton de roi, qui plus est en argent massif, ça s'appelle communément un sceptre.
Petit deux : figure-toi que je suis dépêché par la couronne à un sommet en Allemagne, où je suis prié de faire semblant d'être ultra-calé en éolien.
En gros, une flopée de vieux messieurs en costume bavarois va s'ingénier à m'apprendre la vie, avec séance de photo sur fond de moulins

à vent en guise de bouquet final. Aux dernières nouvelles, le palais aurait décidé qu'il fallait s'intéresser aux énergies renouvelables – ou, au moins, faire semblant de se pencher sur la question (c'est plutôt ça, j'en ai peur). Bref, ça va être le pied.
Attends… Les invités, « d'un ennui mortel » ? Est-ce que j'aurais mal lu ? Et moi qui croyais que le qualificatif m'était exclusivement réservé ?

Bien à toi,

Henry, Altesse Royale au Bout de sa Vie

Re : Paris ?
04/03/20 02:34

De : Alx <agcd@eclare45.com>
À : Henry

Votre Ignoble et Abominable Altesse,

Il a récemment été porté à mon attention que vous n'êtes pas tout à fait aussi soporifique que je le pensais. Enfin pas tout le temps. Surtout quand… tu sais, tu fais des petits miracles avec ta langue.

Alex, Grand Adepte des Messages douteux à des Heures indues

Re : Paris ?

04/03/20 02:37

De : Henry <hdegalles@kensingtonemail.com>
À : Alx

Alex, Grand Manitou des messages envoyés au pire moment (en plein dans mes réunions du matin donc),

Est-ce que tu ne serais pas – par le plus grand des hasards – en train d'essayer de me chauffer ?

Bien à toi,

Henry, Royale Crapule au grand cœur

Re : Paris ?

04/03/20 02:41

De : Alx <agcd@eclare45.com>
À : Henry

Votre Royale Turgescence,

Si j'avais la moindre intention de vous chauffer, laissez-moi vous dire que vous le sauriez tout de suite.
Une petite démonstration ?

J'ai passé toute la semaine à imaginer tes lèvres partout sur ma peau et j'espérais te croiser à Paris histoire de leur donner l'occasion de travailler un peu…
Je me demandais, en prime, si tu savais choisir les fromages français. Moi, je n'y connais pas grand-chose, j'avoue.

Alex, Grand Amateur de brie de Meaux et de fellations

Re : Paris ?

04/03/20 02:43

De : Henry <hdegalles@kensingtonemail.com>
À : Alx

Alex, Grand Spécialiste du Thé renversé en pleine réunion du matin (merci beaucoup, je m'en suis mis partout),

Je te jure que tu vas le regretter.
Bon, O.K., je vais voir ce que je peux faire…

Je t'embrasse

Chapitre 7

Le prince – petit miracle – réussit à se soustraire à ses obligations germaniques et donne rendez-vous à Alex place du Tertre, au milieu des foules de touristes affamés de crêpes. Il arrive vêtu d'une veste bleue ajustée, le visage illuminé d'un sourire impénitent. Tous deux s'installent dans un café, où ils vident deux bouteilles de vin avant de rentrer en titubant à la chambre d'hôtel du jeune Texan. La porte s'est à peine refermée sur eux que Henry s'agenouille déjà sur le marbre blanc de la salle de bains, ses yeux bleus plus insondables que l'océan fixés sur Alex. Ce qui suit, aucun mot d'aucune langue ne suffirait à le décrire.

L'Américain est tellement soûl, les lèvres du prince sont si douces, leur escapade clandestine est auréolée d'une telle atmosphère de romantisme échevelé à la française – un truc de malade – qu'il en oublie de demander à son compagnon de débarrasser le plancher après leurs ébats. Il oublie qu'ils ne sont pas censés passer la nuit ensemble. Résultat, c'est exactement ce qui se passe.

Il découvre que Henry dort recroquevillé sur le côté : ses vertèbres forment tout le long de son dos une série de petites bosses pointues qui s'avèrent toutes douces quand Alex les effleure le plus délicatement possible afin de ne surtout pas le réveiller – pour une fois qu'il pionce, le pauvre…

Au matin, le service de chambre leur fait monter une demi-baguette croustillante et des tartelettes surmontées de gros abricots dont le jus leur colle aux doigts, accompagnées d'un exemplaire du *Monde* qu'Alex demande à son comparse de lui lire à voix haute.

Il se rappelle vaguement s'être juré « pas de ça avec Henry » mais, là tout de suite, c'est comme un vague souvenir brumeux.

Ce n'est qu'après le départ du jeune Britannique qu'il trouve le petit mot griffonné de sa main sur le bloc-notes à côté du lit : « Essaie *Nicole Barthélémy*, rue de Grenelle. » Après une nuit de fièvre, laisser à son partenaire les coordonnées d'une des meilleures fromageries parisiennes, c'est vraiment tout Henry, ça. Alex est bien forcé de l'admettre, le bougre maîtrise parfaitement ses gammes.

Plus tard, il reçoit un message de Zahra, qui contient la capture d'écran d'un article de *BuzzFeed* consacré à la « bromance de l'année » entre Henry et lui. Le texte est ponctué d'un mélange de photos – certaines prises au dîner d'État, d'autres lors de leur bref échange devant les écuries à Greenwich. L'une d'entre elles est même tirée du compte Twitter d'une admiratrice française : on l'y voit renversé en arrière sur sa chaise, la veille, à la table du petit café. En face de lui, le prince partage entre leurs deux verres la fin d'une bouteille de bordeaux.

Bien joué, petit merdeux, reconnaît Zahra sous l'article avec assez mauvaise grâce.

Voilà comment ça va se passer – Alex n'a pas de mal à le deviner. La planète tout entière va continuer de croire qu'ils sont les meilleurs amis du monde, et eux vont faire en sorte de jouer leur rôle à la perfection. Alex ne voit pas d'alternative possible.

De toute manière, quand il analyse la situation de manière rationnelle, il sait bien qu'il ne devrait pas s'emballer. Leur relation est purement physique, après tout... Sauf que le prince charmant, censément si parfait et si stoïque, éclate en fait de rire en plein orgasme et, à des heures complètement indues, lui envoie des messages comme : Tu es une espèce de furie, un démon de l'enfer, et je vais t'embrasser à perdre haleine, jusqu'à ce que tu ne sois plus capable de prononcer un mot. Et, il lui faut bien le reconnaître, Alex fait une sorte de fixation sur l'auteur de ces quelques lignes.

Il finit par décider de ne pas trop se prendre la tête. Normalement, Henry et lui n'auraient pas l'occasion de se croiser plus de quelques fois par an. Il leur faut donc déployer des trésors d'imagination pour bricoler leurs agendas – et des prodiges de persuasion pour amadouer leurs équipes respectives – afin de pouvoir se retrouver aussi souvent que leurs corps l'exigent. Au moins peuvent-ils toujours prétexter qu'il s'agit d'entretenir leur subterfuge d'apaisement diplomatique...

Il s'avère par ailleurs qu'ils sont tous les deux nés en mars, à moins de trois semaines d'écart, pendant lesquelles Henry a donc déjà vingt-trois ans et Alex encore vingt et un. (« Il est Poisson ? J'aurais pu le parier ! » commente June.) Or le jeune Texan doit justement se rendre sur le campus de l'université de New York à la fin du mois pour encourager les étudiants à s'inscrire sur les listes électorales. Quand le prince l'apprend au détour d'un message, sa réaction tombe en moins d'un quart d'heure : Ai avancé à ce week-end une visite caritative à NY prévue de longue date. Serai en ville, disponible pour toute séance de flagellation ou autre fantasme d'anniversaire.

Lorsqu'ils se retrouvent devant le Met, les paparazzis sont déjà visibles de loin – les deux garçons se contentent donc d'une poignée de main. Mais, sans se départir du grand sourire qu'il réserve toujours aux médias, Alex se penche vers Henry pour murmurer :

— Je te veux rien que pour moi, là, tout de suite.

Sur le sol américain, ils prennent plus de précautions qu'en France. Ils montent donc séparément à la chambre d'hôtel : le Britannique d'abord, par l'arrière du bâtiment, masqué par les silhouettes de deux officiers de sécurité de haute taille, et le Texan, un peu plus tard, par la grande porte, escorté par Cash – qui sourit parce qu'il sait, mais garde ses commentaires pour lui.

Une fois dans la chambre, le champagne et les baisers coulent à flots, et le prince fait apparaître comme par magie un cupcake dont la crème se retrouve étalée un peu partout : sur la bouche d'Alex et le torse de Henry, et bientôt sur la gorge de l'un puis le ventre de l'autre. Le second finit par plaquer les poignets du premier sur le matelas pour commencer à se repaître de lui. Grisé par l'alcool et la volupté, le jeune Texan voit mille soleils : il a vingt-deux ans – pas un jour de plus –, et il en savoure chacun des instants, en une allégorie parfaite de l'hédonisme de la jeunesse. Il faut croire que se faire sucer pour son anniversaire par le prince d'un pays étranger peut avoir des effets insoupçonnés.

Ensuite, plusieurs semaines se passent sans qu'ils puissent se revoir. L'Américain parvient à persuader son homologue de télécharger Snapchat, même s'il est contraint pour ça de beaucoup le taquiner – et même de le supplier, au bout d'un moment. Mais Henry ne pousse pas la provocation très loin et se contente d'envoyer des photos trop sages, tout habillées, qui donnent pourtant à Alex de gros coups de chaud, y compris en plein cours magistral à la fac : un selfie dans le miroir, un pantalon de polo blanc taché de boue, une photo en costume ajusté… Un samedi, le reportage sur l'actualité du Sénat que le jeune Texan regarde en direct sur son téléphone est soudain interrompu par une notification : il découvre le prince qui sourit à l'objectif à bord d'un voilier, les épaules nues au grand soleil. Le cœur d'Alex exécute un tel soubresaut qu'il doit placer la tête entre ses mains une minute entière pour s'en remettre.

(Mais bon, tout va bien. Il contrôle complètement la situation.)

Entre deux échanges de photos, ils discutent du job de campagne de l'un, des projets caritatifs de l'autre ou de leurs diverses apparitions publiques. Ils parlent de Pez, qui claironne désormais à qui veut l'entendre son amour absolu pour June, passe une bonne partie de ses journées à s'extasier sur elle et bassine Henry pour qu'il assaille Alex de questions : est-ce qu'elle aime les fleurs ? (Oui.) Les oiseaux exotiques ? (Plutôt à l'état sauvage qu'en cage, merci beaucoup.) Les pendentifs à sa propre effigie ? (Certainement pas.)

La plupart du temps, le prince paraît content d'avoir des nouvelles du jeune Texan et s'empresse de lui répondre avec un sens de l'humour très personnel, à la fois vif et mordant. Il donne même l'impression de rechercher sa compagnie et d'être toujours partant pour démêler l'imbroglio des pensées d'Alex. Mais, parfois, Henry semble tout à coup pris d'étranges humeurs : il se met à broyer du noir et multiplie les piques acerbes ou les blagues bizarres, étrangement compassées. Il se fait distant, se retire parfois en lui-même pendant des heures, voire des jours. L'Américain en vient à comprendre qu'il s'agit là de coups de blues, de petits épisodes de déprime, de moments où son alter ego se sent « submergé ». Le Britannique déteste ces passes difficiles… Mais, bizarrement, elles ne gênent pas Alex, même s'il aimerait bien sûr pouvoir les soulager un peu : son attirance pour Henry ne varie pas, que le tempérament du prince se fasse orageux ou revienne au beau fixe – ou l'une des centaines de nuances qui existent entre les deux.

Il découvre aussi qu'à condition de savoir s'y prendre, il n'est pas si difficile d'ébranler le flegme du Britannique. Alex prend d'ailleurs un malin plaisir à ramener sur le tapis des sujets susceptibles de le faire réagir au quart de tour. Petite démonstration :

— Écoute, s'insurge Henry un jeudi soir au téléphone, cette chère Joanne peut dire ce qu'elle veut, je m'en fous ! Pour moi, Remus Lupin est gay jusqu'à la moelle et il va falloir ramer pour me convaincre du contraire !

— D'accord, d'accord. Si tu veux tout savoir, je suis d'accord avec toi. Mais tu pourrais développer ? Qu'est-ce qui te fait penser ça, exactement ?

Et le prince de se lancer aussitôt dans une tirade interminable. Alex l'écoute religieusement – amusé et même un peu impressionné – jusqu'à la fin de sa démonstration :

— Moi qui suis le prince de ce foutu pays, je voudrais juste, pour une fois, qu'on arrête de toujours vouloir cacher la différence comme la poussière sous le tapis quand on parle des monuments de notre culture ! Il y a trop de gens qui insistent pour édulcorer la vie de Freddie Mercury, d'Elton John – ou de Bowie, d'ailleurs ! Après tout, il a passé une bonne partie des années soixante-dix à se taper Mick Jagger d'un bout à l'autre d'Oakley Street. Désolé mais, moi, j'appelle ça s'arranger avec la vérité !

Car c'est une autre des habitudes de Henry : dégainer tout à coup ce type d'analyses – inspirées de ce qu'il lit, regarde ou écoute. Pas de doute, Alex a affaire à un authentique diplômé de littérature anglaise qui porte un intérêt bien particulier à tout un pan de l'histoire, celui de l'homosexualité dans son pays. Si le jeune Texan, pour sa part, connaît sur le bout des doigts les grands moments de la chronique gay aux États-Unis – après tout, l'engagement politique de ses parents a même participé à l'écrire –, ce n'est qu'après s'être avoué sa bisexualité qu'il a vraiment commencé à se confronter à elle, comme le prince avant lui.

Alex commence à comprendre pourquoi une telle fierté a enflé dans sa poitrine la première fois qu'il a entendu parler des émeutes de Stonewall, en 1969, le berceau du mouvement pour les droits LGBT. Pourquoi, plus près de lui, la légalisation du mariage homosexuel par la Cour suprême en 2015 a tant compté pour lui. Il commence alors à consacrer une grande partie de son temps libre à rattraper ses lacunes. Il dévore tout à tour Walt Whitman, le récit de la décriminalisation de l'homosexualité en 1961 dans l'Illinois, celui des émeutes de White Night à San Francisco après l'assassinat d'Harvey Milk et le documentaire *Paris is Burning*. Au-dessus de son bureau, au QG de campagne, Alex a affiché une photo prise lors d'une manifestation dans les années quatre-vingt – un homme de dos et, sur sa veste, un slogan : « SI JE MEURS DU SIDA, INUTILE DE M'ENTERRER, ABANDONNEZ MON CORPS DEVANT L'AGENCE NATIONALE DU MÉDICAMENT. »

June remarque le cliché un jour où elle est venue déjeuner avec lui. Elle peine à en décoller les yeux et jette ensuite à son frère un regard étrange, énigmatique – à peu de chose près, celui qu'elle a posé sur lui au petit-déjeuner après la nuit qu'il avait passée avec Henry à la Maison-Blanche. Mais elle s'abstient de tout commentaire et continue de picorer ses sushis en lui exposant son dernier projet : rassembler tous ses journaux intimes pour les publier sous forme de mémoires. Lui se demande si les détails de sa propre vie privée pourraient se retrouver dans l'ouvrage. Peut-être, s'il passe aux aveux sans tarder. Or il faudrait vraiment qu'il lui parle bientôt…

C'est son histoire avec Henry qui permet donc à Alex de comprendre un pan entier de lui-même. Ça paraît étrange, mais c'est comme ça. Lorsqu'il s'abîme intérieurement dans la contemplation des mains du prince, de ses paumes robustes à ses doigts élégants, il se demande comment il a bien pu ne jamais s'en rendre compte avant. Quand son chemin recroise enfin celui du jeune Britannique à un gala à Berlin, quand il éprouve de nouveau cette même irrésistible attraction et ne peut s'empêcher de s'engouffrer avec lui à l'arrière d'une limousine, quand il se voit lui attacher les poignets au montant d'un lit d'hôtel avec sa propre cravate… Alex progresse à chaque fois un peu plus dans la compréhension qu'il a de lui-même.

Lorsque, deux jours plus tard, il arrive à son traditionnel briefing hebdomadaire, Zahra lui agrippe le menton d'un air soupçonneux, lui fait tourner la tête et approche les yeux de son cou pour mieux voir.

— C'est un suçon que tu as là ?

Le garçon se pétrifie.

— Je… euh… non ?

— Tu me prends pour une imbécile ? Qui t'a fait ça et où est l'accord de confidentialité que tu aurais dû lui faire signer ?

— Oh, ça va ! répond-il du tac au tac (car, s'il y a bien une seule personne sur terre qui ne risque pas de faire fuiter ce type de détails sordides, c'est Henry). Si j'avais besoin d'un accord de confidentialité, tu le saurais. Détends-toi un peu !

Le moins qu'on puisse dire, c'est que Zahra n'apprécie pas qu'on lui dise de se calmer.

— Regarde-moi bien, rétorque-t-elle. Je te connais depuis le temps où tu laissais encore des traces de pneu dans tes calbars. Tu crois que je ne sais pas quand tu me mens ? (Elle lui enfonce un de ses longs ongles manucurés dans la poitrine.) Je me fous de qui t'a fait ce suçon, par contre elle a intérêt à être sur la liste prénégociée des filles avec lesquelles tu as le droit d'être vu en période électorale ! Liste que je vais te renvoyer dès que tu auras tourné les talons, juste au cas où tu l'aurais égarée. C'est clair ?

— Oh là là… Oui, oui, c'est bon !

Elle poursuit sur sa lancée comme s'il n'avait pas parlé :

— Pour info, je préférerais encore me laisser amputer des deux pieds plutôt que de te regarder faire une connerie qui coûterait sa réélection à ta mère. Ça, plutôt crever que de laisser la première femme présidente de l'histoire américaine devenir la seule, depuis cet imbécile de Bush senior, à quitter le Bureau ovale au bout de quatre ans seulement ! Est-ce que je me fais bien comprendre ? Je t'enfermerai dans ta chambre toute l'année s'il le faut, et tant pis pour toi si tu dois passer tes partiels par signaux de fumée, j'en ai rien à foutre ! Si c'est le seul moyen de t'empêcher de sortir ta bite à tout bout de champ, je peux te l'agrafer à la cuisse, moi, y a pas de problème !

Et sur cette dernière promesse, la jeune femme s'en retourne à ses notes avec un aplomb et un professionnalisme absolus, comme si elle ne venait pas juste de menacer Alex de sévices physiques. À sa place à la table à la gauche de Zahra, June n'a pas bougé d'un pouce. À son expression, il comprend qu'elle sait, elle aussi, qu'il ment.

— Tu as un nom de famille ?

Jusqu'ici, Alex ne s'est jamais embarrassé d'un « bonjour » lorsqu'il appelle le prince.

Cette entrée en matière laisse l'intéressé médusé. Sa réponse, comme souvent, tient en deux syllabes étirées à l'infini par son accent aristocratique.

— Pardon ?

En cette fin d'après-midi, l'orage gronde à l'extérieur de la Résidence. Étendu sur le dos au milieu du Solarium, le jeune Texan essaie de travailler sur des brouillons de propositions qu'il doit soumettre à la campagne.

— Un nom de famille, répète-t-il. Tu sais, ce truc tellement bien que j'en ai deux ? Alors, quoi, tu utilises celui de ton père ? « Henry Fox », ça le fait à mort… Mais peut-être que la royauté l'emporte sur tout et que tu as pris le nom de ta mère ?

Il entend une espèce de froissement à l'autre bout du fil – Henry serait-il dans son lit ? Plus de deux semaines déjà qu'ils ne se sont pas vus, alors l'esprit d'Alex ne perd pas un instant pour lui présenter l'image du prince alangui entre ses draps.

— Notre patronyme officiel, c'est Mountchristen-Windsor, répond le jeune Britannique. Avec un trait d'union, comme le tien. Bref, mon nom complet, c'est… Henry George Edward James Fox-Mountchristen-Windsor.

Alex fixe le plafond, bouche bée.

— Oh… mon Dieu…

— Je te promets que c'est vrai.

— Et moi qui trouvais qu'Alexander Gabriel Claremont-Diaz, c'était compliqué à porter…

— Qu'est-ce qui a inspiré ces prénoms, tu le sais ?

— Alexander, c'est pour Alexander Hamilton, le père fondateur de la nation. Et Gabriel, pour le saint patron des diplomates.

— Pas hyper subtil tout ça, dis donc.

— C'est clair, on ne m'a laissé aucune chance de trouver ma propre voie. Ma sœur y a un peu échappé : elle a eu droit à Catalina, comme l'île californienne, et June, pour la chanteuse de country June Carter, la femme de Johnny Cash. Mais moi, j'ai écopé de toutes les prophéties autoréalisatrices.

— Tu en veux une, de prophétie ? On m'a donné les prénoms de deux des rois les plus notoirement gay de toute l'histoire de la monarchie.

Alex éclate de rire avant d'écarter d'un coup de pied ses dossiers de campagne. Aucune chance qu'il s'y remette de la soirée.

— Trois noms de famille, quand même… C'est chaud…

Le prince soupire.

— À l'école et à l'université, on utilisait le patronyme « de Galles ». Mais depuis qu'il a rejoint la Royal Air Force, Philip se fait appeler Windsor, « lieutenant Windsor ».

— Henry de Galles, donc. Ça va, tu ne t'en sors pas trop mal.

— Il y a pire, en effet. Mais c'est juste pour ça que tu m'appelles ?

— Peut-être bien. Tu sais que j'adore l'histoire, rétorque Alex. (En réalité, ce serait plutôt pour tenter de comprendre pourquoi, depuis quelques jours, la voix de Henry s'est faite légèrement plus traînante, pourquoi il marque toujours une microseconde d'hésitation avant de parler.) D'ailleurs, à ce sujet : tu sais que je suis dans la pièce où se trouvait Nancy Reagan quand on lui a appris que son mari s'était fait tirer dessus ?

— La vache…

— C'est aussi ici que ce bon vieux Dicky la Magouille a annoncé à sa famille qu'il allait démissionner.

— Pardon, mais… Dicky la Magouille ?

— Nixon, voyons ! Écoute, quand on détricote toutes les valeurs pour lesquelles se sont battus les pères fondateurs de ce beau pays et qu'on déflore la vertu du petit fiancé de l'Amérique, il faut potasser un minium son histoire des États-Unis, s'il te plaît !

— Je ne crois pas que « déflorer » soit le mot approprié, rétorque Henry, pince-sans-rire. Le terme s'employait surtout, me semble-t-il, pour les jeunes mariées encore vierges. Vu d'ici, ce n'était pas du tout ton cas.

— C'est ça, et toi, tes talents, tu les as appris dans les livres, peut-être ?

— Et pourquoi pas ? Je suis allé à la fac, après tout… Bon, c'est sûr que, là-bas, les travaux pratiques m'ont plus servi que les lectures théoriques…

Alex approuve d'un petit bruit de gorge lourd de sous-entendus avant de laisser la conversation s'éteindre d'elle-même. Il balaie du regard la salle qui l'entoure : les fenêtres autrefois ornées de simples moustiquaires, quand l'endroit n'était qu'une espèce de dortoir utilisé l'été par la famille du président Taft… Le coin où s'empile désormais la vieille collection de comics de Léo, juste à l'endroit où Eisenhower aimait jouer aux cartes… Les détails cachés sous la surface des choses, voilà bien le genre de chose dont Alex a toujours été friand.

— Au fait, reprend-il au bout d'un moment. Ça va ? Tu as une voix… bizarre.

La respiration de Henry s'étrangle soudain imperceptiblement dans sa gorge, mais il s'éclaircit la voix.

— Ça va.

D'abord, le jeune Texan ne répond rien. Il donne au silence le temps de s'étirer entre eux comme un long fil interminable, avant de le sectionner brusquement.

— Tu sais, avec le… genre de relation qu'on a… eh bien, hmm… tu peux me parler. Moi, je te raconte tout le temps ma vie : la politique, la fac… même mes problèmes familiaux à la con. Je sais bien que, question discussions et échanges, je suis loin d'être un modèle de normalité, mais… enfin… tu vois ?

Nouveau silence.

— Je… La communication, historiquement, ce n'est pas franchement mon point fort… finit par avouer le prince.

— Bah, les fellations, historiquement, ce n'était pas franchement mon point fort, mais on est tous amenés à apprendre et à grandir, mon chou.

— Attends, ce *n'était* pas ? À l'imparfait ?

— Eh oh ! s'offusque Alex. Est-ce que, par hasard, tu serais en train d'insinuer que je m'y prends comme un manche ?

— Oh non, loin de moi cette idée… le rassure Henry d'une voix où pointe un sourire. Disons simplement que la première était… euh… pleine d'enthousiasme, et c'était déjà ça !

— Je ne me rappelle pas t'avoir entendu te plaindre.

— En même temps, ça faisait des années que j'en rêvais, je n'allais pas faire la fine bouche.

— Tu vois, c'est un bon exemple, fait soudain remarquer le jeune Américain. Tu viens de me confier un truc, là. Ce que je veux dire, c'est que tu peux me parler de tout ce que tu veux.

— Ce n'est pas vraiment la même chose, Alex.

Après avoir roulé sur le ventre, l'intéressé prend le temps de la réflexion. Quand il se risque à reprendre la parole, c'est pour murmurer délibérément :

— Arrête, mon bébé…

Ces deux mots sont devenus son arme secrète, il en a parfaitement conscience. Ils lui ont déjà échappé à plusieurs reprises – par accident – et, à chaque fois, Henry fond littéralement quand il les entend. Alex prend toujours bien soin de faire semblant de ne pas s'en apercevoir mais, cette fois, il n'a aucun scrupule à sortir cet atout de sa manche.

À l'autre bout du fil, le prince retient sa respiration avant de la relâcher doucement – comme un léger souffle d'air qui s'échapperait par la fissure d'un carreau.

— C'est juste que… ça ne va pas très fort, en ce moment, dit-il enfin. On a des… Comment tu disais, tout à l'heure ? Des problèmes familiaux à la con.

Alex retrousse les babines, se mordille l'intérieur de la joue. *Bingo…* Il se demandait justement quand Henry commencerait enfin à lui parler de la famille royale. Le Britannique fait parfois des allusions indirectes à son frère Philip, qui semble un peu à cran en ce moment – et c'est un euphémisme : le gaillard a l'air tendu comme un arc, remonté comme un coucou… à vrai dire, à ce stade, c'est au moins une carrière d'horloge atomique qui l'attend. Le prince évoque aussi régulièrement la désapprobation évidente de leur grand-mère. Et, s'il mentionne sa sœur Béa aussi souvent qu'Alex parle de June, il ne dit clairement pas tout à ce sujet. C'est un peu comme l'humeur fluctuante de Henry : l'Américain ne sait pas exactement quand ou comment il a commencé à se douter qu'il y avait anguille sous roche, mais il y a un problème – il en mettrait sa main à couper.

— Ah… se contente-t-il de répondre. Je vois.

— Tu ne t'embêtes pas à lire les tabloïds britanniques, j'imagine ?

— Pas si je peux l'éviter, en effet.

Le rire teinté d'amertume du prince arrache une grimace à son interlocuteur.

— Eh bien, figure-toi que le *Daily Mail* s'est toujours fait une spécialité de laver notre linge sale en public. Ils ont… euh… donné un surnom à ma sœur, il y a des années, « la Princesse au nez poudré ».

Une ampoule s'allume enfin dans la mémoire du jeune Texan.

— À cause de la…

— Oui, Alex, de la cocaïne.

— O.K., oui, ça me dit quelque chose.

Henry pousse un profond soupir.

— Bref, l'autre jour, quelqu'un s'est débrouillé pour tromper la vigilance de notre service de sécurité et taguer « Princesse au nez poudré » sur la carrosserie de la voiture de Béa.

— Ah, merde… Et elle prend ça comment ?

— Béa ? (Cette fois, le prince pousse un rire un peu plus sincère que le précédent.) Ce n'est pas son genre de s'inquiéter pour ça. Non, elle, ça va. Elle n'est pas ravie que le premier quidam venu puisse contourner aussi facilement notre dispositif de sécurité, mais ça va. Grand-mère a fait virer toute une équipe de gardes du corps, au passage. Mais… enfin… je sais pas.

Il a beau laisser sa phrase en suspens, Alex peut facilement deviner ce qu'il pense.

— Mais tu t'inquiètes. Parce que tu voudrais pouvoir protéger Béa, même si c'est toi le petit frère.

— Je… oui, c'est ça.

— Je sais ce que c'est. L'été dernier, à Lollapalooza, un mec a essayé de peloter les fesses de June. J'ai failli lui coller mon poing dans la gueule.

— Et… qu'est-ce qui t'a retenu ?

— Bah elle a carrément pris les devants : elle lui a flanqué son milk-shake à la figure, explique le chevalier blanc en puissance. (Il hausse les épaules d'un air contrit, même si Henry ne peut pas le voir.) Et puis, surtout, Amy s'est empressée de lui mettre un bon coup de Taser, histoire de faire bonne mesure. Le parfum glace à la fraise cramée sur macho en sueur, crois-moi, ça vaut le détour.

Cette fois, le prince s'esclaffe de bon cœur.

— Elles n'ont absolument pas besoin de nous, bien sûr.

— Eh non, même pas en rêve… confirme le jeune Texan. Mais, pour Béa, qu'on raconte des trucs pareils sur elle, je comprends que ça te gave.

— Sauf que… la rumeur est vraie, malheureusement.

Ah… pense Alex.

— Ah… bredouille-t-il tout haut.

Il ne sait pas trop quoi dire d'autre. Il passe en revue les réponses diplomatiques, toutes plus insipides les unes que les autres, qu'il a en magasin, soigneusement archivées dans son esprit. Mais aucune ne fait l'affaire : elles sont trop neutres et aseptisées – à vomir.

Non sans une certaine anxiété, Henry poursuit sur sa lancée :

— La seule chose qui ait jamais intéressé Béa dans la vie, c'est de jouer de la musique. Mes parents ont dû trop lui faire écouter de Joni Mitchell quand elle était petite, bref, elle leur a réclamé à grands cris des leçons de guitare. Sauf que grand-mère préférait le violon – plus convenable. Et même si Béa a eu le droit d'apprendre les deux, quand il a fallu choisir un instrument pour ses études de musique à l'université, elle a dû opter pour le violon. Enfin bref, à la fin de sa dernière année… papa est mort. Et son état s'est dégradé tellement vite… Bref, du jour au lendemain, il n'était plus là.

Alex ferme les yeux.

— Putain de merde…

— Tu peux le dire, dit le prince d'une voix rauque. À partir de là, on a tous un peu perdu les pédales. Philip se prenait pour le nouvel homme de la famille, moi, je multipliais les conneries, et maman ne sortait plus de sa chambre. Quant à Béa… à ses yeux, rien n'avait plus le moindre intérêt. Je venais d'entrer à l'université, elle, de décrocher son diplôme, et Philip d'être envoyé en mission à l'autre bout de la terre. Elle sortait tous les soirs de la semaine avec tout ce que Londres comptait de hipsters un peu pointus, elle faisait le mur pour donner des concerts de guitare dans le plus grand secret et s'enfilait des montagnes de coke. Les journaux s'en sont donné à cœur joie, tu penses bien.

— Aïe… souffle le jeune Américain. Je suis désolé.

Quand Henry reprend la parole, c'est d'une voix plus assurée, comme si, à l'autre bout de la ligne, il avait levé le menton d'un air de défi – une de ses marques de fabrique, à vrai dire. *Si seulement je pouvais être là pour le voir…* soupire intérieurement Alex.

— C'est la vie, que veux-tu y faire ? Bref, entre les spéculations incessantes de la presse, les paparazzis en planque et ce satané surnom qui prenait de plus en plus, l'histoire a pris une telle ampleur que Philip est rentré à Londres une semaine. Grand-mère et lui ont collé Béa dans une voiture, direction la cure de désintoxication, qu'ils ont présentée à la presse comme une « cure de bien-être ».

— Attends un peu… l'interrompt le jeune Texan sans prendre le temps de réfléchir. Où… où était ta mère, tout ce temps ?

— Elle n'est plus très présente depuis la mort de mon père, soupire le prince avant de s'arrêter net. Non, c'est dur de dire ça. C'est juste que… elle était rongée de chagrin, comme paralysée par la douleur – et aujourd'hui encore, d'ailleurs. Avant, si tu savais… elle débordait d'énergie, rien ne l'arrêtait. Mais aujourd'hui, comment dire… Elle continue de s'intéresser à nous, bien sûr. Elle essaie d'être là, elle ne veut que notre bonheur, sauf que… je ne sais pas si elle a encore la force ou l'envie de le partager, ce bonheur.

— C'est… terrible.

Le silence retombe, lesté de plomb.

— Bref… Béa est partie en cure de désintox, mais contre son gré, finit par reprendre le prince. Sauf qu'elle refusait d'admettre qu'elle avait un problème – même si on lui voyait les côtes, même si elle ne m'avait pas adressé la parole depuis des mois, alors qu'en grandissant on était inséparables. Résultat, moins de six heures plus tard, elle était déjà dehors après avoir signé une décharge. Quand elle m'a appelé de je ne sais quelle boîte de nuit, ce soir-là, j'ai pété un plomb. J'avais quoi… dix-huit ans ? J'ai pris ma voiture et je l'ai retrouvée perchée sur un petit escalier derrière le club, complètement dans les vapes. Je me suis assis à côté d'elle, j'ai fondu en larmes et je lui ai dit qu'elle n'avait pas le droit de se foutre en l'air parce que papa n'était plus là et que j'étais gay et que je ne savais plus quoi faire. Et c'est comme ça que j'ai fait mon coming out.

Henry marque une petite pause avant de poursuivre :

— Le lendemain, elle est retournée à la clinique. Depuis ce jour-là, elle n'y a plus jamais retouché et, ni elle ni moi, on n'a jamais évoqué cette soirée-là avec personne. Enfin, sauf avec toi aujourd'hui. Et je ne sais pas trop pourquoi je t'ai raconté tout ça, désolé… Je… je n'en ai jamais vraiment parlé avant, même si Pez n'était jamais très loin, bien sûr… Mais, bref… Voilà… (Il se racle la gorge.) Bon, c'est le plus long monologue que j'aie jamais fait de toute ma vie, je crois bien, donc c'est quand tu veux : n'hésite pas à m'interrompre, surtout.

— Non, au contraire, se dépêche de répondre le jeune Texan, qui, dans sa hâte, se met à bredouiller, ému. Je suis touché que tu me l'aies dit. Ça t'a aidé d'en parler, au moins ?

Le prince se tait. Alex donnerait cher pour voir jouer sur son visage, l'un après l'autre, les frémissements infinitésimaux de ses émotions, pour pouvoir les effleurer du bout des doigts. Il épie la respiration de Henry au bout du fil, qui finit par répondre :

— Je crois bien que oui. Merci d'avoir pris le temps de m'écouter.

— Bien sûr, voyons… Et puis, c'est bien, aussi, que la conversation ne tourne pas tout le temps autour de moi – même si c'est nettement moins palpitant, du coup, forcément.

Sa taquinerie lui vaut un grognement d'exaspération :

— Mais quel enfoiré…

— Mais oui, mais oui, répond Alex, qui ravale un sourire et en profite pour poser la question qui le taraude depuis des mois. Alors… euh… qui d'autre est au courant, pour toi ?

— Dans ma famille, je ne l'ai avoué qu'à Béa, mais je suis à peu près sûr que les autres s'en doutent. J'ai toujours été un peu différent, pas très porté sur le traditionnel flegme britannique, disons. Faire bonne figure en toute circonstance ? Pas franchement mon truc… Je crois que papa savait et s'en fichait. Mais grand-mère, elle, m'a pris entre quatre yeux le dernier jour du lycée et m'a bien fait comprendre que je devais à tout prix garder pour moi les éventuels « désirs déviants » que j'avais peut-être commencé à éprouver. Qu'ils risquaient de nuire à l'image de la couronne. Qu'au besoin, il y avait des « moyens plus appropriés » de sauver les apparences.

Rien que d'imaginer Henry, adolescent, brisé par le chagrin après la mort de son père et sommé non seulement de museler sa douleur mais aussi d'étouffer une facette entière de lui-même... Alex a presque envie de vomir.

— Putain, ils sont sérieux ?

— Les splendeurs de la monarchie, répond le prince avec ironie.

— Non, mais au secours, quoi. (Le jeune Texan se passe une main lasse sur le visage.) Même si j'ai déjà dû faire un peu semblant de temps en temps pour rendre service à ma mère, personne ne m'a jamais carrément demandé de mentir du soir au matin et d'un bout de l'année à l'autre sur qui je suis vraiment.

— Je ne crois pas que ma grand-mère considère que c'est mentir. Pour elle, c'est faire son devoir.

— Pff... Tu parles. Quel ramassis de conneries...

Le prince pousse un énième soupir.

— Je n'ai pas vraiment le choix, non ?

S'ensuit une longue pause, pendant laquelle Alex, tout en se mordillant les lèvres, s'imagine Henry dans son palais, Henry et les années de vie qu'il a déjà derrière lui, la façon dont il en est arrivé là.

— Dis... finit par murmurer le jeune Américain. Il était comment, ton père ?

Silence, encore.

— Pardon ?

— Enfin, sauf si tu n'as pas… Seulement si tu as envie d'en parler. Je me rends compte que je ne connais pas grand-chose de lui, à part son rôle de James Bond.

Tout en arpentant le Solarium d'un pas distrait, il écoute Henry parler. Lui raconter un homme à la même chevelure blonde que lui, au même nez droit et fort – un homme qu'Alex a déjà croisé, telle une ombre, dans la manière de parler du prince, sa démarche et son rire. Évoquer les sorties en cachette du palais, les virées sur les petites routes de campagne, les leçons de navigation et les après-midi passées sur les tournages, bien calé sur un fauteuil de réalisateur à agiter ses petites jambes potelées. L'être dont se souvient Henry était tout pour lui dans son enfance. À la fois étrangement surhumain et fait de chair et de sang – le contraste est d'ailleurs aussi saisissant que déchirant –, l'acteur charmait les foules dans le monde entier mais n'en restait pas moins un simple être humain.

La manière dont le prince parle de son père tient de la prouesse physique, presque du miracle : son récit ploie sous le poids terrifiant de la tristesse, mais la tendresse et l'affection parviennent malgré tout, inexplicablement, à illuminer sa voix. Presque en chuchotant, Henry raconte à Alex comment ses parents se sont rencontrés. Comment Catherine – qui, à vingt-cinq ans, bien déterminée à devenir la première princesse du pays à décrocher son doctorat, s'appuyait les œuvres complètes de Shakespeare – comment Catherine, donc, était allée un soir assister à une représentation de *Henry V* par la Royal Shakespeare Company, une pièce dans laquelle Arthur tenait le premier rôle. Comment, s'étant audacieusement aventurée en coulisses au baisser de rideau, elle avait faussé compagnie à son service de sécurité pour s'évanouir dans la nuit londonienne en compagnie de l'acteur et danser jusqu'au petit matin. Comment, malgré l'interdiction initialement édictée par la reine, elle avait fini par épouser son grand amour.

Le prince parle ensuite de son enfance à Kensington : Béa qui chantait à tue-tête, Philip toujours collé aux jupes de leur grand-mère – mais ils étaient heureux, emmitouflés dans leurs chandails en cachemire, avec leurs chaussettes qui leur montaient jusqu'aux genoux, trimballés à l'étranger d'hélicoptères en voitures de luxe. Il évoque le télescope en cuivre que son père lui avait offert pour son septième anniversaire, puis le moment où – bien plus tôt, à quatre ans – il avait compris pour la première fois que les millions d'habitants du pays connaissaient tous son nom. Il se rappelle avoir dit à sa mère qu'il n'était pas tellement sûr d'avoir vraiment envie de ça… Et qu'elle s'était agenouillée pour le regarder droit dans les yeux et lui promettre qu'elle ne laisserait jamais rien ni personne lui faire de mal, jamais.

Alex, lui aussi, commence à se livrer. Henry entend déjà parler de la quasi-totalité de son quotidien mais, jusqu'ici, leurs enfances respectives étaient comme une espèce de territoire inexploré, une ligne invisible à ne pas franchir. Le jeune Texan évoque donc Austin, les posters de campagne en papier Canson qu'il fabriquait en CM2 pour les élections des délégués, les vacances en famille sur la plage de Surfside en Floride, où ils fonçaient tête la première dans les vagues. Il raconte la grande fenêtre à encorbellement de la maison où il a grandi, tous les papiers griffonnés de sa main qu'il a pu cacher sous la banquette placée dessous, dans l'embrasure – et, miraculeusement, le prince n'a pas l'air pour autant de le prendre pour un cinglé.

Dehors, la nuit tombe : un crépuscule morne et humide descend sur la Résidence. Le jeune Texan redescend dans sa chambre et se glisse dans son lit sans cesser d'écouter. Il a droit à la liste des mecs que Henry a rencontrés à l'université, tous amoureux de l'idée de coucher avec une possible future tête couronnée, mais presque tous rebutés illico par la paperasserie, la culture du secret et – souvent – l'amertume du prince lui-même face à l'un et l'autre.

— Mais bien sûr, ajoute le jeune Britannique, plus personne depuis… euh, depuis que toi et moi…

— Non, répond Alex, si promptement qu'il s'en étonne lui-même. Moi non plus, personne d'autre.

Il entend mot après mot sortir de sa bouche des paroles qu'il ne se serait jamais cru capable de prononcer à voix haute. Ces fameuses soirées qu'il a passées dans la chambre de Liam… Mais aussi les comprimés d'Adderall qu'il lui arrivait de piquer dans la pharmacie de son meilleur ami, histoire de doper ses capacités de raisonnement lorsque ses notes commençaient à chuter, et qui le maintenaient éveillé jusqu'à deux ou trois jours d'affilée. June aussi qui, il le sait, n'habite en fait à la Maison-Blanche que pour le tenir à l'œil, le protéger de lui-même. Les remords qu'il se traîne en silence, du coup, les jours où il ne parvient pas à s'arracher à ses obsessions et à son travail. La peine que lui font certains des mensonges qu'on colporte sur leur mère, la peur terrible qui ne le quitte jamais – celle qu'elle perde la prochaine élection.

Leur conversation dure si longtemps qu'Alex finit par devoir rebrancher son téléphone dont la batterie menace de rendre l'âme. Couché en chien de fusil, il continue d'écouter Henry en effleurant du dos de la main l'oreiller à côté du sien, et imagine le prince étendu face à lui mais dans un autre lit – comme s'ils étaient deux parenthèses séparées de près de six mille kilomètres. Le jeune Texan contemple ses cuticules rongées et rêve que son compagnon est là, juste au bout de ses doigts, qu'il lui parle à quelques centimètres de distance seulement. À quoi ressemblerait le visage de Henry dans la pénombre bleu-gris de sa chambre ? Il laisse vagabonder son imagination. Peut-être une barbe naissante lui noircirait-elle les joues, plusieurs heures avant son rasage du matin ? Sans doute la faible luminosité de la pièce atténuerait-elle les cernes sous ses yeux…

Aussi incroyable que ça puisse paraître, il s'agit du même garçon qui avait réussi à convaincre Alex qu'il se fichait de tout, du même garçon qui continue de faire croire au reste du monde qu'il est un inoffensif prince charmant qui mène une vie idyllique, dénuée de la moindre contrainte. Il aura fallu des mois au jeune Texan pour enfin en arriver là – pour comprendre à quel point il avait tort.

Avant qu'il puisse s'en empêcher, les mots ont quitté sa bouche :

— Tu me manques…

Instantanément, il regrette ses paroles.

Mais Henry répond déjà :

— Toi aussi.

— Non, attendez !

À reculons, Alex fait rouler sa chaise de bureau hors de son box. La femme de ménage de l'équipe du soir qu'il vient d'interpeller s'interrompt en plein geste, la main sur la poignée de la cafetière.

— Je sais que ça ne ressemble pas à grand-chose, poursuit-il, mais est-ce que vous pourriez me le laisser ? J'allais le terminer.

Avec un coup d'œil dubitatif, l'employée abandonne là les derniers vestiges visqueux de café brûlé qui stagnent au fond du récipient, puis s'éloigne en poussant son chariot devant elle.

Alex, lui, contemple d'un air réprobateur le lait d'amande qui surnage dans son mug « VOTEZ CLAREMONT ». Ils n'ont jamais entendu parler du lait de vache, au QG de campagne, ou quoi ? Voilà pourquoi le Texan moyen déteste Washington et ses élites : elles font tout pour ruiner la filière laitière du pays !

Sur son bureau se dressent trois piles de documents qu'il ne quitte pas des yeux. Il espère que s'il répète à l'infini dans sa tête les trois sujets en question, il finira peut-être par avoir l'impression de faire du bon boulot.

Première pile, le dossier « Armes à feu » : un index détaillé de tous les modèles de flingues de malade que sont en droit d'acquérir les Américains, assorti des régulations propres à chaque État. Il doit passer tout ça au peigne fin pour ses recherches préliminaires sur plusieurs nouvelles propositions de lois fédérales sur les fusils d'assaut. Il y a une énorme tache de sauce à pizza sur la pochette car il s'empiffre à cause du stress à chaque fois qu'il se penche dessus.

Deuxième pile, le dossier « Partenariat transpacifique ». Il sait qu'il devra s'y atteler un jour ou l'autre, mais il y a à peine touché – il faut bien dire que le sujet est d'un ennui mortel.

Troisième pile, le dossier « Texas ».

Celui-là, le jeune homme n'est même pas censé l'avoir en sa possession. Il ne lui a pas été confié par son chef d'équipe ni par un autre membre de la campagne – il ne traite même pas de politique générale. Et il est beaucoup plus fin que les deux autres : Alex devrait plutôt l'appeler « la pochette Texas ».

Cette pochette, donc, c'est son bébé. Le jeune homme veille jalousement sur elle – il la glisse toujours dans sa sacoche en quittant le bureau et prend bien soin de cacher toute trace de son existence à Hunter le fils à papa. Elle contient une carte des comtés de l'État, enrichie d'une répartition très fine des électeurs en fonction de différents critères sociodémographiques avec, en regard, diverses statistiques – populations d'enfants d'immigrants sans-papiers, nombre de résidents légaux non inscrits sur les listes électorales ou évolution des tendances de votes au cours des deux dernières décennies. Alex a littéralement bourré la pochette de tableaux de données, d'historiques des scrutins et de projections qu'il a demandé à Nora de lui calculer.

En 2016, la victoire d'Ellen Claremont s'était jouée à peu de chose et le plus dur à encaisser avait été sa défaite au Texas, qui faisait d'elle la première présidente depuis Nixon à accéder à la Maison-Blanche sans l'emporter dans son État d'origine. Même si c'était loin d'être une surprise – puisque, selon tous les sondages, le Texas semblait largement acquis au camp républicain –, jusqu'au bout, toute l'équipe de campagne de l'Acharnée de Lometa avait espéré en secret qu'elle finisse par y remporter la victoire. Malheureusement, le destin en avait voulu autrement.

Cependant, à chaque fois qu'il se penche sur les chiffres de 2016 et de 2018, circonscription par circonscription, la même intuition, la même lueur d'espoir reviennent sans cesse tarabuster Alex : il se passe quelque chose. Le vent, petit à petit, est en train de tourner – le stratège en lui en mettrait sa main à couper.

Sans vouloir paraître ingrat, ce poste à l'élaboration du programme… n'est pas aussi palpitant qu'il l'aurait cru. C'est un ouvrage de patience, qui avance à deux à l'heure et le frustre au plus haut point. Résultat, même s'il devrait s'efforcer de rester concentré et de donner du temps au temps, son attention revient sans cesse se fixer sur la fameuse pochette.

Il choisit un crayon dans le pot aux couleurs de Harvard qui trône sur le bureau de Hunter et, pour la millième fois au moins, commence à tracer des lignes sur la carte du Texas… Il cherche à modifier les frontières des circonscriptions dessinées tant d'années plus tôt par des politicards chevronnés – tous des hommes blancs de plus de cinquante ans – afin de manipuler dans leurs sens l'issue des scrutins.

Le jeune homme est en permanence poussé à agir pour le bien commun – c'est comme une étincelle toujours allumée à la base de sa nuque. Mais, lorsqu'il passe plusieurs heures par jour dans son box à trépigner, accablé par ce travail de fourmi, il se demande si ses efforts ont vraiment la moindre utilité. Alors, si seulement Alex pouvait trouver un moyen pour que les prochains résultats électoraux reflètent enfin réellement l'âme du Texas… Il est loin d'être assez qualifié pour déboulonner à lui tout seul le rideau de fer du redécoupage électoral partisan qui affecte l'État depuis tant d'années, mais que se passerait-il s'il parvenait à…

Ramené à la réalité par une série de vibrations insistantes, il finit par tirer son portable du fond de son sac.

— On peut savoir où tu es ? lance la voix de June à l'autre bout du fil.

Et merde… Alex consulte sa montre : 21 h 44. Il était censé retrouver sa sœur pour dîner il y a plus d'une heure ! Il se lève d'un bond et commence à fourrer ses affaires dans sa sacoche.

— C'est pas vrai, je suis désolé ! J'étais absorbé par le boulot, et je… j'ai complètement zappé.

— Je t'ai envoyé au moins un million de messages ! rétorque June sur un ton qui laisse à penser qu'elle est en train de composer un joli pêle-mêle sur le thème de son futur enterrement.

— Mon portable était sur silencieux, avoue-t-il, désemparé, en se ruant vers l'ascenseur. Je suis vraiment désolé, quel abruti… Je pars, à tout de suite.

— Laisse tomber, ce n'est pas grave. J'ai fini par commander à emporter. On se retrouve à la maison.

— Poussin…

— Ah non, les petits surnoms, c'est pas le moment.

— Ju…

Mais elle a déjà raccroché.

Quand il arrive à la Résidence, il trouve la jeune fille assise sur son lit. Une barquette en plastique entre les mains, sa tablette posée sur sa couette, elle mange ses tagliatelles devant un épisode de *Parks and Recreation*. Lorsqu'il passe la tête dans l'encadrement de la porte, elle fait comme si elle ne l'avait pas vu.

Aussitôt, il se retrouve transporté dans le passé, un matin de rentrée des classes. Il a huit ans, elle onze, tous deux se brossent les dents côte à côte dans la salle de bains, et lui se revoit en train de noter leurs ressemblances dans le miroir : le bout arrondi de leur nez, leurs sourcils aussi épais que rebelles, leur mâchoire carrée – héritée de leur mère. Ce jour-là, c'est leur père qui avait dû tresser les cheveux de June car leur mère n'avait pas pu revenir de Washington pour l'occasion. Alex se rappelle comme si c'était hier avoir longuement étudié l'expression de sa sœur – la même que celle qui s'étale sur le visage de June en cet instant précis : un masque de déception dissimulée avec le plus grand soin.

Il tente une nouvelle fois de faire amende honorable :

— Je suis désolé. Je me sens super mal, j'ai été vraiment nul sur ce coup. S'il te plaît, dis-moi que tu ne m'en veux pas.

Elle continue de mâcher son repas sans quitter des yeux le personnage de Leslie Knope qui pérore gaiement à l'écran.

— On peut déjeuner ensemble demain, si tu veux, propose son frère en désespoir de cause. C'est moi qui t'invite.

— Arrête un peu, Alex… Ce n'est pas le repas, le problème.

— Alors qu'est-ce que tu veux que je fasse ? soupire-t-il.

Elle se décide enfin à le regarder en face :

— Je voudrais que tu ne répètes pas les erreurs de maman.

Puis elle referme sa barquette de pâtes, se lève de son lit et traverse la pièce. Le jeune homme lève les deux mains en signe de reddition.

— O.K… Hmm… parce que c'est ça qui est en train de se passer ?

— En fait… (Mais elle s'interrompt soudain.) Non, laisse tomber, je n'aurais pas dû te dire ça.

— Si, si, ça avait l'air important, insiste Alex avant de poser son sac à bandoulière à ses pieds pour s'avancer dans la chambre. Tu ne veux pas me dire ce que tu as sur le cœur, tout simplement ?

La jeune fille se retourne vers lui, croise les bras et s'adosse contre la commode.

— Je ne comprends pas que tu ne voies pas le problème. Tu ne dors jamais, tu te lances sans arrêt dans des nouveaux projets, tu laisses maman se servir de toi comme elle veut, les tabloïds ne te lâchent pas, tu…

— Mais June, j'ai toujours été comme ça, l'interrompt-il avec douceur. Je veux faire carrière en politique, tu le sais parfaitement. Je me lance dès que j'aurai décroché mon diplôme… dans un mois à peine, maintenant. Je sais dans quoi je m'engage, c'est exactement la vie que j'ai choisie…

— Ben peut-être que tu te trompes de vie !

Il recule d'un pas, décontenancé. Elle continue de le dévisager en se mordillant les lèvres.

— Mais qu'est-ce que tu racontes ? s'étonne-t-il. Ça sort d'où, ça ?

— Alex ! Arrête un peu.

Alors là, il ne voit pas du tout où elle veut en venir…

— Enfin… Jusqu'ici, tu m'as toujours soutenu, non ?

D'un geste si emphatique qu'il fait trembler l'énorme cactus en pot juché sur le meuble, June lève les bras au ciel et se met à crier :

— Sauf que jusqu'ici, tu ne te tapais pas le prince d'Angleterre en personne, putain de bordel !

Voilà qui suffit à clouer le bec d'Alex. Il s'avance vers le coin salon installé devant la cheminée pour se laisser tomber dans le plus profond des deux fauteuils. Sa sœur le regarde faire sans mot dire, les joues rouge pivoine.

— Nora t'a tout raconté, murmure-t-il.

— Quoi ? Non, jamais elle ne ferait une chose pareille. Au passage, d'ailleurs, ça craint bien comme il faut de t'être confié à elle mais pas à moi. (Elle croise à nouveau les bras sur sa poitrine.) Désolée, j'ai fait tout ce que je pouvais pour te donner du temps, pour te laisser aborder le sujet le premier de toi-même mais… Sérieux, Alex, tu t'attendais à ce que je continue à faire semblant de gober tes salades longtemps ? Toi et moi, on fait toujours des pieds et des mains pour esquiver les apparitions à l'étranger et là, d'un seul coup, tu passes ta vie à les accepter ? Et surtout, au cas où tu l'aurais oublié : je vis de l'autre côté du couloir grosso modo depuis que tu es né, je te signale !

Incapable de détacher les yeux du bout de ses chaussures, le garçon scrute le tapis qui orne la pièce – une merveille milieu du XXe siècle méticuleusement triée sur le volet par sa sœur.

— Alors… tu m'en veux à cause de Henry ?

June émet une espèce de bruit étranglé et, lorsqu'il relève la tête, il la découvre en train de fouiller dans le tiroir supérieur de sa commode.

— Sérieusement, c'est pas possible d'être en même temps aussi con et aussi intelligent ! s'étouffe-t-elle en tirant un magazine de sous un fatras de sous-vêtements.

Le jeune homme s'apprête à rétorquer qu'il n'est pas d'humeur à feuilleter les tabloïds quand elle lui jette carrément la revue entre les mains. C'est un vieux numéro de

Seventeen, ouvert à la page centrale. Dessus, il tombe nez à nez avec la fameuse photo de Henry à treize ans.

Alex relève aussitôt les yeux.

— Attends, tu étais au courant ?

— Bien sûr que oui ! enrage-t-elle avant de s'affaler, avec un sens théâtral très sûr, dans le fauteuil en face du sien. Tu laissais tout le temps tes petites empreintes de doigt toutes crasseuses dessus ! Je me demande bien pourquoi tu as toujours l'air de t'imaginer que personne ne remarquera tes petites manigances ! (Elle pousse un soupir excédé.) Je n'avais jamais vraiment… capté ce qu'il représentait pour toi – pas au début en tout cas. Mais ça y est, j'ai fini par percuter. Je croyais que tu avais simplement flashé sur lui, ou que je pouvais t'aider à te faire un ami, mais… Alex… On rencontre tellement de personnes dans une vie. Et, toi et moi, encore plus – des milliers… Et parmi eux, il y a un paquet d'abrutis et un tas de gens incroyables, extraordinaires. Mais je ne rencontre presque jamais personne que je puisse imaginer avec toi, avec qui je me dis que ça pourrait marcher. Tu te rends compte ? (Elle effleure du bout des doigts le genou du jeune homme, vernis rose pâle sur chino bleu marine.) Tu es tellement compliqué, tu as tellement de facettes différentes que c'est presque impossible de trouver quelqu'un qui te corresponde. Mais Henry est comme toi, il est comme toi ! Tu piges, espèce de demeuré ?

Les yeux ronds comme des soucoupes, Alex la fixe un moment en tentant d'assimiler ce qu'il vient d'entendre.

— J'ai l'impression que tu projettes sur moi ton délire romantique étoiles dans les yeux, choisit-il de répliquer au bout d'un moment.

June ôte aussitôt la main de la jambe de son frère et le foudroie du regard.

— Tu sais, ce n'est pas Evan qui a rompu, c'est moi. Le plan de départ, c'était de partir avec lui en Californie, de vivre sur le même fuseau horaire que papa et de me trouver un poste au *Courrier de Sacramento* ou je ne sais où. Mais j'ai renoncé à tout ça pour venir vivre ici, parce que c'était la bonne décision à prendre. J'ai fait comme papa : je suis allée là où on avait le plus besoin de moi, je me suis montrée responsable.

— Et… tu regrettes ?

— Non… Enfin, je n'en sais rien. Je ne crois pas. Seulement, de temps en temps, je m'interroge. Je sais que papa aussi a ses doutes. Mais toi, Alex, tu n'es pas obligé de te prendre la tête avec ça. Tu n'as pas à répéter les erreurs de nos parents. Henry, tu pourrais le garder – et trouver quand même un moyen pour que le reste suive. (Sa sœur fait à présent peser sur lui un regard pénétrant, plein de patience.) Parfois, je te jure, on dirait que tu ne tiens pas en place, que tu es continuellement sur les charbons ardents pour pas grand-chose. Si tu continues comme ça, tu vas t'épuiser, te brûler les ailes.

Il se renfonce dans son fauteuil sans cesser d'en triturer la couture de l'accoudoir.

— Alors… quoi ? Tu veux que je renonce à la politique pour aller jouer les princesses ? Pas très féministe de ta part, si je peux me permettre.

June lève les yeux au ciel.

— D'une, le féminisme, ce n'est pas comme ça que ça marche. Et de deux, ce n'est pas du tout ce que je voulais dire. Ce que je… Enfin, voilà : et s'il y avait plus d'un domaine où tu pouvais mettre tes compétences à profit ? Tu y as déjà pensé ? Ou plus d'un chemin pour arriver à tes fins, pour faire une vraie différence sur cette terre ?

— Tu m'as perdu, là.

Elle s'absorbe un instant dans la contemplation de ses ongles manucurés.

— Bah… Prends mon idée de travailler au fameux *Courrier de Sacramento*, par exemple : en fait, ça n'aurait jamais marché. C'était mon rêve avant l'élection de maman, mais le genre de journalisme que je voulais faire, c'est précisément celui où une fille de présidente n'aura jamais aucune chance de percer. Sauf que le monde est bien meilleur avec Ellen Claremont dans le Bureau ovale que sans, alors il n'y a pas à hésiter : en ce moment, je me cherche un nouveau rêve, un rêve bien mieux que le précédent, du coup. (Ses grands yeux bruns – la marque de fabrique des Diaz – fixent Alex sans hésitation.) Alors, je ne sais pas, moi… Il y a peut-être plus d'un avenir idéal, pour toi – ou, en tout cas, plus d'un chemin qui permet d'y parvenir.

Sur ces belles paroles, avec un haussement d'épaules un peu bancal, la tête penchée sur le côté, sa sœur fouille son visage du regard sans s'en cacher. June a beau souvent rester un mystère aux yeux du jeune homme – un véritable écheveau d'émotions et de motivations complexes –, c'est une fille honnête et droite. Elle correspond à vrai dire étonnamment à l'idée qu'Alex se fait, au plus profond de lui-même, de l'idéal du Sud éternel tel que sanctifié par la tradition : toujours généreuse, chaleureuse et sincère, fiable et dure à la tâche – un véritable phare dans la nuit. Aussi désintéressée que spontanée, elle ne veut que son bonheur, tout simplement. Et le garçon se rend bien compte qu'elle essaie sans doute d'avoir cette conversation avec lui depuis un sacré bout de temps.

Il reporte son attention sur le magazine et sent aussitôt le coin de ses lèvres s'incurver vers le haut. Il n'en revient pas que June ait gardé cette revue toutes ces années.

— Il a l'air tellement… différent, dit-il après un long moment passé à admirer l'air de facilité et l'assurance innée, encore intacte, du petit Henry sur l'image. Je veux dire, évidemment qu'il a changé… Mais regarde sa façon de se tenir à l'époque…

Du bout des doigts, il effleure, sur la page, au même endroit qu'autrefois, les cheveux du prince dorés sous le soleil. Sauf qu'aujourd'hui, il en connaît intimement la texture. Ce portrait, c'est la première fois qu'il le revoit depuis qu'il sait ce qui est arrivé au Henry insouciant de la photo.

— Quand je pense à tout ce qu'il a traversé, j'ai envie de mordre, parfois. C'est quelqu'un de bien. Il se soucie vraiment des gens qui l'entourent, il s'accroche, il essaie de faire ce qui est juste. Ce qui lui est tombé dessus, il ne le méritait vraiment pas.

— Et ça, est-ce que tu le lui as déjà dit ? demande June en se penchant vers l'image à son tour.

Alex toussote, gêné.

— On ne… Comment dire ? On ne parle pas vraiment de ce genre de chose.

June, qui a rarement entendu des inepties pareilles, manifeste sa réprobation en expulsant bruyamment de l'air entre ses lèvres. Son irrévérence détend l'atmosphère un grand coup : Alex est pris d'un tel fou rire qu'il en glisse de son fauteuil.

— Non mais les mecs, je te jure ! grommelle June. Zéro vocabulaire émotionnel ! Quand on pense que nos ancêtres ont survécu à des siècles de guerres, de pestes et de génocides, tout ça pour se coltiner un loser pareil ! (Pour appuyer sa déclaration, elle jette un gros oreiller sur son frère, qui se met à hurler de rire, cette fois, quand le projectile l'atteint en plein visage.) C'est à lui que tu devrais raconter tout ça, pas à moi !

— Tu t'es crue dans un roman de Jane Austen ? C'est ma vie, je te signale ! s'écrie-t-il.

— Ben écoute, ce n'est pas ma faute, à moi, si Henry est un mystérieux gentleman qui s'est retiré loin du monde, et toi l'impétueuse ingénue qui lui a tapé dans l'œil…

Hoquetant de rire, Alex tente de s'échapper à quatre pattes mais sa sœur l'attrape par la cheville et lui abat un autre oreiller sur la tête. Le jeune homme s'en veut toujours de lui avoir fait faux bond, mais pas de doute : tout est oublié. D'autant qu'il est bien décidé à se rattraper…

Ils se disputent ensuite la meilleure place sur le grand lit à baldaquin, où ils finissent par se pelotonner. June oblige son frère à lui raconter comment c'est de sortir avec un authentique prince charmant.

Et voilà… Elle sait tout. Elle connaît son secret et s'en fiche et le serre dans ses bras comme avant. Il ne comprend qu'une fois sa terreur envolée à quel point il craignait la réaction de la jeune fille.

Ensuite, elle relance sa série. Pendant qu'elle demande aux cuisines qu'on leur fasse monter un pot de crème glacée, il repense aux paroles qu'elle a prononcées : *« Tu n'as pas à répéter les erreurs de nos parents. »* C'est que June n'avait encore jamais mentionné leur père dans ce type de contexte… Il a toujours su qu'au fond d'elle, elle en voulait à leur mère : de les avoir catapultés à la place qu'ils occupent désormais dans le monde, de les avoir privés d'une vie normale et de s'être placée hors de leur atteinte, d'une certaine façon. Mais il s'aperçoit à présent que June – même si elle a fini par l'accepter pour pouvoir avancer – a autant souffert que lui du départ de leur père. Et que le ressentiment qu'elle éprouve à l'égard de leur mère est, lui, encore très vivace.

Malgré tout, elle se trompe assez largement sur son compte : à ce stade, il ne se sent pas spécialement forcé de choisir entre Henry et la politique, du moins pas encore. Il n'a pas non plus la sensation que ses projets de carrière vont trop vite pour lui. Il n'y a qu'un seul hic… La pochette « Texas » – sans oublier, d'ailleurs, les dizaines d'autres États, les millions d'électeurs qui ont bien besoin d'un champion. Il ne parvient pas à chasser de son esprit cette intuition obsédante, comme une étincelle qui crépite en permanence à la base de son crâne, cette sensation qu'il a que sa soif d'agir pourrait encore être affûtée, mieux mise à profit.

L'alternative, à vrai dire, ce serait d'envisager un master en droit. Ou, au moins, de passer, pour commencer, les tests d'admission – ensuite, il serait toujours temps de se décider…

Or, à chaque fois qu'il l'ouvre, la pochette « Texas » s'impose au jeune homme comme un sacré bon argument en faveur de cette option-là. Poursuivre ses études, il sait bien que ses parents sont pour : ils préféreraient qu'il ne plonge pas trop tôt tête la première en politique. Pourtant, jusqu'à présent, Alex a toujours refusé cette option. Lui, il n'attend pas que ça se passe : dès qu'il peut, il y va. Il n'est pas du genre à s'appliquer, à laisser du temps au temps, à faire ce qu'on lui demande…

Jusqu'ici, pour être franc, il n'a jamais regardé très loin, jamais vraiment considéré d'autres voies que celles qu'il avait là, juste sous les yeux. Mais peut-être qu'il devrait…

Il soupire, se racle la gorge :

— Au fait, le moment me semble plutôt bien choisi pour te signaler que le meilleur ami de Henry (qui, pour rappel, est un sacré beau gosse plein aux as) est… euh… bah fou amoureux de toi. Tu sais, un mélange de génie millionnaire et de philanthrope excentrique – un genre de fantasme complètement improbable. Tout à fait ton genre, non ?

— Pitié, tais-toi ! rétorque sa sœur en lui confisquant le pot de crème glacée pour la peine.

Une fois June dans la confidence, le cercle de ceux qui savent s'élargit à sept, pas un de plus.

Avant Henry, la plupart des histoires d'Alex depuis son installation à la Maison-Blanche se résumaient à des aventures d'un soir. *Modus operandi* ? L'un de ses deux gardes du corps attitrés confisquait le portable de l'élue du jour à l'entrée, pour le lui rendre à la sortie contre une signature au bas d'un accord de confidentialité. Amy s'acquittait de cette tâche mécaniquement, avec un professionnalisme impeccable, Cash avec une mine réjouie de capitaine de croisière. Ces deux-là, impossible pour le jeune homme de ne pas les mettre dans la boucle…

Shaan, lui aussi, est de mèche. Parmi le personnel de la couronne, c'est d'ailleurs le seul à savoir que Henry est gay (en dehors de son psy). L'écuyer se fiche bien, au fond, des préférences sexuelles du prince, tant qu'elles ne lui attirent pas d'ennuis. C'est un professionnel accompli, toujours tiré à quatre épingles dans des costumes Tom Ford taillés à la perfection : il en faudrait bien plus pour lui faire perdre son flegme légendaire. Il éprouve une véritable affection pour son protégé, qu'il bichonne comme sa plante d'intérieur favorite. S'il est au courant, c'est par absolue nécessité, comme pour Amy et Cash.

Ensuite, il y a Nora, bien sûr, qui continue de prendre un petit air satisfait, voire suffisant, à chaque fois que le sujet revient sur la table. Et Béa, qui a découvert le pot aux roses en tombant, bien malgré elle, sur une de leurs sessions FaceTime « classées X » un soir où elle débarquait sans méfiance dans la chambre de son frère. Un grand moment de solitude qui a laissé Henry rouge comme une tomate et incapable de bégayer plus de trois mots d'affilée. Le pauvre a ensuite passé près de deux jours le regard dans le vague, un air de grand traumatisé sur le visage.

Pez, enfin, semble avoir été dans le secret depuis le tout début, ce qui n'a rien d'étonnant : il est probable qu'il ait exigé une petite explication quand son ami l'a obligé à fuir les États-Unis en pleine nuit, le soir où le prince a fourré sa langue dans la bouche d'Alex au beau milieu du jardin Jacqueline-Kennedy.

C'est d'ailleurs Pez qui décroche quand le jeune Texan appelle un jour Henry à 4 heures du matin – heure de la côte est – en espérant le surprendre en plein petit-déjeuner. Le petit-fils de la reine profite de quelques jours de vacances dans l'une des propriétés familiales, à la campagne, tandis qu'Alex suffoque sous le poids de sa dernière semaine à l'université, celle des examens. L'Américain a dégainé son portable sans chercher à comprendre pourquoi apaiser sa migraine exige impérativement la contemplation d'images reposantes du prince une tasse de thé à la main, dans le cadre douillet et pittoresque d'un flanc de coteau aussi luxurieux que verdoyant.

— Alexander, mon canard ! le salue l'entrepreneur dès qu'il apparaît à l'écran. Comme c'est gentil de ta part de prendre des nouvelles de tata Pezza en ce magnifique dimanche matin !

Enveloppé d'un pashmina rayé et coiffé d'une capeline de paille à si larges bords que c'en est presque comique, le philanthrope lui décoche un rictus étincelant depuis ce qui ressemble au siège passager d'une voiture de luxe. Alex ne peut s'empêcher de lui rendre son sourire :

— Salut, Pez ! Qu'est-ce que vous faites de beau ?

— On est juste sortis admirer les panoramas du Carmarthenshire, lui explique le mécène multimillionnaire avant de tourner son téléphone vers le siège du conducteur. Eh, Henry, dis bonjour à ta greluche !

— Bonjour, ma greluche ! lance le Britannique, qui quitte un instant la route des yeux pour faire un clin d'œil à la caméra.

Dans sa chemise en lin gris pâle dont il a relevé les manches, il a l'air frais et reposé. Rien que de savoir que quelque part au pays de Galles, Henry a pu savourer au moins une bonne nuit de sommeil, Alex se sent déjà un peu plus détendu.

— Qu'est-ce qui se passe, cette fois ? Pourquoi est-ce que tu es encore debout à une heure pareille ? continue le prince.

Allongé sur son matelas, le jeune Texan roule sur le côté en plissant les yeux pour mieux voir l'écran.

— Partiel d'éco… Putain d'examens de dernière année ! Mon cerveau est en surchauffe.

— Tu ne peux pas piquer une oreillette à tes gardes du corps et passer ton exam avec Nora à l'autre bout de la ligne ?

— Je peux y aller à ta place, si tu veux, propose Pez en tournant de nouveau le téléphone vers lui. Les gros chiffres, ça me connaît.

— Mais oui, Superman, rien ne t'arrête, on est au courant, intervient le prince hors champ. Pas la peine de remuer le couteau dans la plaie…

Alex pousse un petit rire. Dans le dos du jeune philanthrope, il voit un petit coin du pays de Galles défiler par la fenêtre, spectaculairement escarpé.

— Au fait, Henry, tu veux bien me redire le nom de la propriété où vous logez ?

Pez tourne le portable vers sa droite, juste à temps pour saisir le demi-sourire de son voisin.

— Llwynywermod.

— Pardon ?

— Llwynywermod !

— Complètement imprononçable… grommelle Alex.

— Ah… Je me demandais quand vous alliez commencer à vous raconter des cochonneries ! s'exclame le passager. Mais je vous en prie, continuez…

— Oh, tu risques de regretter d'avoir dit ça… l'avertit l'Américain.

— Ah oui ? (L'image revient sur l'intéressé.) Et si je mettais ma bi…

— Pez ! Pitié… le coupe instantanément la voix de Henry tandis qu'une main à l'auriculaire orné d'une chevalière vient couvrir la bouche du plaisantin. Alex, puisque je te dis qu'il n'a aucune limite, ne le provoque pas ! Rien ne l'arrête, ce n'est pas une blague : tu vas juste réussir à nous envoyer dans le décor.

— Pour bien commencer la matinée, ce serait sympa, justement ! ironise gaiement le jeune Texan. Bon, sinon, vous avez quoi de prévu aujourd'hui ?

Pez parvient à se dégager en léchant la paume de Henry et continue aussitôt sur sa lancée.

— Alors… D'abord, batifoler tout nus dans les collines pour faire peur aux moutons, ensuite, rentrer à la maison pour notre rituel quotidien : thé, biscuits et séance d'autoflagellation histoire de se lamenter chacun à son tour sur la froideur des Claremont-Diaz… Enfin surtout moi, du coup, parce que j'aime mieux te dire, Alex, que depuis que vous sortez ensemble, eh ben il a changé de disque, le bonhomme. Finies les cuites au cognac, la déprime générale et les jérémiades interminables : « Ah, est-ce qu'un jour ils finiront enfin par nous regarder ? » Gna gn…

— Mais ne lui raconte pas ça, enfin ! s'écrie le conducteur, au bord de l'apoplexie.

— Non, ces temps-ci, c'est juste moi et ma douleur… Je supplie Henry : « Dis-moi quel est ton secret, ô maître ! », et lui me répond : « Écoute, je passe mon temps à l'insulter et, étrangement, ça a l'air de marcher. »

— Dernière sommation, Pez, tu vas rentrer à pied ! rugit le prince en voix off.

— Bah ça, sur June, ça ne donnera rien, crois-moi… marmonne Alex.

— Attends, attends, laisse-moi prendre de quoi noter !

Il s'avère que les deux compères passent leurs vacances à plancher sur divers projets caritatifs. Depuis plusieurs mois déjà, Henry évoque leurs plans d'expansion à l'international. Les voilà qui s'apprêtent, à présent, à lancer trois programmes d'aides aux réfugiés en Europe de l'Ouest, deux cliniques spécialisées dans le traitement du VIH – l'une à Nairobi, l'autre à Los Angeles –, et plusieurs foyers d'accueil pour mineurs LGBT dans pas moins de quatre pays différents. Le programme est très ambitieux, mais comme le prince s'obstine à ne couvrir ses dépenses personnelles qu'avec l'héritage qu'il tient de son père, son allocation royale demeure, encore et toujours, intacte. Il est donc bien décidé à ne la consacrer qu'à ce type de causes.

À mesure que le soleil se lève sur la capitale américaine, le jeune Texan se recroqueville autour de son oreiller et de son téléphone. Il a toujours rêvé de changer les choses, de laisser une trace derrière lui, une empreinte sur le monde même, qui sait. Et, à l'évidence, c'est aussi le cas de Henry. Cette idée a quelque chose d'enivrant, pour être honnête… Mais tout va bien, tout va bien – Alex est juste un peu en manque de sommeil.

Au final, ses examens se déroulent sans heurts particuliers, sans tout le barnum qu'il s'était imaginé. Une petite semaine de bachotage et d'oraux, le nombre habituel de nuits blanches, et hop, c'est terminé !

Ses quatre années à l'université, à vrai dire, lui ont semblé filer de la même manière, à toute vitesse. En permanence isolé par la notoriété, étroitement surveillé par son équipe de sécurité, Alex n'en aura pas retiré les mêmes avantages ni les mêmes expériences que les autres étudiants. Pour lui, pas de tampon sur le front pour fêter sa majorité au *Tombs* – l'éminent bar de Georgetown – le soir de son vingt et unième anniversaire. Pas non plus de saut de l'ange dans le bassin de la célèbre fontaine Dahlgren. Parfois, c'est presque comme s'il n'avait jamais vraiment fréquenté le prestigieux établissement, mais s'était plutôt farci en accéléré toute une ribambelle de cours et de séminaires donnés, par pure coïncidence, dans une zone géographique approchante.

Quoi qu'il en soit, il assiste à sa cérémonie de remise des diplômes et, quand vient son tour de monter sur l'estrade, l'auditorium entier se lève pour l'applaudir – drôle de sensation mais, en même temps, plutôt cool. Ensuite, une bonne dizaine de ses camarades de promotion demande à prendre une photo avec lui. Tous le connaissent de nom, alors qu'ils n'ont jamais parlé ensemble jusque-là. En prenant la pose avec eux, tout sourires, devant les iPhone de leurs parents, il se demande s'il n'aurait pas dû essayer.

Quand il monte à l'arrière de la limousine qui doit le ramener chez lui, avant même qu'il n'ait ôté sa toge et son mortier, ses alertes Google l'attendent déjà sur son téléphone : « En direct de Georgetown : Alex Claremont-Diaz décroche une licence en administration publique avec les félicitations du jury ».

Une grande réception est donnée en son honneur dans les jardins de la Maison-Blanche. En robe longue surmontée d'un blazer, Nora l'accueille avec un sourire mutin en lui déposant un baiser sur la joue.

— Et voilà, le benjamin du Trio a enfin terminé ses études ! lui lance-t-elle, radieuse. Et sans même avoir eu besoin de soudoyer un seul de ses profs à coup de faveurs politiques ou sexuelles, c'est dire !

— Je pense que je risque quand même de hanter leurs cauchemars encore un bon bout de temps... répond le héros du jour.

— C'est ça, votre vision de la fac ? Vous avez vraiment un truc qui ne tourne pas rond, tous les deux, marmonne June – qui a la larme à l'œil – pour masquer son émotion.

Parmi les invités se côtoient un mélange d'amis de la famille et de ténors de la politique – à commencer par Rafael Luna, qui relève à la fois des deux catégories. L'air fatigué mais toujours aussi beau gosse, il est en grande conversation avec le vice-président, le grand-père de Nora, à côté du bar à ceviche. Le père d'Alex est là aussi, tout juste débarqué de Californie. Joliment bronzé après une longue randonnée dans le parc national de Yosemite, il ne cache ni sa bonne humeur ni sa fierté. Zahra, quant à elle, offre au jeune homme une carte où s'étale l'inscription : « Félicitations ! Pour une fois, tu as fait ce qu'on attendait de toi ! » et passe très près de le pousser dans le bol de punch lorsqu'il essaie de la serrer dans ses bras.

Au bout d'une bonne heure, le portable d'Alex vibre contre sa cuisse. Quand il fait mine d'y jeter un coup d'œil, June, qui est en plein au milieu d'une phrase, lui lance un regard offusqué. Il s'apprête donc à ranger son téléphone sans lire le contenu du message quand tintements et sonneries se multiplient soudain partout dans les jardins. Tout autour d'eux, les convives s'animent les uns après les autres et tirent iPhone et BlackBerry de leurs poches.

Le SMS vient de Hunter : Jacinto va donner une conférence de presse. Apparemment, il retire sa candidature aux primaires républicaines. Donc c'est officiel, ce sera Claremont contre Richards à l'élection.

— Et merde… s'exclame Alex en montrant l'écran à sa sœur.

— Bon, bah la fête est finie.

Elle n'a pas tort. En moins d'une minute, la moitié des tables se sont vidées : élus au Congrès et membres des équipes de campagne ont déserté leurs chaises pour s'agglutiner par petits groupes autour de leurs portables.

— Euh… Ils n'en feraient pas un peu des caisses, là ? marmonne Nora en suçant une olive plantée sur un cure-dents. Tout le monde savait que Jacinto finirait par retirer sa candidature et laisser la nomination à Richards. Mille dollars qu'ils ont séquestré ce pauvre gars dans une pièce sans fenêtre pour lui attaquer la bite à la perceuse jusqu'à ce qu'il accepte de jeter l'éponge.

Mais Alex ne l'écoute déjà plus. Un mouvement soudain à l'entrée de la palmeraie a attiré son regard : son père et Luna – le second traîné de force par le premier – disparaissent par la petite porte latérale qui mène au bureau de la gouvernante.

Il abandonne sa flûte de champagne entre les mains des filles et, feignant de consulter son téléphone, il fait un large détour pour s'approcher sans en avoir l'air de la Résidence. Une fois au pied du bâtiment, il s'arrête juste le temps de peser le pour et le contre (en l'occurrence, est-ce que les récriminations que va lui faire le service blanchisserie en valent vraiment la peine ?) avant de s'enfoncer dans les buissons qui bordent le mur.

Il y a une vitre défectueuse au bas de la troisième fenêtre ouverte dans la paroi sud du bureau de la gouvernante. L'un des carreaux, mal fixé, est légèrement sorti de son cadre – assez pour compromettre l'intégrité du joint qui l'entoure, censément insonorisé et à l'épreuve des balles. Deux autres des vitres de la Résidence présentent ce même défaut. Alex les a toutes découvertes au cours des six premiers mois qu'il a passés à la Maison-Blanche : avant que June ne décroche son diplôme et que Nora n'obtienne son transfert à l'université George-Washington, il était seul et désœuvré, sans rien de mieux à faire qu'explorer les moindres recoins du domaine.

Il n'a jamais parlé à personne de ces carreaux descellés : il se doutait bien qu'ils pourraient lui servir un jour.

Pourvu qu'il ne se soit pas trompé sur l'endroit où les deux hommes sont allés s'isoler... Sans se soucier de la terre qui rentre dans ses mocassins, il se faufile accroupi jusqu'à la fenêtre, trouve le joint défectueux et approche son oreille le plus près possible de la vitre. Et bientôt, malgré le bruissement des branches autour de lui, il discerne les murmures de voix tendues.

— Bon sang, Oscar... grommelle l'une des deux en espagnol – Luna. Tu l'as mise au courant ? Elle sait ce que tu m'as demandé de faire ?

Le père d'Alex répond dans la même langue... Une précaution que les deux hommes prennent, à l'occasion, quand ils s'inquiètent d'être épiés :

— Non, elle est bien trop prudente pour ça. Sur ce coup, il vaut mieux qu'elle ne sache rien.

Suivent un soupir exaspéré, un bruit de semelles qui raclent le sol.

— Déjà que je n'ai pas envie de le faire… Alors hors de question que je me jette à l'eau sans sa bénédiction ! rétorque Luna.

— Tu veux me faire croire qu'après ce que Richards a osé te faire, tu n'es même pas un peu tenté de foutre le feu à son empire ?

— Mais bien sûr que si, qu'est-ce que tu t'imagines ! Sauf que ce n'est pas si simple, et tu le sais très bien. Pense un peu aux répercussions…

— Écoute-moi, Raf, insiste Oscar. Je te connais, tu as gardé toutes les preuves. Tu n'auras même pas besoin de faire une déclaration, il suffit de faire fuiter l'info et la presse se chargera du reste. Combien tu crois qu'il y a de gamins qui…

— Arrête avec ça !

— Et combien d'autres, si on ne…

— En fait, tu es persuadé qu'elle est incapable de gagner par elle-même ! le coupe Luna. Aujourd'hui encore, après tout ce qui s'est passé, tu ne lui fais pas confiance !

— Ça n'a rien à voir. Ce coup-ci, la donne a changé.

— Laisse tomber, Oscar ! Elle remonte à plus de vingt ans, cette histoire ! Arrête un peu de me mêler à vos problèmes de couple mal réglés, là, et essaie plutôt de la gagner, cette putain d'élection ! Je ne…

Luna s'interrompt soudain. On entend le bruit d'une poignée qui tourne, d'un visiteur qui pénètre dans le couloir contigu à la pièce. Oscar, la voix blanche de colère, repasse aussitôt à l'anglais pour feindre de débattre d'un quelconque projet de loi. Mais quand il conclut, c'est de nouveau en espagnol :

— Promets-moi d'y réfléchir.

Une fois que les pas étouffés des deux hommes ont quitté le bureau, Alex se laisse glisser le long du mur jusqu'à se retrouver assis dans la terre humide. Il n'a qu'une certitude : celle d'avoir loupé un épisode.

Tout commence par une soirée de bienfaisance – smoking à revers en soie, gros chèque et nappes blanches… Tout commence, comme souvent, par un message : Gala de charité à Los Angeles le week-end prochain. Pez a dit qu'il allait dégoter des kimonos assortis pour tout le monde. Je t'ajoute à la liste ? Tu as droit à deux invités.

Alex en profite pour déjeuner avec son père – qui change sans vergogne de sujet à chaque fois que Luna revient sur le tapis –, puis se rend à la réception où il a enfin le privilège de rencontrer Béa pour la première fois. Beaucoup plus petite que son frère (ou que June, c'est dire), elle a la même bouche sensible que Henry, mais le visage en forme de cœur et les cheveux châtains de leur génitrice, la princesse Catherine. Elle porte une veste de *biker* par-dessus sa robe de soirée et Alex comprend à certains de ses gestes – identiques à ceux de sa présidente de mère – que c'est une ancienne grosse fumeuse. Quand elle lui lance un large sourire plein de malice, il comprend aussitôt qu'il a affaire à une rebelle. Décidément, ils sont faits pour s'entendre…

Le champagne coule à flots, les poignées de main se succèdent, et Pez, charmant comme toujours, prononce le discours d'usage. Aussitôt qu'il en a terminé, leurs différentes équipes de sécurité se regroupent à la sortie pour les escorter – et les voilà partis.

Dans la limousine les attendent, comme promis, six kimonos de soie assortis, chacun brodé dans le dos en hommage à un personnage de film : « FAUX DAMERON » pour la tunique bleu canard d'Alex, et « PRINCE FIONA » pour celle – vert citron – de Henry.

Ils échouent quelque part à West Hollywood, dans un bar karaoké miteux à la déco pailletée que Pez a déniché on ne sait trop comment. Les néons étincellent assez pour donner à la soirée un air de spontanéité, même si leur service de sécurité, Cash en tête, a passé la dernière demi-heure avant leur arrivée à inspecter l'établissement et à prévenir personnel comme clients que les photos sont formellement interdites. Au comptoir, le barman ou la barmaid – *lipstick* rose à la pose irréprochable et début de barbe à peine visible sous son épais fond de teint – aligne sur le comptoir à la vitesse de l'éclair cinq shots et un soda décoré d'une rondelle de citron.

— Oh non… s'écrie Henry les yeux fixés sur le fond de son verre vide. Il y avait quoi, là-dedans ? De la vodka ?

— Absolument ! confirme Nora.

À cette nouvelle, Pez et Béa sont tous les deux pris d'un fou rire.

— Qu'est-ce qu'il y a ? s'étonne Alex.

— Non, rien… le rassure le prince. C'est juste que je n'en avais pas bu depuis l'université. Ça me rend… euh…

— Flamboyant ? propose son meilleur ami. Désinhibé ? Lubrique ?

— Marrant ? suggère sa sœur.

— Moi ? se récrie l'objet de ces spéculations. Mais je suis toujours marrant, ma petite dame ! Je suis un mec désopilant, même ! Tu veux passer un bon moment : tu m'appelles !

— Excusez-moi, lance le jeune Texan à la cantonade, vous pourriez nous resservir la même chose, s'il vous plaît ?

Béa pousse un cri de ravissement, Henry, hilare, esquisse le « V » de la victoire et, en un clin d'œil, la soirée entière se fait floue, ouatée et pleine de chaleur, exactement comme Alex les aime.

Ils vont tous s'affaler sur une banquette en arc de cercle, à la table qui leur est réservée. Dans la lumière tamisée, les faisceaux des boules à facettes jouent sur les pommettes du prince, creusent son visage d'ombres vertes et bleues. Les deux jeunes gens gardent leurs distances – c'est plus sage –, mais l'Américain ne peut détacher les yeux de Henry, à moitié torché, un grand sourire aux lèvres, dans son costume à deux mille dollars et son kimono brodé. Alex n'a tout simplement jamais rien vu de pareil… Il demande une bière pour apaiser sa soif.

Une fois la soirée sur les rails, c'est Béa qui prend le micro la première – impossible de déterminer comment ils parviennent à l'en persuader. Après avoir trouvé une couronne en plastique dans la malle à accessoires placée sur la scène, la princesse fait un malheur avec une reprise de la chanson de Blondie, *Call Me*. Comme ils multiplient tous les cinq cris d'encouragement, bravos et sifflements admiratifs, le bar entier finit par se rendre compte qu'il y a bien, à l'une des tables poisseuses de ce petit karaoké, deux membres de la famille royale britannique, un jeune mécène multimillionnaire et le Trio de la Maison-Blanche au grand complet, tous revêtus d'un arc-en-ciel de soie bariolée. Il n'en faut pas davantage pour que trois tournées de shots fassent leur apparition devant eux… offertes, l'une, par les participantes – passablement éméchées – à un enterrement de vie de jeune fille, l'autre, par un petit groupe de lesbiennes à l'air morose accoudées au zinc, et la dernière, par toute une tablée de drag-queens. Quand ils portent un toast à la cantonade en remerciement et trinquent tous ensemble, Alex se sent soudain plus bienvenu dans ce boui-boui qu'il ne l'a jamais été nulle part de sa vie entière, y compris dans les rassemblements destinés à célébrer les victoires politiques de sa mère ou de son père.

C'est au tour de Pez, ensuite, de monter sur scène pour pousser la chansonnette. À peine s'est-il lancé sans retenue dans les premières notes de *So Emotional* que la boîte entière se lève d'un bond pour hurler son approbation, sidérée par l'aisance du jeune homme dans les aigus – par la justesse des vocalises qui ont fait, en son temps, la gloire de Whitney Houston. Éberlué, Alex se tourne vers Henry, qui se contente de hausser les épaules en riant de bon cœur.

— Quand je te dis que rien ne l'arrête ! hurle le prince pour se faire entendre au milieu du tumulte.

June regarde ce numéro bouche bée, les deux mains plaquées sur les joues. Elle finit par se pencher vers Nora pour crier d'une voix pâteuse :

— C'est pas possible… Il… Il me fait un de ces… un de ces effets…

— On est d'accord !

— Je meurs d'envie de… de mettre mes doigts dans sa bouche, gémit la jeune journaliste, horrifiée.

Son amie pousse un petit rire et hausse les sourcils d'un air appréciateur.

— Est-ce que je peux te donner un coup de main ?

Tandis que Pez fait monter June sur scène avec lui, Béa, qui en est à son cinquième soda citron, décline poliment le shot qu'on lui tend. Alex s'en empare et le descend cul sec. La brûlure de l'alcool dans sa gorge fait naître un sourire sur son visage. Il écarte un peu plus les jambes et, sans qu'il ait eu conscience de le tirer de sa poche, son portable se retrouve dans sa main. Il tape discrètement un message pour Henry sous la table.

Eh… ça te dirait de faire une connerie ?

Il regarde le Britannique sortir son propre téléphone, sourire, puis fixer son correspondant droit dans les yeux en haussant un sourcil inquisiteur.

Le karaoké, c'est déjà pas mal, non ? Tu penses à quoi ?

Quand la réponse d'Alex lui parvient quelques secondes plus tard, la bouche du prince s'entrouvre comme celle d'un flétan – l'ivresse, la surprise et le désir se combinent sur son visage en une expression pas complètement flatteuse, à vrai dire. Un petit sourire aux lèvres, l'Américain se renverse contre la banquette en prenant bien soin de saisir le goulot de sa bière entre ses lèvres humides d'un air plus que suggestif. Les yeux de Henry lui sortent de la tête. D'une voix une bonne octave plus haute que d'habitude, il lance :

— Bon bah, euh… Je vais au petit coin, je reviens !

Et de s'éclipser au nez et à la barbe du reste du groupe – trop occupé, pour sa part, à admirer la prestation de Pez et de June. Alex se donne le temps de compter lentement jusqu'à dix avant de se glisser tant bien que mal devant Nora pour filer aux toilettes. Il échange un regard avec Cash, appuyé contre un mur, un boa rose fuchsia vaillamment enroulé autour du cou. Même s'il lève les yeux au ciel, le garde du corps se détache de la paroi pour venir se poster devant la porte des sanitaires.

À l'intérieur, le prince attend Alex, les bras croisés, appuyé contre un lavabo.

— On t'a déjà dit que tu étais un démon de l'enfer ?

Le jeune Texan s'assure à deux reprises qu'ils sont bien seuls avant d'attraper Henry par la ceinture pour le pousser à reculons dans l'une des cabines.

— Mais oui, mais oui, c'est ça, cause toujours...

— Tu... tu te rends bien compte que je ne vais pas chanter pour autant ? s'étrangle le Britannique, le souffle court, tandis que son compagnon dépose une série de petits baisers le long de son cou.

— Tu crois vraiment que c'est malin de me mettre au défi là maintenant, mon chou ?

Et c'est ainsi que, trente minutes et deux tournées de shots plus tard, le prince, propulsé sur scène devant une foule en délire, se retrouve en train de massacrer *Don't Stop Me Now* de Queen, soutenu par Nora qui s'est improvisée choriste et Béa qui jette des poignées de roses pailletées d'or aux pieds de son frère. Le kimono de Henry pend sur son épaule, si bien que, dans son dos, l'inscription brodée se résume désormais à « PRINCE FION ». D'où sortent les fleurs ? Alex n'en a pas la moindre idée mais, à ce stade, poser la question ne servirait pas à grand-chose. De toute manière, il n'entendrait pas un traître mot de la réponse : il vocifère de toute la force de ses poumons depuis deux bonnes minutes déjà.

« *I wanna make a supersonic woman of youuu!* » brame Henry en se jetant de côté pour attraper Nora par les poignets. « *Don't stop me! Don't stop me! Don't stop me!* »

La salle entière reprend après lui : « *Hey, hey, hey!* » D'une main, Pez aide June à monter sur une chaise et, de l'autre, il martèle le dossier de la banquette en rythme : il a l'air à deux doigts de grimper carrément sur la table.

« *Don't stop me! Don't stop me!* »

« *Ooh, ooh, ooh!* » répond Alex, les mains en porte-voix.

Dans une cacophonie de cris ponctuée de rotations du pelvis et d'un jeu de jambes éblouissant, la performance se poursuit par un solo de guitare épique et, sous les éclairs lumineux des projecteurs, il n'y a bientôt plus un seul spectateur encore assis dans le bar – comment le pourraient-ils, alors qu'un prince d'Angleterre glisse à travers la scène sur ses deux genoux, en se livrant à une démonstration d'*air guitar* à la fois enflammée et vaguement érotique ?

Lorsque Nora sort une bouteille de champagne de nulle part et commence à en arroser Henry, Alex se met à rire comme s'il avait perdu la raison et saute sur la banquette pour applaudir à tout rompre ce véritable tour de force en sifflant à s'en faire exploser les tympans. Les joues baignées de larmes, Béa semble déchaînée comme jamais. Pez, qui s'est enfin décidé à grimper sur la table, danse aux côtés de June, une grosse trace de rouge à lèvres fuchsia sur ses cheveux platine.

Alex sent qu'on le tire par le bras – c'est la princesse, qui l'entraîne jusqu'à la scène. Là, elle lui prend la main et le fait tourner sur lui-même comme une ballerine. Il glisse l'une des roses entre ses dents, et tous deux restent là à contempler Henry et à se sourire au milieu du tumulte infernal qui les entoure. Malgré tout l'alcool qu'ils ont dans le sang, le jeune Texan n'a aucune difficulté à identifier l'émotion qui rayonne de sa voisine à chaque fois qu'elle se tourne vers lui. Comme elle, il sait à quel point cette version de son frère est rare et tout simplement merveilleuse.

Couvert de champagne et de transpiration, complètement débraillé et pourtant étonnamment sexy dans son costume et son kimono qui lui collent au corps, le prince a recommencé à hurler dans le micro après s'être redressé tant bien que mal. Il relève soudain les yeux pour fixer sur Alex, debout juste devant l'estrade, un regard trouble, terriblement sensuel, accompagné d'un large sourire débridé, et chante : « *I wanna make a supersonic man outta youuuuu!* »

Le morceau terminé, les spectateurs l'acclament debout. Béa l'attend au pied de l'estrade, le sourire canaille : d'une main qui ne tremble pas, elle ébouriffe ses cheveux poisseux de champagne, avant de le ramener vers la banquette où elle le pousse tout contre Alex. Henry s'empresse d'entraîner sa sœur avec lui – tous les six retombent les uns sur les autres dans un fouillis de rires rauques et de chaussures hors de prix.

Le jeune Texan les observe un à un. Pez, son sourire immense et sa joie contagieuse, le blond presque blanc de sa chevelure qui tranche sur le velours sombre de sa peau. La cambrure de Béa, la moue effrontée qu'elle affiche en suçant la tranche de citron qui décore son verre. Les longues jambes de Nora, l'une posée sur la table, l'autre croisée par-dessus celle de la princesse, l'une de ses cuisses exposée là où sa robe s'est retroussée. Et Henry, les joues en feu, jeune et élancé, élégant et vulnérable, son visage en permanence tourné vers Alex, ses lèvres entrouvertes sans retenue sur un rire, offertes.

L'Américain se tourne vers sa sœur pour marmonner d'une voix pâteuse :

— Ah, la bisexualité, c'est vraiment pas simple. Une fresque aussi riche que complexe…

June, prise d'un gros fou rire, n'hésite pas à lui enfoncer une serviette dans la bouche pour le faire taire.

De l'heure qui suit, le garçon ne se rappellera pas grand-chose. Il a juste quelques flashs : l'arrière de la limousine, Nora et Henry qui se disputent une place sur ses genoux, un passage par le drive d'un fast-food et June qui lui détruit le tympan en hurlant : « Je veux que vous m'en mettiez une ! Oui, une grande frite… Vous m'entendez ? Mettez-m'en une ! Mais enfin, Pez, qu'est-ce qui te prend ? Arrête de te marrer ! » Puis il y a l'arrivée à l'hôtel, où trois suites ont été réservées pour eux au dernier étage, le hall d'entrée qu'Alex traverse à califourchon sur le dos incroyablement large de Cash.

Tandis qu'ils titubent le long du couloir qui mène à leurs chambres, les mains chargées de sacs de hamburgers tachés de graisse, June leur répète de se taire, moitié chuchotant, moitié criant et, comble d'ironie, ses exhortations font d'elle la plus bruyante des six. Béa, l'éternel seul membre du groupe à toujours rester sobre, choisit au hasard l'une des trois suites où elle dépose Pez et les deux Américaines – les filles dans le grand lit double, le jeune homme dans la baignoire vide. Puis elle tend à Alex la troisième clé, une lueur malicieuse au fond des yeux.

— Je peux vous laisser vous débrouiller, tous les deux ? J'ai bien envie de me rouler dans un peignoir pour tester le truc de Nora, là, les frites au milk-shake.

— N'aie crainte, Béatrice ! la rassure solennellement son frère, dont les yeux louchent légèrement. La couronne n'aura pas à rougir de notre conduite.

— Petit con, va.

Sur ces douces paroles, la jeune fille les embrasse tour à tour sur la joue avant de disparaître à l'autre bout du couloir.

Quand Alex parvient enfin à ouvrir la porte de leur chambre, Henry, secoué d'un petit rire, a déjà fourré le nez dans les mèches qui bouclent au creux de sa nuque. Ils trébuchent et se heurtent tous les deux au mur, puis chancèlent en direction du lit en abandonnant leurs vêtements les uns après les autres dans leur sillage. Une odeur de parfum de luxe et de champagne flotte autour du prince, mêlée à la fragrance bien particulière qui ne le quitte jamais – un mélange de grand air et de hautes herbes. Arrivé au bord du lit, il se presse derrière Alex, étale les paumes sur ses hanches. Le jeune Texan sent un large torse envelopper tout son dos, tourne la tête pour placer ses lèvres tout près des oreilles de son partenaire et marmonne à voix basse : « *Supersonic man out of you…* »

Henry pouffe de rire et, d'un petit coup de genou, il les envoie tous les deux basculer de côté sur le matelas. Leur chute maladroite – il faut dire que le pantalon du Britannique pend encore à l'une de ses chevilles – n'empêche pas leurs mains avides de s'emparer de poignées de vêtements et de se poser partout où elles le peuvent. Et bientôt, ça n'a plus aucune importance : les paupières du prince papillonnent avant de se refermer doucement, et Alex peut enfin l'embrasser à nouveau.

D'instinct, comme mues par la mémoire musculaire, par le souvenir du corps de Henry contre le sien, ses mains ont commencé à descendre vers le bas-ventre de son compagnon quand, soudain, le jeune Britannique les arrête.

— Attends, attends… J'y pense : avec ce qu'on a fait tout à l'heure, je suis le seul à avoir pris mon pied, ce soir. (Il laisse retomber sa tête sur l'oreiller, pose un regard d'aigle sur sa proie.) Et ça, ça ne va pas du tout.

— Ah oui, vraiment ? demande Alex, qui en profite pour lui déposer une série de baisers le long du cou, au creux de la clavicule et sur la pomme d'Adam. Et qu'est-ce que tu comptes faire pour arranger ça ?

Le prince lui glisse une main dans les cheveux, tire doucement sur les mèches.

— Il va falloir que je te donne le meilleur orgasme de toute ta vie, je ne vois que ça. Alors, tu as envie de quoi ? Que je te parle de la réforme de la fiscalité américaine pendant l'acte ? Est-ce que tu aurais une liste d'éléments de langage à me fournir ?

Et cette canaille d'afficher un sourire satisfait.

— Ça va, tu t'amuses bien ? marmonne Alex.

— Ou alors un jeu de rôle, peut-être ? Je pourrais être un joueur de lacrosse ? poursuit le Britannique dans un petit rire en enveloppant son partenaire dans ses bras pour le serrer sur son cœur. « Ô capitaine, mon capitaine ? »

— Ça, je vais te le faire regretter…

Et Alex retire tout poids à sa déclaration en levant la tête pour embrasser Henry, timidement d'abord puis avec plus de ferveur – un long baiser, lent et plein de fièvre. Peu à peu, il sent le corps de son compagnon se détendre et épouser le sien. Soudain, le prince brise encore une fois leur étreinte, le souffle court.

— Non, attends, dit-il. En fait, j'ai vraiment… euh… une idée en tête.

Le jeune Texan rouvre les yeux : sur le visage de Son Altesse se lit une expression familière – anxieuse, indécise. Il fait donc glisser une main sur la poitrine de Henry jusqu'à l'arête de sa mâchoire pour lui effleurer la joue d'un doigt léger.

— Vas-y, murmure-t-il, soudain grave. Je t'écoute, tu as toute mon attention.

L'autre se mordille les lèvres un instant, comme s'il cherchait les mots justes, et finit manifestement par se décider :

— Viens là, souffle-t-il.

Joignant le geste à la parole, le prince se penche pour embrasser son partenaire, engageant cette fois-ci tout son corps dans l'action. Deux mains errantes descendent caresser les fesses d'Alex, qui laisse échapper un petit bruit de gorge. Il suit désormais sans réfléchir le rythme imposé par Henry, dont il dévore la bouche en le pressant tout contre le matelas, à califourchon sur le balancement inlassable de son corps ondulant.

Bientôt, l'Américain sent les jambes de son compagnon, ces foutues cuisses fuselées de champion de polo, s'enrouler autour de sa taille – sent cette peau douce et chaude à la fois venir l'envelopper et deux talons aller se loger dans le creux de son dos. Lorsque Alex se recule pour scruter le visage du prince, il y déchiffre clairement ses intentions – elles crèvent les yeux.

— Attends, tu es sûr ?

— Je sais bien qu'on ne l'a jamais fait, murmure Henry. Mais… hmm… moi, si. Alors je pourrai te guider.

— Je te rassure, je vois à peu près l'idée, plaisante le jeune Texan avec un petit sourire amusé, qu'il voit aussitôt se refléter sur la bouche de son partenaire. Mais tu es sûr de vouloir que je…

— Sûr et certain, rétorque l'intéressé, qui ponctue cette déclaration d'un mouvement du bassin.

Cette friction leur arrache à tous les deux un petit gémissement involontaire. Henry extirpe sa trousse de toilette de son bagage, puis fouille à tâtons dedans pour en sortir un préservatif et un tube de lubrifiant microscopique.

Alex ravale un petit rire : un modèle de voyage… Le jeune homme n'en est pas à sa première expérience sexuelle, mais jamais encore il ne s'est demandé si ce type d'article était disponible, et encore moins si le prince de Galles faisait le tour du monde avec ce minuscule flacon sagement rangé à côté de son fil dentaire.

— En voilà une idée qu'elle est bonne…

— Eh oui… reconnaît Henry, qui lui prend la main pour déposer un baiser au bout de ses doigts. On est tous amenés à apprendre et à grandir, n'est-ce pas ?

Les yeux levés au ciel, Alex s'apprête à dégainer un commentaire sarcastique quand il voit soudain son index et son majeur disparaître entre les lèvres de son partenaire – une manière sacrément efficace de lui couper le sifflet, pour le coup. Aussi incroyable et déroutant que ça puisse paraître, l'assurance du prince varie prodigieusement en fonction des circonstances. Elle semble lui venir comme ça, par vagues : un instant, il a le plus grand mal à formuler ses désirs, la seconde d'après, sitôt le consentement de l'autre obtenu, il fonce déjà tête baissée. Un peu comme au club, où il a suffi d'insister pour le voir finalement danser et chanter à tue-tête, comme s'il n'attendait en fait que la permission de monter sur scène.

Même si les deux garçons ont un peu dessoûlé, il leur reste assez d'alcool dans l'organisme pour leur permettre de se sentir moins intimidés qu'en d'autres circonstances par ce qui va se passer. Les doigts d'Alex trouvent peu à peu leur chemin. La tête de Henry retombe sur l'oreiller : il ferme les yeux et laisse l'Américain prendre la direction des opérations.

Ce qui est incroyable, au lit avec le prince, c'est que ce n'est jamais deux fois pareil. Parfois, il se meut avec aisance, soulevé par l'enthousiasme, complètement absorbé par le moment présent. D'autres fois, il est tendu comme un arc, comme s'il avait besoin qu'on le force à lâcher prise, qu'on lui fasse perdre tous ses moyens. Parfois, rien ne l'amène à l'orgasme plus vite que de se faire rembarrer avec insolence… Mais, d'autres fois, poussé par Alex, Henry use au contraire de toute l'autorité qui lui coule dans les veines pour interdire jusqu'au dernier moment au jeune Texan de prendre son pied – pas avant d'en avoir reçu l'ordre, pas avant d'avoir supplié.

Leurs ébats sont imprévisibles, exaltants… S'ils sont si jouissifs, c'est parce qu'Alex adore les challenges. Et, en fait de défi, avec son partenaire, il est servi : le prince est une vraie gageure, du début à la fin et de la tête aux pieds.

Ce soir, tout en bras accueillants, en peau moite et en folie douce, il répond aux attentes d'Alex sans hésitation. Son corps réagit à la moindre caresse avec un tel empressement qu'il s'en étrangle de rire, incrédule. Et, quand son partenaire se penche pour l'embrasser, le Britannique murmure tout contre les lèvres qui le dévorent :

— Je suis prêt, c'est quand tu veux.

Le jeune Texan inspire profondément et bloque sa respiration. Il est prêt, lui aussi – mais oui, il est prêt…

Les doigts de son compagnon viennent lui effleurer la joue, dessiner la ligne de sa mâchoire humide de sueur jusqu'à la naissance de ses cheveux. Il se place entre les jambes du prince, qui colle la paume de sa main droite contre la sienne : leurs doigts s'entrelacent.

Il ne quitte pas des yeux le visage de Henry – impossible d'en détacher son regard –, dont l'expression se fait si douce, dont la bouche exprime soudain une telle joie et une telle stupéfaction que la voix rauque d'Alex, sans sa permission, souffle : « Mon bébé… » Un hochement de tête imperceptible – il faut connaître le prince sur le bout des doigts pour le remarquer. Mais l'Américain comprend tout de suite de quoi il retourne : il se penche pour aspirer entre ses lèvres le lobe d'oreille de son partenaire, en murmurant encore : « Mon bébé. » Henry murmure : « Oui… », « S'il te plaît… », et tire doucement sur une poignée de ses cheveux.

Alex, qui a empoigné les hanches du prince, lui donne de petits coups de dents dans le cou, et succombe corps et âme à l'extase aveuglante, l'impossible délice de se savoir si proche de lui – jusqu'à partager son corps. Il n'en revient toujours pas que ces sensations paraissent aussi exquises, aussi extraordinaires pour Henry qu'elles le sont pour lui. Le visage défait du jeune aristocrate, tourné vers lui, les joues en feu… ça devrait être interdit, un truc pareil ! À la fois fasciné et fier, le Texan sent un sourire satisfait étirer ses lèvres.

Après ça, il ne réintègre sa propre enveloppe charnelle que petit à petit : ses genoux, tremblants mais toujours enfoncés dans le matelas, son ventre, humide de sueur, ses mains, encore enchevêtrées dans les cheveux du prince, qu'elles caressent doucement… Il a l'impression d'être littéralement sorti de lui-même et, en revenant à lui, de découvrir des différences infinitésimales, comme si tout son être s'était légèrement modifié, réorganisé. Lorsqu'il se recule pour contempler Henry, les sensations reviennent enfin dans sa poitrine – une douleur au cœur, en réponse au spectacle des lèvres du jeune homme, incurvées et qui dévoilent la blancheur de ses dents.

— Eh ben… finit par s'exclamer Alex.

Son partenaire l'observe à présent avec malice, un œil clos, le sourire railleur, et lance :

— Attends, laisse-moi deviner… Tu as trouvé ça… supersonique ?

L'Américain grommelle, amusé, lui assène une claque sur le torse et tous deux explosent de rire.

Ils se séparent enfin, s'embrassent à perdre haleine, se disputent pour savoir qui dormira du côté où le drap est resté humide et finissent par s'écrouler de fatigue vers 4 heures du matin. Henry se blottit derrière Alex, qu'il enveloppe complètement, la courbe des épaules parfaitement alignée sur celles du jeune Texan, une cuisse posée sur les siennes, les bras appuyés sur ses bras, les paumes pressées contre ses mains, sans laisser une once de sa peau à nu. Une éternité qu'Alex n'avait pas dormi aussi profondément…

Leurs alarmes respectives sonnent trois heures plus tard : l'heure de reprendre l'avion ne va plus tarder.

Ils prennent leur douche ensemble et partagent un café. L'humeur du prince tourne au vinaigre quand s'impose la dure réalité : il doit déjà rentrer à Londres. Alex l'embrasse sans mot dire, puis lui promet de l'appeler – si seulement il pouvait en faire davantage !

Il regarde le jeune Britannique se couvrir les joues de crème moussante, se raser, appliquer sa cire coiffante, puis enfiler un trench Burberry… et se dit soudain qu'il aimerait le voir tous les matins se préparer pour sa journée. Même si s'envoyer en l'air avec lui est… loin d'être désagréable – et c'est un euphémisme –, étrangement, il n'y a rien de plus intime pour Alex que d'observer en témoin privilégié, assis sur les draps tout froissés de la veille, le prince Henry de Galles naître sous ces doigts experts.

Malgré son monumental mal de tête, il est bien obligé de le reconnaître : s'il a attendu aussi longtemps avant de passer à l'acte avec le Britannique, c'était précisément pour s'épargner tous ces sentiments déplacés.

Sinon, il a une bonne grosse envie de vomir, mais ça n'a probablement aucun rapport…

Ils retrouvent les autres dans le couloir. Si Henry, élégant malgré sa gueule de bois, préserve tant bien que mal les apparences, le jeune Texan, lui, peine à sauver les meubles. Fraîche et reposée, Béa arbore un petit sourire suffisant. Quant aux trois autres, ils émergent tout échevelés de leur suite, avec l'air, reconnaissable entre tous, du félin qui vient d'attraper une souris – sauf que bien malin celui qui saurait dire qui est le chat et qui est le rat. Alex remarque une traînée de rouge à lèvres sur la nuque de Nora, mais préfère garder ses questions pour lui.

Un plateau chargé de six cafés à la main, Cash pouffe discrètement en les voyant arriver devant les ascenseurs. Soigner les gueules de bois ne fait pas partie de ses attributions, mais c'est une vraie mère poule…

— Alors c'est ça, votre petite bande, maintenant ?

Et l'esprit brumeux d'Alex, éberlué, fait soudain cette incroyable découverte : il a des amis, à présent.

Chapitre 8

Je crois bien que tu m'as jeté un sort

08/06/20 15:23

De : Henry <hdegalles@kensingtonemail.com>
À : Alx

Alex,

Je ne vois pas comment débuter ce mail autrement qu'en te disant (et j'espère que tu me pardonneras aussi bien ma vulgarité que mon total manque de retenue) : je te trouve tellement, tellement beau, putain.
Ça fait une semaine que je me traîne : on me trimballe d'apparitions publiques en réunions de travail, et si je suis arrivé à y faire une seule contribution valable… eh bien, c'est un miracle, crois-moi. Comment est-ce que je pourrais abattre la moindre heure de boulot sachant qu'Alex Claremont-Diaz se promène en liberté, là dehors, quelque part ? Cette simple idée me rend fou.

Si je me traîne, si je suis complètement inutile, c'est que, quand je ne pense pas à ton visage, je pense à ton cul, à tes mains ou à tes lèvres – à ta bouche si incroyablement effrontée. D'ailleurs, si je me retrouve dans cette galère, c'est à cause d'elle, j'en suis sûr. Personne à part toi n'avait encore jamais eu le culot de se montrer aussi impertinent envers un prince. À la minute où tu m'as traité de petit con, mon destin était déjà scellé pour de bon. Ô, mes ancêtres ! Ô vous, souverains des temps passés ! Éloignez de moi cette couronne, ensevelissez mon corps sur nos terres ancestrales ! Qui donc aurait pu croire que le fruit de vos reins se retrouverait perverti par un successeur gay qui aime un peu trop se faire rudoyer verbalement par de jeunes Américains à menton à fossette ?

Au fait, tu te souviens des monarques gay dont je t'avais parlé ? Je crois que Jacques Ier aurait pitié de moi dans cette épreuve : lors d'un tournoi, il est tombé fou amoureux d'un chevalier – particulièrement bien foutu même s'il n'avait pas inventé la poudre, le pauvre – qu'il a aussitôt nommé gentleman de la chambre à coucher (titre absolument véridique, je ne l'invente pas).

Nom d'un chien, ce que tu me manques.

Je t'embrasse,

Henry

Re : Je crois bien que tu m'as jeté un sort

08/06/20 17:02

De : Alx <agcd@eclare45.com>

À : Henry

Henry,

Est-ce que tu essaies de me dire que toi, tu es Jacques Ier, et moi, un hercule de foire avec un petit pois dans la tête ? Tu crois que je me résume à un corps de rêve, à des pommettes saillantes et à un petit cul ferme à souhait ? Je suis beaucoup plus que ça, Henry !!!

Mais non, ne t'excuse surtout pas de me trouver mignon – sinon il faudra aussi que je m'excuse de te dire que tu m'as retourné le cerveau l'autre jour à Los Angeles et que si on ne remet pas ça bientôt, je vais devoir… bah me tirer une balle.

Alors, question manque de retenue, j'ai mis la barre assez haut ? Tu veux vraiment jouer à ce jeu-là avec moi ?

Si je pouvais, je sauterais dans le premier avion pour Londres pour te tirer d'une énième réunion sans intérêt et te forcer à le reconnaître : quand je t'appelle « mon bébé », ça te fait fondre. Et ensuite, mon chou, je te ferais jouir à coups de dents.

Je t'embrasse très fort,

Alex

Re : Je crois bien que tu m'as jeté un sort
08/06/20 19:21

De : Henry <hdegalles@kensingtonemail.com>
À : Alx

Alex,

Tu sais, quand tu fais des études de littérature anglaise à Oxford – comme moi –, les gens insistent toujours pour savoir quel est ton écrivain britannique préféré.
Notre service presse a donc voulu dresser une liste de réponses acceptables. Comme ils me réclamaient un auteur réaliste, je leur ai proposé George Eliot. Raté : c'est un nom de plume, celui d'une certaine Mary Anne Evans – pas tout à fait le mâle dominant qu'ils espéraient…
Ils m'ont demandé un des précurseurs du roman britannique – j'ai donc suggéré Daniel Defoe. Dommage : c'était un dissident farouchement opposé à l'Église d'Angleterre.
À un moment, je me suis même fendu d'un petit Jonathan Swift, histoire de rigoler : je ne te raconte pas l'infarctus collectif qu'ils ont tous fait – un satiriste irlandais, non mais quelle idée !
Ils ont fini par choisir Dickens, la bonne blague ! *Les Grandes Espérances*… Eux qui voulaient une réponse bien proprette, moins dérangeante que la vérité… Sérieusement, qu'y a-t-il de plus

gay que cette histoire de femme qui dépérit dans un manoir en ruine sans jamais quitter sa robe de mariée – sacré sens du spectacle, non ?
La voici, la croustillante vérité… Mon écrivaine britannique préférée, c'est Jane Austen. Alors, pour citer *Raison et Sentiments* : « Il ne vous manque qu'un peu de patience, ou si vous voulez lui donner un nom plus doux, de l'espoir [1]. » Traduction : j'espère bien te voir mettre ce plan machiavélique à exécution, et dans les plus courts délais, s'il te plaît.

Avec toute ma frustration sexuelle,

Henry

Alex se rappelle vaguement avoir été mis en garde contre les dangers des serveurs de messagerie privés – non sécurisés –, mais les détails sont flous. Il lui semble que ça n'a pas grande importance, de toute façon.

Au début, comme tout ce qui demande du temps au lieu d'offrir une satisfaction immédiate, il ne comprend pas l'intérêt des e-mails que lui envoie Henry.

Mais lorsque Richards sort à Sean Hannity sur Fox News qu'Ellen Claremont n'a rien accompli de tout son mandat, et qu'Alex voit rouge et manque de s'étouffer, il revient au passage où le prince lui a écrit : « Parfois, ta façon de parler

---

1. *Raison et sentiments* de Jane Austen, traduction d'Isabelle de Montolieu. (N.d.l.T.)

ressemble à autant de grains de sucre qui s'écouleraient d'un sachet percé. » Quand Hunter le fils à papa évoque pour la cinquième fois de la journée les exploits de l'équipe d'aviron de Harvard : « Tes fesses dans ce pantalon-là ? Ça devrait être interdit pour outrage à la pudeur ! » Quand il est fatigué des mains étrangères qui se posent sans cesse sur lui : « Reviens-moi quand tu auras fini de traverser le firmament, ma Pléiade perdue. »

À présent, oui, il comprend à quoi servent ces messages.

Son père n'avait pas tort de penser qu'une fois investi par le Parti républicain, Richards ne reculerait devant aucune bassesse : c'est exactement ce qui se passe, les choses tournent au vinaigre en moins de deux. Une ambiance nauséabonde aux relents mormons et évangéliques, des perfidies incessantes masquées derrière un discours équivoque, lourd d'insinuations, débité avec des sourires de façade étincelants. Chaque semaine apporte son lot de tribunes d'opinion sur les privilégiés et leurs passe-droits, qui sont autant d'attaques personnelles contre June et lui. Le sous-entendu ? « Même à la Maison-Blanche, les Mexicains nous volent nos emplois ! »

Alex refuse de laisser la peur de perdre s'enraciner en lui. Alors il sirote son café, emmène ses dossiers de travail sur les routes de la campagne électorale, reprend du café, lit les e-mails de Henry, et se ressert encore un café.

Le jour de la Gay Pride à Washington – la première depuis qu'il s'est avoué sa bisexualité –, le jeune Texan se trouve dans le Nevada. Il passe sa journée sur Twitter à regarder d'un œil envieux les confettis pleuvoir sur le Mall, l'artère principale de la capitale. Rafael Luna, nommé grand maréchal de la parade, s'est noué pour l'occasion un bandana arc-en-ciel sur le front. De retour dans sa chambre d'hôtel, en début de soirée, Alex se venge sur le minibar.

Mais, au milieu de ce chaos, il a au moins une raison de se réjouir. À force d'insistance auprès d'un des responsables de la campagne et de sa propre mère, il a fini par obtenir gain de cause : l'organisation d'un grand meeting au Minute Maid Park, l'un des plus grands stades de Houston. En plus, les sondages prennent une direction inattendue – du jamais-vu ! L'article-phare du site *Politico*, cette semaine-là, est même titré : « 2020 : L'ANNÉE OÙ LE TEXAS FAIT BASCULER LE RÉSULTAT D'UNE ÉLECTION PRÉSIDENTIELLE ? »

— Mais oui, Alex. Je ferai en sorte que tout le monde le sache, promis : l'idée de ce meeting vient de toi, marmonne sa mère d'un air distrait, tout en relisant son discours, dans l'avion qui les emmène au Texas.

— « Cran » plutôt que « courage », ici, non ? suggère June, qui parcourt le texte par-dessus l'épaule d'Ellen. Ça sonne plus Texan, je trouve.

— Vous pourriez aller vous asseoir ailleurs, toi et ton frère ? demande la présidente, qui note tout de même la remarque.

Le jeune homme le sait : malgré des sondages encourageants, une bonne partie de l'équipe de campagne reste sceptique quant aux chances de la candidate dans son État d'origine. Alors, quand ils approchent du stade où se tient l'événement et découvrent une file d'attente qui fait presque deux fois le tour du pâté de maisons, son fils éprouve bien plus que de la simple satisfaction – il boit carrément du petit lait et doit se retenir de sauter de joie.

La présidente va pouvoir prononcer son discours devant des milliers de spectateurs… *Allez, le Texas, montre-leur qu'ils ont tort, à tous ces clowns !* exulte-t-il.

Le lundi suivant, Alex plane toujours quand il présente son badge à la borne placée à l'entrée du QG de campagne. C'est bien simple : son euphorie du week-end n'est toujours pas retombée. S'il commençait à en avoir franchement sa claque de passer des heures assis à son bureau à éplucher enquête d'opinion après enquête d'opinion, il se sent à nouveau d'attaque.

Mais quand, en entrant dans son box, il découvre Hunter la pochette « Texas » à la main, il redescend de son petit nuage en cinq secondes – le moins qu'on puisse dire, c'est que la chute est rude.

— Ah, tu avais laissé ça sur ton bureau, lance le fils à papa d'un petit air dégagé. J'ai cru que c'était un nouveau projet pour nous.

— Est-ce que je me permets d'aller à ton bureau éteindre ta playlist Spotify spéciale Dropkick Murphys quand tu l'écoutes à fond, moi ? Non. Même si j'en crève d'envie, je me retiens, Hunter !

— Pour quelqu'un qui se retient, tu me piques quand même souvent mes styl…

Sans lui laisser le temps de terminer, Alex lui reprend le dossier d'un geste sec. *Qu'est-ce qui m'a pris de le laisser traîner comme ça ?* se reproche-t-il en fourrant, sans plus d'explications, l'objet du délit dans sa sacoche.

— C'est personnel, gronde-t-il.

— Mais… c'est quoi, au juste ? demande l'autre. Toutes ces données, le tracé des districts électoraux… Qu'est-ce que tu comptes en faire ?

— Rien.

— Il y a un rapport avec le meeting de Houston, celui que tu réclamais depuis des semaines ?

— Qui a été un gros succès, figure-toi, rétorque Alex, aussitôt sur la défensive.

— Attends… Tu ne penses quand même pas que le Texas pourrait repasser dans le camp démocrate ? C'est un des États les plus réacs du pays.

— Tu es né à Boston, Hunter, je te rappelle ! Non mais c'est l'hôpital qui se fout de la charité ! Tu veux vraiment qu'on fasse la liste des villes les plus réputées pour leur intolérance et leurs préjugés ?

— Écoute, je te donne juste mon avis…

— Alors toi, juste parce que tu viens d'un État qui vote démocrate, tu penses que le racisme, ça ne te concerne pas. Mais tu sais quoi ? Un suprémaciste blanc, ce n'est pas forcément un pauvre junkie du fin fond du Mississippi – il y en a aussi un bon gros paquet qui traîne sur les bancs des grandes universités, à Duke ou UPenn, aux frais de papa maman.

Hunter paraît pris au dépourvu, mais loin d'être convaincu.

— Peut-être, mais ça ne change rien au fait que les États républicains passent rarement dans le camp d'en face, et ça ne paraît pas près de changer, objecte-t-il avec un petit rire, comme si le sujet prêtait à plaisanter. Et, là-bas, la population n'a pas tellement l'air de se soucier de ce qui est bon pour elle – sinon elle irait glisser un bulletin dans l'urne.

— Mais pour que la « population », comme tu dis, ait envie d'aller voter, il faudrait peut-être qu'on commence par essayer de les convaincre ! Qu'on leur montre qu'on en a quelque chose à faire d'eux, et que notre programme consiste à les aider, pas à les laisser sur la touche ! proteste Alex avec véhémence. Imagine un peu que ceux qui prétendent défendre tes intérêts ne viennent jamais faire campagne dans ta ville, qu'ils n'essaient jamais vraiment de s'adresser à toi ! Imagine que tu purges une peine de prison… Ou que tu n'aies pas accès aux bureaux de vote – parce qu'ils font tout pour décourager les électeurs de s'inscrire sur les listes, c'est de notoriété publique… Ou que tu ne puisses pas t'absenter de ton boulot le jour de l'élection pour aller faire ton devoir civique…

— Oui, d'accord, bien sûr : ce serait super si on parvenait à mobiliser d'un coup de baguette magique tous les électeurs privés du droit de vote dans les États républicains. Le problème, c'est que lors d'une campagne électorale, on a un temps et des ressources limités : on est bien obligés de concentrer nos efforts là où les projections nous prédisent les meilleurs résultats, répond Hunter comme si le propre fils de la présidente ignorait tout du système politique américain. C'est un fait avéré : il y a moins d'électeurs sectaires dans les États de tradition démocrate. Si les autres n'ont pas envie de se retrouver sur la touche, c'est à eux de réagir, de se bouger.

Alex n'en croit pas ses oreilles. Honnêtement, il a eu sa dose, ça suffit.

— Putain, Hunter, tu bosses pour la campagne de quelqu'un qui est né au Texas, qui s'est fait au Texas ! Tu l'as oublié, ou quoi ? s'écrie Alex, si fort que leurs voisins commencent à les regarder – mais il s'en contrefout.

Il y a des sections du Ku Klux Klan dans tous les États d'Amérique, tu es au courant ? Tu crois qu'ils n'ont pas leur lot de racistes et d'homophobes, dans le Vermont ? Je sais bien que tu ne chômes pas, ici, Hunter, mais ça ne te met pas pour autant au-dessus de tout le monde. Et moi non plus, d'ailleurs. Tu ne peux pas faire comme si tout ça, c'était le problème de quelqu'un d'autre. On est tous concernés, tous.

Sur ces mots, il attrape son sac et sort au pas de charge.

À la minute où il pose le pied hors du bâtiment, il tire son téléphone de sa poche et, sur un coup de tête, ouvre une page Google. Il y a des tests d'admission ce mois-ci, il en est à peu près certain. Dans la barre de recherche, il tape : concours d'entrée en fac de droit centres d'examen washington.

3 génies… et Alex

23 juin 2020, 12:34

Jumbojet, mon petit chou !

POUSSIN

Je ne m'appelle pas comme ça, personne ne s'appelle comme ça, lâche-moi un peu avec ça !

Ô, Kim Nam-june, leader du plus grand groupe de K-pop de tous les temps, j'ai nommé BTS.

POUSSIN

Je te jure que je vais bloquer ton numéro.

SAR Prince Tête de gland 💩

Alex, pitié, ne me dis pas que Pez t'a converti à la K-pop !

Bah t'as bien laissé Nora t'embarquer dans RuPaul's Drag Race…

irl démon du chaos

[Latrice Royale dans ta face.gif]

POUSSIN

Qu'est-ce que tu me voulais, Alex ???

Où est mon discours pour Milwaukee ? Je sais que tu me l'as piqué !

SAR Prince Tête de gland 💩

Vous êtes obligés de parler de ça sur le groupe ? Passez en privé, non ?

POUSSIN

Il avait bien besoin d'être relu, ton discours !!! Je l'ai remis ds la poche extérieure de ta sacoche avec mes annotations.

Davis va te tuer si tu continues à faire des trucs comme ça.

POUSSIN

Ouais bah tu vois l'interview au late show de Seth Meyers, la semaine dernière ? Mes modifs sur les éléments de langage ont été ultra bien accueillies, et c'est pas tombé dans l'oreille d'un sourd. Il a tt intérêt à me garder ss le coude, notre cher porte-parole de la Maison-Blanche, et il le sait.

Et… c pour quoi, le caillou ds mon sac ?

POUSSIN

C'est un cristal de quartz pur : bonnes ondes et clarté de réflexion. Et pas la peine de me faire suer avec ça : on a vraiment besoin de mettre ttes les chances de notre côté en ce moment !

Ouais ben va jeter des sorts sur les affaires de quelqu'un d'autre, stp !

irl démon du chaos

LA SORCIÈRE AU BÛCHER !!

irl démon du chaos

Vous pensez quoi de ce #look pr le grand raout demain sur le vote des jeunes ?

irl démon du chaos

[Image en PJ]

irl démon du chaos

Je me la tente poète lesbienne déprimée qui a rencontré dans un bar clandestin une prof de yoga super canon qui l'a initiée à la méditation et à la poterie, et maintenant elle commence une nouvelle vie de femme d'affaires de choc en lançant sa propre ligne de corbeilles à fruits en argile fabriquées à la main.

…

SAR Prince Tête de gland 💩

Alors là ma couille, respect. Du grand art, on s'y serait cru.

alskdjfadslfjad

Qu'est-ce que tu as fait, Nora ? IL EST TOUT CASSÉ, MAINTENANT !

irl démon du chaos

XPTDR

L'invitation, qui émane directement du palais de Buckingham, arrive par avion en courrier recommandé. Sur le carton à tranche dorée, en fines lettres calligraphiées :

Le président du comité d'organisation du tournoi de Wimbledon a l'honneur de solliciter la présence de M. Alexander Claremont-Diaz le lundi 6 juillet 2020 dans la loge royale.

Alex en prend aussitôt une photo qu'il envoie à Henry, assortie de deux commentaires :

1. Tout cet or… vous n'avez plus de pauvres à nourrir dans le pays ?

2. La loge royale, je l'ai déjà pénétrée…

Espèce de bourrique, tu es vraiment insortable ! répond le prince, avant d'ajouter : Alors, tu viens ?

Voilà donc pourquoi Alex passe son seul jour de liberté (il en a très peu, à cause de la campagne) à Wimbledon – tout ça rien que pour approcher Henry.

— Bon, tu es prévenu : mon frère, Philip, sera là, lui explique le prince devant les portes de la loge réservée à la couronne britannique. Plus un certain nombre d'aristocrates aux prénoms improbables – Basil, par exemple – à qui il faudra sans doute faire la conversation.

— T'inquiète, je crois que j'ai prouvé que je savais y faire avec les membres de la famille royale.

Henry affiche une moue dubitative.

— Tu as du courage. Si seulement je pouvais en dire autant…

Quand ils ressortent à l'air libre, le soleil qui – une fois n'est pas coutume – brille sur la capitale anglaise inonde les gradins déjà presque complètement remplis de spectateurs. À quelques mètres à peine, le jeune Texan aperçoit David Beckham. Il semble en grande conversation, très chic dans un costume impeccablement coupé – sérieusement, comment Alex a-t-il pu un jour se persuader qu'il était hétéro, la bonne blague… Lorsque le footballeur se rassoit, son interlocutrice apparaît : Béa ! Dès qu'elle les aperçoit, le visage de la jeune fille s'illumine.

— Alex ! Henry ! Par ici ! s'écrie-t-elle pour se faire entendre malgré le brouhaha qui règne dans la loge.

Dans sa robe taille basse en soie vert citron, le nez chaussé d'une énorme paire de lunettes de soleil Gucci rondes décorées d'abeilles dorées, la princesse est sublime.

— Tu es à tomber, la complimente Alex quand elle lui dépose un baiser sur la joue.

— Merci, très cher, répond-elle avant de prendre les deux garçons par le bras pour les entraîner dans l'escalier. C'est June qui m'a aidée à choisir ma robe, figure-toi. Alexander McQueen. Franchement, ta sœur est un génie.

— Il paraît.

— On y est, annonce Béa lorsqu'ils parviennent au premier rang. Voilà nos sièges.

Henry contemple les fauteuils verts luxueusement rembourrés, où sont posés d'épais programmes « WIMBLEDON 2020 » en papier glacé.

— Au premier rang et en plein milieu ? demande-t-il avec une pointe de nervosité. Tu es sérieuse ?

— Eh oui ! Au cas où tu l'aurais oublié, tu fais partie de la famille royale et cette loge nous est réservée.

Béa adresse un signe de la main à la meute de photographes installée juste en dessous d'eux, qui a déjà commencé à les mitrailler. Elle se penche pour glisser à l'oreille des deux garçons :

— Relax : depuis le terrain, je ne pense pas qu'ils parviendront à détecter l'alchimie torride qui brûle entre vous.

— Ah ah, très drôle… marmonne Henry, les oreilles cramoisies.

À contrecœur, il s'installe entre Alex et Béa, en prenant soin de garder les coudes au corps pour éviter tout contact avec son voisin.

La moitié de la journée s'est déjà écoulée quand Martha et Philip (dont le charme semble toujours aussi générique et impersonnel) daignent enfin montrer le bout de leur nez. Comment les mêmes gènes ont-ils pu faire Béa et Henry si fascinants – tout en pommettes ciselées et en sourires malicieux – et caler si méchamment sur l'aîné ? On dirait un mannequin pour pub dentifrice.

— Bonjour, lance-t-il en s'installant sur le siège qui lui est réservé, à côté de sa sœur.

Ses yeux reviennent deux fois se poser sur Alex, qui sent clairement un certain scepticisme émaner de l'héritier du trône. À l'évidence, le prince se demande ce que cet intrus fait là – *Mon Dieu, mais qui l'a laissé entrer ?* La présence de l'Américain est peut-être étrange… sauf que le premier concerné s'en fout, à vrai dire. Martha, elle aussi, le regarde d'un drôle d'air. Enfin, c'est peut-être juste qu'elle ne lui a toujours pas pardonné d'avoir bousillé son gâteau de mariage…

— Hello, Pip ! Toujours aussi matinal… répond Béa, un peu sur la réserve. Bonjour, Martha.

Mais, à la gauche d'Alex, leur frère, lui, s'est raidi, son programme serré dans la main.

— Comment ça va, Henry ? lance Philip. Content de te voir. Tu es sacrément occupé, dis donc ! Ça se passe bien, ton année de césure ?

Il a parlé d'un ton lourd de sous-entendus : *On peut savoir où tu étais ? Ce que tu faisais ?* Un muscle tressaute dans la mâchoire de son cadet, qui répond, un peu raide :

— Très bien, merci. Avec Percy, on a un boulot de fous.

— Ah oui, c'est vrai, la fameuse fondation Okonjo... Dommage qu'il n'ait pas pu venir aujourd'hui, d'ailleurs. On va devoir se contenter de notre ami américain... conclut Philip en adressant à Alex un petit rictus pincé.

— Eh oui, mon bon monsieur ! lance l'intéressé un peu trop fort, en souriant à son tour mais, lui, de toutes ses dents.

— Cela dit, je pense que Percy aurait un peu détonné dans la loge royale, vous ne croyez pas ?

— Philip ! gronde Béa.

— Oh, ça va, inutile de monter sur tes grands chevaux, lui assène-t-il, désinvolte. C'est juste qu'il est... un peu spécial, non ? Avec ses robes, là... Il se ferait un peu trop remarquer à Wimbledon, tu ne crois pas ?

Le visage de Henry reste calme et avenant, mais son genou vient se presser contre celui d'Alex.

— Si tu veux parler de la tunique africaine qu'il a portée en tout et pour tout une fois en ta présence, Philip, ça s'appelle un dashiki.

— Bien sûr, répond l'autre. Ce n'était pas une critique : tu me connais, je ne juge pas. Je me dis juste... tu te rappelles, quand on était plus jeunes et que tu passais du temps avec mes potes de fac ? Ou avec le fils de lady Agatha, tu sais, celui qui adore la chasse à la caille ? En voilà des gars intéressants ! Tu devrais fréquenter plus de... gens comme ça.

Les lèvres de Henry ne forment plus qu'une fine ligne, mais il garde le silence.

— Arrête un peu, Philip... marmonne Béa. Tout le monde ne peut pas, comme toi, être le meilleur ami du comte de Monpezat.

— De toute façon, poursuit l'aîné sans broncher, il va bien falloir que tu commences à fréquenter les bons cercles, si tu veux te trouver une épouse digne de ce nom.

Et, sur ces bonnes paroles, Philip pousse un petit gloussement satisfait et reporte enfin son attention sur le match.

— Je reviens... lance aussitôt Henry, qui pose son programme sur son siège avant de s'éclipser.

Dix minutes plus tard, le jeune Texan le retrouve au bar du complexe sportif, près d'un vase dont déborde une véritable orgie de fleurs fuchsia. À la minute où Alex entre dans la pièce, le regard du prince se plante droit dans le sien. Il s'est mordu jusqu'au sang la lèvre inférieure – désormais du même rouge vif que le petit Union Jack brodé sur sa pochette.

— Salut, dit-il d'un air détaché.

— Ça va ? répond Alex sur le même ton.

— On t'a déjà fait visiter les lieux ?

— Pas encore.

— Alors c'est parti !

Henry effleure du bout des doigts le coude du jeune Texan, qui lui emboîte le pas sans hésiter.

Après avoir descendu un escalier, ils empruntent un passage dérobé, puis un couloir secret, pour déboucher enfin dans un minuscule réduit rempli de nappes et de chaises.

Dans un coin, une vieille raquette abandonnée. À peine la porte s'est-elle refermée derrière eux que le prince plaque son partenaire contre le battant.

Henry s'approche dangereusement sans pour autant l'embrasser. Le Britannique hésite à quelques millimètres à peine de son visage, les mains posées sur ses hanches, la bouche entrouverte sur un petit sourire oblique.

— Tu sais de quoi j'ai envie ? murmure l'aristocrate d'une voix si troublante qu'il semble à Alex que quelque chose s'embrase derrière son plexus solaire, au plus profond de sa poitrine.

— De quoi ?

— De faire exactement le contraire de ce que je devrais faire dans ces circonstances.

Avec un petit sourire, l'Américain relève le menton d'un air de défi.

— Vas-y, dis-le.

Le prince, tout en se passant la langue au coin des lèvres, tire fermement sur la ceinture de son compagnon pour la déboucler et dit :

— Baise-moi.

— Hmm… Ce qui se passe à Wimbledon reste à Wimbledon ! Et puis c'est si gentiment demandé…

Avec un petit rire rauque, Henry se penche pour l'embrasser fougueusement, à pleine bouche. Il faut faire vite : le temps leur est compté. Dès qu'Alex tire sur son épaule en laissant échapper un petit bruit de gorge, le Britannique s'exécute et se retourne, dos contre le torse de son partenaire, les mains appuyées sur le battant de la porte.

— Juste pour être sûr de comprendre… dit le jeune Texan. On va s'envoyer en l'air dans un placard à balais juste pour faire chier ta famille ? C'est bien ça, je ne me trompe pas ?

— Tu as tout pigé, confirme Henry en jetant par-dessus son épaule le lubrifiant qu'il a apparemment trimballé toute la journée dans sa poche.

— Le pied ! J'adore l'idée de faire ça par vengeance, répond Alex sans une once de sarcasme avant d'écarter les jambes du prince.

Ce qui se passe ensuite… ce qui se passe ensuite devrait être incandescent, ridicule, obscène, une énième aventure sexuelle un peu folle à ajouter à la liste. Et c'est bien le cas. Sauf que ça ne s'arrête pas là… Comme la fois d'avant, Alex a aussi l'impression qu'il en mourrait si ces sensations extraordinaires devaient s'arrêter. Et si le rire qui enfle dans sa gorge refuse de passer la barrière de ses lèvres, c'est qu'il sait que cette transgression aide Henry à passer un cap, à rejeter les contraintes qui pèsent sur lui.

« Tu as du courage… Si seulement je pouvais en dire autant… »

Quand ils en ont terminé, l'Américain glisse les doigts dans les cheveux de son compagnon pour lui donner un dernier baiser enfiévré. Hors d'haleine, le prince sourit tout contre son cou, l'air très satisfait de lui-même :

— J'ai eu ma dose de tennis, pas toi ?

Entourés de gardes du corps et cernés de parapluies, ils se glissent donc derrière un troupeau de touristes pour filer directement à Kensington.

Au palais, le Britannique fait monter Alex dans ses appartements : un labyrinthe de vingt-deux pièces tout de même qui s'étend au nord-ouest de l'édifice, près de l'Orangerie, et qu'il partage avec sa sœur. Pour autant, il n'y a pas grand-chose d'eux dans ces hauts plafonds et ces lourds fauteuils rembourrés tapissés de jacquard. Par-ci par-là, on trouve néanmoins des touches plus personnelles, mais qu'on doit à Béa, plus qu'à Henry : une veste en cuir négligemment jetée sur le dossier d'une méridienne, Monsieur Patapouf qui fait sa toilette dans un coin ou un tableau flamand du XVIIe siècle, sur l'un des paliers – qui d'autre qu'elle serait allé piocher dans les collections royales une toile intitulée *Femme à sa toilette* ?

Plus vaste, somptueuse et désespérément beige que le jeune Texan aurait jamais pu l'imaginer et dominée par un grand lit à baldaquin orné de dorures baroques, la chambre du prince donne sur les jardins. Tout en regardant le locataire des lieux ôter sa veste, Alex essaie de se figurer ce que ce serait de devoir vivre là. Henry n'a-t-il tout simplement pas le droit de changer la décoration ? Pire, en a-t-il seulement jamais exprimé l'envie ? Pas étonnant qu'il passe des nuits entières à chercher le sommeil dans ce dédale interminable de pièces impersonnelles, tel un oiseau pris au piège qui se jetterait sans cesse contre les murs du musée poussiéreux où il s'est retrouvé enfermé.

Au final, le seul endroit qui ressemble un tant soit peu à Henry et Béa, c'est un petit salon du premier étage, transformé en studio de musique. C'est là que les coloris sont les plus flamboyants : aux rouges et aux violets profonds des tapis persans tissés main répond le brun chaud d'un profond canapé. Poufs et présentoirs à bibelots sont disposés çà et là, éparpillés comme autant de petits champignons. Le long des murs s'alignent des guitares électriques – Stratocaster et Flying V –, quelques violons et un assortiment de harpes. Dans un coin se dresse même un imposant violoncelle.

Un piano à queue occupe le centre de la pièce : Henry s'y installe et commence à jouer d'une main distraite des variations sur une mélodie qui rappelle un vieux morceau des Killers. David, le beagle, fait tranquillement la sieste à côté des pédales de l'instrument.

— Joue-moi un air que je ne connais pas, demande l'Américain.

Du temps du lycée, au Texas, Alex passait pour le plus cultivé de toute sa petite bande de potes – une brochette de sportifs un peu bas de plafond –, simplement parce qu'il adorait lire et se passionnait pour la politique. Il était le seul athlète star de l'établissement à aimer débattre, en cours d'histoire, des obscurs détails de l'affaire Dred Scott et autres grandes étapes de l'abolition de l'esclavage. Oui, Alex écoute Nina Simone et Otis Redding, oui, il apprécie les grands whiskys… Mais il ne va pas se mentir : question culture générale, il n'arrive pas à la cheville de Henry.

Aussi se contente-t-il d'acquiescer en souriant lorsque le prince commence par lui jouer un morceau de Brahms, puis un autre de Wagner, tout en lui expliquant que les deux musiciens étaient aux antipodes l'un de l'autre à la période romantique.

— Tu entends la différence ?

Tandis que ses doigts lestes courent sans effort sur les touches qu'il effleure à peine, il se lance dans une longue digression sur la querelle musicale qui a opposé certains des compositeurs de l'époque. Il raconte au passage comment la fille de Liszt a osé quitter son mari pour Wagner – *quel scandale*[1] !

Il enchaîne ensuite sur une sonate d'Alexandre Scriabine, en faisant un clin d'œil appuyé à son ami lorsqu'il mentionne le prénom du musicien. Le troisième mouvement, l'*andante*, est son préféré : Henry a lu un jour qu'il était censé évoquer à l'auditoire l'image d'un château en ruine – une ironie lugubre qui l'avait beaucoup amusé, à l'époque, explique-t-il. Après cet aveu, il semble rentrer en lui-même, totalement absorbé par la musique… Il se plonge corps et âme dans le morceau pendant de longues minutes. Puis soudain, sans crier gare, il change de registre : une succession d'accords tumultueux, d'abord, qui se muent bientôt en une mélodie familière. De mémoire, les yeux clos, il joue *Your Song*, et le jeune Texan tressaille. De toutes les chansons d'Elton John, Henry a choisi celle-là…

Non… Non, le cœur d'Alex n'enfle pas dans sa poitrine à en éclater. Non, il n'a pas besoin d'agripper le rebord du canapé pour parvenir à garder contenance. Ça, c'est ce qu'il ferait s'il était en train de tomber amoureux de Henry dans ce palais, en cet instant. Mais ce n'est pas le cas : ils traversent simplement l'Atlantique pour pouvoir se toucher et ne surtout jamais en reparler ensuite. Il n'est pas là pour autre chose. Non…

Ils passent ensuite un long moment à s'embrasser avec langueur sur le divan. Alex aurait aimé tester la solidité du piano, mais il s'agit semble-t-il d'une pièce de collection

---

1. En français dans le texte. (N.d.l.T.)

d'une valeur inestimable. Enfin bref… ils montent en titubant jusqu'à la chambre, jusqu'au somptueux lit princier. Le Britannique laisse son compagnon l'amener jusqu'à l'orgasme avec une patience et une précision d'orfèvre et, au passage, invoque en gémissant le nom de Dieu de si nombreuses fois que la pièce en paraît consacrée.

Au cours de cette nuit de fièvre, il semble que quelque chose bascule pour Henry : submergé, il se laisse complètement aller entre les draps somptueux. Ensuite, Alex passe près d'une heure à continuer de lui arracher de petits frissons, fasciné par la richesse et la complexité des expressions – depuis l'émerveillement jusqu'aux affres de la volupté – qui se succèdent une à une sur son visage. Le jeune Texan lui frôle du bout des doigts la clavicule, les chevilles, l'intérieur des genoux, puis effleure les petits os qui se dessinent au dos de ses mains, l'ourlet de sa lèvre inférieure… Alex touche son compagnon sans relâche, et le contact de sa peau, son souffle entre les cuisses du prince, la simple promesse de sa bouche là où sont déjà passées ses mains suffisent à amener le Britannique à deux doigts de l'orgasme.

D'une voix étranglée, Henry finit par lui faire la même demande que dans la réserve de Wimbledon, mais dans une version édulcorée : « S'il te plaît, s'il te plaît, je n'en peux plus… » Alex n'en revient toujours pas d'entendre le petit-fils de la reine prononcer des mots comme ceux-là – plus incroyable encore, d'être le seul à avoir le privilège de les écouter.

Alors il ne se fait pas prier.

Lorsqu'ils redescendent sur terre, Henry tombe presque d'épuisement. Sans ajouter un mot, il s'endort sur le torse de son partenaire, ivre de fatigue et de volupté. De petits ronflements s'élèvent presque aussitôt, que son compagnon écoute, secoué d'un petit rire, en lui caressant les cheveux.

Car Alex, lui, mettra des heures à s'endormir. Au bout d'un moment, il remarque qu'un peu de bave coule du coin de la bouche du prince jusque sur sa propre poitrine. David finit par se hisser tant bien que mal sur le lit, où il se roule en boule à leurs pieds.

Le jeune Texan soupire. Dans quelques heures à peine, il lui faudra reprendre l'avion pour aller se replonger dans la préparation de la Convention démocrate… et pourtant, impossible de trouver le sommeil. Quelle poisse… La faute au décalage horaire – c'est forcément ça.

Il se revoit, il y a de ça au moins un million d'années, conseiller à Henry de ne surtout pas trop se prendre la tête…

« *Une fois élu,* pérore Jeffrey Richards sur l'un des nombreux écrans plats qui ornent les murs du QG de campagne, *l'une de mes priorités sera d'encourager la jeunesse à s'engager en politique. Si nous voulons garder le contrôle du Sénat et regagner la majorité à la Chambre des représentants, il faut absolument que la nouvelle génération nous rejoigne pour se lancer dans la bataille.* »

En direct du Tennessee, les membres de l'Association des étudiants républicains de l'université Vanderbilt poussent des acclamations en applaudissant à tout rompre. Alex, lui, fait mine de vomir ses tripes sur le bureau où il a étalé sa dernière proposition de réforme.

« *Allez viens me rejoindre, Brittany !* », reprend le vieil homme. Une jolie étudiante blonde monte sur le podium aux côtés de Richards, qui lui passe un bras autour des épaules. « *Brittany a été notre principale interlocutrice pour l'organisation de ce meeting, et elle a abattu un boulot phénoménal. Regardez combien vous êtes dans cette salle ! Quel incroyable succès !* »

Nouvelle salve d'applaudissements. Près d'Alex, l'un des bénévoles démocrates jette une boulette de papier contre l'écran.

« *Les jeunes militants comme elle sont l'espoir de notre parti, son avenir. C'est pourquoi je suis ravi de vous annoncer qu'une fois président, je lancerai un programme baptisé "Le Congrès de la jeunesse avec Richards". La plupart des politiques ne tiennent pas à ce que leurs concitoyens – en particulier les jeunes gens avisés que vous êtes – viennent fourrer le nez dans leurs affaires, pénètrent dans leurs bureaux et découvrent notre tambouille interne. Moi, au contraire…* »

Écœuré, Alex fait pivoter sa chaise vers son bureau tout en envoyant un message à Henry sur son téléphone : Vas-y, on organise un combat de MMA entre ta grand-mère et ce putain de dracula qui se présente contre ma mère ? J'aimerais trop voir ça…

La Convention démocrate approche à grands pas – plus que quelques jours à peine avant son coup d'envoi. Au QG de campagne, c'est donc l'effervescence. À peine remplies, les cafetières se vident aussitôt : une semaine déjà qu'Alex n'a pas pu se servir une seule tasse. Le programme officiel d'Ellen Claremont a été rendu public deux jours plus tôt… Depuis, les boîtes e-mails de leur département débordent du matin au soir. Hunter décoche message sur message : il dégaine plus vite que son ombre, comme si sa vie en dépendait. S'il n'a pas reparlé au fils de la présidente de leur petit différend avec pétage de plombs à la clé du mois dernier, il travaille désormais avec un casque pour épargner à son cher collègue ses choix musicaux contestables.

Alex rédige ensuite un autre texto, à l'attention de Luna, cette fois : Tu ne voudrais pas donner une petite interview à CNN histoire d'expliquer à Anderson Cooper et consorts le paragraphe que tu nous as rédigé sur la fiscalité, dans le programme ? On se fait assaillir de questions et honnêtement, hombre, j'ai pas que ça à faire.

Il se trouve qu'une semaine plus tôt, le camp de Richards a fait fuiter une grosse révélation : le candidat aurait rallié à sa campagne un sénateur indépendant, alléché par un poste dans son futur gouvernement. Mais on ignore encore qui… Alex essaie de contacter Luna depuis que la nouvelle est tombée – sans succès, pour l'instant. Malgré les demandes répétées de l'équipe démocrate, ce vieil enfoiré de Stanley Connor a toujours, jusqu'ici, refusé d'afficher publiquement son soutien à Ellen Claremont. Au bout d'un moment, Luna avait fini par le reconnaître : le sénateur du Delaware aurait même pu se présenter contre la présidente dans le cadre d'une primaire – ils l'ont sans doute échappé belle, en réalité. Bref, s'il n'y a encore rien d'officiel, personne n'en doute, à vrai dire : c'est Connor qui s'apprête à passer à l'ennemi. Mais si Luna est dans la confidence, il a l'air de vouloir garder l'info pour lui.

La semaine a été un vrai désastre… Les sondages sont loin d'être fameux, Paul Ryan, l'ex-président de la Chambre des représentants, en fait des caisses sur ce putain de sacro-saint port d'armes et, sur les réseaux sociaux, l'un des articles les plus partagés du moment a pour titre : « ELLEN CLAREMONT AURAIT-ELLE REMPORTÉ L'ÉLECTION SI ELLE

NE CORRESPONDAIT PAS AUX CANONS ACTUELS DE LA BEAUTÉ ? » Son fils en est persuadé : sans ses séances de méditation matinales, la présidente aurait déjà étranglé un de ses collaborateurs.

Quant à Alex, il se traîne. Ce qui lui manque ? Dans l'ordre : le lit de Henry, le corps de Henry et un sanctuaire rien qu'à eux, un refuge, de préférence à des milliers de kilomètres du marathon effréné de la campagne. Une semaine seulement s'est écoulée depuis la nuit qu'ils ont passée ensemble après Wimbledon, et pourtant, elle lui semble à présent aussi lointaine qu'un rêve, et le tourmente d'autant plus que Henry est de passage à New York pour quelques jours : il effectue avec Pez des démarches administratives en prévision de l'ouverture à Brooklyn d'un refuge pour jeunes LGBT. Mais Alex n'a pas une minute à lui, alors comment trouver un prétexte qui lui permettrait de rejoindre le prince ? De toute façon, même si l'enthousiasme des foules pour leur amitié médiatisée ne se dément pas, ils commencent à se retrouver à court d'excuses valables pour s'afficher ensemble.

En tout cas, cette fois-ci, la Convention démocrate n'aura rien à voir avec celle de 2016… Quelle équipée incroyable, d'ailleurs ! Ils avaient passé les quatre jours de l'événement quasiment en apnée. C'était Oscar, alors délégué pour la Californie, qui avait apporté les voix décisives grâce auxquelles Ellen avait remporté l'investiture – un moment extraordinaire, la famille entière s'était mise à pleurer. Et c'était June et Alex qui étaient montés sur l'estrade pour annoncer l'entrée en scène de leur mère le jour de son discours d'investiture. Les mains de la jeune fille tremblaient, mais pas celles de son frère. Au rugissement de la foule en liesse, soulevée par la ferveur, avait répondu celui du cœur d'Alex, débordant de fierté.

Mais, cette année, ils sont tous complètement échevelés, au bout du rouleau, épuisés de devoir mener de front le gouvernement du pays et une campagne électorale : chacune des journées de la convention puise un peu plus dans leurs ressources. Le deuxième soir, ils s'entassent à bord d'*Air Force One* pour gagner New York – *Marine One*, l'hélicoptère présidentiel, n'aurait pas suffi à tous les accueillir.

— Attends, tu as procédé à une analyse coûts-bénéfices là-dessus, au moins ? demande Zahra au téléphone au moment du décollage. Parce que tu sais parfaitement que j'ai raison, et je te rappelle que ces actifs peuvent être transférés à tout moment si tu prétends le contraire. Oui. Oui, je sais. Entendu. C'est bien ce que je pensais. (Suit une longue pause, puis la jeune femme reprend tout bas.) Moi aussi, mon amour.

— Euuuh… la taquine le jeune Texan dès qu'elle a raccroché. Tu n'aurais pas une annonce à nous faire, par hasard ?

L'intéressée ne daigne même pas lever les yeux de son portable.

— Oui, Alex, c'était mon mec au téléphone. Et non, vous n'en saurez pas plus, la maison ne prend pas de questions à ce sujet.

Mais c'était sans compter sur June qui, piquée par la curiosité, a déjà refermé son magazine.

— Quoi… Tu sors avec quelqu'un et on n'est même pas au courant ? s'étonne-t-elle.

— Attends, je passe plus de temps avec toi qu'avec mes caleçons propres, ajoute son frère.

— Il faut changer de sous-vêtements plus souvent, mon chéri, intervient la présidente depuis l'autre bout de la cabine.

— Bah c'est surtout que je préfère sortir sans, la plupart du temps ! riposte-t-il d'un air dégagé. Bon, sérieusement, Zahra… Ce mec, « il n'est pas du coin », c'est ça ? « Il va dans un autre lycée » ?

Tout en parlant, il mime des guillemets avec ses doigts d'un air narquois en échangeant avec June des regards entendus.

— Mais c'est que tu as vraiment envie de finir éjecté en plein vol par une issue de secours, on dirait… rétorque la conseillère d'un air songeur. Non, c'est une relation longue distance. Mais je t'arrête tout de suite : pas dans ce sens-là, non – une vraie. Et maintenant, finies les questions.

Mais Cash, qui ne l'entend pas de cette oreille, choisit ce moment pour mettre son grain de sel dans la conversation : en bon gourou officiel de la Maison-Blanche (il s'est bombardé guide spirituel du staff en matière amoureuse), il exige d'en savoir plus, naturellement. S'ensuit un débat passionné sur les détails intimes qu'il paraît judicieux (ou pas) de partager avec ses collègues. Pas de doute, c'est vraiment la meilleure quand on sait tout ce que l'agent, par la force des choses, connaît de la vie privée d'Alex. L'avion entame sa descente vers New York quand June s'interrompt au beau milieu d'une phrase pour fixer son attention sur sa voisine, tout à coup bien silencieuse.

— Zahra ?

Son frère se tourne et découvre la conseillère parfaitement immobile. C'est une attitude tellement inhabituelle chez cette hyperactive toujours en train de s'agiter qu'autour d'elle, tous les visages se figent. Bouche bée, elle a les yeux rivés sur son téléphone.

— Zahra, s'inquiète la présidente, la voix grave à présent. Qu'y a-t-il ?

Les doigts toujours crispés sur son portable, la jeune femme finit par relever la tête.

— Le *Washington Pos*t vient de dévoiler le nom du sénateur indépendant qui a rejoint Richards en échange d'une place dans son gouvernement. Ce n'est pas Stanley Connor. C'est Rafael Luna.

— Jamais de la vie !

Debout devant les ascenseurs de l'hôtel *Beekman* où ils sont descendus, ses escarpins à la main, les yeux brillants, June fusille son interlocuteur du regard. Un bataillon de mèches rebelles s'échappe avec insouciance de sa tresse. Elle enfonce le clou, véhémente :

— C'est ça ou rien ! Tu as déjà beaucoup de chance que j'aie accepté de te parler, je te signale !

Le reporter du *Washington Post* en reste interdit : ses doigts se crispent et hésitent sur son enregistreur. À la minute où ils ont atterri à New York, il a commencé à assaillir la jeune fille de messages sur son portable pour lui réclamer un commentaire sur la Convention démocrate – et maintenant qu'il a obtenu de la voir, voilà qu'il lui sort de son chapeau une question sur Luna ! June est loin d'être du genre à s'énerver pour rien, mais la journée a été longue : elle paraît à deux doigts de lui planter son talon dans l'œil.

L'homme finit par se tourner vers Alex.

— Et vous ?

— Si elle refuse de commenter, moi aussi, répond l'intéressé. De nous deux, c'est elle la plus sympa.

Les yeux de June lancent des éclairs furieux : pour rappeler le journaliste à l'ordre, elle claque des doigts sous son nez chaussé de lunettes de hipster.

— Eh ho ! C'est mon frère qui t'a accordé une entrevue ? Non. Bon, tu voulais une déclaration ? Alors la voici : ma mère, la présidente, a toujours la ferme intention de remporter ces élections. Nous sommes ici pour la soutenir et encourager le Parti démocrate à rester uni derrière elle.

— Quant au sénateur Rafael Luna… intervient Alex.

Mais il n'a pas le temps de finir sa phrase : June lui plaque une main sur la bouche.

— Ce sera tout, merci. Surtout, n'oublie pas de voter Claremont ! lance-t-elle d'une voix tendue au reporter avant de pousser son frère jusque dans l'ascenseur sans hésiter à lui flanquer un coup de coude dans les côtes quand il lui lèche la paume.

— Ce sale traître ! explose-t-il quand ils arrivent à leur étage. Mais quel enfoiré ! Quand je pense que j'ai bossé pour sa campagne ! Une fois, j'ai fait du porte-à-porte vingt-sept heures d'affilée… J'étais même au mariage de sa sœur ! Sa commande préférée chez *Five Guys*, je la connais par cœur, putain !

— Je sais bien, Alex, je sais bien… grommelle June en glissant la carte de sa chambre dans la serrure.

— Et ce journaliste à la con avec sa tête de hipster bien propre sur lui… comment il a fait pour se procurer ton numéro perso, lui ?

La jeune fille balance ses escarpins sur le matelas, où ils rebondissent au petit bonheur pour finir chacun à un bout de la pièce.

— Bah à ton avis, Alex ? Je me le suis tapé l'an dernier, bien sûr ! Tu n'es pas le seul à faire n'importe quoi quand tu es stressé, qu'est-ce que tu crois ? (Elle se laisse tomber sur le lit et commence à ôter ses boucles d'oreilles.) N'empêche, il y a un truc qui m'échappe, dans cette histoire. Qu'est-ce qu'il cherche, Luna ? C'est quoi, son délire – agent dormant envoyé du futur pour nous filer à tous un ulcère ?

Il se fait tard – il était plus de 21 heures quand ils ont atterri à New York et se sont aussitôt retrouvés propulsés dans une succession de réunions de crise qui ont pris des plombes. Complètement à cran, Alex tient sur les nerfs mais, quand June relève la tête, il voit les prunelles de sa sœur briller de larmes et se radoucit aussitôt.

— Si tu veux mon avis, Luna pense qu'on va perdre, murmure-t-il. Il pense qu'il peut pousser Richards un peu plus vers la gauche en ralliant sa campagne. Lutter contre l'ennemi, mais de l'intérieur, en gros.

De ses yeux fatigués, June scrute le visage de son frère. Elle a beau être l'aînée, la politique est surtout le terrain de jeu d'Alex, pas le sien. S'il avait pu se déterminer librement, il aurait choisi exactement cette vie-là. Mais pas elle, et tous deux le savent.

— Je crois… Je crois qu'il faut que je dorme, finit-elle par soupirer. Pendant un an au moins, peut-être plus. Réveille-moi après l'élection, O.K. ?

— Ça roule, poussin, répond-il avant de déposer un baiser sur son crâne. Tu peux compter sur moi.

— Merci, petit frère.

— Ah non, ça va cinq minutes, les petits noms…

— Minuscule, riquiqui, tout petit frère ?

— Mais va te faire voir !

— Et toi, file te coucher.

Quand Alex ressort de la chambre, il trouve Cash, qui a troqué son costume contre une tenue plus décontractée, en faction dans le couloir.

— Ça va ? lui demande le garde du corps.

— Il faut bien, pas d'autre choix…

L'agent lui tapote l'épaule de sa main gigantesque et annonce :

— Il y a un bar au rez-de-chaussée.

Alex se tâte, mais pas longtemps.

— O.K., allons-y.

Par bonheur, le *Beekman* est calme et feutré à cette heure de la nuit, avec son comptoir baigné d'une lumière tamisée et ses murs tapissés de riches couleurs dorées. Installé sur un tabouret haut matelassé de cuir vert foncé, Alex se commande un whisky sec.

Il ravale son amertume avec chaque gorgée d'alcool en contemplant l'écran de son téléphone. Il y a trois heures, il a envoyé à Luna un très succinct : C'est quoi, ce bordel ? Deux heures plus tard, il a eu sa réponse : Laisse tomber, tu ne comprendrais pas.

Il meurt d'envie d'appeler Henry. Et c'est sans doute logique : depuis le début, chacun d'eux est une constante dans le monde de l'autre, un point fixe sur lequel ils peuvent toujours compter. On dirait deux petits pôles magnétiques entraînés dans une ronde infernale. Alex aurait bien besoin que les lois de la physique expliquent un peu tout ça – ça le rassurerait, dans une certaine mesure.

Pff… Décidément, le whisky le rend sentimental. Du coup, il s'en commande un deuxième.

Il s'apprête à écrire un message à Henry, qui est sans doute quelque part au-dessus de l'Atlantique, quand – sûrement son imagination qui lui joue encore des tours – une voix douce et chaude vient lui chatouiller l'oreille :

— Un gin-tonic, s'il vous plaît.

Et là, fraîchement installé sur le tabouret voisin, il découvre le prince, en chair et en os, plus décontracté qu'à l'ordinaire en jean et chemise gris clair. Le jeune Américain a tout juste le temps de se demander, l'espace d'une seconde, s'il ne s'agit pas d'un simple fantasme, d'une sorte de mirage dû au stress, avant que Henry ne lui susurre à l'oreille :

— Ça n'a pas l'air d'aller très fort, dis-moi… Tu ne serais pas en train de noyer ta solitude dans l'alcool, au moins ?

Bon, pas de doute, c'est bien lui…

— Tu… Qu'est-ce que tu fais là ?

— En tant que figure emblématique d'une des plus grandes puissances du monde, j'essaie de me tenir à peu près au courant de l'actualité politique internationale.

Alex hausse un sourcil dubitatif. Le prince, un peu penaud, baisse la tête.

— J'ai laissé Pez reprendre l'avion tout seul parce que je m'inquiétais pour toi.

— Ah, bah voilà… soupire l'autre avec un clin d'œil avant d'attraper son whisky histoire de masquer le petit sourire triste qui s'étale sur ses lèvres. Mais ne prononce surtout pas le nom de ce traître…

— À la tienne, répond le Britannique en levant le verre que vient de déposer devant lui le barman.

Sous les yeux d'Alex, il déguste sa première gorgée et lèche le jus de citron qui lui a dégouliné sur le pouce – et bordel, ce qu'il est beau… La chaleur de Brooklyn en été, à laquelle le climat anglais ne l'a pas habitué, lui a rosi les joues et les lèvres – le jeune Texan meurt d'envie de se pelotonner contre cette peau qui lui semble si douce et si soyeuse… et s'aperçoit tout à coup que l'angoisse qui lui serrait la gorge dans un étau a disparu.

D'habitude, mis à part June, il est rare que qui que ce soit prenne la peine de s'assurer qu'il va bien. C'est lui, en grande partie, qui en a voulu ainsi : il s'applique à ériger entre lui et les autres un mur fait de charme, de tirades enflammées, pleines de verve, et d'indépendance obstinée. Mais le Britannique le dévisage comme s'il n'était pas dupe une seule seconde.

— Allez, Votre Altesse, il faut terminer votre verre, maintenant… murmure Alex. Mon lit m'appelle, et c'est un *king size*. Je l'entends d'ici.

Il se décale sur son tabouret, glisse son genou droit sous le comptoir entre les cuisses de son compagnon, qu'il écarte. Le prince marmonne, faussement réprobateur :

— Mais c'est qu'on aime mener les autres à la baguette, à ce que je vois…

Ils restent assis au bar, le temps pour Henry de terminer son cocktail tout en se lançant dans une comparaison de diverses marques de gin. Alex se laisse bercer par ce murmure apaisant, reconnaissant à son ami d'assurer seul la conversation, pour une fois. Paupières closes, il s'efforce, par la seule force de sa volonté, d'occulter la catastrophe du jour, de tout oublier. Lui revient soudain en mémoire la question que lui a posée Henry le soir du Nouvel An, dans les jardins de la Maison-Blanche : « *Ça t'arrive de te demander comment ce serait d'être un parfait inconnu, un simple anonyme parmi tant d'autres ?* »

S'il est un simple anonyme, un gars comme les autres, sans le moindre lien avec l'histoire, alors il a vingt-deux ans, un petit coup dans le nez, et entraîne jusque dans sa chambre d'hôtel, par la boucle de la ceinture, un mec dont il aspire entre ses dents la lèvre inférieure tout en cherchant à tâtons dans son dos l'interrupteur de la lampe de chevet en pensant : *Je l'aime vraiment, vraiment bien, ce garçon.*

Ils se détachent l'un de l'autre et, quand Alex rouvre les yeux, il s'aperçoit que Henry l'observe.

— Tu es sûr de ne pas avoir envie d'en parler ?

L'Américain soupire : si, évidemment, et son compagnon le sait parfaitement. Il recule d'un pas, les mains sur les hanches, et tente de s'expliquer :

— C'est juste que… Luna, c'était censé être moi quand je serais grand, tu vois ? J'avais quinze ans quand je l'ai rencontré, et j'étais… en admiration totale devant lui. C'était comme mon modèle, le mec que j'espérais devenir un jour : il s'intéressait vraiment aux autres, il se décarcassait, il y croyait, il voulait améliorer la vie des gens.

À la faible lueur de la lampe de chevet, Alex se retourne pour s'asseoir au bord du lit.

— C'est quand je suis allé bosser sur sa campagne, à Denver, que j'ai su : je voulais vraiment m'engager en politique, ce n'était pas un simple feu de paille. Je me suis retrouvé devant ce gars tout jeune, gay, qui partageait les mêmes origines que moi, et qui dormait presque tous les soirs affalé sur son bureau pour s'assurer que les enfants des écoles de son État aient bien le droit à la cantine gratuite.

Et je me suis dit : *Ça, je peux le faire, ça pourrait être moi.* Honnêtement, je ne suis pas sûr d'être assez doué ou assez intelligent pour me montrer digne de mes parents. Mais ça, au moins, c'était dans mes cordes.

Il baisse la tête : les mots qu'il s'apprête à prononcer, il ne les avait jamais dits à personne jusqu'ici. Il reprend donc à mi-voix.

— Sauf que maintenant, je me retrouve assis là à me répéter : putain, s'il s'est vendu au plus offrant, ce salaud, alors ça veut peut-être dire que tout est bidon, que je ne suis qu'un pauvre naïf accroché à des rêves qui n'ont rien à voir avec la vraie vie.

Henry vient se planter devant son compagnon : sa cuisse effleure la face interne du genou d'Alex. Le prince lui pose une main sur l'épaule pour calmer son agitation et sa nervosité.

— Les choix que font les autres ne changent rien à ce que tu es.

— Je n'en suis pas si sûr. J'avais vraiment envie de croire qu'il y a des gens honnêtes, des gens qui se lancent en politique pour changer les choses. Qui font, la plupart du temps, des choses bien et la plupart de ces choses pour les bonnes raisons. Je voulais vraiment être le genre de personne qui y croit...

Les mains de Henry remontent le long de ses épaules, s'attardent au creux de son cou puis frôlent la ligne de sa mâchoire. Quand Alex se décide enfin à relever la tête, il découvre, posé sur lui, le regard doux et familier du prince.

— Et c'est bien le cas, tu n'as pas changé. Tu te soucies toujours autant des autres. (Le jeune Britannique se penche pour déposer un baiser sur les cheveux de son camarade.)

Et tu es quelqu'un de bien. Le monde est trop souvent un endroit horrible mais, toi, tu as une belle âme.

Alex inspire profondément. Henry a le don d'écouter le flot désordonné des réflexions qui se déversent de sa bouche et d'y apporter une réponse claire et concrète – de mettre en mots la vérité qu'il cherchait depuis le début à toucher du doigt. Dans l'ouragan de ses pensées, Henry est l'endroit où la foudre s'abat. Alors il voudrait tellement que ce soit vrai…

Il laisse son partenaire le pousser en arrière sur le lit et le couvrir de baisers jusqu'à ce qu'il ne pense plus à rien, laisse des doigts errants le déshabiller. Au moment de la pénétration, Alex sent enfin ses épaules se détendre, un peu comme une voile de bateau se déploie dans les descriptions que lui en a fait le prince.

— Quelqu'un de bien, chuchote le Britannique à son oreille en l'embrassant encore et encore.

Une série de chocs sourds frappés à la porte, beaucoup trop bruyants, réveillent Alex en sursaut – beaucoup trop tôt à son goût. À la brutalité des coups, il reconnaît aussitôt Zahra, avant même qu'elle n'ait ouvert la bouche. Pourquoi ne l'a-t-elle pas tout simplement appelé ? Mais quand il attrape son portable, il le trouve déchargé. Et merde… Voilà pourquoi il n'a pas entendu son réveil.

— Alex Claremont-Diaz, il est presque 7 heures, beugle la conseillère de l'autre côté du battant. Tu as un point stratégie dans quinze minutes et j'ai la clé de ta chambre. Donc je me fous de savoir si tu es habillé : si tu n'ouvres pas cette porte dans les trente secondes, j'entre.

Nu, il l'est, et pas qu'un peu… C'est ce dont le jeune Texan prend conscience en se frottant les yeux. Il jette un regard au corps lové contre son dos : même chose pour Henry.

— Putain de merde ! s'exclame-t-il en se redressant si vite qu'il s'emmêle dans les draps et finit par tomber du lit.

— Hmm… marmonne le prince.

— Enfoiré de… C'est pas vrai, mais quel con !

Ravi de voir que tout son vocabulaire se réduit apparemment désormais à des jurons et des insultes, Alex s'extrait tant bien que mal de la literie pour se lancer à la recherche de son pantalon. Henry, mal réveillé, interroge le plafond d'une voix monocorde :

— Quoi ?

— Tu sais que je t'entends, Alex ? s'écrie le bras droit de la présidente. Si tu ne mets pas le turbo, je te jure que tu vas le regretter !

Nouveau bruit à la porte… À vue de nez, Zahra vient carrément d'y flanquer un bon coup de pied. Le Britannique saute à son tour hors du lit, uniquement drapé dans sa nudité et une expression de panique absolue – la scène en serait presque comique si elle n'était pas si dramatique. Un bref instant, ses yeux se posent sur les rideaux, comme s'il songeait à se glisser derrière. Alex, lui, continue sur sa lancée :

— Putain de bordel de merde !

Les mains tremblantes, il termine d'enfiler son pantalon, récupère au hasard sur la moquette une chemise et un boxer qu'il plaque contre la poitrine du prince en désignant la penderie.

— Cache-toi là.

— Mais bien sûr… lâche le jeune homme, incrédule.

— Oui, on analysera l'ironie de la situation plus tard, merci. Allez, grouille-toi !

À peine Henry a-t-il obtempéré que la porte de la chambre s'ouvre brutalement. Zahra s'encadre sur le seuil, armée de son Thermos. Elle a le visage de quelqu'un qui se dit qu'elle n'est quand même pas allée jusqu'à passer un master pour se retrouver obligée de materner un adulte à priori majeur et vacciné, tout fils de présidente qu'il soit.

— Euh… salut, tente Alex, faute de mieux.

La conseillère s'avance en balayant la pièce du regard : les draps en pagaille sur le sol, les deux oreillers froissés, les deux portables sur la table de nuit.

— C'est qui, cette fille ? s'écrie-t-elle en filant droit vers la salle de bains, dont elle ouvre la porte à la volée comme si elle s'attendait à trouver une starlette hollywoodienne planquée dans la baignoire. Et on peut savoir pourquoi tu l'as laissée garder son téléphone ?

— C'est personne, arrête un peu ! rétorque du tac au tac Alex, dont la voix se brise au milieu de sa phrase, si bien que la jeune femme hausse un sourcil dubitatif. Quoi ? Je me suis juste collé une cuite hier soir, tout va bien, on se détend.

— « Tout va bien » ? aboie Zahra. Parce que tu crois vraiment que c'était le bon jour pour te balader avec une gueule de bois ?

— Ça va, tout ira bien, je te le promets.

Et c'est là que, comme par hasard, retentissent plusieurs coups successifs dans la penderie, dont Henry émerge brutalement en sautillant sur un pied, le boxer d'Alex seulement à moitié enfilé. Il sort – littéralement – du placard. *Alors celle-là, elle est bien bonne…* pense le jeune Texan, à deux doigts d'exploser de rire.

Du sol où il est allé s'étaler, le prince termine de remonter le caleçon sur ses hanches en fixant la conseillère d'un air terriblement embarrassé.

— Euh… Bonjour, balbutie-t-il.

S'ensuit un long silence. Puis Zahra s'éclaircit la gorge :

— Hmm… Je ne suis même pas sûre d'avoir envie qu'on m'explique ce qui se passe ici. Comment il s'est retrouvé là, lui ? Je veux dire… Comment c'est possible d'un point de vue physique ou juste… géographique ? Et… pourquoi ? En fait, non… non, ne me dites rien ! Je ne veux pas le savoir…

Elle dévisse le bouchon de son Thermos pour avaler une grosse gorgée de café avant de poursuivre sa tirade.

— Attendez, non, c'est pas possible… Ne me dites pas que… ce serait de ma faute ? Je n'aurais jamais cru que… quand j'ai organisé ça, je ne… Bon sang, mais c'est pas vrai !

Henry, qui s'est relevé, est en train de boutonner sa chemise, les oreilles rouge pivoine.

— Si… Si ça peut vous rassurer, je crois que c'était… euh… assez inévitable. Du moins pour moi. Bref, il ne faut pas vous en vouloir.

Les yeux fixés sur le prince, Alex cherche quelque chose à ajouter quand Zahra lui plante dans l'épaule un ongle parfaitement manucuré.

— Tu sais quoi ? J'espère que vous vous êtes bien amusés, parce que si ça se sait un jour, si jamais quelqu'un le découvre, on est tous baisés, tous jusqu'au dernier ! (Elle pointe brusquement le Britannique du doigt.) Et vous aussi, d'ailleurs ! Bon, j'imagine que je n'ai pas besoin de vous faire signer un accord de confidentialité ?

D'écarlates, les oreilles de Henry tournent à une inquiétante nuance violacée.

— J'en ai déjà signé un pour lui, intervient Alex. Je pense qu'on est couverts.

Dire que, six heures plus tôt, il tombait paisiblement endormi sur la poitrine de son amant. Et voilà qu'il se retrouve debout dès l'aube, à moitié à poil, à discuter formalités administratives… En plus, la paperasserie, il a horreur de ça.

— Merveilleux ! ironise Zahra. Je vois que tu as tout prévu. Fantastique. Bon, il dure depuis combien de temps, votre petit manège ?

— Depuis… euh… le Nouvel An, avoue Alex.

— Quoi ? Le Nouvel An ? s'étrangle la jeune femme, les yeux ronds comme des soucoupes. Ça fait sept mois ! C'est pour ça que tu… Et moi qui croyais que tu t'étais pris d'une passion soudaine pour les relations internationales !

— Techniquement, c'est presq…

— Attention, si tu vas au bout de cette phrase, je passe la nuit en prison pour homicide.

Alex fait la grimace.

— Ne dis rien à maman, s'il te plaît !

— C'est *une blague*, j'espère ? rugit son interlocutrice. Tu te farcis l'air de rien *un putain de dignitaire étranger* – qui, au passage, est tout de même *un homme* – pendant *le plus gros événement* avant l'élection, dans un hôtel *bourré à ras bord* de journalistes, dans une ville *truffée* de caméras, alors que le scrutin est tellement serré que son résultat pourrait littéralement *basculer* à cause d'une connerie de ce genre, c'est juste la réalisation d'un de mes *pires cauchemars*, et tu me demandes en plus de *mentir* à la présidente ?

— Euh… oui ? Je ne lui ai pas encore dit que j'étais bi.

Sous le choc, Zahra pince les lèvres et fait un drôle de bruit, comme si elle s'étouffait.

— Écoute, on réglera ça plus tard, là, on n'a pas le temps. Et ta mère a d'autres chats à fouetter pour le moment que ta putain de crise existentielle et tes exploits sexuels d'adolescent attardé, donc… je ne lui dirai rien. Mais une fois la convention terminée, il va falloir que tu passes à table.

— D'accord, soupire Alex.

— Question : ça ferait la moindre différence si je t'interdisais de le revoir ?

Le jeune Texan jette un regard à Henry, assis au coin du lit, au bord de la nausée, clairement secoué, l'air terrifié, avant de répondre :

— Non.

— Au moins, j'aurai essayé… marmonne Zahra en se frottant le front du dos de la main. Putain de merde, je prends une année de plus à chaque fois que je te vois. Bon, c'est pas tout ça, je descends au rez-de-chaussée. Je veux te voir habillé, en bas, dans moins de cinq minutes. On a une campagne à sauver. Quant à vous, dit-elle en se tournant vers le prince, vous allez me faire le plaisir de regagner votre île au triple galop, et si quelqu'un vous voit sortir d'ici, je vous achève de mes propres mains, c'est clair ? Et ce n'est pas la couronne qui va m'arrêter, ça, je peux vous le promettre !

— C'est bien noté, lâche Henry d'une toute petite voix.

Et la jeune femme de lui lancer un dernier regard furibond avant de tourner les talons pour quitter la chambre au pas de charge en claquant la porte à la volée derrière elle.

Chapitre 9

— Bon, alors voilà…

De l'autre côté de la table, dans l'une des plus petites salles de conférence de l'aile Ouest, est assise sa mère. Les deux mains posées l'une sur l'autre, elle le dévisage avec curiosité. Alex commence à transpirer à grosses gouttes. Il aurait plutôt dû lui proposer un déjeuner, sauf que… il a paniqué, voilà tout.

Bon bah… il est temps de se jeter à l'eau.

— J'ai… euh… compris un truc important, récemment. Et… je voulais t'en parler parce que… tu es ma mère, je veux que tu fasses partie de ma vie et je n'ai pas envie de te cacher des choses. Et puis parce que ça pourrait… euh… affecter la campagne, en matière d'image.

— O.K., dit Ellen d'une voix neutre.

— O.K. Très bien. Euh… Alors… voilà, je ne suis pas hétéro. Je suis bisexuel, en fait.

Le visage d'Ellen s'éclaire, elle décroise les doigts et se met à rire.

— C'est tout, mon chéri ? Tu m'as fichu la trouille, je me suis fait de ces idées ! s'exclame-t-elle en se penchant par-dessus la table pour poser les deux mains sur celles de son fils. C'est formidable, mon chou. Je suis vraiment contente que tu me l'aies dit.

Alex lui rend son sourire. La boule d'angoisse qui lui serrait la gorge se dégonfle imperceptiblement, mais il lui reste une deuxième bombe à larguer.

— Hmm… il y a autre chose. J'ai aussi… rencontré quelqu'un.

Sa mère incline la tête sur le côté.

— Ah oui ? Eh bien, je suis ravie pour toi. J'espère qu'il a bien signé tous les papiers, et…

— C'est… euh… c'est Henry, l'interrompt-il.

Petit silence. La présidente fronce les sourcils.

— Henry ?

— Oui, Henry.

— Le… Le prince Henry ?

— C'est ça.

— D'Angleterre ?

— Oui.

— Pas… un autre Henry ?

— Non, maman. Henry, le prince de Galles.

— Je croyais que tu le détestais ? Et maintenant… alors quoi, vous êtes amis ?

— Alors oui, je le détestais et, oui, on est devenus amis, tout ça c'est vrai. Mais aujourd'hui, on est… ensemble. Depuis un moment, en fait. Depuis… sept mois, je dirais.

— Je… je vois.

Mal à l'aise, le jeune homme se tortille sur son siège. Ellen dévisage son fils pendant une longue minute.

Soudain, son téléphone apparaît dans sa main. Elle se lève et assène un coup de pied à sa chaise pour la replacer sous la table.

— Bon, j'annule tous mes rendez-vous de l'après-midi, lance-t-elle. J'ai besoin d'un peu de temps pour… arranger deux, trois bricoles. On se retrouve ici dans une heure ? Je nous commanderai à manger. Apporte… ton passeport, et tous les reçus ou documents que tu jugerais utiles, mon chéri.

Sans même attendre de savoir s'il est bien disponible, elle sort de la pièce à reculons, les yeux rivés sur son portable, et disparaît dans le couloir. La porte n'est même pas encore refermée qu'une notification apparaît sur le téléphone de son fils.

CALENDRIER
Débriefing identité sexuelle
& éthique internationale
Aile Ouest, 1er étage
Invitation de : Maman
Aujourd'hui à 14:00

Une heure plus tard, plusieurs cartons de riz cantonais et de nouilles sautées s'entassent sur la table à côté d'une présentation PowerPoint dont la première diapo s'intitule : « EXPÉRIENCES SEXUELLES AVEC UN REPRÉSENTANT D'UNE FAMILLE ROYALE ÉTRANGÈRE : ATTENTION DANGER ». Alex se demande s'il a encore le temps de faire le saut de l'ange du haut du toit.

— Bon, alors voilà… commence la présidente, aussitôt qu'il s'assoit, sur le même ton que lui une heure auparavant. Avant de commencer, je tiens à préciser que je t'aime très fort et que je te soutiendrai toujours. Mais, pour être honnête, on est en face d'un merdier logistique et éthique de compétition, alors il faut vraiment qu'on s'assure de ne rien laisser au hasard. D'accord ?

Le point suivant a pour titre : « EXPLORER SA SEXUALITÉ, D'ACCORD… MAIS AVEC LE PRINCE D'ANGLETERRE, VRAIMENT ? » Tandis que sa mère s'excuse de ne pas avoir eu assez de temps pour mieux travailler ses intitulés, Alex commence à prier pour que la mort vienne le délivrer de cette torture, et vite.

La diapositive d'après s'interroge : « BUDGET FÉDÉRAL, FRAIS DE DÉPLACEMENT, RENDEZ-VOUS COQUINS… ET TOI DANS TOUT ÇA ? »

Apparemment, il s'agit surtout pour l'autrice de ses jours de s'assurer qu'il n'a pas utilisé de jet privé financé par des fonds fédéraux pour aller voir le prince pour des motifs personnels – la réponse est : non. Et de lui faire signer tout un tas de paperasses, dispenses et autres décharges, histoire de protéger au mieux leurs arrières. Mais réduire sa relation avec Henry à une série de cases à cocher froides et impersonnelles lui semble sacrilège, d'autant plus que la moitié des questions portent sur des sujets qu'il n'a encore jamais abordés avec le premier concerné.

C'est un véritable calvaire, mais qui finit tout de même par prendre fin. Et force est de constater qu'Alex n'en est pas mort – au moins, c'est déjà ça. Sa mère scelle le dernier formulaire avec tous les autres dans une enveloppe qu'elle pousse de côté. Puis elle ôte ses lunettes de lecture et les pose à leur tour sur la table.

— Bon. Voilà, je sais bien que je t'en demande beaucoup… Mais sache que c'est parce que je te fais confiance. Tu es un demeuré, mais j'ai confiance en toi et en ton jugement. Je t'ai promis, il y a des années, de ne jamais te forcer à prétendre que tu es ce que tu n'es pas. Je ne serai donc ni la présidente ni la mère qui t'interdira de le revoir.

Elle s'interrompt quelques secondes, le temps pour Alex d'acquiescer pour montrer qu'il a compris.

— Cela dit, on joue gros, là. Très gros. Il ne s'agit pas simplement d'un camarade de classe ou d'un stagiaire. Je te demande de réfléchir très sérieusement aux risques que tu fais courir, non seulement à toi et à ta carrière, mais aussi et surtout à ma campagne et à ma présidence dans son ensemble. Tu es jeune, je le sais bien, mais c'est ta vie entière que tu engages, là. Même si vous finissez par rompre, à partir du moment où votre liaison s'ébruite – et il y a de fortes chances qu'elle s'ébruite –, elle te suivra pour toujours. Là, maintenant, il faut que tu décides si ce que tu ressens pour lui, c'est pour toujours. Et si ce n'est pas le cas, il faut y mettre fin, et vite.

Elle étale les mains sur la table devant elle. Dans le silence qui s'installe entre eux, Alex a l'impression que son cœur s'est logé entre ses amygdales.

« *Pour toujours.* » C'est une perspective écrasante, le genre de notion qu'il ne pensait pas avoir à apprivoiser avant une bonne dizaine d'années.

— Autre chose, reprend sa mère. Désolée de te faire ça, mon chou, mais la campagne, pour toi, c'est terminé.

Le cœur serré, le jeune homme se prend cette nouvelle claque en pleine figure. Le retour à la réalité est plus que rude.

— Quoi ? Non, attends un peu…

Si la présidente semble désolée, son air résolu ne laisse aucune place au doute : elle ne reviendra pas sur sa décision.

— La question n'est pas ouverte à la discussion, Alex. C'est un risque que je ne peux tout simplement pas prendre. D'ailleurs, c'est un miracle si tu ne finis pas par te brûler les ailes, tu es déjà beaucoup trop près du soleil. On va dire à la presse que tu as décidé d'explorer d'autres voies professionnelles et je ferai vider ton bureau ce week-end.

Sur ces paroles bien senties, elle présente sa paume au jeune homme. D'abord interloqué, il fixe un instant sans comprendre les lignes qui s'y croisent, avant de finir par percuter.

Il tire de sa poche et tend à sa mère son badge de campagne – le tout premier trophée de sa jeune carrière, une carrière prometteuse qu'il a pourtant réussi à faire dérailler en quelques mois à peine. Le ton de la présidente se fait soudain à nouveau impersonnel :

— Une dernière chose, ajoute-t-elle en tirant un dernier document de dessous sa pile de dossiers. Comme les cours d'éducation sexuelle dans les écoles publiques du Texas, pour le dire gentiment, ce n'est pas trop ça… Et comme je n'ai pas non plus abordé la question moi-même quand on a eu notre première conversation sérieuse sur le sujet (pardon d'avoir fait des suppositions hâtives, d'ailleurs)… Je voulais en profiter pour te rappeler que l'usage du préservatif n'est pas en option, même dans le cas d'un rapport ana…

— D'accord, merci, maman ! s'écrie Alex en manquant de renverser sa chaise dans sa hâte de passer la porte le plus vite possible.

La présidente tente vainement de le retenir :

— Non, attends ! Quand je leur ai demandé des dépliants, le planning familial me les a carrément fait livrer par coursier vélo… Prends-en un au moins !

Une horde de canailles et de fous
10/08/20 01:04

De : Alx <agcd@eclare45.com>
À : Henry

Henry,

Tu as déjà lu les lettres d'Alexander Hamilton, notre cher père fondateur, à son ami John Laurens ?
Suis-je bête ! Bien sûr que non. Sinon, ta famille t'aurait déjà déshérité pour sympathies révolutionnaires.
Depuis que je me suis fait virer de la campagne, je n'ai absolument rien d'autre à faire de mes journées que regarder les chaînes infos (ce qui me bouffe chaque jour un peu plus les neurones), relire *Harry Potter* et trier mes vieilles affaires de fac. Je regarde mes disserts d'il y a deux ans et je me dis : « C'est vraiment brillant, du beau boulot. Je suis tellement content d'avoir passé une nuit entière sur ce truc – avec un 19 sur 20 de moyenne à la clé, attention les yeux ! –, tout ça pour me faire lourder sans sommation de mon tout premier job et me retrouver séquestré jusqu'à nouvel ordre dans ma propre chambre. Bravo, la grande classe, Alex ! »
Ne me dis pas que c'est comme ça que tu te sens, au palais, à longueur de journée ? Non mais quelle galère, je te jure !

Bref, j'étais en train de trier mes cours quand j'ai retrouvé une dissert sur la correspondance de Hamilton pendant la guerre d'Indépendance. Et tu sais quoi ? Je me dis qu'il était clairement bi. Ses lettres à Laurens étaient presque aussi romantiques que celles qu'il écrivait à sa femme : la plupart se terminaient par « À toi » ou « Avec toute mon affection ». Le dernier courrier qu'a reçu Laurens avant de mourir s'achevait carrément sur un « À toi pour toujours ».

On peut m'expliquer pourquoi personne dans ce pays ne mentionne jamais la possibilité qu'un de nos pères fondateurs ait été autre chose que parfaitement hétéro ? (Hormis Chernow – sa bio de Hamilton est géniale d'ailleurs – cf. bibliographie en PJ.) Enfin, je sais pourquoi, bien sûr, mais bon…

Bref, je suis tombé sur cet extrait d'une de ses lettres qui m'a fait penser à toi. Et un peu à moi aussi, du coup :

En vérité, j'ai la malchance d'être un homme honnête, qui dévoile ce qu'il éprouve à tout un chacun, et sans retenue aucune. Je te le dis car tu le sais déjà et n'y verras point de vanité de ma part. Je déteste le Congrès, j'abhorre l'armée, je vomis le monde entier et je me hais moi-même. Une horde de canailles et de fous, voilà ce que nous sommes. Exception faite, peut-être, de toi…

Je repense à l'histoire, et je me demande si (et comment) elle se souviendra de moi. Et

de toi aussi, d'ailleurs. Au passage, ça aurait de la gueule si on écrivait toujours comme ça aujourd'hui, tu ne trouves pas ?
L'histoire, hein ?
Elle est en marche. Et je te parie qu'on pourrait changer les choses, si on essayait…

Avec toute l'affection d'un homme qui perd peu à peu la tête,

Alex, toujours Bon Premier sur les Déclarations blasphématoires sur les Pères fondateurs

Re : Une horde de canailles et de fous
10/08/20 04:18

De : Henry <hdegalles@kensingtonemail.com>
À : Alx

Alex, Grand Adepte des lectures historiques masturbatoires,

Pour commencer, « cf. bibliographie en PJ » est très probablement la phrase la plus torride que tu m'aies jamais écrite.
Chaque fois que tu me dis que tu dépéris à petit feu, enfermé à la Maison-Blanche, j'ai l'impression que c'est de ma faute, et je me sens hyper mal. Je suis désolé : je n'aurais jamais dû débarquer sans prévenir à un événement aussi

important. Je me suis emballé, je n'ai pas pris le temps de réfléchir… En plus, je sais bien à quel point ce poste comptait pour toi.
Alors voilà, je voulais… te laisser le choix. Si tu avais envie de me voir un peu moins, et de te concentrer sur le reste – ton boulot, des choses plus simples –, je comprendrais… Promis, juré.
Enfin bon… Tu le croiras ou non, mais j'ai justement lu quelques petites choses sur Hamilton. J'avais mes raisons, hein… D'abord, c'était un écrivain brillant. Ensuite, je sais que c'est à lui que tu dois ton prénom. (Les ressemblances entre vous sont inquiétantes, d'ailleurs : deux grands passionnés qui ne savent jamais quand il faut la fermer…) Enfin, figure-toi qu'un impertinent – un truc de fou, cette histoire – a un jour essayé d'attenter à ma vertu sous un portrait du grand homme. Or, dans le temple de la mémoire, il est des détails qui exigent un certain contexte. Ou, pour le dire plus simplement : ça m'a un peu marqué, du coup, je me suis renseigné…
Mais dis-moi, est-ce que tu serais en train d'essayer de suggérer un petit jeu de rôle entre… disons… deux soldats révolutionnaires en révolte contre l'oppresseur britannique ? Parce qu'il faut que je te le dise : le peu de sang de George III qui me coule encore dans les veines ne ferait qu'un tour et je ne te serais absolument d'aucune utilité.
Ou est-ce que tu serais plutôt en train de suggérer des échanges de lettres passionnées à la lueur d'une bougie ?

Faut-il que je te l'avoue ? Sitôt que nous sommes séparés, ton corps me revient en rêve. Devrais-je te dire que je te vois dans mon sommeil – le creux de ta taille, la petite tache de rousseur sur ta hanche – et qu'à mon réveil, j'ai l'impression d'avoir passé la nuit avec toi ? Que je sens encore la caresse fantôme de tes doigts sur ma nuque, toute fraîche, comme si je ne l'avais pas simplement imaginée ? Que la sensation tenace de ta peau contre la mienne fait souffrir chacun des os de mon corps ? Que l'espace d'un instant, en retenant mon souffle, je peux me retrouver là avec toi, en songe, dans des milliers de chambres différentes, et nulle part à la fois ?

Je crois que Hamilton le dit beaucoup mieux que moi dans cette lettre à sa femme, Eliza :

Tu captives mon esprit tout entier, au point de ne plus laisser place à d'autres pensées. Non contente de m'accaparer tout le jour, tu t'immisces aussi dans mon sommeil. Je te rencontre dans chacun de mes rêves et, lorsque je m'éveille, je désespère de retrouver le sommeil tant ta douceur lancinante m'obsède.

Si tu as retenu l'option que j'évoquais au début de cet e-mail, j'ose espérer que tu n'as pas lu la suite de mes divagations.

Bien à toi,

Son Hérétique Altesse Royale Irrécupérablement Mordue, le prince Henry

Re : Une horde de canailles et de fous

10/08/20 05:36

De : Alx <agcd@eclare45.com>
À : Henry

Henry,

S'il te plaît, ne dis pas de bêtises : pour toi comme pour moi, rien ne sera jamais « simple » dans la vie, de toute façon.
En tout cas, le doute n'est plus permis : tu devrais vraiment considérer une carrière d'écrivain. Qu'est-ce que je dis ? Tu es déjà un écrivain.
Tu sais quoi ? Même après tout ce qu'on a traversé, je meurs toujours d'envie d'en savoir plus sur toi. C'est dingue, non ? Je suis là, assis devant mon ordinateur, à me demander : qui est ce garçon qui connaît son Hamilton sur le bout des doigts et qui écrit si bien ? D'où est-ce qu'un gars pareil peut bien sortir ? Comment ai-je pu me tromper sur lui à ce point-là ?
C'est bizarre, parce que j'ai régulièrement des intuitions sur les gens, une espèce de pressentiment qui se révèle souvent assez juste. Avec toi aussi, mon instinct m'a soufflé des choses, seulement je n'étais pas assez équipé je crois – pas encore assez mûr dans ma tête – pour les décrypter. Ce qui ne m'a pas empêché, toutes ces années, d'essayer de suivre mon intuition, comme si j'avançais les yeux bandés dans la bonne direction en

croisant les doigts pour ne pas me tromper… Ce qui fait de toi mon étoile Polaire, il faut croire ?
Il faut absolument qu'on se voie, et vite. Je n'arrête pas de relire ce fameux paragraphe – tu sais très bien lequel. J'ai besoin que tu sois ici avec moi. Il me faut ton corps, et toi tout entier. Et il faut absolument que je sorte un peu de cette satanée baraque. Voir à la télé June et Nora courir les meetings sans moi, c'est la torture.
En fait, on a une tradition : tous les ans, on passe un long week-end dans la maison de vacances de mon père, au bord d'un lac, au Texas. C'est une espèce de retraite, histoire de nous déconnecter. Il y a de la verdure partout, une jetée, et mon paternel nous cuisine des sacrés bons petits plats. Ça te dit ? Je n'arrête pas de t'imaginer assis au bord de l'eau, la peau brunie par le soleil, beau à tomber. Cette année, c'est prévu dans deux semaines. Shaan pourrait par exemple demander à Zahra de te trouver un vol pour Austin, et on passerait te récupérer à l'aéroport ? S'il te plaît, dis oui…

Tout à toi,

Alex

P.-S. : Allen Ginsberg à Peter Orlovsky, 1958 : *Même si les contacts entre nous sont comme d'éclatants soleils, tu me manques plus que ma propre maison. Renvoie-moi un rayon de ta lumière, mon ange, et pense à moi.*

Re : Une horde de canailles et de fous

10/08/20 20:22

De : Henry <hdegalles@kensingtonemail.com>
À : Alx

Alex,

Si c'est moi ton étoile Polaire, où allons-nous finir par nous échouer ? Je préfère ne pas y penser.
En ce moment, je m'interroge sur l'identité et j'ai beaucoup réfléchi à ta question : d'où peut bien sortir un garçon comme moi ? Le mieux que je puisse faire, pour te répondre, c'est de te raconter une histoire…

Il était une fois un jeune prince, venu au monde dans un grand château. Il avait pour mère une princesse d'une grande érudition et, pour père, le chevalier le plus beau et le plus redouté du pays. Enfant, il était comblé : on lui apportait tout ce dont il pouvait rêver – les plus beaux habits de soie, les fruits mûrs de l'orangerie… Jamais il ne se lasserait de son statut de prince, pensait-il, tant, par moments, il se sentait heureux.
Bien qu'il descendît d'une longue lignée de sang royal, il ne ressemblait pourtant à aucun prince avant lui, car il était né avec le cœur à l'extérieur du corps.

Quand il était petit, sa famille en riait et disait en plaisantant que cette étrangeté disparaîtrait avec l'âge. Mais à mesure qu'il grandissait, l'organe continuait de palpiter à la vue de tous, rouge écarlate. Le prince lui-même n'en pensait pas grand-chose, mais plus le temps passait et plus sa famille craignait que le peuple ne finisse par remarquer sa difformité et ne décide de lui tourner le dos.

Sa grand-mère, la reine, vivait quant à elle dans une haute tour, où elle ne cessait de vanter les exploits de tous les autres princes – y compris ceux d'autrefois – nés, eux, sans imperfection.

Un jour, le père du prince, le chevalier, fut tué au combat. Une lance transperça son armure et il se vida de son sang, allongé là dans la poussière. C'est pourquoi, lorsque la reine envoya au jeune homme de nouveaux habits – une armure qui lui permettrait de mettre son cœur à l'abri –, la mère du garçon ne protesta pas. C'est qu'elle avait peur, à présent – peur que le cœur de son fils ne finisse transpercé à son tour.

Le prince accepta donc de porter la cuirasse. Et, pendant des années, il crut que c'était une bonne chose.

Jusqu'à ce qu'il rencontre un jeune paysan à la beauté dévastatrice venu d'un village voisin qui, en lui débitant les pires atrocités, lui donnait, pour la première fois depuis une éternité, la sensation d'être vivant. Ce garçon s'avéra le plus extravagant des sorciers, capable de faire

surgir du néant pièces d'or, shots de vodka ou tartelettes aux abricots, si bien que la vie entière du prince s'envola en fumée dans un éblouissant panache violet. Sur ces entrefaites, le royaume entier s'écria : « Mais bien sûr, voyons ! Quoi d'étonnant à ça ? »
Bref, je suis partant pour la maison de vacances ! Je suis content, j'avoue, que tu puisses sortir un peu de la Maison-Blanche. J'avais un peu peur que tu finisses par y foutre le feu.
Et donc, si j'ai bien compris, je vais rencontrer ton père ?

Tu me manques,

Je t'embrasse,

Henry

P.-S. : J'ai un peu honte de ce conte de fées larmoyant. J'espère tu l'oublieras aussi vite que tu l'auras lu.

P.-P.-S. : Henry James à Hendrik C. Andersen, 1899 :
En attendant, puissent les formidables États-Unis t'épargner leur brutalité. Je sens en toi une assurance, cher Hendrik, dont la manifestation m'est une grande joie. De tout mon cœur et de toutes mes forces, je t'envoie pour compagnons mes espoirs, mes désirs et ma sympathie. Surtout,

ne perds pas le moral et raconte-moi à mesure qu'elle prend forme ton aventure américaine (qui s'avérera inévitablement, je l'imagine, plus ou moins étrange). Puissent, au moins, tutta quella gente *se montrer bienveillants à ton égard.*

— Certainement pas ! s'exclame Nora, installée à l'arrière de la Jeep, tout en se penchant, bras tendu, par-dessus le dossier du siège passager. On a mis des règles en place et tu dois les respecter !

— Moi, les règles, en vacances, je suis contre ! rétorque June, placée juste derrière son frère et contrainte de s'étaler à moitié sur lui pour intercepter la main de sa meilleure amie.

— Mais c'est mathématique ! s'écrie la première.

— On s'en contrefout, des maths ! réplique la seconde.

— Alors là, tu te trompes : les maths sont absolument partout !

— Dégage de là ! gronde Alex en repoussant sa sœur.

— Tu es censé me soutenir, sur ce coup, je te signale ! glapit-elle.

Et, en signe de protestation, elle tire les cheveux du jeune homme qui lui adresse, en retour, une horrible grimace.

— Si tu acceptes, je te montre un sein, promet Nora au garçon pour tenter de le soudoyer. Et attention : le mieux des deux !

— N'importe quoi, les deux sont bien… objecte June, sur le visage de laquelle une expression un peu rêveuse s'est soudain peinte.

— Pff… marmonne son frère. Comme si je ne les avais pas déjà vus. Rien qu'en ce moment, déjà…

Et Alex désigne de la main la tenue du jour de sa camarade : une salopette-short usée jusqu'à la corde, passée par-dessus la plus minimaliste des brassières.

— C'est les vacances, hashtag « *boobs* en liberté », rétorque l'intéressée. Allez, s'te plaîîît !

Le jeune Texan soupire.

— Désolé, poussin, mais Nora a passé plus de temps sur sa playlist, elle est prioritaire, c'est la règle. Allez, file-lui le cordon…

Depuis la banquette arrière lui parviennent aussitôt un chapelet d'exclamations contradictoires : cris de triomphe pour l'une, de déception pour l'autre. Tout en branchant son portable sur l'autoradio, Nora explique qu'elle a développé le parfait algorithme pour composer la playlist de voyage ultime – un système absolument infaillible. C'est donc sur les premiers trilles de trompette de *Loco in Acapulco* des Four Tops que le jeune homme prend enfin la direction de la sortie de la station-service où ils s'étaient arrêtés pour prendre de l'essence.

La Jeep appartient au père d'Alex et June, qui l'a achetée pour la retaper quand son fils avait à peu près dix ans. La voiture a pris ses quartiers en Californie, désormais, mais une fois par an, pour ce week-end-là justement, Oscar la conduit jusqu'à Austin, où il la laisse à la disposition de ses enfants – c'est toujours par ce moyen qu'ils se rendent jusqu'à la maison de vacances au bord du lac. C'est à bord de cette Jeep qu'Alex a appris à conduire sur les routes de la vallée de San Fernando, un été. Il s'insère entre les deux 4 × 4 noirs des services secrets qui composent leur escorte avant de s'engager sur la rampe d'accès à l'autoroute, un grand sourire aux lèvres. Aujourd'hui encore, après tout ce temps, la sensation familière de l'accélérateur qui s'enfonce sous son pied a toujours quelque chose d'exaltant. Il faut dire que, depuis qu'il a emménagé à la Maison-Blanche, le jeune homme a très peu d'occasions de prendre lui-même le volant…

Au-dessus de leurs têtes s'étire un ciel immense d'un bleu immaculé qui rappelle la fleur de lupin, l'emblème du Texas. Ils sont partis de très bon matin : le soleil, encore bas sur l'horizon, peine à entamer sa course. Les bras nus, ses lunettes de soleil sur le nez, capote abaissée et portières ôtées, Alex monte le son, saisi par la sensation euphorique que la brise qui fouette ses cheveux emporte avec elle tous ses soucis – comme s'ils n'avaient jamais existé, comme si rien d'autre ne comptait que les battements de son cœur, qu'il sent enfler à en éclater dans sa poitrine.

Sauf que… derrière le voile de dopamine, les mêmes soucis se terrent, tenaces : son renvoi de la campagne, les heures passées à tourner comme un lion en cage dans sa chambre. *« Est-ce que ce que tu ressens pour lui, c'est pour toujours ? »*

En rejetant légèrement la tête en arrière pour offrir son visage à l'air tiède et moite de l'État qui l'a vu naître, Alex croise soudain ses yeux dans le rétroviseur. Et c'est un garçon du Texas qui lui rend son regard – jeune, avec son teint hâlé et sa bouche sensible –, le même que celui qui a quitté Austin pour Washington trois ans et demi plus tôt. Alors… pourquoi se prendre la tête par une journée pareille ?

Devant le hangar de l'aérodrome les attendent une poignée d'officiers de sécurité – et Henry, vêtu d'une chemisette en fine batiste, d'un short et d'une paire de lunettes de soleil chiquissimes, son sac de voyage Burberry sur l'épaule… Dans la chaleur de l'été, c'est une vision de rêve. Cette fois, c'est sur l'intro de *Here You Come Again* de Dolly Parton – une autre trouvaille de la playlist de Nora – que l'Américain se suspend à l'armature de portière de la Jeep pour mettre le pied à terre. Les filles ne l'ont pas attendu : elles se sont déjà précipitées sur le prince, qu'elles étouffent entre leurs bras.

— Oui, ah, euh… Salut… Moi aussi, je suis content de vous voir ! s'étrangle le nouveau venu.

Alex se mordille les lèvres en le regardant serrer June et Nora contre lui… et puis c'est au jeune Texan de l'étreindre par la taille, de respirer son odeur bien à lui en s'esclaffant à perdre haleine dans le creux de son cou.

— Salut, vous… souffle Henry à voix basse, rien que pour lui, tout près de son oreille, et Alex, le souffle coupé, ne sait plus que rire sans s'arrêter.

« *Drums, please!* » crachent les enceintes de la Jeep – et la rythmique de *Summertime* version DJ Jazzy Jeff & The Fre sh Prince se fait entendre. Alex hurle son approbation. Une fois que les véhicules des officiers de sécurité britanniques se sont intercalés entre ceux des services secrets américains, les voilà tous repartis, direction l'autoroute 45.

À côté de lui, sur le siège passager, leur invité sourit à pleines dents en remuant la tête au rythme de la musique. Alex couve le jeune homme du regard : il n'en revient toujours pas que Henry – le prince Henry en personne – soit ici, au Texas, en route pour leur maison de vacances. June tire de la glacière calée sous son siège quatre bouteilles de coca mexicain au sucre de canne qu'elle distribue à la ronde. Dès la première gorgée, le jeune Britannique fond littéralement de plaisir. Alex lui attrape la main et entrelace leurs doigts sur l'accoudoir.

Rallier le lac LBJ depuis Austin leur prend une heure et demie. Lorsqu'ils finissent par apercevoir sa surface miroitante entre deux virages, Henry demande :

— Au fait, d'où lui vient ce nom ?

— Nora ? lance Alex.

— Le lac LBJ, répond-elle, ou lac Lyndon B. Johnson, est l'un des six « lacs du Haut Texas », une série de réservoirs artificiels aménagés au moyen de barrages sur le fleuve Colorado. C'est Johnson qui a permis leur création en s'appuyant sur la Loi sur l'électrification des zones rurales. Et puis il possédait un ranch dans la région.

— C'est absolument vrai, confirme Alex.

— Une petite anecdote en prime, pour la route : figurez-vous que Johnson était obsédé par sa propre queue, ajoute Nora. Il la surnommait Jumbo et la dégainait à tout bout de champ, devant ses collègues, des journalistes… n'importe qui en fait.

— C'est tout aussi vrai.

— La politique américaine, c'est fascinant ! soupire le Britannique.

— Il a un truc à dire, Henry VIII ? se moque Alex.

— Breeef, élude le prince d'un petit air dégagé… Vous venez en vacances ici depuis combien de temps ?

— Papa a acheté cette maison quand il s'est séparé de notre mère. J'avais douze ans. Il voulait garder une résidence secondaire pas trop loin de nous, même après s'être installé en Californie. L'été, on était tout le temps fourrés ici.

— C'est même là qu'Alex s'est tapé sa première cuite, se souvient June, nostalgique. Ah là là, tu te rappelles ?

— On avait enchaîné les daïquiris fraise toute la journée…

— Je n'avais jamais vu personne vomir des quantités pareilles, soupire sa sœur, attendrie.

La voiture s'engage dans une allée flanquée d'une épaisse rangée d'arbres. Puis elle remonte la colline pour s'arrêter devant la propriété dressée à son sommet, dont ni la façade d'un ocre éclatant ni les arches arrondies cernées de grands cactus et de plants d'aloe vera n'ont bougé d'un iota depuis la dernière fois. Leur mère n'ayant jamais été une grande fan de déco « hacienda », leur père s'était lâché en achetant la maison : grandes portes turquoise, lourdes poutres apparentes, carreaux de céramique aux motifs hispaniques dans les tons rose et rouge. Un porche couvert fait le tour du bâtiment tout entier et, à l'arrière, de longues volées de marches dévalent la pente jusqu'à la jetée. Les volets de toutes les fenêtres qui donnent sur le lac sont déjà largement ouverts – une brise tiède en soulève les rideaux.

Leurs deux escouades de gardes du corps restent en arrière pour contrôler le périmètre – elles logeront dans la maison voisine, louée pour l'occasion afin de garantir la sécurité des invités sans empiéter sur leur vie privée. Lorsque Henry hisse sur son épaule la glacière de June sans sourciller, comme si elle ne pesait rien, Alex met un point d'honneur à faire comme s'il n'en pensait pas grand-chose.

La voix retentissante d'Oscar Diaz leur parvient avant même qu'il ne tourne le coin du bâtiment pour les accueillir, les deux bras levés vers le soleil. Vêtu d'un short de bain décoré de perroquets et chaussé de ses *huaraches*, ses bonnes vieilles sandales mexicaines en cuir brun, il sort visiblement à peine de l'eau. Un instant plus tard, il attrape sa fille et la soulève du sol pour la serrer contre lui.

— C.J. ! s'écrie-t-il en la faisant tournoyer avant de la déposer sur le parapet en stuc.

Vient ensuite le tour de Nora, puis celui d'Alex, à qui le sénateur, dans son enthousiasme, manque de broyer les côtes.

Quand Henry s'avance, le propriétaire des lieux le toise de la tête aux pieds : sac Burberry, glacière sur l'épaule, sourire d'une suprême élégance et main tendue. Lorsque le jeune Texan avait demandé à son père le droit d'inviter un ami – avant de préciser, l'air de ne pas y toucher, qu'il s'agissait du prince de Galles –, Oscar avait paru plutôt partant, même si un peu perplexe, tout de même. Mais il faut encore que tout se passe bien… Pas complètement rassuré, Alex croise les doigts.

— Bonjour ! lance le Britannique. Henry… Enchanté.

Le sénateur lui serre aussitôt la main d'une poigne vigoureuse :

— Paré ? Ça va être une sacrée fiesta !

Si Oscar fait régulièrement des miracles aux fourneaux, la reine des grillades, dans la famille, c'est Ellen. Un père d'origine mexicaine qui s'affaire en cuisine, occupé à faire tremper un *tres leches* – ce gâteau aux trois laits si populaire en Amérique latine –, tandis que, dans le jardin, une mère aux boucles blondes retourne les biftecks, plantée devant le barbecue… Voilà une répartition des tâches qui faisait autrefois hausser plus d'un sourcil à Pemberton Heights, le quartier huppé d'Austin où ils habitaient. Mais eux s'y retrouvaient et c'est tout ce qui comptait. Alex s'étant appliqué à assimiler le meilleur de chacun de ses parents, il est désormais le seul compétent pour griller la barbaque pendant qu'Oscar s'occupe de tout le reste.

La cuisine, dont les fenêtres donnent directement sur le lac, exhale en permanence un parfum d'agrumes, de sel et d'aromates. Quand les enfants sont de passage, leur père fait des provisions de tomates charnues et d'avocats mûrs à point. À présent, campé dans le jardin devant la rangée de vitres grandes ouvertes, Alex dispose trois travers de porc dans de grandes poêles sur le plan de travail placé devant lui. Oscar, quant à lui, épluche des épis de maïs au-dessus de l'évier et écoute en fredonnant un vieux disque du chanteur mexicain Chente.

Sucre brun. Paprika fumé. Chili. Oignon et ail en poudre. Piment de Cayenne. Sel, poivre. Encore un peu de sucre… Le jeune Texan mesure la quantité de chacun des ingrédients à la main avant de les verser dans un grand bol.

Là-bas, à quelques mètres du ponton, June et Nora ont improvisé une espèce de joute : elles s'affrontent à grands coups de frites en mousse, assises à califourchon sur des bouées gonflables en forme d'animaux. Le prince, qui a un petit coup dans le nez, s'est mis en tête d'arbitrer le tournoi. Torse nu, le pied appuyé sur l'un des pilotis, il agite dans les airs sa bière texane – une Shiner –, comme pris de folie.

Henry et ses drôles de dames… Ce spectacle arrache un petit sourire à Alex.

— Bon… tu veux qu'on en parle ? lance en espagnol la voix du sénateur, quelque part sur sa gauche.

Le jeune homme sursaute, pris de court. Oscar s'est déplacé sans faire le moindre bruit : il se trouve à présent derrière le bar, à quelques pas de là, où il prépare le mélange de *cotija* – un fromage caillé –, de crème et de condiments dans lequel il trempera le maïs avant de le faire griller.

— De… euh… bredouille Alex.

Pas possible… Son père ne l'a quand même pas déjà grillé ?

— De Raf.

Ouf, le garçon respire mieux : ses épaules se détendent, il reporte son attention sur son bol de marinade sèche.

— Ah, ce putain d'enfoiré… Tu as une idée, toi, de ce qui lui a pris ? Tu penses qu'il fait quel calcul, exactement ?

Depuis que la nouvelle est tombée, Oscar et lui n'ont pas vraiment abordé le sujet, si ce n'est à grand renfort de noms d'oiseau échangés par textos – les oreilles du traître ont dû sacrément siffler. L'amertume semble aussi cuisante chez l'un que chez l'autre.

— Le moins qu'on puisse dire, c'est que je ne le porte pas plus dans mon cœur que toi en ce moment. Et moi non plus, je ne m'explique toujours pas sa décision, mais…

Sans cesser de remuer sa mixture, le sénateur marque une pause, l'air songeur. Comme souvent, il semble soupeser plusieurs théories à la fois.

— Je ne sais pas… reprend-il. Depuis le temps qu'on se connaît, j'ai envie de croire qu'il a une bonne raison de s'infliger une alliance avec Jeffrey Richards, mais… je ne vois vraiment pas ce que ça peut être.

Alex repense à la mystérieuse discussion entre les deux sénateurs qu'il a surprise dans le bureau de la gouvernante, à la Maison-Blanche. Son père finira-t-il par cracher le morceau et dire toute la vérité sur les dessous de cette histoire ? Le jeune Texan ne voit pas trop comment amener la question sur le tapis sans révéler, du même coup, qu'il a carrément rampé dans les buissons pour écouter leur échange. Depuis le premier jour, la relation entre les deux hommes a toujours eu cette même tonalité : des conversations sérieuses, réservées aux adultes, menées sur un ton grave.

C'est à une soirée de collecte de fonds pour la campagne sénatoriale d'Oscar que le père et le fils ont rencontré Rafael Luna pour la première fois. À quinze ans seulement, Alex prenait déjà des notes : quand le jeune militant s'était présenté, un drapeau arc-en-ciel fièrement épinglé au revers de sa veste, le garçon l'avait marqué dans son carnet.

— Pourquoi l'as-tu choisi, lui ? demande à présent Alex. Je me souviens de cette campagne : des militants qui auraient fait de sacrés bons hommes ou femmes politiques, on en a rencontré un paquet, cette année-là. Tu aurais pu miser sur quelqu'un de plus facile à élire, alors… pourquoi lui ?

— Pourquoi prendre un pari sur lui alors qu'il était gay, tu veux dire ?

Alex se contraint à rester impassible.

— Je ne l'aurais pas formulé comme ça, mais… oui.

— Raf t'a déjà raconté comment ses parents l'ont foutu à la porte à seize ans ?

Le jeune homme fait la grimace.

— Je savais qu'il avait traversé une mauvaise passe avant d'entrer à l'université, mais il n'est jamais rentré dans les détails, non.

— Eh bien… Disons que sa famille n'a pas spécialement bien réagi à la nouvelle. Il a vécu deux, trois années compliquées, à l'époque, mais ça l'a endurci. Le soir où on l'a rencontré, c'était la première fois qu'il remettait les pieds en Californie depuis qu'il s'était fait jeter dehors par ses parents… mais ça ne l'a pas empêché de répondre présent pour soutenir la candidature d'un *compadre* originaire de Mexico comme lui. C'est comme quand Zahra a débarqué au QG de ta mère, à Austin, en disant qu'elle voulait « leur montrer qu'ils ont tort, à tous ces clowns ». Quand quelqu'un a le feu sacré, ça crève tout de suite les yeux.

— C'est sûr…

Oscar mélange sa mixture quelques instants en silence – on entend Chente roucouler en arrière-fond – avant de reprendre la parole.

— Tu sais… Il y a deux ans, si je t'ai envoyé bosser sur sa campagne à Denver, c'est parce que tu es mon meilleur relais sur le terrain. Je savais que tu ferais du bon boulot. Mais je pensais aussi que tu avais énormément à apprendre de lui. Vous vous ressemblez beaucoup, tous les deux.

Alex reste un long moment silencieux.

— Bon, il faut que je le dise… reprend son père, les yeux fixés sur la fenêtre. Comme c'est un prince, je m'attendais à quelqu'un d'un peu plus… maniéré.

Le fils pouffe de rire. Il jette un coup d'œil à Henry, dont il voit osciller la carrure dans le soleil de la fin de l'après-midi.

— On ne dirait pas, comme ça, mais… il a un caractère sacrément bien trempé.

— Pas mal pour un *British*. En tous cas, mieux que la moitié des imbéciles que June a ramenés à la maison.

Les mains d'Alex se figent en plein geste. Il tourne brusquement la tête vers le sénateur qui, imperturbable, continue de remuer sa préparation avec une lourde cuillère en bois et ajoute :

— Et que la moitié des filles que tu nous as présentées, d'ailleurs. À part Nora, bien sûr – Nora, c'est spécial, ce sera toujours ma préférée.

Sidéré, son fils le fixe jusqu'à ce qu'il se décide enfin à lever les yeux.

— Quoi ? Tu caches moins bien ton jeu que tu le penses, tu sais ! lance Oscar.

— Hein ? Euh… Je… bredouille Alex. Je pensais que tu aurais besoin d'un moment pour digérer ça – famille catholique, etc.

Son père lui assène un petit coup de cuillère sur le biceps, où il laisse une très légère trace de fromage mêlé de crème.

— Tu devrais faire un peu plus confiance à ton vieux père ! Un peu de respect pour le saint patron des toilettes non genrées en Californie ! Petit con, va.

— D'accord, d'accord, désolé ! s'exclame le jeune homme, soudain secoué d'un petit rire. C'est juste que je me doute que ça doit être différent quand c'est ton propre enfant.

Oscar s'esclaffe à son tour en se frottant le bouc du bout des doigts et déclare :

— Non, c'est pareil. En tout cas pour moi. Je suis avec toi, toujours.

Un nouveau sourire étire les lèvres d'Alex.

— Je sais, dit-il.

— Ta mère est au courant ?

— Oui… Je lui en ai parlé il y a deux ou trois semaines.

— Et elle l'a pris comment ?

— Bah… que je sois bi, ça, elle s'en fiche complètement, mais en découvrant de qui il s'agissait, elle a bien flippé. Elle a carrément dégainé un PowerPoint.

— Ça lui ressemble bien, tiens.

— Ensuite, elle m'a débarqué direct de la campagne. Et elle m'a dit qu'il fallait que je décide si ce que j'éprouve pour lui vaut la peine de prendre un tel risque.

— Alors ?

Alex pousse un gémissement.

— Pitié, papa, lâche-moi avec ça : je suis en vacances. Je veux juste picoler tranquille et déguster un barbecue en paix !

Son père laisse échapper un petit rire contrit.

— Tu sais, pour plein de raisons, notre histoire, avec ta mère, c'était… une très mauvaise idée. On savait tous les deux que ça ne durerait pas, je pense. On avait trop d'orgueil pour ça, elle comme moi. Mais, bon sang… tu n'as pas idée… Ça restera sans le moindre doute la femme de ma vie. Je n'aimerai plus jamais personne comme elle. C'était incandescent, magique. Et puis ça nous a donné June et toi, la meilleure chose qui soit jamais arrivée à une vieille crapule comme moi. Un amour pareil, c'est rare, tu sais – même s'il a tourné au désastre. (Il pince les lèvres d'un air pensif.) Parfois, il n'y a pas d'autre solution que de se jeter dans le vide en espérant que le parachute va s'ouvrir.

Alex ferme les yeux.

— C'est bon ? Tu en as terminé avec les monologues de daron ?

— Mais qui m'a foutu un con pareil ! s'écrie Oscar en balançant un torchon à la tête de son fils. Allez, va me mettre cette viande à griller, et au trot, s'il te plaît. J'aimerais bien manger avant minuit, moi ! (Il crie la fin de sa tirade au jeune homme qui s'éloigne déjà.) Et vous me ferez le plaisir de prendre les lits superposés, cette nuit ! La Sainte Vierge vous regarde, je te rappelle !

Plus tard dans la soirée, ils s'attaquent enfin aux travers de porc accompagnés d'une montagne d'*elotes* – le maïs grillé –, de *tamales* à la *salsa verde* – ces délicieuses papillotes d'origine précolombienne – et d'une cocotte de *frijoles charros* – le traditionnel ragoût de haricots rouges. Henry empile vaillamment un peu de chaque plat dans son assiette avant de contempler le résultat d'un air soupçonneux, comme si ces merveilleux délices avaient on ne sait quel secret à lui révéler. Le jeune Texan se rend alors compte que son invité n'a sans doute encore jamais mangé de barbecue avec les doigts.

Il s'empresse de montrer la bonne manière de faire… et dissimule mal son ravissement quand le prince finit par prendre du bout des doigts une côte de porc avant de considérer avec soin le bon angle d'approche. Lorsque le Britannique se jette à l'eau et arrache un bon gros morceau de viande avec ses dents, Alex est le premier à l'applaudir. Henry mâche sa première bouchée avec une certaine fierté, une belle traînée de sauce sur la lèvre supérieure et le bout du nez.

Dans le salon trône une des vieilles guitares d'Oscar, que June apporte sur la véranda. Toute la soirée, l'instrument passe des mains du père à celles de la fille, et inversement. Nora, qui a enfilé une des chemises d'Alex par-dessus son bikini, va et vient, pieds nus, d'un pas aérien. Elle a, posé non loin d'elle, un pichet de sangria où flottent mûres et pêches blanches, et s'assure que leurs verres soient toujours pleins.

Assis autour du brasero, ils jouent de vieilles chansons de Johnny Cash, de Selena ou de Fleetwood Mac. Le jeune Texan écoute le chant des cigales, le murmure de l'eau, la voix rocailleuse de son père, puis – quand celui-ci finit par aller se coucher – le timbre de rossignol de sa sœur. Comme la terre sous ses pieds, il tourne sous la lune, chaudement emmitouflé dans la chaleur des flammes.

Les deux garçons s'égarent jusqu'à la balancelle pendue à l'autre bout de la véranda, où Alex se blottit contre le flanc du prince et enfouit le visage dans son cou. Henry passe un bras autour des épaules de son compagnon, dont il effleure la mâchoire du bout de doigts qui sentent la fumée.

June égrène les premiers arpèges d'*Annie's Song*, la balade de John Denver, dont elle entonne les paroles à voix basse : « *You fill up my senses like a night in a forest…* » La brise monte toujours plus haut vers la cime des arbres, les vagues se jettent obstinément contre les berges du lac, Henry se penche vers sa bouche, et Alex est… inutile de le nier : Alex est amoureux à en crever.

Le lendemain matin, Alex se réveille à l'aurore avec une légère gueule de bois et l'un des maillots de bain de Henry entortillé autour du coude. Sur le papier, ils ont bien dormi dans des lits séparés. Disons juste que ce n'est pas là que leur nuit a commencé…

Appuyé contre l'évier de la cuisine, le jeune Texan avale un grand verre d'eau en contemplant la vue par la fenêtre – un soleil aveuglant se reflète sur le lac. Le jeune homme sent, niché dans sa poitrine, une espèce de petit galet incandescent, chargé de certitude.

C'est cet endroit : à mille lieues de la folie de Washington, baigné de la senteur familière des vieux cèdres et du *chile de árbol*, ce délicieux piment séché. Ses racines sont ici. Il pourrait sortir là-dehors, aller enfoncer ses doigts dans la terre meuble de la colline, et comprendre soudain absolument tout de lui-même.

Et des choses, il en comprend, maintenant. Il aime Henry, et ça ne date pas d'hier. Ça fait déjà des années, à vrai dire, qu'il tombe peu à peu amoureux du prince – sans doute depuis qu'il l'a vu pour la première fois en photo sur papier glacé dans les pages de *Seventeen* et, presque à coup sûr, depuis le jour où le Britannique l'a plaqué au sol dans un placard à balais d'hôpital en lui ordonnant sèchement de se la fermer. Oui, depuis tout ce temps-là. Et, oui, à ce point-là.

Il sourit en tendant la main vers une poêle à frire. Il le sait bien : son attirance pour Henry est précisément le genre de risque insensé auquel il a toujours été incapable de résister…

Lorsque le prince se décide à s'aventurer dans la cuisine en pyjama, un petit-déjeuner digne d'un roi est déjà disposé sur la longue table verte. Debout aux fourneaux, Alex retourne son douzième pancake.

— Attends, un tablier ?

En guise de réponse, le jeune Texan décrit de sa main libre plusieurs arabesques afin de bien mettre en valeur – comme si c'était un élégant costume sur mesure –, le modèle à pois qu'il a glissé par-dessus son boxer.

— Bien dormi, mon ange ?

— Ah pardon, je cherchais quelqu'un d'autre ! Un beau gosse, le genre irritable, pas hyper grand et rarement de bonne humeur avant 10 heures du matin. Ça vous dit quelque chose, vous ne l'auriez pas croisé, par hasard ?

— Je t'emmerde ! 1 mètre 75, c'est parfaitement dans la moyenne.

Le prince traverse la pièce en riant, vient se placer derrière lui aux fourneaux et lui dépose un petit baiser sur la joue.

— On sait tous les deux que tu arrondis au chiffre supérieur, mon chou.

Il n'y a plus qu'un pas jusqu'à la cafetière mais, sans laisser à Henry le temps de reprendre ses pérégrinations, Alex tend le bras en arrière pour glisser la main dans les cheveux de son compagnon, qu'il attire à lui et embrasse – à pleine bouche, cette fois. Le Britannique, d'abord un peu pris au dépourvu, ne tarde pas à lui rendre langoureusement son baiser.

Alex en oublie un instant ses pancakes et tout le reste – et pas simplement parce qu'il est pris d'une envie irrépressible de faire tout un tas de vilaines choses (peut-être même en gardant son tablier, pourquoi pas…) avec Henry – mais tout simplement parce qu'il… il l'aime. Et le plus fou, c'est que c'est précisément ce sentiment qui donne tout leur sel aux cochonneries en question !

— Euh… C'est un brunch réservé aux couples ou bien on peut s'incruster ? lance soudain la voix de Nora.

Le prince fait un tel bond en arrière qu'il atterrit presque dans le bol de pâte à pancakes. Avec un sourire narquois, l'intruse se glisse vers la cafetière délaissée.

— Il se passe des choses pas très catholiques ici… dit June dans un bâillement avant de s'affaler sur une chaise.

— Désolé… marmonne Henry, tout penaud.

— Oh, inutile de t'excuser ! répond Nora.

— Je ne suis pas désolé, moi ! la rassure le jeune Texan.

— J'ai une de ces gueules de bois, annonce June en tendant la main vers la carafe de mimosa. Dis donc, c'est toi qui as préparé tout ça, Alex ?

L'intéressé hausse les épaules. Sa sœur le dévisage d'un air entendu : malgré des yeux tirés et un regard plus que vitreux, elle voit clair dans son jeu.

Cette après-midi-là, tandis que ronronne l'hélice du bateau, Henry et Oscar se lancent dans une discussion passionnée sur les voiliers de plaisance qu'on voit naviguer à l'horizon, avant d'embrayer sur une conversation très technique sur les moteurs hors-bord. Alex n'essaie même plus de suivre. Adossé à la proue, il se contente de les regarder. C'est si facile de rêver à un avenir où le prince l'accompagnerait chaque été à la maison du lac, apprendrait à préparer le maïs grillé et exécuterait des nœuds marins toujours impeccables… bref, trouverait sa place naturellement dans sa drôle de famille.

En fin de journée, ils vont nager, discutent politique (le terme exact serait plutôt : s'écharpent à grand renfort de cris) et font de nouveau passer la guitare de mains en mains… Henry prend même un selfie avec les filles. Elles l'entourent, toutes les deux en bikini : Nora lui tient le menton d'une main pour lui lécher goulûment la joue tandis que June, l'air angélique, a collé le visage dans son cou et les doigts dans ses cheveux. Le prince transfère la photo à Pez, qui renvoie aussitôt un texto épouvanté, tout en suites de lettres incohérentes et en émojis éplorés. Tous les quatre se pissent littéralement dessus de rire.

C'est une journée géniale, le pied absolu.

Ce soir-là, le ventre plein de bière et de chamallows lentement fondus au brasero, Alex ne parvient pas à trouver le sommeil. Couché sur le matelas du bas, il s'absorbe dans la contemplation des lattes du lit superposé. Tout en suivant du regard les nœuds du bois, il se rappelle l'adolescence qu'il a passée ici. Il se rappelle l'époque où, gamin au visage constellé de taches de rousseur, il n'avait peur de rien. Le monde lui semblait encore merveilleusement, extraordinairement infini – mais, malgré tout, parfaitement cohérent. Il abandonnait ses vêtements sur la jetée pour plonger tête la première dans le lac. Chaque chose était à sa place.

Il a beau porter la clé de la maison de son enfance autour de son cou, voilà une éternité qu'il n'avait plus vraiment repensé au garçon qui la glissait dans la serrure. Il ne saurait même pas dire, pour être honnête, à quand remonte la dernière fois.

Ce n'est sans doute pas si grave, et peut-être pas si mal, qu'il ait perdu ce job, après tout…

Il repense à ses racines, médite sur les langues maternelles et celles qu'on apprend plus tard. Sur ce qu'il voulait enfant, ce qu'il attend de la vie à présent, et ce qui, dans l'un comme dans l'autre, se chevauche, se recoupe encore aujourd'hui. Au croisement des deux se trouve sans doute… cette maison. Peut-être ses envies d'autrefois et celles de maintenant se rejoignent-elles ici quelque part, dans la caresse de l'eau sur ses mollets, dans ces lettres éparses, grossièrement gravées au canif sur l'écorce des arbres. Dans les battements réguliers du cœur d'un autre garçon contre le sien.

— Henry ? souffle-t-il. Tu dors ?

Le prince soupire.

— Jamais.

À pas de loup, ils passent devant un des gardes du corps britanniques, assoupi sous le porche, s'engagent sur la pelouse en se forçant à chuchoter et finissent par dévaler le ponton en se filant des coups d'épaule. Henry éclate d'un rire cristallin, les coups de soleil sur son dos rougeoient dans l'obscurité et, rien qu'à le contempler, Alex sent une telle bouffée d'euphorie enfler dans sa poitrine qu'il lui semble qu'il pourrait traverser toute la longueur du lac sans reprendre sa respiration une seule fois. Il jette son T-shirt sur la jetée, puis s'attaque à son boxer. En voyant son camarade hausser un sourcil dubitatif, il éclate de rire et saute dans l'eau.

— Mais c'est que tu es un vrai danger public, ma parole ! lui lance le prince lorsqu'il refait surface.

Henry n'hésite cependant qu'un instant avant de se déshabiller lui aussi. Une fois nu, il s'avance au bord du ponton et regarde flotter dans l'eau la tête et les épaules de son compagnon. La silhouette du Britannique, aux lignes élancées et alanguies, semble dérouler des kilomètres de peau veloutée, nimbée de bleu au clair de lune. Il est si beau avec ses cuisses pâles, son sourire un peu asymétrique et son corps baignés d'ombres délicates qu'Alex se dit : *C'est cet instant, cette minute qui devrait rester le portrait officiel de Henry, celui qui restera dans l'histoire.* Autour de la tête du prince scintillent des lucioles qui se posent dans ses cheveux telle une couronne.

Son plongeon, bien entendu, est d'une grâce dévastatrice. Dès que le jeune homme ressort à la surface, Alex l'accueille avec une gerbe d'éclaboussures.

— Tu n'en as pas marre d'être parfait tout le temps ? Tu ne veux pas faire juste un truc, un seul, de travers ? Putain, c'est fatigant, à la fin !

— C'est vraiment l'hôpital qui se fout de la charité ! rétorque Henry.

Rayonnant, il arbore le sourire d'un homme bien décidé à relever le challenge, comme si rien au monde ne pouvait plus le ravir que les taquineries incessantes, les petits coups de coude qu'Alex ne cesse de lui donner dans les côtes quand il lui cherche des noises.

— Je ne vois pas du tout de quoi tu parles ! réplique le jeune Texan en nageant vers lui.

Après s'être donné la chasse tout autour de la jetée, ils se font la course en descendant toucher le fond du lac et rejaillissent ensuite comme des fusées au clair de lune dans un concert de genoux et d'épaules. Alex parvient finalement à attraper Henry par la taille, le plaque contre le ponton et fait glisser des lèvres mouillées le long de sa gorge, là où palpite son pouls. Il aimerait que ses jambes restent mêlées pour toujours à celles du petit-fils de la reine. Il voudrait comparer avec toutes les étoiles du ciel les nouvelles taches de rousseur apparues au soleil sur le nez du Britannique. Lui demander de citer, l'une après l'autre, toutes les constellations.

— Salut, vous, souffle-t-il, les lèvres à un souffle de celles de Henry.

Il regarde une goutte d'eau glisser sur son nez parfait pour disparaître dans sa bouche.

— Salut, répond le prince.

Je l'aime, nom d'un chien, je l'aime, pense Alex. Cette phrase revient sans cesse le hanter, si bien qu'il lui est de plus en plus difficile de contempler, sans la prononcer, le doux sourire de son compagnon.

Il agite légèrement les jambes pour les entraîner dans une lente ronde et ajoute :

— Ce décor vous sied à ravir.

Le sourire de Henry se fait plus oblique, plus timide, s'incline vers la joue d'Alex, qu'il vient effleurer du bout des lèvres.

— Ah oui ?

— Oui, répète l'Américain en glissant ses doigts dans les cheveux mouillés de l'homme qu'il aime. Je suis vraiment content que tu aies pu venir ce week-end, s'entend-il ajouter. Ça a vraiment été ultra-compliqué, ces dernières semaines. Je… j'avais vraiment besoin de faire un break.

Le prince lui tapote les côtes du bout du doigt, gentiment réprobateur.

— Tu te mets trop de choses sur le dos, tu devrais prendre un peu de recul.

D'instinct, dans ces cas-là, Alex est toujours tenté de nier ou de prétendre que c'est par choix mais, cette fois, il s'oblige à ravaler sa fierté. Au fond de lui, il sait que Henry a raison.

— Je sais… Tu sais à quoi je pense, là, tout de suite ?

— À quoi ?

— Je me dis que l'an prochain… après la cérémonie d'investiture, par exemple, on pourrait revenir ici rien que tous les deux. Histoire de nager sous la lune sans le moindre stress à l'horizon.

— Ah… C'est tentant, mais peu probable.

— Pourquoi pas ? Réfléchis un peu, mon bébé. L'an prochain, ma mère sera de nouveau en poste, on n'aura plus à se soucier de gagner une seule élection. Je pourrai enfin respirer. Ce sera génial : je nous préparerai des *migas* pour le petit-déj – œufs brouillés et tortillas, délicieux, tu verras –, on nagera toute la journée, on se baladera à poil du matin jusqu'au soir, et on s'embrassera sur le ponton pendant des heures. Et tant pis si les voisins nous voient, ça n'aura pas d'importance.

— Tu sais bien que si, ça aura toujours de l'importance.

Alex se recule légèrement pour contempler le visage insondable du Britannique.

— Mais tu vois ce que je veux dire, insiste-t-il.

Henry n'en finit plus de le fixer, comme s'il le voyait pour la toute première fois. Le jeune Texan s'aperçoit tout à coup qu'il n'avait jamais, jusque-là, invité la question de l'amour dans aucune de leurs conversations. Ce qu'il ressent transparaît sans doute sur son visage : le prince doit lire en lui comme dans un livre ouvert.

Une émotion indéchiffrable passe dans les yeux de Henry.

— Où est-ce que tu veux en venir ? demande-t-il.

Alex ne sait pas par où commencer. Il a tant de choses à lui dire…

— D'après June, je ne tiens pas en place, je suis tout le temps sur les charbons ardents pour pas grand-chose. Et elle a peut-être raison. On répète souvent qu'à chaque jour suffit sa peine mais, moi, je me projette toujours au bas mot dans dix ans. Au lycée, déjà : même si mes parents s'engueulaient à tout bout de champ, si ma sœur s'apprêtait à partir pour l'université, si je matais parfois des mecs sous la douche, je me disais : *Rien de tout ça ne peut me rattraper si je regarde droit devant moi, si je rajoute tel cours à mon emploi du temps, ou tel stage, ou tel petit boulot…* Je pensais qu'il me suffisait de visualiser l'homme que je voulais devenir, de concentrer toute mon anxiété sur cet objectif-là pour arriver à reprogrammer mon cerveau malade. Que je pouvais utiliser ma peur comme moteur, la reconvertir en énergie. C'est comme si je n'avais jamais vraiment appris à vivre dans le présent, à être juste là. (Il inspire profondément avant de se jeter à l'eau.) C'est-à-dire ici, avec toi. Et je me dis que je devrais peut-être commencer à essayer de vivre au jour le jour. D'écouter… ce que je ressens.

Henry ne répond rien.

— Mon ange… murmure Alex.

Autour d'eux, l'eau clapote presque sans bruit. Des cercles concentriques s'étirent à la surface du lac quand il en sort les mains pour saisir le visage du prince entre ses deux paumes. Du bout de ses pouces humides, il effleure les pommettes du Britannique.

Le ressac, le crissement des cigales et le bruissement du vent continuent sans doute de murmurer autour de lui, mais il lui semble qu'un grand silence s'est soudain abattu sur eux. Il n'entend plus que le battement de son cœur à ses oreilles.

— Henry… Je…

Brusquement, son compagnon s'arrache à son étreinte et plonge sous la surface sans lui laisser le temps de terminer.

Le prince ressurgit quelques secondes plus tard près du ponton, les cheveux collés au front. Alex se retourne pour le regarder, le souffle coupé par cette absence soudaine, presque brutale. Henry recrache l'eau qu'il a dans la bouche avant d'éclabousser le jeune Texan, qui se force à rire.

— Bon sang ! Qu'est-ce que c'est que ces créatures infernales ? se plaint le Britannique en écrasant d'une claque l'un des insectes posés sur sa peau.

— Hmm... Des moustiques ?

— Quel calvaire ! se plaint-il. Je vais finir par attraper une maladie tropicale.

— Ah... Désolé ?

— Eh bien oui, même si je ne suis que troisième dans l'ordre de succession après Philip, c'est un nerveux, le bougre : imagine un peu qu'il fasse un AVC à trente-cinq ans ! Si de mon côté, entre-temps, j'ai attrapé la malaria, on fait comment ?

Nouveau rire creux d'Alex. Il a la très nette impression qu'on vient de tirer le tapis de sous ses pieds, qu'on lui arrache des mains quelque chose dont il n'a pas vraiment eu le temps de s'emparer.

Henry parle à présent d'un ton sec, d'une voix détachée, superficielle – celle qu'il réserve habituellement à la presse.

— Bon, je suis crevé, moi ! lance-t-il, le dos tourné.

Et, sous les yeux impuissants de son compagnon, il se hisse sur le ponton où il commence à se rhabiller en remontant son short sur ses jambes frissonnantes.

— Si tu n'y vois pas d'inconvénient, je crois que je vais aller me coucher, conclut-il.

Comme Alex ne trouve rien à répliquer, il regarde le prince remonter la jetée et s'évanouir dans la nuit.

Il ressent une étrange vibration à l'arrière de ses molaires, comme une espèce de boule qui lui descend ensuite dans la gorge, la poitrine et jusqu'au fond de l'estomac. Il y a quelque chose qui cloche, il le sait, mais il a trop peur pour ruer dans les brancards ou exiger des explications. Il le comprend soudain : voilà ce qui arrive quand on laisse l'amour entrer dans l'équation. Si ça tourne mal, il ne sait pas s'il le supportera.

Une idée lui vient pour la première fois depuis que le Britannique l'a agrippé pour l'embrasser sans hésitation dans les jardins de la Maison-Blanche… Et si ça n'avait jamais été à lui de décider ? Et s'il s'était laissé envoûter par tout ce qui fait que Henry est Henry – les mots qu'il écrit, sa tristesse mêlée de gravité –, au point d'en oublier que c'est tout simplement comme ça qu'il se comporte, tout le temps, avec tout le monde ?

Et si… alors que c'est précisément ce qu'Alex s'était toujours juré de ne jamais s'abaisser à faire, alors même qu'il déteste cette idée… et s'il avait fini par tomber amoureux d'un prince simplement pour réaliser un fantasme ?

À son retour dans leur chambre, Henry est déjà au lit, silencieux, le dos tourné.

Quand arrive le matin, Henry est déjà parti.

À son réveil, Alex découvre la couchette vide et le lit impeccablement fait, la couverture tirée avec soin sur l'oreiller. Il manque d'arracher de ses gonds la porte du patio en s'y précipitant mais, là non plus, il n'y a personne. Personne dans la cour, personne sur la jetée. C'est comme si le prince s'était évaporé.

C'est dans la cuisine qu'il trouve le petit mot :

> *Alex,*
> *J'ai dû rentrer plus tôt que prévu pour raisons familiales. Je suis parti avec mon service de sécurité.*
> *Je ne voulais pas te réveiller.*
> *Merci pour tout.*
> *Je t'embrasse*

Et c'est le dernier message que lui adresse Henry.

Chapitre 10

Le premier jour, il envoie cinq messages à Henry. Le deuxième, deux. Le troisième, aucun. Il a passé trop de temps dans sa vie à parler sans relâche pour ne pas savoir reconnaître les signaux qui indiquent qu'un de ses interlocuteurs n'a plus envie de l'écouter.

Il commence à se contraindre à ne plus consulter son téléphone qu'une fois toutes les deux heures au lieu de toutes les heures. Même s'il grince des dents, il se force à tenir jusqu'au bout du bout tandis que les minutes s'égrènent, interminables. Parfois, trop absorbé par la lecture compulsive d'articles liés à la campagne, il en oublie de regarder son portable pendant un long moment : quand il s'en aperçoit, il est frappé à chaque fois de l'espoir fou que, ce coup-ci, il aura reçu un message. Il se jette sur l'appareil, les mains tremblantes, mais toujours en vain.

Alex se croyait téméraire jusque-là, mais il le sait, à présent – tenir ses émotions à distance était sa seule échappatoire. En donnant libre cours à ses sentiments, il a perdu tout contrôle, il s'est laissé complètement déborder. Maintenant, il est fichu : abruti, malade d'amour… un vrai désastre ambulant. Le piège s'est refermé sur lui, il est condamné sans espoir de retour à cocher l'un après l'autre les éléments de la liste « Les trucs débiles qu'on ne dit ou fait que quand on a le cœur brisé ». Il ne peut même pas s'occuper l'esprit en travaillant d'arrache-pied.

Alors, à la place :

Un mardi soir à se cacher du monde sur le toit de la Résidence, qu'il passe une bonne partie de la nuit à arpenter de long en large d'un pas furieux jusqu'à en avoir les talons en sang et ruiner ses mocassins préférés.

Le mug « VOTEZ CLAREMONT » qu'on lui a renvoyé du QG de campagne soigneusement emballé avec toutes ses autres affaires de bureau – souvenir tangible de tout ce que sa bêtise lui a déjà coûté – fracassé dans le lavabo de sa salle de bains.

Sa gorge qui se serre à lui faire mal quand un parfum d'Earl Grey monte en volutes des cuisines.

Deux rêves et demi en trois nuits où il se revoit enrouler autour de ses doigts des mèches de cheveux blonds comme les blés.

Un brouillon d'e-mail de trois lignes – « Hamilton à Laurens : *Tu n'aurais pas dû profiter de ma sensibilité pour t'accaparer mon affection sans mon consentement.* » – rédigé puis supprimé.

Le cinquième jour, Rafael Luna en est déjà à son cinquième déplacement de campagne pour les républicains. Incarnation de deux minorités à la fois, il ne pouvait offrir à Richards de meilleur faire-valoir. Temporairement poussé dans ses retranchements, pris dans une espèce d'impasse psychologique, Alex ne voit plus que deux issues possibles : bousiller le premier truc qui lui tombera sous la main ou se foutre en l'air. Son téléphone finit donc pulvérisé sur le trottoir devant le Capitole. Il en fait remplacer l'écran avant la fin de la journée, ce qui n'y fait pas pour autant apparaître par magie le moindre message de Henry.

Au matin du septième jour, en explorant le fond de son armoire, Alex tombe sur un bout de soie bleu canard roulé en boule – le kimono ridicule que lui avait fait faire Pez. Il n'y avait pas touché depuis leur soirée à Los Angeles.

Il s'apprête à le fourrer à l'arrière d'une étagère quand il sent quelque chose se froisser sous ses doigts dans la poche du vêtement. C'est un petit papier plié en quatre. Une feuille arrachée au bloc-notes à en-tête de leur chambre d'hôtel ce soir-là – la nuit où, pour Alex, tout a changé, où tout son être s'est trouvé modifié. Dessus, il reconnaît l'écriture de Henry.

Ô Thisbé,
J'aimerais tant que ce mur n'existe pas.
Avec tout mon amour,
Pyrame

Il tire maladroitement son téléphone de sa poche, si vite qu'il manque de le laisser tomber et de le fracasser à nouveau sur le sol. Le moteur de recherche lui apprend que Pyrame et Thisbé, dans la mythologie grecque, étaient deux amants, issus de clans rivaux, que leurs familles empêchaient de se voir. Ils ne pouvaient se parler qu'à travers une mince fissure dans le mur mitoyen qui séparait leurs maisons.

Et là, c'est officiel : c'est la putain de goutte d'eau qui fait déborder le vase.

La suite, il est à peu près certain qu'il n'en gardera aucun souvenir – le trou noir, un moment complètement passé à la trappe, saturé de bruit blanc, qui l'amène presque sans qu'il s'en rende compte d'un point A à un point B. Il commence par envoyer un message à Cash : Tu as quelque chose de prévu dans les prochaines vingt-quatre heures ? Puis il exhume de son portefeuille la carte de crédit qu'il réserve aux urgences vitales pour acheter deux billets d'avion, en première classe et sans escale. Embarquement dans deux heures à l'aéroport international de Dulles. Destination : Heathrow.

Quand il a « le culot infernal » d'appeler Zahra depuis la piste de décollage pour lui demander de leur réserver une voiture à l'arrivée, elle passe à deux doigts de refuser tout net. Lorsqu'ils atterrissent à Londres aux alentours de 21 heures, la nuit est tombée et il pleut des cordes. Une fois franchi le portail qui se dresse à l'arrière du palais de Kensington, Cash et lui se retrouvent trempés jusqu'aux os à la seconde où ils sortent du véhicule qui les dépose dans la cour.

Clairement, l'écuyer du prince a été averti de leur arrivée : sanglé dans un impeccable caban gris, bien au sec sous son parapluie noir, il les attend, impassible, devant la porte qui mène aux quartiers de son protégé.

— Monsieur Claremont-Diaz, lance-t-il. Toujours un plaisir…

Mais Alex n'est pas d'humeur. Il n'a vraiment pas que ça à faire.

— Écarte-toi, Shaan.

— Mlle Bankston m'a prévenu de votre arrivée. Mais vous deviez vous en douter, étant donné le peu de difficultés que vous avez eu à franchir les portes du palais. Nous avons jugé préférable de ne pas vous laisser faire une scène en pleine rue.

— Laisse-moi passer.

Mais le secrétaire particulier se contente de sourire, comme s'il prenait un malin plaisir à voir deux malheureux Américains s'imbiber d'eau jusqu'à la moelle sous ses yeux.

— Vous savez qu'il est tard. Je pourrais très bien appeler la sécurité pour vous faire évacuer, c'est ma prérogative la plus stricte. Après tout, aucun des membres de la famille royale ne vous a invité au palais.

— Foutaises, crache Alex. Il faut que je voie Henry.

— J'ai bien peur que ce soit impossible. Son Altesse ne souhaite pas être dérangée.

— Putain de… Henry !

Le jeune homme fait un pas de côté pour esquiver Shaan et commence à crier sous les fenêtres de la chambre du prince, où brille une lampe. De grosses gouttes de pluie lui tombent dans les yeux.

— Henry, espèce d'enfoiré ! hurle-t-il de plus belle.

— Alex… marmonne nerveusement Cash dans son dos.

— Henry, sale petite merde, ramène tes fesses ici !

— Vous vous donnez en spectacle, intervient avec placidité le secrétaire particulier.

— Ah bon, tu crois ? rétorque Alex sans baisser de volume. Et si je continuais de gueuler juste pour voir quel journal se pointe en premier ? (Il se tourne de nouveau vers les fenêtres en agitant les bras, cette fois.) Henry ! Sale putain d'Altesse Royale de mes deux !

L'écuyer porte le doigt à son oreillette.

— Alpha à Bravo, il va falloir interv…

— Pour l'amour du ciel, Alex, qu'est-ce que tu fous ici ?

L'intéressé se fige entre une insulte et la suivante. Là, derrière Shaan, dans l'encadrement de la porte, se dresse Henry, pieds nus, dans un jogging usé. Le cœur du jeune Texan manque de lâcher mais le prince, lui, n'a pas l'air de beaucoup s'émouvoir. Il reste de marbre.

Alex baisse les bras.

— Dis-lui de me laisser passer.

Avec un soupir, le Britannique se pince l'arête du nez.

— C'est bon, il peut entrer.

— Merci, répond le fils de la présidente d'un ton acerbe, en lançant un regard assassin au secrétaire particulier, qui n'a pas l'air de se soucier le moins du monde que les deux visiteurs puissent crever d'hypothermie.

Puis il patauge enfin jusque dans le palais en laissant Cash et Shaan derrière lui. Sitôt la porte d'entrée passée, il en profite pour ôter ses chaussures détrempées. Henry, qui ouvre la voie, n'a même pas pris la peine de l'attendre ou de lui adresser la parole. Alex en est réduit à lui emboîter le pas dans le grand escalier qui conduit à ses appartements.

— Sympa, l'accueil ! crie-t-il au dos du prince qui s'éloigne, en s'arrangeant pour dégouliner le plus possible en chemin. (Avec un peu de chance, il va bousiller un ou deux tapis.) Tu me snobes pendant une semaine, tu me laisses faire le pied de grue sous la pluie comme un John Cusack du pauvre et, maintenant, tu refuses de me parler ? Je passe un moment vraiment génial, merci beaucoup ! Pas étonnant que vous soyez obligés de vous marier entre cousins !

— Si ça ne te dérange pas, je préférerais faire ça loin des oreilles indiscrètes, rétorque le petit-fils de la reine avant de prendre à gauche sur le palier.

Alex le suit au pas de charge jusque dans sa chambre.

— Faire quoi ? enrage-t-il tandis que l'autre referme la porte derrière eux. Qu'est-ce que tu vas faire, Henry ?

Le prince se tourne enfin vers lui. À présent que la pluie n'est plus là pour lui brouiller la vue, le jeune Texan remarque des cernes violets et parcheminés sous les yeux de son compagnon, rougis et piquetés de rose à la base des cils. Et, pour la première fois depuis une éternité, l'aristocrate se tient avec raideur, visiblement tendu.

— Je vais te laisser dire tout ce que tu as à dire, réplique-t-il d'une voix sans inflexion. Après ça, tu t'en iras.

Alex le dévisage, abasourdi.

— Quoi… et ensuite, c'est terminé ?

Henry ne répond rien.

Un bouillonnement d'émotions mêlées monte dans la gorge de l'Américain, menaçant de l'étouffer : colère, incompréhension, douleur, amertume… Il sent soudain – chose inexcusable – qu'il pourrait bien se mettre à pleurer. Or, jamais il ne se le pardonnerait.

— Sérieusement ? s'écrie-t-il, aussi révolté qu'impuissant, tout en continuant obstinément à dégouliner sur le tapis. Mais qu'est-ce qui se passe, putain de bordel ? Il y a une semaine, tu m'écrivais pour me dire que je te manquais, tu parlais de rencontrer mon paternel, nom de Dieu, et maintenant, c'est fini ? Tu as vraiment cru que tu pouvais me ghoster, que j'allais juste te laisser disparaître dans la nature ? Je ne peux pas passer à autre chose d'un simple claquement de doigts, moi, je ne suis pas comme toi !

Henry traverse la pièce jusqu'à une somptueuse cheminée sculptée contre laquelle il va s'appuyer.

— Tu crois que c'est facile pour moi ? rétorque-t-il. Tu crois que ça ne me coûte pas autant qu'à toi, peut-être ?

— C'est l'impression que tu donnes, en tout cas.

— Honnêtement, tu te trompes sur toute la ligne, mais ce serait trop long de t'expliquer pourqu…

— Putain, tu ne pourrais pas arrêter deux secondes ton petit numéro d'enfoiré qui fait exprès de ne pas comprendre ? le coupe Alex.

— Eh ben… Que tu aies fait six mille kilomètres en avion juste pour venir m'insulter, ça me fait vraiment chaud au cœur…

— Putain, je t'aime, espèce d'enfoiré, voilà, tu es content ? Je t'aime ! finit-il par hurler à moitié.

Voilà, c'est dit. Il n'y plus de retour en arrière possible, à présent. Henry se pétrifie contre la cheminée. L'Américain, sur le point d'éclater, le regarde encaisser, ravaler sa salive, voit un muscle tressaillir plusieurs fois dans sa joue.

— Putain, je te jure, tu ne me rends pas la partie facile, mais oui : je suis amoureux de toi, termine Alex.

Un infime cliquetis vient briser le silence. Le prince a ôté sa chevalière pour la poser sur le manteau de la cheminée. Sans cesser de pétrir sa paume, il ramène sa main désormais nue contre sa poitrine. Dans la lueur vacillante des flammes, un jeu d'ombre et de lumière vient souligner les traits de son profil.

— Est-ce que tu as la moindre idée de ce que ça veut dire ?

— Bien sûr que oui ! Je…

— Alex, je t'en supplie, l'interrompt Henry, qui se tourne enfin vers lui avec, sur le visage, un air misérable, presque désespéré. Arrête… C'est *la* raison, la seule raison pour laquelle je ne peux pas continuer. Tu sais très bien de quoi je parle. Alors, s'il te plaît, ne me force pas à le dire.

Le jeune Texan sent sa gorge se serrer à lui faire mal.

— Alors quoi ? Tu ne vas même pas essayer d'être heureux ?

— Oh, pour l'amour de Dieu ! Qu'est-ce que tu crois ? J'essaie depuis que je suis né ! J'ai reçu un *pays* en héritage, pas le droit d'être heureux !

Alex tire brutalement de sa poche le petit papier détrempé – « J'aimerais tant que ce mur n'existe pas » –, et le jette d'un geste furieux aux pieds de Henry, qui se penche pour le ramasser.

— Dans ce cas, tu peux m'expliquer le sens de cette phrase ?

Le prince fixe un instant ses propres mots, vieux de quelques mois à peine.

— Alex… Thisbé et Pyrame meurent tous les deux à la fin.

— Nom d'un chien… grommelle l'Américain. Donc quoi… pour toi, rien de tout ce qu'on a partagé n'aurait jamais compté ?

À ces mots, sans crier gare, Henry sort de ses gonds.

— Il faudrait vraiment que tu sois un sacré demeuré pour croire ça, crache-t-il en écrasant le morceau de papier dans son poing fermé. Depuis le début, depuis la première fois où je t'ai touché, est-ce que j'ai jamais prétendu être autre chose que fou amoureux de toi ? Comment tu peux être narcissique au point de croire que tout ça se rapporte avant tout à toi, à la question de savoir si je t'aime ou pas, et pas au fait que je suis un des héritiers du trône, bordel de merde ? Toi, au moins, tu as la possibilité, un jour, de renoncer à mener ton existence sous l'œil des caméras. Mais, moi, je me traînerai dans les couloirs de ce palais, je vivrai jusqu'à ma mort dans cette famille ! Alors comment oses-tu venir ici me demander si je t'aime vraiment, quand c'est précisément le truc qui pourrait bousiller ma vie entière !

Alex reste silencieux, immobile, le souffle coupé, cloué sur place. Henry ne le regarde pas : les yeux dans le vague, il fixe un point quelque part sur le manteau de la cheminée, les mains glissées dans ses mèches dorées comme s'il se retenait à grand-peine de s'arracher les cheveux.

— Je n'ai jamais imaginé que le problème se poserait, que j'aurais un jour à choisir, poursuit-il d'une voix rauque. Je me suis dit que je pourrais t'avoir un peu pour moi, juste un peu, sans jamais t'avouer la vérité – que tu n'avais pas besoin de savoir –, et qu'un jour, tu finirais par te lasser de moi et me quitter parce que je suis…

Il s'interrompt soudain et, d'une main tremblante, balaie l'air devant lui pour désigner d'un air impuissant sa personne tout entière.

— Jamais je n'aurais pensé que je me retrouverais un jour confronté à ce choix impossible, parce que… je ne m'étais jamais imaginé que tu puisses m'aimer en retour, termine-t-il.

— Eh bien si, c'est le cas. Et tu *peux* choisir, tu *peux*.

— Tu sais très bien que ce n'est pas vrai.

— Tu peux au moins essayer, réplique Alex, pour qui c'est de l'ordre de l'évidence absolue. Qu'est-ce que tu veux, toi, Henry ?

— Je te veux, toi…

— Alors qu'est-ce qui t'empêche de m'avoir ?

— Le reste ! Je ne veux pas du reste !

Alex est à deux doigts d'attraper le prince par les épaules pour le secouer comme un prunier. Il a envie de lui hurler à pleins poumons à deux centimètres du visage, de réduire en miettes tous les objets anciens d'une valeur inestimable qui décorent la pièce.

— Mais… Mais de quoi tu parles ? s'exclame-t-il.

Quand il reprend la parole, Henry crie à moitié. Humides, brillants de colère et de peur, ses yeux jettent des éclairs.

— Je n'en veux pas ! Tu ne comprends pas ? Je ne suis pas comme toi, je ne peux pas me permettre de prendre des risques. Ma famille n'est pas derrière moi pour me soutenir quoi qu'il arrive ! Moi, je ne me pavane pas du matin au soir en assumant parfaitement qui je suis, en jetant au visage des autres à quel point je suis merveilleux. Je ne rêve pas, moi, d'une putain de carrière en politique qui me mettrait encore plus sous les feux des projecteurs, histoire que le monde entier puisse passer son temps à décortiquer tout ce que je fais ! Désolé, mais je peux t'aimer sans pour autant vouloir de cette vie-là. C'est mon droit, O.K. ? Et ça ne fait pas de moi un menteur, juste un être humain qui, contrairement à toi, fait preuve d'un minimum – d'une minuscule parcelle, au moins – d'instinct de préservation ! Et toi, tu n'as pas le droit de venir me traiter de lâche pour autant !

Alex inspire profondément.

— Je ne t'ai jamais traité de lâche.

— Je… balbutie le prince, pris de court. O.K., mais ça ne change rien : ce que j'ai dit reste vrai.

— Henry… Tu crois vraiment que je veux, moi, de ta vie ? Tu crois que je veux de celle de Martha ? Cette putain de cage dorée ? N'avoir qu'à peine le droit de prendre la parole en public, de penser ce qu'on veut ?

— Bah dans ce cas, qu'est-ce qu'on fout là, Alex ? Dis-moi un peu à quoi ça sert de se parler, si nos vies sont tellement incompatibles ?

— Mais parce que, toi non plus, tu n'en veux pas, de cette vie-là ! s'acharne le jeune Texan. Tu n'en veux pas, de cette mascarade ! Tu as horreur de tout ce cirque !

— Tu ne peux pas décréter à ma place ce que je veux ou pas ! Tu n'as pas la moindre idée de ce que je vis ou de ce que je ressens !

À leurs pieds, un affreux tapis d'époque les sépare. En deux enjambées, Alex vient se placer à quelques centimètres du visage de Henry.

— Je ne suis peut-être pas de sang royal, c'est vrai, mais je sais ce que c'est de voir son avenir tout entier déterminé par le nom de la famille dans laquelle on est né. Les vies auxquelles on aspire, toi et moi… elles ne sont pas si différentes, au fond ! Là où ça compte vraiment, elles se ressemblent. Tu veux utiliser ce que le destin t'a donné pour laisser derrière toi un monde un peu meilleur que celui que tu as trouvé en arrivant ? Eh ben moi aussi ! On pourrait… je suis sûr qu'on pourrait trouver un moyen de le faire ! Ensemble.

Le prince fixe Alex un long moment en silence, sans ciller – son compagnon le voit presque peser le pour et le contre dans sa tête.

— Je n'en suis pas si sûr, finit-il par répondre.

En entendant ces mots, le jeune Texan tourne le dos à Henry, s'ébroue comme s'il venait de se prendre une claque.

— Très bien, dit-il au bout d'un moment. Tu sais quoi ? Aucun problème. Je vais m'en aller.

— Tant mieux.

— Je m'en irai… (Il se retourne, se penche vers le Britannique.) Dès que tu me l'auras demandé.

— Alex…

Il n'est plus qu'à un souffle du visage de son interlocuteur, à présent. Si Henry doit vraiment lui briser le cœur ce soir, le prince va devoir trouver en lui le courage de le faire dans les règles de l'art. C'est ça ou rien.

— Dis-moi que c'est fini et je reprends l'avion pour Washington. On arrête tout, terminé. Tu pourras rester ici pour toujours à errer dans ta tour d'ivoire, malheureux comme les pierres, et même en tirer un recueil de poèmes déchirants, si tu veux. C'est toi qui vois… Alors vas-y, dis-le.

— Va te faire foutre.

La voix de Henry se brise, il empoigne le col du jeune Texan. Et Alex en est sûr, à présent : jamais il ne cessera d'aimer cette saloperie de tête de mule.

— Dis-le-moi, insiste-t-il avec, sur le visage, l'ombre d'un petit sourire. Dis-moi de m'en aller.

Avant même de comprendre ce qui lui arrive, il se retrouve brutalement poussé contre le mur et les lèvres du prince s'emparent des siennes, furieusement, avec l'énergie du désespoir. Il accueille avec un sourire le léger goût de sang qui s'épanouit soudain sur sa langue et la fourre dans la bouche de son partenaire dont il empoigne les cheveux à pleines mains. Lorsque Henry gémit, Alex en ressent l'écho jusque dans sa moelle épinière.

Ils se débattent contre la paroi jusqu'à ce que le Britannique le soulève de terre pour le porter tant bien que mal vers le lit.

En heurtant le matelas, l'Américain rebondit légèrement. Debout au-dessus de lui, le prince le dévisage pendant quelques secondes. Alex donnerait n'importe quoi pour savoir ce qui se passe dans cette foutue caboche.

Il s'aperçoit tout à coup que Henry est en train de pleurer.

Il lui semble que son cœur s'arrête.

Car voilà le problème : il ne sait rien. Il ne sait pas s'ils fêtent leurs retrouvailles… ou s'ils font l'amour pour la dernière fois – s'il était absolument certain que c'est le cas, d'ailleurs, il n'aurait peut-être pas la force de terminer ce qu'ils ont commencé. Mais il ne veut pas rentrer chez lui avant d'avoir eu au moins ça.

— Viens là.

Il prend Henry en douceur, lentement, en savourant chaque seconde de leur étreinte et, si c'est la dernière fois, au moins ils terminent en beauté, frissonnant, suffoquant, tout en lèvres et en cils tremblants et mouillés. Alex sait qu'il a tout du cliché, alangui sur ce couvre-lit ivoire, et il se déteste, mais c'est plus fort que lui : il est fou amoureux. Il en reste abasourdi, il ne peut rien y faire, et le prince l'aime aussi, et pour une nuit au moins leur amour existe, il compte, même si, à leur réveil, il leur faudra faire semblant de l'avoir oublié.

Henry atteint l'orgasme le visage tourné contre la paume ouverte de son compagnon, sa lèvre inférieure entrouverte pressée contre le petit renflement du poignet d'Alex, qui s'efforce de mémoriser chaque détail, jusqu'aux cils qui papillonnent sur ses pommettes, à ses joues empourprées presque jusqu'aux tempes. *Il ne faut rien rater cette fois, rien*, rappelle-t-il à son cerveau toujours si pressé. *C'est trop important.*

Quand le corps de Henry capitule enfin, il fait nuit noire dehors. La chambre est plongée dans un calme absolu, le feu s'est éteint. Alex se recroqueville en chien de fusil et pose deux doigts sur sa poitrine, juste à côté de la clé qu'il porte toujours au cou, au bout de sa chaîne. Sous sa peau, son cœur bat exactement comme avant – il se demande bien par quel miracle.

Le silence s'étire un long moment. Le prince finit par bouger sur le lit à côté de lui, se tourner sur le dos et remonter le drap sur eux. Alex cherche quelque chose à dire, mais il ne trouve rien.

Quand il se réveille, il est seul.

Il faut un moment pour que, dans sa poitrine, tout se réorganise autour du point fixe où s'est achevée la nuit précédente. Il contemple la tête de lit aux dorures finement ouvragées, l'épais édredon brodé et la douce couverture en serge glissée en dessous – le seul élément de la chambre que Henry ait réellement choisi. Alex glisse la main sur les draps jusqu'au côté du lit où le prince a dormi. Sous sa paume, le tissu est déjà froid.

Dans la grisaille du petit matin, le palais de Kensington paraît bien morne. D'après la pendule perchée sur la cheminée, il n'est pas encore 7 heures. Une pluie drue fouette les vitres des hautes fenêtres à moitié couvertes par les rideaux entrouverts.

Il n'a jamais senti grand-chose de Henry dans cette chambre mais, dans le silence matinal, il devine tout de même, çà et là, la présence du prince... Le tas de revues posé sur le bureau – la première de la pile tachée par l'encre d'un stylo qui n'a visiblement pas supporté un énième trajet en avion. Le cardigan trop grand, usé et raccommodé aux coudes, jeté sur une imposante bergère d'époque près de la fenêtre. La laisse de David, pendue à la poignée de la porte...

Sur la table de chevet, à côté de lui, il y a un exemplaire du *Monde* coincé sous l'énorme volume relié de cuir des œuvres complètes d'Oscar Wilde. Il en reconnaît aussitôt la date : leur séjour à Paris. La première fois que, tous les deux, ils se sont réveillés côte à côte.

Il se hâte de refermer les paupières. Pour une fois dans sa vie, il faut qu'il arrête de se mêler des affaires des autres. Il est temps pour lui, il s'en rend compte, d'accepter de se contenter de ce que Henry sera capable de lui donner.

Les draps ont gardé l'odeur du prince. Voilà ce qu'il sait :

1) Henry n'est pas là.

2) La nuit dernière, il n'a jamais confirmé qu'il était d'accord pour envisager un quelconque futur à deux.

3) Ce pourrait très bien être la dernière fois qu'Alex peut humer son odeur sur quoi que ce soit.

Et pourtant... 4) À côté de la pendule, sur la cheminée, la chevalière du petit-fils de la reine est toujours là où il l'a posée.

Alex entend le bouton de la porte tourner. En rouvrant les yeux, il voit entrer le prince, deux mugs à la main, avec, sur le visage, un pâle sourire impossible à décrypter. À nouveau vêtu d'un jogging, le Britannique est luisant de rosée matinale.

— Tes cheveux au réveil me fascineront toujours, lance-t-il en guise de bonjour pour rompre le silence.

Il s'approche du lit et pose un genou sur le matelas pour tendre une des tasses à son hôte : double expresso, un sucre, une pincée de cannelle. Alex voudrait bien ne rien penser du fait que Henry sait comment il prend son café le matin – surtout quand il est sur le point de se faire larguer comme un malpropre –, mais c'est peine perdue.

Sauf que quand le prince regarde son invité avaler la première gorgée du breuvage – un délice –, son sourire revient pour de bon. Il caresse à travers l'édredon le pied d'Alex, qui, en l'observant par-dessus le rebord de la tasse, hasarde avec prudence :

— Salut… Tu m'as l'air… un peu moins énervé.

L'autre pousse un petit rire.

— Elle est bien bonne, celle-là : tu peux parler ! Ce n'est pas moi qui ai déboulé au palais comme un fou furieux en me traitant d'« enfoiré qui fait exprès de ne pas comprendre ».

— Pour ma défense, c'était assez mérité, tu ne crois pas ?

Henry marque une pause. Il boit une gorgée de thé avant de poser son mug sur la table de nuit.

— C'est vrai, reconnaît-il.

Il se penche pour poser ses lèvres sur celles de son partenaire, dont il stabilise la tasse d'une main pour éviter de la reverser. Sa bouche a un goût d'Earl Grey et de dentifrice… et on dirait bien qu'il ne va pas larguer Alex, après tout.

— Tu étais passé où ? demande l'Américain quand il retrouve l'usage de sa langue.

Le prince prend son temps pour répondre. Du talon, il ôte l'une après l'autre ses baskets mouillées avant de grimper sur le lit. Là, il s'assied entre les jambes écartées de son compagnon, lui pose les mains sur les cuisses. Quand il relève la tête, c'est pour plonger ses yeux bleus dans ceux d'Alex, sur qui il concentre toute son attention.

— J'avais besoin d'aller courir. Pour me vider un peu la tête, clarifier mes idées, réfléchir à… la suite. On aurait dit ce cher M. Darcy en train de broyer du noir à Pemberley. En rentrant, je suis tombé sur mon frère. Je ne te l'avais pas dit, mais Martha et lui logent ici pour la semaine pendant que leur propriété d'Anmer Hall subit des rénovations. Bref, Philip s'était levé tôt – il devait avoir un engagement quelconque –, et je l'ai trouvé attablé devant une tartine grillée. Nature. Tu as déjà vu quelqu'un manger un toast sans rien dessus, toi ? Consternant…

Alex se mordille les lèvres.

— Où est-ce que tu veux en venir, mon bébé ?

— On a papoté un peu. Dieu merci, il n'avait pas l'air au courant de ta… visite… de la nuit dernière. Mais il m'a longuement parlé de Martha, de la gestion de leurs domaines, des hypothétiques héritiers qu'ils devraient penser à mettre en route – alors qu'il déteste les enfants, en plus ! Et, subitement, c'était comme si… comme si tout ce que tu m'avais dit hier me revenait d'un seul coup. J'ai pensé… Mon Dieu, pour lui, ça se résume à ça, en fait. C'est tout bête : suivre le plan, un point c'est tout – au détail près. Et ce n'est pas qu'il soit malheureux, non. Il va bien. Tout va parfaitement bien pour lui. Il ira bien toute sa vie.

Henry qui, jusque-là, triturait un fil échappé de l'édredon, relève enfin la tête pour regarder Alex droit dans les yeux et dit :

— Sauf que moi, ça ne me suffit pas.

Le cœur de l'Américain fait un bond dans sa poitrine.

— Ah non ?

Le prince lève une main hésitante et effleure du pouce la pommette de son compagnon.

— Je ne suis pas… aussi doué que toi pour dire ces choses-là, mais j'ai toujours pensé… Depuis que j'ai compris que j'aimais les mecs… et même avant, quand je sentais déjà que j'étais différent… et avec tout ce qui s'est passé ces dernières années, toutes les choses qui bouillonnent dans ma tête en permanence… en fait, je me suis toujours envisagé comme un problème qui devait rester caché. Je ne me suis jamais vraiment fait confiance, ou autorisé à écouter mes désirs. Avant toi, je laissais la vie décider pour moi. Honnêtement, je ne me considérais pas digne de faire mes propres choix.

Du bout des doigts, il replace une boucle rebelle derrière l'oreille d'Alex.

— Mais toi, reprend-il, tu me traites comme si je l'étais.

Alex pose son mug sur la table de chevet, juste à côté de celui du prince. Un nœud douloureux lui serre la gorge, mais il se force à répondre.

— Parce que c'est le cas, tout simplement.

— Je pense que je commence à le croire, moi aussi. Et c'est grâce à toi. Je ne sais pas combien de temps j'aurais mis pour en arriver là, autrement.

— Et… Henry… il n'y a absolument rien qui cloche chez toi, ajoute l'Américain. Enfin, sauf quand tu t'obstines à jouer les enfoirés qui font exprès de ne pas comprendre.

Le Britannique s'esclaffe de nouveau, des larmes dans la voix. Mais les rides au coin de ses yeux se plissent avec humour et Alex sent soudain son cœur lui remonter dans la gorge, s'envoler vers les moulures ouvragées du plafond, emplir la pièce tout entière et effleurer l'anneau d'or étincelant toujours posé sur le manteau de la cheminée.

— Je suis désolé, dit le prince. Je… je n'étais pas prêt à entendre ces mots-là. Cette nuit-là, au bord du lac… pour la première fois, je me suis laissé aller à penser que tu allais peut-être les prononcer, et… j'ai paniqué. C'était débile et vraiment injuste de ma part : ça ne se reproduira pas.

— J'espère bien. Alors, tu es en train de dire que… tu serais partant ?

— Ce que je dis… précise Henry (et il fronce nerveusement les sourcils mais ses lèvres poursuivent leurs explications), c'est que je suis mort de trouille et que ma vie entière tourne au grand n'importe quoi, mais qu'essayer de renoncer à toi cette semaine a failli me tuer. Quand je me suis réveillé ce matin et que je t'ai regardé… c'est fini, je ne veux plus « faire avec ». Je ne sais pas si j'aurai jamais le droit de dire la vérité au monde entier mais… j'en ai envie. Un jour. Si j'arrive à laisser une trace derrière moi sur cette foutue terre, je veux qu'elle soit honnête. Ce que je peux te proposer, c'est d'être entièrement à toi, de la manière que tu voudras – c'est une chance de faire notre vie ensemble. Si tu as la patience d'attendre, je voudrais que tu m'aides à tenter le coup.

Alex prend le temps de contempler le prince dans toute sa complexité – des siècles de sang royal assis en tailleur sous un lustre d'époque du palais de Kensington –, puis il tend les mains et regarde ses doigts lui effleurer le visage… ceux-là mêmes qui ont tenu la Bible sur laquelle sa mère a prêté serment lors de l'investiture.

Soudain, il est frappé par le poids et l'irrévocabilité de leur décision. Plus jamais ils ne pourront faire demi-tour, ni lui ni Henry.

— O.K., c'est parti. Prêt à écrire une page d'histoire ?

Le prince lève les yeux au ciel et, en souriant, scelle leur engagement d'un baiser. Ils retombent ensemble sur les oreillers : les cheveux et le jogging humides de l'un s'enchevêtrent avec les membres nus de l'autre sur les draps somptueux.

Quand Alex était petit, avant que quiconque ne connaisse son nom, il pensait que l'amour débarquerait un jour dans sa vie sur les ailes d'un dragon, comme dans un conte de fées. Mais, comme il l'avait appris en grandissant, l'amour, c'est un choix qu'on fait malgré tout, un truc étrange qui peut parfois vous glisser entre les doigts même quand on y tient comme à la prunelle de ses yeux. Il n'aurait jamais imaginé qu'il avait raison dans les deux cas : que ce pouvait être les deux à la fois.

Les mains de Henry parcourent son corps avec douceur, sans se hâter, et ils continuent de s'embrasser paresseusement pendant des heures, ou peut-être des jours, savourant le luxe rare qui leur est accordé. Ils s'interrompent seulement pour vider leurs mugs désormais tièdes, puis le prince leur fait monter une assiette de scones et de confiture de cassis. Ils passent la matinée entière au lit à regarder sur l'ordinateur de Henry les présentatrices du *Meilleur Pâtissier*, Mel et Sue, se récrier de joie devant des scones aux myrtilles, tout en écoutant la pluie se réduire peu à peu à une simple bruine.

Alex se décide, au bout d'un moment, à dépêtrer son jean des draps où il est emmêlé afin d'en tirer son téléphone. Il trouve trois appels manqués de Zahra, un message vocal de sa mère – jamais un bon signe – et quarante-sept échanges non lus dans le groupe de discussion qu'il partage avec June et Nora.

ALEX, ZAHRA VIENT DE ME DIRE QUE TU ÉTAIS À LONDRES ????

Alex putain

Si tu fais une connerie et que tu te fais choper, je te tue de mes propres mains

Bon, mais tu es allé le chercher !!! On se croirait dans Jane Austen :)

Par contre, quand tu rentres, je te défonce. J'en reviens pas que tu ne m'aies pas prévenue !

Ça s'est bien passé ?? Tu es avec Henry, là ?

C'EST SÛR, MON GARS, JE VAIS TE DÉFONCER !

Les quarante-six premiers messages sont de June. Dans le quarante-septième, Nora demande si l'un d'eux sait où sont ses Converse blanches. Elles sont sous mon lit et vous avez le bonjour de Henry, tape Alex.

À peine a-t-il appuyé sur « envoi » que son portable se met à sonner. L'appel vient de June, qui exige d'être mise sur haut-parleur pour entendre le compte rendu détaillé des derniers événements. Ensuite, plutôt que de s'exposer lui-même aux foudres de Zahra, il réussit à convaincre le prince d'appeler Shaan.

— Tu penses que tu pourrais, euh… prévenir Mlle Bankston qu'Alex va bien et qu'il est avec moi ? demande Henry à son écuyer.

— Bien sûr, Votre Altesse. Dois-je aussi commander une voiture pour son transfert à l'aéroport ?

— Hmm… (Le Britannique se retourne vers son compagnon pour articuler en silence : « Tu restes ? » L'intéressé fait oui de la tête.) Plutôt demain ?

Il y a un long silence à l'autre bout du fil, puis Shaan finit par répondre, d'une voix qui trahit un manque flagrant d'enthousiasme :

— Très bien. J'en informe Mlle Bankston de ce pas.

Secoué d'un petit rire, le jeune Texan sort son téléphone pour écouter le message de sa mère, cette fois. Henry, qui vient de raccrocher, regarde Alex hésiter, le pouce suspendu au-dessus de l'écran, et lui décoche un petit coup de coude dans les côtes.

— Il faudra bien affronter les conséquences un jour ou l'autre, tu sais…

L'Américain soupire.

— Je ne te l'ai jamais raconté, je crois, mais… le jour où elle m'a débarqué de la campagne, ma mère m'a aussi dit que si je n'étais pas sûr à mille pour cent que toi et moi, c'était du sérieux, il fallait qu'on arrête de se voir.

Henry vient frotter le bout de son nez sur le petit carré de peau délicat, juste derrière l'oreille de son compagnon.

— À mille pour cent ?

— Oh ça va, gros malin, inutile de t'emballer…

Le prince lui donne un autre petit coup de coude. Dans un éclat de rire, Alex lui attrape le visage pour lui plaquer la tête dans les oreillers et lui embrasser sauvagement les joues. Quand le jeune Texan cesse enfin ses assauts, son compagnon est aux anges, rouge pivoine et tout décoiffé.

— N'empêche que j'y ai déjà pensé, tu sais, finit par avouer Henry. Qu'être avec moi avait de grosses chances de ruiner ta carrière. C'était quoi, le plan, déjà ? D'être élu au Congrès avant l'âge de trente ans, c'est ça ?

— Ne t'en fais pas pour ça. Regarde-moi cette bouille : les électeurs l'adorent ! Pour le reste, j'improviserai.

Devant l'air franchement sceptique du prince, Alex pousse un nouveau soupir.

— Écoute, ajoute-t-il, je n'ai aucune idée de ce qui m'attend. Je ne sais même pas si c'est vraiment possible d'exercer un mandat législatif en sortant avec le prince d'un pays étranger. Donc, bon… On avancera forcément à tâtons. Mais des candidats bien pires que moi avec des casseroles bien plus grosses que les miennes qui parviennent quand même à se faire élire, il y en a tout le temps, alors…

Henry le scrute de ce regard perçant qui donne parfois à Alex l'impression d'être un insecte crucifié à l'épingle dans une vitrine.

— Vraiment, tu n'as pas peur de ce qui pourrait arriver ? s'étonne le Britannique.

— Si, bien sûr. Déjà, notre relation doit absolument rester secrète jusque après l'élection. Et même ensuite… je sais bien que ce ne sera pas une partie de plaisir. Mais si c'est nous qui prenons l'initiative de communiquer, qu'on attend le bon moment et qu'on réussit à garder la main sur la façon dont on présentera les choses à la presse, je pense qu'on pourrait s'en sortir pas trop mal.

— Et tu y réfléchis depuis combien de temps ?

— Consciemment ? Depuis la Convention démocrate, je dirais. Mais… inconsciemment, sans me l'admettre ? Depuis un sacré bout de temps, je dirais. Au moins depuis que tu m'as embrassé le soir du Nouvel An.

Toujours étendu sur les oreillers, Henry ouvre de grands yeux.

— C'est… assez incroyable.

— Et toi ?

— Moi ? marmonne-t-il. À ton avis, Alex… Depuis le début, voyons.

— Le début ?

— Depuis les Jeux olympiques.

Le jeune Texan tire le coussin de sous la tête de son compagnon.

— Les J.O. ? Mais c'est…

— Oui, Sherlock, le jour où on s'est rencontrés. Rien ne t'échappe ! lance le prince en essayant de récupérer son oreiller. « Et toi ? » qu'il me demande, comme s'il ne savait pas…

— Tu vas te taire, oui ?

Avec, aux lèvres, un sourire complètement idiot, Alex arrête d'essayer de lui disputer le coussin et s'installe à califourchon sur lui pour le plaquer contre le matelas et l'étouffer de baisers. Puis il rabat les draps sur eux et les deux garçons disparaissent en riant dans un joyeux méli-mélo de lèvres et de doigts errants, jusqu'à ce que Henry roule sur le téléphone de son compagnon et que ses fesses appuient sur le bouton de la messagerie vocale.

« Diaz, espèce de saleté de romantique de mes deux, il n'y a vraiment aucun espoir pour toi ! » lance la voix de la présidente des États-Unis, étouffée par les couvertures. *« J'espère bien que c'est "pour toujours" – il y a sacrément intérêt… Prends bien soin de toi. »*

Curieusement, c'est Henry qui a eu l'idée de s'échapper du palais sans garde du corps à 2 heures du matin. Il a sorti deux sweats à capuche et deux casquettes – la panoplie de camouflage traditionnelle des visages un peu trop connus –, puis Béa a bruyamment simulé une tentative de sortie à l'autre extrémité du bâtiment pour leur permettre, pendant ce temps-là, de filer au pas de course par les jardins. Les voilà donc dans une rue de South Kensington aux trottoirs mouillés, flanquée de grands immeubles en brique rouge, devant un panneau indiquant…

— Prince Consort Road ? s'exclame Alex. Non, attends, c'est trop drôle ! Tu peux me prendre en photo devant ?

— Ne vends pas la peau de l'ours, surtout ! lui lance Henry par-dessus son épaule en le tirant par le bras pour l'obliger à avancer. Du nerf, bon à rien, on y est presque.

Ils tournent dans une rue perpendiculaire, puis vont se faufiler dans un renfoncement niché entre deux piliers. Le Britannique sort de sa poche un trousseau chargé de dizaines de clés.

— L'avantage d'être un prince… c'est qu'à condition de demander poliment, on vous donne le pass pour entrer absolument n'importe où.

Et il commence à palper la paroi – un simple mur en apparence, pourtant. Alex le regarde faire, bouche bée.

— Attends… Je croyais que, de nous deux, c'était moi la tête brûlée, le casse-cou, le Ferris Bueller de service…

— Quoi ? Et moi je serais Sloane, l'élève modèle, la perfection incarnée ? Tu as rêvé !

Ayant enfin réussi à entrebâiller une porte dérobée, le prince tire son compagnon à sa suite. Ils débouchent dans une immense cour plongée dans l'obscurité et dévalent une pente. L'écho de leurs semelles résonne sur les pavés blancs. Les robustes briques couleur rouille des façades victoriennes s'élèvent tout autour d'eux dans la nuit et, soudain, Alex comprend. Le Victoria and Albert Museum ! Henry jouit ni plus ni moins d'un accès privé à la noble institution…

Devant l'entrée les attend un agent de sécurité dans la force de l'âge, à la solide carrure.

— Bonsoir Gavin, je ne vous remercierai jamais assez, lui dit le prince, qui profite de ce qu'ils se serrent la main pour lui glisser une liasse de billets.

— Les salles Renaissance, ce soir, c'est ça ? demande l'homme.

— S'il vous plaît, oui.

Et les voilà qui traversent une série de salles dédiées à l'art chinois puis à la sculpture française. Henry a l'air chez lui : il passe d'une statue de Bouddha assis en pierre noire à un nu en bronze de saint Jean-Baptiste sans hésiter une seule fois sur le chemin à suivre.

— Mais… tu viens souvent ? s'étonne Alex.

Le prince s'esclaffe.

— Disons que c'est… un de mes petits secrets. Quand j'étais petit, mes parents nous emmenaient tôt le matin, avant l'ouverture. Ils voulaient nous donner le goût des arts, j'imagine – et surtout de l'histoire.

Il ralentit le pas pour désigner un énorme félin en bois en train d'égorger un fantassin britannique. *Tigre de Tipu*, précise la notice.

— En nous le montrant, ma mère me murmurait : « Tu as vu avec quelle férocité ce fauve attaque le soldat ? C'est parce que mon arrière-arrière-arrière-arrière-grand-père a volé cette statue à l'Inde. Moi, je pense qu'il faudrait la leur rendre, mais ta grand-mère ne veut pas. »

Le visage de Henry, de trois-quarts profil, se voile d'un soupçon de tristesse, mais il se secoue vite et attrape son compagnon par la main. Tous deux reprennent leur course effrénée.

— Maintenant, je préfère venir la nuit. Quelques-uns des gardiens les plus haut placés me connaissent bien. Pour moi, cet endroit est la preuve qu'on n'a jamais fini d'apprendre, peu importe le nombre de pays qu'on a visités, de gens qu'on a rencontrés ou de livres qu'on a lus. C'est pour ça que je ne me lasse pas de l'explorer, je crois. C'est comme à Westminster, où des dizaines d'histoires se cachent derrière la moindre sculpture, le moindre vitrail. Rien n'a été laissé au hasard : ils ont tous leur raison d'être, leur signification. On trouve ici des trésors inestimables : le Grand Lit de Ware, par exemple, un meuble mythique, mentionné par Shakespeare dans *La Nuit des rois*, par Ben Jonson dans son *Epicoene* ou par Byron dans *Don Juan* ! Chaque objet recèle une histoire immémoriale. Je trouve ça incroyable… Et les archives, si tu savais, je pourrais y passer des heures, elles… Humph…

Il s'interrompt en pleine phrase parce qu'Alex s'est arrêté en plein milieu du couloir pour lui voler un baiser.

— Euh, O.K… murmure Henry quand l'autre le lâche enfin. C'est en quel honneur ?

Son compagnon hausse les épaules.

— Rien de spécial… Je… Je t'aime, c'est tout.

Le corridor mène à un gigantesque atrium muni de nombreuses portes qui s'ouvrent, dans toutes les directions, sur une succession d'autres salles. Seules quelques-unes des lampes sont restées allumées : Alex s'avance, ébahi, sous une haute coupole ornée d'un énorme lustre où s'entremêlent arabesques et bulles de verre bleues, vertes et jaunes. Ses yeux se posent ensuite sur le superbe jubé de fer forgé qui domine l'étage supérieur. Mais Henry le tire déjà par la main vers une arche qui s'ouvre dans un mur sur la gauche et d'où se déverse un flot de lumière.

— C'est là. J'ai appelé Gavin tout à l'heure pour qu'il laisse les lumières allumées. C'est ma salle préférée.

Alex a beau avoir aidé à organiser plusieurs expositions au Smithsonian, à Washington, il a beau dormir dans une chambre jadis occupée par le beau-père du président Ulysse S. Grant en personne, il a le souffle coupé quand le prince l'entraîne entre les piliers de marbre.

Dans la semi-obscurité, la galerie semble vivante tout autour d'eux. Sous la verrière qui paraît s'étirer à l'infini dans l'encre du ciel londonien, la pièce entière ressemble à une esplanade florentine avec ses colonnes fuselées, ses arcades élégantes et ses autels altiers. Plusieurs fontaines ont même été installées au milieu des sculptures juchées sur leurs lourds piédestaux et des gisants alignés derrière des portiques aux tympans gravés d'images de la Résurrection. Sur toute la longueur du mur du fond s'élève un colossal jubé gothique en marbre orné de riches statues de saints – tout de noir et d'or, imposant, vénérable.

Quand Henry reprend la parole, c'est à voix basse, comme pour ne pas rompre le charme.

— Ici, la nuit, on a presque l'impression de se balader sur une vraie place. Sauf qu'il n'y personne pour essayer de te toucher, pour te regarder bouche bée ou pour te prendre en photo en douce. Tu peux juste être toi-même.

En lui jetant un regard, son compagnon découvre sur le visage du prince une expression prudente, teintée de curiosité, comme s'il attendait quelque chose. Le jeune Texan comprend que cet endroit, pour lui, c'est comme la maison du lac, pour Alex : son refuge le plus sacré.

— Raconte-moi tout, dit-il en étreignant la main de Henry.

L'intéressé ne se fait pas prier : il les entraîne aussitôt d'œuvre d'art en œuvre d'art. Ils admirent d'abord un marbre de Francqueville qui représente Zéphyr, le dieu grec du vent d'ouest, les cheveux couronnés de laurier et le pied posé sur un nuage. Puis un Narcisse à genoux, hypnotisé par son propre reflet dans l'eau – statue longtemps prise pour le *Cupidon* disparu de Michel-Ange mais que l'on doit en réalité à Cigoli. (« Tu vois là, l'endroit où ses phalanges ont été restaurées avec du stuc ? ») Ils passent ensuite devant le rapt de Proserpine par Pluton, puis devant Jason et sa toison d'or.

Ils reviennent, pour terminer, devant la première sculpture de la galerie, le *Samson terrassant un Philistin* de Giambologna, qui a sidéré Alex dès leur arrivée. La finesse des muscles, le relief de la chair, le mouvement et la vie insufflés au marbre froid par le génie de l'artiste… L'Américain n'a jamais rien vu de tel. S'il pouvait les toucher, il s'attendrait presque à sentir la chaleur de leur peau sous ses doigts.

— C'est plutôt ironique que moi, le prince gay cent fois maudit, je déambule dans le musée de la reine Victoria, elle qui était si attachée à ses lois anti-sodomie, fait remarquer Henry tout en contemplant le chef-d'œuvre. Au fait… tu te rappelles ce roi gay dont je t'ai parlé, Jacques Ier ? ajoute-t-il avec un petit sourire.

— Celui qui en pinçait pour l'hercule de foire qui avait un petit pois dans la tête ?

— Voilà, celui-là. Eh bien, le favori qui avait sa préférence, c'était George Villiers, duc de Buckingham, réputé « le plus bel homme d'Angleterre », comme on le disait à l'époque. Jacques 1er en était raide dingue, personne ne l'ignorait. Théophile de Viau, un poète français, en a même tiré ces quelques rimes. (Henry s'éclaircit la gorge.) *« On a foutu Monsieur le Grand, / L'on fout le Comte de Tonnerre / Et ce savant Roy d'Angleterre / Foutoit-il pas le Boukinquan. »*

Sous le regard sidéré d'Alex, le prince s'empresse de préciser :

— « Boukinquan », c'est le vieux français pour « Buckingham ». Bref, Jacques 1er faisait un tel étalage de sa relation avec Villiers que ça déplaisait fortement à l'Église d'Angleterre. Pour l'apaiser, le roi a commandé une nouvelle traduction des Écritures, et c'est comme ça qu'on a hérité de la Bible qui fait encore référence aujourd'hui dans le monde anglican.

— C'est une blague ?

— Pas du tout. Jacques 1er aurait même déclaré à son Conseil privé : « Le Christ avait Jean pour disciple préféré, moi, j'ai George. »

— Rien que ça.

— Plutôt gonflé, non ?

Si Henry admire toujours le groupe de marbre, Alex, lui, ne peut détacher les yeux du prince perdu dans ses pensées, du sourire narquois qui s'étire sur ses lèvres.

— Et c'est grâce au fils de Jacques 1er, Charles Ier, qu'on peut contempler cette merveille, reprend l'Anglais. C'est la seule création de Giambologna à avoir jamais quitté Florence. Le roi d'Espagne avait offert ce chef-d'œuvre inestimable – un vrai colosse – à Charles, qui l'a donné par la suite à Villiers. Et, quelques siècles plus tard, nous voilà ! C'est l'une des plus belles œuvres du musée, et on n'a même pas eu besoin de la voler ! Il aura suffi d'un Villiers à la cuisse légère avec les monarques queer. Si on tenait un inventaire des monuments nationaux de l'histoire gay, notre cher Samson en ferait partie.

Henry rayonne comme si la statue était son propre enfant, si bien qu'Alex, lui aussi, est saisi d'une vague de fierté. Il sort son téléphone pour prendre une photo – le prince au doux visage, tout chiffonné contrairement à son habitude, souriant devant l'une des plus sublimes œuvres d'art du monde.

— Qu'est-ce que tu fais ?

— Je tire le portrait d'un des monuments nationaux de l'histoire gay… à côté d'une statue.

Le monument en question éclate d'un rire indulgent. Alex s'approche, enlève au jeune homme sa casquette de base-ball et se hisse sur la pointe des pieds pour lui déposer un baiser sur le front, entre les sourcils.

— C'est marrant, dit Henry. J'ai toujours pensé que c'était le truc le plus impardonnable chez moi, alors que toi, tu as l'air de penser que c'est une de mes qualités, au contraire.

— Attends, qu'est-ce que tu crois ? Dans le top trois des raisons de t'aimer, il y a, un, ton cerveau, deux, ta queue, et trois, ton futur statut d'icône révolutionnaire gay.

— En fait, tu es littéralement le pire cauchemar de cette pauvre reine Victoria…

— Et c'est d'ailleurs pour ça que, toi, tu m'aimes !

— Bon sang, tu as raison… Depuis le début, je cherche juste le mec qui aurait le plus foutu la rage à mes ancêtres homophobes !

— Et racistes, ne l'oublions pas.

— Très juste, approuve Henry avec le plus grand sérieux. La prochaine fois, on fera un tour dans les salles consacrées à George III pour voir si le mobilier prend feu à ton approche.

Derrière le jubé de marbre noir, au fond de la salle, se trouve une seconde chambre, celle-là pleine de reliques religieuses. Après une collection de vitraux et de statues de saints, tout au bout de la pièce, se dresse une chapelle entière, transplantée là d'un seul tenant. Selon la notice, elle date du XVe siècle et se trouvait à Florence, dans l'abside de l'église d'un couvent franciscain, Santa Chiara. Époustouflante de beauté, elle a été placée dans le creux d'une alcôve afin de recréer au mieux son environnement d'origine avec, sur l'autel, les statues de sainte Claire et saint François d'Assise.

— Quand j'étais plus jeune, explique Henry, j'avais une idée en tête… Je rêvais d'emmener mon amoureux ici. J'imaginais que, lui aussi, il ait un coup de cœur pour cette chapelle et qu'on danserait un slow tous les deux, sous les yeux de ces vénérables statues. Juste un… fantasme d'adolescent un peu idiot.

Après un instant d'hésitation, le prince tire son portable de sa poche et pianote sur l'écran avant de tendre la main à son compagnon. Dans le silence, le minuscule haut-parleur du téléphone commence à jouer *Your Song*.

Alex pouffe de rire.

— Attends, tu ne me demandes pas, comme à June, si je sais danser la valse ?

— La valse ? Ça n'a jamais été mon truc.

Les joues creusées par l'obscurité, Henry a l'air d'un jeune postulant un peu nerveux à l'idée d'entrer dans les ordres. Il se tourne vers l'autel et entraîne son compagnon dans l'alcôve.

Quand ils s'embrassent, Alex se rappelle vaguement un vieil extrait du Livre des proverbes qu'il a appris au catéchisme et dont seul le début lui revient en espagnol : « *Come, hijo mío, de la miel, porque es buena…* un rayon de miel sera doux à ton palais ». *Que penserait sainte Claire de ces deux âmes perdues qui, tels David et Jonathan, tournent lentement devant elle ?* se demande-t-il.

Alors il porte la main du prince à ses lèvres, la couvre de baisers – le renflement entre deux phalanges, la peau tendue, juste là, sur le bleu d'une veine, les lignes de la paume, le pouls qui palpite au poignet, le sang si ancien préservé pour toujours entre ces murs – et pense en lui-même : *Le Père, le Fils et le Saint-Esprit, amen.*

Henry lui fait affréter un jet privé pour le ramener à Washington. Alex s'efforce ne pas penser au savon qu'il va se prendre à la minute où il mettra le pied sur le sol américain. À l'aérodrome, les cheveux agités par le vent, le Britannique fouille un instant dans sa veste.

— Écoute… dit-il en tirant son poing fermé de sa poche, avant de retourner la main de son compagnon et d'y déposer un petit objet lourd. Je veux que tu le saches : je suis sûr. Sûr à mille pour cent.

Le petit-fils de la reine retire ses doigts et Alex découvre, là, au creux de sa paume, la chevalière en or.

— Quoi ? s'étrangle l'Américain, qui relève des yeux stupéfaits pour scruter le visage du prince, illuminé d'un sourire. Tu plaisantes ? Je ne peux pas…

— Garde-la, je t'assure. J'en ai assez de la porter.

Même sur un terrain d'aviation privé, la prudence reste de mise. Alex se contente donc de serrer Henry dans ses bras en lui murmurant à l'oreille : « Je t'aime comme un taré, j'espère que tu le sais ! »

Une fois dans les airs, l'Américain détache la chaîne qu'il porte au cou pour glisser la bague dessus, près de la clé de sa maison. Quand il les glisse ensemble sous sa chemise, elles s'entrechoquent doucement – ses deux refuges, ses deux patries côte à côte.

Chapitre 11

Nostalgie texane

02/09/20 17:12

De : Alx <agcd@eclare45.com>
À : Henry

Henry,

Je suis rentré depuis trois heures seulement, et tu me manques déjà. Quelle merde…
Je t'ai déjà dit que je te trouvais très courageux ? Je me souviendrai toujours de ce que tu as dit à cette petite fille, à l'hôpital, sur Luke Skywalker : « C'est la preuve que peu importe les origines ou la famille de quelqu'un, si on reste fidèle à soi-même, on peut faire de grandes choses. » Mon amour, toi aussi, tu en es la preuve.
(Au fait, dans notre couple, je suis Han et toi Leia, on est bien d'accord ? Inutile de me contredire, tu aurais tort.)
Sinon, je repensais au Texas dans l'avion – comme souvent quand je commence à stresser à propos des élections : il me reste encore

tellement de trucs à te faire découvrir ! On n'a même pas visité Austin… Il faudra que je t'emmène chez Franklin Barbecue. Il y a toujours une file de malade devant le restaurant, mais ça fait partie de l'expérience, et j'ai très très envie de voir un membre de la famille royale britannique poireauter pendant des heures pour pouvoir bouffer de la vache.
Je me demandais… Tu as continué à réfléchir un peu à ce que tu m'as dit avant mon départ ? à l'idée de faire ton coming out auprès de ta famille ? Rien d'obligatoire, évidemment. C'est juste que tu avais l'air plutôt optimiste, quand tu en parlais.
Quoi que tu décides, je serai là, tu sais où me trouver (ma mère ne m'a pas tué pour Londres, c'est déjà ça) : toujours cloîtré à la Maison-Blanche, mais de tout cœur avec toi.

Je t'aime,

Des millions de bisous,

Alex

P.-S. : Vita Sackville-West à Virginia Woolf, 1926 :
Pour moi, c'est absolument flagrant : tu me manques plus encore que je n'aurais pu l'imaginer, et cependant j'étais faite à l'idée que tu me manquerais énormément.

Re : Nostalgie texane

03/09/20 02:49

De : Henry <hdegalles@kensingtonemail.com>
À : Alx

Alex,

Quelle merde, je suis bien d'accord... Je suis à deux doigts de faire ma valise pour quitter le palais sans me retourner. Je pourrais peut-être vivre en reclus dans ta chambre, qu'est-ce que tu en dis ? Tu me ferais monter des repas et je me planquerais dans un coin sombre quand tu irais ouvrir la porte – très *Jane Eyre*, tout ça, charmante perspective.
Le *Daily Mail* multiplierait les théories fumeuses sur les raisons de ma disparition – s'est-il fait sauter le caisson ou simplement retiré du monde sur une petite île écossaise ? À part toi et moi, personne ne se douterait que je passe en réalité mes journées avachi sur ton lit, à bouquiner, à me gaver de profiteroles et à te faire l'amour sans discontinuer, jusqu'à ce qu'on finisse tous les deux noyés dans une mare de chocolat fondu. C'est comme ça que je voudrais partir, quand mon heure viendra.
En attendant, je suis coincé ici. Ma grand-mère n'arrête pas de demander à ma mère quand je vais enfin m'engager dans l'armée. (« Est-ce

que Henry sait qu'à son âge, Philip avait déjà un an de service derrière lui ? ») Mais c'est vrai, il faudrait que je décide assez vite ce que je veux faire de ma vie, car la fin de mon année de césure approche. Comme le disent souvent vos chers hommes politiques : pense à moi et prie pour moi.

J'adorerais visiter Austin avec toi. Peut-être dans quelques mois, quand les choses se seront un peu tassées des deux côtés ? Je pourrai prendre un week-end prolongé, par exemple. Est-ce que je pourrai visiter ta maison ? Voir ta chambre d'ado ? Tu as toujours tes trophées de lacrosse ? J'espère que tu n'as pas enlevé tes posters de l'époque. Laisse-moi deviner… Han Solo, Barack Obama, et… Ruth Bader Ginsburg.

(Je suis bien d'accord, au passage : tu es mon Han – un petit contrebandier si prétentieux, si mal fichu, si effronté que tu n'hésiterais pas à nous conduire droit dans un champ d'astéroïde. Et je suis ta Leia – après tout, c'est vrai, j'aime les hommes gentils.)

Pour répondre à ta question, je n'ai pas abandonné l'idée de parler à ma famille. C'est même en partie pour ça que je ne prends pas tout de suite la tangente. Béa m'a proposé d'être présente quand je parlerai à Philip… Du coup, je crois bien que je vais me lancer. Encore une fois, pense à moi et prie pour moi – ce ne sera pas de trop.

Je t'aime comme un fou et j'ai hâte que tu reviennes. Je vais avoir besoin de ton aide pour me choisir un nouveau lit : j'ai décidé qu'il était temps de me débarrasser de la monstruosité dorée qui trône dans ma chambre.

Je suis tout à toi,

Henry

P.-S. : Radclyffe Hall à Evguenia Souline, 1934 : *Ma chérie – je me demande si tu sais à quel point j'attends ta venue en Angleterre, combien elle compte à mes yeux : te retrouver vaudra tout l'or du monde, car enfin mon corps sera tout, tout à toi, comme le tien tout, tout à moi, mon amour… Alors rien n'importera plus que nous deux – nos deux flammes impatientes enfin réunies.*

Re : Nostalgie texane

03/09/20 06:20

De : Alx <agcd@eclare45.com>
À : Henry

Henry,

Merde alors, tu vas vraiment devoir t'enrôler dans l'armée ? Je ne me suis pas encore renseigné sur le sujet : je vais demander à Zahra de me faire rassembler un max de documentation. Il s'agirait de quoi, au juste ? De partir régulièrement en mission ? Ce serait dangereux ?? Ou bien juste de rester assis en uniforme derrière un bureau ? Pourquoi on n'en a pas discuté quand j'étais encore à Londres ???

Désolé, je panique un peu. Je ne sais pas pourquoi, j'avais oublié que ça te pendait au nez. Mais quoi que tu décides de faire, je te soutiendrai. Dis-moi juste si je dois m'entraîner à regarder au loin d'un air mélancolique en attendant que mon bien-aimé revienne de la guerre.

Ça me rend dingue, quand même, que tu aies si peu de contrôle sur ta propre vie. Quand je t'imagine heureux, je te vois avec ton propre appartement, loin du palais, et un petit bureau où tu écrirais une anthologie de l'histoire LGBT. Et moi aussi, je squatte là : je vide tout ton shampoing, j'insiste pour que tu m'accompagnes faire les courses et je me réveille tous les matins dans le même fuseau horaire que toi. Après les élections, on pourra réfléchir à la prochaine étape. J'adorerais qu'on vive au même endroit un moment, mais… il faut ce qu'il faut : je sais que tu as certaines obligations. En tout cas, je crois en toi.

Pour ce qui est de parler à Philip en premier, excellente idée. Au pire, si rien ne marche, fais comme moi : tu en fais voir de toutes les couleurs à ta famille, ils finiront bien par comprendre d'eux-mêmes.

Je t'aime. Passe le bonjour à Béa.

Alex

P.-S. : Eleanor Roosevelt à Lorena Hickok, 1933 :
Tu me manques énormément, ma chérie. Le moment le plus agréable de ma journée, c'est celui où je t'écris. Je sais que tu traverses une passe plus difficile que moi, en ce moment, mais je crois bien que tu me manques au moins autant que je te manque… Je t'en prie, tant que je serai à Washington, laisses-y le meilleur de ton cœur, car j'ai laissé auprès de toi le meilleur du mien.

Re : Nostalgie texane
04/09/20 19:58

De : Henry <hdegalles@kensingtonemail.com>
À : Alx

Alex,

As-tu déjà connu un échec si terrible, si cuisant que tu aurais encore préféré qu'on te charge dans un canon pour te catapulter vers les ténèbres impitoyables du néant interstellaire ?

Parfois, je me demande à quoi je sers – à quoi ça rime, tout ça. J'aurais dû m'écouter et faire mes bagages. À l'heure qu'il est, je pourrais être dans ton lit, à me prélasser jusqu'à ce que mort s'ensuive, gras et sexuellement comblé, rappelé à Dieu au printemps de ma vie. Sur ma tombe, on inscrirait : *Ci-gît Henry, prince de Galles. Il périt comme il avait vécu, fuyant les responsabilités et suçant des queues.*

J'ai parlé à mon frère. Pas de toi, pour l'instant – juste de moi.

On évoquait un éventuel enrôlement dans l'armée, lui, Shaan et moi. J'ai dit à Philip que je ne me voyais pas suivre la tradition et que je doutais d'être très utile à qui que ce soit sous les drapeaux. Il m'a demandé ce qui me poussait à toujours piétiner les traditions des hommes de notre famille et, à ce moment-là, je crois que j'ai perdu les pédales (ah ah), parce que je me suis entendu lui rétorquer : « Parce que je ne ressemble pas aux hommes de notre famille, Philip. Pour commencer, je suis on ne peut plus gay. »

Une fois que Shaan a réussi à le décrocher du lustre, Philip avait deux mots à me dire, bien sûr. Il me semble que les termes « paumé », voire « fourvoyé », « perpétuation de la lignée » et « respect de l'héritage de nos ancêtres » ont été prononcés. Pour être honnête, je n'en ai pas retenu grand-chose. Mais, apparemment, ce qui surprend mon frère, ce n'est pas tant que je sois

gay, c'est surtout que je n'aie plus l'intention de le cacher.
Alors, oui, je sais bien, on s'était dit que parler à ma famille pourrait être une première étape avant de rendre un jour notre relation publique. Mais vu ce qui s'est passé, je ne suis pas très optimiste, je dois l'avouer. Je suis un peu perdu. J'ai eu beau me gaver de Pim's en quantités astronomiques, je ne sais toujours pas quoi penser.
Parfois, je suis tenté d'aller m'installer à New York pour m'occuper à la place de Pez du lancement de notre foyer pour jeunes à Brooklyn. De partir pour ne jamais revenir. Peut-être en foutant le feu à une ou deux statues au passage, ce serait cool.
Tu sais quoi ? Je me suis rendu compte que je ne t'avais jamais vraiment raconté ce que j'avais pensé la première fois qu'on s'est rencontrés. Alors voilà…
Tu sais, pour moi, les souvenirs, c'est un truc compliqué. Souvent, ils sont douloureux. La souffrance et le deuil ont cette drôle de capacité à s'emparer d'une vie entière, de toutes ces années décisives qui ont fait de nous ce qu'on est, et à les frapper tout à coup du stigmate de l'absence. Du jour au lendemain, elles deviennent trop douloureuses à regarder, se retrouvent hors de portée, inaccessibles. Alors on est bien obligé de se débrouiller autrement.
Moi et toute mon existence – une vie entière de souvenirs –, j'ai commencé à me les représenter

un à un comme chacune des pièces sombres et poussiéreuses du palais de Buckingham. J'ai pris le soir où j'ai dû supplier ma sœur de retourner en désintox, et je l'ai déposé dans un salon au papier peint décoré de pivoines avec une harpe dorée installée en son centre. J'ai pris ma première fois – avec un des camarades de fac de mon frère, à dix-sept ans –, et je l'ai fourrée dans le placard à balais le plus petit, le plus exigu que j'ai pu dénicher. J'ai pris la dernière nuit de mon père – son visage qui se faisait de plus en plus flasque, l'odeur de ses mains, la fièvre et toutes ces heures passées à attendre, attendre et attendre encore – et celles, plus terribles si c'est possible, où il n'y a plus rien à attendre… et j'ai trouvé la plus grande des pièces, une salle de bal immense, plongée dans les ténèbres, volets clos et rideaux tirés. Et j'en ai verrouillé toutes les portes.

Mais la première fois que je t'ai vu… Tu sais, Rio… Pour ce moment-là, je suis descendu jusque dans les jardins. Je l'ai imprimé dans les feuilles d'un érable argenté, je l'ai récité au Vase de Waterloo qui trône sur la pelouse. Il ne tenait dans aucune pièce.

Tu étais en pleine conversation avec June et Nora, radieux, le visage plein d'animation et de vie. On aurait dit que tu venais tout simplement d'une autre planète que la mienne. Et tu étais tellement beau. Tu avais les cheveux un peu plus longs, à l'époque. Tu n'étais pas encore le fils

de la présidente des États-Unis, mais tu n'avais peur de rien. Tu avais glissé dans ta poche de poitrine un rameau d'*ipê-amarelo*, dont les fleurs jaunes sont un des emblèmes du Brésil.
Je me suis dit : *C'est vraiment une chose incroyable, je n'ai jamais rien vu de pareil*. Et : *Mieux vaut rester à bonne distance, ce serait dangereux de m'en approcher de trop près*. Et : *Si quelqu'un comme ça en venait un jour à m'aimer, je m'embraserais tout entier.*
Et puis j'ai fait la pire des conneries : je suis tombé amoureux de toi malgré tout. Je t'aimais quand tu m'appelais à des heures indues, en plein milieu de la nuit. Je t'aimais quand tu m'embrassais dans les toilettes sales d'un karaoké, quand tu te morfondais au bar d'un hôtel et quand tu me rendais tellement, tellement heureux… Jamais je n'aurais imaginé qu'un gars comme moi, cabossé et renfermé en lui-même, puisse un jour être heureux comme ça.
Et puis, miracle inexplicable, tu as eu l'audace absolue de m'aimer en retour. Est-ce que tu arrives à y croire, toi ?
Parce que moi, j'ai encore du mal, parfois.
Je suis désolé que ça ne se soit pas mieux passé avec Philip. J'aurais aimé pouvoir t'envoyer un peu d'espoir.

Je suis tout à toi,

Henry

P.-S. : Michel-Ange à Tommaso Cavalieri, 1533 : *Je sais qu'en cette heure tardive, je pourrais aussi bien oublier ton nom que la nourriture grâce à laquelle je subsiste. Mais que nenni : j'aurais plus tôt fait d'oublier la nourriture – elle ne rassasie que si misérablement mon corps, après tout – que ton nom, qui abreuve à la fois mon corps et mon âme, et emplit l'un comme l'autre d'une telle douceur que je ne sens ni fatigue, ni peur de la mort aussi longtemps que ma mémoire te préserve dans mon esprit. Songe un peu, si mes yeux pouvaient eux aussi recevoir leur dû, dans quelle extraordinaire disposition je me trouverais.*

Re : Nostalgie texane

04/09/20 20:31

De : Alx <agcd@eclare45.com>
À : Henry

Henry,

Fait chier…
Je suis désolé. Je ne sais pas quoi dire d'autre, je suis vraiment désolé. June et Nora t'envoient tout leur amour – mais pas autant que moi, bien entendu.
Surtout ne t'en fais pas pour moi. On trouvera une solution. Ça prendra le temps qu'il faudra,

mais il se trouve que, depuis quelques mois, j'apprends la patience. (Eh oui, je découvre tout un tas de trucs à ton contact.)
Bon, qu'est-ce que je vais bien pouvoir te dire pour te remonter le moral ?
Ah si, voilà : je n'arrive pas à savoir si tes messages apaisent le manque que j'ai de toi ou si, au contraire, ils l'aggravent. Parfois, devant ce que tu m'écris, je me sens comme un rocher biscornu perdu au milieu des eaux claires du plus beau des océans. Tu aimes tellement plus grand que toi, tellement plus grand que tout. Je n'en reviens pas de la chance que j'ai d'en être le témoin. Quant à être celui qui reçoit ton amour – et quel amour –, on ne peut plus parler de chance, je crois : c'est l'œuvre du destin. Le dieu des catholiques a fait de moi celui qui t'inspire ces mots magnifiques. Je m'en vais de ce pas réciter cinq *Je vous salue Marie*. *Muchas gracias*, Santa Maria.
Je suis incapable d'égaler ta prose, mais je peux quand même dresser pour toi une liste.

INVENTAIRE NON EXHAUSTIF DES TRUCS QUE J'AIME CHEZ S.A.R. LE PRINCE HENRY DE GALLES
1) le son de ton rire quand je t'énerve
2) l'odeur de ta peau sous ton parfum chiquissime : un mélange de draps propres et d'herbe fraîche (par quel prodige ?)
3) quand tu relèves le menton pour jouer les durs
4) la grâce de tes mains sur les touches d'un piano

5) tout ce que je comprends de moi grâce à toi
6) le fait que tu considères *Le Retour du Jedi* comme le meilleur des *Star Wars* (grossière erreur) parce qu'au fond de toi, tu es un bon gros sentimental bien baveux qui n'aime rien tant que les happy ends
7) ta capacité à déclamer des vers de Keats
8) ta capacité à réciter le monologue de Bernadette dans *Priscilla, folle du désert* : « Ne te mets pas dans cet état, voyons ! »
9) ta détermination à essayer de faire de ton mieux
10) depuis toujours
11) et jusqu'à ce que mort s'ensuive
12) quand tes épaules viennent recouvrir les miennes et que plus rien au monde n'a la moindre importance
13) le fameux numéro du *Monde* que tu as rapporté à Londres avec toi et que tu conserves sur ta table de nuit (oui, je l'ai vu)
14) ton visage quand tu viens à peine de te réveiller
15) le ratio de tes mensurations épaules/taille
16) ton cœur : énorme, plein de générosité, ridicule, indestructible
17) ta bite : tout aussi énorme
18) la tronche que tu as tirée en lisant le point précédent
19) ton visage quand tu viens à peine de te réveiller (déjà mentionné, mais vraiment, j'adore)
20) le fait que tu m'aimais depuis le premier jour

Ça, depuis que tu me l'as avoué, je n'arrête pas d'y penser. Quel con, je te jure ! J'ai tellement de difficultés à me mettre à la place des autres, parfois... Mais maintenant, je repense à ce que je t'ai dit dans ma chambre, le soir du dîner d'État, la nuit où tout a commencé. À ma façon de prétendre, si souvent, que rien de tout ça n'était très grave. À ma désinvolture le jour où, après la convention, tu as suggéré de me rendre ma liberté. Je n'ai pas imaginé ce que ça pouvait te coûter, de me faire cette proposition... Bon sang, j'ai envie de défoncer tous ceux qui t'ont un jour fait de la peine, sauf que... j'en fais partie, non ? Tout ce temps, je te faisais du mal. Je te demande pardon, Henry.

Surtout ne change pas d'un iota : reste ce garçon si beau et si fort qu'à chaque fois, je n'en reviens pas. Tu me manques, tu me manques, tu me manques et je t'aime. Je t'appelle pour te le dire dès que j'aurai appuyé sur « envoi », mais je sais à quel point c'est important pour toi de le lire.

Alex

P.-S. : Richard Wagner à Eliza Wille, sur Louis II de Bavière, 1864. (Tu te rappelles le jour où tu m'as joué du Wagner ? Lui, c'était un connard fini mais cette lettre en revanche est assez incroyable, je trouve.)

Il est vrai que j'ai mon jeune roi, qui me porte une véritable adoration – vous n'en avez pas idée ! Je me souviens d'un songe que j'ai fait dans ma jeunesse : Shakespeare était vivant, je le voyais et je lui parlais réellement : jamais je ne pourrai oublier l'impression que ce rêve m'a laissée. Et j'aurais tellement voulu rencontrer Beethoven (qui était déjà mort aussi). Il se passe sans doute quelque chose du même ordre dans l'esprit de cet être charmant quand je suis près de lui. Car il me dit qu'il a peine à croire qu'il me possède véritablement. Les lettres qu'il m'écrit me stupéfient et m'enchantent, nul ne pourrait les lire sans en être fasciné.

Chapitre 12

Il y a une bague en diamant à l'annulaire de Zahra quand elle débarque ce matin-là, armée de son éternel Thermos de café, une grosse pile de dossiers sous le bras. Alex est dans la chambre de sa sœur, où tous deux finissent d'engloutir leur petit-déjeuner avant qu'elle ne parte pour un meeting à Pittsburg en compagnie de la conseillère. Sous l'effet de la stupéfaction, June lâche carrément sa gaufre sur le couvre-lit.

— Mon Dieu, Zahra, mais qu'est-ce que je vois ? Tu… tu t'es fiancée ?

Après un bref coup d'œil au bijou, l'intéressée hausse les épaules.

— J'avais un week-end de congé.

La jeune fille continue de la dévisager, bouche bée.

— Quand est-ce que tu vas te décider à nous dire qui est l'heureux élu ? demande Alex. Et aussi… comment c'est possible, en fait ? Où est-ce que tu as trouvé le temps ?

— Tu peux toujours courir, princesse ! réplique le bras droit de la présidente. Ce n'est pas toi qui vas me faire la leçon sur les liaisons secrètes par temps de campagne électorale, merci bien !

— Pas faux, concède le jeune homme.

Tandis que June s'efforce d'éponger avec un coin de son pantalon de pyjama le sirop d'érable qui macule le lit, Zahra s'empresse de changer de sujet :

— Bon, allez, les Claremont juniors, on a du pain sur la planche, ce matin. Un peu de concentration, s'il vous plaît.

Elle distribue à chacun son programme pour la semaine à venir – imprimé recto verso et détaillé point par point –, qu'elle commence à commenter sans perdre une minute. Ils en sont déjà au rassemblement organisé le jeudi suivant pour inciter les habitants de Cedar Rapids à s'inscrire sur les listes électorales (Alex n'est ostensiblement pas invité) quand le téléphone de Zahra émet un petit bip. Elle l'attrape, le déverrouille d'un geste machinal et parcourt la notification sans pour autant s'interrompre.

— Donc, June, il faudra que tu sois habillée et prête à décoller avant… (Soudain distraite, elle regarde l'écran d'un peu plus près.) Avant, euh… (Sur son visage se peint une expression horrifiée.) Oh putain de bordel de merde, c'est pas vrai !

— Quoi ? s'exclame Alex.

À cet instant, sur ses genoux, son propre portable se met aussi à vibrer. Il baisse les yeux sur l'écran, où est apparue une alerte de CNN. « CONVENTION NATIONALE DÉMOCRATE : DES IMAGES DE VIDÉOSURVEILLANCE RÉVÈLENT QUE LE PRINCE HENRY SE TROUVAIT À L'HÔTEL BEEKMAN ».

— Merde… souffle-t-il.

Par-dessus son épaule, June parcourt l'article en même temps que lui : apparemment, une « source anonyme » se serait procuré les enregistrements des caméras de sécurité de l'hôtel la nuit où Alex et Henry y étaient descendus.

Sans être franchement accablante, la vidéo les montre en train de quitter le bar ensemble, épaule contre épaule, escortés de Cash, puis de discuter avec le garde du corps dans l'ascenseur – où Henry a passé le bras autour de la taille d'Alex. Et, enfin, de sortir tous les trois sur le palier du dernier étage.

Son visionnage terminé, Zahra relève la tête pour poser sur le coupable un regard assassin.

— Pourquoi faut-il que cette journée de malheur revienne sans cesse me torturer, tu peux me le dire ?

— Bonne question, marmonne-t-il piteusement. Je ne comprends pas pourquoi c'est ce moment-là qui… On a fait bien pire que ça, pourtant…

— Et c'est censé me rassurer ? l'interrompt vertement la conseillère.

— Non, c'est juste que… Qui aurait l'idée de faire fuiter une vidéo de surveillance prise dans un ascenseur ? Qui irait fouiner jusque-là – quel intérêt ? En plus, elle est à peine incriminante, ce n'est pas comme si je me jetais sur Henry comme Solange Knowles sur Jay-Z…

Cette fois, Alex est coupé par une notification sur le téléphone de sa sœur, qui pousse aussitôt un juron devant son écran.

— Oh non… Tu sais, le fameux reporter du *Washington Post* ? Il vient de m'écrire pour me demander un commentaire sur les spéculations qui entourent ta relation avec Henry. Et il veut savoir si… si elles ont un rapport avec ton choix de quitter la campagne juste après la convention. (Effarée, June fixe tour à tour Alex et Zahra.) Oh là là, ça ne sent pas bon…

— On est d'accord, j'ai vu mieux, répond la conseillère sans décoller le nez de son portable, sur lequel elle tape hargneusement ce qui doit être une série d'e-mails en termes choisis à l'équipe de com. Ce qu'il nous faudrait, c'est une diversion. Il faut qu'on t'organise… un dîner en tête-à-tête avec une fille par exemple.

— Et si on…

— Toi… ou même le prince, d'ailleurs ! continue Zahra sans écouter June. Oui, c'est ça, on vous colle tous les deux dans les bras d'une conquête.

— Je pourrais… insiste la jeune fille.

— Mais qui… Qui je pourrais bien appeler ? se désespère l'assistante. Qui va accepter de mettre le pied dans ce merdier pour jouer les petites amies, au point où on en est ? (D'un geste rageur, elle se frotte les yeux de la paume de ses deux mains, impuissante.) À ce stade, qui voudrait encore prendre ce risque ? Ça pue le couple gay en mal d'alibi…

— Puisque je vous dis que j'ai une idée ! finit par s'écrier June. (Quand ils se tournent vers elle, elle se mordille la lèvre, les yeux fixés sur son frère.) Mais je ne sais pas si elle va te plaire.

Elle leur montre l'écran de son portable. Alex reconnaît aussitôt la photo qui s'y affiche : c'est l'une de celles qu'ils ont prises pour taquiner Pez pendant leur week-end au Texas. June et Henry y sont assis côte à côte sur le ponton de la maison du lac. La jeune fille a rogné Nora du cadre. Il ne reste plus qu'eux deux : lunettes de soleil sur le nez, le prince arbore un large sourire malicieux tandis qu'elle l'embrasse sur la joue.

— Moi aussi, j'avais une chambre au dernier étage du *Beekman*, le deuxième jour de la convention. On n'a pas besoin de confirmer ou de démentir quoi que ce soit. On se contente de suggérer une fausse piste, juste histoire de calmer le jeu.

Alex prend le coup en pleine poitrine.

Il a toujours su que June était prête à se jeter sous le bus pour lui sauver la mise mais, là, ça va trop loin… Jamais il ne pourrait lui demander une chose pareille.

Sauf que… ça pourrait marcher. La complicité entre June et Henry n'est plus à démontrer : on en trouve de nombreuses traces sur les réseaux sociaux (même s'il s'agit en majorité d'échanges de gifs de Colin Firth). Hors contexte, la photo peut porter à penser qu'ils sont en couple – un gentil petit couple hétérosexuel, glamour à souhait, qui profite tranquillement de ses vacances. Alex se tourne vers Zahra.

— Ce n'est pas une mauvaise idée, admet-elle. Il nous faut juste l'accord de Henry. Tu t'y colles ?

Le jeune homme pousse un soupir. C'est bien la dernière chose dont il ait envie, mais il n'a pas vraiment le choix.

— Euh… oui. Je… je vais essayer.

— C'est exactement le genre de mise en scène dont on ne voulait pas, se lamente Alex dans le combiné.

— Je sais. Mais…

Au bout du fil, Henry a la voix qui tremble – et Philip en attente sur l'autre ligne.

— Exactement… « Mais », c'est le mot.

À peine June a-t-elle posté la photo d'elle et du prince sur le ponton au Texas qu'elle bat instantanément, et de très loin, son propre record de likes.

En quelques heures, l'image fait le tour d'Internet. Les deux tourtereaux sont partout. *BuzzFeed* publie même un guide complet de leur histoire en images – qui s'ouvre, bien sûr, sur la photo de leur satanée valse au mariage royal. Leurs échanges sur Twitter sont passés au crible, les photos de la soirée à Los Angeles ressurgissent et les journalistes s'en donnent à cœur joie : « Vous pensiez que June Claremont-Diaz était déjà au pinacle question #objectifsdevie remplis ? Erreur : elle avait son propre prince charmant depuis le début ! » écrit l'un. « Alex, le meilleur ami de Son Altesse, les aurait-il présentés l'un à l'autre ? », spécule un deuxième.

La jeune fille est soulagée : elle a réussi à protéger Alex, et tant pis si elle se retrouve livrée en pâture aux fouille-merde du monde entier qui vont scruter sa vie à la loupe, désormais… Rien que d'y penser, son frère a des envies de meurtre. Étrangement, il est aussi pris d'un désir irrépressible d'empoigner les gens par les épaules pour les secouer en hurlant : « Henry est à moi, bande d'imbéciles, à moi ! » Le but du jeu était pourtant bien que le public croie à cette mascarade… Alex ne devrait donc pas se sentir lésé, floué au plus profond de lui-même. Mais voir tous les médias s'extasier à ce point, quand la seule différence entre le mensonge et la vérité – celle qui ferait bondir les réacs de Fox News – tient au sexe des protagonistes, c'est… difficile à digérer, merde !

Henry ne donne pas beaucoup de nouvelles. Il laisse tout de même entendre que Philip frise la crise d'apoplexie et que Sa Majesté la Reine, bien que contrariée par tout ce foin médiatique, semble ravie que le jeune prince se soit enfin trouvé une petite amie. Pour Alex, c'est le coup de grâce. Obéir aux ordres, jouer la comédie en permanence… Lui qui a toujours essayé d'être un bouclier pour Henry, voilà qu'au final, il lui inflige les mêmes supplices.

Il en chie. Crampes d'estomac, sueurs froides, sensations d'étouffement… Si la manœuvre imaginée par June échoue, ils sont faits comme des rats. Dire qu'il y a deux semaines à peine, il était à Londres en train d'embrasser Henry devant un marbre de Giambologna ! Comment la situation a-t-elle pu dégénérer si vite ? Mauvais karma…

Mais ils ont encore un atout dans leur manche qui achèvera de persuader les foules. La seule histoire d'amour qui aura encore plus de succès que celle de June avec le prince. Nora ne tarde pas à venir trouver Alex à la Résidence. Les lèvres soulignées de rouge vif, elle pose avec patience ses doigts si frais contre les tempes du jeune homme et dit :

— Emmène-moi dîner quelque part.

Ils choisissent un quartier étudiant, bondé de jeunes qui ne manqueront pas de les photographier en douce pour poster aussitôt les images partout sur les réseaux sociaux. Quand Nora glisse une main dans la poche arrière du jean d'Alex, il se concentre sur la présence rassurante de la jeune fille à ses côtés, sur la caresse, qu'il connaît si bien, de ces cheveux bouclés tout contre sa joue.

L'espace d'une demi-seconde, il autorise même une infime part de lui-même à se laisser aller à penser : tout serait plus facile si cette soirée en amoureux n'était pas un leurre… S'il pouvait retrouver sa relation d'autrefois, harmonieuse et douillette, avec sa meilleure amie : déguster une tranche de pizza géante chez Jumbo Slice, maculer de traces de doigts graisseuses la chemise de Nora, rire à ses blagues pourries. Si seulement il pouvait l'aimer – et elle aussi – comme on l'attend d'eux… Et hop ! Le tour serait joué.

Mais ce n'est pas ce qu'ils éprouvent, ni l'un ni l'autre. Son cœur à lui survole en ce moment même l'Atlantique et se posera bientôt à Washington pour mettre la touche finale à leur subterfuge : un déjeuner avec June le lendemain, sous l'objectif du plus grand nombre de photographes possible.

Ce soir-là, Alex est déjà dans son lit quand il reçoit un e-mail de Zahra plein de fils Twitter qui se réjouissent déjà de le savoir à nouveau en couple avec Nora. De quoi lui donner la nausée.

Henry atterrit en plein milieu de la nuit, mais il n'aura pas le droit d'approcher de la Maison-Blanche – il est à l'isolement. Quand il appelle le jeune Texan au matin, depuis son hôtel à l'autre bout de la ville, il a l'air exténué. Le portable collé contre la joue, Alex lui promet de trouver un moyen de le voir avant son départ.

— S'il te plaît, souffle Henry d'une toute petite voix.

La nouvelle d'un énième tir d'essai de missiles en Corée du Nord vient de tomber : la présidente, le reste du gouvernement et la moitié des médias du pays sont accaparés pour la journée. Du coup quand, ce matin-là, June laisse son frère grimper avec elle dans le véhicule qui doit la conduire à son rendez-vous, personne ne le remarque. Elle le prend affectueusement par le bras et tente bien de faire quelques blagues pour détendre l'atmosphère, mais le cœur n'y est pas. Au moment de se garer à un pâté de maisons du restaurant où elle doit retrouver Henry, elle lui fait un sourire penaud.

— Je vais lui dire que tu es là. Peut-être que ça le réconfortera.

— Merci. Sérieusement… Merci, balbutie-t-il en lui agrippant le poignet au moment où elle ouvre la portière.

Elle lui étreint un peu plus fort la main, puis Amy et elle partent à pied. Il se retrouve seul sur sa banquette, tapi dans une minuscule allée à l'écart de la circulation, sans autre compagnie que le deuxième véhicule de l'équipe de réserve et un gros nœud à l'estomac.

Une heure entière s'écoule avant que June ne lui envoie un message. On a terminé. Suivi de : Je te l'amène.

Ils avaient arrangé le coup à l'avance, avant de quitter la Maison-Blanche : Amy va ramener June et Henry dans l'allée pour permettre au prince de changer de voiture loin des regards, comme un prisonnier politique en fuite. Alex se penche vers les deux agents assis en silence à l'avant du 4 × 4 qu'il occupe. Il ne sait pas s'ils ont compris ou pas, à ce stade, de quoi il retourne vraiment, et d'ailleurs il s'en fout.

— Vous pourriez me laisser quelques minutes, s'il vous plaît ?

Les deux hommes échangent un regard avant de sortir. Un instant plus tard, un troisième véhicule vient se ranger à côté du premier, la portière d'Alex s'ouvre et, enfin, Henry est là, devant lui, le visage tendu. Le moins qu'on puisse dire, c'est qu'il n'a pas l'air ravi. Mais, au moins, il est à portée de bras.

D'instinct, le jeune Texan l'attrape par l'épaule pour le tirer à l'intérieur. La porte de la voiture se referme derrière lui. Maintenant que quelques centimètres seulement les séparent, Alex remarque son teint grisâtre, son regard fixe, presque fuyant. Jamais il n'a eu l'air aussi mal en point. S'il était en pleine crise de nerfs ou au bord des larmes, ce serait peut-être moins grave : il paraît à bout, vidé, comme absent.

— Henry…

Mais ses yeux restent perdus dans le vague. L'Américain se décale vers le milieu de la banquette pour se placer dans le champ de vision de son compagnon.

— Henry, regarde-moi. Je suis là.

Les mains du prince se mettent à trembler, son souffle se fait court et haché : Alex, qui reconnaît, à bas bruit, les signes avant-coureurs d'une crise de panique imminente, pose ses deux paumes, avec douceur, sur l'un des poignets de l'homme qu'il aime. Sous ses doigts, le pouls bat à cent à l'heure.

Henry se décide enfin à le regarder en face.

— Je déteste ça, ça me donne envie de vomir.

— Je sais.

— Avant, c'était… à peu près tolérable, parce que je n'avais pas le choix. Mais maintenant, bon sang, c'est répugnant. Une horrible mascarade. Et June et Nora, dans tout ça ? Alors quoi, elles sont d'accord pour se faire *exploiter* – il n'y a pas d'autre mot ? Grand-mère voulait que je vienne avec mes propres photographes pour immortaliser ça, tu te rends compte ? (L'air qu'il inhale semble lui rester bloqué en travers de la gorge et ressort dans un violent frémissement.) Alex, ce n'est plus possible.

— Je sais, dit Alex en effleurant du bout du pouce les rides d'inquiétude qui lui marquent le front. Je sais bien. Moi aussi, ça me révulse.

— Putain, c'est complètement injuste ! poursuit l'autre d'une voix qui se brise. Mes abrutis d'ancêtres ont passé leur vie entière à faire mille fois pire, et personne n'en avait rien à foutre !

— Mon bébé… (L'Américain incline le menton de Henry pour pouvoir le regarder bien en face.) Tu as parfaitement raison. Je suis désolé, mon ange. Mais ça ne va pas durer, tu entends ? Je te le promets.

Le prince ferme les yeux en soupirant.

— J'ai envie de te croire, vraiment. Mais je me demande si, un jour… j'ai tellement peur de ne jamais…

Alex serait prêt à partir en guerre pour cet homme : il voudrait mettre la main sur tous ceux qui lui ont fait du mal et le leur faire amèrement regretter. Mais, pour une fois, il essaie d'être le plus réfléchi des deux, celui dont la main ne tremble pas. Alors, de sa paume ouverte, il masse avec douceur le cou de Henry, qui finit par rouvrir lentement les paupières. Avec un petit sourire, le jeune Texan incline la tête jusqu'à ce que leurs fronts se touchent.

— Écoute-moi… Ça n'arrivera pas, je ne les laisserai pas faire. J'affronterai ta grand-mère à mains nues, même, s'il le faut. Elle n'est plus toute jeune, je pense que j'ai mes chances.

— Je n'en mettrais pas ma main à couper… répond le prince avec un petit rire. Elle a de la ressource, la sorcière !

Alex rit à son tour, lui donne un petit coup de poing sur l'épaule. Henry lui rend son regard. Henry, beau, plein de vie, triste à en crever et toujours, toujours, l'homme pour lequel il serait prêt à donner – ou, plus exactement, risquer de gâcher – sa vie.

— Sérieusement… reprend le fils de la présidente. Moi aussi, ça me donne envie de hurler. Mais, ensemble, on trouvera un moyen. On fera en sorte que ça marche. Toi et moi, on a une page d'histoire à écrire, tu te rappelles ? Alors on ne va pas se laisser faire, c'est hors de question. Parce que c'est toi, Henry, et personne d'autre, tu comprends ? Jamais je n'aimerai qui que ce soit au monde comme je t'aime. Alors je te promets qu'un jour, toi et moi, on aura le droit d'être nous-mêmes, sans se cacher. Et les autres pourront juste aller se faire foutre.

Il attrape le prince par la nuque pour l'embrasser avec fièvre. Le genou de Henry cogne contre la console centrale lorsque ses mains viennent saisir le visage de son partenaire. Même si les vitres du 4 × 4 sont teintées, ils n'ont jamais osé, jusque-là, s'embrasser aussi publiquement. Alex a conscience de leur imprudence, mais une seule chose lui vient à l'esprit, en cet instant : un florilège de tous les extraits de lettres qu'ils se sont envoyés par e-mail. Autant de mots qui sont entrés dans l'histoire : *« Je te rencontre dans chacun de mes rêves… Tant que je serai à Washington, laisses-y le meilleur de ton cœur… Tu me manques plus que ma propre maison… Nos deux flammes impatientes… Mon jeune roi. »*

Un jour, se dit-il. *Un jour, ce sera notre tour.*

Dès que le silence s'installe, l'angoisse revient lui bourdonner à l'oreille, comme la petite paire d'ailes d'une guêpe enragée. Elle le tourmente quand il cherche le sommeil, le réveille en sursaut, le suit quand il monte et descend au pas de course les étages de la Résidence. Il a la sensation d'être observé en permanence, et de plus en plus de mal à balayer cette impression de la main.

Le pire, c'est qu'ils ne sont pas près d'en voir le bout. Il leur faudra donner le change jusque après les élections au moins et, même alors, la reine pourrait très bien refuser catégoriquement à son petit-fils le droit de dire la vérité. Alex a beau être idéaliste, il sait bien que c'est une éventualité.

Dans l'intervalle, Henry continue d'ouvrir les yeux à Londres, le matin, quand Alex, lui, se réveille à Washington – et le monde entier continue de commencer sa journée en disséquant à la machine à café les liaisons purement imaginaires des deux jeunes gens. Photos de la main de Nora dans la sienne… Spéculations tous azimuts – un communiqué de la couronne va-t-il venir officialiser la relation de June avec le prince ? Pris dans cette mascarade, les deux garçons se retrouvent, comme dans la plus horrible des illustrations du *Banquet* de Platon, arrachés l'un à l'autre, condamnés à des vies séparées, voués à se vider de leur sang chacun de leur côté…

Même cette comparaison le déprime : c'est depuis Henry qu'Alex cite les philosophes grecs. Henry et ses chères lettres classiques. Henry en son palais, pris entre amour et désespoir, et qui ne dit plus grand-chose pour être honnête.

Malgré tous les efforts qu'ils déploient, impossible pour eux de ne pas sentir que cette histoire les éloigne l'un de l'autre. Cette petite comédie leur coûte terriblement. Elle s'empare de jours qui étaient sacrés à leurs yeux – Los Angeles, le week-end au bord du lac, leur rencontre manquée à Rio – et réécrit par-dessus une version des événements plus acceptable. Le scénario ? Deux beaux jeunes gens tombent amoureux de deux adorables jeunes filles, mais certainement pas l'un de l'autre.

Alex ne veut pas avouer à Henry qu'il ne va pas bien. Le prince a déjà fort à faire avec sa famille qui l'épie du coin de l'œil, soupçonneuse – à commencer par Philip, qui ne s'est pas montré très charitable alors qu'il connaît la vérité. Au téléphone, le jeune Texan essaie de faire bonne figure mais son compagnon n'est sûrement pas dupe.

Il a atteint, et même dépassé, le stade où, plus jeune, il aurait commencé à se mettre en danger pour tenter d'atténuer ses angoisses – et pourtant, Dieu sait qu'à l'époque, dans sa vie, les enjeux étaient infiniment moins élevés. Il procédait toujours de la même manière. En Californie, il piquait la jeep de son père, en ôtait les portières et montait à fond le volume des enceintes pour écouter le flow inimitable de N.W.A. et passer à deux doigts de repeindre le bitume en fonçant à toute vitesse sur l'autoroute 101. Au Texas, il piquait une bouteille de whisky dans le bar de sa mère – avec une nette préférence pour le Maker's – et se torchait la gueule avec la moitié de son équipe de lacrosse. Parfois, ensuite, il se glissait par la fenêtre de la chambre de Liam en espérant tout avoir oublié au réveil.

Le premier débat entre les candidats n'est plus que dans quelques semaines. Et Alex ne peut même pas compter sur le travail pour s'occuper : il ronge son frein, se morfond seul dans son coin et s'inflige des séances de jogging de plus en plus longues et éprouvantes, qu'il n'interrompt que quand il a la satisfaction de voir ses pieds couverts d'ampoules. Il a une furieuse envie de se couvrir d'essence et de craquer une allumette, sauf que ce n'est pas un luxe qu'il peut se permettre : personne ne doit le voir brûler.

Un soir, dans un couloir du bâtiment Dirksen où il est passé rapporter au bureau de son père un carton de dossiers qu'il lui avait emprunté, il entend les accents presque inaudibles de Muddy Waters à l'étage supérieur. Soudain, la réponse s'impose à lui comme une évidence : il peut incendier quelqu'un d'autre à la place…

Il trouve Rafael Luna accoudé devant sa fenêtre ouverte, le dos voûté, en train de tirer sur une cigarette. Sur le rebord, il y a un briquet, deux paquets de Marlboro vides broyés de sa main et un cendrier plein à ras bord. Quand le sénateur entend la porte claquer, il sursaute et se retourne en toussant un petit nuage de fumée.

— Ces saloperies vont finir par te tuer, tu sais ! lance Alex.

Cette phrase, il a bien dû la prononcer près de cinq cents fois, cet été-là à Denver. Sauf que maintenant, il a une furieuse envie d'ajouter : « Et le plus tôt sera le mieux, d'ailleurs ».

— C'est toi, gamin ?

— Ah, s'il te plaît, non. Ne m'appelle pas comme ça.

Lorsque Luna écrase son mégot dans le cendrier, Alex voit un muscle tressaillir dans sa mâchoire. Il est toujours aussi beau gosse mais, aujourd'hui, il tire une sale gueule.

— Tu n'as rien à faire ici, dit-il.

— Sans blague… Je voulais juste voir si tu aurais les couilles de me parler.

— Je te rappelle que tu t'adresses à un sénateur des États-Unis… répond l'homme, imperturbable.

Alex avance droit vers lui, envoyant balader au passage d'un coup de pied une chaise qui lui barre la route.

— Ben voyons… Monsieur n'est pas n'importe qui ! Monsieur fait un boulot important ! Et si tu m'expliquais un peu en quoi retourner ta veste comme un dégonflé pour courir te jeter dans les bras de Richards sert les intérêts des électeurs qui ont voté pour toi ?

— Arrête, Alex… Qu'est-ce que tu es venu faire ici ? demande Luna sans s'émouvoir. Tu veux te battre, c'est ça ?

— Je veux que tu t'expliques.

Le sénateur serre les dents.

— Tu ne comprendrais pas. Tu es…

— Je le jure devant Dieu : si tu répètes encore une fois que je suis trop jeune, je vais péter un câble.

— Ah parce que là, ce n'est pas déjà ce que tu es en train de faire ? ironise placidement Luna. (Le regard de son interlocuteur doit refléter une fureur sacrée car il lève aussitôt la main en signe d'apaisement.) Désolé, désolé, je vois qu'il est trop tôt pour en rire. Bon, écoute… Je sais bien qu'en apparence, c'est la merde, mais… tu ne connais pas tous les tenants et les aboutissants. Tu n'en as pas la moindre idée, à vrai dire. J'aurai toujours une dette envers ta famille pour tout ce que vous avez fait pour moi, seulement…

— Mais je me fous de ce que tu nous dois, ce n'est pas la question ! J'avais confiance en toi, confiance ! Et arrête un peu de me prendre de haut… Tu es très bien placé pour savoir de quoi je suis capable. J'en ai vu, des choses. Si tu te décidais à m'expliquer, bien sûr que je comprendrais.

Alex est maintenant si près du visage de Luna qu'il hume désormais à plein nez l'odeur de sa cigarette. Les cernes du sénateur, ses yeux injectés de sang et ses pommettes émaciées lui rappellent un autre visage – celui de Henry, dans la voiture des services secrets, après son déjeuner avec June.

— Richards a des infos compromettantes sur toi ou quoi ? demande-t-il. Tu n'as pas eu le choix, il te fait chanter ?

L'intéressé marque une infime hésitation.

— Je fais ce qui doit être fait, Alex, dit-il. Personne ne m'a forcé la main.

— Dans ce cas, explique-moi pourquoi tu as fait un choix pareil !

Luna prend une profonde inspiration avant de lui répondre :

— Non.

Alex, qui se voit soudain coller son poing dans la tronche de son interlocuteur – une image saisissante –, préfère reculer de deux pas pour mettre sa cible hors de portée. Puis, d'une voix un peu tremblante, il reprend posément :

— Tu te souviens de cette soirée à Denver où on s'était commandé des pizzas et où tu m'avais montré les photos de tous les prévenus que tu avais défendus au tribunal ? On s'était ouvert une bonne bouteille de scotch que t'avait offerte le maire de Boulder, je me rappelle… Je me revois couché par terre dans ton bureau sur cette moquette atroce. J'étais complètement bourré et je pensais : *Mon Dieu, mon Dieu, faites qu'un jour, je sois comme lui.* Parce que tu avais du courage, parce que tu défendais bec et ongles tes convictions. Et je n'arrêtais pas de m'étonner que tu aies le cran, le cœur de te lever tous les matins pour abattre tout ce travail quand tout le monde savait, pour toi.

Un bref instant, il a l'impression d'avoir été entendu : Luna ferme les yeux et se raccroche au rebord de la fenêtre derrière lui comme pour ne pas tomber. Mais, quand le sénateur rouvre les paupières, son regard est plus implacable que jamais.

— Les gens ne savent rien de moi. Qui je suis, ils n'en savent pas le début du commencement, et toi non plus. Pitié, Alex, pour l'amour de Dieu, ne me prends pas pour exemple. Fais-moi plaisir, bordel : trouve-toi un autre modèle !

Le jeune homme a finalement atteint ses limites. Il relève le menton d'un air de défi pour cracher :

— Trop tard. Je suis déjà comme toi.

C'est sorti tout seul. L'écho de cet aveu semble se répercuter à l'infini dans le bureau du sénateur. C'est l'éléphant dans la pièce, aussi tangible, aussi palpable que la chaise renversée. Luna en reste interdit.

— Comment ça ? finit-il par jeter.

— Tu m'as très bien compris. Tu le savais déjà, de toute façon, pas vrai ? Peut-être même avant moi…

— Tu n'es… ce n'est… bégaie-t-il pour tenter de retarder l'échéance. On n'est pas pareils, toi et moi.

Alex lui rend son regard sans broncher.

— Mais on se ressemble bien assez. Et tu sais parfaitement de quoi je parle.

L'homme finit par craquer et répondre vertement :

— O.K., très bien, gamin ! Tu veux que je joue les putains de sherpas ? Alors écoute-moi bien : garde ça pour toi, ne le dis à personne. Trouve-toi une fille sympa, pleine de qualités et épouse-la. Tu t'en sors mieux que moi : tu peux encore choisir de faire ça et ce ne serait même pas un mensonge !

— *Sería una mentira, porque no sería él.*

Ce qui est sorti de la bouche d'Alex lui est monté aux lèvres si vite qu'il n'a pas le temps de le ravaler – juste le réflexe de le formuler en espagnol au cas où des oreilles indiscrètes traîneraient dans le voisinage : « Ce serait un mensonge parce que ce ne serait pas lui ».

L'emploi du pronom n'a visiblement pas échappé à Raf, qui recule si brusquement d'un pas qu'il se cogne contre le rebord de la fenêtre.

— Tiens ta langue, Alex, bordel ! Tu n'as pas le droit de me confier des trucs pareils ! s'écrie-t-il en fouillant convulsivement dans la poche intérieure de sa veste pour attraper un nouveau paquet, en sortir une cigarette et l'allumer d'une main tremblante. Putain mais qu'est-ce que tu as dans le crâne ? Je fais campagne pour le camp adverse, tu ne peux pas me révéler ce genre de secret ! Et tu veux faire carrière dans la politique ? Laisse-moi rire !

— Parce que faire de la politique, pour toi, c'est mentir, se cacher et tromper les gens sur son identité ?

— Mais depuis toujours, Alex !

— Ah, mais on peut savoir depuis quand *toi*, tu adhères à cette idée ? riposte le jeune homme. Toi, moi, mes parents et notre cercle de fidèles… On était censés être les gentils dans cette histoire ! Être un petit élu bien sous tous rapports avec ses 2,5 enfants aux dents parfaitement alignées, désolé, ça ne m'intéresse pas. Ce qu'on voulait, nous, c'était aider les gens, je te rappelle ! Se battre pour eux, bordel ! En quoi ce serait incompatible avec leur dire qui je suis vraiment ? Ou qui tu es, toi ?

— Alex, s'il te plaît. S'il te plaît. Va-t'en, nom de Dieu. Je vais faire comme si tu ne m'avais rien dit. Tu n'aurais jamais dû m'en parler. Il faut que tu sois plus prudent que ça…

Mais, les mains sur les hanches, le jeune Texan n'en a pas terminé :

— Tu sais quoi ? lance-t-il d'une voix chargée d'amertume. C'est pire que ça : ce n'est pas juste une question de confiance. J'avais *foi* en toi.

— Je sais. J'aurais préféré que non, répond Luna, qui n'arrive même plus à le regarder en face. Maintenant, va-t'en.

— Raf…

— J'ai dit : dégage !

Alex sort alors en claquant violemment la porte derrière lui.

De retour à la Résidence, il essaie d'appeler Henry. Le prince ne décroche pas mais lui envoie un message : Désolé, suis en réunion avec Philip. Je t'aime.

Alex glisse un bras sous son lit, tâtonne à l'aveuglette. Au bout de quelques secondes, bingo ! Une bouteille de Maker's – son stock de secours.

— *Salud*, marmonne-t-il à mi-voix, avant d'ôter le bouchon.

Métaphores géographiques toutes pourries

25/09/20 03:21

De : Alx <agcd@eclare45.com>
À : Henry

henry,

j'ai bu donc tu vas devoir supporter mon blabla de mec bourré.
y a ce truc que tu fais, une expression que tu as, qui me rend complètement dingue. j'y pense tout le temps.
le coin de ta bouche, quand il remonte, tout pincé et inquiet comme si tu balisais d'avoir oublié un truc. avant, je détestais ça. je pensais que c'était un petit tic de réprobation.
mais depuis, j'ai embrassé ta bouche, ce coin, et l'endroit où il remonte, tellement, tellement de fois. je les ai mémorisées, la géographie de ta peau, la topographie de toi… un univers entier que je n'ai pas fini de cartographier, mais que je connais par cœur. je l'ai glissé là, sur la chaîne, à côté de ma clé. à l'échelle, les centimètres deviennent des kilomètres. je sais te multiplier, lire ta latitude et ta longitude. réciter tes coordonnées comme on récite *la rosaria*.
ce tic, ta bouche, son coin qui remonte, c'est un truc que tu fais quand tu essaies de ne pas trop te dévoiler… je ne te parle pas de

t'exposer pour de faux, comme d'habitude, aux médias qui te réclament à grands cris… non, je parle de laisser transparaître la vérité de ce que tu as dans le cœur. tu sais, ce cœur à la fois étrange et parfait, celui qui bat hors de ta poitrine.
sur la carte de toi, petit prince, mes doigts savent toujours où trouver les collines les plus verdoyantes, les eaux fraîches et leurs rives de craie blanche. la partie la plus ancienne de toi, sculptée dans la pierre d'un cercle de prière, sacro-sainte. tes vertèbres, une ligne de crête que j'escaladerais au prix de ma vie.
si je pouvais t'étaler sur mon bureau, je trouverais à tâtons, du bout des doigts, le coin de ta bouche, là où il se pince, pour le défroisser. tu serais couvert de noms de saints, comme toutes les vieilles cartes. je comprends mieux la toponymie, à présent : les noms de saints, c'est réservé aux miracles.
prends le risque : dévoile-toi de temps en temps, mon amour. il y a tellement de trésors insoupçonnés à découvrir en toi.

putain si tu savais comme je suis tout à toi

alex

P.-S. : Wilfred Owen à Siegfried Sassoon, 1917 :
Et tu as réparé ma Vie, aussi courte soit-elle.

Si ce n'est pas toi qui as allumé ma flamme – j'ai toujours été une comète folle –, tu m'as réparé. J'ai gravité autour de toi, tel un satellite, pendant un mois, mais je m'en irai bientôt fuser au loin, telle une étoile noire dans l'orbite où tu rayonneras.

Re : Métaphores géographiques toutes pourries

25/09/20 06:07

De : Henry <hgalles@kensingtonemail.com>

À : Alx

De Jean Cocteau à Jean Marais, 1939 :

Merci du fond de l'âme de m'avoir sauvé. Je me noyais et tu t'es jeté à l'eau sans une hésitation, sans un regard en arrière.

Ce sont les vibrations du téléphone d'Alex sur sa table de chevet qui le tirent en sursaut d'un sommeil de plomb. Mal réveillé, il tombe à moitié de son lit en tâtonnant maladroitement pour attraper son portable.

— Allô ?

— Qu'est-ce que tu as encore été faire ? hurle presque la voix de Zahra à l'autre bout du fil.

Au bruit de ses talons qui claquent sur le sol en arrière-fond et au chapelet de jurons qu'elle pousse à mi-voix, le jeune homme devine qu'elle est en train de courir quelque part.

— Euh… (Il se frotte les yeux en essayant de faire redémarrer ses neurones. Qu'est-ce qu'il a encore fait, ce coup-ci ? Bonne question.) Tu pourrais être un peu plus précise ?

— Regarde les infos, espèce de sale petit parasite libidineux ! Comment tu as pu avoir la connerie de te laisser prendre en photo ? Je te jure, je vais…

Mais Alex n'entend pas la suite. Son estomac vient de dégringoler à terre et de passer à travers le plancher pour aller s'écraser au sous-sol, deux étages plus bas.

— Putain de merde.

Les mains tremblantes, il met Zahra sur haut-parleur, ouvre une page Google et tape son propre nom dans la barre de recherche.

EXCLUSIF : Une série de photos révèle la liaison entre le prince Henry et le fils de la présidente des États-Unis

PRIS EN FLAG ! Entre Alex et Henry, c'est chaud bouillant !

LETTRES DU BUREAU ORAL : lisez les messages torrides d'Alex Claremont-Diaz au prince Henry

RUMEURS DE LIAISON ENTRE LE PRINCE HENRY ET ALEX CLAREMONT-DIAZ : La famille royale se refuse à tout commentaire

25 gif qui résument parfaitement notre réaction quand on a appris que Henry et Alex étaient ensemble !

BENNIE AND THE GAYS

Alex part d'un grand éclat de rire.

La seconde d'après, la porte de sa chambre s'ouvre à la volée et Zahra entre en abattant la paume sur l'interrupteur. Elle a sur le visage une expression de rage absolue qui cache mal la terreur pure qu'elle éprouve. L'espace d'une seconde, le jeune homme panique et passe à deux doigts de presser le bouton d'alarme dissimulé derrière la tête de son lit. Les services secrets arriveront-ils à temps pour stopper l'hémorragie, une fois que Zahra se sera jetée sur lui ?

— Tu es placé sous embargo ! Interdiction absolue de communiquer avec qui que ce soit à partir de maintenant !

Et, au lieu de lui coller son poing dans la figure, elle lui arrache le portable des mains pour le fourrer dans son chemisier, qu'elle a d'ailleurs – dans son affolement – boutonné tout de travers. Puis, sans paraître se formaliser de la semi-nudité d'Alex, elle largue sur son couvre-lit une brassée de journaux.

« SA MAJESTÉ LA REINE HENRY ! » proclame en lettres géantes la une de vingt exemplaires du *Daily Mail* au bas mot. « POUR TOUT SAVOIR SUR LA RELATION HOMOSEXUELLE DU PRINCE AVEC LE FILS DE LA PRÉSIDENTE DES ÉTATS-UNIS ! »

Une photo agrandie au maximum occupe toute la première page. On y voit Henry et lui, parfaitement identifiables, en train de s'embrasser à l'arrière de la voiture des services secrets, non loin du restaurant où le jeune Britannique a déjeuné avec June. Visiblement, le cliché a été pris au téléobjectif à travers le pare-brise. Elles ont bon dos, les putains de vitres teintées : Alex n'a pas pensé un instant à la lunette arrière du véhicule !

Au bas de la page, deux autres images, plus petites, ont été insérées en médaillon, l'une tirée de la vidéo de surveillance de l'ascenseur du *Beekman*, l'autre prise à Wimbledon. On les y voit côte à côte : le Britannique, le visage illuminé d'un sourire complice, l'Américain en train de lui chuchoter quelques mots à l'oreille.

Quelle saloperie de bordel… Henry est foutu. Alex est foutu. Nom de Dieu, son avenir politique et la campagne de sa mère sont foutus.

Un sifflement aigu enfle à ses oreilles. Il est à peu près sûr qu'il va vomir.

— Putain de merde ! répète-t-il avec plus de force, comme un mantra. J'ai besoin de mon portable. Il faut que j'appelle Henry…

— Hors de question, tu as rêvé. Tes e-mails ont été hackés. Tant qu'on n'a pas identifié la fuite, c'est silence radio.

— Mes… quoi ? Attends, est-ce que Henry est O.K., au moins ?

Nom d'un chien, Henry… Alex n'arrive plus à penser qu'à une chose : Henry et ses grands yeux bleus remplis de terreur, le souffle court, la respiration saccadée, enfermé dans sa chambre au palais de Kensington, désespérément seul. À cette idée, les dents du jeune Texan se serrent et sa gorge se met à le brûler.

— La présidente est en ce moment même en réunion avec les membres de la Commission fédérale des télécommunications. Du moins, ceux qu'on a réussi à tirer du lit à 2 heures du matin, lui dit Zahra sans se soucier de répondre à la question qui vient de lui être posée tandis que, dans sa main, son portable vibre non-stop. Le gouvernement s'apprête à entrer en niveau d'alerte queer DEFCON 5, alors, pour l'amour de Dieu, passe au moins une chemise !

Tandis qu'elle disparaît dans la penderie d'Alex, lui en profite pour tourner les pages du journal, le cœur battant. Il finit par tomber sur l'article, illustré d'autres photos. Il parcourt des yeux la double page sans la lire : elle contient bien trop d'éléments pour pouvoir tout embrasser d'un seul regard.

C'est vers la fin du dossier qu'il finit par apercevoir un encart où est reproduite une série d'extraits de leurs e-mails, consciencieusement annotés. L'un d'eux, intitulé « LE PRINCE HENRY, POÈTE MÉCONNU ? », s'ouvre sur une phrase qu'Alex a déjà lue et relue un bon millier de fois.

« Faut-il que je te l'avoue ? Sitôt que nous sommes séparés, ton corps me revient en rêve… »

— Putain de merde ! s'écrie-t-il pour la troisième fois en jetant brutalement le quotidien sur le sol de sa chambre.

Ces mots-là sont à lui, ils ont été écrits pour lui seul. Les voir imprimés dans ce torchon a quelque chose d'obscène.

— Comment ils ont fait pour pirater ma messagerie ? balbutie-t-il.

— Ah ça… Je ne te félicite pas ! répond la jeune femme avant de lui lancer une chemise blanche et un jean.

Il se glisse tant bien que mal hors du lit et commence à enfiler son pantalon. Contraint, pour garder l'équilibre, de s'appuyer au bras que lui tend vaillamment Zahra, il éprouve soudain, malgré le guêpier mortel où il est fourré, un immense élan de gratitude à son égard.

— Écoute, il faut que je parle à Henry dès que possible, la supplie-t-il. Je n'ose même pas imaginer… Il faut absolument que je lui parle.

— Mets des chaussures, il va falloir courir, rétorque la conseillère. La priorité, pour l'instant, c'est de limiter les dégâts. Vos petits cœurs, ça peut attendre.

Il attrape une paire de baskets et tous deux s'élancent au pas de course vers l'aile Ouest alors qu'il n'a toujours pas fini de les enfiler. Son cerveau, qui peine à suivre le train infernal des événements, passe en revue les quelque cinq mille issues possibles à ce cataclysme. Il s'imagine dans dix ans, éliminé d'office de la course au Congrès, sa cote de popularité en chute libre… Henry, purement et simplement rayé de l'ordre de succession au trône… La présidente, jamais réélue parce qu'un État-clé aura basculé dans le camp adverse par réprobation pour le comportement de son fils… C'est un tel merdier qu'Alex ne sait même plus à qui il doit en vouloir le plus : à lui-même, au *Daily Mail*, à la couronne britannique ou au pays tout entier.

Il manque de percuter de plein fouet Zahra, qui vient de piler devant une porte. Quand il en pousse le battant, un silence de plomb s'abat soudain sur toute la salle de conférences.

À l'autre bout de la table, sa mère fixe sur lui un regard d'aigle.

— Dehors, ordonne-t-elle sèchement.

Il pense d'abord que c'est à lui qu'elle s'adresse, mais elle baisse brusquement les yeux vers les collaborateurs assis tout autour de la table.

— Ce n'était pas assez clair ? Tout le monde dehors. Je dois parler à mon fils.

Chapitre 13

— Assieds-toi, dit sa mère à Alex.

L'angoisse lui tord l'estomac. Il n'a aucune idée de ce qui l'attend – il a beau connaître la femme qui l'a élevé, ce n'est pas pour autant qu'il saura anticiper les réactions de la cheffe d'État qui les gouverne tous.

Il s'exécute. Le silence s'éternise. Les mains jointes devant le menton d'un air pensif, la présidente semble exténuée.

— Ça va, tu tiens le coup ? finit-elle par demander.

Quand il relève les yeux, étonné, il ne lit aucune colère sur son visage. À l'aube d'un scandale qui pourrait bien mettre un point définitif à toute sa carrière, la présidente démontre un sang-froid inébranlable : elle respire avec calme et attend patiemment la réponse de son fils.

Oh…

Dans un soudain éclair de lucidité, Alex se rend compte qu'il n'a pas pris la peine de considérer ses propres sentiments dans cette affaire – le temps lui a tout simplement manqué. Mais, à présent qu'il s'efforce de mettre un nom sur ce qu'il éprouve, il n'y parvient pas. Dans sa poitrine, il sent quelque chose frémir, se recroqueviller et s'éteindre.

S'il ne lui arrive pas souvent de vouloir une autre existence que la sienne, en cet instant, c'est bien le cas. Il aimerait que cette conversation ait lieu très loin d'ici, dans une autre vie : sa mère, assise à la table de la cuisine, lui demanderait simplement où il en est avec son petit ami – un garçon adorable –, et s'inquiéterait de savoir si tout ce qu'il a compris récemment de lui-même ne le perturbe pas trop. Il aurait voulu que ça ne se passe pas comme ça, dans une salle de réunion de l'aile Ouest avec, étalées devant eux, des pages et des pages d'e-mails impudiques.

— Je… commence-t-il.

À sa grande horreur, il entend sa voix trembler et ravale péniblement sa salive avant de reprendre avec plus d'assurance :

— Je ne sais pas trop. Ce n'est pas comme ça que je voulais que les gens l'apprennent. Je pensais qu'on aurait une chance de faire les choses bien.

Le visage de la présidente se radoucit alors. Il se modifie subtilement, comme si ce qu'elle venait d'entendre affermissait sa résolution. Alex le devine : il vient manifestement de répondre à bien plus que la simple question que sa mère lui a posée.

Ellen met une main sur celle de son dernier-né.

— Écoute-moi bien… lui dit-elle.

Une détermination à toute épreuve se lit à présent sur son visage. C'est l'expression qu'elle réserve aux mutineries du Congrès, la mine que son fils l'a vue adopter quand il lui fallait intimider un autocrate. Ses doigts étreignent ceux de son fils avec force, avec fermeté. Alex, au bord de l'hystérie, se demande si ce qu'il éprouve ressemble de près ou de loin à ce que ressentaient les soldats qui montaient au combat sous la bannière de George Washington.

— Je suis ta mère. J'étais ta mère bien avant de devenir présidente et je serai ta mère longtemps après avoir quitté le Bureau ovale, jusqu'au jour où on m'enterrera six pieds sous terre – et même au-delà. Tu es mon enfant. Alors, si tu es sûr, si tu es absolument certain, je te soutiendrai.

Alex se tait.

Et les débats télévisés ? songe-t-il. *Et l'élection de novembre ?*

Le regard intransigeant, Ellen ne cille pas. Il se garde bien de lui opposer l'un ou l'autre de ces arguments. Elle ne se laissera pas faire, et il le sait.

— Je te repose donc la question, conclut-elle. Il faut que je sache si ce que tu ressens pour lui, c'est pour toujours.

Il n'a plus le temps de tergiverser. Il ne lui reste plus qu'à admettre ce qu'il sait en réalité depuis le début.

— Oui, répond-il. Oui.

Ellen Claremont pousse un long soupir, puis esquisse une expression qui n'est pas à son avantage, elle le sait : un léger sourire de connivence, un peu de travers, qu'elle n'arbore jamais en public. Celui qu'Alex a appris à connaître quand il était haut comme trois pommes, accroché à ses jupes dans une petite cuisine d'Austin, au Texas.

— Très bien, dit-elle, qu'ils aillent tous se faire foutre.

The Washington Post

Malgré les détails qui émergent sur la liaison d'Alex Claremont-Diaz avec le prince Henry, la Maison-Blanche s'abstient de tout commentaire

---

27 septembre 2020

« Je repense à l'histoire, et je me demande si (et comment) elle se souviendra de moi. Et de toi aussi, d'ailleurs », écrit Alex Claremont-Diaz dans l'un de ses nombreux e-mails au prince Henry, publié ce matin par le *Daily Mail*.

La réponse à cette question a de fortes chances de se présenter plus tôt que prévu : la révélation de la liaison secrète entretenue par les deux jeunes gens risque en effet d'avoir des répercussions considérables dans leurs pays respectifs – deux des nations les plus puissantes du monde. D'autant que moins de deux mois nous séparent désormais d'une éventuelle réélection d'Ellen Claremont à un second mandat présidentiel.

Si les experts en cybersécurité du FBI comme du gouvernement font tout leur possible pour déterminer qui a fourni au tabloïd britannique les preuves de cette idylle, les enfants d'Ellen Claremont, d'ordinaire très médiatisés, ne se montrent plus. Son fils n'a d'ailleurs fait aucune déclaration officielle.

« La présidente et sa famille tiennent, comme elles l'ont toujours fait, à séparer leur vie privée des activités politiques et diplomatiques liées à la gouvernance du pays », a annoncé tout à l'heure Davis Sutherland, le porte-parole de la Maison-Blanche, dans une brève déclaration à la presse. « Par conséquent, ils demandent au peuple américain patience et compréhension pendant qu'ils se penchent sur cette affaire à caractère tout à fait personnel. »

À en croire les révélations du *Daily Mail* ce matin, Alex Claremont-Diaz et le prince Henry entretiendraient une liaison depuis le mois de février dernier au moins, comme le prouveraient les e-mails et les photographies obtenus par le quotidien.

Désormais disponible en accès libre sur Wikileaks, la retranscription complète de leurs échanges a été baptisée « Lettres de Waterloo » en référence à l'allusion faite dans un de ses messages par le prince Henry au vase du même nom dressé dans les jardins du palais de Buckingham. La correspondance des deux jeunes gens, qui s'étale sur huit mois et s'achève sur un e-mail daté de la nuit de dimanche, aurait été prélevée illégalement sur un serveur de messagerie privée réservé à l'usage exclusif des résidents de la Maison-Blanche.

« Au-delà des interrogations que suscitent ces révélations quant à la réelle impartialité de la présidente Claremont en matière de relations internationales comme de valeurs familiales traditionnelles, je m'avoue extrêmement inquiet de l'utilisation qui a été faite de ce serveur de messagerie privée », a déclaré le sénateur Jeffrey Richards, candidat républicain à l'élection présidentielle, au cours d'une conférence de presse donnée un peu plus tôt dans la journée. « J'aimerais savoir quel genre de renseignements y ont été divulgués, au juste. »

Richards a ajouté que les électeurs américains étaient en droit de savoir à quoi d'autre le serveur incriminé avait bien pu servir.

Plusieurs sources proches du gouvernement affirment cependant que l'équipement informatique en question ne diffère pas de celui utilisé lors de la présidence de George W. Bush par exemple. Il n'aurait que deux finalités : les communications internes liées au travail quotidien effectué à la Maison-Blanche et la correspondance privée de la famille de la présidente comme du personnel de cette institution.

Les premières expertises de ce qu'il faudra donc bien désormais appeler les « Lettres de Waterloo » n'ont pour l'instant révélé ni transfert d'informations confidentielles, ni contenus compromettants – si l'on excepte la relation privée d'Alex Claremont-Diaz avec le prince Henry.

Pendant les cinq heures qui suivent, aussi éprouvantes qu'interminables, Alex se retrouve bringuebalé de pièce en pièce, d'une extrémité à l'autre de l'aile Ouest, jusqu'au bout de la nuit, pour rencontrer tous les consultants en stratégie et les attachés de presse que compte le gouvernement Claremont – tous les spécialistes de la gestion de crise possibles et imaginables.

De cette épreuve, il ne retiendra pas grand-chose, hormis le moment où il attire sa mère dans un coin.

— Raf est au courant, lui avoue-t-il.

Elle ouvre de grands yeux.

— Tu as dit à Rafael Luna que tu étais bisexuel ?

— Je lui ai dit que j'aimais Henry, rectifie-t-il. Il y a deux jours.

La présidente ne lui demande pas plus d'explications. Le visage grave, elle soupire. Ils sont tous les deux en train de mesurer en silence les implications de cette information nouvelle quand Ellen reprend la parole.

— Non, impossible, dit-elle. Les photos ont été prises avant. La fuite ne vient pas de lui.

Ensuite, Alex épluche les listes d'avantages et d'inconvénients, les modélisations des différentes issues possibles à la situation – il parcourt tableaux et graphiques, engrange plus de données qu'il aurait jamais voulu en voir sur sa vie affective et les ramifications qu'elle risque d'avoir pour ses proches et le monde qui l'entoure. *Tu vois les dégâts que tu causes ? Tous ceux que tu as blessés ?* semblent lui dire toutes ces courbes et ces études de cas.

Il se déteste, et pourtant… il ne regrette rien. Peut-être cela fait-il de lui quelqu'un de malhonnête et, à l'avenir, un plus mauvais homme politique ? Tant pis. Jamais il ne regrettera le prince.

Pendant ces cinq heures éprouvantes et interminables il n'est pas autorisé ne serait-ce qu'à essayer de contacter Henry. Le porte-parole de la Maison-Blanche prépare une déclaration. Elle semble à Alex aussi creuse qu'une note de service.

Cinq heures durant, il ne se douche pas, ne se change pas, ne rit, ne sourit, ne pleure pas. Quand on le libère enfin, avec pour consigne de regagner ses pénates afin d'y attendre d'autres instructions, il est 8 heures du matin.

Lorsqu'on lui rend son portable, il appelle aussitôt Henry, mais le jeune Britannique ne décroche pas. Pas de réponse non plus à ses messages. Silence total.

Amy l'escorte sans un mot le long de la colonnade jusqu'à l'entrée de la Résidence, dont il gravit l'escalier d'un pas lourd. Mais quand il arrive dans le couloir qui sépare sa chambre de celle de sa sœur, ils sont tous là à l'attendre.

June, enveloppée dans son peignoir rose, les yeux rougis et les cheveux remontés sur le sommet du crâne en un chignon brouillon. La présidente, avec son visage des mauvais jours, sobre mais élégante dans une robe noire assortie à ses talons. Léo, pieds nus et en pyjama. Et son père, un sac de voyage en cuir sur l'épaule, l'air aussi anxieux qu'exténué.

Ils se tournent tous pour le regarder, et Alex se sent submergé par une immense vague, quelque chose d'infiniment plus grand que lui – comme quand, haut comme trois pommes, ses jambes arquées plantées dans le sable face au golfe du Mexique, il sentait le reflux de l'océan irrésistiblement entraîner ses orteils vers le large. Il entend un bruit étrange – une sorte de gémissement qui ne lui ressemble pas – s'échapper presque malgré lui de sa gorge, et c'est June qui le rattrape en premier, puis tous les autres : un tourbillon de bras et de mains qui l'attirent à eux, effleurent son visage et virevoltent autour de lui en le déplaçant jusqu'à ce qu'il se retrouve assis par terre, sur cet immonde, cet affreux tapis d'époque, à contempler ces motifs et ces fils de laine qui dépassent tandis que les eaux du golfe du Mexique rugissent à ses oreilles et qu'il se dit, confusément, qu'il est en train de faire une crise de panique et que c'est pour ça qu'il n'arrive plus à respirer, mais il continue de fixer le tapis sans le voir et sa crise de panique ne s'arrête pas pour autant et comprendre pourquoi ses poumons ne fonctionnent plus, ce n'est pas ça qui va aider à les remettre en marche…

Il a vaguement conscience d'être accompagné jusque dans sa chambre, jusqu'à son lit encore couvert des exemplaires de cette saleté de tabloïd. On l'aide à s'asseoir sur le matelas où il s'affale, immobile, en tentant de toutes ses forces de commencer une liste dans sa tête…

1) …

1) …
1)

Il somnole par intermittence, se réveille tantôt en sueur, tantôt secoué de frissons. Ses rêves forment une succession de courtes scènes fragmentées qui vont et viennent sans rime ni raison. Il se voit à la guerre, dans la boue d'une tranchée, une lettre d'amour éclaboussée de sang glissée dans la poche de sa veste. Il rêve d'une maison à Austin, les portes verrouillées, qui refuse désormais de le laisser entrer. Il rêve d'une couronne.

Il rêve même, à un moment, de la maison du lac – fanal orangé au clair de lune. Il s'y voit, plongé dans l'eau jusqu'au cou. Henry est là aussi, assis nu sur le ponton. June et Nora se tiennent par la main. Pez s'est installé sur l'herbe entre elles et Béa enfonce ses doigts roses dans la terre humide.

Dans les arbres qui les entourent, Alex entend les branches craquer à intervalle régulier, comme si elles tombaient, sectionnées.

— Regarde, lui dit le prince en lui montrant la voûte étoilée.

Alex tente de le prévenir : *Tu n'entends pas ? Tu n'entends donc pas le danger qui approche ?* Mais, quand il ouvre la bouche, il n'en sort qu'une nuée de lucioles, et rien d'autre.

Lorsqu'il rouvre les yeux, June est assise à ses côtés, le dos calé contre les oreillers. Toujours drapée dans son peignoir, ses ongles rongés appuyés contre sa lèvre inférieure, elle monte la garde. Elle lui serre doucement la main ; il lui rend son étreinte.

Entre deux rêves lui parviennent depuis le couloir des bribes de conversations étouffées.

— Rien, dit la voix de Zahra. Absolument aucune réaction. Personne ne prend nos appels.

— La présidente des États-Unis veut leur parler et ils ne décrochent pas leur téléphone ?

— J'aurais bien une idée, mais on ne peut pas dire qu'elle soit très conforme au protocole diplomatique… Est-ce que vous me donneriez la permission d'essayer ?

Un commentaire au hasard : La Présidente Et Sa Famille Nous Ont Trompés, Nous, Le Peuple Américain ! SUR QUOI D'AUTRE Ils Nous Mentent ??!!?

Un tweet : JE LE SAVAIS : ALEX EST GAY, JE VOUS L'AVAIS DIT, BANDE DE NAZES !

Un commentaire : Ma fille de 12 ans a passé la journée à pleurer. Depuis toute petite, elle rêvait d'épouser le prince Henry. Elle a le cœur brisé.

Un autre : Le gouvernement n'aurait pas puisé dans les caisses fédérales pour couvrir cette affaire ? Ils veulent faire croire ça à qui ?

Un tweet, cette fois : au secours non mais la page 22 des e-mails sérieux allez regarder alex quelle traînée je vous jure

Un autre : LOLOLOL y a un pote de fac de Henry qui a posté des photos de lui à une soirée ça se voit trop qu'il est homo JPP

Encore un autre : [à LIRE] Mon analyse pour le @WallStreetJournal : Ce que les #LettresDeWaterloo disent du fonctionnement de la Maison-Blanche sous la présidence Claremont

Toujours plus de commentaires, d'insultes, de calomnies, de mensonges.

June finit par lui confisquer son portable pour le planquer sous les coussins du canapé. Alex ne prend pas la peine de protester. Henry n'appellera pas, de toute façon.

En tout début d'après-midi, pour la deuxième fois en douze heures, Zahra fait irruption dans la chambre du jeune homme.

— Fais tes bagages, lance-t-elle. On part pour Londres !

Sa sœur aide Alex à fourrer dans son sac à dos un jean de rechange, une paire de chaussures et son exemplaire tout corné du P*risonnier d'Azkaban*, puis il enfile à la hâte une chemise repassée avant de se précipiter dans le couloir. Zahra l'y attend avec sa propre valise et l'un des costumes du jeune homme, tout droit sorti du pressing – sobre, bleu marine, la tenue la plus appropriée pour rencontrer la reine d'Angleterre, semble-t-il.

Elle ne lui a pas expliqué grand-chose, si ce n'est que le palais de Buckingham a coupé toute communication avec l'extérieur et qu'il ne leur reste donc plus qu'à débouler là-bas pour exiger une audience. Elle a l'air de penser que Shaan les laissera faire et semble prête à employer la manière forte s'il refuse.

Le jeune homme est en proie à une étrange sensation qui lui tord les entrailles. Si, chose incroyable, sa mère a approuvé l'idée de dévoiler la vérité au public, il paraît peu probable que la couronne britannique, elle, s'y résolve de gaieté de cœur. Ils risquent donc de se retrouver sommés de tout nier en bloc. Si on en arrive là, Alex envisage sérieusement de s'échapper du palais en emmenant le prince avec lui.

Continuer de mentir ? Le prince ne l'acceptera jamais – l'Américain en est à peu près sûr car il a confiance en l'homme qu'il aime. Sa seule inquiétude, c'est que, l'un comme l'autre, ils devaient encore avoir plusieurs mois au bas mot devant eux pour se préparer à tout ça…

Pour quitter la Résidence sans être vu, Alex doit emprunter une petite porte latérale, plus discrète, un peu à l'écart. Devant cette sortie l'attendent sa sœur et ses parents.

— Je me doute que tu n'es pas très rassuré, lui dit sa mère. Alors oui, ce ne sera pas une partie de plaisir, mais tu vas t'en tirer, courage.

— Ne te laisse pas faire, défonce-les, ajoute son père.

June se contente de le serrer dans ses bras. Lunettes de soleil sur les yeux et casquette vissée sur la tête, il franchit le seuil à petites foulées. Au bout du voyage l'attend le dénouement de ce cauchemar, quel qu'il soit.

Cash et Amy ont déjà pris place dans l'avion. Alex, surpris, se demande brièvement s'ils ne se seraient pas par hasard portés volontaires pour cette mission… mais il se reprend vite : il essaie de retrouver le contrôle de ses émotions, ce n'est pas ce genre de réflexion qui va l'y aider. Au premier de ses gardes du corps, il se contente donc de faire un simple check en passant devant lui. Quant à la deuxième, occupée à broder des fleurs jaunes sur une veste en jean, elle lève les yeux à son approche pour le saluer d'un petit signe de tête.

Lorsque arrive le moment du décollage, Alex remonte ses genoux contre son menton et les entoure de ses bras, songeur. Tout s'est passé si vite, depuis l'appel de Zahra en pleine nuit, qu'il n'a pas encore pu prendre le temps de réfléchir à tout ça.

Ce n'est pas le fait que tout le monde sache qui le gêne. Jusqu'ici, il n'a jamais laissé qui que ce soit lui dicter ses goûts, son comportement ou lui dire avec qui il doit sortir – même si, bien entendu, les circonstances sont un peu particulières, cette fois. En plus, le petit con prétentieux en lui n'est pas mécontent de pouvoir enfin faire savoir au monde entier que Son Altesse et lui sont ensemble. Le prince Henry, le célibataire le plus convoité de la planète ? Avec son accent *so british*, son profil de dieu grec et ses jambes à n'en plus finir ? *Eh ouais, c'est mon mec.*

Mais ce n'est qu'une toute petite portion de ce qu'il ressent, hélas. Le reste forme un imbroglio de peur, de colère, d'humiliation, de doutes et de panique. Il se sent souillé, exposé aux regards. Il y a les faiblesses qu'il accepte de montrer à autrui – sa grande gueule, ses sautes d'humeur, son impulsivité –, et puis il y a toutes les autres, celles qui auraient dû rester cachées. C'est comme ne porter ses lunettes que quand personne ne peut le voir… Ce n'est pas un hasard : nul n'est censé savoir à quel point il est sensible, émotif, humain, à quel point il a besoin des autres.

Il se contrefout de ce qu'on peut penser de son physique ou raconter sur sa vie sexuelle (réelle ou imaginaire, d'ailleurs). En revanche, que le monde entier sache – au travers de ses propres mots – quelles émotions lui coulent dans les veines, ça, il faut bien avouer que ça le révulse.

Et Henry. Bon sang, Henry… Ces e-mails – non, ces lettres –, c'était son seul refuge, une occasion pour lui de dire ce qu'il pensait, de parler sans détour : son homosexualité, la cure de désintoxication de Béa, l'interdiction tacite qui lui est faite par la reine de révéler son orientation sexuelle… Ça fait déjà un bon moment qu'Alex n'est plus un bon catholique, mais il sait que la confession est un sacrement. Les confidences du prince n'auraient jamais dû être rendues publiques.

Fait chier…

Impossible de rester assis. Il abandonne son *Harry Potter* au bout de quatre pages. Sur Twitter, il découvre une tribune d'opinion sur sa propre relation avec Henry. Super, il éteint direct l'appli. Puis il se met à faire les cent pas dans le couloir en donnant de temps à autre un petit coup de pied au bas d'un siège.

— Tu veux bien te rasseoir ? maugrée Zahra après vingt minutes passées à le regarder arpenter la cabine. Tu es en train de filer un ulcère à mon ulcère !

— Tu es sûre qu'ils vont nous laisser entrer dans le palais ? réplique-t-il. Et s'ils refusaient ? S'ils lançaient la garde royale à nos trousses et qu'on se faisait arrêter ? Ils auraient le droit, tu crois ? Amy pourrait sûrement nous défendre. Mais si elle essaie, ils ne risqueraient pas de la jeter en prison ?

— Oh, pour l'amour de Dieu, ta gueule, grommelle la jeune femme avant de tirer son portable de son sac et de composer un numéro.

— Tu appelles qui ?

— Srivastava, soupire-t-elle en plaçant contre son oreille le téléphone qui a commencé à sonner.

— Pourquoi est-ce qu'il répondrait, cette fois ?

— C'est sa ligne perso.

Alex la dévisage, bouche bée.

— Tu as son numéro perso et tu ne l'utilises que maintenant ?

— Shaan ! aboie soudain Zahra sans prêter la moindre attention au jeune homme. Écoute-moi un peu, espèce d'enfoiré. On est dans l'avion. Le fils de la présidente est avec moi, atterrissage prévu dans six heures. Alors tu vas nous envoyer une voiture et nous dégoter une entrevue avec la reine et qui de droit – tous les gros légumes qu'il faut qu'on voie pour régler ce bordel, ou je te jure que je me ferai faire des boucles d'oreilles avec tes couilles. N'essaie pas de me la faire à l'envers ou tu vas le regretter : j'arroserai au napalm ta putain de vie tout entière. Compris ? (Elle s'interrompt, probablement pour l'écouter accéder à sa demande – Alex ne voit pas très bien ce qu'il pourrait dire d'autre.) Très bien. Maintenant, passe-moi Henry, et ne va pas me raconter que tu ne sais pas où il est, parce que je suis sûre et certaine que tu ne l'as pas lâché des yeux de la journée.

Et sur ce, elle colle son portable sous le nez d'Alex.

Hésitant, il l'attrape d'une main timide pour le porter à son oreille. Il entend un froissement, un toussotement surpris, puis…

— Allô ?

C'est bien la voix de Henry, douce et distinguée quoique tremblante et mal assurée. Alex en a le souffle coupé. Un peu plus et il pourrait s'évanouir de soulagement.

— Mon ange…

À l'autre bout du fil, le prince pousse un profond soupir.

— Mon amour, dit-il. Tout va bien ?

Alex part d'un rire incrédule. Il a des larmes dans la gorge.

— Tu te fous de moi ? Ça va, ça va, mais toi ? C'est pour toi que je m'inquiète.

— Disons que… je fais aller.

L'Américain réprime une petite grimace.

— Ils l'ont si mal pris que ça ?

— Philip a cassé un vase qui a appartenu à Anne Boleyn, grand-mère a mis toutes nos communications sous embargo et ma mère n'a encore parlé à aucun d'entre nous. Mais bon… à part ça… au vu des circonstances, ce n'est pas… euh…

— Je sais… Je suis en chemin, je serai bientôt là.

Nouveau silence. La respiration du prince tremble à l'autre bout du fil.

— Je ne regrette pas, tu sais, dit-il. Que tout le monde sache.

Le cœur d'Alex vient se loger dans sa gorge.

— Henry, hasarde-t-il, je…

— Peut-être que…

— J'ai parlé à ma mère…

— Le moment est sans doute mal choisi…

— Tu ne voudrais pas…

— Mais j'ai envie de…

— Attends, souffle le jeune Texan. On ne serait pas… euh… en train de poser la même question, là ?

— Ça dépend… Tu allais me demander quoi ? Si je voulais dire la vérité ?

— C'est ça, répond-il en serrant le portable si fort que les jointures de ses doigts blanchissent. Exactement.

— Alors la réponse est oui, souffle le prince d'une voix presque inaudible.

— Tu es sûr de toi ?

Le Britannique hésite un instant.

— C'est peut-être un peu prématuré, finit-il par admettre d'une voix mesurée. Si j'avais pu choisir, je me serais donné plus de temps. Mais, maintenant que c'est fait… Je ne veux plus mentir. Ni sur nous, ni sur toi.

Alex s'aperçoit soudain que ses cils sont humides.

— Je t'aime, bordel.

— Moi aussi.

— Tiens bon, j'arrive. On va trouver une solution.

— Promis.

— Je ne vais pas tarder.

Henry pousse un petit rire entrecoupé de larmes.

— Fais le plus vite possible, s'il te plaît.

Ils raccrochent. Alex rend le téléphone à la jeune femme, qui le prend sans un mot pour le ranger dans son sac.

— Merci, Zahra, je…

Les yeux fermés, elle lève une main pour qu'il se taise.

— Non, ce n'est pas la peine.

— Sérieusement, tu n'avais pas à aller jusque-là, je ne sais pas comment te remercier…

— Écoute bien, parce que je ne le répéterai pas. Et si tu en parles à qui que ce soit, j'envoie deux barbouzes te péter les rotules, compris ?

Elle laisse retomber son bras et fixe le jeune homme d'un regard qui réussit le tour de force d'être en même temps glacial et affectueux.

— Vous avez mon soutien. Tu as compris ? lâche-t-elle.

— Attends… Zahra… Mon Dieu… Je viens de réaliser un truc : on est amis, en fait.

— Absolument pas.

— Mais si. Tu es ma meilleure ennemie !

D'un geste sec, la conseillère sort de ses affaires une couverture et s'y enroule.

— N'importe quoi, grogne-t-elle en lui tournant le dos. Maintenant, interdiction de m'adresser la parole pendant les six prochaines heures. Je suis sur les rotules, j'ai vraiment besoin d'une sieste.

— Attends, attends… juste une dernière question, s'il te plaît…

Elle pousse un profond soupir.

— Quoi ?

— Pourquoi avoir attendu aussi longtemps avant d'appeler Shaan sur son numéro perso, si tu l'avais ?

— À ton avis, Alex ? Parce que c'est lui, mon fiancé, gros malin ! Sauf que contrairement à d'autres, je connais la définition du mot « discrétion », donc tu ne risquais pas d'être au courant ! réplique-t-elle, toujours pelotonnée contre le hublot, sans même lever les yeux vers lui. On s'était promis de ne jamais utiliser nos numéros perso pour le boulot. Maintenant, ferme-la, s'il te plaît ! Tout ce que j'ai avalé depuis ce matin, c'est un café, un bretzel et une poignée de gélules de vitamine B12, donc laisse-moi récupérer un peu avant d'affronter la suite. Si tu dis un seul mot, je te tue.

Lorsque Alex frappe à la porte du studio de musique au deuxième étage du palais de Kensington, ce n'est pas Henry qui lui ouvre, mais Béa.

— Oh ça va, Philip ! Je t'ai déjà dit… s'écrie-t-elle en brandissant un peu comme une massue une guitare de collection qu'elle abaisse aussitôt qu'elle le reconnaît. Ah, Alex ! Désolée, je croyais que c'était mon frère.

De sa main libre, elle le serre contre elle avec une force surprenante, presque à lui en broyer les côtes.

— Heureusement que tu es là ! soupire-t-elle. Un peu plus, et j'allais te chercher moi-même…

Quand elle recule d'un pas, Alex découvre Henry derrière elle, avachi sur le canapé, une bouteille de cognac à la main. Le petit-fils de la reine gratifie son compagnon d'un pâle sourire et lance – l'imitation, d'ailleurs, est plutôt réussie :

— Un peu petit pour un stormtrooper, non ?

Alex pousse un petit rire qui est aussi un sanglot. Ils ne sauront jamais qui, de Henry ou de lui, s'est avancé le premier. Peu importe : en trois enjambées, ils se rejoignent au milieu de la pièce. Aussitôt, les bras du prince se referment sur son cou et l'engloutissent tout entier. Tout ce temps, la voix de Henry au téléphone est la seule chose qui ancrait Alex dans la réalité – à présent, le corps de Henry est son centre de gravité et la main de Henry contre sa nuque, la boussole qui lui montre le nord.

— Pardon, murmure piteusement le jeune Texan d'une voix étouffée, tout comme la gorge de l'homme qu'il aime. C'est ma faute. Je suis vraiment, vraiment désolé.

L'air grave, son compagnon s'écarte, les mains sur ses épaules, pour le dévisager.

— J'espère que tu plaisantes. Parce que moi, je ne regrette rien.

Alex s'esclaffe à nouveau, incrédule. Il contemple les cernes sombres de Henry, sa lèvre inférieure mordue jusqu'au sang et, pour la première fois, il voit un homme né pour diriger une nation, y compris dans l'adversité.

— Tu es incroyable, j'espère que tu le sais, dit-il.

Et il dépose un baiser sur l'arête de la mâchoire du prince, rêche après une journée entière passée loin du fil du rasoir. Il enfouit son nez, puis sa joue contre ce soupçon de barbe et sent peu à peu la tension quitter les épaules de son partenaire.

Ils finissent par s'allonger sur les épais tapis persans aux teintes pourpre et violine qui recouvrent le sol, la tête de Henry sur les genoux d'Alex. Installée sur un pouf, Béa pince les cordes d'un drôle de petit instrument – une autoharpe, précise-t-elle au jeune Américain. Puis elle approche d'eux un guéridon où elle dispose sur une assiette un petit dôme de fromage à pâte molle entouré de biscuits salés. Sa tâche accomplie, elle s'empresse de confisquer la bouteille de cognac.

À les écouter, la reine serait absolument folle de rage. Non seulement son petit-fils est bien gay, elle en a la confirmation, mais en plus elle l'apprend par voie de presse – de presse à scandale, s'il vous plaît. Quelle indignité ! Dès qu'il a eu vent de la nouvelle, Philip a fait le chemin en voiture depuis Anmer Hall pour faire le siège du palais de Kensington. Pour l'instant, Béa a réussi à l'intercepter et le repousser à chaque fois qu'il essayait d'approcher Henry pour, elle le cite, « une discussion sévère mais juste sur les conséquences de ses actions ». Catherine, quant à elle, est passée trois heures plus tôt, le visage fermé, empreint d'une grande tristesse, pour assurer au plus jeune de ses enfants qu'elle l'aimait et qu'il n'aurait pas dû hésiter à se confier à elle.

— Tu sais ce que je lui ai répondu ? « Génial, maman, mais tant que tu laisseras grand-mère décider de ma vie, tes bons sentiments, tu peux te les mettre où je pense », raconte Henry.

Alex, qui ouvre de grands yeux, ne sait pas s'il doit être choqué ou impressionné. Le prince se couvre le visage du bras.

— En réalité, je m'en veux. Je crois que j'ai vu rouge… D'un seul coup, j'ai repensé à toutes les fois où j'aurais bien aimé pouvoir compter sur elle, ces dernières années, et je me suis laissé déborder par mes émotions.

Béa soupire.

— Peut-être que ce coup de pied aux fesses lui fera du bien. Depuis la mort de papa, elle n'a plus aucune motivation pour quoi que ce soit – et ce n'est pas faute d'avoir essayé de faire en sorte qu'elle se secoue.

— Cela dit, on ne peut pas reprocher à maman l'attitude de grand-mère, lui fait remarquer le prince. Elle faisait son possible pour nous protéger, autrefois. Ce serait injuste de l'oublier.

— Arrête un peu, rétorque sa sœur, les yeux baissés sur les boutons de son autoharpe. C'était dur à entendre pour elle, mais ça devait être dit. C'est le seul parent qu'il nous reste, elle pourrait faire son job, quand même…

Le coin de sa bouche se pince – on dirait Henry tout craché.

— Tu… Et toi, Béa, est-ce que ça va ? balbutie Alex. Je… j'ai vu passer un ou deux articles…

Il ne termine pas sa phrase. Il faut dire que « La Princesse au nez poudré » se classait quatrième des tendances Twitter il y a dix heures à peine, avant son décollage. L'air soucieux de la jeune fille se mue en un demi-sourire.

— Moi ? Honnêtement, c'est presque un soulagement. J'ai toujours dit que ça me mettrait carrément plus à l'aise si les gens connaissaient tout simplement la vérité sur ma cure de désintoxication, histoire de m'épargner quelques spéculations. Et de m'éviter d'avoir à mentir pour cacher, ou essayer d'expliquer, ce qui s'est passé. Bien sûr, j'aurais préféré que ce ne soit jamais arrivé, mais ce qui est fait est fait. Comme ça, au moins, je n'ai plus à avoir honte.

— À qui le dis-tu… dit Henry avec douceur.

Au bout d'un moment, leur discussion se fait plus décousue et le silence finit par s'installer tandis que les ténèbres de la nuit londonienne se pressent aux carreaux des fenêtres. David le beagle se pelotonne contre son maître comme pour le protéger. Béa entonne un morceau de Bowie. « *I, I will be king, and you, you will be queen* », chante-t-elle à mi-voix. Alex doit ravaler un petit rire. Étrangement, tout ça lui rappelle la description que lui a faite Zahra un jour des nuits d'ouragan en Louisiane, que sa famille passe toujours de la même manière : serrés les uns contre les autres en priant pour que les sacs de sable tiennent bon.

Henry finit par se laisser emporter par le sommeil, au grand soulagement d'Alex – qui sent tout de même une certaine tension chez son compagnon, même endormi.

— C'est la première fois qu'il prend un peu de repos depuis que la nouvelle est tombée, lui dit Béa à voix basse.

L'Américain acquiesce et dévisage la jeune fille.

— Je peux te poser une question ?

— Bien sûr.

— J'ai l'impression qu'il me cache quelque chose… chuchote Alex. Quand il dit qu'il est partant, qu'il ne veut plus se taire, je le crois. Mais… il y a autre chose, un truc qu'il ne me dit pas. Je n'arrive pas à savoir quoi et ça me fait flipper.

Les doigts de Béa se figent sur l'instrument. Elle relève les yeux.

— Oh, mon chou… dit-elle simplement. C'est tout bête : Papa lui manque.

Oh…

Le jeune Texan se prend la tête entre les mains en soupirant. Bien sûr qu'il aurait dû y penser…

— Est-ce que tu pourrais… m'aider à comprendre ? demande-t-il maladroitement. Ce qu'il ressent… Ce que je pourrais faire pour l'aider…

La princesse se penche pour poser l'autoharpe par terre. Puis elle glisse les doigts sous son pull pour en sortir une médaille d'argent au bout d'une chaîne : son jeton d'abstinence, comme on en distribue chez les Alcooliques anonymes.

— Tu ne m'en voudras pas si je me la joue un peu pédante, sur ce coup – en bonne marraine ? demande-t-elle avec un petit rictus d'autodérision.

Comme il esquisse un pâle demi-sourire, elle reprend :

— Bon… Imagine qu'on naît tous avec une palette de sentiments. Certains éprouvent des émotions plus ou moins intenses ou variées mais, pour tout le monde, il y a une espèce de socle universel, la couche de pâte au fond de la tarte, si tu veux… C'est la profondeur maximum des émotions que tu as ressenties à ce jour. Maintenant, imagine que le pire se produise. La pire chose que tu puisses imaginer, le truc qui hantait tes cauchemars quand tu étais petit, sauf que tu ne pensais pas devoir y être confronté avant un certain âge, avant un âge où tu serais devenu plus sage et où tu serais passé par suffisamment d'émotions pour que celle-là, la pire de toutes… bah, elle ne te semble pas si terrible, finalement.

Imagine que le pire se produise quand tu n'es encore qu'un gamin. Quand ton cerveau n'a pas encore terminé de se structurer, que tu ne connais pas grand-chose à la vie, à vrai dire. Ce traumatisme, c'est l'un des tout premiers événements de ton existence et, quand il te tombe dessus, il va s'enfoncer jusque dans les profondeurs de ce que tu es capable de ressentir, il va faire exploser l'espèce de plancher dont je te parlais, et y creuser un gouffre immense, là, tout au fond, pour faire de la place aux émotions insoutenables que tu éprouves. Et comme tu étais très jeune quand ça s'est produit, et que c'était l'un des premiers événements marquants de ton existence, ce gouffre, tu le portera toujours en toi, il ne se refermera jamais. Ensuite, à chaque fois qu'un malheur t'arrivera, tes émotions ne s'arrêteront pas à ce fameux plancher, non : elles coulent, jusqu'au fond. Elle t'entraîneront avec elles tout au fond du gouffre.

Béa tend le bras par-dessus le minuscule guéridon et la pauvre assiette de biscuits pour frôler le dos de la main d'Alex. Elle le fixe droit dans les yeux.

— Tu comprends ? Si tu veux partager la vie de Henry, il faut que tu saisisses ça. C'est le garçon le plus aimant, le plus enveloppant, le plus généreux que tu rencontreras jamais, mais il porte en lui une tristesse et une blessure immenses. Tu ne les comprendras peut-être jamais vraiment, mais il te faudra les aimer autant que le reste, parce qu'elles font partie de lui – partie intégrante. Et il est prêt à te donner tout ça. De ma vie entière, jamais je n'aurais cru le voir faire un truc pareil, Alex…

Le jeune homme reste immobile un long moment à réfléchir à ce qu'il vient d'entendre.

— Je n'ai jamais rien vécu d'aussi terrible, avoue-t-il, le visage grave. Mais j'ai toujours senti ça en lui. Il a un côté… secret, qu'il ne me laisse pas vraiment entrevoir. Mais, tu sais, faire le saut de la foi, me jeter du haut des falaises, c'est un peu mon truc. Alors voilà le choix que je fais. Henry, c'est malgré tout ça – c'est *à cause* de tout ça que je l'aime. C'est un choix délibéré. Je l'aime délibérément.

Béa lui sourit avec douceur.

— Alors tout ira bien.

Vers quatre heures du matin, il se glisse dans le lit avec Henry. Henry, dont les vertèbres forment une série de petites bosses toutes douces, Henry qui a affronté le pire – et qui traverse à nouveau en ce moment même quelque chose de terrible – et qui est toujours vivant. Du bout des doigts, Alex suit la courbe de son omoplate, effleure la peau là où les draps l'ont laissée nue, là où ses poumons s'entêtent à respirer. Un petit garçon d'un mètre quatre-vingt-trois recroquevillé autour de ses côtes meurtries et d'un cœur indomptable.

Le plus doucement possible afin de ne pas réveiller le prince, Alex se glisse à la place qui lui revient, son torse blotti contre le dos du Britannique.

— C'est de la folie, Henry ! insiste Philip. Tu es trop jeune pour comprendre…

Un tintement enfle aux oreilles d'Alex.

Le matin venu, ils se sont installés dans la cuisine de Henry, attablés devant des scones et un mot de Béa, qui leur annonçait qu'elle était allée voir Catherine. Et puis soudain, voilà que Philip entre en coup de vent, le costume de travers et les cheveux en bataille, en hurlant sur son frère : Comment a-t-il osé rompre l'embargo, l'interdiction absolue de communiquer édictée par la reine ? Faire venir Alex ici alors que le palais est sous haute surveillance ? Tourner la famille royale en ridicule, comme à son habitude ?

Là, tout de suite, Alex s'imagine avec délices briser le nez de l'héritier de la couronne à coups de percolateur.

— J'ai vingt-trois ans, je te signale, réplique Henry, qui fait des efforts colossaux pour garder son calme. Quand elle a rencontré papa, maman était à peine plus âgée.

— Ah, et tu trouves que c'était une bonne décision ? riposte l'autre avec mépris. Épouser un homme qui a passé la moitié de notre enfance sur les plateaux de tournage, qui n'a jamais servi son pays, qui est tombé malade et nous a *abandonnés*, nous et maman…

— Tais-toi, Philip ! le coupe le benjamin. C'est un truc de fou… Ce n'est pas parce que ton obsession pour l'héritage familial n'a jamais beaucoup impressionné papa que tu as le droit de…

— Attends, c'est toi qui me parles d'héritage ? crache l'aîné. Après ce qui vient de se passer ? Il ne nous reste plus qu'à enterrer cette histoire et prier pour que les gens finissent par croire à une supercherie. Il en va de ton devoir, Henry. C'est le moins que tu puisses faire !

— Désolé, ironise l'intéressé, peu à peu gagné par le mépris et l'amertume. Vraiment désolé si ce que je suis vous fait honte à ce point !

— Je me fous que tu sois homosexuel ou pas… (L'usage du « ou pas », comme si son frère ne lui avait pas avoué la vérité les yeux dans les yeux, ne manque pas de saveur.) Ce que je ne digère pas, c'est que tu l'aies choisi, lui – une bombe à retardement, un désastre en marche… (Philip lance un regard noir à Alex, donc il reconnaît par là même pour la première fois la présence dans la pièce.) Et que tu te sois montré assez naïf et égoïste pour penser que tes conneries n'allaient pas finir par nous exploser à la gueule !

— Je le savais, Philip. Je savais bien que je prenais le risque de tout foutre en l'air. J'étais même terrorisé à cette idée. Mais comment est-ce que j'aurais pu prédire ce qui allait se passer ? Hein ? Comment ?

— Tu vois ? Tu es naïf. Tu sais à quoi ressemblent nos vies, Henry. Rien de tout ça n'est une surprise, pour toi. Plusieurs fois, j'ai tenté de te l'expliquer. Je voulais jouer mon rôle de grand frère, mais tu refuses d'écouter. Il est temps pour toi de te rappeler quelle est ta place dans cette famille, de rentrer dans le rang. Comporte-toi en homme, relève un peu la tête et assume tes responsabilités. Arrange ça, sors-nous de ce merdier. Pour une fois dans ta vie, ne te comporte pas en lâche.

Le jeune prince tressaille comme si on l'avait frappé. Alex comprend mieux maintenant – il le voit enfin de ses yeux – comment, année après année, sa famille est venue à bout de sa résistance, a réussi à le soumettre. Ça n'a peut-être pas toujours été aussi explicite, mais c'était bien là, en filigrane, dans tous les discours qu'on lui tenait. « N'oublie pas quelle est ta place, tu as un rang à tenir. »

C'est alors que Henry adopte l'attitude qu'Alex aime tellement lui voir : il relève le menton, se fait intraitable.

— Je ne suis pas un lâche. Et je n'ai aucune intention d'« arranger ça », comme tu dis.

L'aîné ricane avec méchanceté.

— Tu ne sais pas de quoi tu parles. Tu ne comprends vraiment rien à rien…

— Va te faire foutre, Philip. Je l'aime, c'est tout.

— Oh, tu l'aimes, comme c'est mignon ! ironise-t-il avec une telle condescendance qu'Alex en serre le poing sous la table. Et vous avez des projets ? Hein ? Tu vas l'épouser ? Il sera duchesse de Cambridge ou peut-être de Sussex ? Le fils de la présidente des États-Unis, troisième en lice pour devenir reine d'Angleterre ? On est sérieux, là ?

— Si on en arrive là, j'abdiquerai ! rugit Henry. Je m'en fous complètement !

— Tu n'oserais pas ! siffle Philip.

— Je ne serais pas le premier et, comme raison d'abdiquer, on a vu pire ! On a quand même un grand-oncle qui a dû renoncer au trône en raison de ses accointances nazies, bordel ! Ça te rappelle quelque chose, au moins ?

Henry ne se retient plus de hurler, à présent. Il s'est levé de sa chaise, les mains tremblantes. Maintenant qu'il domine son aîné de toute sa hauteur, d'ailleurs, Alex se rend compte qu'il le dépasse de plusieurs centimètres.

— Tu peux me dire ce qu'on essaie de défendre ici, exactement ? poursuit-il. De quel genre d'héritage il retourne ? Quel genre de famille prend les meurtres, les viols et les pillages de la colonisation pour les exposer sous vitrine dans un joli musée – par contre, horreur ! Non, c'est impossible, tu ne peux pas être une tapette, on ne le supportera pas ! Les convenances et la bienséance l'interdisent formellement ! Eh ben, j'en ai ma claque ! je suis resté trop longtemps assis là sagement à vous laisser, grand-mère, toi et le monde entier, vous essuyer les semelles sur moi. Je ne vous laisserai plus m'écraser. C'est terminé. Je n'en ai plus rien à branler ! Ton putain d'héritage et ta putain de bienséance, tu peux te les foutre au cul, Philip ! C'est fini, terminé !

Henry pousse un gros soupir d'exaspération, tourne les talons et quitte la pièce au pas de charge.

Alex, bouche bée, reste un instant pétrifié sur son siège. En face de lui, le frère aîné, rouge écarlate, n'a pas l'air d'en mener large. L'Américain s'éclaircit la gorge et se lève en boutonnant sa veste.

— Eh ben tu sais quoi, mon pote ? dit-il à Philip avant de sortir à son tour. C'est le mec le plus courageux que j'aie jamais rencontré, cet enfoiré.

Shaan donne l'impression de ne pas avoir fermé l'œil au cours des dernières trente-six heures. Enfin, il n'a rien perdu de son flegme ni de son allure, mais l'étiquette de son pull dépasse et une forte odeur de whisky monte de sa tasse de thé.

Assise à côté de lui dans le van banalisé qui les conduit au palais du Buckingham, Zahra, l'air buté, garde les bras croisés. À l'annulaire de sa main gauche, sa bague de fiançailles scintille dans le silence du petit matin londonien.

— Et donc… risque Alex. C'est tendu entre vous, vous êtes fâchés ?

La jeune femme le regarde, étonnée.

— Non. Qu'est-ce qui te fait croire ça ?

— Non, rien. C'est juste que…

— Tout va bien, dit Shaan sans cesser de tapoter sur son iPhone. Dès le début de notre relation, on a tracé des frontières claires entre le personnel et le professionnel. On s'en sort bien.

— Non, si tu veux parler tensions, tu aurais dû voir ma tête quand j'ai découvert qu'il savait depuis le début, pour Henry et toi, lance Zahra. Pourquoi crois-tu que j'ai eu un diamant aussi gros ? À ton avis ?

— Je corrige, précise l'écuyer du prince. On s'en sort bien… la plupart du temps.

— Exact, renchérit-elle. Et puis on s'est réconciliés sur l'oreiller hier soir, du coup…

Sans lever les yeux de son portable, Shaan lui tape dans la main.

Grâce à leurs efforts combinés, les deux fiancés ont réussi à leur obtenir une rencontre avec la reine au palais de Buckingham, mais on leur a demandé d'emprunter un itinéraire détourné pour tromper les paparazzis. Ce matin, Londres semble bourdonner d'électricité statique : des millions de voix commentent leur histoire, à Henry et lui, et glosent sur la suite possible des événements. Mais le prince lui tient la main, assis à ses côtés, et Alex tient la main du prince, ce qui n'est pas rien.

Lorsqu'ils parviennent à la salle de conférences, une petite femme d'âge mûr les attend devant la porte. Elle a le nez en trompette de Béa et les yeux bleus de Henry. Avec ses épaisses lunettes, son pull bordeaux plus tout frais et son jean à revers – sans compter le petit bouquin coincé dans sa poche arrière –, elle détone clairement dans les couloirs de Buckingham.

Au moment où la mère de Henry s'avance vers eux pour les accueillir, plusieurs émotions se relaient sur son visage : à la tristesse succède une certaine réserve puis, quand elle les aperçoit, une bonne dose de tendresse.

— Bonjour, mon bébé, dit-elle au moment où son fils arrive à sa hauteur.

Le prince garde les lèvres pincées, moins sous le coup de la colère que de l'appréhension. Cette expression, Alex la connaît sur le bout des doigts : Henry se demande s'il est bien prudent d'accepter l'amour qu'on lui offre – et lutte contre l'envie irrépressible qu'il éprouve de l'accepter de toute manière. Il finit par serrer sa mère dans ses bras et la laisser l'embrasser sur la joue.

— Maman, je te présente Alex. Mon copain, ajoute-t-il comme si c'était nécessaire.

Catherine se tourne alors vers le nouveau venu. Il ne sait pas trop à quoi s'attendre, mais elle l'attire à elle et lui plante à son tour un baiser sur la joue. Elle pose sur lui un regard perçant.

— Béa m'a raconté tout ce que tu avais fait pour mon fils. Merci, Alex.

La jeune fille, justement, se tient derrière elle : sur son visage se lit un mélange de fatigue et de concentration. Le sermon qu'elle a fait à sa mère plus tôt dans la matinée semble avoir porté ses fruits. Tandis que leur petite bande se réunit en cercle dans le couloir, Béa échange un regard éloquent avec Zahra… Clairement, leur sort ne pourrait pas reposer entre de meilleures mains. Reste à savoir si Catherine a bien l'intention de se joindre à eux.

— Qu'est-ce que tu comptes dire, exactement ? demande Henry à sa mère.

Elle soupire en tapotant la monture de ses lunettes.

— Eh bien… inutile de prendre ta grand-mère par les sentiments, ça ne sert strictement à rien. Alors… J'ai bien envie d'aborder la question par l'angle de la stratégie politique.

Le prince la dévisage, interloqué.

— Je ne suis pas sûr de comprendre…

— Je suis venue pour me battre, résume-t-elle sans détour. Tu voudrais pouvoir dire la vérité, n'est-ce pas ?

Une lueur d'espoir s'allume dans le regard du jeune homme.

— Je… Oui, maman. C'est ça.

— Dans ce cas, on va devoir risquer le tout pour le tout.

Ils prennent place dans la salle de réunion autour d'une longue table richement sculptée pour attendre la souveraine dans un silence fébrile. Philip, qui les a rejoints, semble tellement sur les nerfs qu'il va finir par avoir une attaque. Quant à Henry, il n'arrête pas de triturer sa cravate.

La reine Mary finit par faire son entrée, la démarche fluide, le dos droit, vêtue de pied en cap de gris ardoise. Sous son carré court parfaitement dessiné – pas un cheveu argenté qui ne soit à sa place –, son visage paraît de marbre. Alex est frappé par sa haute stature, sa prestance et son port de tête impeccables à quatre-vingts ans passés. Sans être belle, elle ne manque pas d'allure avec son regard bleu acéré, ses traits anguleux et les rides austères qui encadrent ses lèvres.

Dès qu'elle prend place au bout de la table, la température de la pièce semble chuter de quelques degrés. Un domestique soulève délicatement la théière placée non loin d'elle pour verser le breuvage dans une tasse en porcelaine immaculée. Dans un silence glacial, les visiteurs attendent qu'elle agrémente, avec une lenteur calculée, le thé à son goût. De sa main vénérable, prise d'infimes tremblements, elle y verse d'abord un nuage de lait. Puis elle s'empare de la minuscule pince en argent posée sur le plateau pour cueillir avec soin un premier morceau de sucre, puis un deuxième.

Quand Alex ose tousser, Shaan lui décoche un regard noir, si bien que Béa a du mal à garder son sérieux. Posément, la souveraine commence à remuer la préparation.

— Il y a quelques mois, j'ai reçu la visite du président chinois – vous m'excuserez si son nom m'échappe, dit-elle enfin. Mais il m'a raconté quantité d'histoires fascinantes sur les grandes avancées technologiques de notre ère dans les diverses parties du monde. Saviez-vous, par exemple, que l'on peut désormais si bien manipuler une photographie que les scènes les plus absurdes passeront pour réelles ? Il suffit d'avoir le bon… programme, c'est bien le terme ? Un simple ordinateur en somme, et la plus farfelue des affabulations devient réalité, qui plus est sans que l'œil humain soit capable de détecter la supercherie.

Autour de la table, on entendrait une mouche voler. Seul le bruit de la cuillère de la reine, qui racle le fond de sa tasse en petits mouvements circulaires, vient rompre le silence.

— J'ai bien peur d'être trop vieille pour comprendre comment dossiers et documents sont archivés virtuellement de nos jours, poursuit la souveraine. Mais on peut apparemment fabriquer et faire circuler de cette manière les mensonges les plus éhontés. Il est possible de… créer *ex nihilo* des fichiers pour les placer ensuite là où tout le monde pourra les trouver. Et tout est faux, bien sûr. Les preuves les plus flagrantes peuvent donc se retrouver discréditées et jugées irrecevables d'un simple claquement de doigts.

La cuillère d'argent émet un tintement délicat lorsque la reine la repose sur la soucoupe de porcelaine avant de lever enfin les yeux sur son petit-fils.

— Je me demandais, Henry… Crois-tu que cet article saugrenu paru dans le *Daily Mail* s'appuie sur ce genre de procédés ?

À peine déguisée, l'offre de la reine est sur la table : il est encore temps de nier, de crier au mensonge. D'étouffer le scandale.

Mais le prince préfère serrer les dents.

— Non, grand-mère. Tout est vrai.

Toute une série d'expressions se succèdent sur le visage de la reine, qui finit par se figer en un masque austère, comme si elle venait de trouver une saleté collée sous la semelle d'un de ses escarpins.

— Très bien. Dans ce cas… (Son regard se tourne vers son hôte américain.) Alexander… Si j'avais su que vous fréquentiez mon petit-fils, j'aurais insisté pour que notre première rencontre s'organise de manière un peu plus… formelle.

— Grand-mère…

— Sois gentil de ne pas m'interrompre, Henry.

Catherine tente à son tour d'intervenir :

— Maman…

D'un geste abrupt, la reine lève une main noueuse pour imposer le silence à sa fille.

— Je pensais que nous avions eu plus que notre lot d'articles humiliants avec Béatrice et son petit « problème ».

D'autant que j'avais été assez claire, Henry, il y a déjà quelques années : des mesures appropriées devaient être prises pour traiter tout… penchant contre nature que tu pouvais être amené à manifester. Que tu aies choisi de saper mon travail acharné, toutes ces années, pour préserver la réputation de la couronne dépasse déjà l'entendement… Mais que tu t'obstines en plus à contrecarrer tous mes efforts pour restaurer notre prestige en m'obligeant à m'entretenir avec je ne sais quel… *garçon*… (À ce point de son discours, le ton en apparence courtois de la reine se double d'une petite inflexion fielleuse. Alex devine qu'elle dissimule tout un éventail de qualificatifs fort peu charitables quant à sa couleur de peau et à son orientation sexuelle.) Et ce, alors que tu étais censé attendre sagement nos instructions… C'est à n'y rien comprendre ! As-tu perdu l'esprit ? Quoi qu'il en soit, ma position n'a pas changé : ton rôle dans cette famille, cher enfant, est de perpétuer notre lignée et de préserver, au moins en apparence, l'image d'une monarchie qui reflète un idéal d'excellence. C'est la moindre des choses et je ne tolérerai pas qu'il en soit autrement.

L'oreille basse, le regard fixe, Henry s'est absorbé dans la contemplation du grain du bois de la table. En face de lui est assise Catherine, dont la colère est telle qu'elle semble irradier d'elle en gros nuages bouillonnants – comme un écho à la fureur qui serre la poitrine d'Alex. La princesse qui s'est enfuie avec nul autre que James Bond, celle qui encourageait ses enfants à rendre ce que leur pays avait volé, cette princesse-là est de retour.

— Maman, dit-elle d'une voix égale. Tu ne crois pas que nous devrions au moins examiner les autres possibilités qui s'offrent à nous ?

La reine tourne lentement la tête vers sa fille.

— Et quelles sont-elles, je te prie ?

— Eh bien, dire la vérité aurait des avantages non négligeables : rien de mieux, pour sauver la face et sortir de cette mauvaise passe la tête haute, que de traiter toute l'affaire non pas comme un scandale, mais comme une atteinte inacceptable à notre vie privée et une attaque inqualifiable à l'encontre d'un jeune homme amoureux.

— Il ne s'agit pas d'autre chose, d'ailleurs, intervient Béa.

— Nous pourrions reprendre la main, tourner la situation à notre avantage en l'intégrant dans notre mythologie officielle, poursuit sa mère en choisissant ses mots avec soin. Réaffirmer notre dignité. Faire d'Alex un prétendant approuvé par la couronne.

— Je vois. Ton plan, ce serait de le laisser choisir ce style d'existence ?

À ce point de la conversation, le masque impassible de Catherine se craquelle un court instant, comme celui d'une joueuse de poker qui se trahit sous la pression :

— Maman… C'est le seul moyen pour lui d'avoir une vie honnête.

La reine pince les lèvres et se tourne de nouveau vers son petit-fils pour poursuivre son travail de sape.

— Henry… Ton avenir serait plus agréable sans toutes ces complications inutiles, tu ne penses pas ? Nous avons toutes les ressources nécessaires pour te trouver une épouse et lui accorder une généreuse compensation, tu le sais. Comprends-moi bien : je ne cherche qu'à te protéger. Je sais que tout ceci doit te sembler d'une très grande importance pour l'instant, mais pense un peu à ton avenir. Tu en es conscient, j'espère : pendant des années, les journalistes ne te lâcheront plus d'une semelle. Quant aux rumeurs qui ne manqueront pas de circuler… Je doute fort que nos compatriotes continueront de t'accueillir à bras ouverts dans les services de pédiatrie si tu…

C'en est trop pour Henry.

— Ça suffit ! explose-t-il soudain, le souffle court.

Tous les yeux se braquent sur lui. Livide, visiblement choqué par le son de sa propre voix, il poursuit néanmoins :

— Tu ne peux pas tenter de m'intimider *ad vitam aeternam*… Je ne te laisserai plus faire !

À tâtons sous la table, Alex cherche la main du prince. À la seconde où le bout des doigts du jeune Texan frôle son poignet, Henry les agrippe pour ne plus les lâcher.

— Je ne suis pas idiot : je sais bien que ce sera une sacrée paire de manches, et bien sûr que cette idée me terrifie ! s'exclame-t-il. Si tu m'avais posé la même question il y a un an, j'aurais sans doute accepté par peur du qu'en-dira-t-on. Mais… je suis un être humain, tout comme vous. Je fais partie de cette famille, tout comme vous. Et autant que n'importe lequel d'entre vous, je mérite d'être heureux, moi aussi. Et si je dois passer ma vie à faire semblant, ça n'arrivera jamais.

— Personne ne te refuse le droit d'être heureux, Henry ! intervient Philip. Mais un premier amour, ça rend un peu fou. Pourquoi gâcher ton avenir pour une liaison de quelques mois, à vingt ans à peine passés, tout ça parce que tes hormones te travaillent ?

Henry regarde son frère bien en face pour lui asséner :

— Je suis gay, et on ne peut plus gay, depuis le jour où je suis sorti du ventre de maman, Philip.

Un ange passe. Alex se mord furieusement la langue pour ravaler un fou rire.

— Très bien, finit par dire la reine, qui épie le visage de son petit-fils par-dessus le rebord de la tasse qu'elle tient avec une grande délicatesse. Mais, même si tu es partant pour te laisser traîner dans la boue par la presse, il n'en reste pas moins que tu dois donner des héritiers à la couronne. Ta position l'exige.

Alex, qui ne se mordait pas la langue assez fort, apparemment, laisse alors échapper :

— Rien ne nous en empêche, c'est tout à fait envisageable.

À ces mots, même Henry tourne brutalement la tête vers lui.

— Je ne me rappelle pas vous avoir accordé la permission de parler en ma présence, jeune homme, laisse tomber la reine Mary d'un air sentencieux.

— Maman !

Philip en profite pour s'immiscer de nouveau dans le débat :

— Voilà qui soulèverait la question des mères porteuses, des dons d'ovocytes et du droit de cet enfant à accéder au trône…

— Philip, l'interrompt Catherine. C'est le cadet de nos soucis pour l'instant, non ?

— Il s'agit de préserver notre lignée, maman. On dirait que je suis le seul à m'en soucier !

— Oh, mais tu vas changer de ton tout de suite…

— Inutile de nous perdre en spéculations stériles : préserver l'image de la monarchie l'emporte sur tout le reste, tranche la reine en reposant sa tasse. Or le pays n'acceptera tout simplement jamais ce genre de penchants chez un de ses princes. Je suis désolée, Henry, mais, à leurs yeux, c'est de la perversion.

— À leurs yeux ou aux tiens ? lance Catherine.

— Il me paraît injuste de… commence Philip.

— C'est de ma vie qu'on parle… s'interpose Henry.

— Enfin, maman, on ne sait tout simplement pas comment les Britanniques accueilleraient la nouvelle !

— Je sers ce pays depuis quarante-sept ans, Catherine. Je crois que je le connais un peu. Comme je te le répète depuis que tu étais une petite fille, il serait grand temps pour toi de redescendre sur terre et…

— Oh, vous ne voulez pas la fermer deux minutes, tous ? s'écrie tout à coup Béa, qui se lève en brandissant la tablette de Shaan. Regardez un peu !

Elle place l'écran stratégiquement, afin de permettre à la reine et à Philip de bien le voir. Tous les autres se lèvent pour observer, eux aussi, les images. Il s'agit du journal télévisé de la BBC – le son a été coupé, mais Alex déchiffre sans mal le bandeau qui défile au bas de l'écran : « LES DÉCLARATIONS DE SOUTIEN AU PRINCE HENRY ET AU FILS DE LA PRÉSIDENTE AMÉRICAINE AFFLUENT DU MONDE ENTIER ».

Tous regardent en silence les images du reportage. À New York, devant l'hôtel *Beekman*, un rassemblement de manifestants enveloppés de drapeaux arc-en-ciel qui brandissent des pancartes comme « ALEX EST L'ÉLU DE NOS CŒURS ». Une banderole suspendue le long d'un pont parisien – « HENRY & ALEX SONT PASSÉS ICI ! ». Une fresque peinte à la va-vite sur un mur de Mexico, dans un camaïeu de bleus, de violets et de roses : le visage du jeune Texan, coiffé d'une couronne. Un attroupement sur les pelouses de Hyde Park : l'Union Jack en version arc-en-ciel, des portraits du prince arrachés à des magazines et collés sur des panneaux sous le slogan : « LIBÉREZ HENRY ! » Une jeune femme au crâne rasé gratifiant les fenêtres du *Daily Mail* d'un double doigt d'honneur. Un essaim d'adolescents face à la Maison-Blanche, tous revêtus de T-shirts avec ces mots écrits au marqueur – des mots qu'il se rappelle avoir tapés dans l'un de ses messages : « L'HISTOIRE, HEIN ? ELLE EST EN MARCHE... »

Alex n'en croit pas ses yeux. Il relève la tête : Henry lui rend son regard, bouche bée et au bord des larmes.

La princesse Catherine tourne les talons, traverse la pièce à pas lents. Elle s'approche des hautes fenêtres de la salle.

— Catherine, intervient la reine, ne t'avise p…

Trop tard : de ses deux mains largement écartées, sa fille a déjà empoigné les pans des épais rideaux pour les ouvrir en grand.

Un flot de soleil et de couleurs entre aussitôt dans la pièce. Là, en contrebas, sur l'esplanade située devant le palais, des manifestants se sont rassemblés sous une myriade de banderoles, pancartes et drapeaux – américains, britanniques ou arc-en-ciel. Plus modeste qu'à l'occasion du mariage de Philip, la foule envahit néanmoins le bitume jusqu'au portail. Comme on leur avait demandé d'emprunter une entrée dérobée, les deux jeunes gens sont passés complètement à côté de ce tableau.

D'un pas prudent, Henry s'est approché de la fenêtre. Depuis l'autre côté de la pièce, Alex le regarde tendre la main vers la vitre, qu'il effleure du bout des doigts.

Catherine se tourne vers son fils pour souffler, en poussant un soupir ému : « Oh, mon amour », et le serrer sur son cœur, même s'il fait près de trente centimètres de plus qu'elle.

Instinctivement, Alex détourne le regard. Malgré tout ce qu'il a partagé avec le prince, ce moment lui semble trop intime. Il n'appartient qu'à sa mère et à lui.

La reine se racle la gorge.

— L'opinion de cette foule… est loin de refléter celle du peuple britannique tout entier, assure-t-elle.

— Maman, pitié ! s'exclame Catherine, qui pousse Henry derrière elle dans un réflexe protecteur.

— Ma fille, réplique la souveraine, voilà pourquoi je voulais te cacher ce spectacle : tu te raccroches à des chimères, tu es trop sensible pour accepter la vérité. Mais je te le dis, la majorité des habitants de ce pays reste attachée au respect des traditions.

La princesse se redresse de toute sa hauteur, le dos droit comme un i, et s'avance vers la table. Sa posture irréprochable est sans doute le fruit de son éducation mais, en cet instant précis, elle évoque plutôt à Alex un arc bandé, prêt à tirer.

— Mais évidemment ! s'écrie-t-elle. Évidemment que les conservateurs des beaux quartiers et autres partisans du Brexit verront rouge. Là n'est pas la question ! Tu es tellement décidée à croire que rien ne peut changer ? Que rien ne doit changer ? Aujourd'hui, nous avons la possibilité de laisser derrière nous une trace profonde, faite d'espoir, de changement et d'ouverture sur le monde. Ce sera toujours mieux que cette soupe lénifiante qu'on sert au pays depuis la fin de la Seconde Guerre mondiale !

— Je t'interdis de me parler sur ce ton ! crache d'un ton glacial la reine, dont la vieille main ridée tremble imperceptiblement là où elle est posée sur sa cuillère à thé.

— Je viens de fêter mes soixante ans, maman. On pourrait peut-être se passer de l'étiquette deux secondes, tu ne crois pas ?

— Aucun respect, pas une once de déférence pour le caractère sacré de…

— Mais tu préfères peut-être que j'aille exposer certaines de mes inquiétudes au Parlement ? suggère soudain Catherine à voix basse en collant son visage juste sous le nez de la reine.

Alex connaît ce regard brillant… Et lui qui pensait que le prince le tenait de son père !

— Tu sais quoi ? poursuit la princesse. Les travaillistes ont l'air vraiment décidés à en finir avec la vieille garde. Si je parlais de toutes ces réunions que tu ne cesses d'oublier ou des noms de pays que tu as tendance à mélanger, je me demande s'ils ne finiraient pas par décider que quarante-sept ans au service des Britanniques… Ça suffit amplement, tu ne crois pas ?

Si les doigts de la reine tremblent de plus belle, son visage reste impassible. Un silence de plomb s'abat sur la pièce.

— Tu n'oserais pas !

— Tu crois, maman ? Tu veux qu'on parie ?

Catherine se tourne alors vers son fils. Alex est surpris de voir que ses yeux brillent de larmes.

— Je te demande pardon, Henry, dit-elle. Tu avais besoin de moi et je n'ai pas été là pour toi. Je vous ai déçus, tous les trois. J'avais tellement peur que j'en suis venue à penser que ce n'était peut-être pas plus mal de vous laisser mettre en cage, tous les trois. (Elle se tourne pour affronter sa mère des yeux.) Regarde-les, maman. Ce ne sont pas des marionnettes, des pantins tout juste bons à défendre ton héritage, des meubles qui font partie du décor. Ce sont mes enfants. Et je te jure sur ma tête, et sur celle d'Arthur, que je te ferai destituer plutôt que de te laisser les traiter comme tu m'as traitée.

Un silence de mort s'étire pendant de longues secondes, puis…

— Je reste d'avis que… commence Philip.

Il s'interrompt aussitôt dans un hurlement : Béa vient malencontreusement de lui renverser la moitié de la théière sur les genoux.

— Oh, zut ! Je suis vraiment désolée, Pip ! C'est fou ce que je suis maladroite, s'exclame-t-elle en l'attrapant par les épaules pour l'entraîner vers la porte dans un concert de glapissements et de postillons. Tu sais, je crois que c'est toute cette cocaïne que je me suis enfilée : ça m'a bousillé les réflexes ! Allez, viens, je vais t'aider à arranger ça.

Juste avant de le pousser dehors, elle jette un regard entendu à Henry par-dessus son épaule et lève le pouce de la victoire avant de claquer la porte derrière elle.

La reine, elle, ne quitte plus Henry et Alex des yeux. Le jeune Texan le remarque enfin : c'est une lueur apeurée qui brille au fond de ses prunelles. Les deux garçons sont une menace pour la bulle de raffinement où elle a passé sa vie et qu'elle s'est ingéniée à perpétuer. L'un comme l'autre, ils la terrifient.

Mais Catherine n'a pas la moindre intention de céder.

— Très bien, finit par déclarer la souveraine. J'imagine que je n'ai pas vraiment le choix…

— Mais si, maman, réplique sa fille. Tu l'as toujours eu. J'espère simplement que tu feras le bon, cette fois.

Dans le couloir du palais de Buckingham, une fois la porte refermée derrière eux, ils se laissent tomber contre le mur tendu d'une tapisserie, pantois, hilares, ivres de joie, les joues mouillées de larmes. Henry attire Alex dans ses bras pour l'embrasser et murmurer « Je t'aime, je t'aime, je t'aime ». Et peu importe si on les voit, *peu importe.*

C'est sur le chemin de l'aérodrome qu'Alex aperçoit la fresque. Elle recouvre le flanc de briques d'un immeuble, telle une explosion de couleurs dans la grisaille de la rue.

— Attendez ! crie-t-il au chauffeur. Arrêtez-vous un instant, s'il vous plaît.

De près, elle est encore plus belle. Elle s'étend sur deux étages de hauteur. Comment le ou les peintres ont-ils fait pour créer une œuvre aussi impressionnante en si peu temps ?

Sur le mur, Henry et lui se font face sur fond de soleil éclatant, l'un en Leia, l'autre en Han. Tout entier vêtu de blanc, le prince a des étoiles dans les cheveux. Alex est habillé en contrebandier au grand cœur, un blaster à la hanche. Le prince et le rebelle s'enlacent tendrement.

Le jeune Texan prend la fresque en photo avec son téléphone et, les doigts tremblants, l'accompagne d'un tweet en hommage à son personnage : On se fout des prévisions.

Une fois au-dessus de l'Atlantique, il appelle June :

— J'ai besoin de ton aide.

— Ça marche, il te faut quoi ?

À l'autre bout du fil, il entend un « clic ». L'aspirante journaliste vient d'armer son stylo.

Chapitre 14

Jezebel @Jezebel
À VOIR : Les Dykes on Bykes de Washington poursuivent des manifestants de l'Église baptiste de Westboro tout le long de Pennsylvania Avenue et, oui, c'est aussi incroyable que ça en a l'air. bit.ly/2ySPeRj
21:15 • 29 sept. 2020

La première fois qu'Alex, désormais fils de présidente, a remonté Pennsylvania Avenue en voiture, il a failli tomber dans un buisson juste devant la Maison-Blanche.

Il se rappelle la scène très clairement, même si la journée entière lui a semblé surréaliste et tenait du rêve éveillé. Il se rappelle l'intérieur de la limousine, la sensation inhabituelle du cuir sous ses paumes moites, son inexpérience, son excitation et sa propension à se coller trop près de la vitre pour observer la foule.

Il se souvient de sa mère, dont les longs cheveux étaient tirés en arrière en un élégant chignon sans fioritures sur la nuque. Lors de son premier jour en tant que maire, puis en tant que membre du Congrès, et même en tant que présidente de la Chambre des représentants, elle avait insisté pour les porter lâchés mais, ce jour-là, elle avait préféré les relever. Officiellement, pour être tranquille et pouvoir se concentrer pleinement. Alex trouvait que ça lui donnait l'air intraitable. Comme si, une lame de rasoir cachée dans sa chaussure, elle se tenait prête, au besoin, à en venir aux mains. Assise en face de lui, elle relisait les notes de son discours, un drapeau américain en or massif épinglé au revers de sa veste. Alex était si fier qu'il se sentait à deux doigts de vomir.

Ensuite, ils s'étaient retrouvés séparés : Ellen et Léo avaient été escortés vers le portique nord, June et lui conduits dans une autre direction. Certains détails précis restent inscrits très clairement dans sa mémoire. Ses boutons de manchette, par exemple – des X-wings en argent massif qu'il avait fait faire sur commande. Ou bien une minuscule éraflure dans le mur ouest de la Maison-Blanche, qu'il voyait de près pour la première fois. Et son lacet défait. Il s'en rappelle comme si c'était hier : il s'était penché pour le renouer, si nerveux qu'il en avait perdu l'équilibre. C'était June qui l'avait agrippé par le dos de sa veste pour l'empêcher de plonger tête la première dans un rosier épineux devant, au bas mot, soixante-quinze appareils photos et caméras.

C'est ce jour-là qu'il avait pris sa décision : lui, Alex Claremont-Diaz, ne laisserait plus jamais ses nerfs prendre le dessus. Ni dans son rôle de fils de la présidente des États-Unis, ni en tant que future étoile montante de la politique.

Sauf qu'aujourd'hui, il est Alex Claremont-Diaz, le petit ami d'un prince d'Angleterre, embringué au cœur d'un énorme scandale politico-sexuel à l'échelle internationale.

Et, comble d'ironie, le voilà de retour sur Pennsylvania Avenue, à bord d'une limousine, encerclé par la foule et sur le point de vomir.

Quand la portière finit par s'ouvrir, c'est pour révéler June, vêtue d'un T-shirt jaune vif orné du slogan : « L'HISTOIRE, HEIN ? ELLE EST EN MARCHE... »

— Tu aimes ? demande-t-elle. Il y a un mec qui en vend, plus haut dans la rue. J'ai pris sa carte pour en parler dans mon prochain article pour *Vogue*.

Alex la serre très fort contre lui, au point de la soulever de terre. Elle proteste en hurlant et lui tire les cheveux, si bien qu'ils finissent par s'écrouler dans un buisson, comme l'exigeait visiblement le karma du jeune homme.

Comme leur mère enchaîne un véritable marathon de réunions, ils s'éclipsent sur le balcon Truman pour se raconter les dernières nouvelles autour d'un chocolat chaud et d'un assortiment de donuts. Pez a bien essayé de jouer les relais entre les deux côtés de l'Atlantique tout le temps où Alex était à Londres, mais la méthode a ses limites. June pleure une première fois quand il lui raconte la conversation téléphonique dans l'avion, une deuxième lorsqu'il lui explique comment Henry a tenu tête à Philip, et de nouveau à l'évocation de la foule rassemblée devant le palais de Buckingham. Sous les yeux d'Alex, elle expédie une bonne centaine d'émojis cœur au prince, qui lui renvoie une vidéo où Catherine et lui boivent le champagne tandis que Béa joue *God Save the Queen* à la guitare électrique.

— Bon, par contre, on a un problème... finit par annoncer June à son frère. Personne n'a vu Nora depuis deux jours.

Alex la dévisage, perplexe.

— Comment ça ?

— Eh bien, tout le monde l'a appelée… Et pas seulement moi : Zahra, Mike, ses parents… Absolument aucune réponse. D'après le portier de son complexe d'appartements, elle n'est pas sortie de chez elle de tout ce temps. Apparemment, « elle va bien mais elle est très occupée ». J'ai essayé de débouler à l'improviste, mais il avait reçu l'ordre de ne pas me laisser passer.

— C'est… inquiétant. Et aussi un peu nul, non ?

— On est d'accord.

Alex tourne le dos à sa sœur pour aller s'accouder à la balustrade. Dans sa situation, il aurait bien eu besoin de l'avis objectif de Nora – ou même simplement de la compagnie de celle qui est sa meilleure amie. Il se sent un peu trahi, d'autant qu'elle l'abandonne au moment où il aurait le plus besoin d'elle. Et pas simplement lui, June aussi. Nora, il faut bien le dire, a un défaut : quand trop de malheurs se multiplient autour d'elle, elle a tendance à se plonger à corps perdu dans son travail. C'est une sorte de réflexe de protection.

— Ah, au fait, s'exclame la jeune journaliste. Tu m'avais demandé un service…

Elle plonge la main dans la poche de son jean afin de lui remettre une feuille de papier pliée en deux. Alex en parcourt rapidement les premières lignes.

— C'est… Merde alors, poussin ! C'est…

— Ça te plaît ? lui demande-t-elle, une pointe de nervosité dans la voix. J'ai essayé de saisir… ta personnalité, ton goût de l'histoire, le sens que ton rôle revêt à tes yeux et…

Sans la laisser terminer, il l'enveloppe à nouveau dans ses bras, ému aux larmes.

— C'est parfait, June.

— Hé, les Claremont juniors ! lance soudain une voix.

Après avoir reposé sa sœur, Alex découvre Amy sur le seuil qui relie le balcon au Salon ovale.

— La présidente souhaite vous voir dans son bureau, déclare-t-elle avant de marquer une pause pour écouter son oreillette. Elle vous demande d'apporter les donuts.

— Comment elle fait pour être au courant de tout ? marmonne June en ramassant l'assiette.

— Fleur de lupin et Frelon noir sont en route, prévient Amy, la main sur son oreillette.

— Je n'arrive toujours pas à croire que tu aies choisi ce nom de code à la noix, lance sa sœur à Alex, qui se venge en lui faisant un croche-patte avant qu'elle n'atteigne la porte.

Les donuts sont terminés depuis deux heures déjà.

Un, sur le canapé : June, qui noue, dénoue et renoue les lacets de ses Keds, car elle n'a rien d'autre à faire de ses mains. Deux, contre le mur du fond : Zahra, qui tape à toute vitesse un e-mail sur son téléphone, puis un autre. Trois, assise devant le Resolute Desk : Ellen, plongée dans des calculs de probabilité. Quatre, sur l'autre canapé : Alex, occupé à compter.

Soudain, les portes du Bureau ovale s'ouvrent à la volée et Nora entre en trombe.

Vêtue d'un sweat-shirt délavé orné du slogan : « HOLLERAN AU CONGRÈS 1972 », elle a les yeux hagards d'une survivaliste qui sortirait de son bunker pour la première fois en dix ans et plisse les paupières comme si elle ne supportait plus la lumière. En se précipitant vers Ellen, elle manque de renverser le buste d'Abraham Lincoln posé sur un buffet.

Alex se lève d'un bond.

— Putain, mais où tu étais passée ? s'écrie-t-il.

Nora abat sur le bureau un épais dossier avant de se retourner vers ses deux amis, tout essoufflée.

— O.K., je sais que vous m'en voulez, et je le mérite, mais… (Elle s'appuie des deux mains sur le meuble et désigne la grosse pochette du menton.) Je suis restée enfermée chez moi pendant deux jours à travailler sur ce truc-là. Attendez un peu de voir de quoi il s'agit, et je suis sûre que vous me pardonnerez. Promis, vous allez même m'adorer.

La mère d'Alex la dévisage, interloquée.

— Nora, ma puce, on essaie de déterminer…

— Ellen ! l'interrompt la jeune fille. (C'était presque un cri. Un silence de mort s'abat sur la pièce et Nora se fige, embarrassée.) Euh… Madame la présidente… Belle-maman… Je vous en prie. Il faut absolument que vous lisiez ça.

Avec un soupir, Ellen pose son stylo avant de tirer le dossier vers elle. Nora, quant à elle, paraît sur le point de s'évanouir sur le bureau. Alex jette un coup d'œil à June, toujours assise sur le canapé d'en face, mais sa sœur semble aussi perdue que lui…

— Bon sang ! jure leur mère, à mi-chemin entre fureur et ébahissement. Est-ce que c'est…

— Oui, m'dame, répond Nora.

— Et le…

— C'est ça.

Ellen se couvre la bouche de la main.

— Bon sang, comment tu as déniché ça ? Attends, laisse-moi reformuler : comment toi, tu as pu dénicher ça ?

— Alors voilà… commence la jeune statisticienne en reculant d'un pas pour s'écarter du bureau.

Le jeune Texan n'a pas la moindre idée de ce qui se passe, mais il sent que c'est important, très important. Leur amie fait les cent pas en se tenant la tête entre les mains.

— Voilà… répète-t-elle. Le jour où les révélations ont fuité dans la presse, j'ai reçu un e-mail anonyme. Expédié d'un faux compte, bien sûr, mais intraçable – et ce n'est vraiment pas faute d'avoir essayé. L'expéditeur m'envoyait un lien vers un énorme lot de fichiers. Il se présentait comme un hacker et prétendait être en possession de l'intégralité du contenu du serveur de messagerie privée de la campagne Richards.

— Quoi ? s'écrie le jeune homme, médusé.

— On est bien d'accord, réplique Nora en lui rendant son regard.

Zahra, qui est venue se camper derrière le bureau d'Ellen, les bras croisés, choisit ce moment pour intervenir.

— Et tu n'as pas remonté ces informations par la voie hiérarchique habituelle parce que…

— Parce qu'au début, je ne savais pas si c'était du sérieux. Et quand j'ai compris que oui, je n'avais confiance en personne d'autre pour se pencher dessus. Si on me l'a envoyé à moi, c'est parce que mes liens avec Alex sont de notoriété publique : l'expéditeur – ou l'expéditrice – savait que je travaillerais d'arrache-pied pour trouver ce qu'il ou elle n'avait pas le temps ou l'expertise de trouver.

Alex n'en revient pas, à ce stade de la conversation, d'être encore obligé de demander :

— À savoir…

— La preuve… répond Nora – d'une voix qui tremble, à présent. La preuve que cet enfoiré de Richards t'a piégé.

Le jeune homme entend, comme si elle était à des kilomètres de là, June pousser un juron à mi-voix et se lever du canapé pour aller se placer dans un coin de la pièce. Il sent ses genoux se dérober sous lui et préfère se rasseoir.

— On… on soupçonnait le Comité national républicain d'être au moins en partie impliqué. (Contournant le bureau, sa mère vient s'agenouiller devant lui dans sa robe grise impeccablement repassée, le dossier serré contre sa poitrine.) J'ai lancé une enquête, mais jamais je n'aurais imaginé… tout ça vient directement de la campagne Richards.

Elle ouvre l'épaisse pochette sur la table basse placée au centre de la pièce.

— Il y avait… quoi ? Des centaines de milliers d'e-mails, explique Nora pendant qu'Alex s'installe sur le tapis, le regard rivé sur les documents. Et je suis à peu près sûre qu'un bon tiers provenait de comptes fictifs. Mais j'ai imaginé un code qui m'a permis de les trier et de réduire leur nombre à environ trois mille. Ceux qui restaient, je les ai épluchés moi-même, à la main. J'ai réuni dans ce dossier tout ce qui concerne Alex et Henry.

Le jeune Texan tombe d'abord sur son propre visage. Une photo floue, prise au téléobjectif, où on le reconnaît à peine. Difficile pour lui de savoir où il se trouve exactement, jusqu'à ce qu'il remarque d'élégants rideaux ivoire sur le bord de l'image. La chambre de Henry…

Il s'agit d'une pièce jointe attachée à un e-mail.

Négatif, lit-il. Ce n'est pas assez net pour Nilsen, et de loin. Dis au P qu'on ne le paie pas pour avoir des photos du yéti.

Nilsen… Nilsen, le directeur de campagne de Richards.

— C'est Richards qui a commandité ces révélations, Alex, poursuit Nora. Il a lancé son enquête à la minute où tu as quitté l'équipe de campagne. Il a fait appel à une société qui a engagé les hackers qui se sont à leur tour procuré les vidéos de surveillance du *Beekman*.

À côté de lui, un bouchon de surligneur coincé entre les dents, sa mère a déjà commencé à tracer de longues lignes jaune fluo sur les pages. Alex perçoit un autre mouvement sur sa droite : Zahra s'est approchée et tire un tas de feuilles vers elle pour s'y mettre à son tour, armée d'un stylo rouge.

— Je… je n'ai relevé aucun numéro de compte bancaire, ajoute Nora, mais, si vous regardez bien, il y a des fiches de paie, des factures et des demandes de services. La totale ! Tout passe par des réseaux officieux, des intermédiaires et des prête-noms, mais… il y a des traces écrites numériques de tout. Assez, je pense, pour justifier une enquête fédérale qui pourra ensuite remonter la piste financière en procédant par réquisitions. En gros, Richards a missionné une société qui a elle-même engagé, d'un côté, les photographes chargés de suivre Alex, et de l'autre, les hackeurs qui se sont introduits dans les serveurs de la Maison-Blanche. Puis il a recruté une tierce personne pour acheter le tout et le revendre au *Daily Mail*, conclut Nora, qui parle de plus en plus vite. On est donc en face de quelqu'un qui demande à des prestataires privés d'espionner un membre de la famille de la présidente et d'infiltrer la sécurité de la Maison-Blanche, histoire de provoquer un scandale sexuel pour remporter l'élection au poste suprême. C'est carrément dégueula…

— Nora, tu veux bien… la coupe June, qui est venue se rasseoir sur le canapé. S'il te plaît.

— Désolée, s'excuse son amie avant de se laisser tomber à côté d'elle. J'ai bu neuf Red Bulls au moins pour arriver à bout de tout ça et j'ai mangé un space cake pour essayer de compenser, alors je plane à mort…

Alex ferme les yeux. Il a trop d'informations devant lui, impossible de toutes les assimiler d'un seul coup. Et il est en rogne, fou de rage même, mais il peut enfin mettre un nom sur le coupable. Réagir et se défendre, aller et venir librement. Il peut sortir de ce bureau, appeler Henry et lui dire : « On est sauvés, on est à l'abri, maintenant. Le plus dur est passé. »

Il rouvre les paupières, contemple les pages étalées sur la table basse.

— Et maintenant, qu'est-ce qu'on fait de tout ça ? demande June.

— Et si on le divulguait, tout simplement ? propose Alex. Sur WikiLeaks par ex…

— C'est non, je ne leur donnerai rien du tout ! l'interrompt aussitôt sa mère sans même lever les yeux. Surtout après ce qu'ils t'ont fait. Cette affaire est extrêmement grave. Je vais le démolir, cet enfoiré. Il faut frapper un grand coup, ajoute-t-elle avant de reposer, enfin, son surligneur. Je veux donner ces preuves à la presse.

— Aucun journal de premier plan ne prendra le risque de publier ça sans vérifications : ils voudront s'assurer de l'authenticité des e-mails, notamment auprès d'un membre de la campagne de Richards, fait remarquer June. Et ce genre de contre-expertise, ça peut prendre des mois.

— Nora… lance Ellen en scrutant la jeune fille de son regard d'acier. Tu ne peux vraiment rien faire pour identifier l'expéditeur ?

— J'ai déjà essayé. Qui que ce soit, il ou elle a tout fait pour dissimuler son identité. Je peux vous montrer l'e-mail que j'ai reçu.

Elle a plongé la main dans sa poche pour en sortir son téléphone. Après avoir fait défiler quelques fenêtres, elle pose l'appareil sur la table. Le message est exactement comme elle l'a décrit, à ceci près qu'il est signé d'une combinaison apparemment aléatoire de chiffres et de lettres : 2021 SCB. CHZ BAC ON GR A1.

2021 SCB.

Le regard d'Alex s'arrête sur cette dernière ligne. Il prend le portable, en fixe l'écran.

— Merde alors…

Il garde les yeux rivés sur ces caractères : 2021 SCB.

« 2021 South Colorado Boulevard. »

L'adresse du *Five Guys* le plus proche du QG de campagne où il a travaillé, il y a deux ans, à Denver. Il se souvient encore de la commande qu'on l'envoyait chercher au moins une fois par semaine : cheeseburger au bacon, oignons grillés et sauce barbecue – « A1 », dans le jargon du restaurant. Alex la connaît par cœur, cette foutue putain de commande ! Il éclate de rire.

C'est un code, pour lui et personne d'autre : *Tu es le seul en qui j'ai confiance.*

— Ce n'est pas un hacker. C'est Rafael Luna. La voilà, June, ta source pour contre-expertise, ajoute-t-il avant de se tourner vers sa mère. Si tu t'engages à le protéger, il confirmera l'authenticité des e-mails.

[INTRODUCTION MUSICALE : 15 SECONDES DE MUSIQUE INSTRUMENTALE EXTRAITE DU SINGLE DES DESTINY'S CHILD, BILLS, BILLS, BILLS, *SORTI EN 1999]*

VOIX OFF : Ceci est un podcast de Range Audio. Vous écoutez « Bills, Bills, Bills », une analyse, entre autres, vous l'aurez deviné, des projets de loi en cours, présentée par Oliver Westbrook, professeur de droit constitutionnel à l'université de New York.

[FIN DE L'INTRODUCTION MUSICALE]

WESTBROOK : Bonjour à tous, je suis Oliver Westbrook. À mes côtés, comme toujours, la plus patiente, la plus talentueuse et la plus clémente des productrices, Sufia, sans qui, complètement perdu et démuni, j'en serais réduit à flotter au milieu d'un océan de mauvaises pensées et à boire ma propre urine. On l'adore, bien sûr. Salue nos auditeurs, Sufia.

SUFIA JARWAR, PRODUCTRICE, RANGE AUDIO : Bonjour à tous. Vite, je vous en supplie, envoyez-nous les secours !

WESTBROOK : Et vous écoutez « Bills, Bills, Bills », le podcast où j'essaie chaque semaine de vous expliquer, en termes profanes et avec des mots de tous les jours, ce qui se passe au Congrès, pourquoi vous devriez vous y intéresser et comment vous pouvez agir.

Alors, je dois vous avouer qu'il y a quelques jours, je prévoyais de faire une tout autre émission. Mais, aujourd'hui, je n'en vois plus vraiment l'intérêt.

Bon… Pour commencer, prenons le temps de revenir sur le scoop révélé ce matin par le *Washington Post*. Nous avons là des e-mails, divulgués de façon anonyme et dont l'authenticité est confirmée par une source tout aussi anonyme à l'intérieur de la campagne républicaine, qui montrent clairement que Jeffrey Richards – ou du moins, des membres haut placés de son équipe – aurait orchestré un plan carrément diabolique : faire suivre Alex Claremont-Diaz, le surveiller, pirater sa messagerie et s'arranger pour que le *Daily Mail* révèle au monde sa bisexualité, tout ça dans le but d'éliminer Ellen Claremont de la course à la présidentielle. Et puis voilà qu'il y a… combien de temps, Suf ? Quarante minutes ? C'est ça, disons que quarante minutes avant qu'on commence à enregistrer cette émission, le sénateur Rafael Luna annonce dans un tweet qu'il quitte la campagne de Richards.

Bref, c'est du lourd.

Je ne crois pas qu'il soit nécessaire de chercher plus longtemps l'origine de la fuite. C'est Luna, de toute évidence. De mon point de vue, on a là un homme qui, peut-être depuis le début, ne voulait pas vraiment du poste… un homme qui, il faut croire, avait de plus en plus de doutes sur son engagement du côté républicain… un homme qui – pourquoi pas ? – avait peut-être même infiltré l'équipe de campagne depuis le départ, précisément dans le but de faire un coup de ce genre… Sufia, j'ai le droit de dire ça ?

JARWAR : J'ai envie de dire : depuis quand ça t'arrête ?

WESTBROOK : Bien vu. En tout cas, je reçois un paquet de sous des matelas Casper pour vous offrir un podcast d'analyse de la vie politique à Washington, alors c'est ce que je vais essayer de faire, même si ce qui est arrivé ces derniers jours à Alex Claremont-Diaz – et au prince Henry, d'ailleurs – est absolument scandaleux, et qu'il me paraît un peu facile et pas très glorieux d'aborder le sujet ici. Mais bon, selon moi, voici les trois principaux éléments à retenir des révélations qui sont tombées ce matin.

Premièrement, le fils de la présidente des États-Unis n'a absolument rien fait de mal, en fait.

Deuxièmement, Jeffrey Richards s'est rendu coupable ni plus ni moins de conspiration contre une présidente en exercice et j'attends avec impatience l'enquête fédérale qui va lui tomber dessus une fois qu'il aura perdu cette élection.

Troisièmement, Rafael Luna est sans doute le héros improbable de la course à la présidentielle en 2020.

Un discours s'impose.

Pas seulement une déclaration. Un vrai discours.

Leur mère tient dans sa main la feuille de papier pliée en deux que June a donnée à son frère sur le balcon Truman.

— C'est toi qui as écrit ça ? demande-t-elle à sa fille. Alex t'a demandé de mettre à la poubelle la déclaration préparée par notre porte-parole et de la remplacer par ça ?

La jeune fille fait oui de la tête tout en se mordillant les lèvres.

— C'est… c'est excellent, June, poursuit la présidente. Ça alors… Explique-moi un peu pourquoi ce n'est pas toi qui écris toutes nos allocutions ?

La salle de presse de l'aile Ouest ayant été jugée trop impersonnelle, ils ont convoqué les journalistes accrédités à la Maison-Blanche dans le Salon de réception des diplomates situé au sous-sol de la Résidence. C'est là que Franklin Roosevelt enregistrait autrefois ses « causeries au coin du feu », la trentaine d'allocutions radiodiffusées qu'il a données entre 1933 et 1944, si chères à la mémoire des Américains. C'est dans cette pièce qu'Alex va entrer pour prononcer son discours, en croisant les doigts pour que le pays ne le déteste pas d'avoir choisi de dire la vérité.

Ils ont fait venir Henry de Londres pour la retransmission télévisée. Debout à la droite du jeune Texan, il occupera la place symbolique du compagnon de l'homme politique, solide et fiable. Cette idée tourne en boucle dans le cerveau d'Alex, qui ne cesse d'imaginer la scène : dans moins d'une heure, des millions et des millions de télévisions à travers le pays diffuseront son visage, sa voix et les mots de June, en présence de Henry à ses côtés. Alors, tout le monde saura. C'est déjà le cas, bien sûr, mais ils ne le savent pas vraiment, pas comme il faudrait.

Dans moins d'une heure, toutes les Américaines et tous les Américains pourront voir sur un écran le fils de la présidente et son petit ami.

Et, de l'autre côté de l'Atlantique, ils seront presque aussi nombreux à lever les yeux de leur bière dans un pub, de leur dîner en famille, ou à interrompre une soirée tranquille à la maison, pour découvrir à l'écran le plus jeune de leurs princes, le plus beau aussi. Bref, le prince charmant.

On y est – le 2 octobre 2020. Le monde entier regarde et l'histoire s'en souviendra.

Alex patiente sur la pelouse Sud, non loin des tilleuls du jardin Jacqueline-Kennedy où tous deux se sont embrassés pour la première fois. C'est là que *Marine One* se pose dans un vacarme assourdissant, au milieu du souffle furieux des pales de rotors. Henry a fière allure quand il en sort, tout de Burberry vêtu, décoiffé par le vent comme tout bon héros romanesque venu dégrafer quelques corsages et sauver au passage un ou deux pays en guerre. Alex ne peut s'empêcher d'éclater de rire.

— Quoi ? crie le prince pour se faire entendre malgré le tumulte, en découvrant l'expression de son compagnon.

— Ma vie est une gigantesque farce et tu n'existes pas pour de vrai, répond l'Américain, qui peine à retrouver son souffle.

— Quoi ? hurle à nouveau Henry.

— Je disais : Tu as l'air en pleine forme, mon amour !

Ils s'éclipsent pour s'embrasser langoureusement dans une cage d'escalier à l'écart, jusqu'à ce que Zahra les débusque et emmène le prince à sa séance maquillage – les joies des tournages télévisés. On les conduit ensuite au Salon de réception des diplomates. L'heure est venue.

Enfin.

Après une longue, très longue année passée à apprendre à connaître Henry dans toute sa merveilleuse complexité, à discerner un paquet de nouvelles choses de lui-même et à comprendre qu'il lui en reste encore au moins autant à découvrir… voilà que, tout à coup, le moment est enfin venu de s'avancer sous les regards, de s'installer au podium et de dire la vérité.

Alex n'a pas peur de ses sentiments, ni de les exprimer – seulement de ce qui va se passer après.

Du bout des doigts, Henry lui effleure doucement la paume.

— Cinq minutes en échange du reste de toute notre vie, résume-t-il en poussant un petit rire sans joie.

À son tour, Alex tend la main vers son compagnon. Il appuie le pouce au creux de sa clavicule, juste sous le nœud de sa cravate de soie violette, et il compte ses respiration.

— Tu es vraiment, dit-il, vraiment la pire des idées que j'aie jamais eues.

Lentement, la bouche de Henry esquisse un sourire et Alex y pose ses lèvres.

ALLOCUTION DU FILS DE LA PRÉSIDENTE DES ÉTATS-UNIS, ALEXANDER CLAREMONT-DIAZ, À LA MAISON-BLANCHE, LE 2 OCTOBRE 2020

Bonjour à tous,

J'ai été, je suis et je resterai un enfant de l'Amérique.

C'est vous qui m'avez élevé. J'ai grandi dans les prairies et les collines du Texas mais, avant même d'apprendre à conduire, j'avais déjà visité trente-quatre États. Quand j'ai attrapé la gastro en primaire, ma mère m'a écrit un mot pour l'école au verso d'un mémo rédigé par Joe Biden en personne à l'occasion des fêtes de fin d'année. Désolé, monsieur le vice-président, on était en retard et elle n'avait pas d'autre papier sous la main.

J'avais dix-huit ans la première fois que je me suis adressé à vous. C'était sur la scène de la Convention nationale démocrate à Philadelphie. Ma mère venait de remporter l'investiture de son parti à la présidentielle et, avec ma sœur June, c'est nous qui avons annoncé son entrée en scène. Ce jour-là, vous m'avez soutenu, applaudi et encouragé. J'étais jeune et plein d'espoir, et vous m'avez laissé incarner le rêve américain : qu'un garçon élevé dans deux langues maternelles, au sein d'une famille belle et solide et métissée puisse un jour se sentir chez lui à la Maison-Blanche.

Ce drapeau au revers de ma veste, c'est vous qui l'avez épinglé en disant : « On est avec toi. » Et, debout devant vous aujourd'hui, j'espère ne pas vous avoir déçus.

Il y a quelques années, j'ai rencontré un prince. Et, même si je ne m'en suis pas rendu compte tout de suite, lui aussi avait été élevé par son pays.

La vérité, c'est que, Henry et moi, nous sommes ensemble depuis le début de cette année. La vérité, comme nombre d'entre vous l'ont lu, c'est que nous avons tous deux eu beaucoup de mal à accepter ce que cette relation avait comme conséquences pour nos familles, nos pays et nos avenirs respectifs. La vérité, c'est que nous avons dû faire des compromis qui nous ont coûté beaucoup de nuits de sommeil afin d'attendre le bon moment pour rendre publique notre relation d'une manière qui nous convienne.

Cette liberté-là, nous en avons été privés.

Mais la vérité, c'est aussi, tout simplement, ceci : l'amour est indomptable. De cela, l'Amérique a toujours été persuadée. C'est donc sans la moindre honte que je me tiens devant vous aujourd'hui, à cette place occupée avant moi par des présidents, pour déclarer que je l'aime, comme Jack aimait Jackie, comme Lyndon aimait Lady Bird. Toute personne porteuse d'un héritage choisit quelqu'un avec qui le partager et ce quelqu'un, le peuple américain le gardera lui aussi dans son cœur, dans sa mémoire et dans les pages de ses livres d'histoire. Mon cher pays, entends-moi : c'est lui que je choisis.

Comme tant d'autres Américains, j'avais peur de l'exprimer à haute voix à cause de ce qui pouvait, peut-être, arriver. Alors c'est à vous, en particulier, que je m'adresse. Je suis avec vous. Je suis l'un d'entre vous. Tant que j'aurai ma place à la Maison-Blanche, alors vous aussi. Je suis le fils de la présidente des États-Unis et je suis bisexuel. L'histoire se souviendra de nous.

Si je pouvais ne demander qu'une seule chose au peuple américain, ce serait la suivante : s'il vous plaît, ne laissez pas mes actions influencer votre décision lorsque vous voterez le mois prochain. La décision que vous aurez bientôt à prendre est tellement plus importante que tout ce que je pourrai jamais dire ou faire. Elle déterminera le destin de ce pays pour les mois et les années à venir. Ma mère, notre présidente, est la combattante et la championne que tous les Américains méritent d'avoir à leur tête pour quatre nouvelles années de croissance, de progrès et de prospérité. Je vous en prie, ne laissez pas mes actions nous ramener en arrière. Je demande aux médias de ne pas réserver toute leur attention à moi ou à Henry, mais de se concentrer au contraire sur la campagne, la politique, la vie et les moyens de subsistance des millions d'Américains concernés par cette élection.

Enfin, j'espère que l'Amérique saura reconnaître en moi le fils qu'elle a elle-même élevé. Dans mes veines coule toujours le sang de Lometa, au Texas, de San Diego, en Californie, et de la ville de Mexico. Je n'ai pas oublié l'écho de vos voix depuis cette estrade à Philadelphie. Chaque matin, je me réveille en pensant

> à toutes ces villes où vous, vous êtes nés, à toutes les familles que j'ai rencontrées en meeting dans l'Idaho, l'Oregon ou la Caroline du Sud. Je n'ai jamais voulu être autre chose que ce que j'étais pour vous à l'époque, et ce que je suis encore aujourd'hui : le fils de la présidente, fraternellement vôtre, en paroles comme en actes. Et, quand viendra le jour de l'investiture en janvier prochain, j'espère que je pourrai le rester.

Si le tourbillon des vingt-quatre premières heures qui suivent son discours restera toujours un peu flou, un petit nombre d'images l'accompagneront en revanche jusqu'à la fin de sa vie.

La première : le lendemain matin, un nouveau rassemblement spontané – le plus grand à ce jour – sur le National Mall, l'esplanade qui relie le Washington Monument au Capitole. Pour des raisons de sécurité, Alex reste à la Résidence, mais s'installe avec Henry, June, Nora et ses trois parents dans le salon du premier étage pour regarder le direct sur CNN. En plein milieu de la retransmission : Amy, au premier rang de la foule en liesse, vêtue du T-shirt jaune de June « L'HISTOIRE, HEIN ? ELLE EST EN MARCHE… », orné d'une broche du drapeau trans. À côté d'elle, Cash porte sur ses épaules la femme d'Amy dans une veste en jean aux couleurs du drapeau pansexuel – celle qu'Amy brodait dans l'avion. Stupéfait, Alex pousse un tel cri de joie qu'il en renverse son café sur le tapis préféré de George Bush.

Deuxième image : la sale gueule de faucon de Jeffrey Richards, sur CNN, décrivant sa profonde inquiétude quant à la capacité de la présidente Claremont à rester impartiale sur la question des valeurs familiales traditionnelles « quand on sait à quels actes se livre son fils dans l'enceinte sacrée de la maison construite par nos ancêtres » ? Suivie de : le sénateur Oscar Diaz répondant par satellite que la première valeur défendue par la présidente Claremont est le respect de la Constitution, et que la Maison-Blanche n'a certainement pas été construite par les ancêtres de Jeffrey Richards, mais par des esclaves.

Troisième image : la tête de Rafael Luna, penché sur sa paperasse, quand il relève les yeux pour découvrir Alex sur le seuil de son bureau.

— Il te sert à quoi, ton personnel ? ironise le jeune homme. Personne n'a ne serait-ce qu'essayé de m'empêcher d'entrer tout droit ici !

Le sénateur, le nez chaussé de ses lunettes, a l'air de ne pas s'être rasé depuis des semaines. Il esquisse un sourire où pointe un peu d'inquiétude.

Dès que son fils a décodé le message caché dans l'e-mail reçu par Nora, la présidente a appelé Luna pour lui annoncer qu'elle lui accorderait l'immunité totale en cas de poursuites pénales s'il l'aidait à faire tomber Richards. Alex sait que son père a lui aussi contacté leur vieil ami, qui sait donc à présent qu'ils ne lui en veulent ni l'un ni l'autre. En revanche, c'est la première fois que le jeune homme et lui se parlent depuis les événements.

— Qu'est-ce que tu crois ? Tout mon staff est briefé dès son premier jour de travail : ils savent tous que tu peux entrer ici comme dans un moulin, bien sûr. Et si tu ne t'en doutais pas, c'est que tu n'es pas bien malin.

Un petit sourire aux lèvres, Alex plonge la main dans sa poche pour en sortir un sachet de Skittles qu'il lance en chandelle jusque sur le bureau de Luna.

Le sénateur contemple un instant les bonbons avant de relever la tête. La chaise réservée à ses visiteurs est placée sur le côté de son bureau, ces temps-ci : il l'écarte pour qu'Alex puisse venir s'y asseoir.

Le jeune homme n'a pas encore eu l'occasion de remercier son mentor. Il ne sait pas, à vrai dire, par où commencer. Il soupçonne même que ce ne soit pas la priorité du jour. Il regarde Luna déchirer le sachet et déverser les bonbons sur ses documents de travail.

Une question reste en suspens, aucun des deux ne l'ignore. Le garçon n'a pas envie de la poser : le sénateur vient tout juste de réintégrer leurs rangs et Alex craint de le perdre à nouveau dès qu'il aura la réponse. Mais c'est plus fort que lui, il faut qu'il sache.

— Tu étais au courant ? finit-il par demander. Avant qu'il ne mette son plan à exécution, tu savais ce qu'il s'apprêtait à faire ?

Le visage grave, Luna retire ses lunettes pour les poser sur son sous-main. Appuyé sur ses coudes, il se penche vers son visiteur pour le fixer d'un regard pénétrant.

— Alex, je sais que j'ai… complètement détruit la confiance que tu pouvais avoir en moi, alors je ne t'en veux pas de me poser la question. Mais je veux que tu le saches : si j'avais eu voix au chapitre, jamais je n'aurais laissé une chose pareille t'arriver, jamais. Je n'ai rien vu venir. Je l'ai découvert le jour J, tout comme toi.

Alex pousse un long soupir.

— O.K., dit-il.

Il regarde Luna, visiblement plus détendu, se laisser aller en arrière sur son siège, et épie sur son visage les nouvelles rides d'expression qui y sont apparues, plus accusées qu'avant.

— Alors… Raconte-moi ce qui s'est passé, demande le jeune homme.

C'est au tour du sénateur de lâcher un soupir – rauque et plein de fatigue – qui vient du fond de sa gorge. Alex repense à ce que lui a révélé son père, cet été-là, au bord du lac. Luna cache décidément encore bien des secrets.

— Bon, tu sais que j'ai fait un stage chez Richards ?

— Ah bon ? s'étonne le garçon, pris au dépourvu.

Le sénateur pousse un petit rire sans joie.

— Pas étonnant que tu ne sois pas au courant : ce salopard de Richards a veillé à effacer toutes les preuves. Bref, on était en 2000, j'avais dix-neuf ans. À l'époque, il était procureur général de l'Utah. Il devait un petit service à un de mes profs, qui avait réussi à me trouver ce stage chez lui.

Des rumeurs circulaient parmi le personnel subalterne, explique Luna. La plupart du temps, des filles mais, parfois, un garçon plus beau que les autres – un garçon comme lui. Richards leur faisait des promesses : il serait leur mentor, il les aiderait à se faire un réseau, mais seulement à condition qu'ils prennent un verre avec lui après le travail. Il leur faisait bien comprendre qu'ils n'avaient pas le choix.

— À l'époque, je n'avais vraiment rien, poursuit-il. Ni argent, ni famille, ni contacts, ni expérience. J'ai débattu avec moi-même : « Il dit peut-être vrai. Et puis c'est le seul moyen pour toi de mettre un pied dans la porte, de te lancer. »

Luna s'interrompt un instant, prend une profonde inspiration. Le malaise d'Alex est désormais palpable.

— Il a envoyé une voiture me chercher, il m'a donné rendez-vous dans un hôtel et il m'a fait picoler. Il voulait… Il a essayé…

Le sénateur termine sa phrase par une grimace.

— Bref, je me suis échappé. Quand je suis rentré chez moi, il a suffi d'un seul regard à mon coloc pour comprendre. Il m'a tendu une cigarette. C'est ce soir-là que j'ai commencé à fumer, d'ailleurs…

Jusque-là, Luna avait gardé les yeux baissés sur les Skittles qu'il triait par couleur sur son bureau, mais il lève enfin la tête vers Alex, un sourire amer aux lèvres.

— Le lendemain, je suis retourné travailler comme si de rien n'était. Je lui ai même fait la conversation en salle de pause, tellement je voulais que ça s'arrange – et c'est presque ça qui m'a fait le plus mal… Alors, dès qu'il m'a envoyé un nouvel e-mail, j'ai débarqué dans son bureau pour le menacer : s'il ne me laissait pas tranquille, je raconterais tout à la presse. C'est là qu'il a sorti son dossier.

Il se racle la gorge avant de continuer.

— Il appelait ça « sa petite police d'assurance ». Il savait certaines des bêtises que j'avais faites ado. Que mes parents m'avaient foutu à la porte, que j'avais séjourné en foyer d'accueil pour mineurs à Seattle. Que certains membres de ma famille n'avaient pas de papiers. Il m'a dit que si je racontais ce qui s'était passé, non seulement je ne ferais jamais carrière en politique, mais qu'il bousillerait ma vie. Et celle de mes proches. Donc j'ai fermé ma gueule.

Le regard du sénateur s'est alors fait plus perçant, plus amer.

— Mais je n'ai jamais oublié. À chaque fois que je le croisais au Sénat, il me toisait, à croire que j'aurais dû lui être reconnaissant de m'avoir épargné quand il pouvait me détruire. Je savais qu'il ne renoncerait à aucun coup bas pour remporter les élections. Et je ne pouvais pas laisser un prédateur sexuel doublé d'un salopard de première devenir l'homme le plus puissant du pays. Pas si je pouvais l'en empêcher…

Il se tourne très légèrement sur le côté et ses épaules sont secouées d'un petit frisson, comme s'il se débarrassait d'une fine couche de neige tombée sur sa chemise. Puis il fait pivoter son fauteuil, ramasse quelques Skittles et les fourre dans sa bouche. Il essaie de paraître désinvolte mais il a les mains qui tremblent.

Il explique qu'il s'est décidé cet été, quand Richards a détaillé à la télévision un programme baptisé « le Congrès de la jeunesse ». Luna était certain qu'en se rapprochant du premier cercle du candidat, il finirait par dénicher des preuves d'abus sexuel qu'il pourrait rendre publiques. Même si lui-même était trop vieux, désormais, pour s'attirer les avances de Richards, il comptait bien l'embobiner. Convaincre le vieil homme qu'il ne croyait pas à la victoire d'Ellen et pourrait rallier aux républicains les votes des modérés et des Hispaniques en échange d'un poste dans son gouvernement.

— J'ai haï chacune des minutes que j'ai passées au service de cette campagne mais, tout ce temps, je remuais ciel et terre pour dénicher des preuves. Et je suis même passé à deux doigts de réussir. Mais j'étais tellement concentré sur ma tâche que… si des rumeurs circulaient à ton sujet, je n'en ai pas eu vent. C'est quand les révélations sont sorties dans la presse que j'ai tout compris. Je suis tombé de l'armoire. Je n'avais aucune preuve, malheureusement., mais j'avais accès aux serveurs. Même si je n'y connais pas grand-chose, j'ai eu ma période ado anarchiste, tu sais bien, et je peux encore contacter quelques hackers capables de ripper un serveur. Ne me regarde pas comme ça, je ne suis pas si vieux, tout de même !

Alex éclate de rire, imité par Luna. Cet accès d'hilarité fait retomber la tension dans la pièce, où l'air redevient un peu plus respirable.

— Bref, transmettre ce lot de fichiers directement à ta mère et à toi, c'était le moyen le plus rapide de démasquer Richards. Je savais que Nora saurait dénicher les preuves… et toi, comprendre mon message codé.

Il marque une pause, suce un Skittles. Alex en profite pour poser l'autre question qui le taraude.

— Mon père était au courant ?

— Que j'étais un agent triple ? Non, personne n'en avait la moindre idée. La moitié de mes employés a démissionné, d'ailleurs. Et ma sœur ne me parle plus depuis des mois.

— Je veux dire : il sait ce que Richards t'a fait ?

— Alex, ton père est la seule autre personne au monde à qui j'en aie jamais parlé. Il a fait des pieds et des mains pour m'aider au moment où je ne laissais personne d'autre approcher, et je lui en serai éternellement reconnaissant. Mais il voulait aussi que je révèle ce que Richards m'a fait subir et ça… je n'ai pas pu m'y résoudre. Je lui ai raconté que je ne voulais pas compromettre ma carrière mais, honnêtement, les électeurs républicains n'en auraient rien eu à faire de ce qu'il avait fait subir à un jeune Mexicain, gay de surcroît, vingt ans plus tôt. Et puis, je ne pensais pas qu'on me croirait.

— Moi, je te crois, réplique le jeune homme sans hésiter. Mais j'aurais préféré que tu me mettes dans la confidence. Moi ou un autre, d'ailleurs.

— Tu aurais essayé de m'en empêcher. Vous m'auriez tous pris la tête.

— Franchement, Raf… c'était complètement dingue, comme idée.

— Je sais. Et j'ignore si je serai un jour capable de blanchir ma réputation mais, pour être honnête, je m'en fous. J'ai fait ce que j'avais à faire. Je ne pouvais pas laisser Richards gagner. Ma vie entière, je me suis battu. Je ne sais faire que ça.

À bien y réfléchir, Alex peut comprendre – lui aussi se cherche encore sur ce plan-là. D'ailleurs, il s'autorise soudain à penser à un détail qu'il a complètement mis de côté depuis que l'affaire a éclaté : l'enveloppe qui contient les résultats du concours d'entrée en fac de droit qu'il a passé. Toujours scellée, elle l'attend au fond d'un tiroir de son bureau. Comment s'assurer de faire tout le bien qu'on peut faire ?

— Au fait, je voulais te dire que je suis désolé. Pour ce que je t'ai dit ce soir-là, ajoute le sénateur, qui n'a pas besoin de préciser de quoi il retourne. J'étais… dans une mauvaise passe.

— Ce n'est pas grave, répond Alex.

Et il le pense. Mais, même s'il n'en veut plus à Luna depuis longtemps – il lui avait pardonné avant même d'entrer dans son bureau aujourd'hui –, ces excuses ne sont pas désagréables à entendre.

— Moi aussi, j'y suis allé un peu fort, reconnaît le jeune homme. Par contre, vu ce qui s'est passé, la prochaine fois que tu me traites de gamin, je te préviens que je t'en colle une.

Luna rit de bon cœur.

— Écoute, tu viens de vivre ton premier gros scandale sexuel. Te voilà dans la cour des grands, maintenant !

Alex approuve d'un hochement de tête avant de s'étirer dans son fauteuil, les mains croisées derrière la nuque.

— Cette histoire avec Richards, ça fait mal, quand même. Certains hétéros prennent toujours les homophobes pour des gays refoulés – forcément, ça les arrange bien –, alors qu'à quatre-vingt-dix-neuf pour cent, ce sont juste de gros intolérants bien haineux. Alors, même si tu le dénonçais maintenant…

— Le pire, c'est qu'à mon avis, je suis le seul stagiaire masculin qu'il ait jamais emmené à l'hôtel. C'est souvent ça avec les prédateurs sexuels : tout est affaire de pouvoir, plus que de sexualité.

— Tu crois que tu raconteras un jour ce qui s'est passé ?

Luna se penche vers son cadet.

— J'y pense beaucoup en ce moment… La plupart des gens ont déjà deviné que c'était moi qui étais à l'origine de la fuite. Tôt ou tard, une des victimes de Richards – une de celles pour lesquelles les faits ne sont pas encore prescrits – va se manifester. Il sera alors temps pour nous de faire ouvrir une enquête par le Congrès. Histoire de faire les choses en grand. Et, là, on aura plus de poids.

— J'ai cru entendre un « nous »…

— Oui, moi et un bon spécialiste du droit pénal.

— C'est un sous-entendu caché ?

— Plutôt une suggestion. Mais ce n'est pas à moi de te dire ce que tu dois faire de ta vie. J'ai déjà bien assez de mal à mettre de l'ordre dans la mienne. Regarde un peu ça, d'ailleurs, ajoute-t-il en retroussant sa manche. Patch de nicotine, mon pote !

— Sérieux ? Tu arrêtes pour de vrai ?

— Je suis un homme tout neuf, libéré des démons du passé, déclare Luna d'un ton solennel tout en simulant une branlette.

— Je suis fier de toi, enfoiré.

— Hola ! lance une voix à la porte du bureau.

C'est le père d'Alex, en jean et T-shirt, un pack de bières à la main.

— Oscar ! lance son ami avec un grand sourire. Justement, on parlait de mon talent pour foutre en l'air ma réputation et ruiner ma carrière…

— Ah… Colporter ce genre de rumeurs, c'est un boulot parfait pour Los Bastardos, ça.

Le nouveau venu approche un troisième siège du bureau avant de distribuer les bières à la ronde. Alex ouvre sa canette.

— Et moi qui risque, à moi tout seul, de faire perdre l'élection à maman parce que je suis un affreux bisexuel qui a révélé la vulnérabilité du serveur de messagerie privée de la Maison-Blanche ? Alors, on en parle ?

— Tu y crois vraiment ? réplique son père. Non, franchement, l'élection ne va pas basculer à cause d'une simple histoire de serveur !

Son fils hausse un sourcil dubitatif.

— Tu es sûr de ça ?

— Écoute, si Richards disposait de plus de temps pour instiller le doute, peut-être… Mais je ne pense pas qu'on en soit là. Peut-être si on était en 2016, à la rigueur, dans un pays qui n'aurait pas encore élu une femme aux plus hautes fonctions. Peut-être s'il n'y avait pas, dans cette pièce, les trois enfoirés qui ont réussi à faire élire le premier sénateur ouvertement gay de l'histoire des États-Unis…

Alex pousse un ou deux vivats, tandis que l'intéressé incline la tête et lève sa bière comme pour porter un toast.

— Bref, je n'y crois pas, conclut Oscar. En revanche, est-ce que cette histoire va revenir hanter ta mère toutes les deux minutes au cours de son second mandat ? Oh, ça oui. Mais elle ne se laissera pas faire, tu verras.

— C'est qu'il a réponse à tout, l'enfoiré ! se moque Luna.

— Bah, pendant cette campagne, il faut bien que quelqu'un garde son calme pendant que tous les autres paniquent. Tout se passera bien, j'y crois, moi.

— Et moi, alors ? intervient Alex. Tu penses que j'ai encore mes chances en politique après avoir fait la une des journaux du monde entier ?

— Ils t'ont chopé, répond son père, philosophe. Ce sont des choses qui arrivent. Attends un peu et essaie de revenir à la charge.

Le jeune homme a beau éclater de rire, cette remarque n'en fait pas moins vibrer au fond de lui une corde bien particulière – une part de lui qu'il tient plus des Diaz, à vrai dire, que des Claremont. Ni mieux, ni moins bien, différente, tout simplement.

Durant son séjour à la Maison-Blanche, Henry a droit à sa propre chambre. La couronne lui a accordé deux jours de répit avant de devoir rentrer au Royaume-Uni pour se lancer à son tour dans une tournée des médias et du pays – satanée gestion de crise. Une fois de plus, ils ont de la chance que Catherine s'en soit mêlée : la reine ne se serait sûrement pas montrée aussi généreuse.

Sachant les réticences de la grand-mère de Henry, il leur semble assez drôle que la suite réservée au jeune homme à la résidence – les appartements traditionnellement réservés aux hôtes royaux – s'appelle « la Chambre de la reine ».

— Ils ont un peu forcé sur le rose, non ? marmonne le prince, à moitié endormi.

Il n'a pas tort. Rénovée dans le style fédéral, la pièce aux murs roses arbore des tapis et des draps couverts de roses, et tout le mobilier, depuis les fauteuils jusqu'au lit à baldaquin en passant par le canapé du salon adjacent, est tapissé du même tissu assorti.

Henry a accepté de dormir dans cette chambre plutôt que dans celle d'Alex « par respect pour sa mère », comme si tous les proches du jeune Texan n'avaient pas lu le récit détaillé de ce que les deux tourtereaux faisaient au lit ensemble. Lorsqu'il pénètre en douce dans la chambre située tout au bout du couloir, Alex, qui se soucie moins des convenances, se délecte des tièdes protestations de Henry.

Ils se sont réveillés bien au chaud, à moitié nus mais blottis dans les draps pour se protéger des premiers frimas de l'automne qui s'infiltrent sous les rideaux de dentelle. Avec un petit bruit de gorge, Alex se presse de tout son long contre Henry sous les couvertures, son dos contre le torse du Britannique, ses fesses contre…

— Ouh là ! Bonjour, marmonne le Britannique qui, pris de court, donne par réflexe un petit coup de reins à son partenaire.

Le jeune Texan sourit, même si le prince ne peut pas voir son visage.

— Bien dormi ? demande-t-il en agitant imperceptiblement les hanches.

— Il est quelle heure ?

— 7 h 32.

— Je prends l'avion dans deux heures.

Alex pousse un petit grognement de protestation en se retournant. La peau douce du visage de Henry, dont les yeux sont encore à moitié fermés, est tout près de la sienne.

— Tu es sûr que tu ne veux pas que je t'accompagne ?

Comme le prince secoue la tête sans prendre la peine de la soulever, sa joue s'écrase un peu plus sur l'oreiller. C'est mignon.

— Ce n'est pas toi qui as dénigré la couronne et ta propre famille dans des e-mails que le monde entier a pu consulter. Je dois régler ça moi-même avant que tu ne reviennes.

— Pas faux. Mais… bientôt ?

— Absolument, répond Henry avec un sourire. Tu vas devoir prendre la pose pour des photos officielles, signer des cartes de vœux… Je me demande si tu ne devrais pas lancer une ligne de produits de beauté, comme Martha…

— Arrête, gémit Alex en lui donnant un petit coup de coude dans les côtes. Tout ça te fait un peu trop rire, je trouve…

— Mais non ! Juste ce qu'il faut. Plus sérieusement, je… je ne suis pas très rassuré mais, en même temps, c'est enthousiasmant. De faire ça tout seul, je veux dire. C'est la première fois qu'ils me font confiance comme ça…

— Tant mieux. Je suis fier de toi.

— Wow, vraiment ? lance le prince.

Comme il éclate de rire, Alex se venge en lui assénant un nouveau coup de coude. Henry attire son compagnon à lui pour l'embrasser. Cheveux blonds comme les blés éparpillés sur le couvre-lit rose, longs cils recourbés, yeux bleus et jambes fuselées – et puis ces mains élégantes venues lui plaquer les poignets contre le matelas : tout ce qu'il a toujours aimé chez le prince semble réuni en cet instant, dans son rire, le frémissement de sa peau, l'oscillation de son dos, ces ébats joyeux et sans entraves, là, au chaud, bien à l'abri dans l'œil du cyclone.

Aujourd'hui, Henry retourne à Londres, et Alex à la campagne électorale. Ils vont devoir décider ensemble de la bonne façon de poursuivre leur relation au grand jour, à présent – ils vont devoir trouver comment s'aimer au vu et au su de tous. Mais Alex en est sûr : ils sont prêts.

Chapitre 15

Près de quatre semaines plus tard

— Attends, laisse-moi juste arranger cette mèche…

— Maman !

Ses lunettes placées tout au bout de son nez pour mieux voir, Catherine tente de mater l'épaisse chevelure de Henry.

— Désolée, ça te gêne ? s'étonne-t-elle. Écoute, tu me remercieras de t'avoir évité un bel épi sur ton portrait officiel.

Alex doit l'admettre : le photographe royal se montre d'une patience à toute épreuve, d'autant plus qu'ils ont hésité entre trois endroits différents : les jardins de Kensington, l'une des bibliothèques du palais de Buckingham et la cour du château de Hampton Court, avant de tout envoyer balader pour choisir ce banc dans un Hyde Park bouclé pour l'occasion.

(— *Comme de vulgaires vagabonds ?* a demandé la reine Mary.

— *Tais-toi, maman*, a rétorqué Catherine.)

Ces portraits officiels sont, semble-t-il, désormais indispensables maintenant qu'Alex « fréquente officiellement » le prince. Son visage imprimé, un jour, sur des barres chocolatées ou des tongs vendues dans les boutiques de souvenirs de Buckingham ? Le jeune Texan préfère ne pas trop y penser, à vrai dire. Mais, au moins, il y sera aux côtés de Henry…

Des calculs d'apothicaires entrent toujours en ligne de compte dans la préparation de ce type de photos. Les stylistes de la Maison-Blanche ont choisi pour Alex une tenue qu'il pourrait porter tous les jours – mocassins en cuir brun, chino slim beige foncé et chemise en lin Ralph Lauren à large col – mais qui, dans ce contexte, renvoie l'image d'un jeune homme sûr de lui, un peu canaille, résolument américain. Henry, lui, porte une chemise Burberry à col boutonné rentrée dans un jean foncé, et un cardigan bleu marine qui a visiblement donné lieu, chez Harrods, à plus d'une heure de chamaillerie entre les stylistes du prince. L'objectif, c'est de lui donner l'allure digne, parfaite en tous points, d'un jeune homme amoureux doublé d'un intellectuel promis à un brillant avenir d'universitaire et de philanthrope. Une petite pile de livres a même été placée sur le banc à côté de lui.

Le spectacle du prince qui bougonne, les yeux levés au ciel, irrité par les attentions de Catherine, arrache un sourire à Alex : cette image-là est bien plus proche du véritable Henry – brouillon et rarement d'humeur simple – qu'aucun portrait officiel ne le sera jamais.

Ils prennent au bas mot une centaine de clichés assis côte à côte sur le banc, souriants. Le jeune Texan peine toujours à croire qu'il se trouve vraiment là, en plein Hyde Park, sous les yeux du monde entier, la main de son compagnon posée sur son genou le temps de la photo.

— Si le Alex d'il y a un an pouvait voir ça… chuchote-t-il.

— Il se serait exclamé : « Moi, amoureux de Henry ? Attendez, c'est pour ça que je passe mon temps à l'asticoter et à lui voler dans les plumes, en fait ! »

— Très drôle, grommelle-t-il.

Le prince, qui rit autant de sa propre blague que de l'indignation de l'Américain, lui passe un bras autour des épaules. Alex finit par céder et rire à son tour de bon cœur. Le dernier espoir de donner à la journée un ton un tant soit peu sérieux s'envole aussitôt. Le photographe finit donc par jeter l'éponge… et les voilà libérés !

Apparemment, Catherine a un agenda chargé ce jour-là – trois réunions, puis un thé dans l'après-midi afin de discuter de son déménagement dans une résidence royale plus proche du centre-ville de Londres puisqu'elle assure davantage de fonctions officielles désormais. À l'étincelle qui s'est allumée, ces derniers temps, dans son regard, Alex devine qu'elle cherchera bientôt à monter sur le trône. Il préfère ne rien en dire pour l'instant à Henry, mais il est curieux de voir comment va se jouer ce petit drame. La princesse les embrasse tous les deux et les confie aux officiers de sécurité du prince avant de s'éloigner.

Ils longent la Serpentine, le lac qui s'étire au milieu de Hyde Park, pour rentrer au palais de Kensington. C'est à l'Orangerie qu'ils retrouvent Béa : là, une dizaine de membres de son équipe événementielle s'affairent à finir de monter une estrade. Quant à la jeune fille, en queue de cheval et bottes de pluie, elle arpente au pas de charge les rangées de sièges déjà installés sur la pelouse, son téléphone à l'oreille. Sa patience semble mise à rude épreuve. « Enfin, pourquoi diable est-ce que j'aurais commandé vingt litres de *cullen skink* pour un cocktail de bienfaisance, franchement ? » tente-t-elle d'expliquer à son interlocuteur. (Alex ne voit pas du tout de quoi il s'agit.)

— Béa, qu'est-ce que c'est que du « *cullen skink* » ? demande Alex une fois qu'elle a raccroché.

— De la soupe de haddock fumé. Ne me demande pas ce qui s'est passé, je n'en ai aucune idée… Alors, tu as apprécié ton premier concours canin, au moins ?

— Ce n'était… pas si horrible, réplique-t-il, les yeux pétillants de malice.

— Maman est au taquet en ce moment, c'est vraiment impressionnant ! soupire le prince. Ce matin, elle m'a proposé de corriger mon manuscrit, tu te rends compte ? On dirait qu'elle tente de rattraper en quelques semaines cinq années d'absence. Bien sûr, je suis touché par tous ses efforts, mais c'est un peu déstabilisant…

— Elle fait de son mieux, rétorque Béa. Elle est restée un bon moment sur la touche, laisse-lui juste le temps de se remettre en jambes.

Henry a une petite moue railleuse, mais il y a de la tendresse dans son regard.

— Je sais bien. Bon, et toi, ça se passe comment ?

— Écoute, c'est le pied… répond-elle en désignant de la main l'effervescence qui les entoure. On est à quelques heures à peine du coup d'envoi de mon fonds de bienfaisance – une soirée dont la réussite conditionnera le succès ou l'échec d'une bonne partie de mes futurs projets caritatifs, et rien n'est prêt… Bref, pas de pression ! sourit-elle. Non, là où je t'en veux, quand même, c'est de ne pas avoir accepté de fusionner ta fondation et mon fonds pour en faire une structure mixte. Ça m'aurait permis de décharger la moitié de mon stress sur toi, je suis très déçue. Rien de plus dangereux qu'une soirée de collecte de fonds pour une alcoolique en rémission, tu sais bien… plaisante-t-elle avec un clin d'œil.

Béa et Henry ont tous les deux eu un mois d'octobre au moins aussi trépidant que celui de leur mère. La première semaine, notamment, a été chargée en décisions cruciales à prendre… Allaient-ils ignorer les révélations sur Béa contenues dans les e-mails ? (Non.) Henry serait-il finalement obligé de s'engager dans l'armée ? (Après des jours et des jours de délibérations, il s'était avéré que non.) Et surtout, maintenant que le mal était fait, comment tourner toute cette médiatisation à leur avantage ? Les deux jeunes gens ont fini par trouver la solution ensemble : deux associations caritatives à leurs noms respectifs. Pour elle, un fonds de soutien à des programmes de désintoxication dans tout le pays. Et pour lui, une fondation destinée à promouvoir les droits LGBT.

À quelques pas de l'Orangerie, les préparatifs vont donc bon train : les structures de métal destinées à supporter des projecteurs s'élèvent déjà loin au-dessus de la scène où Béa offrira ce soir un concert à huit mille livres la place avec un orchestre et plusieurs invités de marque. Il s'agit du premier gala de bienfaisance qu'elle organise en solo.

— J'aurais tellement aimé pouvoir rester pour le spectacle ! soupire Alex.

Touchée, la jeune fille esquisse un sourire.

— Dommage que Henry ait été trop occupé, cette semaine, à signer toute cette paperasse avec tata Pezza… S'il avait eu le temps de potasser nos partitions, il aurait pu remplacer notre pianiste !

— Quel genre de paperasse ? s'étonne Alex.

Le prince lance à sa sœur un regard noir.

— Tu sais bien, le cadre juridique des foyers d'accueil pour mineurs.

— Bon sang, Béa ! s'exclame Henry. C'était censé être une surprise !

— Oups… s'exclame la jeune femme, qui s'absorbe aussitôt dans la contemplation de l'écran de son portable.

— Qu'est-ce qui se passe ? demande Alex.

— Eh bien… On était censés attendre un peu avant de l'annoncer officiellement – et de te le dire à toi aussi, du coup. On avait prévu de patienter au moins jusqu'à l'élection, pour ne pas te voler la vedette, en quelque sorte. Mais…

Il plonge les mains dans ses poches, comme toujours lorsqu'il est fier de quelque chose mais se refuse à se vanter.

— Maman et moi, on a convenu qu'il serait dommage que la fondation se limite aux frontières du Royaume-Uni. Il y a tellement à faire, et dans le monde entier ! En plus, j'ai vraiment envie de me pencher sur le sort des jeunes gens queer sans abri ou chassés de chez eux. Du coup… Pez nous a cédé la gestion de tous les foyers d'accueil pour mineurs de la fondation Okonjo !

Il lève les bras au ciel, peinant à réprimer un large sourire.

— Tu as devant toi l'heureux parrain de quatre futurs foyers d'hébergement pour ados LGBT à travers le monde.

— Mais c'est génial, comme nouvelle ! s'écrie Alex en prenant Henry dans ses bras. Félicitations, tu vas faire un boulot incroyable… Je suis très impressionné.

Soudain frappé par une révélation, il recule d'un pas.

— Attends… dans le lot, il y a bien celui de Brooklyn, non ?

— Oui, en effet.

— Il me semble que tu voulais travailler quelque temps sur le terrain pour ta fondation ? lui fait remarquer le jeune Texan, le cœur battant. Tu ne crois pas que les superviser directement, au moins au moment du lancement, ça pourrait s'avérer utile ?

— Alex, je ne peux pas déménager purement et simplement à New York, voyons…

À ces mots, Béa relève la tête.

— Et pourquoi pas ?

— Parce que je suis le prince de… (Le jeune homme englobe d'un vague geste de la main l'Orangerie et le palais de Kensington.) Tout ça, termine-t-il.

Sa sœur hausse les épaules.

— Et alors ? Personne ne t'oblige à y rester indéfiniment. Pendant ton année de césure, tu as passé un mois à parler à des yacks en Mongolie, je te rappelle. Ce ne serait pas sans précédent.

Toujours sceptique, Henry ouvre et referme la bouche à deux reprises avant de se tourner vers Alex.

— Même comme ça, je ne te verrais pas tellement plus, de toute façon ? Si tu veux démarrer ta fulgurante ascension vers les hautes sphères de la politique, tu vas passer tout ton temps à Washington, non ?

Il n'a pas tort, pense Alex. Même si, au vu de l'année qui vient de s'écouler, des changements qui sont intervenus dans sa vie et surtout des résultats plus qu'honorables au concours d'entrée en fac de droit qui l'attendent sur son bureau à la Maison-Blanche, c'est de moins en moins vrai…

Mais à l'instant où il s'apprête à évoquer le sujet, une voix aux accents raffinés lance derrière eux :

— Bonjour !

Ils se retournent tous les trois. Philip, toujours tiré à quatre épingles, traverse la pelouse à grands pas.

Alex ne peut s'empêcher de le remarquer : à ses côtés, Henry vient instinctivement de se redresser, droit comme un i. Il y a deux semaines, Philip est venu en visite à Kensington. Il voulait leur parler de la mort de leur père et s'excuser de son comportement dans les années qui avaient suivi, avec son lot d'agressions verbales, d'abus d'autorité et de soupçon permanent de déviance. Il faut dire que d'un garçon adorable, un peu guindé mais toujours prêt à bien faire, il était passé en très peu de temps, sous la pression de la reine et de son changement de statut dans la famille, à un grand frère moralisateur et parfois violent en paroles.

« Il s'est disputé avec grand-mère, avait confié le prince à Alex au téléphone le lendemain de leur entrevue. *C'est la seule raison pour laquelle je crois un peu à ses excuses. »*

Bien sûr, des mois et des années de rancœur ne se rachètent pas si facilement. Pour être franc, à chaque fois qu'il voit arriver l'héritier du trône, le jeune Texan a très envie de mordre. Mais ce n'est pas à lui de décider : il s'agit de la famille de Henry, pas de la sienne.

— Philip… lance fraîchement Béa. Que nous vaut cet honneur ?

— Je sors d'une réunion à Buckingham.

Tout le monde a compris de quoi il retournait : une entrevue avec la reine – il est le seul à accepter, aujourd'hui encore, de la rencontrer.

— Je passais voir si vous aviez besoin d'un peu d'aide…

Avisant les bottes en caoutchouc de sa sœur juste à côté de ses propres souliers vernis, il ajoute :

— Tu n'es vraiment pas obligée de mettre les mains dans le cambouis comme ça, tu sais. On a tellement de staff à disposition qui peut faire le gros du travail à ta place…

— Je suis au courant, merci… rétorque Béa d'un ton hautain, en parfaite princesse. J'ai envie de le faire, tout simplement.

— Ah, bien sûr. Pas de souci. Alors, euh… besoin d'un coup de main ?

— Pas vraiment, Philip.

— Très bien. (Il se racle la gorge.) Henry, Alex, la séance photo s'est bien passée ?

Le premier paraît estomaqué que son frère lui pose la question. Quant au second, il possède suffisamment d'instinct diplomatique pour se taire.

— Eh bien, pas trop mal, à vrai dire, répond le plus jeune prince. C'est juste très étrange de devoir passer des heures assis au même endroit, mais bon…

— Ça me rappelle des souvenirs ! Quand on a fait nos premiers portraits, Martha et moi, un copain de fac m'avait fait une mauvaise blague et j'avais des rougeurs et des démangeaisons aux fesses, impossible de rester assis ! J'aurais donné n'importe quoi pour pouvoir arracher mon pantalon en plein milieu du palais de Buckingham et me gratter, c'était l'enfer. J'ai cru que Martha allait me tuer. Espérons que votre portrait sera plus réussi que le nôtre…

Il se met à glousser, mal à l'aise. Alex se gratte le nez.

— Enfin bref. Bon, eh bien bonne chance, Béa !

Sur ces bonnes paroles, Philip s'éloigne, les mains dans les poches. Ils le suivent tous les trois du regard jusqu'à ce qu'il disparaisse derrière les hautes haies.

La jeune fille soupire.

— Vous croyez que j'aurais dû le laisser essayer d'appeler le traiteur à ma place pour qu'il m'arrange cette histoire de *cullen skink* ?

— C'est trop tôt, répond Henry. Donne-lui six mois de plus, au moins. Il ne l'a pas encore mérité.

Bleu ou gris ? Gris ou bleu ?

C'est la première fois de sa vie qu'Alex hésite autant entre deux vestes aussi anodines l'un que l'autre.

— Quelle idée ! proteste Nora. Elles sont toutes les deux ennuyeuses à mourir…

— Contente-toi de me dire laquelle est la mieux ! grommelle Alex.

Un cintre dans chaque main, il choisit de ne pas relever le regard de mépris qu'elle lui lance, perchée sur la commode. Qu'ils gagnent ou qu'ils perdent, les photos de la soirée électorale du lendemain le poursuivront toute sa vie.

— Alex, sérieusement. Je les déteste toutes les deux. Il te faut une tenue qui décoiffe, enfin ! Après tout, ça pourrait bien être ton chant du cygne…

— Bon, on ne va tout de même pas…

— Oui, d'accord, tu as raison. Si les projections se confirment, on est tranquilles, déclare-t-elle en sautant à terre. Alors tu veux bien m'expliquer pourquoi tu choisis de botter en touche aussi sévèrement à ce moment précis de ta carrière de *fashionista* que rien n'effraie ?

— Non, répond Alex en lui agitant les cintres sous le nez. Alors, gris ou bleu ?

— Bon, poursuit son amie comme s'il n'avait pas parlé. Je vais te dire ce qui se passe, moi. Tu es trop tendu.

— Bien sûr que je suis nerveux, Nora ! réplique-t-il, les yeux levés au ciel. Ce seront les résultats d'une élection au poste suprême, et la présidente m'a un peu mis au monde, quand même.

— Ben voyons.

Elle lui lance le regard qui est sa marque de fabrique, celui qui signifie : « On ne me la fait pas, mon petit père. J'ai déjà passé en revue toutes les données qui prouvent que tu essaies de m'enfumer – c'est bidon, arrête. »

— D'accord, soupire-t-il. J'avoue. Voilà : ça me stresse de retourner au Texas.

Alex jette les deux vestes sur son lit. *Et merde !* Le voilà qui se met à faire les cent pas en se frottant la nuque.

— J'ai toujours eu le sentiment qu'être accepté, qu'être reconnu comme l'un d'entre eux par les Texans, bah ça n'allait pas de soi. Déjà que je suis à moitié mexicain et cent pour cent démocrate. Il y en a un bon paquet là-bas qui ne m'aiment pas et qui ne veulent pas que je les représente. Et maintenant, c'est… Je ne suis même plus hétéro. J'ai un mec. J'ai même un scandale sexuel gay avec un prince européen attaché à mon nom ! Honnêtement, je ne sais plus trop, là. Je suis un peu perdu…

Le Texas, il l'aime d'amour – c'est un endroit comme aucun autre. Mais… il n'est pas sûr, en revanche, que le Texas, lui, l'aime encore.

Alex est désormais à l'autre bout de la pièce. La tête inclinée sur le côté, son amie l'observe.

— Résumons-nous : pour ton premier retour au pays après ton *coming out*, tu as peur de heurter les sensibilités hétéros de ces pauvres Texans avec une tenue trop tape-à-l'œil ?

— En gros.

Elle le dévisage à présent comme s'il était un casse-tête ambulant ultra-complexe.

— Tu as jeté un coup d'œil à ta cote de popularité au Texas ? Depuis septembre, je veux dire ?

— Non. Je, euh… bredouille-t-il en se passant une main sur le visage. Dès que je m'apprête à regarder les chiffres, j'ai un coup de stress et je passe à autre chose.

L'expression de Nora s'adoucit, mais elle garde encore ses distances. Elle sent qu'il a besoin qu'on le laisse respirer.

— Alex… tu aurais pu me demander. Ils sont… bah, vraiment pas mal, en fait.

— Sérieux ? s'étonne-t-il en se mordillant les lèvres.

— Notre électorat de base au Texas n'a pas évolué depuis septembre dans son opinion de toi. La tendance serait même plutôt à la hausse. Et beaucoup d'indécis ne sont pas contents que Richards s'en soit pris à un enfant du Texas. Tu n'as vraiment pas à t'en faire.

Oh…

Soulagé, Alex se passe la main dans les cheveux en poussant un petit soupir. Puis il s'éloigne de la porte autour de laquelle il gravitait depuis un moment – un assez clair réflexe de fuite – pour se rapprocher de Nora.

— O.K., tant mieux.

Et il se laisse tomber lourdement sur le lit. Doucement pour ne pas l'effrayer, Nora s'installe à côté de lui. Elle a ce regard perçant qu'il connaît bien – celui qui indique qu'elle est quasiment en train de lire dans ses pensées.

— Écoute, tu sais que la subtilité, la diplomatie et le tact, ce n'est pas mon truc, mais bon… comme June n'est pas là, je vais essayer de me prêter au jeu. (Voyant qu'il ne réagit pas, elle pousse son avantage.) Je pense… que le Texas n'est qu'une partie du problème. Tu viens de subir un sacré traumatisme, et maintenant tu as peur de faire ou de dire ce que tu veux parce que tu n'as pas envie d'attirer encore plus l'attention sur toi.

Alex a presque envie de rire. Nora le fait penser à Henry : comme lui, elle voit clair dans son jeu, sauf que là où le prince se préoccupe de sentiments, son amie s'intéresse aux faits. Et Alex a parfois besoin de l'impitoyable exactitude de ses analyses pour arrêter de faire l'autruche.

— Bon, d'accord, il y a sûrement du vrai dans tout ça, reconnaît-il. Tu as raison, il faudrait que je m'attelle à revaloriser mon image si je veux avoir un jour une chance en politique mais, au fond de moi, je me dis : là, maintenant, tout de suite ? Pourquoi ? C'est bizarre… Toute ma vie, je me suis accroché à cette image de moi dans le futur. Le plan, c'était : diplôme, campagnes, conseiller, élu au Congrès. Hop, direct dans la cour des grands. Être capable de ça, et avoir envie de ça, c'était juste le B.A.-BA. Et voilà qu'aujourd'hui, je ne suis pas ce gars-là du tout, je suis complètement différent.

Nora lui donne un petit coup d'épaule complice.

— D'accord, mais est-ce que tu l'aimes bien, ce gars ?

Alex réfléchit… Il a sans doute l'âme un petit peu plus sombre. Il est plus angoissé, mais aussi plus honnête avec lui-même. Il a l'esprit plus vif, le cœur plus sauvage, plus déraisonnable. Ce gars-là n'a pas envie d'être marié à son travail, mais il a plus de raisons de se battre que jamais.

— Oui, finit-il par répondre d'un ton ferme. Oui, je l'aime bien.

— Cool, dit-elle avec un grand sourire. À moi aussi. Tu es Alex, point final. Même au cœur de la tempête, tu n'as jamais eu besoin d'être qui que ce soit d'autre.

Elle place une main sur chacune de ses joues et commence à lui écraser le visage. Il grommelle mais se laisse faire.

— Bon, alors, tu veux qu'on parle d'un plan B ? lui demande-t-elle. Tu veux que je te prépare quelques projections ?

— En fait, euh… bredouille Alex d'une voix légèrement étouffée. Tu sais que… Cet été, j'ai passé le concours d'entrée en fac de droit, sans vous le dire ?

— Ah, ah, la fac de droit !

Elle prononce ces mots comme si c'était une évidence, sur le même ton qu'il y a des mois, elle lui a dit, en parlant de Henry : « Ça fait une éternité que tu rêves de te le faire, non ? » Des études de droit, c'est la réponse évidente qui lui crevait les yeux, même s'il a mis des mois à finir par se l'avouer, c'est l'objectif qu'il visait depuis le début sans même le savoir. Elle lâche son visage pour lui donner un autre petit coup d'épaule, enthousiasmée par la nouvelle.

— En voilà une idée qu'elle est bonne ! Attends… mais oui ! J'allais commencer à envoyer des candidatures pour m'inscrire en master. On peut le faire ensemble !

— Sérieux ? Tu crois que c'est une bonne idée ? Tu penses que je vais y arriver ?

— Mais oui, Alex, répète-t-elle en rebondissant à genoux sur le lit. C'est une idée de génie ! Écoute-moi un peu. Toi, tu vas à la fac de droit. Moi, je fais mon master. June se spécialise dans la rédaction de discours, commence à écrire des livres engagés, devient la voix d'une génération. Moi, je deviens la statisticienne spécialiste de l'analyse de données qui sauve le monde, et toi…

— Un avocat de renom spécialiste des droits civiques, avec une brillante carrière à la Captain America, qui fait abolir des lois discriminatoires et défend la veuve et l'orphelin…

— Et Henry et toi, vous devenez le *power couple* le plus populaire au monde…

— Et quand j'aurai l'âge de Rafael Luna…

— Les gens te supplieront à genoux de te présenter au Sénat, conclut-elle, essoufflée. Bon, on aura pris un peu de retard sur le calendrier envisagé au départ, mais…

— Mais oui… approuve Alex. Ça m'irait parfaitement.

Et voilà, le grand moment est arrivé. Lui qui, depuis des mois, hésite au bord du précipice et se tâte, terrifié à l'idée de renoncer à ce rêve qui fait partie de lui depuis tant d'années déjà… Maintenant que la décision est prise, il se sent incroyablement soulagé, comme libéré d'un poids immense.

Interdit, il cligne des yeux une fois, deux fois et repense tout à coup à la phrase de sa sœur, qu'il marmonne à voix haute :

— « Tout le temps sur les charbons ardents pour pas grand-chose. »

Nora grimace. Elle reconnaît le style des aphorismes de son amie.

— June a raison, tu es… passionné à l'excès. Si elle était là, elle te dirait que prendre ton temps va te permettre de comprendre comment mettre ce trait de caractère au service de la cause. Mais c'est moi qui suis là, alors écoute bien : tu es doué pour bousculer les choses, pour imaginer de nouvelles politiques, pour mener et mobiliser les autres. Tu es tellement intelligent que la plupart des gens ont envie de te mettre des claques. Et ces qualités-là, elles ne feront que se renforcer avec le temps, tu sais. Alors Alex, tout ira bien.

Elle se lève d'un bond et plonge dans la penderie de son ami, qui entend glisser cintre après cintre sur les tringles.

— Et surtout, poursuit-elle, tu es devenu une espèce d'icône. Et ça, c'est carrément énorme.

Elle ressort de l'armoire avec un vêtement à la main : jamais encore il n'a porté en public cette veste qu'elle l'a convaincu d'acheter sur Internet à un prix indécent, dans une chambre d'hôtel à New York, le soir où ils se sont regardé un bon vieil épisode de *À la Maison-Blanche* tout en faisant croire aux tabloïds qu'ils étaient en train de coucher ensemble. C'est un blouson d'aviateur Gucci – excusez du peu – bleu nuit avec des rayures rouges, blanches et bleues à la taille et aux poignets.

— Je sais que c'est beaucoup demander, mais… (Elle lui plaque brutalement la veste contre le torse.) Tu donnes de l'espoir aux gens. Alors, retourne au charbon et sois le Alex qu'on aime tous.

Il lui prend des mains la veste, qu'il enfile en observant son reflet dans le miroir. Elle est absolument parfaite.

C'est à cet instant précis qu'un cri venu du couloir se fait entendre. Ils se précipitent aussitôt vers la porte.

C'est June – qui fait irruption dans la pièce et se met à sauter partout, son portable à la main, ses cheveux secoués en tous sens. De toute évidence, elle vient de passer au kiosque à journaux : sous son autre bras, elle tient une pile de tabloïds qu'elle ne tarde pas à jeter par terre d'un geste brusque.

— Mon livre va être publié ! hurle-t-elle en leur agitant son téléphone sous le nez. Je regardais mes e-mails et… mon projet d'autobiographie… Je l'ai eu ! J'ai décroché ce putain de contrat !

Alex et Nora se mettent à leur tour à hurler et tous trois se serrent dans leurs bras. Ils poussent des cris de joie, rient comme des fous et se marchent sur les pieds avant de finir par se déchausser pour se mettre à sauter sur le lit. Nora appelle en FaceTime Béa, qui va rejoindre Henry et Pez dans un des salons de Kensington, histoire qu'ils fêtent la nouvelle tous ensemble. La petite bande – pour reprendre l'expression de Cash – est au complet. Après tout ce qui s'est passé, les médias les ont d'ailleurs affublés d'un surnom : les « Super Six ». Ce qui va très bien à Alex.

Quelques heures plus tard, June et Nora s'endorment contre la tête de lit d'Alex. La première a la tête posée sur les genoux de la seconde, qui a les doigts enfouis dans ses cheveux. Le jeune homme s'éclipse dans la salle de bain pour se laver les dents. En revenant dans sa chambre, il manque de glisser sur quelque chose. Il baisse les yeux et tombe en arrêt : c'est un exemplaire de *Hello! US* échappé de la pile de magazines de June. La photo en couverture est tirée de sa séance de photos avec Henry.

Il se penche pour le ramasser. Ce n'est pas un cliché posé, mais un instantané pris à son insu qu'il ne pensait pas voir publié. Il aurait dû accorder plus de crédit au photographe, qui est parvenu à saisir le moment exact où une blague de Henry leur arrache un rire. Le cliché est pris sur le vif, authentique. Les deux amoureux sont de toute évidence complètement absorbés l'un par l'autre : le bras du prince est passé autour des épaules de son compagnon, qui lève la main pour saisir celle de son partenaire.

Il y a dans le regard du Britannique tellement d'affection et de tendresse qu'Alex est tenté de baisser les yeux, comme s'il fixait le soleil. Il n'y a pas à dire, Henry est bien plus que son étoile Polaire, la comparaison ne lui faisait pas justice…

Soudain, il repense à cette histoire de foyer pour mineurs à Brooklyn. Il lui semble bien que sa mère connaît quelqu'un à la fac de droit de New York, non ?

Il finit par se glisser dans son lit. Demain, ils seront fixés : victoire ou défaite. Il y a encore un an – six mois, même –, il n'en aurait pas dormi de la nuit. Mais le voilà devenu une icône d'un nouveau genre, qui s'esclaffe en couverture des magazines avec son petit ami le prince, qui est prêt à accepter de prendre son temps, de savourer les années qui s'étendent devant lui, à tenter de nouvelles expériences.

Il pose un oreiller sur les genoux de June, ses pieds sur les jambes de Nora, et s'endort.

Alex se mordille la lèvre inférieure. Frotte le talon de sa botte sur le lino. Contemple son bulletin de vote.

PRÉSIDENCE
et VICE-PRÉSIDENCE
des ÉTATS-UNIS

Votez pour un(e) candidat(e)

Le cœur dans la gorge, il saisit le stylet accroché à la machine et sélectionne : « CLAREMONT, ELLEN ET HOLLERAN, MICHAEL ».

L'appareil approuve son choix d'un bip et, à entendre son mécanisme ronronner tranquillement, Alex pourrait être n'importe qui. Un individu parmi des millions, un vote unique, qui ne vaut ni plus ni moins que les autres. Un simple clic.

En choisissant d'organiser la soirée électorale dans leur ville d'origine, ils ont pris un risque. Techniquement, rien n'empêche le président en exercice de tenir son meeting à Washington, mais il est d'usage de le faire chez soi. Cela dit, quand même…

Les résultats de 2016 étaient mitigés. La ville d'Austin est démocrate, profondément démocrate, et Ellen a remporté le comté de Travis avec 76 % des suffrages, mais tous ces feux d'artifice dans les rues, toutes ces bouteilles de champagne ouvertes ne changeaient rien au fait qu'elle venait de perdre dans l'État où elle était en train de donner son discours de victoire. Malgré tout, l'Acharnée de Lometa a tenu à revenir chez elle.

En un an, ils ont progressé : plusieurs victoires devant les tribunaux dont Alex a gardé une trace dans sa fidèle pochette, une campagne pour inciter les jeunes à s'inscrire sur les listes électorales, le meeting de Houston et les sondages qui s'infléchissaient un peu plus chaque semaine. Après l'affaire des tabloïds, le jeune homme avait besoin de se changer les idées. Avec quelques-uns des organisateurs texans de la campagne, il s'est lancé *via* Skype dans la création d'un comité visant à mettre en place un énorme service de navettes dans tout l'État le jour de l'élection. En 2020, pour la première fois depuis des décennies, le Texas est un État-clé, un État qui pourrait basculer dans l'escarcelle des démocrates.

Sa dernière soirée électorale, il l'a passée sur la grande pelouse de Zilker Park, avec en arrière-plan les gratte-ciel d'Austin. Alex se souvient du moindre détail de cette nuit-là.

À dix-huit ans, vêtu de son premier costume sur mesure, il s'est retrouvé cloîtré avec sa famille dans un hôtel tandis que la foule grossissait à l'extérieur. À l'annonce des résultats, il s'est précipité dans le couloir, les bras en croix. 270 votes des grands électeurs ! Il se souvient qu'il a d'abord eu l'impression que c'était son moment à lui – après tout, c'était sa mère qui avait gagné. C'est en voyant Zahra, les joues dégoulinantes de mascara, qu'il a compris que cet instant ne lui appartenait pas vraiment.

Debout à côté de la scène érigée au cœur de Zilker Park, il a dévisagé une à une des dizaines de femmes assez âgées pour avoir manifesté devant le Congrès pour le Voting Rights Act de 1965. Il a regardé ces petites filles assez jeunes pour n'avoir jamais connu de président blanc. Toutes, elles contemplaient leur première présidente. Alors, Alex s'est tourné vers June à sa droite, puis Nora à sa gauche. Il se rappelle parfaitement les avoir poussées devant lui sur la scène, où il les a laissées une bonne trentaine de secondes s'imprégner seules de l'ambiance extraordinaire qui régnait, avant de s'avancer à son tour sous les feux des projecteurs.

Cette fois, leur soirée électorale va se dérouler au Palmer Events Center, une salle de spectacle du centre d'Austin.

Quand leur voiture se range derrière le bâtiment, les semelles des bottes d'Alex atterrissent sur un gazon bruni et desséché comme s'il descendait de bien plus haut qu'une simple banquette arrière de limousine.

Vêtue d'une combinaison noire au décolleté plongeant et perchée sur des talons vertigineux, Nora sort derrière lui sans décoller le nez de son téléphone.

— Il est tôt… beaucoup trop tôt pour les sondages de sortie des urnes, mais je suis presque sûre qu'on a remporté l'Illinois.

— Cool, conformément aux prévisions, répond Alex. Pour l'instant, on est sur la bonne voie.

— Je n'irais pas jusque-là, objecte la jeune fille. Les sondages en Pennsylvanie ne me plaisent pas du tout.

June a choisi sa robe avec soin : prêt-à-porter J. Crew, dentelle blanche, toute simple. Elle porte ses cheveux tressés sur une épaule.

— Dites, on ne pourrait pas prendre juste un verre avant que vous vous y mettiez ? propose-t-elle. Apparemment, il y a des mojitos.

— Hmm… confirme Nora toujours sans quitter son portable des yeux, les sourcils froncés.

SAR Prince Tête de gland 💩

3 nov. 2020, 18:37

SAR Prince Tête de gland 💩

Le pilote dit qu'on a des problèmes de visibilité. On va peut-être devoir changer de cap et atterrir ailleurs.

SAR Prince Tête de gland 💩

On atterrit à Dallas. C'est loin ??
La géographie américaine, je n'y connais rien.

SAR Prince Tête de gland 💩

Shaan vient de m'informer que c'est bien assez loin. On atterrit bientôt. On tentera de redécoller une fois le ciel éclairci.

SAR Prince Tête de gland 💩

Je suis vraiment, vraiment désolé.
Comment ça se passe de ton côté ?

C'est la merde

Stp ramène-toi vite

Je stresse à mort

BBB

Oliver Westbrook @BillsBillsBills

Tous les Rep qui soutiennent encore Richards malgré ses agissements envers un membre de la famille de la présidente – sans parler des rumeurs de harcèlement sexuel apparues cette semaine – vont devoir rendre des comptes au Dieu des protestants dès demain matin.

19:32 • 3 nov. 2020

538 politics @538politics
Nos prévisions donnaient le Michigan, l'Ohio, la Pennsylvanie et le Wisconsin à 70 % de chances ou plus de basculer dans le camp démocrate, mais les tout derniers résultats sont trop serrés pour qu'on puisse se prononcer. Nous aussi, on a du mal à comprendre…
20:04 • 3 nov. 2020

The New York Times @nytimes
#Election2020, toutes dernières infos : après un tour d'horizon des nouveaux résultats dans plusieurs États particulièrement cruel pour la prés. Claremont, le total des votes recueillis par le sén. Richards s'élève maintenant à 178. Claremont est à la traîne avec 113.
21:15 • 3 nov. 2020

Le petit hall d'exposition est réservé aux VIP – équipe de campagne, amis, famille et élus au Congrès. De l'autre côté de la salle, la foule des partisans vêtus de T-shirts « CLAREMONT 2020 » et « L'HISTOIRE, HEIN ? ELLE EST EN MARCHE… », armée de pancartes, déborde jusque sous les auvents du bâtiment et même jusqu'aux collines alentour. Ce soir, c'est censé être la fête.

Alex fait tout ce qu'il peut pour ne pas stresser. Il sait comment se déroulent les élections présidentielles. Quand il était petit, la soirée électorale, c'était son Super Bowl à lui.

Assis devant la télévision du salon, il coloriait chaque État au feutre rouge ou bleu à mesure que les heures s'écoulaient. Lors d'une soirée exceptionnelle, à l'âge de dix ans, il a eu le droit de veiller bien plus tard que d'habitude pour regarder Obama battre McCain.

En cet instant, il observe la mâchoire serrée de son père en essayant désespérément de se rappeler l'expression triomphale qu'il arborait cette nuit-là.

À l'époque, c'était magique. Maintenant, c'est personnel.

Et ils sont en train de perdre.

Il ne s'étonne même pas de voir Léo entrer par une porte latérale, il s'y attendait à moitié. Mue par le même instinct que son frère, June se lève de sa propre chaise pour les rejoindre tous les deux dans un coin tranquille de la salle. Leur beau-père tient son portable dans la main.

— Ta mère veut te parler, annonce-t-il.

Spontanément, le jeune homme tend le bras, mais Léo recule instinctivement le téléphone.

— Pas toi, Alex, désolé. June.

Surprise, la jeune fille s'avance et écarte l'épaisse tresse de son oreille pour mieux entendre. Leur mère appelle depuis l'une des salles de réunion reconverties en bureaux de fortune qui l'accueillent avec son équipe rapprochée.

— Maman ?

— June, pépie la voix d'Ellen dans le petit haut-parleur. Mon ange, j'ai besoin que tu… euh… que tu nous rejoignes.

— D'accord, répond posément la jeune fille. Qu'est-ce qui se passe ?

— J'aurais besoin que tu… que tu m'aides à réécrire ce discours pour… euh… (S'ensuit un très long silence.) Eh bien, en cas de défaite.

En une seconde, June passe de la perplexité la plus absolue à une véritable fureur.

— Non ! rétorque-t-elle en attrapant Léo par le bras pour pouvoir parler plus près du micro. Non, il n'en est pas question, parce que tu ne vas pas perdre, tu m'entends ? Tu ne vas pas perdre. Ce travail, on va continuer de le faire pendant encore quatre ans, tous ensemble. Pas question que je t'écrive un discours en prévision d'une défaite. Plutôt crever !

Nouveau silence à l'autre bout du fil. Alex s'imagine leur mère dans sa petite salle de crise improvisée à l'étage, ses lunettes sur le nez, ses talons hauts encore rangés dans sa valise. Les yeux rivés sur les écrans, elle prie et elle espère. Présidente Maman.

Quand elle reprend la parole, elle parle déjà d'un ton plus égal, d'une voix raffermie :

— D'accord… D'accord. Bon, Alex, tu penses que tu pourrais aller dire quelques mots à la foule ?

— Oui, bien sûr, maman. (Il se racle la gorge et poursuit avec une détermination qui est l'écho de celle de sa mère.) C'est comme si c'était fait.

Troisième silence, plus court cette fois.

— Courage, je vous aime fort, tous les deux !

Léo repart, aussitôt remplacé par Zahra, dont l'élégante robe rouge et l'incontournable Thermos de café constituent pour Alex le plus grand réconfort de toute la soirée. Il regarde briller à son doigt sa bague de fiançailles, ce qui lui rappelle Shaan et, par ricochet, le retard de Henry.

La conseillère redresse le col du jeune homme avant de les entraîner à travers le hall d'exposition principal pour les déposer, June et lui, dans les coulisses.

— Attention à l'expression de ton visage, lui rappelle-t-elle. N'oublie pas : grand sourire, dynamisme et assurance.

Il se tourne vers sa sœur, désemparé.

— Qu'est-ce que je leur dis ?

— Je n'ai pas le temps de t'écrire quoi que ce soit, mon chou. Tu es un meneur-né. Prouve-le. Tu vas assurer.

Nom d'un chien…

De l'assurance… Il examine de nouveau les manches de son blouson, rayées de rouge, de blanc et de bleu. *« Sois Alex »*, lui a conseillé Nora en lui tendant la veste. *« Le Alex qu'on aime tous. »*

« Alex est… » Deux mots qui ont permis à quelques millions de jeunes Américains de savoir qu'ils n'étaient pas seuls. L'unique athlète de l'établissement inscrit au cours avancé d'histoire américaine. Trois carreaux descellés aux vitres des fenêtres de la Maison-Blanche. Celui qui gâche quelque chose auquel il tient comme à la prunelle de ses yeux et se relève malgré tout pour se jeter dans le vide une nouvelle fois. Un prince ? Non. Mais peut-être mieux encore.

— Zahra, ils ont déjà annoncé les résultats du Texas ?

— Non. C'est encore trop serré.

— Encore ? Si tard dans la soirée ?

— Oui, encore, confirme-t-elle avec un sourire qui montre qu'elle sait à quel petit jeu il joue.

Quand il s'avance sur la scène, la lumière des projecteurs est presque aveuglante, mais une chose est sûre. Sûre et certaine. Ils n'ont pas encore annoncé les résultats du Texas.

— Bonsoir à tous ! lance-t-il à la foule en agrippant le micro d'une main ferme. Je suis Alex, le fils de la présidente.

Les habitants de sa ville natale se déchaînent. Il leur sourit de tout son cœur, se laisse emporter par l'ambiance. Les mots qu'il va prononcer, au moment où il les dira, il veut y croire, lui aussi.

— Vous savez quoi ? Le plus dingue, c'est qu'en ce moment même, sur CNN, Anderson Cooper est en train d'affirmer que les résultats du Texas sont trop serrés pour qu'ils puissent se prononcer. « Trop serrés ! » Vous ne le savez peut-être pas, mais je suis un passionné d'histoire. Je peux donc vous dire que la dernière fois où les résultats du Texas ont été trop serrés pour qu'on puisse se prononcer, c'était en 1976. En 1976, on a basculé dans le camp démocrate. C'était l'année de l'élection de Jimmy Carter, après le scandale du Watergate. Il venait d'un État du Sud, lui aussi, la Géorgie. Ici, il a remporté cinquante et un pour cent de nos voix, ce qui l'a aidé à battre Gerald Ford dans la course à la présidence.

La foule s'étire, compacte, jusqu'au fond de la salle, une véritable marée humaine.

— Aujourd'hui, me voilà devant vous. Et je me dis… Une Démocrate du Sud fiable, travailleuse et intègre et, face à elle, la corruption, la malveillance et la haine. Et un grand État plein d'honnêtes gens qui n'en peuvent plus qu'on leur raconte des salades… Ça ne vous rappelle rien ?

En entendant ces mots, la foule entre en transe. Alex ravale un petit rire. Il parle plus fort dans le micro pour couvrir le bruit des acclamations, des applaudissements et des bottes qui piétinent le plancher du hall.

— Je trouve que les deux se ressemblent, pas vous ? Alors, vous, les habitants du Texas, vous en pensez quoi ? ¿Se repetirá la historia? L'histoire va-t-elle se répéter ce soir ?

Le rugissement de la foule en dit long. Alex hurle avec eux, laisse son cri l'accompagner tout le long du chemin quand il quitte la scène, le laisse envelopper son cœur pour y faire revenir le sang dont il s'était vidé au début de la soirée. À peine a-t-il regagné les coulisses qu'une main se pose sur son dos. Aussitôt se fait sentir la gravité si familière, qu'il reconnaîtrait entre mille, d'un autre corps qui réintègre son espace vital. Avant même qu'ils ne se touchent, il perçoit un parfum connu, une odeur légère, une senteur de draps propres qui flotte dans l'air.

— Tu as été incroyable ! s'exclame Henry, un grand sourire aux lèvres.

Le voilà enfin, en chair et en os, superbe dans son costume bleu marine et sa cravate ornée – comme par hasard – de petites roses jaunes.

— Tu as fait exprès ?

— Ah oui, répond-il. La rose jaune du Texas, c'est ça ? J'ai lu quelque part que c'était un des symboles de l'État, alors je me suis dit que ça pourrait nous porter chance.

Et d'un seul coup, Alex retombe une deuxième fois amoureux. Il enroule la cravate autour de sa main pour attirer le prince à lui et l'embrasser comme s'il ne devait jamais s'arrêter. Ce qui est bien le cas, d'ailleurs – et à cette pensée, un rire se mêle à son baiser.

Et s'il faut vraiment parler de qui est Alex… C'est exactement comme ça qu'il aurait voulu avoir l'intelligence d'embrasser Henry, il y a un an. Au lieu d'obliger le Britannique à se cacher dans le froid au milieu des buissons. Au lieu de rester planté là les bras ballants pendant que le prince lui donnait le baiser le plus important de sa vie. Non, à la place, il aurait dû saisir à deux mains son doux visage pour l'embrasser à pleine bouche, comme si sa vie en dépendait. Il aurait dû lui dire : « Prends tout ce que tu veux et sache que tu le mérites. »

Il finit par s'arracher à son étreinte et lancer :

— Vous êtes en retard, Votre Altesse.

— Pas du tout ! réplique Henry en riant. J'arrive juste au moment où tout s'arrange, on dirait.

Il fait référence au dernier tour d'horizon des nouveaux résultats, qui s'est apparemment déroulé pendant le petit discours d'Alex. Dans la zone VIP, tout le monde s'est levé pour regarder sur les écrans géants Anderson Cooper et Wolf Blitzer décrypter les données. Virginie : Claremont. Colorado : Claremont. Michigan : Claremont. Pennsylvanie : Claremont. Ces résultats viennent presque entièrement compenser l'écart de votes entre les deux candidats. Or il reste toute la côte Ouest à comptabiliser.

Shaan est là, lui aussi – il a rejoint dans un coin Zahra, Luna, Amy et Cash. Alex est secoué d'un petit rire en pensant au nombre de nations que ce petit gang pourrait, à lui seul, faire plier. Il saisit la main de Henry et l'entraîne avec lui.

La magie opère d'abord au compte-gouttes – la cravate du prince, des éclats de voix aux accents optimistes, quelques confettis échappés des filets accrochés aux poutres du plafond qui viennent consteller les cheveux de Nora –, et puis d'un seul coup.

À 22 h 30 se succèdent plusieurs annonces : Richards s'empare de l'Iowa, certes, et remporte l'Utah et le Montana, mais la côte Ouest débarque avec les cinquante-cinq grands électeurs de Californie. Ces résultats, pourtant attendus, suscitent de bruyantes acclamations.

— Des putains de héros ! exulte Oscar.

Luna et lui se tapent dans la main. *Los Bastardos de la côte Ouest.*

À minuit, ils ont pris la tête de la course, et la soirée ressemble enfin à une fête, même s'ils ne sont pas encore tirés d'affaire. L'alcool coule à flots, on parle fort et la foule, de l'autre côté de la cloison, semble électrisée. Les rythmes latinos des chansons de Gloria Estefan diffusées par les haut-parleurs semblent de nouveau à leur place dans la grande salle – où elles détonaient jusque-là comme une salsa à un enterrement. À l'autre bout du hall d'exposition, Henry arrange la coiffure de June : une mèche s'était échappée tout à l'heure de sa tresse dans un moment d'anxiété, lorsque tout allait mal.

Alex est tellement absorbé dans la contemplation des deux êtres qu'il préfère au monde qu'il ne remarque pas qu'un autre invité lui barre le passage, et va le percuter de front. Le contenu de leurs verres se répand sur le sol et ils manquent de heurter, l'un comme l'autre, l'énorme gâteau dressé sur la table du buffet et qui doit servir tout à l'heure à fêter la victoire.

— Oh pardon ! s'excuse-t-il en attrapant aussitôt quelques serviettes pour éponger les dégâts.

— La prochaine fois que tu bousilles un gâteau hors de prix, ta mère risque vraiment de te déshériter, lance une voix chaleureuse à l'accent traînant que, là encore, il reconnaîtrait entre mille.

Alex se retourne et découvre Liam, qui n'a pas changé : grand, large d'épaules, le visage doux, jamais rasé de près. Décidément, il craque toujours pour le même style de mec. Si seulement il s'en était aperçu plus tôt… Lui, comme le jeune homme debout à ses côtés, arborent un sourire.

— Liam, tu es venu !

— Bien sûr, je n'allais pas manquer ça ! De toute façon, j'ai cru comprendre que les services secrets seraient venus me chercher chez moi si je m'étais abstenu, non ?

— Que veux-tu, la Maison-Blanche ne m'a pas changé tant que ça… reconnaît Alex, en riant. Quand j'organise des soirées, j'ai toujours tendance à mettre la pression aux gens.

— Le contraire m'aurait surpris.

Ce soir plus que jamais, c'est un plaisir de recroiser enfin son vieil ami, de pouvoir crever l'abcès, de pouvoir discuter avec quelqu'un qui, sans être de sa famille, le connaissait avant que sa vie ne change du tout au tout.

Une semaine après les révélations du *Daily Mail*, Liam lui a envoyé un petit message : 1. J'aurais tellement voulu qu'on soit un petit peu moins cons à l'époque, c'est vraiment dommage, on aurait pu s'entraider. 2. Pour info, un journaliste d'un site web très à droite m'a appelé hier pour m'interroger sur ma relation avec toi. Je lui ai répondu d'aller se faire mettre. Je me suis dit que tu aurais envie de le savoir.

Du coup, il a reçu une invitation personnelle à la soirée électorale, bien entendu.

— Écoute, je… commence Alex. Je voulais te remercier…

— Ne dis rien, le coupe Liam en levant la main. Je t'assure ! Tout va bien, ne t'en fais pas.

Sur ce, il donne un petit coup de coude au beau garçon aux yeux noirs qui l'accompagne.

— Au fait, je te présente Spencer, mon copain.

— Moi, c'est Alex. Enchanté.

La poignée de main de Spencer est ferme.

— C'est un honneur pour moi, déclare-t-il avec gravité. Ma mère a fait campagne pour la tienne à l'époque où elle s'est présentée au Congrès, ça remonte à un bail. Et la première fois que j'ai voté à la présidentielle, c'était pour ta mère.

Si les parents de Spencer étaient bénévoles pour la campagne Claremont, ils sont forcément plus ouverts d'esprit que ceux de Liam, et tant mieux.

— Ne t'emballe pas, Spence, le taquine Liam en lui passant un bras autour des épaules. Tu sais, à neuf ans, Alex a chié dans son froc dans le bus après une sortie à l'aquarium. Tu vois, il n'y a vraiment pas de quoi s'exciter…

— Pour la dernière fois, espèce de salaud, proteste Alex, c'était Adam Villanueva, pas moi !

— Ben voyons ! J'y étais, rétorque Liam.

Le jeune Texan s'apprête à répliquer quand il entend crier son nom – pour une séance photo ou une interview pour *BuzzFeed*.

— Merde, il faut que j'y aille, Liam, mais on a un paquet de choses à se raconter. On peut se voir ce week-end ? Allez. Je suis en ville jusqu'à dimanche soir. On se voit ce week-end !

Il s'éloigne déjà à reculons. Liam lève les yeux au ciel, mais leur complicité d'autrefois se lit sans peine sur son visage. Rassuré, Alex poursuit son chemin. Mais, très vite, l'interview se retrouve coupée au milieu d'une phrase : le visage d'Anderson Cooper est apparu sur l'écran au-dessus de leurs têtes pour annoncer que les résultats de la Floride sont sur le point de tomber.

Quand Alex rejoint sa petite bande de proches, Zahra est en train de marmonner à mi-voix :

— Allez, bande d'enfoirés, avec vos saletés de stands de tir dans le jardin, allez !

— Je rêve ou elle vient de parler d'un stand de tir dans un jardin ? souffle Henry à l'oreille d'Alex. Ça existe, ça ?

— Ah ! Tu as encore tellement de choses à apprendre sur l'Amérique, *mijo*, lui lance Oscar avec sagesse.

Lorsque, sur l'écran, l'État se colore en rouge – « RICHARDS » –, la salle entière pousse un grognement de dépit.

— Nora, on en est où, quels sont les chiffres ? gémit June, le regard affolé. Je suis diplômée en lettres, moi.

— Bon, à ce stade, il nous suffit de dépasser les 270 votes ou d'empêcher Richards de dépasser les 270...

— Merci, la coupe June avec impatience, mais je connais le fonctionnement du collège électoral...

— C'est toi qui m'as demandé !

— Je ne m'attendais pas à un cours de rattrapage !

— J'adore quand tu te mets en colère.

— On pourrait se concentrer un peu, s'il vous plaît ? intervient Alex.

— D'accord, soupire Nora en agitant les mains comme si elle s'apprêtait à taper un code particulièrement difficile. Pour l'instant, on peut dépasser les 270 avec le Texas, ou bien avec le Nevada et l'Alaska combinés. Richards, lui, doit remporter les trois. Personne n'est hors-jeu pour l'instant.

— Donc, maintenant, on doit impérativement remporter le Texas, c'est ça ?

— Sauf s'ils annoncent les résultats du Nevada, mais ils ne tombent jamais si tôt dans la soirée.

À ce moment précis, Anderson Cooper revient à l'écran pour faire une annonce importante. C'est fichu, se dit Alex, il va jouer le premier rôle dans toutes mes crises d'angoisse à venir... Et la nouvelle tombe : « NEVADA : RICHARDS ».

— Putain non mais c'est pas vrai !

— Bon, bah maintenant...

— Celui qui remporte le Texas remporte l'élection, conclut Alex.

Un silence de plomb s'abat sur le petit groupe.

— Il leur reste de la pizza froide au pôle statistiques et sondages, ça va me calmer, finit par lancer June. O.K. ? À tout à l'heure.

Et elle s'éclipse aussitôt.

Quand arrive minuit et demi, personne n'en est encore revenu : dire que la victoire ne tient qu'à un fil... C'est la première fois de l'histoire que les résultats du Texas mettent autant de temps à tomber. S'il s'agissait de n'importe quel autre État, Richards aurait sans doute déjà reconnu sa défaite, mais celui-là est un bastion historique des républicains.

Luna fait les cent pas. Le père d'Alex transpire dans son costume. June va sentir la pizza pendant une bonne semaine au bas mot. Et Zahra, pendue au téléphone, insulte le répondeur de quelqu'un. Après avoir raccroché, elle s'explique : sa sœur, qui a du mal à trouver une place dans une bonne crèche, a délégué à Zahra cette mission afin de lui permettre d'évacuer son stress. Quant à Ellen, trop tendue pour rester à l'étage, elle arpente le hall comme une lionne affamée.

Et c'est alors que June se précipite vers eux, en traînant derrière une jeune fille qu'Alex a déjà vue quelque part – mais oui… sa coloc du temps de la fac, le jeune homme s'en souvient à présent. Elle arbore un large sourire et le T-shirt réservé aux bénévoles du pôle statistiques et sondages.

— Écoutez tous… lance June, essoufflée. Molly vient de… elle sort de… putain, dis-leur !

Molly – louée soit-elle – ouvre alors la bouche et dit :

— On pense que le Texas est pour vous.

Nora en fait tomber son portable. Ellen l'enjambe pour aller empoigner l'autre bras de Molly.

— Vous pensez ou vous êtes sûrs ?

— Eh bien, on est à peu près sûrs…

— Sûrs à quel point ?

— Ils viennent de comptabiliser 10 000 nouveaux bulletins du comté de Harris…

— Oh mon Dieu…

— Attendez, regardez…

Ils se tournent tous vers l'écran géant. Les résultats sont sur le point d'être annoncés. *Anderson, mon salaud, splendide spécimen.*

Le Texas reste gris encore cinq secondes, avant d'être inondé de ce magnifique bleu si reconnaissable – celui du lac Lyndon B. Johnson.

Trente-huit votes de plus pour Claremont, pour un total de 301. Et, au passage, la présidence.

— Quatre ans de plus ! hurle purement et simplement la mère d'Alex – des années qu'il ne l'avait pas vu s'époumoner comme ça.

Les acclamations enflent dans le hall : ils entendent d'abord une sorte de bourdonnement, puis un grondement et pour finir c'est une tempête qui se déchaîne de l'autre côté de la cloison. Les cris montent des collines qui entourent la salle, des rues de la ville et du pays tout entier. Et peut-être même chez quelques alliés à moitié assoupis à Londres.

Les yeux humides, Henry attrape le visage d'Alex à deux mains pour l'embrasser comme à la fin d'un film, lance un cri de joie et le pousse vers sa famille.

Les filets installés au plafond sont coupés : il pleut des confettis et des ballons gonflables dans toute la salle. Le jeune Texan traverse tant bien que mal une masse de corps agglutinés pour se jeter contre le torse de son père dans une folle étreinte, puis contre June, qui pleure à chaudes larmes, et Léo, qui réussit à pleurer encore plus. Nora crie à tue-tête, prise en sandwich entre ses deux parents qui la tiennent par l'épaule, rayonnants de fierté. Luna lance en l'air des tracts pour la campagne Claremont comme un mafioso des billets de cent dollars. Cash teste la résistance des sièges de la salle en dansant sur l'un d'eux et Amy agite son portable pour que sa femme voie toute la scène sur FaceTime. Zahra et Shaan se roulent furieusement des pelles contre un immense tas de pancartes « CLAREMONT / HOLLERAN 2020 ». Hunter le fils à papa est en train de hisser un de ses collègues sur ses épaules. Liam et Spencer lèvent leurs bières pour porter un toast. Une centaine de membres de l'équipe de campagne et de bénévoles, en larmes, poussent des cris de joie et d'incrédulité. Ils ont réussi. Réussi ! L'Acharnée de Lometa a fait basculer le Texas côté démocrate pour la première fois depuis des années… et elle a gagné.

La pression de la foule ramène Alex contre le torse de Henry. Après tout ce qui s'est passé, tous ces e-mails, ces SMS, ces mois sur la route, ces rendez-vous secrets et ces nuits d'attente, toutes les péripéties du scénario « Il tombe amoureux de son ennemi juré au pire moment qui soit », ils ont enfin réussi. Alex l'avait prédit. Il l'avait même promis. Devant le sourire éblouissant du prince, le cœur de l'Américain est à deux doigts de lâcher, car comment pourrait-il contenir ce moment tout entier, si parfait, quand des siècles d'histoire enflent dans sa poitrine ?

— J'ai quelque chose à te dire, annonce Henry, le souffle court. J'ai acheté un appart. À Brooklyn.

— C'est pas vrai ! s'écrie son compagnon, bouche bée.

— Eh si.

Pendant une fraction de seconde, une vision défile devant ses yeux : un nouveau mandat sans élections à gagner, un emploi du temps surchargé de cours et le visage souriant de Henry sur l'oreiller à côté de lui, dans la lumière grise du petit matin new-yorkais. Ces images envahissent sa poitrine comme un sentiment d'espoir. Heureusement que tout le monde pleure déjà…

— S'il vous plaît ! lance la voix de Zahra au milieu du torrent de sang, d'amour, d'adrénaline et de vacarme qui tinte à ses oreilles.

Le mascara de la jeune femme lui coule sur les joues, elle a une trace de rouge à lèvres sur le menton. À ses côtés, un doigt enfoncé dans l'oreille, la présidente parle au téléphone avec Richards, qui l'appelle pour reconnaître sa défaite.

— Discours de victoire dans quinze minutes, ajoute la conseillère. À vos places, allez !

Alex se retrouve entraîné à travers la foule vers un petit espace clos près de l'estrade, derrière les rideaux. Sa mère monte enfin sur scène, suivie de Léo, Mike et sa femme, Nora et ses parents, June et leur père. La main levée dans la lumière blanche des projecteurs, il s'avance à grandes enjambées en criant sa joie dans plusieurs langues. Dans l'effervescence générale, il ne se rend pas tout de suite compte de l'absence de Henry. Quand il se retourne, il le voit hésiter en coulisses, juste derrière le rideau, toujours aussi réticent à voler la vedette à qui que ce soit.

Sauf que ce n'est plus possible : il fait partie de la famille, désormais. Et de toute l'histoire : les gros titres, les portraits à l'huile, les pages d'ouvrages conservés à la bibliothèque du Congrès, son nom gravé juste à côté du sien. Et il est des leurs à présent, bien sûr. Pour toujours…

— Viens ! crie Alex en lui faisant signe de les rejoindre.

Le prince quitte aussitôt son air affolé pour lever le menton, fermer un bouton de sa veste de costume et monter sur scène, le regard brillant. Il vient se camper à côté du jeune Texan qui passe un bras autour de ses épaules et l'autre autour de June, debout à côté de Nora.

Et la présidente Claremont s'approche du micro.

EXTRAIT DU DISCOURS DE VICTOIRE
DE LA PRÉSIDENTE ELLEN CLAREMONT
À AUSTIN, TEXAS, LE 3 NOVEMBRE 2020

En 2016, il y a quatre ans, notre nation était au bord du gouffre. Certains nous auraient bien vus retomber dans la haine, la rancœur et les préjugés. Ils voulaient rallumer les vieilles braises de la division dans l'âme de notre pays. Vous les avez regardés bien en face et vous leur avez dit : « Pas question. »

Au lieu de ça, vous avez voté pour une femme et une famille ancrées dans la terre du Texas, qui vous promettaient quatre années de progrès marquées par l'espoir et le changement. Et ce soir, vous avez recommencé. Vous m'avez de nouveau choisie. Et je vous en remercie très humblement.

Quant à ma famille... ma famille vous remercie, elle aussi. Cette famille composée d'enfants d'immigrés, de gens qui s'aiment par-delà les préjugés et les regards hostiles, de femmes résolues à ne jamais reculer devant l'injustice. Un mélange d'histoires qui symbolise l'avenir de l'Amérique. Ma famille, la famille présidentielle... Nous ferons tout notre possible, pendant les quatre années à venir et les suivantes, pour continuer à vous rendre fiers.

La deuxième volée de confettis descend doucement autour d'eux quand Alex prend Henry par la main et souffle :

— Suis-moi.

Tout le monde est trop occupé à faire la fête ou à donner des interviews pour les voir s'éclipser par la porte de derrière. Il promet à Liam et Spencer un pack de bières en échange de leurs vélos. Sans poser de questions, le prince relève la béquille de sa bicyclette et disparaît derrière lui dans la nuit.

La ville a beau lui paraître différente, elle n'a pas vraiment changé. Austin, c'est ce petit bouquet de fleurs séchées, pris sur le corsage d'une copine, posé dans un vase à côté du téléphone, les briques délavées du centre de loisirs où il donnait des cours de soutien aux gamins après l'école, une bière taxée à un inconnu un soir en se promenant sur la ceinture de verdure de Barton Creek. Les *nopales*, les cafés frappés pour hipsters. C'est une constante bien particulière, étrange mais rassurante, qui a ancré un petit crochet dans son cœur depuis des années pour le ramener sur terre, obstinément, tout au long de sa vie.

Ou peut-être est-ce juste lui qui a changé, après tout…

Ils traversent le pont qui mène au centre-ville et son quadrillage gris. Les bars sont pleins de gens qui crient le nom de sa mère, avec parfois le visage du fils imprimé sur leurs T-shirts, et brandissent des drapeaux du Texas, des États-Unis, du Mexique ou des banderoles arc-en-ciel. Des notes de musique résonnent partout dans les rues, en particulier aux abords du Capitole où quelqu'un a grimpé sur le perron pour y installer des enceintes qui diffusent à plein volume *Nothing's Gonna Stop Us Now* de Starship. Sous les épais nuages au-dessus de leurs têtes explosent des feux d'artifice.

Alex ôte ses pieds des pédales pour laisser le vélo glisser le long de l'énorme façade style néo-Renaissance du Capitole, le bâtiment où sa mère allait travailler tous les jours quand il était petit. Il est plus haut que celui de Washington… Tout semble plus grand ici.

Il leur faut vingt minutes pour rejoindre le quartier de Pemberton Heights. Là, Alex conduit le prince d'Angleterre sur les trottoirs du quartier d'Old West Austin. Il lui montre où balancer son vélo dans le jardin – les roues qui continuent de tourner projettent sur l'herbe des petits rayons d'ombre. Le son des semelles en cuir de luxe sur le perron fissuré de la vieille bâtisse dressée sur Westover Road ne lui paraît pas plus singulier que celui de ses propres bottes. C'est comme si le prince rentrait à la maison, lui aussi.

Il recule pour regarder Henry embrasser tout le tableau du regard : l'enduit couleur beurre frais, la grande fenêtre à encorbellement, les empreintes de mains dans le ciment du trottoir. La dernière fois qu'il est entré dans cette maison, Alex avait vingt ans. Ils paient un ami de la famille pour s'en occuper, isoler les canalisations et faire couler l'eau en hiver. Ils ne supportent pas l'idée de s'en séparer. À l'intérieur, rien n'a changé, si ce n'est que tout a été mis en cartons.

Ici, pas de feux d'artifice, pas de musique, pas de confettis. Seulement des pavillons endormis où la télévision a fini par être éteinte. Et cette demeure où Alex a grandi, où il a vu pour la première fois la photo du plus jeune des princes d'Angleterre dans un magazine et a senti frémir en lui quelque chose, le début de quelque chose.

— Hé, lance l'Américain. On a gagné !

Henry se retourne. Sous la lumière du réverbère, ses yeux ont pris un éclat argenté. Un petit sourire aux lèvres, il prend la main du jeune Texan.

— Oui. On a gagné.

Alex plonge les doigts sous sa chemise pour attraper la chaîne, qu'il sort avec précaution. L'anneau, la clé.

Sous les nuages d'un ciel hivernal, victorieux, il ouvre

la porte.

Remerciements

L'idée de ce livre m'est venue début 2016 sur une bretelle de l'Interstate 10. Jamais je n'aurais imaginé ce qu'elle allait devenir. À l'époque, je ne savais même pas ce que l'année 2016 donnerait. Aïe ! Après l'élection, durant plusieurs mois, l'envie d'écrire ce livre m'a quittée. L'univers parallèle fantaisiste que j'avais imaginé était désormais contraint de se muer en roman d'évasion, pour nous soulager d'un traumatisme et nous offrir une réalité alternative mais réaliste. Pas un monde parfait, non – un monde crédible, donc déglingué, mais juste un peu meilleur, un peu plus optimiste. Je ne savais pas si je serais à la hauteur de la tâche. J'ai croisé les doigts.

Ce que je voulais accomplir – et que j'espère avoir réussi à faire – avec ce livre que vous venez de terminer, chère lectrice, cher lecteur, c'était offrir cette étincelle de joie, un peu de l'espoir dont nous avions besoin.

Je n'y serais pas parvenue sans l'aide de nombreuses personnes. À mon amour d'agent, Sara Megibow, merci d'avoir mené à bien ce projet complètement fou. Je me suis lancée avec l'espoir de trouver une personne qui ressentirait au moins une fraction de l'enthousiasme que je ressentais moi-même pour ce livre, or tu étais au taquet dès notre première conversation. Merci d'avoir été la championne dont ce roman avait besoin et merci pour ton soutien sans faille. À Vicki Lame, mon éditrice, la Texane qui s'est battue pour ce livre et a toujours su voir en lui ce qu'il pourrait apporter à son public. Merci d'avoir tout donné et de te tenir toujours prête, au coin du ring, une bouteille d'eau à la main. Avec l'équipe de St. Martin's Griffin, vous avez transformé mon rêve en réalité. Merci à mon équipe d'attachés de presse, DJ DeSmyter et Meghan Harrington, et à tous ceux qui ont soutenu ce livre.

D'autres remerciements : à Elizabeth Freeburg, qui m'a tant appris, qui m'a apporté bien plus que je ne pourrai jamais lui rendre et sans qui je ne serais guère que la moitié de l'autrice que je suis aujourd'hui. À Lena Barsky, qui a accompagné la naissance de ce roman, qui a été la première à aimer ces personnages autant que moi. À Sasha Smith, ma sherpa littéraire, qui a cru en moi plus que qui que ce soit et sans qui je me serais noyée avant même d'avoir mis mon bateau à l'eau. À Shanicka Anderson, ma toute première lectrice, qui a adoré ce livre alors même qu'il faisait 40 000 mots de trop. À Lauren Heffker, la personne qui, lorsque je démêlais les fils de ce scénario, est restée assise avec moi des heures dans un Taco Bell sans jamais rechigner à écouter mes réflexions. À Season Vining, qui m'a servi du vin en m'assurant que mon rêve n'était pas si inaccessible que ça. À Leah Romero, ma plus grande fan et celle qui m'a inspirée sur le plan politique, la lectrice que j'essayais toujours d'impressionner quand j'étais à ma table de travail. À Tiffany Martinez, qui a lu ce livre avec affection et bienveillance sans pour autant mâcher ses mots. À Laura Marquez, qui m'a aidée pour les traductions. À CJSR, qui sait tout et dont les nuits blanches n'ont pas empêché l'écriture de ce livre. À FoCo, mon nouveau foyer.

À ma famille, qui a tant fait pour moi, au fil des années – bien plus que je ne le méritais. Quand je vous ai annoncé que j'écrivais un livre, vous ne saviez pas ce qui vous attendait mais vous m'avez encouragée malgré tout. Merci de m'aimer telle que je suis. Merci de m'avoir laissée être cette petite fille qui ne rentrait pas dans le moule. À mon père, le premier à m'avoir raconté des histoires : tu as toujours su que j'avais ça en moi. Merci de m'avoir aidée à y croire. Aussi grand que l'univers, par-delà les nuages, à tout jamais. Ce livre est mon meilleur travail à ce jour.

Aux sources qui m'ont aidée à réaliser les tonnes de recherches nécessaires pour ce livre : WhiteHouseMuseum.org, the Royal Collection Online, *My Dear Boy* de Rictor Norton, le site Internet très instructif du Victoria & Albert Museum, et j'en oublie. À la Norvège, littéralement, pour cette semaine qui m'a sortie de l'impasse et pendant laquelle j'ai écrit les 110 000 mots de la première ébauche. À la chanson *Texas Reznikoff* de Mitski.

À tous mes lecteurs qui se cherchent une place dans le monde, j'espère que vous vous retrouverez dans mon livre, ne serait-ce qu'au détour d'une page. Je vous aime. J'ai écrit ce roman pour vous.

Continuez de vous battre, d'écrire l'histoire et de veiller les uns sur les autres.

Buvez une Shiner à ma santé. Affectueusement.

Achevé d'imprimer en France en décembre 2021
par Aubin Imprimeur

Le papier de cet ouvrage est composé de fibres naturelles, renouvelables, recyclables et fabriquées à partir de bois issu de forêts plantées expressément pour la fabrication de pâte à papier.

ISBN : 978-2-37102-281-2
Dépôt légal : septembre 2021

Numéro d'édition : 0105-050-01-02

Numéro d'impression : 2109.0310

LUMEN